Kristina Roy

UM HOHEN PREIS

AM

Kristina Roy

Um hohen Preis

FRANCKE
Verlag der Francke-Buchhandlung GmbH

Über die Autorin:
Kristina Roy wurde 1860 in Stará Turá (Slowakei) geboren, wo sie 1937 auch starb. Sie blieb unverheiratet und hat sich zeitlebens in der Blaukreuzarbeit und im Aufbau lebendiger Bekenntnisgemeinden engagiert. Durch ihre heimatverbundenen Bücher, die eine klare christliche Botschaft auszeichnet, ist sie eine beliebte Volksschriftstellerin geworden.

Bibliografische Information Der Deutschen Bibliothek
Die Deutsche Bibliothek verzeichnet diese Publikation in der Deutschen Nationalbibliografie; detaillierte bibliografische Daten sind im Internet über http://dnb.ddb.de abrufbar.

ISBN 3-86122-799-1

35037 Marburg an der Lahn
Umschlaggestaltung: Henri Oetjen, Design Studio Lemgo
Satz: Verlag der Francke-Buchhandlung GmbH
Druck: Koninklijke Wöhrmann, Niederlande

www.francke-buch.de

Schon lange hatte die Dienerschaft den alten Herrn Nikolaus Orlowsky nicht in so guter Laune gesehen wie an dem Tage, da endlich sein Enkel, Adam Orlowsky, heimkehrte. Der alte Herr schritt so rüstig in seinem prächtigen Landgut umher, als ob er um zehn Jahre jünger geworden wäre. Kein Wunder, er hatte lange Jahre allein gelebt.

Nikolaus Orlowsky war als junger Mann nach Ungarn gekommen. Man hatte ihn daheim in Polen in eine regierungsfeindliche Agitation verwickelt, und er wurde gezwungen, seine Heimat, die er bis ins Alter liebte, zu verlassen. Es war sein Glück, dass er rechtzeitig floh, er rettete dadurch sein Vermögen und konnte sich so im Lande seiner Zuflucht, nicht weit von dem Städtchen Podhrad, ankaufen.

Mit Herrn Nikolaus waren seine hübsche Frau und drei herzige Kinder gekommen. Die Kinder waren noch klein und gewöhnten sich leicht an das Fremde und der Vater mit ihnen.

Aber leider konnte Frau Orlowsky sich gar nicht in die neuen Verhältnisse einleben. Sie starb, und nach etlichen Jahren folgte ihr der älteste Sohn Adam, und zwar gerade dann, als er nach einer glücklichen Heirat eigentlich erst zu leben anfing. Er starb aus Kummer über den Verlust seiner geliebten Frau, der die Geburt eines Sohnes das Leben kostete, und ließ Herrn Nikolaus den kleinen Adam zurück.

Ehe aber Orlowsky dieser doppelte Verlust traf, war zwischen ihm und seinem jüngeren Sohn Ferdinand etwas geschehen, was der Welt bis jetzt unerklärlich blieb. Nur soviel wusste man, dass Ferdinand Orlowsky einmal nachts das väterliche Haus verlassen hatte und nie wieder zum Vater zurückgekehrt und jede Spur von ihm verschwunden war. Niemand durfte den Namen dieses Sohnes bei Herrn Nikolaus erwähnen. Da Ferdinand zwei Jahre in der Fremde zugebracht hatte und erst vor kurzem nach Hause gekommen war, nahm man an, dass er dort etwas gegen die Ehre der Orlowskys begangen haben müsse, was ihm der Vater nie verzeihen konnte.

Nach dem Verlust beider Söhne blieb Herrn Orlowsky außer dem Enkel nur ein Kind, das jüngste und liebste, die Freude und der Stolz des Vaterherzens, seine Tochter Natalie.

Das Orlowskysche Rittergut, dem Nikolaus den Namen Orlow gegeben hatte, breitete sich östlich von dem Städtchen Podhrad aus. Die Stadt hatte ihren Namen von der alten Burgruine, die über ihr als ein Denkmal entschwundener Herrlichkeit thronte. Dicht unter der Ruine zog sich die Schlossgasse hin, deren Eckhaus an der Front mit goldenen Lettern die Aufschrift trug „Apotheke zur goldenen Lilie“.

Schon von alters her gehörte die Apotheke der Familie Korimsky und vererbte sich vom Vater auf den Sohn. Obwohl die Korimskys sehr reich waren und Johann Korimsky nur einen einzigen Sohn, Manfred, hatte, erlaubte er ihm nicht, eine andere

Stellung zu suchen und erzwang von ihm das Versprechen, auch nach seinem Tode die Apotheke nicht zu verkaufen. Was das Halten dieses Versprechens Manfred Korimsky kostete, kann sich niemand vorstellen.

Vielleicht hatte Herr Nikolaus seine Einwilligung gegeben, weil er nur noch dieses Kind hatte und dessen Glück kein Hindernis in den Weg legen wollte. Es waren aber noch keine sieben Jahre vergangen, als er dies schmerzlich zu bereuen hatte. Sechs Jahre währte das Glück der jungen Korimskys, dann entstand zwischen ihnen ein schlimmer, unaufgeklärter Zwist. Die junge Frau kam wieder nach Orlow mit dem Vorsatz, nie mehr zu ihrem Manne zurückzukehren. Alle Bitten ihres Vaters, alle Versuche Korimskys, alles Überreden der Priester und der Gerichte blieben erfolglos. Der Prozess endete mit Scheidung. Herrn Korimsky blieb der Sohn Nikolaj, Frau Natalie sprach das Gericht das kleine Töchterchen Margita zu. So endete die vor Gott geschlossene Ehe zweier Menschen, die doch nach seinem Willen bis zum Tode verbunden sein sollten.

Weil Herr Nikolaus, der mit der Scheidung nicht einverstanden war, im Zorn erklärt hatte, dass er die geschiedene Tochter nicht bei sich behalten wolle, zog Natalie Orlowsky mit ihrem Kind nach Wien. Das war für den stolzen, empfindlichen Herrn Orlowsky ein großer Schmerz, aber ein noch größerer wartete seiner.

Nach drei Jahren bekam er von der Tochter, mit der er die Verbindung noch nicht völlig gelöst hatte, einen Brief, in dem sie ihm mitteilte, dass sie zur evangelischen Kirche überträte, und zwar aus dem Grunde, weil sie mit einem Ingenieur Rainer die Ehe schließen wolle. Auf diesen Brief gab Herr Nikolaus keine Antwort. Die Tochter lebte für ihn nicht mehr. Er übertrug alle Liebe seines verbitterten Herzens von da an allein auf seinen Enkel Adam. Dieser kehrte nach vollendetem Studium für dauernd zurück. Ihm wollte er alles übergeben, was er mit soviel Sorge für ihn aufgehäuft hatte, um sich in dem Glück seines Lieblings zu sonnen, noch einmal jung zu werden und aufzuleben.

Das Mahl zur Begrüßung des Enkels war vorüber. Die Freunde waren auseinandergegangen, und Nikolaus Orlowsky saß mit dem Enkel allein in dem wohldurchwärmten Salon nahe am Kamin, beide gedankenvoll in die rote Glut des Feuers blickend. Sein Licht beleuchtete die kräftige Erscheinung des alten Herrn, sein weißes Haar und der weiße Bart umrahmten ein gebräuntes, hier und da von Falten durchzogenes Gesicht mit energischen Zügen, stolzer Stirn und festen Lippen. Plötzlich schaute er auf und blickte auf den in Gedanken versunkenen jungen Mann.

Adam Orlowsky verleugnete seine Abstammung nicht. Auch bei ihm war dieselbe schlanke Gestalt, die stolze Stirn, dieselben schwarzen Augen und derselbe feste Mund. Der Enkel fühlte den forschenden Blick des Großvaters, ihre Blicke trafen sich, und er erhob sich.

„Großvater, ich möchte gern wissen, was die Äußerung des Herrn Zeidler und des Doktor Rauscher bedeuten. Was hast du mit mir vor?"

„So, das möchtest du gern wissen?" Um den Mund des alten Herrn spielte ein wohlwollendes Lächeln. „Meine Pläne sind die natürlichsten. Du übernimmst Orlow. Ich bin bereit, dir alles zu übergeben, was ich habe. Weil ich auf meine alten Tage um mich her Leben und Freude sehen möchte, und damit wir nicht allein auf Orlow wohnen müssen, ist es nötig, an eine Hausherrin zu denken. Kurz gesagt: Ich habe dich erzogen, und jetzt werde ich dich verheiraten."

„Mich, Großvater, du?" Der junge Mann wich zurück. „Verzeihe, daraus wird nichts. Ich denke gar nicht ans Heiraten, und gegen meinen Willen lasse ich mich nicht binden!"

„Still, Adam!", sagte der alte Herr stirnrunzelnd. „Das verstehst du nicht; lass mich zuerst ausreden. Bei deiner Verheiratung habe ich besondere Absichten. Erstens, du sollst deine Verwandte retten und dorthin führen, wo sie hingehört, das heißt heimführen. Und zweitens, was man der katholischen Kirche leichtfertig entwendet hat, soll ihr zurückgegeben werden."

„Ich verstehe dich wirklich nicht, Großvater. Wie

könnte ich durch eine Heirat eine Seele für die katholische Kirche gewinnen? Seelen zu gewinnen, das ist eine Arbeit für die Pfarrer, aber nicht für mich." Der alte Herr machte eine abweisende Handbewegung. „Wenn ich es nicht müsste, würde ich die für mich so schmerzlichen Dinge gar nicht erwähnen."

Adam schaute seinen Großvater verwundert an. Dessen Stimme zitterte und klang ungewöhnlich sanft, als er fortfuhr: „Du weißt, dass ich eine Enkelin habe. Diese Enkelin lebt schon jahrelang in einer unwürdigen Stellung. Du weißt, dass durch den Übertritt ihrer Mutter in die evangelische Kirche auch sie für einige Zeit aus dem Schoße unserer Kirche herausgerissen wurde, wohin sie doch rechtlich gehört, da sie katholisch getauft ist. Wenn wir sie aber jetzt nicht retten, da sie schon achtzehn Jahre alt wird, so wird man sie zum öffentlichen Übertritt zwingen, und sie ist uns für immer verloren. Dazu muss man bedenken, dass sie durch die unglücklichen Verhältnisse gezwungen ist, bei Lebzeit ihres Vaters im Hause ihres Stiefvaters zu weilen."

„Nun, rette sie! Dazu brauchst du mich doch nicht! Deine Enkelin hat in deinem Hause gerade soviel Platz und Recht wie dein Enkel. Es ist nicht nötig, sie beide der Freiheit zu berauben." Adam schritt im Zimmer auf und ab und blieb dann vor dem Großvater stehen.

„Du hast Recht, aber glaubst du, dass ihre Mutter sie uns freiwillig geben wird? Ja, wir könnten sie nicht einmal gerichtlich dazu zwingen“, fuhr Herr Nikolaus ärgerlich fort. „Es gibt nur ein Mittel zur Erlangung dieses Zieles, wenn ich für dich um ihre Hand bitte und verspreche, dass ich euch alles hinterlasse, wenn ihr euch heiratet.“

„Aber sie ist ja meine eigene Kusine! Die Kirche erlaubt mir gar nicht, sie zu nehmen!“, entgegnete Adam unwillig.

„Das wird schon das Geld tun, und der Kirche muss daran liegen, dass unsere Absicht gelingt. Ich will, dass ihr beide mich bis zum Ende pflegt.“

„Das kann geschehen, Großvater, auch ohne die Bedingung, die du stellst. Wenn du ihr das Erbe versprichst, dann werden ihre Eltern sie dir überlassen, und wir können dich auch so pflegen.“

„Ach, schwatze nicht!“, zürnte der Großvater. „Heute wollt ihr mich pflegen, und morgen kommt irgendein Mensch, den sie heiratet. Du wirst dir auch eine aussuchen, wirst heiraten, und ich? Nein, ich lasse das Gut nicht zerreißen, ich lasse es nicht“, fuhr er auf und schlug mit der Faust auf die Lehne. „Entweder bekommt ihr es miteinander, oder keiner bekommt es!“

„So gib ihr das Ganze“, entgegnete der junge Mann und richtete sich stolz auf. „Verheirate sie, dann hast du einen Schwiegersohn. Sie werden dann gern bei dir bleiben. Ich lasse mich um des Mammons willen nicht verkaufen. Der bloße Gedanke an ein solches Joch ist mir ein Gräuel.“

„So?“, klagte der alte Mann. „Ist das die Dankbarkeit für die Erziehung? So willst du es mir vergelten? Aber warum wundere ich mich? Wenn mir die eigenen Kinder mein ganzes Leben verbittern konnten, warum sollte nicht der Enkel noch Nägel in meinen Sarg schlagen? Also ich verkaufe dich um des Mammons willen? Dir ist es also nicht möglich, meine erste, einzige, letzte Bitte zu erfüllen? Nun gut, mein Sohn!“ Herr Nikolaus stand auf und schritt kalt zur Tür. Seine Hand ruhte schon auf der Klinke, da umschlang ihn ein Arm. „Zürne mir nicht, Großvater! Verlange, was du willst! Auch das Leben gebe ich für dich, nur das nicht!“

„Ich verlange schon gar nichts mehr“, erwiderte der Großvater und schob den Enkel beiseite. „Für wen wir das Leben lassen wollen, dem können wir auch ein Opfer bringen. Lass nur sein, mein Sohn! Vergiss, dass dein törichter Großvater nach so vielen Enttäuschungen im Leben in seinen alten Tagen noch ein wenig glücklich sein wollte. Es war nur ein Traum, ein zwar jahrelang gehegter, aber eben nur ein Traum, der wie alles entweicht.“

„Sprich nicht so, Großvater, und quäle mich nicht!“ Der junge Mann drückte seine beiden Hände an die Stirn. „Du ließest mich noch nicht den Grund angeben, weswegen ich nicht heiraten will und kann. Ich wollte nicht davon sprechen, aber jetzt muss ich es tun, damit du mich nicht falsch beurteilst. Bitte, setze dich und höre mich an!“

Der alte Herr setzte sich hastig in den nächsten Lehnstuhl und heftete seine Augen fast mit Entsetzen auf das blasse Gesicht des Enkels. „Du wirst mir doch nicht etwa sagen wollen, dass du irgendwo schon eine Frau hast?“, stöhnte er mit fremder Stimme.

„Ich! Was denkst du? Ich versichere dir, dass ich bisher keine Zeit hatte, an solche Sachen zu denken, und dann weiß ich, Großvater, was ich dir für deine Liebe und Fürsorge schulde. Als du mich darum heimriefst, damit du die letzten Jahre deines Lebens mit mir zubrächtest, entsagte ich für diese Jahre der innigsten Sehnsucht meines Herzens. Ich hatte nämlich vor, in der Gesellschaft des Professors Geringer eine archäologische Forschungsreise zu unternehmen. Doch es verlangte mich danach, dir deinen Lebensabend zu verschönen. Ich verschob diesen Plan, aber aufgegeben habe ich ihn nicht, denn das würde für mich bedeuten, dem Leben und der Existenz zu entsagen und den Lebensweg zu verfehlen. Wenn du jetzt aber von mir verlangst, dass ich heirate, so würde das meinen Plan für immer unmöglich machen, denn die Frau daheim lassen, fortgehen und vielleicht auch nie wiederkehren, das ist nicht nach meinen Grundsätzen.

Die Frau mitnehmen, das ist unmöglich, am wenigsten Margita Korimsky. Wer weiß, wie verwöhnt sie ist! So stehen die Sachen, das allein steht mir im Wege. Aber da ich dein Schuldner bin, so werde ich es dir zeigen, dass ich imstande bin, mehr zu opfern als das Leben, ich werde nach deinem Willen tun." Im Zimmer wurde es still. Zwei Herzen kämpften einen harten Kampf. Der gesenkte Kopf des alten Mannes hob sich plötzlich, die Augen funkelten vom festen Entschluss: „Ich danke dir, Adam. Deine guten Worte belohnen mich für alle Arbeit und Mühe, die ich mit dir hatte. Aber Opfer um Opfer. Du wirst meinen Wunsch erfüllen und heiratest Margita Korimsky. Ich wiederum werde deine mir bis heute unbekannten Pläne erfüllen. Margita wirst du bei mir lassen, und gleich nach der Hochzeit gehst du auf die Reise, so wird uns allen dreien geholfen. Auf die Welt und ihre Reden werden wir nicht achten. Ich will, dass du die Reise machst, solange ich noch lebe."

„Großvater!" Der Ruf kam aus einem befreiten Herzen. Während Adam Orlowsky in den winterlichen Abend hinausritt, ging Herr Nikolaus, nachdem er den Brief an die Enkelin beendet hatte, noch lange in seinem Schlafzimmer auf und ab, und da er kein Vertrauen hatte, sprach er zu sich selbst:

„Ja, ich muss dich verheiraten, ich muss, denn auch du könntest es so machen wie er. Du denkst, törichter Junge, dass du ein Opfer bringst? Nun, wir werden ja sehen. Wer weiß, wie lange ich noch lebe. Dich könnte deine Sehnsucht überwältigen, du würdest mir davonlaufen, und ich müsste allein bleiben. Da lasse ich dich lieber freiwillig ziehen, doch nur mit gebundenen Flügeln, damit du zurückkehren musst. Ach, dass in dieser Welt kein Glück von Dauer ist! Wozu habe ich denn eigentlich gelebt? Und wenn ich sterbe, was wird dann? Wenn ich wenigstens wüsste, wo er ist? Unsinn! Ich will nichts wissen, ich habe niemanden, nur dich, Adam, und dich, Margita. Ihr müsst doch zusammen glücklich sein!"

In diesem Augenblick hörte er im Nebenzimmer Schritte und ging hinaus.

„Sie sind es, Doktor Rauscher?" Verwundert begrüßte er den Gast, der erst vor kurzem Orlow verlassen hatte. „Was bringt Sie wieder zu mir?"

„Ich komme mit einer sehr unerwarteten und traurigen Nachricht, die auch Sie angeht."

„Mich? So setzen Sie sich, Herr Doktor, und erzählen Sie."

„Ihr Enkel Nikolaj Korimsky ist vor einigen Stunden vergiftet worden."

„Wer?" Der alte Herr fuhr zwar zusammen, aber trotzdem klang die Frage kalt.

„Der junge Korimsky. Vor einer Woche kam er nach Hause, um den Vater zu besuchen. Dann wollte er eine Reise unternehmen, um seine Kenntnisse in der Chemie zu bereichern. Auf meinem Heimweg von hier kam mir schon der Schlitten entgegen, der mich holen sollte. Jetzt gehe ich nach Hause und machte den Umweg, um Ihnen diese Nachricht zu bringen. Der junge Mann lebt, man hat ihm schnell ein Gegengift gegeben. Aber er leidet große Qualen, und der Vater ist ganz verzweifelt."

„Und was geht mich das alles an, Herr Doktor?", meinte der alte Herr fremd.

Vorwurfsvoll sah der Arzt in das kalte Gesicht des Mannes. „Der arme Nikolaj ist doch Ihr Enkel, der an der verhängnisvollen Sache vor Jahren ganz unschuldig war."

„Nun, und soll ich den Selbstmörder aufwecken gehen?"

„Wer hat Euch so etwas gesagt, Herr Orlowsky? Vater und Sohn arbeiteten im Laboratorium. Infolge des Absuds und starken Heizens herrschte ein betäubender Geruch und Hitze. Nikolaj war nicht ganz gesund und noch angegriffen von der Reise. Er fiel plötzlich in Ohnmacht. Der arme Vater reichte ihm im Schrecken anstatt der fertigen Limonade ein starkes Gift, das er unglücklicherweise in einem gleichen Glase aufgelöst hatte, so dass die Verwechslung sehr leicht möglich war. Der junge Korimsky merkte es zwar sofort, aber er hatte schon etwas davon getrunken, und das genügte."

„Manfred selbst hat ihn vergiftet? Unmöglich!" Der alte Herr zitterte. „Ich denke, jetzt verstehen Sie, warum ich gekommen bin, es Ihnen mitzuteilen. Wer nimmt sich des armen Korimsky an, wenn nicht Sie?!"

„Sind Sie zu Fuß gekommen?"

„Im Schlitten."

„So warten Sie ein wenig."

„Ich wusste es", murmelte der Doktor. „Er ist zu gut, als dass er bei solch einem Fall nicht alles vergessen könnte."

Wenige Minuten später glitt der Schlitten mit den beiden Herren zuerst ein Stück durch die winterliche Landschaft, dann durch die Straßen des Städtchens, bis er vor der Apotheke „Zur goldenen Lilie" hielt.

Über die Stiegen hinauf konnte der Doktor dem alten Herrn kaum folgen. Aber oben auf dem Flur hielt Herr Orlowsky inne, denn es kam die Erinnerung wie ein Sturm über ihn. In einer Nacht vor vierundzwanzig Jahren war es, als er über diesen Gang lief, getrieben von Freude, Glück und Sehnsucht, seinen ersten Enkel, das Kind der geliebten Tochter zu sehen. Dort hinter dieser Tür legte ihm dann der glückliche junge Vater den Erstgeborenen in die Arme. Damals und jetzt! Beinahe sechzehn Jahre waren vergangen, seit er den Enkel zum letzten Male gesehen und mit dem Vater gesprochen hatte, und jetzt kam er, um beide in ihrer Qual zu sehen. Dem Doktor schien es, als wollte der Alte umkehren. Da öffnete jemand die Tür, ein junger Mann trat heraus.

„Sie sind zurückgekehrt, Herr Kollege?", fragte der Doktor erfreut. „Als Sie gestern Abschied nahmen, ahnten Sie nicht, was Ihrer heute hier wartete."

„Hätte ich das geahnt, hätte ich Nikolaj nicht verlassen", sagte der junge Arzt und verbeugte sich. „Erlauben Sie, dass ich vorstelle", sagte Doktor Rauscher. „Herr Doktor Aurel Lermontoff, der Freund des Patienten, Herr von Orlowsky." Die Augen der Männer ruhten einen Augenblick mit einem gewissen Interesse aufeinander.

„Wie geht es Korimsky?", fragte der alte Herr mit unsicherer Stimme und reichte dem jungen Mann die Hand. „Kann man zu ihm?"

„O ja, ihn stört nichts, er liegt bewusstlos."

Schweigend betraten die Herren das Schlafzimmer. Orlowsky neigte sich über seinen Enkel und schaute starr auf das blasse, durchsichtige Gesicht mit den halb geschlossenen Augen. Dann nahm er den Kopf des Kranken in die Hände und küsste unter Schluchzen die Stirn. „Er lebt ja nicht mehr!", rief er, richtete sich auf und sah ratlos umher. Dabei fiel sein Blick auf die Gestalt eines Mannes, der an einem Schrank lehnte. Er zögerte einen Augenblick, dann aber umschlang er den Nacken des verzweifelten Vaters und zog ihn an sich. „Beruhige dich, Manfred, du bist ohne Schuld. Es ist ein Unglück und ein großer Schmerz, aber du kannst nichts dafür."

„Ja, Herr Korimsky", sagte der junge Arzt. „Herr Orlowsky hat Recht." Da öffnete der Apotheker die Augen, wie vom Schlaf geweckt, und schaute ganz verwirrt auf den alten Herrn. „Vater, du hier! Siehst du, was mir widerfahren ist?", stöhnte der Mann.

Da geschah etwas, was noch gestern unmöglich gewesen wäre, zwei Männer, die scheinbar für immer getrennt waren, hielten sich fest umschlungen.

„Gott möge dich trösten, Manfred."

„Er muss so schmählich umkommen, und ich habe ihm den Tod gereicht, ich selbst!"

* * *

In dem wohlbekannten Institut in Arowitz ging es fröhlich zu. Die Zöglinge feierten den Geburtstag der Direktorin.

In dem schwach erleuchteten Empfangssalon saß, abseits von dem munteren Treiben, ein junges Mädchen, den Kopf in die Hand gestützt und in tiefes Nachdenken versunken. Ein früher Ernst lag um den Mund und gab ihr den Stempel einer gewissen Selbständigkeit. Über was grübelte sie wohl nach, während sich die Mitschülerinnen mit Tanz und Spiel vergnügten? Was hielt sie aus ihrer Mitte fern?

In diesen Augenblicken überdachte das junge Mädchen ihr vergangenes Leben. Ihre Gedanken eilten zurück in die ersten Jahre der Kindheit, in denen sie ihre Mutter heiß liebte und auch den guten Vater, der sie zwar niemals geküsst, ihr aber dafür immer von seinen Reisen Spielzeug und manches andere mitgebracht hatte. Er ließ sie tun, was sie wollte, und gehen, wohin sie wollte. So vergingen die ersten sieben Jahre. Da gab es zwischen der kleinen

Margita und dem Dienstmädchen einen Streit. Das Kind stampfte mit dem Fuß und drohte, es dem Vater zu sagen. „Dem Vater?", lachte das Mädchen. – „Da müsstest du weit gehen, bis du zu deinem Papa kommst."

Das Kind machte große Augen und fing an, leidenschaftlich seine Rechte zu wahren, doch das Mädchen blieb dabei. „Jawohl, der Herr Ingenieur ist nicht dein Vater, Margita. Du heißt nicht Rainer, wie deine Mutter, dein Name ist Korimsky. Wenn du in die Schule kommst, wirst du sehen, dass man dich so nennen wird."

Aber Margita wollte auf diese schreckliche Gewissheit nicht einen Augenblick warten. Sie lief auf den Gang und stand plötzlich dem Vater gegenüber. „Lene sagt, du bist nicht mein Vater", rief sie statt eines Grußes mit sprühenden Augen. „Mein Vater ist ein anderer Mann, weit von hier, und ich heiße Korimsky. Sage doch, dass es nicht wahr ist!"

Bis heute hatte sie den Ausdruck nicht vergessen, der ihm damals über das Gesicht huschte, als atme er auf, aber auch, als bedaure er sie herzlich.

„Lene ist dumm, dass sie dir solche Sachen erzählt", antwortete der Vater und streichelte dabei Stirn und Haare des aufgeregten Kindes. „Aber sie hat Recht, ich bin dein Stiefvater. Wir waren jedoch bis jetzt gute Freunde und werden es auch weiterhin bleiben. Jetzt gehe nur ins Zimmer, du wirst ein schönes Bilderbuch bekommen. Aber der Mama wirst du nicht erzählen, was wir miteinander gesprochen haben, sonst würde ich sehr traurig sein."

Weil das Kind nach diesem Gespräch nicht zu der Mutter gehen durfte und auch das Dienstmädchen nichts mehr sagen wollte, blieb die kleine Margita mit ihren Gedanken allein. Sie grübelte und kam bald zu der Überzeugung, dass sie eine ungeliebte, überflüssige Last für den Stiefvater sei. Seine Geschenke verloren ihren Wert. Sie kamen nicht aus väterlicher Liebe. Obwohl das Kind den Mann, der sehr sorgfältig über ihre Erziehung wachte, schätzen musste, erstarb die Liebe zu ihm in dem kleinen verlassenen Herzen und konnte durch nichts mehr geweckt werden.

Jetzt beobachtete die kleine Margita auch, dass die Mutter niemals fröhlich war. Sie dachte über die Ursache nach und verfolgte die Mutter Schritt für Schritt, bis sie dieselbe einmal über der Fotografie eines hübschen Jungen sitzen sah. Sie küsste das Bild und weinte bitterlich. Margitas Herz klopfte heftig, sie umschlang die Mutter und rief weinend:

„Mama, weine nicht!"

Die Mutter erschrak und schob sie unsanft zurück.

„Was willst du, Margita? Los, geh schlafen!", gebot sie streng.

Aber das Kind, das sonst zu gehorchen pflegte, wollte nicht gehen. „Ich werde gehen, Mama, aber zeige mir nur das schöne Bild, und sage mir, wer es ist, und warum du so weinst."

„Wer es ist?“, schluchzte Frau Rainer. „Es ist mein Herzenssohn, mein teures Kind. Der Vater hat ihn, und ich habe dich. Ach, warum siehst du ihm wenigstens nicht ähnlich? Warum trägt dein Gesicht das unerträgliche ...?“

Weiter kam die Mutter nicht. Sie sah den entsetzten Blick des Kindes, das seine Mutter nicht verstand und nun dachte: „Sie liebt mich nicht, ich bin ihr unerträglich! Da zog sie die Kleine an sich, küsste sie und schickte sie ins Bett. Doch was in diesem Augenblick erstorben war, blieb tot.

Damals dachte Margita, das Brüderchen sei gestorben. „Warum er? Ihn hat die Mama geliebt. Mich liebt sie nicht, weil ich ihm nicht ähnlich bin!“

Erst als sie dreizehn Jahre alt war, erfuhr sie, dass dieser Bruder bei ihrem gemeinsamen Vater lebte. Doch weil sich ihre Mutter von dem Vater habe scheiden lassen, liege zwischen ihr und dem Bruder und Vater, die ihre nächsten Verwandten waren, ein unüberbrückbarer Abgrund. Mit diesem verborgenen Schmerz war sie vor vier Jahren in das Institut gekommen.

In der ersten Zeit suchte sie in der Arbeit nichts als ein Vergessen ihres Leides. Bald aber gewann sie Freude am Lernen, und es regte sich mehr und mehr der Wunsch in ihr, sich auszubilden, um irgendwo eine selbständige Stellung annehmen zu können. Um keinen Preis wollte sie in das Haus des Stiefvaters zurückkehren. So baute sie Luftschlösser und träumte davon, dass sie einmal zu ihrem richtigen Vater und dem Bruder kommen und dort die ersehnte Liebe finden würde.

Über das alles dachte das junge Mädchen auch jetzt nach, aber nur flüchtig, denn ihre Gedanken konzentrierten sich immer von neuem auf den Brief, den sie vor einigen Wochen bekommen hatte. Das war ein sonderbarer Brief! Es gab also jemanden auf Erden, an den sie nie gedacht hatte. Es war der Vater ihrer Mutter, der Großvater Orlowsky, und er bekannte sich zu ihr.

Sie wusste die lieben Worte auswendig, die ihr zeigten, dass er sich nach seiner Enkelin sehnte und sich wünschte, dass sie zu ihm komme und ihm die letzten Tage seines einsamen Lebens freundlich gestalten helfe.

Keine Minute hatte sie gezögert, fröhlich zuzusagen.

Sehnsüchtig erwartete sie die Antwort auf ihren Brief. Gestern endlich war sie gekommen, aber welch eine Antwort!

Der Großvater verstand, warum sie nicht zum Stiefvater zurückkehren wollte. Er hieß ihren Standpunkt gut. Aber er dachte nicht nur an einen kurzen Besuch, wie sie es meinte. Er zeigte ihr den Weg, wie sie sich endgültig von den Verpflichtungen gegen ihren Stiefvater losmachen könne, um es dem Großvater zu ermöglichen, sie bis zu seinem Tode bei sich zu behalten.

Der Großvater schrieb ihr, er habe nur zwei Enkel, und er wünsche, sie beide unter einem Dach glücklich zu sehen. So verlange er, dass sie sich zum gemeinsamen Lebensweg die Hände reichen, damit er ihnen alles anvertrauen könne, was er für sie erspart habe. „Mein Adam hat mich zu lieb, als dass er mir diese Bitte nicht gewähren würde, und dass du sie erfüllst, mein liebes Kind, und dich so von einer unwürdigen, abhängigen Stellung befreist, das hoffe ich."

So endete der Brief, dazu war die Fotografie eines gut aussehenden jungen Mannes gelegt. Schon beim ersten Blick wurde dem jungen Mädchen ganz warm zumute. Der Gedanke, dass dieser Mann sie heiraten sollte, schien Margita wie ein schöner Traum.

Trotzdem konnte sie sich nicht gleich zu einer Antwort entschließen. Sie war bereit, den Großvater zu pflegen, aber wie sollte sie zusagen, wenn Adam Orlowsky nicht selbst schrieb? Wenn sie nur jemanden um Rat fragen könnte, aber wen wohl? Eine vertraute Freundin hatte sie nicht. Die Lehrerinnen waren ihr zu fremd, und der Direktorin wollte sie sich auch nicht anvertrauen. Ein anderes Mädchen würde seiner Mutter schreiben, sie konnte aber nicht einmal das.

„Wenn du zusagst, will ich selbst alles mit deiner Mutter besprechen", schrieb der Großvater. Sie war ihm dafür dankbar. Denn wie sollte sie den Großvater der Mutter gegenüber erwähnen, mit dem diese vor Jahren wegen der zweiten Heirat im Zorn auseinandergegangen war!

Ein Geräusch ließ sie aufhorchen. Vor ihr stand eine der jüngeren Schülerinnen und warf ihr mit einem fröhlichen Zuruf „Wieder ein Brief für Sie, Margita!", einen Umschlag in den Schoß und hüpfte nach dem Takt der Musik, die man bis hierher hören konnte, zurück. Margita sah fast starr auf das Papier. Die Schrift war männlich, aber es war nicht die Hand des Großvaters.

Endlich öffnete sie den Brief mit zitternden Fingern. Sie sah die Unterschrift, Adam Orlowsky.

Sie erblasste, während sie las, und als sie das Schreiben weggelegt hatte, fielen die Hände kraftlos in den Schoß. Dann lief sie in ihr Zimmer und warf sich bitterlich weinend auf das Bett. Adam Orlowsky hatte diese heikle Sache selbst ausrichten wollen. Wenn der Großvater wüsste, wie sein Enkel das tat! Wäre er wohl mit diesem Brief zufrieden?

„Geehrtes Fräulein!

Da ich den Wunsch meines Großvaters, der unsere Verbindung aus guten Gründen wünscht, nicht abschlagen konnte, bitte ich Sie um Ihre Hand, wenn sie noch frei ist. Da aber der Schritt zu ernst ist und es in unserer Familie genug Ursache gibt, sich vor einer möglichen Wendung der Dinge zu fürchten, halte ich es für meine Pflicht, geehrtes Fräulein, Ihnen mitzuteilen, dass ich Liebe von Ihnen nicht verlange und auch von meiner Seite keine verspreche. Dafür verlange ich aber Treue, die eine Scheidung, die ich verabscheue, für immer unmöglich macht. Es geht bei dieser Angelegenheit hauptsächlich um den Großvater, den wir beide im Alter pflegen sollen. Aber es handelt sich auch um Sie, damit Sie nicht wieder zu Herrn Ingenieur Rainer zurückkehren müssen, in dessen Hause, ich sehe das ein, zu Lebzeiten Ihres wahren Vaters nicht Ihr Platz ist, auch wenn Sie dort Ihre Mutter haben. Damit uns aber das Zusammensein nicht peinlich werde, hoffe ich, wird allen drei Teilen geholfen, wenn ich gleich nach der Hochzeit meine längst geplante Forschungsreise antrete. Bis ich zurückkomme, werden Sie sich bei uns schon eingewöhnt haben, und das Übrige, das uns beide betrifft, wird sich dann schon ergeben wie jede Notwendigkeit, der man nicht ausweichen kann. In der Hoffnung, dass Sie, so wie ich, sich dem Wunsche unseres Großvaters unterordnen, der gewiss gute Absichten hat und an deren Scheitern er zu schwer tragen würde, zeichne ich mit Achtung ergebenst Adam Orlowsky."

Als Margita nach einer Stunde zu der frohen Gesellschaft zurückkehrte, schien sie gereift zu sein. Der Wunsch des Großvaters wird nicht abgeschlagen. Er wird die getrennten Familienglieder zusammenbringen, wird beide geliebten Enkel um sich sehen, aber um welchen Preis!

* * *

Mit einem kleinen Koffer in der Hand kam ein junger Mann von der Eisenbahnstation Podhrad. Ein scharfer Wind blies ihm den Schnee in das blasse Gesicht, der Mantel war leicht und schützte die schlanke Gestalt nur ungenügend vor der winterlichen Kälte. Die Hände waren ohne Handschuhe. Aber der junge Mann schien nicht auf das Unwetter zu achten. Er sah auch nicht die neugierigen Blicke der Frauen, die, mit dem Winde kämpfend, stramm Schritt mit ihm hielten. Der Bahnhof lag ziemlich weit von der Stadt entfernt, und die Reisenden konnten gut durchfrieren, bis sie dorthin kamen.

Plötzlich blieb der junge Mann stehen, wärmte die steif gewordenen Hände an den Lippen, und indem er die einfache Mütze vom Kopfe nahm, strich er die vom Wind in die Stirn geworfenen Haare zurück. Dabei schweiften seine Augen zu dem beleuchteten Städtchen hinüber. Eine Weile verweilte sein Blick auf der Burgruine, aber in dem Augenblick, als die Abendglocke feierlich durch das Tal klang, schlossen sich seine Augen. Trauer legte sich auf ihn, doch nur für einen Moment, dann bückte er sich nach seinem Koffer, und mit dem Ausdruck einer festen Entschlossenheit begann er von neuem den Kampf mit Wind und Schneegestöber.

Da saß plötzlich vor ihm auf einem verwehten Hügel, den Kopf an ein Bündel gelehnt, ein kleiner

Bauernjunge. Die Kälte hatte ihn übermannt. „Er wird einschlafen und erfrieren“, dachte der junge Mann, beugte sich zu dem Kind hinab und schüttelte es.

„Was machst du hier? Du wirst ja erfrieren!“ Der Junge öffnete die Augen: „Ich ruhte aus, weil ich nicht mehr weiter konnte.“

„Hier darfst du nicht bleiben, stehe auf und komme mit mir!“ Das Kind gehorchte, halb betäubt. Aber wenn der junge Mann es nicht gehalten hätte, wäre es zurückgefallen. Die erstarrten Füße konnten den Körper nicht mehr tragen. Der Mann schaute ringsumher, aber nirgends war jemand zu sehen, der helfen konnte. So band er schnell das Bündel des Jungen an seinen Koffer, hing beides über die Schulter, schlang fest den Arm um den weinenden Kleinen und mehr tragend als führend brachte er ihn zu dem ersten Haus in der Stadt. Seine blassen Wangen röteten sich dabei, die Brust arbeitete schwer vor zu großer Anstrengung, aber aus seinen Augen strahlte Glück.

Verwundert schauten die Frauen in dem Haus auf den unerwarteten Besuch und versprachen bereitwillig, den Jungen zu pflegen. Ehe das Kind seinem Retter danken konnte, war dieser schon wieder draußen im Schneetreiben.

In dem Augenblick zwang ihn ein Schellengeläute zum Umsehen. Von feurigen Pferden gezogen, flog ein mit warmen Decken ausgelegter Schlitten an ihm vorüber. Neben einem alten Herrn saß eine junge Dame, in einen Pelz eingehüllt. Von der weißen Kappe war der Schleier zurückgeschlagen, er sah ein frisches, von der Kälte gerötetes Gesicht. Der Schlitten war vorbeigefahren. Der junge Mann beschleunigte seinen Schritt und blieb erst im Hausflur der Apotheke „Zur goldenen Lilie“ stehen. Eine ältere, einfach gekleidete Frau kam ihm entgegen. Auf seine Frage, ob er mit Herrn Korimsky sprechen könne, schüttelte sie den Kopf. Als sich aber der junge Mann vorstellte, hellte sich ihr Gesicht freudig auf.

„Ach, der neue Herr Provisor! Endlich kommen Sie! Herr Korimsky erwartete Sie schon gestern. Aber Sie sind ganz erstarrt, kein Wunder bei der Kälte. Ich lasse gleich Ihr Zimmer heizen, bis dahin kommen Sie mit in meine Stube. Sie werden auch hungrig sein nach der Reise, aber wir haben schon zu Nacht gegessen, und Sie müssen darum entschuldigen, wenn ich nur noch etwas zusammensuche.“

Die Frau wartete nicht auf eine Antwort, öffnete die Tür eines kleinen, gut geheizten Zimmers, und bald darauf brachte sie das Abendessen, dem man es nicht ansah, dass es nur zusammengesucht war. Sie brachte auch heißen Tee und nötigte den Gast freundlich. „Herrn Korimsky habe ich schon von Ihnen gesagt. Gleich nach dem Essen können Sie zu ihm gehen“, berichtete sie. „Er hatte Sie schon gestern ganz sicher erwartet.“

„Es tut mir Leid, ich konnte nicht früher kommen", antwortete der junge Mann und stand auf. „Die Apotheke ist heute wohl schon geschlossen!" Traurig erwiderte die Frau:

„Sie ist schon seit einer Woche geschlossen. Aber Sie wissen ja noch nichts von dem großen Unglück!"

„Doch, ich weiß es." Sie traten aus dem Zimmer.

„Sie wissen es! Desto besser. Der Herr kann und will seitdem keine Arznei mehr machen, wer wollte sich darüber wundern! Die Lehrlinge verkaufen nur Kleinigkeiten, aber Rezepte werden nicht angenommen. Es war sehr unangenehm für die Leute, für die Doktoren und für uns."

„Und der junge Herr Korimsky?", fragte nach einer Weile der junge Mann mit einer Stimme voll aufrichtigen Mitleids.

„Seit gestern ist es gottlob etwas besser. Herr Doktor Lermontoff sagt, dass die Todesgefahr beseitigt ist. Möge es der barmherzige Gott geben, dass sich der Arzt nicht täuscht!"

„Ist es der Arzt des Ortes?"

„Nein. Unser Doktor heißt Rauscher und ist schon ein älterer Herr. Dieser ist ein Freund des armen Nikolaj. Und ich habe den jungen Herrn gepflegt, als er die Mutter verlor, auch erzogen, und jetzt muss ich sein Leiden ansehen." Die Frau wischte sich die Tränen ab.

„Leidet er noch immer so sehr?", fragte der Provisor.

„Das wissen wir nicht. Jetzt ist er schon bei Besinnung und lässt es nicht merken, damit sich der Vater nicht grämt. Aber da sind wir schon bei Ihrem Zimmer, Herr Provisor."

„Ich danke für die Begleitung und die Auskunft. Die Zimmer des Herrn Korimsky sind oben im ersten Stock, nicht wahr?"

„Ja, die zweite Tür von der Treppe."

Der junge Mann trat ein und stellte den Koffer ab. Er schenkte dem Zimmer weiter keine Aufmerksamkeit, nahm einige Sachen aus dem Koffer und säuberte sich von dem Staub der Bahnfahrt. Aber bevor er den Raum verließ, kniete er neben dem Sofa nieder, verbarg das Gesicht in den Händen und blieb so eine Weile. Als er dann aufstand, trug sein Gesicht die Spuren vergossener Tränen. Er ging über den Gang und die Treppe hinauf, ohne jemandem zu begegnen, das große Haus schien wie ausgestorben. Doch als er seine Hand auf die Türklinke legen wollte, öffnete sich die Tür von innen, und der Hausherr trat heraus. Sein Gesicht war von Leid gezeichnet, die Haltung konnte es nicht verdecken.

„Ich bin Miroslav Ursiny", stellte sich der junge Provisor vor. „Es freut mich", Korimsky reichte ihm flüchtig die Hand.

„Treten Sie ein", lud er ihn ein und kehrte zurück in das elegante, von einem großen Kronleuchter erhellte Zimmer. Sie nahmen in den Lehnstühlen Platz.

„Nach den Zeugnissen zu urteilen, habe ich Sie mir älter vorgestellt“, sagte der Apotheker mit freundlicher, aber herablassender Stimme. „Sind Sie imstande, die Aufsicht über die ganze Apotheke zu übernehmen?“

„Mir wurde auch an meinem letzten Platz wegen Kränklichkeit des Besitzers die selbständige Leitung zugewiesen“, entgegnete der junge Mann.

„Desto besser für mich und für Sie. Mit den Gehaltsbedingungen sind Sie zufrieden?“

„Vollkommen, Herr Korimsky!“

„So will ich Sie nicht länger aufhalten. Sie werden von der Reise müde sein und sollen sich jetzt ausruhen. Ich hoffe, man hat für alles gesorgt, sonst wenden Sie sich an Frau Pribovsky, meine Haushälterin.“ Korimsky stand auf, der junge Mann ebenfalls. „Sie erlauben wohl, Herr Korimsky, dass ich mir noch heute die Apotheke ansehe, damit ich morgen gleich in der Frühe zu arbeiten beginnen kann. Müde bin ich nicht.“

Korimsky wurde etwas blass und strich sich mit der Hand über die Stirn. „Ich werde Doktor Lermontoff schicken, er wird Ihnen alles zeigen und übergeben. Mein Vertrauen haben Sie. Ich hoffe, ich werde mich in Ihnen nicht täuschen. Gute Nacht!“

An der Tür wandte sich der Apotheker aber noch einmal um und sah auf den jungen Mann. Ihre Augen begegneten sich.

„Wünschen Sie noch etwas?“, fragte er. Es schien

ihm, als ob jener noch etwas von ihm erbitten wollte. Die Frage verwirrte Ursiny, er errötete. „Ich möchte mir die Bitte erlauben, dass ich Sie heute Nacht bei dem jungen Herrn Korimsky ablösen darf. Ich würde ihn nach der ärztlichen Anordnung treu pflegen", antwortete der Provisor. „Mich bei meinem Sohn ablösen? Und warum?" Das kalte Gesicht des Mannes wurde milder. „Weil Sie, Herr Korimsky, Ruhe brauchen."

„Und Sie nach der Reise!"

„Ich bin jung."

„Ja, aber Sie sind fremd. Sie werden mir viel Gutes erweisen, wenn Sie die Last der Apotheke von meinen Schultern nehmen. Widmen Sie sich nur treu Ihren Pflichten, persönlich belästigen wollen wir Sie nicht."

Eine kurze Verneigung, und der junge Mann war allein. Nach einer Viertelstunde erschien der Doktor in der Tür. Angenehm überrascht von der Erscheinung des neuen Hausbewohners sagte er: „Verzeihen Sie, Herr Ursiny. Ich habe Sie etwas lange warten lassen. Aber unser Patient ist gerade aufgewacht, es war unmöglich, gleich wegzugehen. Übrigens, mein Name ist Aurel Lermontoff." Darauf gingen beide Herren hinunter.

„Wenn Sie heute nicht gekommen wären", sagte der Arzt, indem er die Apotheke öffnete, „hätte ich schon morgen an Ihrer Stelle hier gearbeitet. So kann ich Ihnen nun gleich alle Schätze zeigen."

„Ich bin Ihnen, Herr Doktor, sehr dankbar. Früher konnte ich leider nicht kommen, mein Chef war gestorben. Ich musste die Apotheke dem Nachfolger übergeben."

„Und Sie selbst konnten sie nicht übernehmen?"

„Ich werde kaum jemals dazu in der Lage sein."

Über das Gesicht des jungen Arztes flog eine leichte Verlegenheit. „Entschuldigen Sie diese überflüssige Frage", sagte er herzlich und fing eifrig an, alles in der Apotheke zu zeigen. Man merkte, dass er hier mit allem vertraut war. „So, jetzt habe ich Ihnen das Wichtigste gezeigt."

„Ich danke Ihnen, Herr Doktor. Ich hoffe, dass ich die Apotheke in demselben geordneten Zustand, wie ich sie übernommen habe, in Herrn Korimskys Hände zurückgeben kann."

„O lieber Ursiny, Korimsky wird kaum je wieder hier arbeiten. Suchen Sie seine Zuneigung und sein Vertrauen zu gewinnen, so ist Ihre Zukunft gesichert. Heute sind Sie Provisor, nach einer kurzen Zeit Teilhaber und endlich Inhaber. Doch verzeihen Sie, dass ich Sie schon wieder verlasse. Nikolaj hat mich nur für kurze Zeit freigegeben."

Es war schon ziemlich spät, als sich die Tür hinter dem neuen Bewohner des Provisorzimmers schloss, der sich zum ersten Male in dem Hause zur Ruhe legte, wo seiner bei den jetzigen Verhältnissen eine glänzende Zukunft wartete.

„Vater, wo ist Aurel so lange?", fragte eine schwache Stimme vom Bett her, an dem Korimsky saß, den Kopf in die Hände gestützt. „Er kommt gleich, Nikuschka. Gerade kam unser neuer Provisor, er zeigt ihm die Apotheke."

„So, dein Provisor? O, das ist gut!" Das Gesicht des Kranken wurde lebhafter. „Da wirst du jetzt nicht sogleich wieder hinein müssen."

„Nein!" Korimsky unterdrückte sichtlich die Worte, die nicht über die Lippen kommen durften. „Bis du die Sorgen ein wenig vergessen hast, die ich dir ungewollt bereitet habe. Ich weiß ja bis heute nicht, wie das geschehen ist."

„Du weißt es nicht?" Korimsky atmete schwer. Der junge Mann schaute ihn an, und es fröstelte ihn.

„Sprechen wir nicht davon! Aber bitte, glaube nicht, denke nicht, nein, du kannst doch nichts dafür! Die ganze Schuld liegt an meiner Unvorsichtigkeit, dass ich gerade in solch ein Glas das Gift tat, in dem auch die Limonade war, und ich habe dir auch nichts gesagt. Du wolltest überhaupt die Mischung nicht machen, nur ich bestand darauf, ja, ich allein bin schuld. Aber ich werde wieder gesund werden! Aurel sagt, dass er bei mir bleiben wird, so lange, bis ich mich so weit erholt habe, dass wir zusammen gehen können. Du wirst sehen, wie frisch ich zurückkomme, und dann wird es am besten sein, alle hochfliegenden Pläne fallen zu lassen und die Apotheke zu übernehmen, damit du endlich der Pflicht, die du niemals geliebt hast, für immer entledigt bist. Ja, ich werde bei dir bleiben und Apotheker sein, wie meine Vorfahren waren."

„Niemals!"

„Was hast du gesagt?"

„Nichts, nichts, Nikuschka! Alles, wie du willst", beschwichtigte der Vater. „Sieh, da kommt auch schon Herr Lermontoff."

„Guten Abend, Herr Korimsky. Sie haben einen guten Fang getan mit Ihrem Provisor."

„Glauben Sie, dass er tüchtig ist?"

„Freilich, er hat Erfahrung und besonders Charakter, und das ist immer eine gute Bürgschaft. Nun, Nikuschka, wie geht es dir? Du liegst schlecht, mein Lieber." Der Doktor neigte sich zu dem Kranken.
„Ich liege gut, Aurel. Ist der Provisor jung?"

„Ungefähr in meinem Alter."

„Schade, dass du ihn nicht mitgebracht hast!"

„Willst du ihn sehen?"

„Ich wäre froh, aber es ist schon spät. Er soll sich nach der Reise ausruhen. Also erst morgen." Der Kranke setzte hinzu: „Vater, ich bitte dich, gehe du auch schlafen, du bist so blass."

„Wenn Aurel mich vertreten will, werde ich gern auch ein paar Stunden ruhen."

Der Arzt begleitete den Hausherrn hinaus, kehrte dann zu seinem Freund zurück und fand ihn mit geschlossenen Augen ruhen. Aber er öffnete sie sofort. „Bist du hier, Aurel? Und allein?"

„Ja, mein Lieber."

„Ach, mir ist doch schon wieder so merkwürdig. Glaube mir, am liebsten würde ich anfangen zu weinen."

„Weinen? Tut dir etwas weh?"

„Das nicht, aber mir fehlt etwas. In meinem Herzen ist es so leer. Ich komme mir vor wie ein Mensch, der kein Licht hat."

„Dein Zustand bringt solche grübelnden Gedanken mit sich", beschwichtigte ihn der Arzt. „Wenn wir nur erst diesen vier Wänden den Rücken kehren könnten, diesem Gefängnis, dann wird alles gut sein. Glaubst du das nicht?"

„Nein, Aurel. Bedenke, was für Pläne wir für die Zukunft hatten! Was wollte ich auf dem Gebiet der Chemie alles leisten! Und was ist nun? Ein fehlerhafter, unbedeutender Schritt, eine schreckliche Nacht! Wenn ich damals gestorben wäre, was nützte dann all meine Wissenschaft! Und wenn es wirklich eine Ewigkeit gibt, was wartet dann hinter jener Grenze auf den, der hier im Leben niemals daran dachte?"

Im Zimmer wurde es still. Der Kopf des Arztes ruhte in den Händen. „Das sind Fragen, Nikuschka, auf die ich dir keine Antwort geben kann. Es gab einmal eine Zeit, da in meinem Innern in dieser Hinsicht alles klar war, aber heute ist das nicht mehr so. Doch wir wollen jetzt nicht daran denken. Du bist noch zu schwach, um diese Fragen zu lösen. Wenn du gesund sein wirst, dann werden wir gemeinsam die Wahrheit suchen."

„Wirklich? O wie freut mich das! Nur eins sage mir, glaubst du an eine Ewigkeit?"

„Ja, ich glaube, Nikuschka, weil meine Mutter an sie glaubte und für sie lebte. Ein felsenfester Glaube, wie sie ihn bei ihrem Sterben hatte, kann nicht zuschanden werden."

„Sieh, auch ich glaube und kann doch die Furcht nicht loswerden, dass die Ewigkeit für mich schrecklich geworden wäre."

„Ach, sprich nicht so!", entgegnete der Doktor hastig und sprang auf. „Damit du nicht weiter grübelst, werde ich dir lieber eine Neuigkeit erzählen. Herr Nikolaus Orlowsky hat seine Enkelin abgeholt, heute Abend sind sie in Orlow eingetroffen.

So hat es mir wenigstens Rauscher mitgeteilt. Morgen Abend soll die Hochzeit in Orlow sein. Adam Orlowsky heiratet seine Kusine."

„So!" Die Wangen des Kranken röteten sich vor Aufregung.

„Adam war doch nicht daheim!"

„Er ist zurückgekehrt. Nach der Hochzeit sollen die Eheleute auf das Gut Horka ziehen, das Herr Nikolaus seiner Enkelin zum Brautgeschenk machte. Von dort aus geht Adam auf seine archäologische Reise."

„Und Margita?" Der Kranke richtete sich im Bett halb auf und schaute unverwandt auf den Freund.

„Margita Orlowsky soll als Herrin bei dem alten Herrn Orlowsky bleiben und für ihn sorgen."

„Sie wird hier bleiben? Und mein Vater, ach!"

„Nikuschka! Ach, was mache ich? Wem erzähle ich das!", rief der Doktor und schlug sich vor die Stirn. „Sie ist ja deine Schwester!"

Rasch bemühte er sich, den Freund aus der Ohnmacht zu wecken. Bald kam er wieder zu sich, aber sie sprachen nicht mehr miteinander. Der Kranke war müde, und die Schwäche brachte Schlaf über ihn.

* * *

Nikolaus Orlowsky ging in der hell erleuchteten Halle hin und her. Dann und wann warf er den Blick zur Tür, als erwarte er ungeduldig jemanden. Endlich trat ein junges Mädchen ein. Mit Freuden musterte der alte Herr die zarte Erscheinung. „Entschuldige, Großvater, dass du so lange auf mich warten musstest. Ich war in der Küche, sie wünschten dort von mir einen Rat."

„Was, Margita, du nimmst das Zepter in die Hand, kaum dass du unter mein Dach getreten bist?", sagte er gütig lächelnd. „Doch wie kamen sie dazu, dich gleich bei der Ankunft um Rat zu fragen?" Er streckte beide Hände der Enkelin entgegen und zog sie an sich.

„Ganz einfach", entgegnete sie und küsste ihn. „Ich

sah die Köchin mit der Wirtschafterin im ernsten Gespräch und sichtbar in Verlegenheit, fragte nach der Ursache und ging dann mit ihnen. Du hast mich doch hergerufen, Großvater. Ich bin nicht gekommen, um zu faulenzen."

„Ich glaube das gern. Aber um die Vorbereitungen zu deiner Hochzeit brauchst du dich nicht zu sorgen, das ist unsere Sache." Für einen Augenblick zog ein Schatten über ihr Gesicht. „Vergiss nicht, Großvater, dass unsere Hochzeit nur eine nebensächliche, unausweichliche Sache ist, die mir ermöglicht, bei dir zu bleiben."

Erschrocken schaute Herr Orlowsky auf seine Enkelin. „Es ist dir doch der Aufenthalt bei mir nicht die Hauptsache?", fragte er bedrückt. Sie sah ihn mit ihren großen Augen ruhig an. „Gewiss, du bist der erste und einzige Mensch, der mir Liebe entgegengebracht hat und der mich braucht. Nun, so will ich für dich leben."

„Und Adam?" Wieder zuckte es in ihrem Gesicht. „Adam? Wenn er weiß, dass ich bei dir bin, kann er ruhig reisen. Er wird gewiss ganz zufrieden sein."

Auf die Brust des alten Herrn legte es sich schwer. So hatte er es nicht gemeint, als er diese beiden jungen Menschen miteinander verbinden wollte. Dann aber dachte er, sie kennt ihn nicht, darum spricht sie so. Vorläufig ist die Hauptsache, dass sie beide eingewilligt haben, das Übrige wird sich schon machen. Als die Enkelin ruhig nach den eingeladenen Gästen fragte und sich ihre Aussteuer, das Brautkleid, Kranz und Schleier zeigen ließ, ging er unwillkürlich auf ihre Art ein. Er hatte wirklich nicht gedacht, dass er sich so bald mit dem Kinde verstehen würde.

Am anderen Tage strahlte der alte Herr vor Freude, als er sah, wie die Enkelin ihm zur Seite stand. Jeder in Orlow fühlte, dass eine junge Hand die Zügel ergriffen hatte. Die klare Stimme belebte das alte Haus.

Am Nachmittag kam Adam mit drei Freunden und gleich hinter ihm ein auserlesener Kreis Hochzeitsgäste. Die Trauung sollte um sechs Uhr in Podhrad vollzogen werden, dann war in Orlow ein kurzes Hochzeitsnachtessen geplant und morgens ein feierliches Frühstück. Anschließend wollten die Neuvermählten nach Horka abreisen.

Etwa eine halbe Stunde nach seiner Ankunft in Orlow trat Adam, schon hochzeitlich gekleidet, auf den Balkon von Orlow.

Der junge Mann war ziemlich aufgeregt, wie er sich auch zu überwinden suchte und sich einreden wollte, dass dieser Schritt, zu dem ihn der Großvater zwang, für ihn keine weitere Bedeutung habe. Es war ihm zuwider, dass er die Rolle des Bräutigams spielen sollte. Er ärgerte sich über sich selbst, dass er aus Liebe zum Großvater sich an ein Kind binden wollte, und dass die Frau, der er heute die Treue schwören sollte, ihm für das ganze Leben eine Last sein würde, weil er ihr ein Recht an sich gab. Er war froh, sie bis jetzt nicht gesehen zu haben, und wiederum sehnte er sich, endlich zu wissen, wer die ihm Aufgezwungene eigentlich war.

Der Balkon wurde von zwei Lampen beleuchtet. Die umliegende Welt war weiß und schön, eine geheimnisvolle Stille lag über ihr. Aber Adam sah sie nicht, denn mit jeder Minute stieg seine Bitterkeit. Wenn es sich nicht um die Ehre seines Namens und die Person des Großvaters handelte, er würde diese Verbindung noch lösen.

Er ging zwar morgen auf die Reise, von der er jahrelang geträumt hatte, aber nicht frei, sondern als ein Mann, der durch gesellschaftliche Rücksichten gezwungen war, sich wenigstens in den Briefen um seine Frau zu sorgen. Er war sogar genötigt, zu ihr zurückzukehren.

Aufgeregt strich er mit der Hand über das Haar, wandte sich dabei um und trat unwillkürlich zurück. Er war nicht allein.

An das Geländer gelehnt, in schneeweißem Kleid, mit einem duftigen Schleier, der unter dem Myrtenkranz herabfiel, stand ein Mädchen. Alles an ihr war weiß bis auf die dunklen Augen und die roten Lippen. In der Brust des jungen Mannes regte sich ein seltsames Gefühl. Das war seine Braut. Das war Margita? Unmöglich! War es nicht das Gesicht von Korimsky? War es nicht die Gestalt und waren es nicht die Augen der einst so geliebten Tante Natalie?

Wie verzaubert sah Adam Orlowsky auf seine Braut. In dem Augenblick wandte sie sich um. Eine jähe Röte färbte das Gesicht. Sie trat einen Schritt zurück.

„Guten Abend, Margita!"

„Guten Abend!", klang es ernst und gleichgültig zurück. „Adam Orlowsky", stellte er sich vor.

„Ich kenne Sie nach der Fotografie."

„So?"

Eine Weile standen sie schweigend da. Ihn reizte ihre Kälte. So hatte er sich das Kind, das junge Mädchen aus dem Pensionat von Arowitz nicht vorgestellt. Er zog die Uhr hervor.

„Es wird schon Zeit", sagte er und schaute auf das Zifferblatt, aber er sah weder die Zeiger noch die Zahlen.

„Bitte, gehen wir hinein! Der Großvater will uns der Gesellschaft vor der Trauung noch vorstellen."

Er öffnete höflich die Tür. Sie hob ihre lange Schleppe und ging an ihm vorüber. Dabei streifte ihm der süße Duft von Reseda und Maiglöckchen, es war ihm plötzlich seltsam zumute.

Ohne ein Wort zu sagen, schritten sie über den Gang bis in die erste Halle. Dort kam ihnen der alte Herr entgegen. Adam sah dabei, wie schön die Augen seiner Braut strahlten und wie innig sie sich an den Großvater schmiegte.

Die offizielle Vorstellung war vorbei. Es wurde Zeit, zur Kirche zu fahren. Margita ließ sich von ihrem Bräutigam an den Wagen geleiten. Keine Hand ruhte segnend auf ihrem Haupt. Sie fühlte, dass sie eine Waise war, die niemanden in der weiten Welt hatte, der sie vor diesem Schritt bewahren konnte. Auch sie würde jetzt am liebsten davongehen, wie vor einer Weile Adam.

Auf dem Weg zur Kirche sprachen sie kein Wort miteinander. Davon, was in der Kirche mit ihr vorging, blieb ihr nur eine dunkle Erinnerung.

Die Zeremonie und der fürs ganze Leben bindende Eid waren vorüber. Adam Orlowsky, der sich nicht mehr schämte, die Rolle des Bräutigams einer so schönen Braut zu spielen, führte Margita heim. Das glänzende Hochzeitsmahl ging zu Ende. Die Gäste brachen auf bis auf diejenigen, die über Nacht in Orlow blieben. Alle waren von der Liebenswürdigkeit der Braut bezaubert. Hinter dem jungen Paar schloss sich die Tür von Margitas Salon.

„Ich wünsche schon lange, dass wir endlich ungestört miteinander reden können", begann Adam höflich. „Bis jetzt war es nicht möglich. Der Großvater wünscht, dass wir morgen dein Gut Horka besuchen. Du erlaubst doch, dass ich du sage?"

Sie nickte und sah ihm zum ersten Mal mit großen Augen gerade ins Gesicht. „Wozu sollen wir hingehen, wenn der Großvater nicht mit uns geht? Wenn Horka mein Gut ist, so kann ich es ein anderes Mal besichtigen."

Er war verwirrt. „Weißt du", sagte er, „wir sollten

nach der gesellschaftlichen Ordnung jetzt die Hochzeitsreise machen. Das ist aber, da ich doch meine Reise vor mir habe und die Gesellschaft nicht lange auf mich warten kann, unmöglich. So wird es natürlicher sein, dass ich die Reise von Horka aus antrete."

„Warum? Du hast deinen freien Willen zu tun, was und wie du willst. Für uns ist keine Hochzeitsreise nötig. Wozu wolltest du dich den Leuten zuliebe verweilen?"

„Den Leuten zuliebe nicht", entgegnete er und strich sich mit der Hand über das Haar. „Aber du, wirst du es nicht für eine Beleidigung ansehen, wenn ich dich gleich nach der Hochzeit verlasse?"

„Ich?" Sie sah ihn an. „Wir haben den Wunsch des Großvaters doch erfüllt. Um ihn handelt es sich, nicht um uns. Zwischen uns ist also damit alles erledigt."

Er sprang vom Stuhle auf. „Margita, was sagst du? Wir haben doch eben erst gelobt!"

Auch sie richtete sich auf. „Oh, den Eid können wir ganz gut halten, das heißt, was die Treue betrifft. Sonst brauchst du nicht zu fürchten, dass ich dir je im Wege stehen werde."

„Entschuldige, ich muss dich für eine Weile verlassen, komme aber gleich wieder. Wenn ich dich beim Großvater vertreten soll, so müssen wir miteinander über unsere Angelegenheiten sprechen." Was wollte er eigentlich? Vorher hatte er sich vor den

Fesseln gefürchtet, und jetzt, da sie ihm so ruhig sagte, dass alles nur eine Zeremonie vor der Welt war, die sie beide einander nicht näherbrachte, jetzt beleidigte es ihn in den Tiefen seiner Seele. Er war zwar nur oberflächlich erzogen, wenn ihm auch der Großvater sittliche Grundsätze eingepflanzt hatte, die, wie er meinte, ihm bis heute vor dem Fall bewahrt hatten, aber er war älter und hatte von der Ehe reifere Begriffe als sie. Er wusste, dass ein solches Verhältnis zwischen ihnen für die Dauer unmöglich war. Dass sie die Dinge so aufnahm, konnte er ihr nicht übel nehmen, sie war ja noch nicht einmal achtzehn Jahre alt und kannte das Leben nicht. Nur die Art und Weise, wie sie es ihm zu wissen gab, dass er ihr geradeso überflüssig sei wie sie ihm, regte ihn auf.

Kaum war er mit dem Gedanken fertig, dass die Sache eine andere Wendung nehmen müsse, kehrte sie schon zurück, ohne Kranz und Schleier, weniger glänzend, aber dafür desto lieblicher. Sie setzte sich zum Kamin, legte die Füße auf den niedrigen Schemel und bot ihm mit höflichem Ernst den Lehnstuhl gegenüber an. „Ich möchte gern wissen, wie ich dich beim Großvater vertreten soll."

„Ich verstehe nicht, wie du das meinst. Ausgenommen in den Ferien, war ich dem Großvater sonst gar nicht nützlich, da ich immer mit meinen wissenschaftlichen Studien beschäftigt war." Der junge Ehemann lehnte am Kamin, nahm den angebotenen Stuhl nicht an und kreuzte die Arme über der Brust.

„Dagegen hörte ich, dass du dich gleich bei der Ankunft sehr gut in die Aufgabe der Herrin von Orlow geschickt hast“, sagte er sich verbeugend.

„Ich kam, um mich dem Großvater nützlich zu machen“, erwiderte sie, das Kompliment fremd ablehnend. „Ich will alles tun, damit er sich wohl fühlt. Ich will ja nur für ihn leben.“

„Es ist merkwürdig, dass du so etwas zu mir sagen kannst, und das ein paar Stunden nach der Trauung“, bemerkte er spöttisch. Sie schaute ihn nicht an, ihr Gesicht wurde kalt.

„Merkwürdig? Zwischen uns beiden war ja dank deiner Offenheit schon vor der Hochzeit alles klar und festgelegt, damit wir wussten, dass unsere Wege bis zur Grenze der Treue gänzlich auseinandergehen. Du lebst für deine Wissenschaft und ich für den Großvater. Ich denke, so ist alles in Ordnung.“

„O ja!“, erwiderte er und richtete sich stolz auf. „Ich bin dir dankbar, dass du mich so freigibst, denn als ich den Ehebund mit dir einging, dachte ich, dass wir doch einer dem anderen etwas bieten müssten.“

„Ich weiß wirklich nicht, was ich dir bieten könnte“, sagte sie ernst, strich eine Locke aus der Stirn und war dabei so lieblich anzusehen, dass bei ihrem Anblick der Stolz aus seinem Gesicht schwand.

„Was meine Person betrifft, ich noch weniger“, sagte er wiederum höflich.

„So bleiben wir dabei. Du gehst gleich morgen mit deinen Freunden fort, und ich bleibe bei dem Großvater. Auch jetzt vermissen sie dich schon, denke ich.“ Sie gab ihm höflich zu wissen, dass sie allein sein wollte.

Er verabschiedete sich und ging, aber nicht zu seinen Freunden. „Wie sonderbar sie ist“, dachte er in seinem Zimmer. „Es wäre vielleicht doch besser, wenn ich nicht gleich nach der Hochzeit verreisen würde und sie hier so allein ließe, bevor wir uns in die neuen, unabänderlichen Verhältnisse eingefunden haben. Zu schade, dass es mir nicht mehr möglich ist, meine Verpflichtungen zu lösen oder zu verschieben! Was würden der Professor und der Großvater denken, wenn ich jetzt unkonsequent würde. Die Reise wird höchstens zwei Monate dauern, dann komme ich zurück. Das Buch kann ich auch daheim schreiben. Und wenn ich damit fertig bin, kann ich eine weitere und längere Reise unternehmen.“ So dachte Adam. Und Margita? Sie kniete neben dem Lehnstuhl, in dem sie eben gesessen hatte, und weinte.

Er hatte sich mit keinem Wort für die Beleidigung entschuldigt, die er ihr im Brief zugefügt hatte. Sie sollten einer dem anderen etwas bieten? Nein, niemals! Das würde er von ihr nicht erleben. „Ich werde ihm niemals verzeihen, dass er mich so grundlos beleidigt hat. Und nun weiß er es nicht einmal oder will es nicht wissen, was er getan hat“, schluchzte sie in ihrer Erbitterung. Er betrachtete das Leben an ihrer Seite als eine Notwendigkeit, in die man sich schwer würde hineinfinden müssen. Sie würde es ihm leicht machen. Sie könnten nebeneinander leben, aber niemals füreinander.

* * *

Der Morgen kam. Das feierliche Frühstück war vorüber. Die Gäste unterhielten sich in kleinen Gruppen in der großen Bibliothek von Orlow. Auch nahe bei der Tür, die ins Speisezimmer führte, stand eine Gruppe im lebhaften Gespräch. „Wissen Sie schon", sagte Pfarrer Günther, ein dicker, gemütlicher Herr, „dass die Apotheke wieder geöffnet ist?"

„Was? Da muss es dem jungen Korimsky wohl viel besser gehen."

„Da kommt ja unser Doktor Rauscher. Sagen Sie, geht es eigentlich dem Nikolaj Korimsky denn besser?"

„Ja, meine Herren. Aber warum meinen Sie?"

„Weil Korimsky die Apotheke wieder geöffnet hat."

„Er leitet sie ja nicht selbst. Er hat einen Provisor bekommen."

„So? Das ist etwas anderes", meinte der Advokat Kraus. „Es wäre auch sonderbar, wenn er schon wieder Lust dazu hätte."

„Und warum?", forschte der junge Professor

Helmrich. „Sie wissen nicht, was mit dem jungen Korimsky geschehen ist?"

„Ich habe nichts gehört."

„Nun, durch einen unglücklichen Zufall hat er sich bei der Zusammensetzung einer chemischen Mischung vergiftet."

„Still, meine Herren, reden wir hier nicht davon!"

„Weshalb?"

„Nikolaj Korimsky ist der Bruder der jungen Frau Orlowsky, und sie weiß von der ganzen unglücklichen Geschichte nichts."

„So, ist das wahr! Nur das eine sagen Sie uns noch: Wird er gesund werden?"

„O ja, aber nicht so bald."

Die Herren traten von der Tür weg und begannen ein anderes Gespräch. Hätten sie sich umgewendet, so hätten sie gesehen, dass eine kleine, mit goldenem Reif geschmückte Hand den Vorhang, den sie vorher krampfhaft gehalten, zufallen ließ, und wenn sie nicht weggegangen wären, so hätten sie vielleicht auch den Seufzer gehört: „Mein Bruder hat sich vergiftet, und ich wusste es nicht!"

Zur großen Überraschung der Dienerschaft verreiste nach dem Mittagessen Adam Orlowsky mit seinen Freunden, aber ohne seine junge Frau. Sie begleitete ihn mit dem alten Herrn nur bis zum Bahnhof. Aus dem ursprünglichen Plan, nach Horka zu gehen, war nichts geworden. „Die großen Herren haben sonderbare Launen", dachten die Leute. „So eine hübsche junge Frau gleich nach der Hochzeit allein zu lassen und in der Welt umherzureisen! Unsereiner würde das nicht tun."

Die junge Frau ordnete beim Aufräumen schon alles selbst an, denn der alte Herr musste auf das Gut gehen.

Gegen Abend kam sie, in Pelz gehüllt, und sagte, dass sie einen Spaziergang machen wolle. Man möge ihr den Schlitten zum Friedhof entgegenschicken, wenn der Herr komme. Es wunderte niemanden, dass sie spazieren ging, es war so schön heute, und sie war allein im Hause. Aber was würden sie sagen, wenn sie gesehen hätten, dass sie anstatt zum Friedhof der Stadt zueilte? Sie schritt mit leichtem Schritt durch die Gassen, bis sie bei der hell erleuchteten Apotheke stehen blieb und auf die Fenster im ersten Stock schaute. Bis hierher kam Margita Orlowsky, aber weiter hatte sie keine Kraft. Daheim hatte sie ihren Schmerz geschickt verborgen und sich mit dem Gedanken herumgetragen, du musst deinen Bruder sehen, du musst! Nun war sie am Ziel und doch sehr weit davon. Sie war ja dem Bruder ganz fremd, er dachte vielleicht nie an sie. Und er war nicht allein. Dort hinter den Fenstern, wo auch sie geboren war, dort lebte und litt ihr richtiger, nie gekannter Vater, ein Vater, der daran schuld sein sollte, wie, das wusste sie nicht, dass sie eine verlassene Waise war, und den sie trotzdem liebte. Wenn sie jetzt einträte und sich vorstellte, so erinnerte sie ihn an die Vergangenheit und seine Schuld. Er hatte genug zu tragen, er hatte auch niemanden, nur diesen Sohn. Wenn aber die Dinge so standen, wozu kam sie dann in dieses Tal und ließ sich an einen Mann ohne Gefühl und Herz binden? Vielleicht würde sie der Vater jetzt aufnehmen, wenn sie frei wäre, und sie würde ihm helfen, den kranken Bruder zu pflegen. So aber war zwischen ihnen eine große Kluft.

Kraftlos lehnte die junge Frau an der Wand. Doch plötzlich fuhr sie zusammen. Jemand öffnete die Tür der Apotheke, und in dem herausfallenden Licht stand eine große Gestalt mit blassem Gesicht. „Ich werde mich nicht lange aufhalten“, sagte der Mann. „Sagen Sie es meinem Sohn, wenn er aufwacht.“

„Gut, Herr Korimsky!“, antwortete von innen eine Männerstimme. Die junge Frau wusste, dass sie zum ersten Mal in das Gesicht ihres Vaters schaute. Er schritt mit gesenktem Kopf gerade auf sie zu, aber er sah sie nicht. Sie hielt den Atem an, denn es schien ihr, dass er das laute Klopfen ihres Herzens hören müsse. Wie bedauerte sie ihn! Sie sah, dass er traurig und unglücklich war. Es war ihr, als müsse sie die Hände in schmerzlicher Sehnsucht nach ihm ausstrecken mit dem Ausruf: „Vater, Vater, gehe nicht so fremd an mir vorbei!“

Er war schon ziemlich weit, als sie sich endlich zusammenraffte. Sie drückte beide Hände gegen das blasse Gesicht und schritt zur Tür der Apotheke. Sie entschloss sich, den unbekannten Bruder wenigstens schlafend zu sehen. Sie würde den, der sie hinführte, bitten, es ihrem Vater nicht zu sagen.

Margita trat ein. Zwei junge Männer fragten gleich, womit sie dienen könnten. Sie kaufte, was sie zuerst bemerkte, Resedaparfüm, obwohl sie genug daheim hatte, und Zahnwasser. Als sie die Geldtasche zitternd wieder eingesteckt hatte, wandte sie sich um. Zu ihrem Erstaunen trat soeben derselbe junge Mann ein, den sie, als sie mit dem Großvater vom Bahnhof gekommen war, bedauert hatte, dass er in der Kälte zu Fuß gehen musste. Als sie ihn jetzt erblickte, wurde ihr leichter zumute. Sie fühlte Vertrauen zu ihm und trat näher.

„Verzeihen Sie“, sagte die junge Frau leise, damit es die Lehrlinge nicht verstehen konnten. „Wie geht es dem kranken Herrn Korimsky?“

„Gottlob, es geht ihm schon besser, und jetzt schläft er“, antwortete der junge Mann mit einer Verbeugung.

„Könnten Sie mich zu ihm führen, wenn er allein ist? Ich würde ihn nicht aufwecken“, bat sie.

Der junge Mann verbeugte sich nur und öffnete wortlos die Tür in den Gang. „Sie finden es gewiss sonderbar, dass ich so etwas verlange“, sagte sie, als sie schon die Treppe hinaufstiegen. „O nein, ich sehe es Ihrem Gesicht an, gnädige Frau, dass Ihr Herz Sie zu diesem Schritt treibt.“

Sie schloss seine Hand fest in ihre beiden. „Sie haben Recht, er ist ja mein Bruder!“ Sie senkte den

Kopf, von ihren Gefühlen überwältigt. „Nicht wahr, Sie wundern sich, was ich hier suche?“

„Nein, gnädige Frau. Ich würde mich nur wundern, wenn Sie die Möglichkeit hätten und nicht kämen“, antwortete der Provisor. „Sie kennen mich also schon, ich brauche mich nicht mehr vorzustellen, auch nichts zu erklären. Aber wer sind Sie eigentlich?“

„Zur Zeit Provisor bei Herrn Korimsky, Miroslav Ursiny.“ Sie waren oben angekommen.

„Wie sonderbar ist es“, sagte sie umherblickend. „Ich bin hier geboren, Sie sind fremd, und doch muss ich Sie bitten, dass Sie mich zu meinem Bruder führen, und zugleich auch, dass Sie über meinen Besuch gegen jedermann schweigen möchten.“

„Ich will alles tun, wie Sie es haben wollen, gnädige Frau. Doch wir sind schon bei der Tür. Der Kranke ist allein. Herr Doktor Lermontoff ist zu Doktor Rauscher gegangen, und der Herr Apotheker macht einen Spaziergang.“ Noch etliche Augenblicke, und über das Bett des kranken Bruders neigte sich die Schwester, die schon jahrelang sein Gesicht zu sehen verlangt hatte. Wie ganz anders hatte sie sich die Erfüllung ihrer Sehnsucht vorgestellt! Sie weinte bitterlich. Neben dem niedrigen Bett kniend, lehnte sie einen Augenblick ihren Kopf an den seinen, hauchte einen schwesterlichen Kuss auf die Stirn, und ebenso still, wie sie gekommen war, verließ sie wieder ihr Geburtshaus, wo außer dem Provisor niemand erfuhr, wer einige Augenblicke unter diesem Dach geweilt hatte.

Drei Wochen waren seit jenem Abend vergangen, an dem der junge Provisor zum ersten Mal in das Haus unter der Burgruine getreten und die Verantwortung für die Apotheke übernommen hatte. Heute schon war es, als wäre er immer da gewesen. Die Leute im Hause unter der Burg konnten gar nicht mehr ohne ihn sein. In den ersten Tagen kümmerten sich die Herren außer Doktor Lermontoff wenig um ihn. Aber dann bekam der Arzt ein Telegramm, das ihn nach Wien rief. Von der Zeit an verwendete der Provisor jede freie Stunde, um bei dem jungen Herrn zu sein, der ihn gleich nach dem ersten längeren Gespräch lieb gewonnen hatte. Dann, wie vorauszusehen war, wurde auch Korimsky krank und musste sich legen, obgleich er sich lange genug dagegen gesträubt hatte. Aber auch dann vermochte der Arzt ihn nur drei Tage im Bett zu halten. Doch bekämpfte er die Krankheit vergeblich, sie siegte über ihn. Frau Pribovsky erzählte: „Was hätten wir damals nur ohne den Herrn Provisor machen sollen? Er besorgte die Apotheke und sah in seiner freien Zeit noch nach dem jungen Herrn. Die Lehrlinge in der Apotheke schlossen sich ihm an wie an einen Bruder und machten alles, was er ihnen befahl, bereitwillig, trotzdem der jüngere, Ferko, ein rechter Schlingel war." Die Leute, die Arzneien holten und an das stolze Aussehen des Apothekers gewöhnt waren, der niemals eine Kleinigkeit verkaufte, nicht einmal die Arznei selbst einpackte und außer dem üblichen Gruß kein Wort sprach, waren angenehm überrascht, als der junge Provisor so freundlich mit ihnen redete. Die warme Art tat den Leuten wohl. Je ärmer jemand war, desto freundlicher war er zu ihm. Besonders die Witwe Mala, die in einer kleinen Hütte wohnte und mit ihren drei Kindern, von denen eins ein Krüppel war, ein ärmliches Dasein fristete, konnte erzählen, wie der Provisor sie so freundlich nach ihrem armen Kind gefragt hatte und wie er dann selbst abends gekommen war, um nach ihm zu sehen.

Als sie ihm klagte, dass sie sich zu allem Unglück noch die Hand verbrannt habe, so dass sie nicht arbeiten könne, hatte er selbst ihr die Hand eingerieben, Holz gehackt und Wasser vom Brunnen geholt. Sie wohnte nahe bei der Apotheke.

Seit dieser Zeit kam Ursiny jeden Abend, wenn er die Apotheke geschlossen hatte, um mit dem kleinen Martin zu reden und das Kind in seinem Elend zu trösten. Er lehrte es Lieder und erzählte ihm biblische Geschichten. Nur schade, er blieb immer nur kurz, und doch freute sich die ganze Familie auf seinen Besuch und hörte ihm mit Freuden zu.

Von hier ging er dann oft hinunter in die Friedhofsgasse, wo gleich im ersten Hause bei Bielys der fremde Knabe mit erfrorenen Zehen lag, den er selbst hierher gebracht hatte.

Über etwas wunderten sich die Leute in Podhrad, dass nämlich, seitdem der Provisor in der Apotheke war, diese am Sonntag geschlossen blieb. Wenn jemand eine Medizin nötig brauchte, konnte er in das Haus gehen, und sie wurde ihm angefertigt, sonst aber wurde nichts verkauft.

Als auch Doktor Rauscher am nächsten Sonntag über diese neue Ordnung vor Frau Pribovsky sein Erstaunen zeigte, entgegnete diese, dass sie gehört hätte, wie der Herr Provisor den Herrn Korimsky gebeten habe, die Apotheke am Sonntag schließen zu dürfen, um den Leuten abzugewöhnen, am Sonntag zu kaufen. Der Herr habe ihn verwundert angeschaut.

„Probieren Sie es“, hatte er achselzuckend gesagt, „ob es Ihnen gelingt, ohne dass ich dabei Schaden und Verdruss habe.“

„Nun, wer weiß, ob es dem Herrn Provisor gelingt“, fügte Frau Pribovsky hinzu. „Wenn ja, wird es für uns alle gut sein, denn so hat keiner von uns einen Sonntag.“

Der Doktor zuckte die Achseln und sagte nichts weiter. Frau Pribovsky freute sich, als sie hörte, dass der Herr Provisor kein Katholik war, denn oft kam sie sich sehr vereinsamt vor unter lauter Katholiken. Sie stammte aus dem Dubravatal und war eine geborene Hradsky. Mit vierzehn Jahren war sie nach Podhrad in den Dienst der verstorbenen alten Frau Korimsky getreten. Später heiratete sie den jungen

Pribovsky. Aber auch dann kam sie noch immer zur Aushilfe zu der alten Dame, wenn diese viel Arbeit hatte. Als dann ihr Mann gestorben war und sie als kinderlose Witwe zurückblieb, nahmen die jungen Korimskys sie als Wirtschafterin zu sich, denn Frau Natalie verstand von der Haushaltsführung gar nichts, und ihr Mann erlaubte ihr auch nicht, mit ihren weichen Händen zu arbeiten. Frau Pribovsky hatte mit ihrer Herrschaft böse und gute Stunden erlebt, großes Glück und noch größeres Unglück. Sie hatte sich in die Familie eingelebt, als ob sie selbst hineingehörte. Sie konnten auch nicht mehr ohne sie sein. Sie hatten an ihr einen wahren Edelstein der Treue und achteten sie hoch. Sie war also schon lange Jahre in einem evangelischen Hause, aber was half es, da die Herrschaft nichts vom Glauben hielt?

In Podhrad gab es keine evangelische Kirche. Man musste nach Rakovian gehen, das war sehr weit, und man kam manchmal nur einmal im Jahr dorthin. Der verstorbene Pribovsky hatte seiner Frau ein Andachtsbuch und ein Gebetbuch hinterlassen, damit tröstete sie sich, wenn sie Zeit hatte, und meinte, dass so alles in Ordnung sei.

Wenn man nur ordentlich und ehrbar lebt und Gott nicht verlässt, so verlässt er einen auch nicht. Das war ihre Religion. Aber seit der Provisor gekommen war, sah sie, dass er die Gebote Gottes ganz anders verstand als sie und Gott ganz anders vertraute. Es war ihr sehr sonderbar, als sie einmal in sein Zimmer kam und ihn kniend beten fand. Er bemerkte sie nicht, denn er betete laut und bat Gott für irgend jemanden, der ihm sehr teuer sein musste. Er bat darum, dass der Herr diesen auf den rechten Weg bringen und ihm seine Sünden verzeihen möge. Als man davon gesprochen hatte, dass ein Provisor ins Haus kommen sollte, hatte sie oft seufzend gedacht, wie viel mehr Arbeit sie haben würde. Sie hatten früher zweimal Assistenten gehabt. Das waren große Herren, die sich mehr bedienen ließen als Herr Korimsky selbst. Und nun hatte sie fast keine Arbeit mit Herrn Ursiny. Das Zimmer räumte er selbst auf, und öfters, wenn er zu dem jungen Herrn ging, nahm er sogar Holz mit und heizte bei ihm. Er musste aus einer armen Familie sein. Seine Wäsche war gut, doch hatte er nur wenig. Er besaß nur zwei Anzüge. Aber er hatte viele Bücher und schöne Bilder, die er gleich bei seiner Ankunft in seinem Zimmer aufgehängt hatte. Als sie ihm einmal klagte, dass man hier wie ein Heide leben müsse, sagte er ihr gleich am anderen Sonntag: „Da hier keine Kirche ist und Sie nicht nach Rakovian gehen können, so kommen Sie doch nach dem Frühstück in mein Zimmer. Ich werde Ferko rufen, der auch evangelisch ist, und wir werden zusammen Gottesdienst halten. Kirche ist überall, wo zwei oder drei im Namen Jesu versammelt sind, denn er ist in ihrer Mitte."

Gern willigte sie ein. Sie brachte ihr Gesangbuch

mit, er hatte auch eins. Sie sangen zwei Lieder, dann beteten sie, und der Provisor las und erklärte einen bestimmten Text so einfach und klar, dass ihn jedes Kind verstehen konnte. Es war eine Freude, ihm zuzuhören.

Dann betete er noch einmal, besonders dafür, dass Gott den jungen Herrn Korimsky bald heilen möge. Anschließend ging er zu Nikolaj, und die anderen beiden ein jedes an seine Arbeit. Seit Jahren merkte Frau Pribovsky wieder, dass es Sonntag war. So vergingen die Wochen, und dann kam der Tag, da Ursiny dem jungen Herrn zum ersten Mal beim Aufstehen half. Nikolaj war noch sehr schwach, das Gehen fiel ihm schwer. Erst ganz allmählich kehrten die Kräfte zurück.

Es war Freitagabend. In dem Stübchen, das einmal seine Mutter bewohnt hatte, saß Nikolaj Korimsky, beleuchtet von der roten Kaminflamme. Er war allein. Der Vater machte auf Anordnung des Arztes einen Spaziergang. Der Kranke wusste, dass er nicht so bald zurückkehren würde. So war es nicht nötig, ein fröhliches Gesicht zu zeigen, und sein Kopf ruhte matt an der Sessellehne. Es klopfte, und herein trat Ursiny. Er kam mit leisem Schritt bis zum Kamin und beugte sich über den Lehnstuhl.

„Was betrübst du dich, meine Seele, und bist so unruhig in mir? Harre auf Gott, denn ich werde ihm noch danken, dass er meines Angesichts Hilfe und mein Gott ist“, sagte er leise.

Zwei erstaunte Augen hefteten sich verwundert auf das Gesicht des Sprechers.

„Sie sind es, Miroslav? Was sagten Sie?“ Der junge Mann reichte ihm die kalte Hand. Der Provisor wiederholte noch einmal die Worte. „Ursiny, glauben Sie wirklich an Gott?“

„Ja, Herr Korimsky!“

„Wie stellen Sie sich ihn vor, sehr streng und schrecklich?“

„Erlauben Sie mir eine Frage“, entgegnete dieser. „Wenn Sie jemals fern von Ihrem Vater waren, kam er Ihnen dann schrecklich vor?“

„Eine sonderbare Frage! Wie hätte ich mir meinen Vater so vorstellen können! Ich habe doch nur lauter Güte von ihm erfahren. Aber was hat das mit meiner Frage zu tun?“

„Sehr viel! Der Gott, an den ich glaube, ist zugleich auch mein Vater, von dem ich bis heute nichts anderes erfahren habe als lauter Liebe.“

„Nun ja, die Leute sagen es. Auch mich hat man gelehrt, dass Gott unser Vater ist. Aber wie soll ich es glauben, wenn wir ihn niemals gesehen haben?“, erwiderte Nikolaj sinnend.

„Es gibt sehr viele Kinder, die ihre Väter nie gesehen, von ihnen nicht einmal eine Wohltat empfangen haben, aber doch nicht zweifeln, dass sie sie hatten.“

„Da haben Sie Recht. Aber wie können Sie wissen, dass jener Gott, der so weit und hoch entfernt ist, Sie liebt und dass alles, was Ihnen das Schicksal Gutes gab, von ihm kommt?"

„Ich glaube an kein Schicksal. Ich glaube an Gott, Herr Korimsky! Ich glaube, dass er alles weiß und sieht, und für mich ist er weder weit entfernt noch zu hoch. ‚Fürchte dich nicht', sagt er zu mir ganz persönlich, ‚ich bin mit dir! Ich helfe dir!' Seine Nähe fühle ich bei der Arbeit und bei jedem Schritt."

„Das ist sonderbar. Wenn Sie nun aber denken, dass Gott alles leitet, so hätte er doch auch die Hand meines Vaters damals leiten müssen, Sie wissen ja!"

Ein kurzer Kampf war auf dem Gesicht des jungen Mannes zu lesen, bevor er fest entgegnete: „Lassen Sie uns auch das aus seiner Hand nehmen!"

Der Kranke machte große Augen. „Sie glauben, dass er die Möglichkeit hatte, meinen Vater vor dem schrecklichen Irrtum zu bewahren, der ihn jetzt das ganze Leben hindurch verfolgen wird, und mich vor diesem Absterben zu bewahren? Er tat es nicht! Warum nicht?"

„Das weiß ich nicht, Herr Korimsky. Er besaß auch die Möglichkeit, seinen Sohn Jesus vor dem grauenhaften Tode zu erretten, und doch ließ er ihn für mich und für Sie aus unendlich großer, dem Menschen unverständlicher Liebe töten. So glaube ich, dass er auch diese Trübsal zugelassen hat, weil er Sie lieb hat. O glauben Sie, alles, was er tut, ist gut, auch wenn wir ihn nicht verstehen."

In dem kleinen Raum war es eine Weile ganz still.

„Herr Korimsky, wenn Ihnen meine Worte zu kühn vorkommen, so entschuldigen Sie, bitte", unterbrach Ursiny die Stille und wollte aufstehen.

„Bleiben Sie, Miroslav! Die Überzeugung ist niemals zu kühn, wenn sie auch sonderbar ist. Sie sprechen aber darum so, weil Sie unsere Verhältnisse nicht kennen. Heute oder morgen wird sie Ihnen vielleicht irgend jemand in einer falschen Darstellung sagen, und Sie werden genötigt, schlimme Sachen zu glauben. Das sollen Sie nicht. Darum werde ich es Ihnen lieber selbst sagen." Das Gesicht des Sprechers wurde dabei immer trauriger. „In meinem sechsten Lebensjahr verließ uns unsere Mutter und zwang den Vater, sich von ihr scheiden zu lassen. Sie hatte hässliche Gerüchte über meinen Vater gehört und glaubte daran, obwohl diese nie bewiesen wurden und auch nicht bewiesen werden können. Sie ging fort, aber nicht allein. Sie nahm meine kleine, ihr gerichtlich zugesprochene Schwester mit sich, ein Kind, das mein Vater so liebte, wie Sie es sich gar nicht vorstellen können. Sie nahm ihm das Kind für immer, so blieb nur ich ihm. Auf mich setzte er seine ganzen Hoffnungen, und jetzt! Ach, denken Sie! Vor Jahren schrieb man ihm die Trennung und besonders den Verlust des Kindes zu, und jetzt ist er wieder die Ursache, dass er mich heute oder morgen verlieren kann. Wenn Sie können, sagen Sie noch einmal, dass es Gott so geführt hat."

Ein bitterer Zug lag um die Lippen des Kranken.

„Sind Sie nie mit Ihrer Schwester zusammengekommen, Herr Korimsky?“, fragte Ursiny leise statt einer Antwort.

„Nein, ich habe sie seit jenem schrecklichen Augenblick, da man mich von ihr losriss, nicht mehr gesehen, und seitdem sind schon siebzehn Jahre vergangen. Aber Sie sollen nun auch alles weitere wissen. Gewiss wurde vor Ihnen auch schon die junge Frau Orlowsky erwähnt. Es ist kein solches Geheimnis, dass es nicht bis zu Ihnen hätte durchdringen müssen. Denken Sie, sie ist meine Schwester, sie ist unsere Margita. Sie ist uns jetzt so nahe, doch wenn ich mich auch nach ihr sehne, so kann ich doch nicht mit ihr zusammenkommen, ja, ich darf sie nicht einmal erwähnen, denn ich bin es nicht allein, der sich sehnt.“ Nikolaj schaute umher. „Denken Sie, dass mein Vater nur wegen der großen Aufregung über meine Krankheit so leidet? Glauben Sie das nicht! Aber versetzen Sie sich in seine Lage, in die Empfindungen seiner Seele! Hier in Podhrad wurde die Hochzeit seiner Tochter gefeiert, der Tochter, die vielleicht das Schlimmste über ihn denkt, und die, wie ich gehört habe, der junge Orlowsky gleich nach der Hochzeit allein gelassen hat. Wahrscheinlich hat man sie nur um des Geldes willen verkauft. Jetzt lebt diese Tochter nur eine halbe Stunde entfernt von ihm, und mein Vater kann nicht hingehen, um sie zu fragen, wie es ihr geht und ob sie glücklich ist. Ich weiß, dass er ständig an sie denkt, aber man wird sie jetzt lehren, uns zu verachten. Aber wozu erzähle ich Ihnen das! Entschuldigen Sie, ich belästige Sie mit fremden Angelegenheiten. Und doch muss ich sagen, es fiel mir sehr leicht, mit Ihnen darüber zu sprechen. Glauben Sie mir, ich war so töricht, in der ersten Woche, als Margita nach Orlow gekommen war, jeden Tag zu hoffen, sie würde mich besuchen. Aber jetzt habe ich diesen Gedanken aufgegeben. Es ist kein Wunder, dass ich ihr fremd bin, obgleich uns das engste verwandtschaftliche Band umschließt. Sie war damals noch ganz klein, sie kennt mich gar nicht."

Um die Lippen des Provisors zuckte es wie ein Krampf. Einen Augenblick zögerte er, dann schaute er sich um, stand auf, ging zur Tür und verschloss sie.

„Was machen Sie, Ursiny?", fragte der Kranke verwundert. „Ich möchte Ihnen gern etwas mitteilen, Herr Korimsky, aber nur Ihnen."

„Ja, bitte?"

„Sie haben nicht umsonst gewartet. Frau Orlowsky hat Sie wirklich besucht."

„Margita? Unmöglich!", fuhr Nikolaj halb jauchzend, halb entsetzt auf.

„Frau Orlowsky kam in die Apotheke und kaufte Kleinigkeiten. Dann bat sie mich, Sie sehen zu dürfen. Ich habe sie hierher gebracht. Sie schliefen damals, Herr Korimsky. Sie wusste, dass Sie schliefen. Sie wollte Sie nicht aufregen, nur einmal sehen. Eine

Weile kniete sie neben Ihrem Bett und weinte. Dann bat sie mich, ihr doch über Ihr Befinden Nachricht zu geben und ging, von niemandem beachtet, wieder fort."

„Und der Vater?" Der junge Korimsky umfasste krampfhaft die Hand des Assistenten.

„Der Herr Apotheker war nicht daheim."

„Miroslav, was haben Sie von uns gedacht?"

„Ich bedauerte Sie beide von ganzem Herzen."

„Und meinen Vater?", drängte Nikolaj.

„Herrn Korimsky am meisten."

„O ich danke Ihnen! Ich sehe, wie tief Sie mit uns empfinden. Dass Margita hier bei mir war, zeigt mir, dass ich ihr doch nicht gleichgültig bin!" Ein glückliches Lächeln umspielte die Lippen des Kranken. „Haben Sie ihr schon Nachricht gesandt und durch wen?"

„Einmal schickte sie den Diener etwas einkaufen, ich legte ein Briefchen bei. Ein andermal ging ich selbst nach Orlow, und wir begegneten einander. Jetzt ist sie nicht in Orlow, sondern in Horka."

„Was denken Sie, ist sie glücklich?"

„Ich glaube, sie wird glücklich werden. Mehr kann ich jetzt nicht sagen, wir sprachen nur von Ihnen."

„Den Vater erwähnte sie nicht?"

„Ja, doch! Es war gerade zu der Zeit, als Ihr Vater krank lag. Sie fragte auch nach ihm, und das mit unverhohlener Liebe."

„O, Miroslav!" In dem Augenblick schlangen sich

die Arme des Kranken um den jungen Mann. „Ich erzähle Ihnen Geheimnisse, und Sie wissen mehr als ich und bringen mir lauter neue schöne Nachrichten. So hoffte ich doch nicht umsonst! Sie gehört doch zu uns! Sie nahmen sie uns wohl, aber sie haben sie uns nicht entfremdet. Wenn Sie aber schon soviel getan haben, so werden Sie ihr auch noch meinen Gruß ausrichten, nicht wahr?"

„Ja, Herr Korimsky." Der junge Provisor entzog sich der Umarmung und stand auf. „Was soll ich der gnädigen Frau ausrichten?"

„Dass ich sie lieb habe und mich schon jahrelang nach ihr sehne und dass ich sie bitten lasse, was immer ihr auch die Leute über unseren Vater sagen mögen, sie soll nichts glauben. Er trägt keine Schuld an unserer Trennung. Er hätte sie niemals weggegeben, wenn das Gesetz sie ihm nicht entrissen hätte."

„Entschuldigen Sie, aber das alles kann ich nicht der Tochter sagen, die nicht nur einen Vater, sondern auch eine Mutter hat", entgegnete der junge Mann.

„Eine Mutter, die ihr zu Lebzeiten des Vaters einen Stiefvater gab", fuhr Nikolaj entrüstet auf.

„Wundern Sie sich nicht, dass ich so über meine Mutter spreche! Sie wissen es nicht, wie ich sie geliebt habe, ja vergöttert. Ich kann es ihr nicht verzeihen, dass sie uns verließ, weil sie sich im Recht glaubte, auf unsere Herzen trat und, während diese bluteten, sich in neue Vergnügungen stürzte. Frau

Pribovsky, selbst der Vater entschuldigten sie umsonst vor mir. Ich werde doch immer bei meiner Überzeugung bleiben, dass, wenn sie schon die heiligsten Bande zerrissen hat, sie sich daran hätte genügen lassen sollen. Edler wäre es gewesen, eine wenn auch noch so schreckliche Sache, falls sie überhaupt wahr wäre, dem Manne um der Kinder willen zu verzeihen, statt den Kindern und ihrem Vater dieses unüberwindliche Hindernis in den Lebensweg zu stellen. Meine arme Margita! Sie liebt die Mutter vielleicht so sehr, wie ich sie geliebt habe."

Die Stille unterbrach ein Klopfen. Doktor Rauscher kam, und der junge Provisor empfahl sich.

An demselben Abend lag Nikolaus Orlowsky auf dem Diwan und dachte nach. Das Licht brannte nicht, nur vom Kamin leuchtete das Feuer. Er war allein.

Jahrelang war er es gewohnt, so allein zu sein. Aber er fühlte es nie so wie heute. Er vermisste die Enkelin mehr als den Enkel, trotzdem sie erst drei Wochen bei ihm weilte. Wie sehr er sich schon an ihre Gegenwart gewöhnt hatte, fühlte er erst jetzt, da er sie nach Horka gebracht hatte, sie dort ließ und allein in das einsame Orlow zurückgekehrt war. Überall sah er Spuren ihrer Hand. Wenn sie jetzt hier wäre, würde sie entweder am Flügel sitzen und spielen oder auf dem niedrigen Schemel neben ihm und sich die Geschichte des polnischen Reiches erzählen lassen, oder sie würde den Tee bringen mit dem selbst gemachten Gebäck, dann würde sie ihm vorlesen, und er würde auf die liebe Stimme achten, mehr als auf das, was sie las. Er bewunderte das liebe Kind, seine Zuneigung wurde von Tag zu Tag tiefer. Margita war den ganzen Tag tätig. Immer war sie bereit, auch die angenehmste Beschäftigung zu unterbrechen, wenn er ihrer bedurfte. Auf den Rat des Doktor Rauscher hatte er ihr ein Reitpferd geschenkt und lehrte sie selbst das Reiten. So ritten sie zusammen auf seine Güter. Jetzt, da das Eis zu schwinden anfing, würde ihr diese Übung in Horka gut tun. Dort war das Gutshaus nicht so eingerichtet, dass es Margitas Schönheitssinn entsprochen hätte. Sie bekam aber unbegrenzte Erlaubnis, es zum Frühjahr von innen und außen nach ihrem Gutdünken renovieren zu lassen. Mit dem Frühjahr würde auch Adam kommen und dann...

Der alte Herr runzelte die Stirn, als er in seinen Gedanken bis hierher kam, es war ihm dabei nicht wohl. Denn alles konnte er mit der Enkelin besprechen, aber wenn er über den Enkel zu reden anfing, da schwieg sie, als wäre die Rede von dem allerfremdesten Menschen.

„Dass ich ihm auch erlaubte, fortzureisen", strafte er in solchen Augenblicken und auch jetzt sich selbst. „Aber wenn er zurückkehrt, werde ich ihn nicht so bald wieder fortlassen, bis sich beide gut verstehen. Er ließ sie im Brief wohl höflich grüßen, sie aber erwiderte seinen Gruß nie."

Die Gedanken des alten Mannes flogen zu dem Enkel. Seine letzte Nachricht datierte vom Suezkanal und war voll Freude über die gelungene Reise und die neuen Forschungsergebnisse.

„In diese warme Gegend sollte man Manfred Nikuschka bringen", dachte er und runzelte die Stirn, als hätte er an etwas Unangenehmes gedacht. Damals an jenem unglücklichen Abend hatte sein Herz ihm einen Streich gespielt. Von Mitleid zu dem einst so geliebten, dann aber gehassten Schwiegersohn hingerissen, hatte er die Schwelle seines Hauses betreten. Es reute ihn auch heute nicht, dass er ihm damals Mitleid gezeigt hatte, als er es so nötig brauchte. Nur das eine tat Herrn Nikolaus Leid, dass er sich durch diesen Schritt vor dem Schwiegersohn blamiert hatte. Korimsky verlangte gar nicht nach seinem Mitleid, sonst wäre er, da Nikolaj wieder aufstehen konnte, doch selbst einmal nach Orlow gekommen, um den Besuch zu erwidern. Der alte Herr war ärgerlich über seinen Schwiegersohn, denn wenn er sich auch noch so sehr bemühte, die Sehnsucht zu unterdrücken, sie wurde von Tag zu Tag stärker, den geliebten Enkel zu besuchen.

Als er sich über den scheinbar sterbenden Sohn seiner verlorenen, aber nicht vergessenen Tochter geneigt hatte, war in seinem Innern eine Saite angeklungen, die jahrelang geschwiegen hatte, jetzt aber nicht mehr zum Schweigen gebracht werden konnte. Die Nachrichten des Doktor Rauscher waren gar nicht gut. Der arme Nikuschka! Damit Margita nichts erfahre, hatte er der Dienerschaft verboten, Korimsky jemals zu erwähnen, und nach Orlow kam außer Dekan Jurecky, Advokat Kraus und Doktor Rauscher, die sich zum Schach einfanden, niemand.

Die jungen Eheleute hatten keine Besuche im Städtchen und in der Umgebung gemacht, so konnte auch keine der Damen die junge Frau Orlowsky besuchen, was unter diesen Umständen ganz gut war. Sie sollte und durfte nicht erfahren, was bei Korimskys geschehen war. Sie selbst fragte nie mit einem Wort nach ihnen, sie waren ihr fremd.

Herrn Nikolaus wurde es immer unbehaglicher. Zweimal überhörte er das Klopfen an der Tür, erst beim drittenmal richtete er sich fast freudig auf und rief: „Herein!"

Jemand kam, seine Einsamkeit zu stören, er war willkommen, denn sie fing an, ihm lästig zu werden.

Aber oft kommt auch jemand, den man nicht erwartet hat. Der alte Herr fuhr in die Höhe.

„Manfred, du bist es?"

Es war wirklich so, Korimsky trat ein. Auf den Gesichtern der beiden Herren sah man große Verlegenheit, die auch dann nicht schwinden wollte, nachdem sie den Gruß gewechselt und am Kamin Platz genommen hatten. Herr Nikolaus wollte nach Licht klingeln, aber Korimsky ließ es nicht zu. „Es ist hier hell genug und angenehm so."

Herr Korimsky schürte das Feuer und legte Holz auf. Er wusste genau, was der Schwiegersohn im nächsten Augenblick sagen würde, und es regte ihn schon im Voraus auf.

„Ich bin gekommen, um mich zu bedanken, Vater", fing Korimsky an. Seine Stimme wurde leiser. „Ich danke dir für die unverdiente Liebe und dein Mitleid, das du mir in der entsetzlichsten Stunde meines Lebens bewiesen hast."

„So?" Herr Orlowsky lächelte ironisch. „Ich dachte, du weißt nichts mehr davon oder hast es vergessen."

„Mein Dank kommt verspätet, das weiß ich", fuhr Korimsky fort. „Aber bedenke, bitte, dass ich in den ersten Tagen keinen Schritt aus dem Hause tun konnte. Dann haben sich die Umstände in Orlow geändert, und erst jetzt, da ich endlich erfahren habe, dass du allein bist, konnte ich meiner Pflicht genügen. Entschuldige also meine Verspätung und nimm meinen Dank an. Ich würde gern sagen, auch den von Nikolaj, aber es wäre nicht die Wahrheit. Nikolaj weiß von deinem Besuch, obwohl er nur ihm gegolten hat, nichts. Weil du nicht mehr nach seinem Ergehen gefragt hast, dachte ich, du hättest den übereilten Edelmutsbeweis bereut, und ich wollte nicht, dass sich mein Sohn mit falschen Hoffnungen täusche."

An der Stimme des Apothekers konnte man merken, welche Anstrengung ihn der erkünstelte Gleichmut kostete. Der alte Herr hob den Kopf.

„Du hast dir das Deine gedacht, ich wieder das Meine", erwiderte er. „Ohne Nachrichten über Nikuschkas Befinden war ich nicht, da irrst du dich. Rauscher kam jeden Tag. Nun, ich will die Wahrheit sagen. Ich habe in den ersten Tagen auf dich gewartet, später nicht mehr. Ich vergaß dabei, dass ich jemanden bei mir habe, mit dem du nicht zusammentreffen willst."

Aus den letzten Worten klang scharfe Bitterkeit.

„Es ist eigentlich besser, wenn ihr einander nicht begegnet. Ich will nicht alte Dinge erwähnen, wie es war, war es, das ist deine Sache. Aber das musst du einsehen, eine glänzende Meinung kann deine Tochter von dir nicht haben."

Obwohl Korimsky die Augen mit der Hand bedeckte, konnte man sehen, wie blass sein Gesicht war. In der Stube wurde es ganz still. Solche Stille wirkt manchmal wie ein Messer, das mit schwerer Mühe geheilte Wunden wieder durchschneidet.

„Reden wir nicht mehr davon", sagte Herr Nikolaus und richtete sich auf. „Sage mir lieber, wie es Nikuschka geht und was du mit ihm vorhast."

Auch Korimsky richtete sich auf, ein schmerzlicher Zug lag auf seinem Gesicht.

„Sobald er die Reise vertragen kann, wird Doktor Lermontoff mit ihm nach dem Süden gehen", versetzte er ernst.

„Und wo ist jetzt dieser Doktor?"

„Familienangelegenheiten riefen ihn nach Wien.

Heute bekam ich gerade einen Brief, dass er in den nächsten Tagen zurückkehren werde. Ich hoffe, dass Nikuschka reisen kann, wenn Lermontoff kommt."

„Du gehst nicht mit? Ich hörte, du hättest einen Provisor."

„Wegen der Apotheke könnte ich gehen. Aber ich muss für eine Sommerwohnung für Nikolaj sorgen, bis er zurückkommt. Ich möchte in der Nähe etwas kaufen."

„Ich weiß nicht, ob in der Nähe etwas zu finden ist. Aber richtig, unweit von Horka hat man mir ein Stück Tannenwald mit einem Bauernhof zum Kauf angeboten. Ich möchte ihn gern ansehen, und wenn das Grundstück dir gefällt und es sich eignet, könnte ich es für dich kaufen und für Nikuschka herrichten lassen. Deswegen brauchst du dich nicht zurückhalten zu lassen. Ich weiß, dass du gern mitfahren würdest. Luftveränderung wäre auch für dich sehr gut."

„Vater, du bist zu gütig!" Freude belebte das Gesicht Korimskys. Er drückte des Schwiegervaters Hand. „Wird es dir aber nicht zu beschwerlich werden?"

„Ach, Dummheiten! Ich tue es ja für meinen Enkel!"

„Ich danke dir!" Korimsky stand auf.

„Du gehst schon?"

„Ich muss. Bis ich zurückkomme, wird Nikolaj nach mir fragen."

„So grüße ihn und sage ihm, dass ich mir wünsche, ihn bald gesund bei mir zu haben."

Herr Nikolaus begleitete den Schwiegersohn bis in den Gang. Sie trennten sich, und Korimsky schritt allein an den Türen der Zimmer vorbei, die einst die Frau, dann die Tochter und jetzt die Enkelin des Herrn Orlowsky bewohnt hatten.

* * *

Margita Orlowsky ritt auf einem Schimmel durch den Tannenwald einen Hügel hinauf. Oben angelangt, lenkte sie das Tier um und blieb stehen. Sie blickte in das Tal zurück. Auf dem nordöstlichen Hügel, inmitten eines großen Gartens, lag das Gutshaus Horka und ihm zu Füßen das ärmliche Dorf Borovce. Von der Sonne beschienen sah Horka schon im Winter sehr romantisch aus, wie würde es erst sein, wenn der Frühling kam und die Obstgärten und Wiesen grünen und blühen würden! Margita hatte eben über die Veränderungen, die sie in Horka vornehmen wollte, nachgedacht, aber auch über die Schwierigkeiten, die ihr die Unkenntnis der hiesigen Volkssprache bereitete. Verstünde sie nicht ihre polnische Muttersprache und sprächen die Beamtenfrauen nicht auch deutsch, so könnte sie hier nichts ausrichten. Auch in Orlow fehlte ihr schon die Kenntnis der slowakischen Sprache. Wenn die Herren zu einer Partie Schach zum Großvater kamen, unterhielt er sich meistens slowakisch mit ihnen. Auch die Dienerschaft beherrschte nur die slowakische Sprache. „Sie ist nicht so schwer", dachte sie jetzt. „Ich muss sie erlernen!"

Die junge Frau lenkte das Pferd wieder um und ritt weiter. Welch ein wunderschönes Tal lag in dieser Richtung! Die Wirtschafterin nannte es das Dubravatal. Es war abgeschlossen und kaum bewohnt.

Es zog die junge Frau dort hinunter, aber sie verschob es auf ein anderes Mal und kehrte in Gedanken versunken um.

Sie wollte in das Dorf. Da bemerkte sie einen anderen Weg, der sie an einem großen Bauernhaus vorbeiführte. Es stand am Bach, und hinter ihm rauschte ein Wasserfall den Fels herab. Die Fenster waren mit Brettern vernagelt. Ringsumher herrschte Stille und verkündete von weitem, dass das Haus verlassen sei. Als sie schon vorbeigeritten war, wandte sie sich noch einmal um. Dort hatten auch einmal Menschen gelebt. Vielleicht waren sie gestorben. Ein trauriger Gedanke.

Sie trieb das Pferd zur Eile an und galoppierte durch das Tal, an Friedhof und Pfarrhaus vorbei. Vor dem Schulhaus aber hielt sie an, sprang ab, band das Pferd an einen Baum und trat in das alte Haus. Als sie an dem Schulzimmer vorüberkam, sagte gerade eine Kinderstimme eine Aufgabe auf. Sie wollte nicht stören und ging in die Wohnung der Lehrersfamilie.

Zum Glück verstand Frau Gal Deutsch, und so konnte Margita ihr den Zweck ihres Besuches klarmachen. Bald kam auch der Lehrer dazu, und seine Frau teilte ihm gleich mit, weswegen der Besuch gekommen war. Frau Orlowsky wollte Slowakisch lernen. In einer halben Stunde hatte Margita nicht nur die nötigen Bücher, sondern auch das Versprechen des Lehrers, dass er gern jeden Abend nach Horka kommen wolle, um sie zu unterrichten.

Hier erfuhr sie auch, dass das Dorf Borovce evangelisch und sehr arm sei. Sie zeigten ihr die Schule, und Margita sah voller Entsetzen die schwarzen Wände, die kleinen Fenster mit schlechten Rahmen und die alten Bänke. „Ich werde mit dem Großvater sprechen", dachte sie auf dem Heimwege. „Da müssen wir helfen, ich bin ja auch evangelisch."

Zu Hause fand Margita auf ihrem Tisch eine reiche Post. Zuerst eine Karte voll Liebe von Herrn Orlowsky, dann einen Brief der Direktorin der Anstalt in Arowitz, die ihr für die Geldspende dankte. Dann mehrere Zeitschriften und zuletzt noch ein Brief. Die Adresse war mit fester Männerschrift geschrieben. Den Poststempel konnte man nicht entziffern. Nachdem sie einen Augenblick gezögert hatte, öffnete sie den Brief, sah auf die Unterschrift, und mit einem Ausruf des Erstaunens sank sie in den Sessel und las hastig eine Zeile nach der anderen. Der Brief lautete:

„Meine geliebte Tochter!

Das weltliche Gesetz, das dich vor Jahren der Mutter zugesprochen hat, erlaubt mir zwar diese Benennung nicht. Aber es ist hier ein anderes Gesetz, das in unseren Adern rinnt, das niemand zum Schweigen bringen kann. Dieses Gesetz berechtigt mich trotz allem, was zwischen uns liegt, mich meinem mit Gewalt entrissenen, aber trotzdem immer noch mir gehörenden Kinde zu nähern."

„Vater! Vater!", schluchzte Margita.

„Solange du von mir entfernt und in Rainers Hause warst, war mir dies unmöglich. Ich wäre dem Menschen begegnet, den du gewiss achtest, mit dem ich aber niemals zusammenkommen kann und will. Ich würde mich selbst betrügen, wenn ich dächte, dass meine Tochter eine gute Meinung von mir haben kann, und dass sie nicht die wahre Ursache der Scheidung ihrer Eltern wüsste oder zu wissen meinte. Ich leugne nicht, dass ich einmal wortbrüchig gewesen bin und einem unschuldigen, guten Wesen, das mich liebte, aber dessen Liebe ich nicht wert war, weh getan habe. Es war nicht Frau Rainer.

Wenn du, mein Kind, fern von mir geblieben wärest, würde ich diese längst begrabenen Dinge nicht berühren, so aber muss ich es tun. In einem Ort zu leben und sich niemals zu begegnen, ist unmöglich, und das desto weniger, weil mir Herr Orlowsky die Hand zur Versöhnung gereicht hat.

Ein Abwenden oder Fremdsein von deiner Seite, ohne einen Versuch zur Aussöhnung, würde aber meine Kräfte übersteigen. So muss ich also erklären:

Bevor Natalie Orlowsky meine Frau wurde, hatte ich eine Braut. Wegen ihrer Armut und ihres niederen Standes erlaubte mein Vater die Heirat nicht. Auf seinen Befehl mussten wir voneinander scheiden. Ich gehorchte in der Hoffnung, ihn später zu erweichen. Er führte mich aber auf Orlow ein, wo gerade die Tochter des Hauses aus dem Pensionat zurückgekehrt war. Es wurden Gesellschaften gegeben, bei denen ich meinen Schmerz vergessen sollte. Die Absicht meines Vaters gelang. Ich vergaß nicht nur meinen Schmerz, ich vergaß auch das arme, betrogene Mädchen, dem ich Treue geschworen hatte und an das mich heilige Pflichten banden. Mein Herz entbrannte in heißer Liebe, mit der man die erste nicht vergleichen konnte, zu Natalie Orlowsky. Was soll ich viel erzählen? Sie wurde mein. Ich kann auf meine Ehre versichern, dass ich von dem Augenblick an nur für sie lebte, und dass meine Gedanken nicht einmal im Traume mehr an die verratene Braut dachten.

Die Nachricht, die nach unserer sechsjährigen glücklichen Ehe meiner Frau zu Ohren kam, war Verdächtigung, als hätte ich auch nach der Hochzeit ein Verhältnis mit meiner ehemaligen Braut unterhalten. Ich konnte das nicht tun, schon deswegen nicht, weil meine Braut noch vor unserer Hochzeit mit ihrem Vater in einen anderen Ort gezogen war.

Die einzige Kunde, die ich nach einem Jahr über sie erhielt, war die Nachricht von ihrer schweren Krankheit. Ob sie gestorben ist, weiß ich bis heute nicht und konnte es nie erfahren.

Liebe Margita, so habe ich einmal eine Frau betrogen, aber deiner Mutter gegenüber bin ich vollkommen schuldlos.

Ich kann sie nicht um Verzeihung bitten. Nun bitte ich dich, meine Tochter, glaube mir alles und kehre zurück an das Herz deines Vaters, der dich, je mehr du für ihn unerreichbar warst, desto mehr liebte.

Aber noch etwas habe ich nicht erklärt. Der Schwerpunkt der Anklage gegen mich war ein Brief, von meiner Braut noch im ersten Jahre unserer Bekanntschaft geschrieben, in dem sie mir für eine Summe Geldes dankte, durch die ich ihrem Vater aus einer Notlage geholfen hatte. An den Rand des Briefes schrieb ich damals in dem Feuer der ersten Liebe einige Bemerkungen über ewige Liebe, die keine Hindernisse kennt usw.

Dieser Brief wurde später bei Umänderung der Kleider durch den Schneider gefunden und von dessen Frau deiner Mutter gebracht. Da kein Datum vorhanden war, fassten sie und alle anderen die Sache so auf, als ob ich mir eine Geliebte hielte. Meinen Worten und Beschwörungen wurde nicht geglaubt. Andere Beweise hatte ich nicht, habe sie auch heute nicht. Ob nun auch meine Tochter auf mein Wort nichts geben wird?

Falls mir auch dieser Versuch zur Aussöhnung nicht gelingt, werde ich doch wenigstens die traurige Beruhigung haben, dass ich meine Pflicht getan habe. Mit der Bitte um Antwort bin ich dein dich innig liebender Vater Manfred Korimsky."

Nachdem Margita den Brief gelesen hatte, sprang sie auf, als wollte sie hineilen. Aber sie war ja in Horka. O, dass sie nicht in Orlow war! Gleich jetzt würde sie zu ihm gehen!

Er liebte sie, sehnte sich nach ihr, er hatte sich mit dem Großvater versöhnt, und sie wusste nichts davon!

Ach, dass sie ihm damals nicht um den Hals gefallen war, als er dort bei der Apotheke so traurig und einsam an ihr vorbeiging! Was aber jetzt tun? Wenn doch noch genug Zeit zur Bahn wäre. Aber sie würde in der Nacht ankommen. Und wenn sie schreiben würde, bekäme er den Brief erst übermorgen, weil hier die Postverbindung so schlecht war. Plötzlich erhellte sich ihr Gesicht. Sie schrieb ein Telegramm, und ein paar Minuten später trug es ein Bote schon fort. So würde der Vater diese Nachricht schnell haben:

„Komm, lieber Vater, zu deiner Margita." Das war die beste Lösung. Wenn sie sich zum ersten Male begegnen sollten, musste es auf einem neutralen Boden sein und ohne Zeugen. Sie konnte nicht zum Vater gehen und den Bruder nicht besuchen und ihn sehen und vielleicht aufregen bei seiner Schwäche, das war wirklich unmöglich. Der Vater wird sich freimachen und kommen, und sie kann ihn bei sich willkommen heißen. Ja, wie schön wird das sein!

Sie las den Brief noch einmal. Welchen Schmerz musste er gefühlt haben. Warum aber klagte er sich so des Treuebruchs vor dem eigenen Kinde an? Er war ja nicht schuldig! Er hatte Treue halten wollen, der eigene Vater machte es ihm unmöglich. Oder dachte er vielleicht, dass er, wenn er gewartet hätte, der Vater lebte nicht mehr lange, sich die Braut später hätte nehmen können? Sie hätte ihn gewiss nicht verlassen wie die Mutter. Margita hatte sich also in ihrer Kindheit doch nicht getäuscht. Er war ein Held, ein Märtyrer. Der Vater hatte die eigene erste Liebe zerstört, und die Frau, die er dann über alles geliebt hatte, bewarf ihn mit Schmutz. Jahrelang ließ die Mutter das eigene Kind an die Schuld des verratenen Vaters glauben, aber er war unschuldig!

Dagegen lag jetzt die ganze Schuld auf ihr, die sich angeblich wegen seiner Untreue zuerst mit Gewalt von ihm riss und dann ihre Hand vor dem Altar einem anderen Manne reichte und damit selber öffentlich die Treue brach. Wie schrecklich war es für Margita, die Fesseln auf sich zu nehmen, die sie an Adam Orlowsky banden, und dennoch, wenn diese Fesseln nicht wären, stünde sie jetzt nicht so selbständig da und dürfte nicht zu ihrem Vater. Sie war noch nicht volljährig und hätte sich nicht von der

Mutter lossagen dürfen. Wie sehr sehnte sie sich nach dem Vater!

* * *

Auf dem Schiff Aurora, das nach Ägypten segelte, herrschte reges Leben. Nach den nebligen Tagen und einer stürmischen Nacht zeigte sich endlich die Sonne. Es war kein Wunder, dass jeder, der nur konnte, die Kajüte verließ und auf das Deck eilte, um sich an dem herrlichen Anblick des Meeres zu erfreuen. Unter den wenigen, die in ihren Kabinen blieben, war auch Adam Orlowsky. Er hatte vorher die Post durchgesehen und saß jetzt in Gedanken versunken über einem Brief aus der Heimat. Darin beschrieb ihm der glückliche Großvater, wie er mit der Enkelin zusammenlebe. Adam sah die liebliche Gestalt vor sich, als stünde sie jetzt neben ihm. Hier auf dem Schiff gab es viele junge und hübsche Damen, aber keine konnte sich mit ihr messen. Wenn er daheim wäre, würde sie dann am Abend mit ihnen beiden spielen und lesen? Wohl kaum, denn sie ließ ihn mit keinem Wort grüßen. Wenn sie es getan hätte, der Großvater hätte es gewiss nicht verschwiegen. Adam warf den Kopf zurück: „Unsinn, wozu soll ich daran denken!“ Er nahm seinen Hut und ging auch auf das Deck hinauf. Seine Reisegefährten, Professor Mészáros, Baron Dragovic und Doktor Geringer, kamen ihm entgegen.

„Herrliches Wetter!“, sagte händereibend der Doktor, ein kleiner Mann mit gutmütigem Ausdruck, dem niemand den Doktortitel ansah. „Dass Sie aber auch so lange dort unten sitzen können, mein Lieber!“

„Da bin ich ja schon!“, antwortete Adam lächelnd und reichte den Herren die Hand. Dragovic war ein Kroate, Mészáros ein Ungar, Geringer ein Deutscher und Adam Pole. Dem Doktor zuliebe sprachen sie Deutsch.

Der Baron war ein oberflächlicher Adliger, der in der Langeweile seines Lebens Abwechslung brauchte und sie auf Reisen suchte. Er spielte einen Archäologen und hoffte, sich damit interessant zu machen. Mészáros, ein echter Ungar, suchte vor allem nach den historischen Quellen seines eigenen Volkes. Ernsthaft für die Archäologie eingenommen war nur Adam, und darum gehörte auch ihm das Herz des kleinen gebildeten Deutschen. Eine Weile sprachen die Herren miteinander, dann machte der Baron bald hier, bald dort den Damen den Hof. Der Professor fand einen bequemen Platz neben einem wohlbeleibten Böhmen. Sie gerieten bald in einen heftigen nationalen Streit, der nicht gerade zu seinen Gunsten endete.

Der Doktor setzte sich neben Adam. Da er ziemlich laut sprach und dabei lebhaft gestikulierte, hörten ihn einige vorbeigehende Engländer und Russen. Bald hatten die beiden Herren interessierte Zuhörer um sich. Aber diesmal nicht für lange, denn die ganze Aufmerksamkeit der Reisenden richtete sich schon seit gestern auf einen hohen ägyptischen Beamten, der mit einem kleinen Gefolge an Bord gekommen war. Man erzählte, dass auch seine Tochter mit ihm reiste, aber sie war bisher nicht an Deck gesehen worden. Gerade erschien der Ägypter wieder oben und war sofort der Gegenstand der allgemeinen Bewunderung. Adam wurde durch einen Russen aufmerksam gemacht und sah interessiert auf die ungewöhnliche Erscheinung. Der Mann mochte etwa fünfzig Jahre alt sein. Ein dunkler Typ, schöne Züge, eine stolze, hohe Gestalt und eine freie, ungezwungene Haltung. Ganz das Bild eines Würdenträgers, der es gewohnt ist, auch mit dem Blick zu befehlen. Er sprach mit dem Kapitän und beachtete die Aufmerksamkeit des Publikums nicht.

Adam unterhielt sich mit dem Russen, und die Herren schritten im Gespräch zum anderen Ende des Deckes. Als sie umkehren wollten, blieb der Russe stehen. „Schauen Sie nur!“, sagte er verwundert. Da ging vor ihnen, nahe am Geländer, der Ägypter, aber diesmal nicht allein. Am Arm führte er eine junge verschleierte Dame von zartem Wuchs. Zwei Dienerinnen trugen ihr Kissen und Decken nach, und zwei Gesellschafterinnen schoben die Stühle vom Geländer weg. Die Herren sahen der Gruppe voll Interesse zu. Man konnte zwar nicht verstehen, in welcher Sprache sie miteinander redeten, aber nach den Bewegungen der jungen Dame zu urteilen, mussten die Antworten sehr launenhaft sein.

„Der Herrscher hat eine Herrscherin bekommen“, dachte Adam. „Solch ein Sklave wird von heute auf morgen auch der Großvater werden.“ Er warf den Kopf verächtlich zurück, ließ den Russen stehen und ging wieder hinunter in seine Kajüte. Er wollte lieber arbeiten. Er ging auch erst wieder hinauf, als das Deck leer war, weil alles vor der Mittagshitze geflüchtet war.

An das Geländer gelehnt, schaute er auf die unermessliche Weite. Es überkam ihm etwas wie ein Überdruss, als riefe eine Stimme in ihm: „Wohin gehst du und warum?“ Wenn einer ohne Gott in der Welt lebt, kommen ihm in der Einsamkeit oft solche Augenblicke. Einmal scheint es ihm, als müsse er weit fortgehen, und dass dort irgendwo in der Ferne eine große Arbeit seiner harrt; wenn er aber unterwegs ist, denkt er, wozu gehe ich? Es lebt in dem Menschen eine Sehnsucht nach einem unbekannten Ziel, für das er geschaffen worden ist, und erreicht er das nicht, so bedeutet das für ihn ein verfehltes Leben. Das Ziel ist: die Rückkehr an das Vaterherz.

Komm heim, komm heim, o du irrende Seel!
Von dem Vaterhaus fern, glänzt dir nirgends ein Stern.

O verlorenes Kind! Komm heim! Komm, o komm heim!

Nur einige Schritte von Adam entfernt stand der bewunderte Ägypter. Doch wenn man jetzt in das stolze gebräunte Gesicht sah, in die dunklen, düsteren Augen, sah man, dass es auf dieser Welt kein Glück gab, das dieses Gesicht dauernd erheitern konnte. Plötzlich sahen sich beide Männer zur gleichen Zeit um, und ihre Blicke trafen sich. Einer grüßte den andern.

„Suchen Sie auch die Einsamkeit?“, fragte der Ägypter auf Französisch, und seine Stimme klang gar nicht so stolz, wie man es erwartet hätte.

„Ich liebe den Lärm nicht“, antwortete Adam höflich. „Wahrscheinlich machen Sie eine wissenschaftliche Reise?“

„Ja, eine archäologische.“

„So, da fahren Sie nach Ägypten?“

„Ich gehe in Ihre Heimat.“

Um die Lippen des Mannes zuckte es sonderbar. „Sind Sie Europäer?“

„Ja, ich bin geborener Pole, aber ungarischer Staatsbürger. Wenn Sie Archäologie studieren würden, brauchten Sie nicht eine so weite Reise zu machen“, bemerkte Adam mit einem verbindlichen Lächeln. Es war ihm angenehm, dass der Mann, der sich bis jetzt nur mit dem Kapitän unterhalten hatte, ihm nun seine Aufmerksamkeit schenkte.

„Ich bin zwar kein Sammler von Altertümern, aber ein Freund der Wissenschaft und der Gelehrten. Jeder Gelehrte hat in meinem Haus freien Zutritt. Wenn Sie einmal nach Kairo kommen, würde mich auch Ihr Besuch freuen."

Nach dieser unerwarteten Einladung zog der Mann aus seiner Brieftasche seine Karte hervor und reichte sie dem überraschten Adam hin. „Helmar Werning, Marquis Orano", stand da in goldenen Buchstaben.

Auch Adam reichte mit einer Verbeugung seine Karte. Da geschah mit dem Ägypter eine Umwandlung. Er sah einen Augenblick starr auf das Kärtchen. Man sah ihm an, dass es ihm schwer fiel, Gleichmut zu bewahren.

„Wundern Sie sich nicht über meine Überraschung?", fragte er endlich beherrscht. „Ich kannte vor Jahren einen gewissen Orlowsky. Ihre Karte erinnerte mich an ihn und so manches."

„Wirklich? Hieß er vielleicht Ferdinand?", forschte Adam begierig. „Ja, Ferdinand Orlowsky! Sind Sie etwa ein Verwandter?"

„Der Sohn seines älteren Bruders. Bitte, wundern Sie sich nicht, wenn ich mir als Neffe die Frage erlaube, wann Sie ihn gekannt haben, wo Sie mit ihm zusammengekommen sind und überhaupt, was Sie von ihm wissen!"

„Ich kann Ihnen nicht viel sagen. Doch davon können wir nicht hier sprechen. Gehen wir in meine Kajüte."

Dort begann der Marquis, wobei er seinen Kopf in die Hand stützte:

„Alles, was ich Ihnen über Ihren Onkel sagen kann, ist, dass ich ihn vor ungefähr siebzehn Jahren als einen Auswanderer kennen lernte, der von der russischen Regierung verfolgt wurde. Da wir fast ein halbes Jahr in enger Freundschaft zusammenlebten, kenne ich auch den Umstand, der ihn aus dem väterlichen Hause vertrieben hatte."

„Sie kennen ihn? O bitte, teilen Sie ihn auch mir mit. Was war zwischen meinen Großvater und ihn getreten, und warum ging er fort?" Ungeduld klang aus der Stimme des Bittenden. Sollte er hier in der Fremde erfahren, wonach er sich daheim umsonst gesehnt hatte? Der so geheimnisvoll verschwundene Onkel war lange genug der Gegenstand seiner Knabenträume gewesen.

„Wenn Ferdinands Vater und Ihr Vater es nicht für nötig hielten, Ihnen die Sache mitzuteilen, so werde ich auch nicht daran rühren. Ferdinand nahm sein Geheimnis mit in das Grab."

Die Stimme des Mannes klang fast kalt.

„Was, er ist schon gestorben und wo?"

„Auf dem Schiff Xenia. Ich selbst ließ ihn in Kairo begraben. Wenn Sie hinkommen, können Sie sein Grab besuchen. Nun möchte ich aber gern wissen, ob sein Vater und die übrige Familie noch leben!"

„Der Vater lebt noch, sonst ist außer ihm und mir niemand mehr am Leben."

„Und die Schwester?“, fragte der Marquis mit unverhohlener Anteilnahme.

„Die ist zwar nicht gestorben, aber für Orlowsky ist sie doch so tot wie Ferdinand. Aber das sind Angelegenheiten, von denen ich wieder nicht sprechen kann“, sagte der junge Mann, sich stolz aufrichtend.

„Mir genügt das auch“, erwiderte der Ägypter und drückte Adams Hände. „Unerwartet sind wir hier zusammengetroffen. Nie hätte ich gedacht, jemals einen aus Ferdinands Familie zu sehen. Erlauben Sie, dass ich dem Neffen dessen, der mir mehr als ein Freund gewesen ist, die Sympathie entgegenbringe, mit der er Sie gewiss beschenkt hätte. Denn von seiner Familie und besonders seinem Bruder hielt er viel und bedauerte sehr den Schritt, mit dem er den Vater erzürnt hatte. Es geschah so, wie ihm der gute Mann in der Stunde der Trennung gesagt hatte, jener Schritt machte ihn bis zu seinem Tode unglücklich.“

Der Klang einer Glocke unterbrach das Gespräch. Der Marquis stand auf: „Entschuldigen Sie mich bitte, meine Tochter ruft.“

„Aha!“, dachte Adam, „die Herrscherin!“ Er erhob sich, und nach dem Abschied ging er noch ganz aufgeregt von der interessanten Zusammenkunft und Mitteilung des Ägypters auf dem verlassenen Deck auf und ab.

* * *

An Miroslav Ursinys Zimmertür wurde geklopft. Als der beim Tisch beschäftigte junge Mann „Herein“ rief und sich umwandte, entfuhr seinen Lippen ein überraschtes: „Nikolaj! Herr Korimsky!“ Dann führte er seinen Gast zum Sessel. „Nicht wahr, ich überrasche Sie!“ Um die Lippen des blassen jungen Mannes spielte ein Lächeln. „Sehr, Herr Korimsky! Wie haben Sie sich über die Treppe gewagt, doch nicht allein?“, fragte Ursiny besorgt. „Doch, ganz allein!“

„Und schwindelt Ihnen nicht der Kopf?“

„Ziemlich, aber ich bin ja schon da. Aber was machen Sie?“

„Ich bringe Ihnen meinen Koffer statt eines Schemels. Zum Glück habe ich auch vor einer Weile geheizt, als hätte ich den lieben Besuch geahnt. Aber, Herr Korimsky, Sie haben nicht einmal den Überzieher an, und über den Gang ist es kalt.“

„Sorgen Sie sich nicht, lieber Ursiny, die Freude erwärmt. Denken Sie, Aurel schreibt mir, dass er schon morgen oder übermorgen kommen wird. Ich erwartete ihn doch erst am Samstag.“ Nikolaj reichte dem Provisor den Brief.

Ursiny las: „Lieber Nikuschka! Nun kann ich endlich abreisen. Ich übergab meine Angelegenheit einem Rechtsanwalt. Am Montag oder Dienstag kannst du mich erwarten, selbstverständlich im warmen Zimmer! Materiell bin ich jetzt durch die Erbschaft meines Onkels so gestellt, dass ich an eine unabhängige Stellung denken kann. Damit ich dir recht nahe bin, nehme ich das Angebot des Kollegen Rauscher an und lasse mich entweder in Podhrad oder irgendwo in der Nähe nieder.

Böhmisch kann ich, slowakisch werde ich leicht lernen, habe ja auch schon bei euch etwas gelernt. Das schreibe ich nur deshalb, damit du etwas nachzudenken hast.

Der Kollege klagte über dich, aber das tut nichts.

Überbringe deinem Vater einen herzlichen Gruß, grüße auch Ursiny und gehab dich wohl, bis ich komme, damit wir dann in ein wärmeres Land entfliehen können. Dein Aurel Lermontoff."

„Das sind wirklich gute Nachrichten, Herr Korimsky, die Sie nicht erwartet haben", lächelte der Provisor.

„Wirklich nicht. Denken Sie, Aurel lässt sich in Podhrad nieder, selbstverständlich bei uns, wohin sollte er sonst gehen?

Glauben Sie, solche Nachricht belebt. Es wäre mir am liebsten, wenn wir hier bleiben würden. Ich fürchte mich vor der Reise und werde den Vater und Aurel bitten, dass sie mich daheim lassen."

„Tun Sie das nicht, Herr Korimsky!"

„Warum nicht?"

„Der Herr Apotheker hat schon alle Vorbereitungen getroffen. Er will auch mitgehen, er hat die Luftveränderung geradeso nötig wie Sie."

„Der Vater will auch mitgehen? Das ist etwas anderes. Aber mir hat er bis jetzt noch nichts davon gesagt."

„Er wollte Sie überraschen. Damit Sie ihn aber nicht mit Ihrer Bitte enttäuschen, habe ich es lieber verraten."

„Sie sind sonderbar, Ursiny. Immer erfahre ich etwas Gutes von Ihnen. Schließlich können Sie mir vielleicht auch sagen, wohin Vater heute gegangen ist?"

„Die Sommerwohnung für Sie ansehen", erwiderte der junge Mann lächelnd.

„Das weiß ich, aber wohin noch? Er war so sonderbar aufgeregt in diesen Tagen. Miroslav, Sie wissen gewiss, wohin mein Vater gegangen ist?"

Der Provisor stand auf. „Ich denke es mir. Aber er hat mich nicht beauftragt, es Ihnen zu sagen."

„Befahl er Ihnen zu schweigen?"

„Nein, ich habe es mir nur so gedacht." Nach kurzem Zögern aber fuhr er fort: „Auf dem Gange fand ich dieses Telegramm, das ihm wohl aus der Tasche gefallen ist. Danach urteile ich, wohin er gegangen ist. Es lautet: Komm, lieber Vater, zu deiner Margita. Horka."

„Margita hat ihm telegrafiert, und so sonderbar, Miroslav? Da müssen sie schon zusammen gewesen sein und miteinander gesprochen haben, aber wo?"

„Das konnten sie wohl noch nicht, aber vielleicht haben sie es brieflich."

„Sie haben Recht, und jetzt hat sie ihn zu sich gerufen. Sie werden sich aussöhnen, o ist das schön! Wenn es sich nicht um den Vater handelte, möchte ich jetzt nicht verreisen, denn Sie müssen wissen, meine Krankheit hat doch etwas Gutes gewirkt, sie versöhnte den Großvater mit uns. Er besuchte mich damals, als es geschehen war. Der Vater erwiderte ihm den Besuch. Der Großvater ließ mir durch ihn sagen, ich soll mich ihm bald als Gesunder vorstellen kommen. Ich kann zu Margita gehen. Wenn sie sich mit dem Vater aussöhnt, wird sie vielleicht noch eher zu mir kommen."

„Erlauben Sie, Herr Korimsky", sagte der junge Mann lächelnd, „neulich haben Sie sich über meine Ansicht gewundert, und jetzt geben Sie zu, dass Ihre Krankheit schon so viel Gutes zur Folge hat. Mit der Zeit werden Sie noch mehr davon sehen und es immer besser erkennen, dass das, was mein Herr und Gott tut, gut ist."

Über Nikolajs Stirn flog ein leichter Schatten.

„Ich begreife Sie nicht, Ursiny. Sie sorgen mit so aufopfernder Liebe für mich, und dabei klingt es, als wollten Sie mir das Unglück, das mein ganzes Leben zerstört hat, gönnen und mir einreden, dass es so kommen musste, ja, dass es so gut sei." Der junge Mann schüttelte den Kopf.

„Glauben Sie mir, Herr Korimsky, könnte ich Ihr Unglück auf mich nehmen, wie gern würde ich das tun, damit Sie nicht leiden müssten! Doch das kann ich nicht. Das Einzige, was mir als Trost bleibt, ist der feste Glaube und die Hoffnung, dass Ihnen aus dieser Trübsal in jeder Hinsicht großer Segen erwachsen wird."

Ursinys Stimme klang eindringlich.

„Sie haben wunderliche Ansichten, aber man kann Ihnen nicht böse sein. Doch reden wir nicht weiter davon. Ich muss mich hier bei Ihnen umschauen, wie schön Sie sich Ihr Stübchen eingerichtet haben. Was für Blumenbilder mit Inschriften haben Sie dort? *Vergebet, so wird euch vergeben werden,* steht auf diesem dort."

„Ja, Herr Korimsky, es ist der Ausspruch unseres Heilandes und meine Losung."

„Ihre Losung? Wollen Sie alles vergeben? Es ist nicht immer möglich, glauben Sie es mir."

„Mit eigener Kraft ist es niemals möglich."

„Aber?"

„Wer vergeben will, muss lieben. Die Liebe ist eine göttliche Gabe, die nur Gott ins menschliche Herz hineinlegen und dort erhalten kann."

„Ihrer Ansicht nach dürfte der Mensch einem anderen gar nicht zürnen?"

„Nicht nach meiner Ansicht, sondern nach Christi Willen."

„Nehmen wir den Fall, es tut Ihnen jemand ein Unrecht.

Was tun Sie? Wird sich in Ihrem Herzen nicht ein gerechter Zorn regen? Wenn ja, kann Sie dann Christus verurteilen? Sie sind doch im Recht!"

„Der Herr sagt, liebet eure Feinde! Wenn ich zürne und nicht liebe, übertrete ich das königliche Gebot der Liebe."

„So zu leben, immer zu lieben, alles zu vergeben, das hat noch kein Mensch fertig gebracht", erwiderte der Kranke nach einer Weile sinnend.

„Und doch einer!" Der junge Provisor beugte sich vor. „Wer?", fragte Nikolaj. „Der Gesetzgeber selbst, Jesus von Nazareth." Nikolaj schüttelte heftig den Kopf. „Das ist etwas anderes! Er soll Gott gewesen sein, wir sprachen aber nur vom Menschen. Oder glauben Sie an ihn nur als an einen Menschen?"

„Jesus kann man nicht teilen. Die an ihn nur als an einen Menschen glauben, können ihn genauso wenig verstehen, wie die, die an ihn nur als an Gott glauben."

„Sagen Sie mir, was Sie glauben, aber so klar und deutlich, dass ich es verstehen kann."

„Ich glaube an das Wort: *Also hat Gott die Welt geliebt, dass er seinen eingeborenen Sohn gab.* Gottes Sohn muss auch Gott sein, nicht wahr?"

„Ja, weiter."

„Um diesen Sohn hingeben zu können, musste er es zulassen, dass er Mensch wurde, damit er unseren Leib annehmen konnte. Dieser Gottes- und Mariensohn ist Mensch so wie ich. Die Evangelisten beschreiben uns, wie dieser Mensch Jesus lebte, litt und starb. Seine Losung war: lieben und vergeben!

Er brachte die Liebe des Vaters und seine Vergebung und zeigte, wie Gott liebt. Vor seiner Ankunft gab es zehn Gebote, er tat sie in eins zusammen: Gott über alles lieben, und den Nächsten wie sich selbst. Er hat das große Gebot gegeben, hat es aber auch selbst erfüllt. Sein ganzes Leben ist eine ununterbrochene Kette von Liebeswerken, angefangen in Bethlehems Stall, fanden sie ihre Krönung auf Golgatha in der Selbstaufopferung für die Feinde, die Ungehorsamen und Verräter.

Die große, ihm anvertraute Aufgabe des Heils erfüllte Jesus auf dieser Erde. Er tat es aber als Mensch und kann darum von uns fordern: *Verleugne dich selbst und folge mir nach und nimm dein Kreuz auf dich!*

Dass er aber nicht nur ein Mensch gewesen ist, bewies er dadurch, dass er zehn Tage nach seiner Himmelfahrt den Heiligen Geist, der vom Vater und vom Sohne stammt, auf die Apostel und auf alle, die an ihn glaubten, sandte und neue Menschen aus ihnen machte. Diese Menschen lebten dann auf Erden so wie er, sie liebten auch die Feinde, beteten für die Widersacher, segneten jene, die sie quälten und ihnen fluchten und vergaben ihren Peinigern."

„Sie konnten es", unterbrach der bis dahin gespannt zuhörende junge Mann die Rede des Provisors, „da er ihnen von seinem Geist gab. Vieles haben Sie mir erklärt, aber die Hauptsache noch nicht. Ich gebe zu, dass man mit Hilfe des Geistes

Gottes so leben kann, doch wie ist es bloß ohne ihn?“

„Ohne ihn ist es freilich unmöglich, Herr Korimsky. Aber es steht im Evangelium des Johannes im ersten Kapitel: *Als der Herr Jesus in diese Welt, in sein Eigentum kam, nahmen die Seinen ihn nicht auf. Aber denen, die ihn aufnahmen, gab er Macht, Gottes Kinder zu werden.* An diesem Spruch sehen wir, dass Gott jedem, der diesen Sohn, diese Gabe im Glauben aufnimmt, Macht gibt, Gottes Kind zu heißen. Und diese Macht veranschaulicht uns der Heilige Geist. Verstehen Sie, Herr Korimsky?“

„Jawohl, lieber Ursiny.“ Der Kranke stand auf und ging einige Male aufgeregt mit wankendem Schritt durch das Zimmer.

Plötzlich blieb er stehen und sah sein Gegenüber durchdringend an. „Miroslav, hat Jesus diese Macht auch Ihnen gegeben? Haben Sie die Gewissheit, dass Sie Gottes Kind sind?“

„Ja, Herr Korimsky, dank der unaussprechlichen Liebe Gottes! Ich habe den Heiland angenommen, und der Herr Jesus hat mich mit seinem Blut von meinen Sünden gewaschen, mein Herz für sich geheiligt und mir seinen Heiligen Geist gegeben.

So erfüllt sich die herrliche Verheißung: *Wir werden zu ihm kommen und Wohnung bei ihm machen.*“

Das Gesicht des Sprechers trug den Widerschein dieser frohen Gewissheit. „Ich besitze zwar noch nicht die Kraft und habe nicht den Mut, den die ersten

Märtyrer besaßen. Vielleicht könnte ich heute noch nicht um Christi willen einen schmachvollen Tod erdulden und wie jene trotz ihrer Qualen die Feinde segnen, aber ich glaube, wenn ich gehorsam bleibe, wird mich der himmlische Vater lehren, so zu leben und zu sterben, dass ich Christus nicht verleugne. Er wird mich mit dem Geist der Kraft in diesem Kampf stärken. Gewiss werde ich ihm wegen meiner Schwachheit noch viel Arbeit machen, aber er wird mich nicht verlassen, denn er ist treu."

Nikolaj Korimsky saß in Gedanken versunken. Endlich fragte der junge Mann: „Wo steht jener Spruch, den Sie vorhin zitiert haben, *dass er ihnen Macht gibt, Gottes Kinder zu werden?*"

Ein Freudenglanz bedeckte Ursinys Gesicht.

„Im ersten Kapitel des Evangeliums des Johannes. Wenn Sie erlauben, lese ich Ihnen das ganze Kapitel vor."

„Ja, bitte!" Der junge Mann nahm ein Neues Testament zur Hand, blätterte darin und las. Bei dem vierten Vers: *„In ihm war das Leben, und das Leben war das Licht der Menschen* ", waren die Augen des Zuhörers auf den Lesenden gerichtet.

„Es war in der Welt, und die Welt ist durch dasselbige gemacht, und die Welt kannte es nicht. Er kam in sein Eigentum, und die Seinen nahmen ihn nicht auf. Wie viele ihn aber aufnahmen, denen gab er Macht, Gottes Kinder zu werden, die an seinen Namen glauben, welche nicht von dem Geblüt noch von

dem Willen des Fleisches noch von dem Willen eines Mannes, sondern von Gott geboren sind. Und das Wort ward Fleisch und wohnte unter uns, und wir sahen seine Herrlichkeit, eine Herrlichkeit als des eingeborenen Sohnes vom Vater, voller Gnade und Wahrheit."

Ursiny blickte vom Buch auf und sagte: „Nicht wahr, Herr Korimsky, wir sehen aus diesen Worten, dass man Jesus, den Gottmenschen, nicht teilen kann?"

„Ja, Miroslav. Auch sehe ich daraus, dass Sie Recht hatten:

Jesus brachte in die Welt Gnade, Liebe und Wahrheit. Glauben Sie mir, bisher war mir Christus nur der Begriff alles Hohen, Edlen, Guten, jetzt endlich und zum ersten Male steht er vor mir als eine Person, als Gott, der Mensch geworden ist. Wenn es Sie nicht ermüdet, lesen Sie weiter, bitte."

„Sehr gern." Ursiny legte Holz auf das Feuer, bedeckte die Knie des Kranken mit einer Decke, zog den Sessel näher heran und las weiter. Bei den Worten: *„Des anderen Tages sieht Johannes Jesum zu ihm kommen und spricht: Siehe, das ist Gottes Lamm, welches der Welt Sünde trägt!"* wurde er wieder durch eine Frage unterbrochen: „Wie verstehen Sie dies? Warum nennt ihn Johannes das Lamm?"

„Das werden wir im Alten Testament finden." Der junge Mann brachte die Bibel und las zuerst von der Einsetzung des Osterlammes, dann das dreiundfünfzigste Kapitel des Propheten Jesaja. Vor dem aufmerksamen Zuhörer stand das wahre Osterlamm, das durch seinen Tod das ganze Menschengeschlecht erlöst hat von der Sklaverei der Sünde und der Todesstrafe, in seiner ganzen Größe und Bedeutung.

Schade, dass es unterdessen Abend und immer dunkler wurde und sie nicht weiterlesen konnten als bis dahin, wie die zwei Jünger des Johannes zu Jesus kamen und bei ihm blieben, und wie Andreas seinen Bruder Simon suchte und zu ihm sprach: *„Wir haben den Messias gefunden, welches ist verdolmetscht: der Gesalbte*“, bis dahin, wohin jede Seele kommen muss, wenn sie gerettet werden soll.

„Es ist zu dunkel“, sagte Nikolaj Korimsky, „legen Sie das Buch weg. Vielleicht bin ich Ihnen auch lästig. Aber es sitzt sich bei Ihnen so schön, und es tut mir so gut, mit Ihnen zu reden. Entschuldigen Sie, wenn ich noch bleibe. Ich könnte Sie zwar zu mir hinauf bitten, aber dort ist es öde und kalt. Jedoch, als ich vorhin hereinkam, schrieben Sie etwas, vielleicht einen Brief, und ich habe Sie gestört.“

„Nein, Herr Korimsky, ich schrieb etwas ins Tagebuch.“

„Führen Sie ein Tagebuch? Kommt Ihnen dazu das Leben hier nicht zu einförmig vor?“

„Ich zeichne nur am Sonntag den Verlauf der vergangenen Woche auf.“

„Und was werden Sie heute schreiben?“

„Dass ich glücklich gewesen bin, Ihnen das Evangelium unseres Herrn vorlesen zu dürfen, und dass mein Heiland heute zum ersten Mal persönlich vor Ihnen gestanden hat."

„Ist das von Bedeutung für Sie?"

„Von der größten. Mein Heiland tut nichts halb. Er wird auch das zustande bringen, dass Sie ihn erkennen. Der Heilige Geist wird jetzt nicht aufhören mit seiner Arbeit, bis Sie sich so nach ihm sehnen, dass Sie mit Jauchzen in seine offenen Arme eilen. Er wird Sie zu einem glücklichen Gotteskind machen. Darum zeichne ich diese Stunde auf, denn wenn Sie dieses Glück erlangen werden, dann werden Sie sich selbst zeitlebens an diesen Sonntagnachmittag erinnern, an dem das erste Licht in Ihr Herz gedrungen ist."

„Meinen Sie, dass bis heute in mir immer alles dunkel gewesen ist?", fragte der Andere stirnrunzelnd. „Sie kannten mich ja gar nicht vor der Krankheit. Von dem schwachen Nikolaj Korimsky können Sie nicht auf seinen früheren Charakter schließen."

„Das ist richtig, Herr Korimsky, aber es gibt zweierlei:

Das eine ist täuschendes Irrlicht, das die Nacht und die Wolken nicht durchdringen kann, das andere scheint in der Finsternis, aber die Finsternis begreift es nicht. Auch ich habe mich jahrelang am Schein der Irrlichter ergötzt, als ich dann aber in die tiefen Wasser des Leidens steigen musste, verschwanden sie alle. Dann kam in meine Seele das Licht, das wahre Licht. Obwohl sich die Situation nicht geändert hat und sich vielleicht nie ändern wird, ist in mir Licht und Wärme. Ich bin glücklich!“

„Aus Ihren Worten zu schließen“, unterbrach ihn der junge Mann interessiert, „ist Ihr Leid noch nicht geschwunden. Was ist es? Haben Sie vielleicht einen unersetzlichen Verlust erlitten?“

„Ja, Herr Korimsky, ich habe alles auf dieser Erde verloren, aber bitte, reden wir nicht davon.“

„Mir tun Sie aber Leid, und ich möchte Ihnen gern helfen, wenn ich könnte. Vielleicht ist der Verlust nur scheinbar, oder deckt ihn das Grab?“

„Ja, er ist begraben.“

„Trotzdem sind Sie glücklich?“ Nikolaj schloss die Hand des Provisors in seine beiden Hände.

„Ich bin glücklich, Herr Korimsky, denn die Nacht in mir ist vergangen, und das ewige Licht leuchtet mir. Wenn dieses Licht auch in Ihnen aufgehen wird, dann werden auch Sie über kein Unglück mehr klagen.“

* * *

Margita hatte endlich ihren Vater bei sich. Die erste Verlegenheit bei diesem Wiedersehen war bereits überwunden. Nun saßen beide im kleinen Salon in traulichem Gespräch, der Vater mit der Tochter, nach siebzehnjähriger Trennung. Korimskys Gesicht, aus dem jede Spur des Stolzes verschwunden war und dem unermesslichen Glück Platz gemacht hatte, erheiterte sich immer mehr. Er schaute gespannt auf die Tochter, als sollten ihm diese Stunden alles ersetzen, was er in den Jahren entbehrt hatte. Margita erzählte ihm, dass sie Slowakisch lerne und warum. Auch von ihren Fortschritten in der letzten Woche berichtete sie, und dass sie es in Orlow nach der Anweisung des Lehrers Gal fortsetzen wolle und wie gut ihr dazu die geringen Kenntnisse der böhmischen Sprache zustatten kämen. Dann erzählte der Vater von dem Haus, das er für Nikolaj als Sommerwohnung kaufen wollte, und siehe da, es war gerade das verlassene Haus am Wasserfall.

Sie wollte gern, dass Nikolaj bei ihr wohne, aber der Vater sagte, und sie musste es zugeben, dass das so aussehen würde, als hätte er sich nur um seines Vorteils willen mit ihr ausgesöhnt. Aber sie erreichte wenigstens soviel, dass sie das Haus für ihren Bruder und Doktor Lermontoff einrichten durfte, damit sie es schön und bequem hätten.

Dabei dachte sie: „Wenn nur beide erst einmal eingezogen sind, werden sie sowieso mehr bei mir sein als dort. Der Großvater hat mir auch schon versprochen, im Sommer hierher überzusiedeln. Der Vater kommt zu Nikolaj, o, das wird ein herrliches Leben werden!“

Ein leiser Glockenton unterbrach das Gespräch.

Margita sprang auf: „Erlaube, lieber Vater, nur einen Augenblick muss ich dich allein lassen!“, und eilte davon.

Manfred Korimsky weilte schon länger als vier Stunden auf Horka. Vater und Tochter waren zusammen zu dem Bauernhaus gefahren, hatten immer von der Gegenwart geplaudert, denn ein Gespräch über die Vergangenheit war zwischen ihnen nicht möglich. Sie hatte die ganze Zeit Adam mit keinem Wort erwähnt, obwohl sie vom Großvater viel und mit Liebe sprach. Tiefe Sorge beschattete die Stirn des Vaters. Da legte sich ein weicher Arm um seinen Hals, und eine Hand strich ihm die Haare von der Stirn.

„Mein lieber Vater, warum bist du so traurig?“

Er zog sie liebevoll an sich: „Schön, dass du wieder da bist!“

„Ich will dich zum Abendbrot holen.“

„Wir haben ja eben erst Kaffee getrunken!“

„O, das ist schon lange her, und du hast ja fast nichts gegessen. Dafür wirst du aber jetzt deiner Gastgeberin größere Ehre antun, nicht wahr?“

„Ich werde mich bemühen, dich zufrieden zu stellen!“

Sie nahm ihn beim Arm und führte ihn über den Korridor in das hell erleuchtete, mit Blumen geschmückte Speisezimmer.

„Du fragtest mich“, nahm Korimsky nach dem Abendessen, während Margita ihm noch Tee bereitete, das Gespräch wieder auf, „über was ich so nachdenklich gewesen bin. Nun, ich dachte an denjenigen, den meine Margita noch mit keinem Wort erwähnt hat. Was wird er wohl zu unserer Aussöhnung sagen?“ Margita wurde ernst. „Du meinst Adam Orlowsky?“, fragte sie kühl. „Was geht den unsere Versöhnung an?“

Korimsky sah seine Tochter entsetzt an: „Margita! Er ist doch dein Mann und dir der nächste Mensch auf Erden!“

Heftig schüttelte sie den Kopf. „Du irrst dich, Vater! Vor der Welt ist er wohl mein Mann, mir persönlich ist er aber nichts und wird mir nie etwas sein. Der Großvater wünschte unsere Verbindung. Wir konnten seine Bitte an seinem Lebensabend nicht abschlagen. Wir sahen uns erst eine Stunde vor der Trauung, und danach machten wir aus, dass wir, um die Ehre unseres Namens nicht zu verletzen, nach außen hin wohl eine Verbindung zeigen werden, aber sonst wird er seiner Wissenschaft und ich dem Großvater leben.“

„Von wem ging dieser Vorschlag aus?“, fragte Korimsky und schloss die Hand der Tochter in die seine.

„Von mir, Vater.“

„Und Adam hat ihn angenommen?“

„Selbstverständlich! Wundere dich nicht, es ist gut so.“

„Nein, es ist nicht gut so, Kind! Bei dir wundert

es mich nicht, aber er in seinem Alter! Das Leben ist lang, ihr seid beide jung. Das Herz kann nicht ohne Liebe bleiben."

„Ich weiß, Vater. Mein Herz braucht auch nicht ohne sie zu sein. Habe ich nicht dich und den Großvater? Wird mich nicht auch Nikolaj lieb haben und ich wieder euch alle?"

„Nehmen wir den Fall, dass es dir genügt, aber Adam?"

„Adam hat seine Wissenschaft."

„O Margita, die Wissenschaft kann ein Herz wie das seine nicht ausfüllen."

„Dafür kann ich wirklich nichts, Vater. Als er um meine Hand warb, zeigte er mir deutlich, dass er nichts anderes wünsche und versprach nichts weiter als nur Treue; die werde ich ihm halten!" Korimsky fühlte die seiner Tochter angetane Beleidigung in seiner eigenen Seele. Er wunderte sich nicht mehr, sagte aber auch nichts mehr zugunsten des Schwiegersohnes.

Margita lenkte das Gespräch auf ein anderes Thema, und er ging bereitwillig darauf ein. Sie führte ihn in den Salon zurück und zeigte ihm die schriftlichen Arbeiten aus dem Institut, die sie vorige Woche geordnet hatte. Dann zeigte sie ihm, wie viel sie schon Slowakisch lesen und schreiben konnte und erzählte dabei, was sie für die hiesige Schule zu tun gedachte.

Als er die Bemerkung machte, dass die Schule evangelisch sei, schaute sie ihn verwundert an. „Ich bin doch auch evangelisch!"

„Du, Margita?", fragte er verdutzt. „Du wunderst dich darüber? Sind denn meine Eltern nicht evangelisch?"

„Deine Mutter ist nicht immer evangelisch gewesen", entgegnete der Vater. „Die Mädchen aus gemischten Ehen gehören dem Bekenntnis der Mutter an. Darum bist du auch in der katholischen Kirche getauft worden, und die katholische Kirche nimmt dich in Beschlag."

„Wie kann sie das tun, da ich doch von der katholischen Lehre kein Wort kenne!", rief Margita erregt. „Meine Erzieherinnen waren evangelisch. In Arowitz bin ich als evangelisch eingetragen. Nur bei der Konfirmation sagte mir der Pfarrer, dass er mich nicht konfirmieren könne wegen gewisser Hindernisse. Also das hat er damit gemeint. Und die katholische Kirche sollte mich für sich verlangen?"

Ein bitterer Zug umspielte ihre Lippen.

„Wenn du achtzehn Jahre alt sein wirst, könntest du freiwillig unserer Kirche beitreten, wenn nicht Orlowskys wären. Den alten Herrn würde es wohl tief kränken."

„Entschuldige, Vater, meine persönliche Freiheit habe ich dem Großvater geopfert. Die Gesinnungsfreiheit lasse ich mir aber nicht nehmen. Im Institut las ich einmal ein schreckliches Buch: ‚Die spanischen Brüder'. Niemals könnte ich zu Rom gehören, niemals, obgleich, was mir Leid tut, der Großvater dazugehört."

„Margita, was im Mittelalter gewesen ist, ist nicht heute."

„Wenn auch, Vater. Die Evangelischen wurden einmal unterdrückt. Mich zog es immer auf die Seite derer, denen Unrecht geschah. Außerdem lehrt man uns, die Kirche sei unsere Mutter. Nun, eine schöne Mutter, die mir bis jetzt außer der Taufe nichts gegeben und sich gar nicht um mich gekümmert hat. Nein, ich will nicht! Vorläufig muss ich mir Bücher beschaffen, um den Unterschied zu erkennen, dann werde ich es dem Großvater sagen, wenn Zeit dazu sein wird. Er wird mich nicht halten, du wirst es sehen. Und jetzt sprechen wir von etwas anderem, denn es hat dich, scheint mir, betrübt, lieber Vater."

Bis tief in die Nacht plauderten Vater und Tochter miteinander. Als Korimsky am anderen Tage Horka verließ, ging er zwar um etliche Stunden ungeahnten Glückes reicher davon, nahm aber auch zwei bange Sorgen mit: die erzwungene Ehe seiner Tochter und deren Entschluss, niemals der katholischen Kirche angehören zu wollen.

* * *

Auf dem Gut des Ingenieurs Rainer gab es einen glänzenden Abend. Vornehme, in der Hauptsache adlige Gäste feierten mit dem Hausherrn den Geburtstag der Frau Rainer. Die schönste Gabe zu dieser Feier war die Erhebung des Herrn Rainer in den Adelsstand mit dem Baronstitel. Er hatte sich um das öffentliche Verkehrswesen große Verdienste erworben, und man gönnte ihm diese Ehrung.

Die Gesellschaftsräume erglänzten in einem Lichtermeer. Der Duft feiner Parfüms und frischer Blumen erfüllte die Luft. Es gab hier genug junge Schönheiten, aber die reizende Dame des Hauses wurde von keiner übertroffen. Blasslila Seide umhüllte die schlanke Gestalt, die blonden Haare wurden von Perlennadeln gehalten. Sie spendete jedem der Gäste gleiche Aufmerksamkeit, aber ihre Augen strahlten besonders, wenn sie die elegante Erscheinung des Hausherrn streiften. Die Gesellschaft unterhielt sich ausgezeichnet. Inmitten der besten Unterhaltung, kurz nach dem Abendessen, wurde Frau Rainer, oder wie sich jetzt die Dienerschaft gewöhnen sollte, Frau Baronin, abgerufen, um im Speisesaal etwas anzuordnen. Dort wurde noch ein Imbiss für Mitternacht vorbereitet. Die Sache war bald erledigt. Die Baronin ging in ihr Schlafzimmer, um ihre Hände in Rosenwasser zu waschen. Sie ordnete dabei ihre Frisur und erschrak, als sie in den Spiegel schaute. Sie sah erschöpft aus. „Nur für einen Moment“, sagte sie leise und setzte sich in den Sessel, um auszuruhen. Dabei parfümierte sie ihr feines Taschentuch. Als sie das Parfüm in das Tischchen zurücklegen wollte, fiel ihr ein ungeöffneter Brief auf, den sie selbst in der Eile, als die Gesellschaft kam, hingeworfen hatte. „Wahrscheinlich auch eine langweilige Gratulation“, sagte sie gleichgültig, zerriss den Umschlag und fing an zu lesen. Da verfärbte sich ihr Gesicht, ein Ausdruck des Entsetzens und Schmerzes verscheuchte die Langeweile und Verdrießlichkeit. Der Brief lautete: „Liebe Natalie! Da ich weiß, dass Ihnen niemand mitteilen wird, was bei uns geschehen ist, halte ich, Ihre alte Freundin, es für meine Pflicht, Ihnen zu schreiben.

Eine Mutter bleibt doch immer eine Mutter, mögen auch die Umstände sein, wie sie wollen. Als ich vor einer Woche meine Tochter in Podhrad besuchte, hörte ich von Doktor Rauscher die traurige Nachricht, dass sich vor etwa vier Wochen Ihr prächtiger Sohn Nikolaj Korimsky vergiftet hat. Er hat sich zwar nicht mit Absicht vergiftet, es geschah durch einen unglücklichen Zufall im Laboratorium. Der schnellen ärztlichen Hilfe ist es zu verdanken, dass er nicht gestorben ist. Aber er musste viel leiden und leidet auch jetzt noch. In diesen Tagen sollen ihn die Ärzte nach dem Süden bringen, vielleicht um dort zu sterben. Der arme Nikuschka!

Dem Korimsky gönne ich es ja, der verdient nichts anderes, aber der arme, unschuldige junge Mann!

Und das gerade jetzt, da er schon alle Prüfungen abgelegt hatte und Professor der Chemie werden sollte! Er kam nur zu Besuch mit einem Freund aus Wien, einem Doktor Lermontoff. Dann sollte er wieder mit ihm auf Reisen gehen. Nun, er wird ja gehen, aber wie!

Ich habe lange nachgedacht, ob ich es Ihnen mitteilen sollte. Sie können ihn ja doch nicht besuchen, aber ich hatte keine Ruhe. Jeder bemitleidete ihn, und nur die eigene Mutter sollte nicht wissen, was mit ihrem Liebling geschehen ist? Wenn Sie schon nichts anderes tun können, so können Sie wenigstens für ihn zur Mutter Gottes beten.

Verzeihen Sie, dass ich Sie mit dieser Nachricht betrüben musste, Ihre ergebene Klara Horst."

Der Brief mit dem schrecklichen Inhalt war längst gelesen, und noch immer saß Natalie ganz versteinert da.

„Er hat sich vergiftet, er leidet schon wochenlang, leidet auch jetzt in diesem Augenblick! Sie werden ihn nach dem Süden bringen, sterben, und ich wusste bis heute nichts. Ich würde auch nichts erfahren haben, wenn nicht diese mir einst so widerwärtige Person geschrieben hätte. Sie schrieb es in der Absicht, mich damit zu verwunden. Und doch muss ich ihr dafür dankbar sein. Mein Kind stirbt, mein sonniger, lieber Junge, und ich ..."

Frau Rainer stand auf und ging händeringend im Zimmer auf und ab, ohne Tränen, doch mit wehem Schmerz. Sie durfte ja nicht weinen. Wie konnte sie mit verweinten Augen wieder unter die Gesellschaft gehen? Und hingehen musste sie, sie war die Dame des Hauses und wurde gefeiert! Ihr Sohn lag vielleicht sterbend in großer Qual des Leibes und der Seele!

Sie konnte nicht zu ihm gehen und nicht fragen, denn sie hatte niemanden, ach, es war schrecklich, in dieser Ungewissheit zu leben!

Unter diesem Druck setzte sie sich wieder in den Sessel, legte die kalten Hände auf den Tisch und den Kopf darauf. So hörte sie die Schritte draußen nicht, das Klopfen an der Tür, auch nicht, dass jemand eintrat.

Baron Rainer war starr vor Verwunderung. Von der Stunde an, da Natalie Orlowsky seine Frau geworden war, hatte er alles geopfert und seinen ganzen Fleiß darangesetzt, um nur Adel und Titel zu erlangen und beides ihr dann zu Füßen legen zu können. Jetzt hatte er es erreicht und fand seine Frau so. Im nächsten Moment beugte er sich über die Frau, die ihm auf Erden alles war, an die er mit jeder Faser seines Herzens gebunden war.

„Meine Natalie, was ist geschehen? Was fehlt dir?" Er sah ihr leidverzerrtes Gesicht, sie sah ihn an und überwand sich mit großer Anstrengung.

„Entschuldige, Robert, es war mir übel, aber es wird schon besser. Sei so gut, entschuldige mich bei der Gesellschaft für eine Weile, bis ich mich wieder zeigen kann."

„Was ist dir passiert?", fragte er wieder und zog sie an sich und fühlte, dass sie am ganzen Körper zitterte. „Du warst doch ganz gesund, oder nicht?"

„Ich weiß nicht", sagte sie. „Ich wollte mir nur die Hände waschen und das Kleid richten, da wurde mir übel."

„Vielleicht von diesem starken Parfüm, das du hier am Tischchen verschüttet hast?"

„Vielleicht. Bitte, führe mich hinaus", bat sie dringend. Er trug sie hinaus und legte sie auf ein Sofa. „Ich gehe dich entschuldigen. Wenn du nicht bald kommen kannst, bringe ich den Doktor", sagte er, küsste sie auf die Stirn und ging hinaus.

Die Baronin rang nach Luft wie ein Mensch, der nahe am Ersticken ist. Jahrelang hatte sie sich bemüht, ihren Mann zu überzeugen, dass die Vergangenheit für sie nicht mehr existiere. Sie wusste, was sie diesem Manne war, und wollte ihm keinen Anlass zum Misstrauen geben. Wüsste er jetzt, welche Nachricht sie soeben erhalten hatte!

Als sie ihm vor vierzehn Jahren die Hand reichte, tat sie es, weil sie geliebt werden wollte, da sie ohne Liebe nicht leben konnte. Sie liebte Rainer nicht, aber sie achtete seinen tadellosen Charakter. Treu und gewissenhaft bemühte sie sich, ihres Mannes Liebe zu erwidern, der sie aus der peinlichen Lage, in die jede geschiedene Frau gerät, mit einem Male herausgerissen hatte. Aber alle Bemühungen blieben umsonst, das arme, verratene Herz konnte sich an Rainers Herzen niemals erwärmen, weil das Bild des unwürdigen verlassenen Mannes, der Gegenstand der ersten Liebe, nicht verblassen wollte. Es gibt Herzen, die nur einmal lieben können, das Herz der Baronin Rainer gehörte zu ihnen.

Wie oft in schlaflosen Nächten hatte sie sich Vorwürfe gemacht, in der Einsicht, dass sie lieber alles hätte verzeihen sollen, statt fortzugehen. Und wenn sie auch gegangen war, so hätte sie nicht diesen neuen Damm zwischen ihm und sich aufrichten sollen. Er ging bis heute allein durchs Leben, und sie hatte sich die Rückkehr zu ihm für immer unmöglich gemacht.

Vom Zorn und vom leidenschaftlichen Schmerz des gekränkten Stolzes verblendet, hatte sie während des Prozesses nicht daran gedacht, dass sie sich auch von dem Kinde würde trennen müssen, bis die Trennung gekommen und es zu spät war. Sie hatte ihr Kind für immer verloren, es war für sie gestorben, obwohl es lebte.

Die Tochter, die ihr als eine lebendige Erinnerung an das vergangene Glück geblieben war, konnte sie Rainers wegen nicht so innig lieben, um ihn nicht so sehr an ihre Vergangenheit und daran zu erinnern, dass er selbst keine Kinder hatte. Wie froh waren sie beide gewesen, als der unerwartete Antrag aus Orlow gekommen war, der der peinlichen Lage ein Ende machte!

Margita würde nicht mehr kommen, um an das verlorene Glück Tag um Tag zu erinnern. Mochte sie dort glücklich werden, mochte sie dem Großvater alles ersetzen können, was er an der Tochter verloren hatte! Als Mutter und Tochter sich am Bahnhof trennten, war es ein Abschied für immer, denn für Natalie Rainer gab es keine Rückkehr in das Tal von Podhrad. Vierzehn lange Jahre lebte Natalie nun schon ein Leben des trügerischen Scheins an der Seite des liebenden, aber nicht geliebten Mannes, von allem getrennt, was dem Herzen teuer war und wonach sich dieses Herz sehnte. War es ein Wunder, dass ihr heute die Kräfte versagten?

Als bald darauf Baron Rainer mit dem Doktor eintrat, machte dieser ein ernstes Gesicht und verordnete vollkommene Ruhe. Draußen erklärte er: „Überreizte Nerven!“

Die Gesellschaft sah heute die Hausherrin nicht mehr.

Es war nur gut, dass sich diese Unpässlichkeit erst nach dem Abendessen eingestellt hatte. So konnte man mit vielen Empfehlungen an die Kranke und aufrichtigen Beileidsbezeugungen gegen den Herrn Baron die gastliche Schwelle des Rainerschen Gutes verlassen.

Im Haus wurde es still. „Es ist unmöglich, dass das ganz von selbst gekommen ist“, dachte Rainer, als er sich über das Bett der unruhig schlafenden Frau beugte, „sie muss sich sehr aufgeregt haben, aber worüber?“

Später suchte er in der Garderobe und fand den zerknitterten Brief, las ihn und wunderte sich nicht mehr.

„Arme Natalie“, seufzte er. „Sie wollte auch diesen Schlag heldenmütig tragen wie alles, aber sie konnte nicht.

Jahrelang habe ich mich bemüht, dass sie an meiner Seite die Vergangenheit vergäße, aber es geht nicht. Es ist ihr Sohn, sie liebte ihn und liebt ihn noch. Nun nach so langen Jahren die erste Nachricht wieder, und dazu so eine Nachricht! Jetzt, da ihre Tochter fort ist, dachte ich, sie würde nur mir gehören, da kommt das dazwischen!“

In schmerzlicher Aufregung zerriss der Baron den Brief, warf ihn ins Feuer und verließ nach einem heftigen inneren Kampf die Garderobe mit dem Vorhaben, seiner Frau schnellstens nähere und möglichst bessere Nachricht über das Befinden des Sohnes zu verschaffen.

* * *

An die Tür von Adam Orlowskys Kajüte wurde geklopft, eine Störung, die dem jungen Gelehrten nicht gerade angenehm war. Als aber der Störende eintrat, war die Überraschung groß, denn den Marquis Orano hätte Adam nicht erwartet.

„Störe ich Sie bei der Arbeit? Dann entschuldigen Sie“, sagte der Gast höflich, als er zu dem Sofa geführt wurde.

„Es tut nichts. Ich wurde sowieso vor einer Weile durch einen Gesang gestört.“

„Dieser Gesang ist eigentlich auch die Ursache meines Kommens."

„Wirklich? Wieso, bitte?"

„Wir hörten ihn auch in unserer Kajüte, und er machte das Herz meiner Tochter traurig."

Adam schaute verwundert auf. Er war jetzt schon mehrmals mit dem Marquis zusammengetroffen, dieser hatte aber seine Tochter nie vor ihm erwähnt.

„Liebt die Marquise den Gesang nicht?", bemerkte er höflich. „Doch, aber das Lied des Matrosen war zu traurig, und da ich mein Kind nicht aufheitern konnte, griff ich zu einer List und versprach ihr, dass ich Sie, Herr Orlowsky, ihr vorstellen würde."

Aus Adams Augen schoss ein Blick stolzen Unwillens.

Er wollte schon erwidern: „Ich bin nicht gewöhnt, Damen zu unterhalten", und so dem vornehmen Gast zeigen, dass er nicht dafür da sei, weibliche Langeweile zu verscheuchen.

Aber als ob dieser das ahnte, sagte der Marquis mit ruhiger Stimme: „Ich habe nur dieses Kind, Herr Orlowsky, und es ist unglücklich. Mit meinem ganzen Reichtum und der mir anvertrauten Macht bin ich nicht imstande, mein Kind in den Stunden der Traurigkeit zum Lächeln zu bringen."

„Was fehlt der Marquise?", fragte Adam interessiert.

„Vor Jahren wurde ihr Augenlicht geschwächt. Die

Ärzte sagen, es sei Überanstrengung der Nerven durch zu langes Studium. Es gibt Tage, an denen sie auch in der Ferne ganz gut sieht, dann verschwindet allmählich das Licht, und manchmal ist es um meinen Liebling völlig dunkel. Wir kommen gerade von Paris. Die Ärzte nahmen mir zwar nicht die ganze Hoffnung, aber sie verordneten, dass ich sofort nach Europa übersiedeln solle, wenigstens für zwei oder drei Jahre. Bis dahin, hoffen sie, werden sich die Nerven meines Kindes stärken, und die Sehkraft wird zurückkehren. So bitte ich Sie, schenken Sie ihr heute ein wenig von Ihrer Zeit, oder bin ich zu aufdringlich?"

„O nein!" Adam drückte die Hand des unglücklichen Vaters. Er wunderte sich jetzt nicht mehr, dass er um seine Tochter besorgt war. „Aber worüber soll ich mit der Marquise sprechen?"

„Vielleicht über Ihre Forschungen auf dem Gebiete der Archäologie. Sie liebt Ägypten sehr, das Interesse für ihre Heimat wird sie erfreuen. Dann möchte ich Sie bitten, beschreiben Sie so nebenbei ein wenig die Schönheit Ihrer ungarischen Heimat, wenn Sie wollen. Denn ich habe große Angst, dass sie nicht aus Ägypten wird fort wollen. Da ihr jede Aufregung schadet, kann ich sie nicht mit Gewalt fortbringen. Wenn es mir aber gelingt, sie dafür zu interessieren, wird alles leichter gehen. Helfen Sie mir, bitte!"

„Von Herzen gern. Soweit ein trockener Gelehrter solch einer Aufgabe gerecht werden kann, werde ich alles tun.“ Für sich aber dachte er: „Welch eine Aufgabe habe ich übernommen? Ein junges Mädchen zu erheitern, und ich ...!“

Als er kurz darauf mit dem Marquis in die Kajüte trat, kam ihnen ein etwa siebzehnjähriges Mädchen entgegen und richtete ihre großen dunkelblauen Augen mit einem wehmütigen Blick auf ihn. Adam verbeugte sich tief, um seine Bewegung zu verbergen. Übrigens bereute er sein Kommen nicht. Der Marquis lenkte das Gespräch gleich auf die Forschungsreise der kleinen Gesellschaft. Die Marquise stellte einige interessierte Fragen, und das Gespräch floss bald ganz ungezwungen, besonders weil die beiden Oranos fließend Deutsch sprachen und man sich nicht auf Französisch plagen musste.

Aus jedem Wort der jungen Dame sprach eine innige Liebe zu ihrer Heimat. Sie zeigte Adam Fotografien und sagte dazu: „Ich wollte in der Fremde wenigstens die Bilder bei mir haben.“

„Wie Sie das aussprechen, Marquise, das ‚in der Fremde‘, entgegnete Adam fröhlich lächelnd. „Jeder von uns Europäern hat dort seine Heimat und seinen Geburtsort, den er ebenso liebt wie Sie Ägypten.“

„Wo ist Ihre Heimat?“, forschte sie kindlich.

„Mein Vaterland kenne ich gar nicht, ich habe nur ein Geburtsland. Doch wenn Sie erlauben, will ich Ihnen das etwas beschreiben.“

„Ja, bitte. Aber zuerst erklären Sie mir, wie es kommt, dass Sie Ihr Vaterland noch nicht gesehen haben!“

„Ich bin der Sohn eines Auswanderers.“ So erzählte Adam das Schicksal der Familie Orlowsky.

Er beschrieb die Schönheit Ungarns, besonders der Hohen Tatra, des Gran und Waagtales, erzählte, dass jetzt dort alles mit Schnee bedeckt sei und beschrieb den herrlichen Reiz einer Schlittenfahrt. Manchmal übertrieb er auch ein wenig, doch wer wollte ihm das übel nehmen? Der Marquis gewiss nicht.

„Wie schön muss es sein“, sagte das junge Mädchen, „wenn jemand Familie, Brüder, Schwestern und einen Großvater hat! Wir haben niemanden, alle sind gestorben.“

„Gnädiges Fräulein, auch ich habe ja außer dem Großvater niemanden mehr.“

„Auch keine Eltern?“

„Die Mutter starb gleich bei meiner Geburt, und der Vater kurz darauf. Bruder oder Schwester habe ich auch nicht gehabt.“

„So ist also Ihr Großvater jetzt ganz allein? Da wird er auch traurig sein.“

Für einen Augenblick schoss Adam das Blut in die Wangen. Er wurde daran erinnert, dass er jemanden zu erwähnen vergessen hatte. Aber wozu sollte er davon reden? Was ging es die Oranos an, ob er verheiratet war oder nicht? Aber die Augen des jungen Mädchens verlangten eine Antwort.

„Der Großvater hat jetzt eine Enkelin, das Kind seiner Tochter, bei sich, die ihn erheitern wird."

„Ist Ihre Kusine auch Waise?"

„Ja, ich kenne sie aber nur wenig. Sie kam einen Tag vor meiner Abreise, wir sahen uns nur einige Stunden. Aber der Großvater schreibt recht glücklich."

„So", dachte Adam im Stillen, „damit bin ich fertig. Wenigstens wird mich niemand mehr daran erinnern, dass ich eine Frau daheim habe, die meine Frau ist und doch eigentlich nicht ist."

Aber im Herzen fühlte er einen Stachel, wie man ihn immer fühlt, wenn man nicht ganz aufrichtig gehandelt hat.

Der Zweck des Besuches war erfüllt. Adam hatte seine Aufgabe gut gelöst, er hatte das einzige Kind des hoch gestellten Mannes aufgemuntert, unterhalten, ja erfreut. Er erreichte es auch, dass sich die Marquise hinauf auf das Deck begab, wo er ihr seine Freunde vorstellte.

Abends lud dann der Marquis die vier Herren und den Kapitän zum Tee ein. Die Marquise war guter Laune, nur öfter stützte sie den Kopf in die Hand, als ob sie über etwas nachdächte. Nachdem sich die Herren empfohlen hatten und Vater und Tochter wieder allein waren, sagte sie plötzlich:

„Vater, ich möchte gern das schöne Heimatland des Herrn Orlowsky sehen."

„Polen?" Der Marquis zog seine Tochter an sich,

er war blass geworden. „Ach nein! Dort, wo sein Großvater ist, Ungarn, wo die Hohe Tatra ist, die vielen Seen und Berge, weißt du? Du sagtest doch, wir sollten nach Westen reisen, nun, so fahren wir dorthin!"

„Liebes Kind, in ganz Ungarn könnte ich wohl kaum eine Besitzung finden, die dir genügen dürfte."

„Vater, wenn ich aber dorthin will?" Ihre Stirn bedeckte ein Schatten. „Wir können dort durchreisen, mein Kind, können uns das alles ansehen und uns dann irgendwo in den herrlichen Alpen, in der Schweiz niederlassen."

„Nein, dorthin will ich nicht, überhaupt müssen wir ja nirgendwo hin." Am anderen Tage sprach der Marquis zuerst lange mit Adam und dann mit seinem Verwalter.

* * *

„Denken Sie, meine Herren, was mir Adam schreibt!"

Mit diesen Worten hieß Nikolaus Orlowsky Dechant Jurecky, Kaplan Lang, Doktor Rauscher und den Rechtsanwalt Kraus willkommen, als sie ihre Plätze am Schachtisch eingenommen hatten. „Ich soll für einen ägyptischen Krösus, mit dem Adam auf dem Schiff zusammengetroffen ist, Podolin entweder pachten oder noch besser kaufen.

Dieser Ägypter hat ein krankes Kind, das die Ärzte nach Europa schicken. Was sagen Sie dazu?"

„Podolin?", wunderte sich der Dechant. „Das muss etwas Nobles sein."

„Adam schreibt, das Geld spiele keine Rolle."

„Da würden Sie ja gar einen Nachbarn aus dem Schlaraffenland bekommen", lachte der Kaplan.

„Und was werden Sie tun, Herr Orlowsky?", fragte der Doktor. „Ich war heute in Podolin. Direktor Zarkany ist jetzt daheim. Heute oder morgen erwarten sie den jungen Fürsten. Zarkany meint, der Fürst würde Podolin gern verkaufen, denn er will nichts reparieren lassen. Aber wer das Schloss kaufen will, der wird es teuer bezahlen müssen, denn außer dem wunderschönen Park und Hof muss alles renoviert werden. Nun weiß ich nicht, was tun. Ich muss doch Adam die Wahrheit schreiben. Ich wäre froh, wenn es in gute Hände käme."

„Ach was! Wenn der Ägypter Geld genug hat, wird er es schon renovieren lassen; schreiben Sie nichts davon, Herr Orlowsky."

„Sie haben gut reden, Herr Kaplan, aber wenn er dann darüber zürnt und mir Vorwürfe macht? Einen bösen Nachbarn haben, ist kein beneidenswertes Los."

„Nun, von Ihnen wird er ja entfernt genug sein, dafür würde ihn aber Frau Margita bekommen", sagte der Arzt lachend. Zum Schluss rieten alle Herren, besonders der bis dahin schweigend dasitzende

Rechtsanwalt, Herr Orlowsky möge den Kauf vermitteln.

Auch, als sie schon beim Schachspiel saßen, wechselten sie noch hin und wieder ein Wort darüber.

„Ist es wahr", fragte plötzlich der Dechant, „ich hörte einmal, der verstorbene Adam Orlowsky sollte in Podolin Direktor werden?" Der alte Herr hörte es scheinbar nicht, er war in das Spiel vertieft, aber gerade jetzt machte er einen Fehler. Da trat der Doktor dem Herrn Dechant unter dem Tisch ganz unhöflich auf den Fuß, und als dieser ihn ansah, legte er den Finger bedeutungsvoll an die Lippen. Der Alte murmelte ein „Aha!" und spielte weiter.

Als die Partie zu Ende war, ging der Hausherr hinaus, um für die Herren das Abendessen bereitstellen zu lassen. Da sagte der Dechant: „Ich habe vorhin wohl etwas angestellt, Herr Doktor?"

„Beinahe, Hochwürden."

„Nun, und wie war denn eigentlich die Sache?"

„Derjenige, der Direktor werden sollte, aber nicht wollte, war der verschollene Ferdinand Orlowsky."

„Nun, ein anderes Mal werde ich besser Acht geben, damit Sie mir nicht wieder auf meine Hühneraugen treten."

Draußen tobte ein heftiger, kalter Sturm, darum behielt Herr Nikolaus die Herren auch über Nacht bei sich. Nur sorgte er sich um Margita, ob sie sich auf Horka nicht einsam fühlen werde. Er nahm sich vor, sie nicht länger allein dort zu lassen, entweder holte er sie zurück oder er blieb bei ihr. Als sich die Herren in ihre Schlafzimmer zurückgezogen hatten, saß der alte Herr mit dem Dechanten beim Kamin. Beide waren gewohnt, spät schlafen zu gehen, und der Dechant wartete schon lange auf einen so günstigen Augenblick.

„Was ich eigentlich fragen wollte", fing er an, indem er sich eine neue Zigarre anzündete, „ist die junge Orlowsky schon bei der heiligen Firmung gewesen?"

„Nein, Hochwürden."

„Da haben wir jetzt eine gute Gelegenheit. Im Sommer kommt Seine Eminenz, der Bischof. Viele junge Frauen und Mädchen, die bis heute auch keine Gelegenheit hatten, wollen hingehen."

„Ich bin froh, dass Sie mich daran erinnern, Hochwürden. Ich habe mit meiner Enkelin noch nicht darüber gesprochen."

„Ich selbst hätte auch nicht angefangen", fuhr der Dechant fort. „Aber ich erfuhr, dass Ihre Enkelin im Pensionat keinen katholischen Religionsunterricht bekommen hat. Überhaupt, entschuldigen Sie, dass ich das sagen muss, ist sie in anderen Fächern so musterhaft erzogen, in diesem hauptsächlichsten aber gänzlich vernachlässigt worden. Man muss das Versäumte nachholen. Wir wissen auch nicht, ob sie zur Kommunion gegangen ist, ob sie die Ordnung der Heiligen Messe kennt. Die Trauung wurde so kurzfristig angesetzt, die Brautleute kamen nicht zu mir, so konnte ich sie nicht fragen, beide waren auch nicht bei der Kommunion. Ich sage, wegen der Kürze der Zeit. Das lässt sich entschuldigen. Ihre Enkelin war es nicht gewöhnt, und was man von Kindheit auf nicht gewöhnt ist, das vernachlässigt man leicht. Doch das lässt sich noch gut machen."

Über Herrn Orlowskys Stirn flog ein Schatten. Es war wahr, er ging außer zu Ostern und zum Fronleichnamsfest niemals zur Kirche, aber seine Frau und Adams Mutter waren fleißig gegangen. Es schickte sich, dass auch Margita ginge. Aber es konnte möglich sein, dass sie wirklich von der Ordnung der Messe keine Kenntnis hatte. Wenn sie die Kirche besuchte, würde sie in Verlegenheit geraten, und man würde ihre Unkenntnis bemerken. Er hatte sie ja eigentlich darum von der Mutter weggenommen, um sie zur katholischen Kirche zurückzubringen, wo sie doch hingehörte.

„Hochwürden haben jetzt einen Kaplan, der ein tüchtiger, gebildeter Mensch zu sein scheint. Wenn meine Enkelin zurückgekehrt ist, kann er sie in allem unterrichten, was sie wissen muss, damit aus ihr eine fromme, gute Katholikin werde."

„Ein lobenswerter Plan, Herr Orlowsky", nickte der Dechant beifällig. „Wir werden es so unauffällig machen, dass es außer uns vieren niemand wissen wird. Man wird meinen, der Kaplan spiele mit uns Schach, und er wird unterdessen die gnädige Frau in die Wahrheiten unserer heiligen, seligmachenden Kirche einführen. Einige Stunden werden genügen, das Übrige wird Frau Margita in guten Büchern, die wir ihr besorgen, finden."

„Ich danke Ihnen, Hochwürden! Es ist mir ein Stein vom Herzen gefallen. Machen Sie die Sache mit dem Kaplan aus. Selbstverständlich wird ein gutes Honorar nicht fehlen, besonders wenn er darüber schweigen kann und die Unkenntnis meiner Enkelin nicht in die Öffentlichkeit kommt."

„Selbstverständlich, der Kaplan wird schweigen wie das Grab. Er ist ja Beichtvater."

Die beiden Herren saßen noch bis spät in die Nacht hinein bei dem Gespräch über das Schicksal Margita Orlowskys, die sie auf die leichteste Art zurückführen wollten in den Schoß der heiligen Kirche, der sie schon durch die Taufe anvertraut war. Wüsste der Kaplan Lang, welche neuen, angenehmen Pflichten seiner warteten, er könnte gewiss heute in Orlow gar nicht schlafen vor lauter lobenswerten Vorsätzen.

* * *

Zu der Zeit ungefähr, als Herr Orlowsky auf das Unwetter aufmerksam wurde und die Anordnung für das Abendessen traf, hielt der Schnellzug auf dem Bahnhof Podhrad.

Margita Orlowsky stieg rasch aus und schaute sich

nach einer Droschke um. Des Großvaters Wagen wartete nicht auf sie, weil sie ja unerwartet und nicht nach Orlow kam.

Die heutige Post hatte ihr diesen Brief gebracht:

„Teure, geliebte Margita! Ich kann nicht fortreisen, ohne dir, liebe, unbekannte Schwester, wenigstens brieflich Lebewohl zu sagen. Wie sehr sehnte ich mich, dich sehen zu können! Wenn ihr beide, der Vater und du, von meiner Sehnsucht nur eine Ahnung gehabt hättet, ihr würdet die Aufregung nicht gefürchtet haben, und du wärest zu mir gekommen. Jetzt ist es zu spät. Morgen früh reisen wir schon ab. Aber wenn ich wieder heimkehre, wird die Sehnsucht meines Herzens erfüllt. Bis dahin lebe wohl, liebe Schwester. Denke an deinen Nikolaj."

Margita stand eine Weile ganz erschüttert da.

Sie hatte freiwillig der Freude entsagt, den Bruder noch vor der Abreise zu sehen, damit sie ihm dadurch nicht schade, und er sehnte sich, sehnte sich vergeblich! Er hatte es irgendwie erfahren, dass der Vater bei ihr gewesen war, dass sie sich ausgesöhnt hatten. Vielleicht hatte es ihm der Vater selbst gesagt. Und nun war es wirklich zu spät. Er musste morgen mit dem unerfüllten Wunsche abreisen, und es würden Wochen vergehen, bis sie zurückkämen. Was sollte sie tun? Schreiben oder telegrafieren? Das wäre alles zu kalt, zu unbefriedigend.

Aber es war ja erst ein Uhr, und um fünf Uhr ging der Schnellzug. Doch der hielt in Podolin, der letzten Station vor Borovce, nicht, und nach Mauthen waren drei Stunden zu fahren.

Ihre große Aufregung so gut wie möglich beherrschend, ging die junge Frau zu Frau Boiovsky. Von ihr erfuhr sie, dass man jetzt bei der guten Schlittenbahn von Horka aus in zweieinhalb Stunden Mauthen erreichen könne. So schrieb sie dem Lehrer Gal ab, traf ihre Anordnungen und kleidete sich rasch um. Unterdessen wurde angespannt, und schon eilte der Schlitten nach Mauthen. Sie kam gerade noch rechtzeitig, um die Fahrkarte lösen zu können. Über das alles dachte sie nach, als der Wagen vom Bahnhof zu dem Haus unter der Ruine fuhr. Endlich hielt die Droschke. Sie bezahlte den Kutscher und eilte in den hell erleuchteten Eingang der Apotheke. Das Herz schlug fast hörbar vor Freude, dass sie endlich den geliebten Bruder und auch den Vater noch einmal vor der Abreise sehen würde. Jetzt durfte sie in dieses Haus hineingehen und war nicht mehr ausgestoßen. Ihre Bewegung war zu groß. Sie musste eine Weile stehen bleiben, um sich beherrschen zu können. So aufgeregt durfte sie nicht hinein und durch ihren unerwarteten Besuch alle erschrecken. „Ist Herr Korimsky daheim und was macht er?“, fragte sie den ihr entgegenkommenden Diener freundlich. Wie froh war sie, dass sie schon soviel slowakisch konnte!

„Sie packen gerade mit dem Herrn Doktor“, meldete der Diener. „Und Herr Nikolaj?“

„Der ist bei dem Herrn Provisor."

„Danke!" Sie nickte freundlich und eilte weiter. Damals hatte ihr Ursiny die Tür seines Zimmers gezeigt, so wusste sie jetzt hinzufinden.

Wie gut, dass Nikolaj gerade dort war, so brauchten sie sich nicht in der Gegenwart des Vaters zu treffen. Es könnte ihm doch vielleicht wehe tun, dieses erste Zusammentreffen nach so langen Jahren. Sie öffnete leise die Tür und schloss sie ebenso leise hinter sich. Angenehme Wärme strömte ihr entgegen. Sie war zu aufgeregt, als dass sie früher die Schärfe der Kälte empfunden hätte. Erst jetzt merkte sie, dass sie ganz erstarrt war. Im Zimmer brannte keine Lampe, aber es war hell genug, und der Schein vom Kamin beleuchtete ein Bild, das Margita nie wieder vergessen konnte.

In einem bequemen, tiefen Sessel saß ihr blasser Bruder, daneben auf einem Fußschemel der Provisor. Margita schaute längere Zeit auf die beiden. „Sehen Sie, Miroslav", sagte Nikolaj gerade, „bei Ihnen ist mir immer so wohl. Sie haben etwas in Ihrem Wesen, das auf meine Seele so beruhigend wirkt. Ich war so aufgeregt, dass ich am ganzen Körper zitterte. Wenn Aurel es wüsste, er würde mich ins Bett bringen und hätte mir etwas zur Beruhigung gegeben, und nun bei Ihnen bin ich auch ohne Pulver ruhig geworden."

„Das ist begreiflich, Herr Korimsky", lächelte Ursiny. „Begreiflich? Warum?"

„Der Herr, dem ich angehöre und diene, der mir verheißen hat und es auch hält: *‚Ich bin mit dir!'* er ist der Friedefürst. Nicht meine, sondern seine Nähe beruhigt Sie. Wissen Sie nicht, dass Jesus allein alle Stürme beruhigen und alle Wunden heilen kann?"

Die junge Frau stand noch immer an der Tür und machte große Augen. Verwundert sah sie den Sprecher an. Er glaubte, dass Christus mit ihm sei, auch hier. Da glaubte er es ja geradeso wie die spanischen Helden, die Märtyrer. Auch die haben sich im Gefängnis und im Tode mit seiner Gegenwart getröstet.

„Miroslav, denken Sie immer an ihn? Wie ist das möglich?"

„Sehr leicht, lieber Herr Korimsky, ich habe ja nur ihn!" Margita überkam ein seltsames Gefühl. Es kam ihr vor, als müsse es ein großer Reichtum sein, nur den Herrn Jesus zu haben und dabei solches Licht und solchen Frieden, den man auf dem Gesicht des jungen Provisors sah. Sie beugte sich unwillkürlich vor und machte dabei, ohne es zu wollen, ein Geräusch. Ursiny sah zur Tür und erkannte sie. Ein Aufleuchten ging über sein Gesicht.

„Herr Korimsky, wir haben gar nicht bemerkt, dass der ersehnte Besuch gekommen ist!" Nikolaj wandte sich um. „Margita!" Nikolaj wusste sofort, wer es war, die in der Tür stand und ihm die Hände entgegenstreckte. „Mein lieber Nikuschka!" Dann umarmten sich Bruder und Schwester.

„Margita, du bist doch zu mir gekommen! Wie schön!“

„Ach, wie hätte ich fortbleiben können, da du dich so nach mir gesehnt hast, ohne dass ich es ahnte.“

Ursiny hatte sie verlassen. Die Geschwister bemerkten nicht den Blick, mit dem er sie von der Tür aus noch einmal anschaute, ein Blick voller Liebe.

„Was gibt es?“, verwunderte sich im Saale der Apotheker, der dabei war, einen großen Koffer zu pakken. „Wünscht Nikolaj etwas?“

„Nein, Herr Korimsky!“ Der junge Mann lächelte. „Dazu ist er viel zu glücklich, denn Frau Orlowsky ist gekommen.“

„Margita?“ Korimsky ließ den Deckel des Koffers fallen und stand schon neben Ursiny. „Sie ist gekommen, heute bei diesem Unwetter? Und wann?“

„Gerade jetzt. Ich denke, sie kommt direkt aus Horka. Ich kam, Sie zu benachrichtigen, denn es wird nötig sein, für ein warmes Abendessen und ein warmes Schlafzimmer zu sorgen. Wenn Sie gestatten, werde ich es für Sie tun, Herr Korimsky.“ Ein wortloses Neigen des Kopfes, ein dankbarer Blick waren die Antwort. Bald darauf wusste es Frau Pribovsky und mit ihr das ganze Personal, welchen lieben Gast sie hatten. Die Frau weinte vor Rührung und verlor ganz den Kopf. Es war nur gut, dass der Provisor ihn nicht auch verlor, sondern für alles sorgte. Er ließ sogar aus dem Restaurant holen, was nötig war zum schnellen Abendessen. Da gerade niemand zur Hand war, lüftete und heizte er selbst das Gastzimmer.

Doktor Lermontoff war gerade mit der Zusammenstellung des Fahrplans beschäftigt, als ihn plötzlich jemand sanft berührte. „Sie kommen wie ein Geist, Ursiny. Wo haben Sie Nikuschka gelassen?"

„Bei mir."

„Kommen Sie mich holen?"

„Nein, Herr Doktor, ich komme nur, Ihnen etwas zu sagen. Frau Orlowsky ist gekommen, um sich von ihrem Bruder zu verabschieden."

„Was, Margita Orlowsky ist hier? Waren Sie dabei, als sie kam? Hat ihm die Aufregung nicht geschadet?"

„Das Glück und die Liebe töten nicht so schnell. Jetzt ist auch Herr Korimsky bei ihnen. Wenn Sie erlauben, möchte ich den Reiseplan ferti gmachen. Der Freund teilt das Glück seines Freundes immer gern. Gehen Sie, Herr Doktor, zu Nikolaj!"

„Sie sind sehr freundlich, wenn Sie mich bei dieser langweiligen Arbeit ablösen wollen. Es handelt sich darum, gute Verbindungen zu finden, damit wir Nikolaj durch häufigeres Umsteigen und langes Warten nicht zu sehr ermüden. Bis hierher bin ich gekommen, da können Sie fortsetzen. Wenn ich Frau Orlowsky begrüßt habe, werde ich zurückkommen."

Aber der Doktor kam nicht zurück. Er fand die

Familie schon im Salon. „Margita, das ist Aurel, mein einziger Freund von der Universität und jetzt mein brüderlicher Wohltäter“, stellte Nikolaj ihn vor. Die Augen der jungen Frau hefteten sich mit einem warmen Blick auf ihn.

„Ich danke Ihnen herzlich, Herr Doktor, für alle Liebe, die Sie meinem Bruder und auch meinem Vater erwiesen haben“, sagte sie herzlich und reichte ihm die Hand zum Gruß.

„Ja, Margita, wir sind dem Doktor Lermontoff sehr verbunden“, versicherte auch Korimsky, „denn auch jetzt verzichtet er auf jede Bequemlichkeit und macht uns zuliebe die Reise mit.“

„Glauben Sie das nicht, gnädige Frau“, entgegnete der junge Mann kopfschüttelnd, „ich reise gern. Was ich bis jetzt getan habe, das hätte Nikuschka bei umgekehrten Verhältnissen auch getan, ja noch mehr.“

„Ich glaube es schon, aber das nimmt nichts von Ihrem Verdienst und unserer Dankesschuld. Doch um wie viel Uhr reisen Sie morgen?“ Margita streichelte die Hand des Bruders. „Ungefähr um zehn Uhr.“

„Da werde ich auch morgen noch zu euch kommen.“

„Du wirst kommen?“, fragte Nikolaj verwundert. „Du denkst doch nicht, Margita, dass wir dich heute wieder fortlassen?“, bemerkte Korimsky.

„Und wenn es auch alle erlauben würden, ich als

Hausarzt lasse es bei diesem Unwetter nicht zu“, meinte der Doktor fröhlich. „O, wenn ihr mich hier behalten wollt, so bleibe ich gern!“, rief Margita und fing an, von ihrer fluchtartigen Abreise aus Horka zu erzählen, so lebhaft, dass bald wieder die fröhliche Stimmung überhand nahm und bei und nach dem Abendessen anhielt, zu dem sie auch Ursiny eingeladen hatten.

Als dieser sich nach dem Essen entfernen wollte, hielt ihn Nikolaj auf. „Bringen Sie doch den letzten Abend bei uns zu, meinst du nicht auch, Vater?“

„Ja, mein lieber Junge, wenn Herr Ursiny will.“

„Bitte, bleiben Sie!“, bat auch Margita herzlich. Und Ursiny blieb.

Zu derselben Zeit sorgte sich der alte Herr Nikolaus um Margita, dass sie sich auf Horka einsam fühlen werde. Aber noch nie war sie fröhlicher gewesen als in dieser Stunde. Sie spielte dem Bruder auf dem Klavier vor, allein und auch vierhändig mit Doktor Lermontoff. Dann begleitete sie den Gesang des Arztes. Zum ersten Male in ihrem Leben war sie so glücklich wie ein aus der Fremde zurückgekehrtes Kind, das sich am Familienherd erwärmt. „Sie sind mir noch etwas schuldig, lieber Ursiny“, sagte Nikolaj plötzlich. „Ich, Herr Korimsky?“

„Wissen Sie nicht? Sie versprachen mir, noch ein Lied zu singen, bevor wir abreisen. Tun Sie es bitte jetzt! Morgen wird keine Zeit dazu sein.“

„Wenn Sie es wünschen, von Herzen gern.“

„Wir bitten darum“, sagte Margita liebenswürdig.

Der Ausdruck einer gewissen Spannung und Erwartung lag auf allen Gesichtern, als der junge Mann nach kurzem Überlegen begann:

Mir ist Erbarmung widerfahren,
Erbarmung, deren ich nicht wert!
Das zähl' ich zu dem Wunderbaren,
mein stolzes Herz hat's nicht begehrt.
Nun weiß ich das und bin erfreut
und rühme die Barmherzigkeit!

Der Doktor sah den Sänger an, überraschte ihn die Schönheit der Stimme, die Tiefe des Gefühls oder das Lied?

Margita hielt die Hand des Bruders, sie verstand den Text nicht gut, desto mehr rührte sie aber die Melodie und die Innigkeit der Stimme. Nikolaj hatte die Augen geschlossen. Korimsky dagegen sah zum ersten Mal, seitdem er ihn im Hause hatte, aufmerksam in das Gesicht seines Provisors, der unterdessen weitersang:

Ich hatte nichts als Zorn verdienet
und soll bei Gott in Gnaden sein!
Gott hat mich mit sich selbst versühnet
und macht durchs Blut des Sohns mich rein!
Wo kam dies her, warum geschieht's?
Erbarmung ist's und weiter nichts!

Korimskys Kopf sank in die Hand. Traurigkeit bedeckte das stolze Gesicht. Noch ein anderer wurde ebenso traurig. Es gab einmal eine Zeit, da der Mund der geliebten Mutter dem Sohne von diesem Jesus gesungen und ihn zu beten gelehrt hatte. Der Mund war verstummt, das Lied verklungen, der Knabe war erwachsen und hatte seinen Heiland vergessen. Er hatte auch das Gelübde vergessen, das er einst abgelegt hatte, nur für ihn zu leben, wie seine Mutter gelebt hatte. Das alles rief ihm Ursinys Lied ins Gedächtnis. Der Sänger fuhr fort:

Das muss ich dir, mein Gott, bekennen,
das rühm ich, wenn ein Mensch mich fragt:
Ich kann es nur Erbarmung nennen,
so ist mein ganzes Herz gesagt.
Ich beuge mich und bin erfreut,
und rühme die Barmherzigkeit!

Das Lied war verklungen, aber kein Beifall belohnte den Sänger, er hörte nur ein kurzes „Danke“. Aber Ursiny hatte das auch nicht erwartet. Er wünschte allen eine gute Nacht und entfernte sich. Merkwürdig, keiner der Zurückgebliebenen erwähnte sein Lied, denn über Dinge, die uns zutiefst berühren, spricht man nicht gern.

Es wurde Nacht. Margita, eingewiegt von dem Bewusstsein, dass sie endlich im Vaterhaus weilte, schlief den Schlaf der glücklichen Jugend. Nikolaj war nach der Aufregung erschöpft. Der Apotheker aber ging beinahe bis in den Morgen hinein im Zimmer auf und ab, und auch das Lager des Doktors blieb unberührt. Er stand am Fenster und drückte die Stirn an das Glas. „Mutter, vergib mir!“, sprach er vor sich hin. „Hättest du gelebt und mich geführt, ich hätte das Versprechen gehalten, aber so? Die Welt ist böse und glaubt nichts, sie hat so viele Gegenbeweise. Ich habe das Gelübde nicht gehalten, das dich und mich so beglückte, und es lässt sich nicht mehr erneuern! Ich habe den Herrn Jesus nicht geliebt, ihm auch nicht gedient, denn ich glaubte nicht mehr an ihn. Ach, wer gibt mir jene Zeiten zurück! In diesem Glauben war soviel Glück, soviel Gewissheit, und jetzt ist alles in mir so öde! Vergib, Mutter, vergib deinem unwürdigen Sohn!“

Am anderen Tage wurde in Podhrad bekannt, dass Herr Korimsky seinen Sohn in Begleitung des Doktor Lermontoff irgendwo nach dem Süden gebracht habe. Am Bahnhof war auch Frau Margita Orlowsky und nahm von Bruder und Vater innigen Abschied. Dann fuhr sie direkt nach Orlow. Was für Augen Herr Nikolaus gemacht hatte, als die geliebte Enkelin so plötzlich vor ihm auftauchte und er erfuhr, wo sie die vergangene Nacht zugebracht hatte, davon sprachen die Leute nicht, denn sie wussten es nicht.

Aber auch Margita wusste nicht, wie der Großvater aufatmete, als er erfuhr, dass sie sich mit dem

Vater ausgesöhnt hatte. Sie sah, dass er froh war, und das genügte ihr.

Dem Großvater hatte der Direktor Zarkany von Podolin sagen lassen, der Fürst ließe bitten, er möge ihn zur Besprechung wegen des Ankaufs des Schlosses noch heute besuchen. Er musste hingehen und würde erst morgen wieder zurückkommen. Es war ihm nicht angenehm, dass er die Enkelin kaum, dass sie gekommen war, wieder verlassen musste, doch es war nichts daran zu ändern. Der Kauf und der Umstand, dass ein ägyptischer Würdenträger mit seinem kranken Kinde sich in ihrer Nachbarschaft niederlassen wollte, hätte Margita sonst sehr interessiert, aber da es durch Vermittlung Adam Orlowskys geschah, wollte sie gar nicht daran denken. Sie wollte ihrem Großvater helfen, wenn er ihre Hilfe benötigen würde, aber nur dem Großvater, sonst niemandem.

Auch jetzt dachte sie nicht an Podolin, dagegen weilten ihre Gedanken bei den sich immer weiter entfernenden Reisenden. Sie hatte Sorge um ihren Bruder, ob ihm der Lärm und die Unruhe nicht doch zuviel sein würden.

Wie sie so nachdachte, standen ihr plötzlich ihr Weggang von Arowitz und ihre Reise hierher vor Augen. Damals war sie mit ihrer Mutter zusammen eine Strecke gereist. Es wäre nicht nötig gewesen, aber die Mutter hatte diesen Umweg gemacht, um sie wenigstens ein Stück auf ihrem weiteren Lebensweg zu begleiten. Vor Margitas Augen stand die Mutter, deren Liebe sie endlich doch gewonnen hatte, denn das, was aus den Augen der Mutter in den letzten Stunden vor der Trennung leuchtete, war Liebe. Sie erinnerte sich an die letzten Worte: „Margita, werde dem Herrn Orlowsky eine gute Enkelin! Er ist ein edler Mann, er verdient es!“ Jetzt, da Margita ihren eigenen Vater wiederhatte, von dem sie so lange getrennt gewesen war, und den Großvater kannte, begriff sie ihre Mutter besser. Sie war ja Großvaters Tochter, und gewiss hatten beide die Mutter einst sehr geliebt. Sie waren aber für immer geschieden, und sie litt gewiss darunter, wenn sie es auch nie zu erkennen gab. Wie mag es ihr wohl ums Herz gewesen sein, seltsam und bange zugleich, als der Zug fortfuhr, der die Tochter in ihre Heimat, an den Ort ihrer glücklichen Kindheit brachte? Erst jetzt bedauerte Margita ihre Mutter. Und war hier nicht noch jemand, der ihr sehr nahe stand, dessen Verlust sie so sehr beklagte? Ach, Nikuschka! Wenn sie wüsste, was mit ihm geschehen war! Margita bat im Geiste ihrem Bruder ab, dass sie ihn einst um die Liebe seiner Mutter beneidet hatte, er verdiente diese Liebe. Aber er war für sie verloren. In das Haus Manfred Korimskys hatte Natalie Rainer keinen Zutritt. In dieser Stille und Einsamkeit erfasste Margita eine große Sehnsucht, zur Mutter zu gehen, ihr die Arme um den Hals zu legen und mit ihr über ihren unersetzlichen Verlust zu weinen.

Aber diese Gedanken waren sicher unnötig! Ihre Mutter hatte gewiss eine glänzende Gesellschaft um sich und unterhielt sich ausgezeichnet, es war ja heute ihr Geburtstag.

Das war immer eine große Feier im Rainerschen Hause. Der Stiefvater überschüttete sie sicher mit Geschenken, denn er liebte sie wirklich. Sie dachte gewiss mit keinem Gedanken an Orlow und Podhrad, und das um so weniger, als Margita ihre Gratulation zu spät abgeschickt und sie diese erst morgen erhalten würde. Sie selbst wäre in dieser Gesellschaft überflüssig und geduldet. Margita fühlte sich wie von einer Last befreit und dachte mit Bitterkeit, dass sie zu Lebzeiten des Vaters einen Stiefvater hatte. Das verscheuchte die Sehnsucht nach der Mutter. Helfen konnte sie ihr doch nicht, denn sie war es, die das Band zerrissen hatte. Margita wollte aufspringen, Licht anzünden und irgendeine Arbeit anfangen. Doch plötzlich fiel ihr ein, dass sie eine besondere Pflicht vor sich hatte.

Der Großvater hatte kaum das Haus verlassen, als ihr der Dechant Jurecky gemeldet wurde. Sie beeilte sich, den Gast des Großvaters zu begrüßen und ihm dessen Abwesenheit mitzuteilen.

„Das macht nichts, gnädige Frau! Heute gilt mein Besuch Ihnen!“

„Mir?“, fragte sie verwundert.

„Erlauben Sie mir einige Fragen?“

„Bitte!“

„Sind Sie oft zur heiligen Beichte und zur Kommunion gegangen?"

„Ich, Hochwürden? Niemals!" Ihr fielen die Worte ein:

„Die katholische Kirche erhebt Anspruch auf dich!"

„Wie wäre ich dazu gekommen", fuhr sie fort, und eine flüchtige Röte stieg in ihre Wangen, „da ich doch nicht katholisch erzogen bin?"

„Und wie wurden Sie erzogen?"

„Die Erzieherinnen, die Lehrer und Lehrerinnen waren alle evangelisch. In Arowitz unterrichtete mich ein evangelischer Pfarrer."

„Ach, ach, dieser große Fehler!", sagte der Dechant und trommelte mit den dünnen Fingern auf die Tischplatte. „Eine Tochter der katholischen Kirche wurde so vernachlässigt!"

„Ja, vernachlässigt, Hochwürden!" Margitas Augen sprühten. „Bin ich eine Tochter der katholischen Kirche, so hätte diese Kirche sich früher darum kümmern sollen, welche religiösen Ansichten mir beigebracht werden, bevor ich mir meine eigene Ansicht und Überzeugung gebildet hätte."

Der Dechant machte große Augen. Die junge Frau hatte fest und entschieden gesprochen. Schon schien es, als wollte der Mann heftig antworten, aber er beherrschte sich.

„Ich sehe ein, wir machten den Fehler", erwiderte er mit demütigem Bedauern. „Sie haben ganz Recht. Wir haben zu unserer Entschuldigung nur einen mildernden Umstand, die Kirche kann nicht mit Gewalt in das Heiligtum der Familie dringen, wenn diese vor ihr verschlossen bleibt."

Einen Augenblick wirkten die Worte auf Margita, sie musste ihm Recht geben. Aber dann dachte sie an die spanische Inquisition, die in die Familien vernichtend eindrang. Schon fuhr der Dechant fort:

„Erlauben Sie uns bitte, wenigstens etwas wieder gut zu machen. Gestern sprach ich mit Ihrem Großvater von unserer Schuld. Er hat mich zur Beruhigung seiner betrübten Seele gebeten, ich möchte Ihnen den Kaplan Lang zur Verfügung stellen, damit er Ihnen die Lehre unserer Kirche vortrage."

Margita wollte protestieren. Sie dachte nicht daran, Katholikin zu werden, sie gehörte zu der Kirche ihres Vaters. Aber vor ihren Augen stand der Großvater, und die Worte „zur Beruhigung seiner betrübten Seele" hielten sie zurück. Sie konnte ihm diesen Schmerz nicht antun und das, was ihm heilig war, nur darum verwerfen, weil man sie in dieser Hinsicht vernachlässigt hatte. Ehrlicher würde es sein, sich zu überzeugen und dann zu erklären, ob und warum es nicht möglich sei.

„Ich bin bereit, die Lehre Ihrer Kirche zu prüfen, Hochwürden." Sie schaute mit einem offenen Blick in das Gesicht des Mannes. „Ich bitte, mir Bücher zu besorgen. Wenn ich in Orlow bin, verspreche ich, eine aufmerksame Schülerin des Herrn Kaplan zu werden."

„O gewiss", meinte der Dechant eifrig, „nicht nur eine aufmerksame Schülerin, sondern eine gute Tochter unserer Kirche werden Sie werden!"

„Ja, Herr Dechant, der Kirche, der meine Überzeugung gehören wird, werde ich eine gute und folgsame Tochter werden." Margita ließ sich eine Tür offen, aber seine Hochwürden, der Dechant Jurecky, verstand sie jetzt nicht. Aber er verließ Orlow mit der Überzeugung, dass er auf ein unerwartetes Hindernis gestoßen sei, und dass Kaplan Lang diese junge Dame mit ihren freien Ansichten etwas mehr lehren müsse als Kreuze schlagen und Rosenkranz beten.

Woher sollte er nur für sie passende Bücher nehmen? Die Sache schien ihm heute nicht mehr so einfach wie gestern. Trotzdem zweifelte er nicht daran, dass sie über dieses vernachlässigte Schäflein siegen und es recht bald in die alleinseligmachende Kirche zurückführen würden.

Zum Glück kannte Margita die Gedanken des Herrn Jurecky nicht. Es tat ihr Leid, niemanden zu haben, den sie fragen und um Rat bitten konnte. Der Vater wünschte ihren Übertritt in seine Kirche nicht. Vielleicht hatte er Recht, als er sagte: „Was im Mittelalter möglich war, ist heute nicht mehr. Vielleicht sind die Irrtümer, weil wir in einem aufgeklärten Zeitalter leben, auch aus der katholischen Kirche von selbst verschwunden." Vielleicht gab es jetzt keine so großen Unterschiede mehr zwischen

Protestanten und Katholiken, außer in den Zeremonien. In der Gesellschaft merkte man sie wenigstens nicht.

War es dann nötig, um unscheinbarer Abweichungen willen den Kampf zu beginnen? Lohnte es sich, deswegen den gütigen Großvater zu betrüben? Was würde dadurch erreicht? Wenn ihr doch jemand raten könnte!

Sie stand auf, um Licht anzuzünden und die Bücher zu holen, aus denen sie in Arowitz im Religionsunterricht gelernt hatte. Sie hatten nur sehr wenig durchgenommen, jetzt wollte sie das ganze Buch durcharbeiten. Da störte sie ein Klopfen an der Tür. Überrascht ging sie dem unerwarteten Besuch entgegen. „Herr Ursiny, willkommen!" Sie reichte ihm erfreut die Hand.

„Verzeihen Sie bitte", entschuldigte sich der junge Provisor, „aber ich dachte, Sie werden gewiss sehnsüchtig eine Nachricht von unseren Reisenden erwarten."

„Sie brauchen sich nicht zu entschuldigen, Herr Ursiny, mir wäre Ihr Besuch auch so angenehm, aber da Sie eine Nachricht bringen, natürlich um so lieber. Legen Sie ab, so bald werde ich Sie nicht fortlassen. Ich bin ganz allein, der Großvater ist in Podolin, Sie sind auch allein, so bringen Sie ein Stündchen hier bei mir zu, nicht wahr?"

Er verbeugte sich, legte den Überzieher ab, nahm den angebotenen Platz beim Kamin ein und überreichte das Telegramm. Die junge Frau las: „Reisen glücklich, bin frisch. Grüße Margita! Nikolaj."

Margita war froh, sie hatte jetzt doch jemanden, mit dem sie über Nikuschka und ihren Vater sprechen konnte.

Sie unterhielten sich eine Weile, bis Margita plötzlich verstummte. Ihr kam ein Gedanke. Sie sah den jungen Mann an. Es war ihr in seiner Nähe so wohl wie gestern Nikuschka.

„Er wird mir gewiss raten können, ganz sicher", dachte sie mit merkwürdiger Gewissheit. „Herr Ursiny, sind Sie evangelisch?", unterbrach sie das Schweigen. Er wandte seinen Blick vom Feuer und sah zu ihr empor. „Ja, gnädige Frau."

„Sie halten treu an der Lehre Ihrer Kirche, nicht wahr?"

„Ich halte an der Lehre Jesu Christi."

„Und könnten Sie es mit Ihren Grundsätzen vereinigen, katholisch zu werden?"

„Nein, dann müsste ich mein persönliches Glaubensverhältnis mit Christus aufgeben."

„Christus? Die katholische Kirche lehrt ja auch von ihm."

„Ja, sie lehren von ihm. Aber ihnen ist er ein unzugängliches, unerreichbares Wesen, kein Fürsprecher bei dem Vater, auch nicht der Weg zu ihm, kein Mittler. An seine Stelle setzen sie Maria und die Heiligen. Marias Fürbitte erlangt die Gnade, die Heiligen verhelfen zur Vergebung der Sünden, durch gute Werke kann man sich einen Platz im Himmel erkaufen. Das Blut Jesu Christi brauchen sie demnach nicht."

„Sie könnten also niemals katholisch werden?"

„Nein, gnädige Frau!"

„Und von mir verlangt man, ich solle katholisch werden." Der Provisor richtete sich hastig auf: „Von Ihnen?" Sie nickte. „Sehen Sie, ich habe niemanden, der mir raten könnte. Ich habe auch keine Erkenntnis, denn ich wurde nicht genügend unterrichtet. Aber in meinem Innern sagt eine Stimme, ich solle nicht einwilligen."

In Kürze teilte sie ihm alles mit, ihr Verhältnis zu beiden Kirchen, ihr Gespräch mit dem Dechanten und ihre Gedanken und Zweifel. „Raten Sie mir! Habe ich richtig gehandelt, als ich die Einwilligung zu dem Unterricht gegeben habe?"

„Durchaus richtig, Frau Orlowsky!"

„Denken Sie? Und nun?"

„Lassen Sie sich die ganze Lehre der katholischen Kirche vorlegen. Lesen Sie dabei täglich in der Bibel, zuerst das Neue Testament, dann die Bücher Moses, die Propheten und die Psalmen. Bitten Sie den Herrn Jesus um die Erkenntnis der Wahrheit. Sagen Sie ihm, dass Sie die Wahrheit von dem Irrtum unterscheiden möchten, er hört Sie und wird Ihnen helfen. Dann vergleichen Sie die Lehre des Herrn Jesu und der Apostel mit der Lehre des Kaplan Lang.

Wenn Sie entschlossen sind, den Willen Gottes zu tun, so werden Sie den Weg erkennen, den Sie gehen sollen, denn der Herr Jesus sagt: ‚*So jemand will den Willen Gottes tun, der wird erkennen, ob diese Lehre von Gott sei.*'"

„Danke, Herr Ursiny. Aber meinen Sie, dass ich ohne theologische Bücher die Bibel verstehe?"

„Warum nicht? Das Buch können Kinder verstehen."

„Kinder?"

„Ja, der Herr Jesus sagt: ‚*So ihr nicht werdet wie die Kindlein, könnt ihr das Reich Gottes nicht sehen.*' Die Menschen, die der Bibel aufs Wort glauben, so wie Kinder glauben, die verstehen sie. ‚*Ich preise dich, Vater, Herr des Himmels und der Erde, dass du solches den Weisen und Klugen verborgen und es den Unmündigen geoffenbart hast*', sagt der Heiland.

Wenn nur die Theologen und die Gebildeten die Bibel verstehen könnten, so gäbe es für uns einfältige Menschen nichts in der Welt, was uns trösten könnte. Aber wir sehen das Gegenteil: Das samaritische Weib, Maria Magdalena, Maria und Martha von Bethanien, die Fischer Petrus, Jakobus, Johannes, der Zöllner Matthäus und andere, sie alle verstanden die Worte und Reden des Herrn Jesus, denn sie glaubten ihm. Die Schriftgelehrten, Priester und Pharisäer aber konnten ihn nicht verstehen. Glauben Sie an das Wort Gottes, so wird Ihnen alles klar werden."

Die Augen der jungen Frau strahlten vor Dankbarkeit, schweigend reichte sie dem Provisor die Hand.

„Gehen Sie noch nicht", bat sie, als er aufstehen wollte.

„Ich muss noch dringend weiter mit Ihnen sprechen!"

„Wenn Sie erlauben, gnädige Frau, bleibe ich noch gern. Ich wollte nur mein Neues Testament hervorholen, aber Sie werden es nicht verstehen, es ist böhmisch."

„Bitte, sagen Sie zu mir nicht immer gnädige Frau, das klingt so fremd. Wenn es schon ohne Titel nicht geht, dann meinetwegen Frau Margita. Am liebsten wäre es mir, wenn auch das Wort Frau wegfiele und nur das Sie bliebe." Eine eigentümliche Bewegung flog über sein Gesicht.

„Wenn wir beide einmal in die Heimat kommen, wird auch das Sie wegfallen", sagte er freundlich „jetzt werde ich mich aber nach Ihrem Wunsche richten."

„Bitte, besorgen Sie mir eine Bibel, denn ich habe keine und weiß auch nicht, wo ich eine bestellen könnte."

„Sehr gern werde ich eine besorgen, aber in welcher Sprache, Deutsch oder Polnisch?"

„Deutsch ist mir am geläufigsten, aber vielleicht wäre es gut, auch eine polnische zu haben."

„Es ist immer gut, wenn man in zwei Sprachen liest und vergleicht. Ich werde beide bestellen. Bis dahin werde ich Ihnen mein deutsches Testament schicken."

„Ich bin Ihnen sehr dankbar, doch wie soll ich das Lesen anfangen?"

„Von Anfang an, jeden Tag ein oder zwei Kapitel. Aber bevor Sie zu lesen beginnen, sollten Sie immer beten, denn das Lesen des Wortes Gottes ohne Gebet bringt wenig Nutzen für die Seele."

„Ich werde Ihren Rat befolgen, doch ich habe gar nicht bemerkt, dass wir ohne Licht sitzen, ich werde gleich eine Lampe bringen lassen."

„Ich muss nun gehen, Frau Margita. Das Halbdunkel war mir sehr angenehm, es wirkt beruhigend."

„Auch bei Ihnen? Sehen Sie, mir geht es auch so. Aber dass Sie schon gehen müssen. Die Apotheke ist doch schon geschlossen!"

„Das wohl, aber ich habe noch einen Besuch vor mir."

„Wo denn?"

„In der Spitalgasse, in einem Hause, wo Ihre Gegenwart, Frau Margita, wie ein Sonnenstrahl wirken würde."

„Meine Gegenwart?", fragte sie verwundert. „Da ich noch nicht gut slowakisch kann, könnte ich mit den Leuten wohl nicht reden."

„Die kranke Frau, die ich besuchen will, ist eigentlich Polin, kann aber auch Deutsch. Sie war einmal Kinderfrau bei Herrn Orlowsky. Dann heiratete sie, und nach dem Tode des Mannes sowie des Schwiegersohnes und der Tochter ist sie mit dem jüngsten Sohn und der Enkelin wieder zurückgekommen. Der Sohn musste im Herbst zum Militär, und beide Frauen blieben ohne genügenden Erwerb. Die Enkelin ernährt die Großmutter, aber sie sind noch fremd, und darum ist ihr Verdienst gering."

„Das ist traurig. Wo sind Sie mit ihnen bekannt geworden?"

„In der Apotheke erfährt man allerlei vom menschlichen Elend."

„Vielleicht würde es die alte Frau erfreuen, wenn sie jemand von den Orlowskys sehen könnte. Da will ich sie gern besuchen. Aber sagen Sie mir, wie könnte man der Familie am besten helfen?"

„Wenn jemand für ein halbes Jahr die Miete zahlen würde. Soviel kann ich sagen, das Übrige wird Ihnen Ihr Herz zeigen, wenn Sie hinkommen."

„Und wie viel beträgt die Miete?"

„15 oder 16 Gulden."

„Das werde ich Ihnen gleich geben, Herr Ursiny. Sie werden es so vermitteln, dass die Leute dort nichts erfahren, nicht wahr?"

„Mit größter Freude."

„Sehen Sie, wenn ich nun nicht zufällig gefragt hätte, hätten Sie mir gar nichts gesagt."

„Durch Gottes Fügung fragten Sie, Frau Margita. Zwar dachte ich gestern an Sie, dass Sie mit der Zeit den Leuten helfen könnten, aber heute hätte ich nicht zu bitten gewagt. In unserem ernsten Gespräch vergaß ich es ganz."

„O bitte, Herr Ursiny, wenn Sie irgendetwas zur Abhilfe des menschlichen Elends brauchen, und es liegt die Möglichkeit in meinen Händen, wenden Sie sich immer an mich. Ich helfe gern, glauben Sie mir! Aber entschuldigen Sie, ich komme gleich zurück."

Frau Margita eilte aus dem Zimmer. Der Provisor faltete die Hände und betete und dankte dem Herrn.

Da kehrte die junge Frau zurück. „Da ist etwas für die Miete, den Arzt und die Apotheke", sagte sie und reichte ihm einen Umschlag. „Das Letztere ist nicht nötig. Ich bat Herrn Korimsky, und er war so gütig, mir zu erlauben, in seinen Büchern ein Konto für die Armen zu eröffnen, die die Arznei umsonst bekommen."

Die Augen der jungen Frau leuchteten auf. „Desto besser. Schreiben Sie bitte die Adresse auf, morgen gehe ich hin und lasse Maß nehmen. Ich habe noch vieles von meiner Aussteuer, das ungenäht ist. Wird es so gut sein?"

„Ja, das ist das Beste. Nicht alle Armen können ein Almosen ohne Schmerz annehmen. Sie werden einmal mit Freuden dieser Stunde gedenken und der Tränen, die Sie zu trocknen bereit waren, obwohl Sie sie nicht gesehen haben."

Schon längst war Margita allein, aber noch immer hörte sie die Stimme des jungen Mannes und die sonderbaren, in die Zukunft weisenden Worte. In dieser Nacht schlief sie wenig.

Die Bücher interessierten sie so sehr, dass sie das Licht erst gegen Morgen auslöschte. Doch merkte man den strahlenden Augen am anderen Tage das Wachen nicht an.

Ein schöner Tag brach an. Da Margita ihren Schimmel in Horka zurückgelassen hatte, unternahm sie einen Spaziergang zu Fuß nach Podhrad. Als sie eine halbe Stunde später durch das Städtchen schritt, wurde geläutet. Einem schnellen Entschluss folgend, trat sie in die Kirche ein. Es wurde gerade für einen Verstorbenen ein Requiem mit Musik gehalten. Die Kirche war von dem Duft nach Weihrauch erfüllt. Obwohl sie sich nahe zur Tür setzte und niederkniete, entdeckten sie die scharfen Augen des Dechanten doch. Sein Herz jubelte vor Freude. Er sah in diesem Schritt das erste Resultat seines gestrigen Besuches. Und Margita? Als sie aus der Kirche trat, warf sie einen Blick auf die mit Weihwasser sich bekreuzende Menge und schüttelte wie abwehrend den Kopf. „Es ist viel tote Form. Sie haben dem Volk die Bibel genommen und sie bis heute nicht zurückgegeben. Die lateinische Sprache soll es verstehen? Und ich soll zu ihnen gehören? Niemals!“

Tief in Gedanken versunken betrat sie den schmalen Hof in einer schmutzigen Gasse. Einige Minuten später stand sie in der Wohnung der früheren Kinderfrau ihrer Mutter, wo man sie mit Freuden willkommen hieß. Besonders Frau H. konnte sich nicht satt sehen an der Tochter ihrer geliebten Natalie und erzählte Margita allerlei Schönes aus der Kindheit ihrer Mutter, was für ein gutes und liebes Kind diese gewesen sei, obwohl der Vater und die Brüder sie aus lauter Liebe verzogen hätten. Wenn sie in ihrer Heftigkeit jemanden gekränkt oder beleidigt hatte und es erkannte, so ruhte sie nicht eher, bis sie um Verzeihung gebeten hatte und wäre es auch der Diener gewesen. Sie zeigte gar keinen Stolz. Oft lud sie Bauernkinder zu sich in den Garten und spielte mit ihnen, verschenkte die Blumen und auch ihr Spielzeug.

Ihren Bruder Ferdinand liebte sie sehr.

Er erzählte ihr unglaubliche Geschichten von Polen, die immer damit endeten, dass sie beide weit gegangen waren, um für ihr Vaterland Hilfe zu suchen. Nur eins konnte die kleine Natalie nicht ertragen, wenn sie von jemandem betrogen wurde. Das konnte sie nicht verzeihen.

Frau H. ahnte nicht, welche Gefühle sie in ihrer Zuhörerin weckte, in deren Herz wieder etwas von der Sehnsucht nach der Mutter einzog. Ach, das war es ja, dass sie nicht vergeben konnte, wenn sie betrogen wurde!

Aber sie war ja nicht betrogen worden, nein, sie hatte sich selbst getäuscht und in Übereilung einen

Schritt getan, der für immer das Familienglück zerstört hatte. Sonst war sie auch heute noch wie in der Kinderzeit frei von Stolz und zu den Armen gut und hilfsbereit. So lebhaft stand die Mutter vor ihren Augen. Wie sehnte sich jetzt die Tochter nach ihr! Margita begann dann ein Gespräch über Kleider und überraschte Fräulein Aneschka H. mit der freudigen Nachricht, dass sie Arbeit für sie habe, die nicht eile, neben der sie darum auch die Großmutter und den Haushalt gut versorgen könne. Eine Stunde später kehrte die junge Frau nach Orlow zurück, von Fräulein Aneschka begleitet, die sich ihre Arbeit ansehen und selbst holen wollte.

„Allein können Sie nicht alles tragen, darum nehmen Sie jetzt nur diese Spitzen mit, das Übrige werde ich durch den Diener nachschicken." Damit verabschiedete sich Margita von dem freundlichen Mädchen. Etwas später trug ihr der Diener ein großes Paket Arbeit nach und außerdem einen Korb, gefüllt mit verschiedenen Sachen für die Küche der Großmutter.

Als Herr Nikolaus zurückkehrte, fand er seine Enkelin in sehr glücklicher Stimmung. Sie erzählte von dem Besuch, und er berichtete, dass der Kauf gelungen sei. Der Fürst sei mit dem Preis etwas heruntergegangen, wenn nun der Käufer soviel geben wolle, käme keiner zu kurz.

Am Nachmittag schrieb Margita in des Großvaters Namen einen französischen Brief an Oranos Verwalter und freute sich, dass er so gut gelang. Überhaupt freute sie heute alles.

Den Kaplan Lang hieß sie herzlich willkommen, und er hatte in der ersten Stunde an ihr eine wirklich aufmerksame Schülerin, zur großen Freude des Herrn Nikolaus und des Herrn Jurecky. „Sie werden sehen, Herr Orlowsky", versicherte der Dechant, „sie wird uns beide noch überraschen, aber leicht dürfen wir die Sache nicht nehmen."

Zu Kaplan Lang bemerkte er daheim: „Gut, dass Korimskys nicht zu Hause sind, denn wenn diese auch von religiösen Dingen nur wenig verstehen, könnte doch ihr Einfluss Schaden bringen. Jetzt aber brauchen wir nicht zu befürchten, dass sie mit einem einflussreichen Protestanten zusammenkommt, und in kurzer Zeit wird sie ganz unserer Kirche angehören."

Manchmal vergehen Tage und Wochen unseres Lebens, ohne dass man sagen könnte, dass sie uns irgendetwas von Bedeutung gebracht hätten. Ein anderes Mal wieder hat jeder Tag seine große Bedeutung. Solche besonderen Tage erlebte Margita in den sechs Wochen nach der Abreise der Korimskys.

Die meiste Zeit verbrachte die junge Frau in Horka meistens mit dem Großvater zusammen. Sie zauberte um sich her ein kleines Paradies, damit, wenn ihre Lieben kämen, sie sich inmitten dieser Schönheit wohl fühlten. Dabei lernte sie fleißig die Volkssprache, nicht nur aus dem Buch, sondern hauptsächlich im Gespräch mit den Leuten, die bald gemeinsam mit ihr an den Verbesserungen arbeiteten.

Die Leute liebten sie und waren dankbar, dass die Schule auf Kosten des Gutes renoviert wurde. Die Wände wurden getüncht, der Fußboden und die Fenster ausgebessert. Dazu wurden Schulbücher, Papier, Federn, Tafeln und alles andere, was das kleine Volk brauchte, verteilt.

Herr Orlowsky störte seine Enkelin dabei nicht. Er gewann den jungen Lehrer auch lieb und besorgte ihm alles, was nötig war.

In den ersten Tagen überwachte er die Verbesserungen in Nikuschkas Haus. Später musste er auch das seiner Enkelin überlassen. Er tat es gern, als er merkte, welch große Freude es für sie war, dem Bruder die Sommerwohnung zu bereiten, eine Zufluchtsstätte, in der er sich erholen und gesund werden wollte. Das Haus hatte drei Zimmer.

Eins davon wurde als Küche eingerichtet. Aus dem Stall wurde eine Speisekammer gewonnen, und im Dachstübchen sollte die Bedienung wohnen. Überall wurden die Fußböden erneuert und neue große Fenster und Türen eingesetzt. „Spare bloß nicht mit den Kosten, Margita", sagte der Großvater. „Es ist das erste und vielleicht auch das letzte Geschenk, das Nikuschka von seinem Großvater jetzt bekommt."

Ja, Margita sparte nicht, um dem Bruder eine wohnliche Umgebung zu schaffen. Der Großvater überließ ihr diese Arbeit besonders gern, weil ihm eine andere, unerwartete Pflicht übertragen wurde.

Herr Orano kaufte durch Adam Orlowskys Vermittlung das Schloss Podolin. Er sandte außer dem Kaufgelde eine beträchtliche Summe, um das Material zur Renovierung zu besorgen.

Dass die Sache so schnell erledigt wurde, war Margitas Verdienst. Sie hatte dem Direktor Zarkany geraten, Podolin fotografieren zu lassen. Das Bild gefiel dem kranken Töchterchen des Marquis so gut, dass sie den Vater bat, Podolin zu kaufen. Er hatte seinem Liebling noch nie etwas verweigert. Das alles erzählte Herr Villier, der Verwalter, der vor zwei Wochen nach Podolin gekommen war. Er war ein junger Mensch, ein geborener Franzose, konnte aber auch ziemlich gut Deutsch. Mit seiner angeborenen Höflichkeit brachte er Herrn Orlowsky bald soweit, dass dieser es gern übernahm, ihm nach dem mitgebrachten Plan bei den Verbesserungen in Podolin mit seinem Rate beizustehen.

Das war keine Kleinigkeit. Die Anforderungen des Marquis waren, was Bequemlichkeit betraf, wirklich groß. Im Schloss musste alles umgebaut werden, nur der Hof und der Garten sollten ihre romantische, altertümliche Eigenart behalten.

Herr Villier überredete den Direktor Zarkany, den Dienst bei seinem Herrn anzunehmen. Herr Helmar Werning sei zwar an Gehorsam gewöhnt, aber wer ihn einmal kenne, der könne sehr gut mit ihm auskommen. Außerdem werde er kaum lange in Europa bleiben. Er hatte zwar in der Heimat alle Ämter niedergelegt, aber die Regierung würde ihn sicher bald mit neuen Aufgaben betrauen.

Der Direktor und besonders seine Frau und die Töchter staunten über die aus dem Ausland kommenden Sendungen. Die Stoffe für die Tapezierer, die Vorhänge und Teppiche übertrafen an Schönheit und Pracht der Farben alle Vorstellungen. Als die Kisten mit Porzellan, Glas und Silber eintrafen, wuchs der Respekt vor einer so reichen Herrschaft noch mehr.

Herr Villier besuchte auch Margita in Horka und erweckte durch seine Erzählungen in ihr reges Interesse. Als Margita erfuhr, dass die einzige Tochter des Marquis zeitweise ganz blind sei, vergaß sie, dass es Bekannte von Adam Orlowsky waren. Aufrichtige, herzliche Teilnahme überwand ihr Herz und gewann es schon im Voraus für die unglückliche Nachbarin. Margita stand oft auf dem Hügel und schaute zu dem herrlich gelegenen Schloss hinüber. Sie wünschte der zukünftigen Bewohnerin, dass, wenn im Frühling dort alles blühen würde, ihre kranken Augen es sehen und sie sich darüber freuen könnte. Wenn sie in Podolin mit der Renovierung fertig sein würden, wollte Margita beim Aufstellen der Möbel beraten und helfen. So hatte sie auch jetzt Arbeit und Pflichten genug in Aussicht. Aber das war es nicht, was ihr die Wochen so bedeutungsvoll machten. Etwa vierzehnmal während dieser Zeit empfing Margita den Kaplan Lang bei sich und ließ sich von ihm die katholische Lehre vortragen, las dabei auch fleißig die Bücher, die er ihr brachte. Sie war eine aufmerksame Schülerin. Wenn er ihr einen neuen und wichtigen Abschnitt erklärt hatte, schrieb sie das eben Gehörte in ein Heft. Alles wollte sie gründlich erklärt haben. Es kam dem Kaplan nur sonderbar vor, dass sie niemals eine Bemerkung machte, dass er nie auf einen Widerstand bei ihr stieß. Gern hätte er gewusst, was sie dachte. Nahm sie seine Lehre so zustimmend auf, wie es sich für eine gehorsame Tochter der Kirche ziemte, oder hatte sie noch Zweifel? Er hatte nicht den Mut, die junge Frau danach zu fragen. Manchmal, wenn sie wieder etwas Neues aufschrieb, strahlten ihre Augen so sonderbar. Zum Schluss aber war ihre Stimme manchmal so gütig wie zu einem Menschen, mit dem man aufrichtiges Mitleid hat. Das verdross ihn.

Der Kaplan bekam für seine Bemühungen von Herrn Orlowsky ein gutes Honorar. Doch was hätte er wohl gesagt, wenn er in das Heft gesehen hätte, wo neben den Notizen Anmerkungen standen, die ihm alles erklärt hätten.

So stand da unter der Erklärung von der Lehre der Fürbitte der Heiligen: „*Einer ist unser Mittler, Jesus Christus, der Sohn des lebendigen Gottes.*“ Unter einem Abschnitt von der Lehre, dass es dem Menschen nur durch gute Werke möglich sei, das Heil zu erlangen, stand dies: *„Es ist keiner gerecht, auch nicht einer, alle sind abgewichen. Gerecht werden sie umsonst, allein durch den Glauben, ohne des Gesetzes Werke.“* Unter den Erklärungen von der göttlichen Verehrung der Maria war zu lesen: *„Es ist kein anderer Name unter dem Himmel den Menschen gegeben, darin wir sollen selig werden als allein der Name Jesus Christus.“* Unter dem Abschnitt von der unbefleckten Empfängnis der Jungfrau Maria war geschrieben: *„Ich glaube das nicht, denn ich fand darüber nichts im Worte Gottes.“* Weiter von der Lehre über den Papst: *„Nennet auch niemand auf Erden euren Vater, denn einer ist euer Vater, nämlich der im Himmel ist. Ich bin bei euch alle Tage bis an der Welt Ende. Christus braucht keinen Stellvertreter.“* Unter den Aufzeichnungen über die Messe und dem darin enthaltenen täglichen Opfer Christi war dick unterstrichen: *„Sondern durch sein eigen Blut ist er einmal in das Heilige eingegangen und hat eine ewige Erlösung erfunden.“*

Dann standen da Entgegnungen auf die Anbetung der Heiligen, der Reliquien, das Beten des Rosenkranzes und die Ehelosigkeit der Priester. Nicht ein einziger wichtiger Punkt der Lehre der römisch-katholischen Kirche war übergangen, unter dem nicht eine Bemerkung gestanden hätte, die alles mit dem Worte Gottes widerlegte. Das Heft trug die Aufschrift: „Die Gründe, warum ich aus Überzeugung der römisch-katholischen Kirche nicht angehören und ihre dem Worte Gottes widersprechende Lehre nicht annehmen kann.“

Für die junge Frau war es ein schweres seelisches Ringen.

Mehr als eine schlaflose Nacht brachte sie dabei zu. Wie dankbar war sie ihrem treuen Ratgeber. Je mehr sie die Lehre Christi erkannte, desto besser war sie imstande, die Wahrheit vom Irrtum zu unterscheiden. Zweimal wandte sie sich in unklaren Punkten von Horka aus brieflich an Ursiny. Einmal besuchte er sie in Orlow, als sie allein war. Sie zeigte ihm ihre Hefte. Lange saßen sie zusammen und forschten im Wort Gottes. Margita bedauerte nur, dass sie nicht auch an den Bibelstunden teilnehmen konnte, die Ursiny für die verlassenen Evangelischen in Podhrad in der Wohnung der Frau H. hielt und die immer mehr besucht wurden, wie ihr Aneschka erzählt hatte. Margita gab Aneschka Geld, damit sie eine größere Wohnung mieten konnten. Sie freute sich mit ihnen, dass sogar ein kleines Haus gefunden wurde, das etwas abseits lag. Ein großes Zimmer wurde mit hölzernen Bänken, Tisch und Lampen versehen, und auch Aneschkas Harmonium, das sie von ihrem Vater geerbt hatte, bekam dort seinen Platz.

Nach fast zweiwöchiger Abwesenheit kehrte Margita nach Orlow zurück, um den Großvater zu vertreten, der verreisen musste. Tagsüber war sie fleißig, doch als der Abend kam, sehnte sie sich nach einem Gespräch mit Ursiny. Am nächsten Tage musste sie den Kaplan rufen lassen und sich für seine Mühe bedanken. Sie wollte gern wissen, ob sie dem jungen Priester jetzt nur sagen sollte, dass sie den Unterricht beenden wollte oder gleich die volle Wahrheit.

Ihr fiel plötzlich ein, dass heute die Bibelstunde gehalten wurde. „Ich werde hingehen und nach der Stunde mit ihm sprechen“, dachte sie. Als sie sich dem Haus näherte, hörte sie schon den Gesang. Die Tür war offen. Sie blickte hinein und freute sich, dass das Zimmer so voll war. Sie wollte nicht stören und setzte sich auf einen Stuhl an der Tür. Wie schön klang die Melodie des Liedes, das Aneschka am Harmonium begleitete. Die junge Frau hatte solche Lieder noch nie gehört. Dann betete Ursiny, las das Wort Gottes, das von dem Leiden Jesu Christi handelte, und erklärte den Text einfach und mit Überzeugung. Margita saß versunken da, dachte nach und fuhr zusammen, als sie ganz unerwartet eine fremde Stimme vernahm. Sie sah zum Tisch hinüber. An Ursinys Platz stand jetzt ein junger Bauer, in Tracht, wie man sie in Borovce trug. Er hielt die Bibel in der Hand und begann zu lesen:

„Wer meine Gebote hat und hält sie, der ist es, der mich liebt. Wer mich aber liebt, der wird von meinem Vater geliebt werden, und ich werde ihn lieben und mich ihm offenbaren. Spricht zu ihm

Judas, nicht der Ischariot: Herr, was ist es, dass du dich uns willst offenbaren und nicht der Welt? Jesus antwortete und sprach zu ihm: Wer mich liebt, der wird mein Wort halten, und mein Vater wird ihn lieben, und wir werden zu ihm kommen und Wohnung bei ihm machen. Wer mich aber nicht liebt, der hält meine Worte nicht (Joh. 14, 21-24).

Unser Freund, Herr Ursiny, forderte mich auf, euch einige Worte zu sagen. Dieser Text geht uns alle an. Alle, die wir hier versammelt sind, haben die Gebote des Herrn Jesus, doch halten wir sie auch? Wir hörten gerade, wie sehr uns der Sohn Gottes geliebt hat und dass er für sein Leiden von uns nichts anderes verlangt als unsere Liebe. Der Herr Jesus sagt, wer seine Gebote hat und sie hält, dass der ihn liebt. Sagt er das von allen? Ach, liebe Freunde, lieben wir ihn wirklich und beweisen wir ihm das? Hat jeder von uns schon ein neues Leben angefangen? Wenn ja, wo ist die Liebe zum Herrn Jesus? Wer mich liebt, sagt Jesus weiter, wird von meinem Vater geliebt werden. Habt ihr schon einmal darüber nachgedacht, was es heißt, von dem himmlischen Vater geliebt zu werden? Geliebt am Tage bei der Arbeit, in der Nacht beim Ruhen, geliebt zu Hause, geliebt auf dem Felde, geliebt bei jedem Schritt. Habt ihr schon darüber nachgedacht?

Das ist Seligkeit, zu wissen, dass Gott mir, dem

armen Wurm, nicht nur nicht zürnt, sondern dass er mich liebt wie ein Vater. Was kann mir Übles begegnen, wenn diese Liebe mir gehört? Gott legt seine Hand segnend auf mein Haupt, wer kann mir da schaden? Das Leiden versüßt er, in der Armut hilft er jeden Tag hindurch, in der Krankheit stärkt er, und kommt der Tod, muss ihm auch dieser dazu dienen, mich in meine ewige Heimat zu bringen. Als ich im ersten Jahr Soldat war, sehnte ich mich nach der Heimat und ihren Bergen und Wäldern. Jetzt bin ich daheim, ich liebe die Berge und Wälder so wie einst, aber mein Herz sehnt sich nach den höheren Bergen in meiner himmlischen Heimat. Und warum? Weil dort mein himmlischer Vater lebt, der mich von Ewigkeit geliebt hat und noch liebt. Weiter heißt es:

Und ich werde ihn lieben und mich ihm offenbaren. Als der Herr Jesus dies gesagt hatte, wunderten sich die Jünger, denn sie konnten es nicht begreifen, dass er sich ihnen, den unwissenden, armen Leuten, offenbaren wollte und nicht der hohen, gelehrten Welt. Das ist ein großer Unterschied, ob man nur etwas vom Herrn Jesus weiß, oder ob er sich einem geoffenbart hat. Hier bei uns weiß jeder etwas von Christus, aber nur wenige sind es, denen er sich geoffenbart hat. Ich kenne viele Kräuter in den Wäldern, aber ihre Heilkraft ist mir nicht geoffenbart, meiner Großmutter aber sind sie alle in ihrer Heilkraft bekannt. Kommt mir nun ein solches Kraut in den Weg und ich kenne es nicht, so trete ich vielleicht darauf oder stoße es weg, sie aber hebt es auf und heilt damit eine Krankheit.

Wem der Herr Jesus nicht geoffenbart ist, der tritt auf ihn, oder er stößt ihn hinweg. Ist er uns allen geoffenbart? Kennen wir die Heilkraft in ihm? Er heilt alle Wunden der Sünde. Ich sah meiner Großmutter zu, wie sie die Kräuter behandelte. Sie wusch das Kraut sauber und zerdrückte es dann zwischen zwei Steinen, bis aller Saft ausgeflossen war, dann erst wurde es Salbe für eine Wunde. So lebte auch der Herr Jesus rein in dieser Welt, ließ sich so zermalmen, wie wir es vorhin gehört haben, bis all sein Blut vergossen war. Und dieses Blut ist die Salbe für die Wunden der Sünde. Lassen wir uns diesen Balsam auf die Herzen legen, so werden sie gesunden, und wir werden ihn lieben."

„Dann", so fuhr der Bauer fort, „stehen hier die Worte:

Mein Vater wird ihn lieben, und wir werden zu ihm kommen und Wohnung bei ihn machen.

Diese Worte sind ewige Wahrheit. Als ich mich durch das Blut des Herrn Jesus heilen ließ, als ich ihn lieb gewonnen hatte und seine Gebote zu halten anfing, erfüllte Gott an mir diese Verheißung. Ich übergab ihm mein Herz, und er machte durch seinen Heiligen Geist Wohnung in mir. Früher wohnte in meinem Herzen der Teufel. Ich tat den Willen und die Werke des Teufels. Heute aber hilft mir der Herr, dass ich seinen Willen tue. Möge niemand heute unter uns sein, der sich nicht retten lässt. Amen."

„Amen", wiederholten leise einige Stimmen aus der Versammlung. Wenn Margita Ursiny hier und da nicht verstanden hatte, von dem jungen Bauern, der in der Volkssprache redete, verstand sie doch jedes Wort, und es schien ihr, als gingen die von ihm so eindringlich vorgelegten Fragen sie ganz allein an.

Als Letzte war sie in die Versammlung gekommen, und als Erste verließ sie den Raum wieder. Sie ging langsam, in Gedanken versunken, zurück.

Wie stolz war sie schon auf ihre evangelische Überzeugung gewesen, darauf, dass sie die Wahrheit vom Irrtum unterschieden hatte! Jetzt musste sie sich sagen, dass sie eine von denen war, denen Jesus noch nicht geoffenbart war, und dass sie ihm ihre Liebe zum Lohn seiner Leiden noch nicht gebracht hatte. Sie wusste nun, was es war, das Ursiny von den übrigen ihrer Bekannten absonderte. Er liebte den Herrn Jesus, der sich ihm geoffenbart hatte, von ganzem Herzen und der junge Bauer auch. Wie einfach hatte er das erklärt: Jesus ist der Arzt, und sein Blut die Arznei für die Wunden der Sünde. „Aber ich bin mir ja nicht bewusst, womit ich gesündigt hätte", dachte die junge Frau. „Außer dem, dass ich den Herrn Jesus nicht geliebt habe, und dafür kann ich nichts. Ich kannte ihn ja nicht. Dann sind diejenigen schuld, die mich vernachlässigt haben, jetzt werde ich ihn lieben, ja gewiss", sprach die junge Frau zu sich selbst. „Und morgen werde ich ihn vor den Leuten bekennen, koste es, was es wolle!"

In Gedanken versunken kam Margita nach Hause. Hier erwartete sie die Post, die ihr einen Brief vom Großvater brachte, dem ein Brief von Adam Orlowsky beigelegt war. Die Stirn der jungen Frau bedeckte ein Schatten des Unwillens. Sie wollte den Brief ungelesen zurücklegen, aber da es der Großvater wünschte, musste sie ihn lesen. Adam Orlowsky schrieb, dass er mit Oranos Anfang Mai oder schon Ende April nach Hause kommen würde. Doktor Geringer hatte versprochen, mit ihm zu kommen. Sie würden gemeinsam in Orlow ein wissenschaftliches Werk schreiben. Wenn sie fertig wären, wollten sie von neuem auf Reisen gehen. Er schrieb, Orano ließe herzlich danken für die ihm und auch seinem Verwalter beim Kauf erwiesene Hilfe. Er fragte nach des Großvaters Befinden, ob er nicht wisse, wie es Nikolaj Korimsky gehe. Dann erkundigte er sich nach allen Bekannten und Freunden, aber mit keinem Worte nach ihr. Nur zum Schluss dankte er für ihren Gruß und sandte einen Gegengruß. Der Großvater bemerkte dazu: „Da du ihn noch nie hast grüßen lassen, so tat ich es für dich, liebes Kind."

Das erzürnte sie, sie warf den Brief weg.

Er wird doch nicht denken, dass sie sich ihm nähern, dass sie ihr Benehmen gegen ihn ändern wolle, und dass sie sich, wenn er zurückkommen würde, aussöhnen würden? Niemals! Er mag mit dem Professor zusammen in Orlow schreiben. Sie würde mit dem Großvater nach Horka übersiedeln und dort solange bleiben, bis beide wieder abreisten.

„Das kannst du nicht", sagte ihr Verstand. „Der Großvater wird darauf nicht eingehen, du musst wenigstens öfter nach Orlow kommen. Vor der Welt darf man keinen Grund zu Klatschereien geben."

Das ist wahr, aber man kann auch in Orlow so leben, dass man den, den man nicht sehen will, nicht sieht. Wo aber ist dann das neue Leben, über das der junge Bauer gesprochen hat? Der Herr Jesus gebot, zu vergeben und zu lieben, auch die Feinde, und sprach: *„Wer mich liebt, der wird meine Worte halten."*

„Ich will alles tun, was du verlangst, Herr Jesus, aber ihm vergeben, das kann ich nicht! Er hat mich zu sehr beleidigt. Ich hätte Adam geliebt, aber er hat mich und meine Liebe weggestoßen, ehe wir uns gesehen hatten."

Margita weinte lange, bis es ihr gelang, sich selbst zu überzeugen, dass sie Recht habe, ihren Mann zu hassen. Aber Frieden hatte sie dabei nicht.

* * *

In dem Palast des Herrn Orano Werning in Kairo herrschte nach zwei Tagen banger Sorge große Freude, die sowohl von den höheren Beamten als auch von der Dienerschaft ohne Unterschied geteilt wurde. Die Marquise erschien ohne Begleitung auf dem Dachgarten, sie ging dann in die Orangerie hinunter, das sicherste Zeichen, dass ihre Augen heute klar sahen. Das junge Mädchen träumte von dem fernen Land, in dessen mildem Klima auch Heilung für sie sein sollte. Ach, wenn sie doch nur schon bald gingen! Dauerte es noch lange, so würde sie zwar hinkommen, aber von der Schönheit, von der Orlowsky erzählt hatte, würde sie nichts mehr sehen. Es würde Nacht für sie, wie sollte sie dann leben? Tränen fielen auf ihre Wangen. Sie war noch jung, sie hatte auf Erden alles, was man mit Reichtum kaufen kann. Aber wenn sie das Augenlicht für immer verlieren würde, so wäre für sie die ganze Welt, das ganze Leben verloren, denn sie kannte nur das eine Licht.

Von dem Licht, das in der Finsternis leuchtet, hatte sie keine Ahnung, es gab niemanden, der ihr davon erzählt hätte. Das war eigentlich recht sonderbar. Ihre Großmutter väterlicherseits war eine Französin und gehörte der Waldenserkirche an. Das Geschlecht der Oranos hatte sich mit vielen Märtyrern zur Zeit der Verfolgung in Spanien hervorragend ausgezeichnet. Der Vater war der letzte Nachkomme und gehörte, wie alle seine Vorfahren, der evangelischen Kirche an. Die Mutter, eine Fürstin Werning, war eine Engländerin, ihre ganze Familie, deren letztes Glied sie war, gehörte zur anglikanischen Kirche. Aber die Tochter hatte keine Ahnung von dem Licht, das niemals untergeht.

In den europäischen Kreisen Kairos erzählte man sich, Marquis Orano Werning, den Namen Werning erhielt er am Hochzeitstage zugleich mit dem großen Reichtum seiner Gattin, sei einer der offenen Charaktere, die sich gar nicht bemühen, ihren Hass gegen alles, was Christentum und Religion heißt, zu verbergen. Er verschenkte für wohltätige Zwecke große Summen, aber niemand durfte ihn um einen Beitrag für irgendeinen religiösen Zweck bitten. Seine Frau starb früh, und er leitete die Erziehung seines Lieblings allein. Er wachte fleißig darüber, dass der Kopf seiner Tochter mit keiner, wie er sich ausdrückte, ungesunden Lehre angefüllt wurde.

Dagegen sprach sie Spanisch, Englisch, Arabisch, Französisch und Deutsch und war sehr gebildet.

Nur das eine wusste sie nicht, dass geschrieben steht: *„Also hat Gott die Welt geliebt, dass er seinen eingeborenen Sohn gab, auf dass alle, die an ihn glauben, nicht verloren gehen, sondern das ewige Leben haben.“*

Man lehrte sie die Natur lieben und sich vor dem Naturgesetz beugen. Als aber jetzt das Naturgesetz das Augenlicht von ihr forderte, hatte sie keinen Trost.

Da wurde Besuch gemeldet. „Wer will mich sprechen?“, fragte das junge Mädchen. „Herr Orlowsky“, antwortete die Dienerin. Tamars Augen leuchteten auf. „Führe ihn herein!“

„Das ist ein höflicher Herr“, lobte die Gesellschafterin, die dazugekommen war. „Gestern und vorgestern ließ er sich erkundigen, wie es Ihnen geht? und heute kommt er selbst.“

„Er hat fragen lassen?“ Man sah, dass der Marquise die Aufmerksamkeit des jungen Mannes, der ihrem Vater und ihr in der kurzen Zeit schon ein guter Freund geworden war, lieb war. Er brachte ihr jedes Mal eine gute Nachricht oder erzählte so interessant, dass sie in der Einsamkeit etwas zu denken hatte. Erfreut reichte sie ihm auch heute die Hand ...

„Das ist eine frohe Überraschung“, meinte Adam und setzte sich.

„Ich komme voll Besorgnis, und die Marquise empfängt mich selbst.“

„Loben Sie nicht zu früh“, schüttelte sie den Kopf. „Das ist alles nur für eine Weile, dann kommt wieder die Nacht.“

„Wer mag daran denken? Außerdem werden wir bald die Reise antreten.“

„Denken Sie, dass dort der Schnee schon weg ist?“

„Auf jeden Fall. Sie wissen ja, wir besuchen zuerst Italien, dann Deutschland. Unterdessen kommt der Frühling, und wir kommen mit den Schwalben an.

Gerade erhielt ich ein Telegramm von Ihrem Verwalter. Das Renovieren in Podolin schreitet voran. Aber wie sehr man sich auch bemühen wird, so prächtig wie hier wird es nicht sein."

„Ach, ich will es auch gar nicht. Nichts Neues zu finden, wäre ja langweilig."

„Ja, das ist wahr!"

„Herr Orlowsky, ich wollte Sie fragen", Tamar zog eine Fotografie hervor, „was liegt hier vor dem Schloss?"

„Ein schmales Tal, dort liegt ein armes Dorf, auf der anderen Seite Berge."

„Und hinter den Bergen?" Der Marquise entging der plötzliche Schatten auf Adams Gesicht.

„Was ist dort?", fragte sie noch einmal.

„Auf der anderen Seite der Berge liegt ein Gut, Horka genannt, es gehörte meinem Großvater."

„So?", fragte sie verwundert und interessiert. „Und wem gehört es jetzt?"

„Er hat es seiner Enkelin geschenkt."

„Ihrer Kusine? Und sie wohnt dort?"

„Ja, manchmal wenigstens, denke ich."

„Da werden wir mit ihr ja beinahe Nachbarn. Denken Sie, dass sie mich einmal besuchen wird?"

„Gewiss, wenn Sie es wünschen, aber nur dann, wenn Sie uns auch mit Ihrem Besuch in Orlow beehren."

„Wir werden kommen", versprach das junge Mädchen. „Aber wie heißt Ihre Kusine?"

„Margita Orlowsky.“

„Margita? Was für ein schöner Name! Und Orlowsky, sie ist also eine Tochter Ihres Onkels, nicht wahr?“

„Nein, von Großvaters Tochter.“

„So war sie auch mit einem Orlowsky verheiratet?“

Die Antwort war schwer. Wenn die Marquise nicht so bald in die Nähe von Horka kommen würde, könnte er sich durch ein kurzes Ja retten, aber so ging das nicht. Die Sache war sehr unangenehm. Es war Adam peinlich jetzt zu sagen, „sie ist meine Frau“, wo er doch früher nichts davon gesagt hatte, und es war auch nicht schicklich, die Sache unaufgeklärt zu lassen, bis Tamar Orano nach Podolin kam, denn was würde sie dann denken? Die Antwort war sehr schwierig. Da klang zu seinem Glück von der Tür: „Tamar, Liebling, du hier? Hast du Besuch?“ Schon lange hatte Adam niemanden so freudig begrüßt wie jetzt den Marquis Orano. Bald vergaß er die unangenehme Erinnerung.

* * *

Die Tage vergingen. Es war Nacht. In der Apotheke schliefen alle Bewohner, nur im Zimmer des Provisors brannte noch Licht. Es war elf Uhr, als plötzlich jemand am Tor läutete. Der schrille Ton der Glocke erscholl durch das Haus, aber die im festen Schlaf liegende Dienerschaft hörte nichts. Da öffnete kurz darauf der Provisor die Tür und stand Herrn Korimsky gegenüber.

„Sie öffnen mir selbst?" Korimsky reichte dem jungen Mann herzlich die Hand. „Was ist geschehen, Herr Korimsky, dass Sie heute schon kommen und unangemeldet?", fragte Ursiny verwundert. Er nahm den schweren Koffer und die Tasche und trug beides hinein. „Bemühen Sie sich nicht damit", wehrte Korimsky. „Erlauben Sie, Herr Korimsky, ich tue es gern." In Ursinys Blick lag Freude und Bitte zugleich.

„Bitte, wollen Sie bei mir eintreten?", fragte der junge Mann, die Tür seines Zimmers öffnend. Sie traten ein. Nachdem er den Koffer und die Tasche abgestellt hatte, nahm er Korimsky die Lampe ab und stellte sie auf den Tisch. Dann half er ihm den Überzieher ausziehen und nahm Hut und Handschuhe ab. „Wie geht es allen daheim?", fragte der Apotheker, dem die Aufmerksamkeit des Provisors wohl tat. Er lehnte sich dabei ermüdet in die Sofaecke.

„Uns geht es, dem Herrn sei Dank, gut. Nur Frau Pribovsky bekam eine traurige Nachricht, ihre Schwägerin ist schwer erkrankt, sie fuhr zu ihr und kommt erst morgen Vormittag zurück."

„So? Das ist traurig!", meinte Korimsky teilnehmend. „Heute kamen mit der Post mehrere Briefe, bitte, wollen Sie sie durchsehen?" Während

Korimsky die Post durchschaute, bereitete Ursiny das Abendessen. Der Apotheker nahm die Stärkung dankbar an. Ursiny setzte sich zu ihm und fragte nach Nikolajs Ergehen. Korimsky antwortete traurig:

„Leider nicht so gut, lieber Ursiny. Er ist noch immer sehr schwach. Außerdem hat er Heimweh. Ich bin deshalb vorausgefahren, um nachzusehen, wie weit die Vorbereitungen sind und was für Witterung herrscht."

„Die Wohnung ist fertig zum Einzug, Herr Korimsky. Schon seit fast einer Woche haben wir hier wunderbares Frühlingswetter, wenn es so bleibt, steht in den nächsten Tagen alles in Blüte. Lassen Sie Nikolaj zurückkehren. Ich bin fest überzeugt, dass ihm die Nähe der geliebten Schwester mehr nützen wird als alles andere."

Korimsky sah den Provisor an und drückte ihm dankbar die Hand. „Ich vergaß noch etwas, lieber Ursiny. Nikolaj sehnt sich nicht nur nach der Heimat und der Schwester, sondern, wie er mir sagte, sehnt er sich auch nach Ihnen."

Der junge Mann errötete, seine Augen strahlten.

„Beide erwähnten Sie sehr oft", fuhr Korimsky fort.

„Vielleicht würde Nikolaj nicht so eilen, wenn Sie dabei gewesen wären. Außerdem ist Aurel nicht recht glücklich. Obwohl er es zu verbergen sucht, hat auch schon Nikolaj bemerkt, dass er sich zur guten Laune zwingen muss. Er sagte mir, dass er von seinem Onkel einen Besitz geerbt hat, aber mit der Erbschaft auch die Nöte der Familie, die jetzt sein Leben beschatten werden. Mehr sagte er nicht, ich hatte kein Recht, weiter zu fragen. Ich denke, es wäre gut für ihn, wenn er einen Vertrauten hätte. Nikuschka kann es jetzt nicht sein. Bitte, versuchen Sie, sein Vertrauen zu gewinnen und zu erfahren, was ihn drückt. Ich wäre Ihnen sehr dankbar, wenn ich ihm nur helfen könnte! Sie wissen ja, wie viel ich ihm schulde."

„Ich weiß es, Herr Korimsky." Ursiny strich sich die Haare aus der Stirn und sagte: „Es gibt Umstände und Schwierigkeiten, die wir niemandem sagen können. Am schwersten fällt es, seine Familienangehörigen vor Fremden anzuklagen. Diese Schatten haben immer dieselbe Wurzel: die Sünde."

Das letzte Wort war so leise ausgesprochen, dass es sich Korimsky nur hinzudachte. Schweigend trank er seinen Tee und las den letzten Brief, Ursiny verließ das Zimmer. Als der Apotheker dann nach einer Viertelstunde sein Schlafzimmer betrat, fand er es gelüftet und das Bett aufgedeckt. Ursiny goss gerade Wasser ins Waschbecken und bereitete alles, was nötig war. Der Apotheker beobachtete ihn gerührt. Wie aufmerksam sorgte er für seine Bequemlichkeit! Korimsky hatte schon einige Provisoren gehabt, aber so wie Ursiny war keiner gewesen. Sie taten ihre Pflicht, nahmen das Gehalt, ließen sich bedienen und kümmerten sich sonst um nichts weiter.

Als Ursiny in sein Zimmer zurückkehrte, lagen auf dem Tisch zwei Briefe und eine kleine Schachtel. Der verwunderte junge Mann öffnete sie und fand eine goldene Uhr darin und dabei ein Kärtchen: „Seinem lieben Provisor zur Erinnerung. Manfred Korimsky." Ursiny setzte sich, legte den Kopf auf den Tisch und blieb lange so. Was ging wohl jetzt in ihm vor?

Erst am nächsten Morgen las er die Briefe von Doktor Lermontoff und Nikolaj. Der Doktor schrieb:

„Lieber Ursiny! Wenn Herr Korimsky den Inhalt des Briefes wüsste, würde er ihn nicht mitnehmen. Wir bestanden darauf, er möge nach Hause fahren, denn Nikuschka muss sich in seiner Gegenwart zu sehr beherrschen. Um die Angst des Vaters zu zerstreuen, isst er mehr, als sein schwacher Magen vertragen kann, das verursacht ihm in der Nacht Magenkrämpfe. Überhaupt, das schreibe ich nur Ihnen, habe ich um ihn große Sorge. Ich wünschte, sein Vater würde ihn von einem anderen Arzt behandeln lassen, denn auf meiner Kur liegt kein Segen. Außerdem ist er mein einziger Freund, ich liebe ihn. Der Arzt muss kaltblütig kurieren, das ist mir nicht möglich. Bitte, veranlassen Sie Herrn Korimsky, dass er uns wenigstens eine Woche allein lässt. Versuchen Sie, Frau Margita vorzubereiten, ich hoffe, sie wird uns helfen. Beten Sie auch für uns, wir sind beide krank, ich nicht körperlich. Ich weiß ja, dass Sie nicht näher fragen werden. Aber ich müsste ersticken, wenn ich es nicht wenigstens jemandem sagen könnte:

Lieber möchte ich sonst wohin fahren als noch einmal in das Tal von Podhrad. Wenn Nikuschka wüsste, welches Opfer ihm sein Aurel bringt, würde er ihn nicht soviel mit dem Aufenthalt in Podhrad plagen.

Doch genug! Leben Sie wohl! Denken Sie manchmal an den unglücklichen Aurel Lermontoff.

Was mich nur beruhigt, ist, dass Nikuschka nichts von seinem gefährlichen Zustand ahnt."

In Nikolajs Brief stand nach einigen freundlichen Sätzen:

„Sie haben einmal gesagt, dass der Herr Jesus alles hört, um was Sie ihn bitten. Bitten Sie ihn, dass er mir die Rückkehr nach Hause schenkt! Mir ist so bange, wenn ich an den Tod denke. Ich möchte wenigstens gern daheim sterben, nicht in der Fremde. Ich fand in der Bibel einen Vers, der mich sehr berührte: ‚*Die Ernte ist vergangen, der Sommer ist dahin, und uns ist keine Hilfe geworden.*' Mein Herz sagt mir, dass wir beide, Aurel und ich, nicht gerettet sind, denn wir haben den Herrn Jesus nicht angenommen. Er gab uns nicht die Macht, Gottes Kinder zu heißen. Dann las ich: ‚*Wenn euch der Sohn frei macht, so seid ihr recht frei!*' Miroslav, muss ich denn wirklich verloren gehen? Gibt es für mich keine Gnade und Rettung? Der Tod ist schrecklich ohne die Hoffnung des ewigen Lebens! Aber ich habe die Zuversicht, dass Sie mir helfen, wenn ich heimkomme. Ihnen gab der Herr die Macht, Gottes Kind zu sein. Sie haben Glauben, Sie sind gerettet! Hätte ich gewusst, dass ich so jung sterben muss, so hätte ich Gott früher gesucht, jetzt weiß ich nicht wie. Mich hat niemand beten gelehrt. Aber Sie werden es mich lehren, nicht wahr?

Ich kann nicht mehr schreiben und bin traurig.

Miroslav, helfen Sie Ihrem armen Nikolaj."

Dass solche Briefe nicht erfreuen, ist sicher. Der Provisor betete zu seinem Herrn um Hilfe für diese beiden jungen Menschen, bis er selbst die Gewissheit empfing: *„Dir geschehe nach deinem Glauben!"*

* * *

In Borovskys Hause befestigte Margita gerade die Gardinen, als ein unerwarteter Gruß erklang. Rasch sprang sie vom Stuhl herunter und reichte dem Provisor erfreut die Hand. „Willkommen, Herr Ursiny! Das ist schön, dass Sie einmal kommen. Was führt Sie her?"

„Der Herr Apotheker sendet einen herzlichen Gruß", sagte der junge Mann lächelnd.

„Hat Ihnen der Vater geschrieben? Wann kommen sie alle?"

„Können sie denn schon kommen? Ist das Haus soweit fertig?"

„O ja, wären sie nur schon hier!"

„Sie werden nicht mehr lange ausbleiben, Frau Orlowsky.

Herr Korimsky ist gestern Abend zurückgekommen, er wollte heute zu Ihnen, bekam aber in letzter Minute geschäftlichen Besuch. Ich bin in seinem Auftrag hier, um zu sehen, ob alles fertig ist. Gleich von hier aus schreibe ich dann Doktor Lermontoff, wann sie kommen können."

„Das ist schön", rief Margita strahlend. „Wie freue ich mich darauf. Wir beide werden schreiben, Sie dem Doktor, ich an Nikuschka. Sie sollen sofort zurückkehren. Aber schauen Sie, Herr Ursiny, wie gefällt Ihnen das Haus? Hier ist das Wohnzimmer, nicht wahr, es ist hell?"

„O ja, Licht genug, und die Aussicht so schön. Dazu die herrlichen Blumen, alles geeignet, das Herz zu beglücken."

„Das freut mich. Hier ist das Schlafzimmer, sie wünschten, es zusammen zu haben."

„Das hat eine noch schönere Aussicht. Diese hübschen Vorhänge und die hellen Möbel. Sie werden sich wohl fühlen."

„Sie haben noch nicht alles gesehen", sagte Margita. „Gehen wir weiter. Hier ist die Küche. Das ist noch ein Gästezimmer und hier eine Stube für die Bedienung. Alles ist bereit, nur eine geeignete

Frau zur Bedienung habe ich noch nicht gefunden, und ich weiß nicht, wer mir da raten könnte."

„Vielleicht kann ich Ihnen helfen, Frau Orlowsky. Ich kenne eine Frau aus dem Dubravatal, sie ist die Großmutter meines Freundes Stefan Hradsky. Sie wohnt jetzt bei ihrer Tochter und soll noch rüstig und gesund sein. Wenn Sie Zeit haben, können wir zusammen zu Hradskys gehen."

„Ich werde gern mit Ihnen gehen und würde sehr froh sein, wenn die Frau zusagt. Kochen braucht sie nicht, und die Bedienung ist nicht schwer. Bitte, wollen Sie aber jetzt mit mir nach Horka kommen? Wenn Sie eine kleine Erfrischung eingenommen haben, lasse ich anspannen, und wir werden fahren."

Unterwegs richtete Margita weitere Fragen über ihren Vater und den Bruder an Ursiny. Plötzlich blieb der junge Mann stehen. „Ich möchte Ihnen noch etwas mitteilen", sagte er ernst, „aber nur Ihnen, Frau Orlowsky!"

„Nur mir? Nun, wir sind allein."

„Doktor Lermontoff ist um seinen Freund ernstlich besorgt. Dem Vater hat er es verschwiegen, aber er bat mich, es der Schwester mitzuteilen." Die junge Frau erblasste. „Also waren unsere Hoffnungen umsonst. Nikuschka hat sich nicht erholt, ist nicht kräftiger geworden?"

„Nein. Er hat in den Nächten an Magenkrämpfen gelitten, und die Schlaflosigkeit hat ihn geschwächt. Vor dem Vater hat er sich beherrscht, damit dieser sich nur nicht sorge. Doktor Lermontoff bat mich, ich solle Herrn Korimsky hier zu Hause aufhalten, damit er mit dem Patienten wenigstens eine Woche allein sein könne. Aber ich kann es nicht tun, denn Nikolaj äußert wieder in seinem Brief so große Sehnsucht nach der Heimat, dass ich denke, diese Sehnsucht macht ihm auch Schmerzen. Dann denke ich auch, wenn die beiden Herren hier in Ihrer Nähe sein werden, wird sie Herr Korimsky eher allein lassen, besonders wenn Sie, Frau Orlowsky, ihnen helfen werden."

„Ich will alles tun", sagte Margita traurig. Wehmütig sah sie auf das Häuschen zurück. Hatte sie es dazu so schön eingerichtet, dass Nikuschka dort leiden sollte?

„Sie glauben also, mein Bruder ist todkrank, und Doktor Lermontoff fürchtet, dass er ihn nicht heilen kann?"

„Ja, Frau Margita. Aber ich vertraue einem noch viel berühmteren Arzt und bitte ihn Tag für Tag. Zugleich fühle ich auch die Gewissheit im Herzen, dass ich erhört werde. Ich glaube, Ihr Bruder wird gesund werden. Aber er wird erst hier zu Hause gesund werden, sobald seine Seele genesen ist."

„Sie glauben es?" Sie hielt seine Hand fest. Es war ihr, als müsste sie sich auf ihn stützen. „O möchte Sie der Herr Jesus erhören! Ich bete ja auch, aber meine Gebete sind unvollkommen, mir hat sich Christus noch nicht geoffenbart. Sagen Sie mir, wie ich dazu kommen kann? Sie sagten, Nikuschkas Seele muss genesen. Auch meine Seele ist noch nicht gesund. Sehen Sie, jetzt, da ich die Wahrheit vom Irrturm unterscheide, habe ich nicht den Mut, dem Kaplan, dem Dechanten und dem Großvater zu sagen, dass ich niemals katholisch werden kann, dass ich aus jener Kirche, die mich unrechtmäßig ihr eigen nennt, austreten werde. Wäre mir Christus geoffenbart, so würde er mir sicher die Kraft dazu geben." Sie neigte den Kopf und sah nicht den verwunderten Blick des jungen Mannes.

„Sie brauchen Worte, Frau Margita, die mein Freund Stefan Hradsky in unserer Versammlung gebraucht hat, aber Sie haben sie doch gar nicht gehört?"

„O doch, ich habe sie gehört. Ich war auch in der Versammlung, aber nur an der Tür, weil ich zu spät kam. Ich hörte Ihren und seinen Vortrag und kann das alles nicht vergessen. Bitte, sagen Sie mir, was ich tun muss, dass sich der Herr Jesus auch mir offenbart! Lehren Sie mich, ihn zu lieben und ihm zu gehorchen! Ihnen muss ich es bekennen:

Christus gebietet zu vergeben, ich aber kann einem Menschen, der mich sehr beleidigt hat, nicht vergeben. Nun möchte ich gern wissen, ob man allen vergeben muss?"

Voll Vertrauen sah sie den jungen Provisor an.

„Ja, Frau Margita. Glauben Sie mir, sobald Sie sagen können, ‚Herr Jesus, ich vergebe alles, weil du mir vergeben hast', wird die Liebe Christi in Ihr Herz einziehen.

Dieses Nicht-Vergeben-Wollen ist die Grenze, die Mauer, durch die das Licht der göttlichen Gnade nicht hindurch kann. Sobald sie entfernt ist, wird es um Sie und in Ihnen licht werden."

„Verzeihen Sie." Sie bedeckte ihr Gesicht mit beiden Händen.

„Ich weiß, ich fühle es, dass das, was Sie sagen, richtig ist. Aber ich kann nicht, glauben Sie mir, ich kann nicht!"

„Ich will den Herrn Jesus bitten, dass er Ihnen dazu helfe." Sie fuhr zusammen, die Hände sanken herunter, sie sah ihn mit einem sonderbaren Blick an.

„Bitten Sie nicht, Ursiny, denn der Herr Jesus könnte Sie erhören, ich müsste vergeben, und mein Mann würde dann über mich siegen. Mich würde das sehr demütigen. Wenn ich ihm vergebe, muss ich freundlich zu ihm sein, er wird es merken und denken, wer weiß, was er denken wird! Nein, ich kann nicht!"

„Nein, Sie wollen nicht, Frau Margita, und das ist eine Sünde, die Sie an sich selbst, an dem Betreffenden und vor allem an dem Herrn Jesus begehen."

„Wieso?"

„Ganz einfach! An sich, weil Sie sich aus dem Reiche Gottes ausschließen, denn: ‚*Wenn ihr aber den Menschen ihre Fehler nicht vergebt, so wird euch euer*

Vater eure Fehler auch nicht vergeben.' An dem anderen Menschen, denn anstatt, dass Sie durch vergebende Liebe seine Seele für die göttliche Wahrheit gewinnen, verhärten Sie durch Ihr Verhalten auch sein Herz. Liebe erweckt Liebe, Härte wiederum Härte. Und schließlich versündigen Sie sich an dem Herrn Jesus. Er wollte Sie ihm ähnlich machen, damit er sich durch Sie verherrlichen und sich der Seele des Unrechttuenden offenbaren könne. Aber Sie vereiteln ihm das."

Ursiny schwieg. Sie waren schon nahe beim Gut. Das Gespräch wurde unterbrochen, und sie nahmen es nicht wieder auf, denn gleich nach dem Kaffee ließ Margita anspannen. Bald fuhren sie durch die Wälder dem Dubravatal zu, bis sie vor Hradskys Haus standen. Ursiny erzählte unterwegs etwas aus dem Leben seines Freundes Stefan Hradsky, auch wie es ihm nach seiner Bekehrung ergangen war, dass ihn der Vater geschlagen habe.

Margita hörte aufmerksam zu. „Dann hat ihm der eigene Vater die Wunden, die er erwähnte, geschlagen? Wie muss ihm das weh getan haben, der eigene Vater! Kann Stefan ihn überhaupt noch ansehen? Wie verhalten sie sich jetzt zueinander?"

„Das werden wir bald sehen", sagte der Provisor lächelnd. „Stefan hat mir von seinem Leiden kein Wort erzählt, denn er liebt seinen Vater. Aber soviel weiß ich, dass er durch Vergebung und Liebe den alten Hradsky überwunden hat."

* * *

Es war ein wunderschöner Frühlingsabend. Auf dem Balkon des Schlosses Podolin stand der alte Herr Nikolaus Orlowsky und schaute gedankenvoll ins Tal hinab. Vorher war Herr Nikolaus in Gesellschaft gewesen. Aber Direktor Zarkany war mit seinen Töchtern vor einer Weile in den Park gegangen und Herr Villier mit Frau Zarkany zum Bahnhof. Die Herrschaften wurden erwartet, und Herr Nikolaus wollte den Marquis und seine Tochter willkommen heißen und auch seinen Enkel, der sie bis hierher geleitete, begrüßen.

Jetzt in der Stille kamen mit Macht die Erinnerungen, die Herr Nikolaus jedes Mal, wenn er nach Podolin kam, mutig verscheucht hatte. Er dachte an einen Abend vor vielen Jahren. Er stand wie jetzt auf dem Balkon, aber nicht allein. Der verstorbene Direktor Zarkany saß neben ihm im Sessel und breitete vor Nikolaus Orlowsky einen Plan aus, der nicht zu verwerfen war. Zarkany erzählte, seine Tochter Ilonka liebe Ferdinand, den Sohn des Herrn Nikolaus. Wenn die beiden jungen Leute heiraten würden und die Vermögen der Zarkanys und Orlowskys zusammenkämen, könnten sie mit der Zeit Podolin kaufen. Der junge Zarkany hatte auf einem anderen Gut des Fürsten ein Amt in Aussicht, so könnte Ferdinand Orlowsky Direktor in Podolin werden. Zarkany hatte nur die beiden Kinder und sehnte sich nach Ruhe. Er wollte sich mit seiner Frau auf sein Gut in Südungarn zurückziehen.

Der Plan war sehr gut. Herr Nikolaus legte seine Hand in die des Freundes und versprach, mit dem Sohn, der nach zweijährigem Auslandsaufenthalt heute zurückkehrte, zu sprechen.

Er war sich seiner Einwilligung sicher. Von Kindheit an waren Ferdinand Orlowsky und Ilonka Zarkany befreundet.

Wie glücklich war Herr Nikolaus an jenem Abend gewesen! Er sah im Geiste schon den Sohn als Gebieter über diesen schönen Besitz, er sah ihn als glücklichen Ehemann der reizenden Ilonka.

Endlich kam der sehnsüchtig erwartete Sohn. Aber er war in Gedanken vertieft, als wäre er noch immer in der Ferne. „Wenn ich ihm nur erst sage, was Zarkany und ich beschlossen haben, wird es ihm vergehen“, tröstete der Vater sich. Nur empfand er es unangenehm, dass sich Ferdinand auch gegenüber Ilonka Zarkany, wenn auch freundschaftlich, so doch etwas kühl verhielt. Herr Nikolaus konnte kaum erwarten, dass sie nach Hause zurückkehrten. Als sie am anderen Abend im Wagen saßen, denn eine Eisenbahn gab es damals hier noch nicht, und schon nahe bei Orlow waren, erzählte er dem Sohn, dass Zarkany die Verwaltung niederlegen und dem Fürsten Ferdinand für diesen Posten empfehlen wolle. Er fügte hinzu, wie sehr ihn das freue. „Entschuldige, Vater“, unterbrach ihn der Sohn, „dass ich deine Freude trüben muss. Ich kann mich nicht binden, denn ich habe in Russland Verpflichtungen übernommen, die mir einen längeren Aufenthalt hier unmöglich machen. Ich wollte es dir schon sagen, aber da ich deine großpolnische Gesinnung kenne, konnte ich mich nicht dazu entschließen.“

„Du hast Verpflichtungen in Russland übernommen, als Sohn eines Emigranten?“, rief Herr Nikolaus empört aus. „Diese Verpflichtungen müssen sofort gelöst werden! Ein Orlowsky kann niemals ein Diener der Russen sein!“

„Das wird er auch nicht sein!“ Ferdinand richtete sich stolz auf. „Aber auch kein fürstlicher Verwalter und Diener! Ich begreife nicht, wie du es mit deinem Adelsstolz vereinbaren kannst, Vater!“

Herr Orlowsky war verwirrt und erfreut zugleich. So standen die Sachen, sein stolzer Sohn wollte nicht dienen!

Er beeilte sich nun, ihm den ganzen Plan mitzuteilen. Einige Jahre des Dienstes würden genügen, und wenn dann zu dem Vermögen Orlowskys die Mitgift von Ilonka Zarkany hinzukäme, könne er Herr und Besitzer von Podolin werden.

Der Sohn hörte ohne ein Wort der Widerrede zu. Inzwischen waren sie zu Hause angekommen, das Gespräch wurde im Schlafzimmer des Vaters fortgesetzt. Als er mit den Worten schloss: „So, morgen wirst du um Ilonkas Hand anhalten!“, hob Ferdinand den Kopf und sagte fest: „Das werde ich nicht tun, Vater! Ich kann nicht Verwalter in Podolin werden. Ich werde das Schloss nur entweder als Besitzer oder nie mehr betreten. Ich kann die Tochter des Direktors Zarkany, die ich nicht liebe, auch nicht heiraten. Ja, ich habe bereits eine Frau“, sagte er, ohne das Entsetzen des Vaters zu beachten. „Ich habe dir nichts davon gesagt, weil ich deinen Widerstand fürchtete. Sie ist Russin, stammt aus einer alten, vornehmen Familie und ist evangelisch. Jetzt lässt sich an der Sache nichts mehr ändern. Die Familie meiner Fenitschka arbeitet gemeinsam mit uns für die Befreiung Polens. Wenn unser Plan gelingt, wenn wir das erreichen, wonach wir uns sehnen, Einfluss und weite Verbreitung unserer Idee, dann komme ich auch mit meiner Frau zu dir, Vater, und wir kaufen uns auch ohne Zarkany und sein beim Fürsten verdientes Geld Podolin. Bis dahin warte, bitte! Jetzt, da ich dir mitgeteilt habe, weswegen ich eigentlich aus Russland zurückgekehrt bin, mache ich mich gleich morgen wieder auf den Rückweg. Denn du wirst einsehen, dass mein Glück dort ist, wo ich meines Herzens teuersten Schatz gelassen habe.“

Kaum hatte Ferdinand geendet, wies Herr Nikolaus mit der Hand zur Tür. „Geh!“, rief er zutiefst gekränkt. „Ohne meine Erlaubnis und meinen Segen hast du geheiratet, eine Russin hast du dir zur Frau genommen, die Tochter eines Volkes, das deinen Vater aus dem Land seiner Väter vertrieben hat, und eine Ketzerin. Wir beide haben nichts mehr miteinander zu reden! Gehe und unterstehe dich nicht mehr, unter meine Augen zu kommen! Du bist nicht mehr mein Sohn, du hast keinen Vater mehr! Aber das sage ich dir im Voraus, dass du die Stunde verfluchen wirst, in der du so gegen mich gesündigt und einer Frau zuliebe alles, was mir und dir heilig sein sollte, mit Füßen getreten hast. Geh, und wenn du dich morgen auf den Weg machst, lass dich nicht sehen, ich will dich nicht mehr sehen!"

„Vater, schicke ihn nicht so fort, vergib ihm!", bat der ältere Sohn Adam, der bis dahin geschwiegen hatte.

Aber der Vater stieß ihn weg: „Auch dich werde ich hinaustreiben, wenn du dich seiner annehmen willst!"

„Ferdinand, Bruder, bitte ihn! Der Vater wird dir verzeihen!"

Die Brüder umarmten sich. „Leb wohl, Adam!", sagte Ferdinand tonlos. Dann machte er sich los und ging hinaus. Er verschwand aus dem väterlichen Haus für immer.

An das alles dachte jetzt der betrübte Vater. Wie oft bereute er seine Heftigkeit und Härte! „Ich hätte verzeihen sollen und geduldig warten", dachte er. „Er war so jung und unerfahren, sie haben ihn verleitet. Er war stolz, ein echter Sohn seines Geschlechtes, er wollte sein Volk befreien!" Jahrelang hatte Herr Nikolaus geglaubt, dass sein Sohn in irgendeinem sibirischen Gefängnis schmachte, da er nirgends eine Spur von ihm entdecken konnte. Vielleicht hatte er Familie, Kinder und wer weiß, in was für Verhältnissen! Jahrelang hatte er das gedacht und jetzt? Welche Nachricht hatte ihm Adam gesandt? Sein geliebter Ferdinand ruhte in Ägyptens Erde, wahrscheinlich als ein armer Flüchtling, um der Strafe zu entgehen. Und der Mann, der vielleicht Ferdinands ganzes Lebensdrama kannte, kam jetzt hierher als Besitzer von Podolin!

Wie sehnte sich Herr Nikolaus danach, diesen Mann zu sehen und von ihm die Wahrheit zu erfahren, auch wenn sie schmerzlich wäre!

Der alte Herr sah die nahenden Lichter im Park nicht, hörte nicht das Gerassel der Wagen und die gedämpft zu ihm heraufklingenden Stimmen. Er fuhr erschreckt zusammen, als eine Stimme rief: „Großvater!"

„Adam! Du bist schon da? Wann bist du gekommen?" Da wichen die dunklen Schatten. Der geliebte Enkel war hier gesund und lebendig, und er hielt ihn in seinen Armen.

„Wann wir gekommen sind? Vor einer Weile. Warst du so in Gedanken versunken, dass du es gar nicht gemerkt hast?"

„Ja, wirklich! Und außerdem wird mein Augenlicht immer schwächer."

„Großvater, wir sind aber nicht allein. Herr Orano will dich begrüßen."

Adam trat zurück, und Herr Nikolaus Orlowsky stand dem Manne gegenüber, auf dessen Gesicht eine tiefe Rührung lag, geradeso wie auf dem Gesicht des alten Herrn.

Adam musste die Vorstellung wiederholen, dann endlich verbeugten sich die beiden Herren, und Herr Nikolaus reichte dem Fremden die Hand. Das brach den Bann.

„Es freut mich sehr“, sagte Orano, „dass ich Sie gleich bei meiner Ankunft begrüßen und Ihnen für die guten Dienste danken darf.“

„Es ist gerne geschehen“, erwiderte Herr Nikolaus, „doch wie war die Reise? Hat sie Ihrer Tochter nicht geschadet?“ Über Oranos Gesicht flog eine tiefe Bewegung.

„Ich danke! Tamar hat nicht geklagt. Jetzt weiß ich nicht, wie es weiter sein wird.“

„Wir wollen das Beste hoffen“, meinte Herr Nikolaus herzlich. „Nun aber, da ich Sie begrüßen konnte, werde ich heimgehen, eigentlich zu meiner Enkelin nach Horka.“

„Das dürfen Sie mir nicht antun, jetzt in der Nacht fortzugehen! Ich würde das als eine Beleidigung ansehen“, entgegnete Orano und rief die Herren hinein.

In einer halben Stunde schon saß die kleine Gesellschaft bei der Tafel, aber ohne Damen, denn die Marquise musste gleich zur Ruhe gehen, da sie nach der langen Reise sehr ermüdet war. Zarkany war

Herrn Nikolaus sehr dankbar, dass beide Orlowskys hier geblieben waren, denn der neue Besitzer schien ihm sehr stolz und unzugänglich zu sein. Bei der Tafel wurde viel von der Reise gesprochen, die Unterhaltung führte meist Adam mit Herrn Villier.

Nach dem Abendessen gingen die Herren auf den Rat des alten Herrn auseinander, um nach der beschwerlichen Reise auszuruhen. Herr Nikolaus hätte zwar gern mit dem Enkel geplaudert, aber ihre Schlafzimmer lagen weit auseinander, und er wollte ihm den Schlaf nicht rauben.

Er selbst schlief nur wenig. Ständig hatte er das kalte, stolze Gesicht des Fremden vor Augen, in dessen Blick etwas Schmerzliches und Sonderbares lag, als sie sich die Hände zum Gutenachtgruß reichten. Mitleid und Zuneigung erfüllten das Herz des alten Mannes. Er wusste, was es heißt, Kinder zu verlieren, und Herr Orano hatte nur eins zu verlieren, und wer weiß, was diesem Verlust schon vorausgegangen war!

Am anderen Tage erwachte Adam Orlowsky sehr früh, und kurze Zeit später ging er schon im Schlosspark spazieren.

Am Himmel war kein Wölkchen zu sehen. „Ein schöner Maientag!", dachte der junge Gelehrte. Er schaute sich zuerst im Garten um, wo die Bäume noch ohne Laub waren. Aber viele Frühlingsblumen blühten: Hyazinthen, Narzissen, Aurikeln und ganze Teppiche von Veilchen, und hier und da gab es noch Schneeglöckchen. Er ging weiter den Bach entlang, der sich ihm Garten dahinschlängelte, bis er vor dem Seitentor stehen blieb. Da breitete sich vor ihm ein malerisches Tal aus und darin inmitten lauter Obstgärten ein kleines Dorf. Es war ein schöner erster Mai, aber den jungen Mann konnte dies alles nicht völlig beglücken. Sein ganzes Denken drehte sich um das eine: Was wird wohl Tamar Orano zu all dieser Schönheit sagen, ob sie dieselbe überhaupt sehen würde? Wenn sich nur heute nicht die Nebel auf ihre Augen legen möchten! Sie würde sich über alles freuen, aber auch viele Wünsche haben. Sie wird Margita sehen wollen, und er wird endlich verraten müssen, welche Bande ihn an diese für sie so interessante Nachbarin von Horka binden. Bei diesem Gedanken wurde dem jungen Mann beinahe heiß. Er sah und fühlte, dass er unehrlich gehandelt hatte und konnte nicht die rechte Entschuldigung finden. Adam verließ den Park und schritt in Gedanken weiter.

Ungefähr zu derselben Zeit blieb am Hügelabhang von Horka ein Schimmel stehen. Die Reiterin sprang herunter und lief die wenigen Schritte hinauf, die sie von dem Gebirgspass noch trennten. Vor ihr lag das Tal von Podolin. Hier stand anstelle eines Grenzsteines ein altes steinernes Kreuz, zwei hohe Stufen führten hinauf, und daneben stand ein Kirschbaum im weißen Blütenschmuck. Auch Margita Orlowsky hatte nicht schlafen können. Der Gedanke, dass Adam gestern gekommen war und sich mit dem Großvater in Podolin befand, trieb sie aus dem Bett und bis hierher. Er war also schon da. Heute musste sie mit ihm zusammentreffen, und es war ihr bis jetzt noch nicht klar, wie sie ihn empfangen sollte. Er sollte gleich von Anfang an wissen, wie es um sie beide stand. Wenn sie ihn so kalt begrüßen würde, wie sie sich von ihm verabschiedet hatte, würde sich eine unüberbrückbare Kluft zwischen ihnen bilden. Wenn sie das tat, würde sich Christus ihr niemals offenbaren, und sie würde nie das wahre Licht und den Frieden erlangen. Wenn sie Adam mit Liebe entgegenkäme, wie ihr Ursiny geraten hatte, so würde er triumphieren, vielleicht würde er sie auch auslachen und sie aufs neue demütigen. In ihrem Herzen tobte ein harter Kampf. Margita schloss die Augen und dachte an den Besuch bei Stefan Hradsky. Da hatte sie gesehen, dass Stefan dem Vater nicht nur vergeben hatte, sondern ihn auch liebte und in Ehren hielt, als wäre nichts geschehen.

Dort unter diesen Menschen, die den Herrn Jesus liebten, war es so schön gewesen. Sie hatten nur kurze Zeit verweilen wollen, dann waren sie aber erst spät abends zurückgekommen, mit Stefans Großmutter zusammen.

Ursiny hatte in der Mühle noch eine Versammlung gehalten. Auch Stefan hatte gesprochen. Margita schien es, als hätte das alles nur ihr gegolten. „*Nehmet auf euch mein Joch und lernet von mir, denn ich bin sanftmütig und von Herzen demütig. So werdet ihr Ruhe finden für eure Seelen.*“

„Der Herr Jesus war der Sohn Gottes“, hatte Stefan gesagt, „aber er war so demütig, dass er dem Judas, der ihn verraten hat, die Füße wusch, auch allen seinen Jüngern. Und er war so still, dass er, als man ihm ins Gesicht spie und Lügen über ihn aussagte, kein Wort erwiderte. Nun sagt er uns: ‚*Lernet von mir!*‘ Liebe Freunde, lernen wir vom Herrn Jesus. Kein Mensch kann uns so beleidigen und demütigen, wie sie ihn gedemütigt haben, denn er war Gottes Sohn. Darum erwidern wir jedes Unrecht mit Liebe und Vergebung, damit, wenn uns die Leute auch keinen Glauben schenken, sie doch wenigstens einmal sagen müssen, dass wir gut gewesen sind.“ Diese Worte begleiteten Margita Tag und Nacht. Sie wollte gut sein, bei allen Menschen gelang es ihr. Könnte sie nur auch zu Adam gut sein! „Bist du zu ihm nicht gut, dann bist du überhaupt nicht gut“, sagte ihr Gewissen. „Wirst du aber zu ihm gut sein auch dann, wenn er dich auslacht und verspottet, so wirst du mit Liebe über ihn siegen, und er wird erkennen, dass du dem Herrn Jesus gehörst.“

„Ich will dein sein, Herr Jesus“, betete Margita. „Du hast mir vergeben, hast mich geliebt. Dir zuliebe vergebe ich alles. O hilf mir, gut zu sein und mit Liebe zu siegen!“ Margita wurde ruhiger, Friede und

Freude zogen in ihr Herz. Sie wusste nicht, dass sie schon eine Weile nicht mehr allein war, und dass ganz in der Nähe, an einen Baum gelehnt, Adam Orlowsky stand. So wie damals auf dem Balkon in Orlow, konnte er auch jetzt den Blick nicht von ihr wenden. Da grüßte er, und Margita fuhr erschrokken zusammen. Röte und Blässe wechselten auf ihren Wangen. Dann lief sie über die Stufen und reichte ihm die Hand. „Willkommen, Adam!“, sagte sie mit einer Stimme, wie sie zum Großvater zu sprechen gewohnt war. Das verwirrte ihn gänzlich. Er küsste die Hand. „Ich hatte keine Ahnung, dass wir hier zusammentreffen würden. Ich fürchtete, dass es noch zu früh sein könnte, meinen Besuch in Horka zu machen“, log er höflich. „Zwar stehe ich früh auf, aber so früh hätte ich dich nicht erwartet“, bekannte sie. „Ich dachte, du würdest mit dem Großvater erst am Nachmittag kommen.“

„Der Großvater weiß gar nicht, wohin ich gegangen bin; er schläft noch. Ich komme dann mit ihm zusammen nach Horka.“

„Wie es dir angenehm ist“, entgegnete Margita. „Doch warte ein wenig, ich komme gleich zurück.“

Sie lief fort und kam kurz darauf mit einer großen Decke zurück, die sie über die Stufen breitete.

„Es ist feucht hier, bitte, nimm Platz!“

Es kam ihm wie ein Traum vor.

„Bitte, erzähle mir, wie ist Fräulein Orano angekommen, hat ihr die Reise nicht geschadet?“

„Ich weiß noch nicht, aber ich glaube, nein“, antwortet er, seine Verlegenheit überwindend. „Ich wünsche, dass sie wenigstens heute sehen kann, der Tag ist so wunderschön.“

„Gibt es Tage, an denen sie überhaupt nichts sieht? Der Verwalter sagte, sie sehe nur schwach.“

„Manchmal schwach, dann wieder gar nicht.“

„Die Arme! Ich musste viel an sie denken. Ich hoffe, dass sie hier gesund wird.“

„Alle setzen ihre Hoffnung auf diese Gegend.“

„Die Gegend wird sie nicht gesund machen“, dachte Margita und fuhr fort: „Und wie erging es dir? Bist du mit deiner Arbeit weitergekommen?“

„Es ist sonderbar, dass du danach fragst!“, erwiderte er spöttelnd. Sie erblasste ein wenig.

„Warum ist dir das sonderbar?“ Sie sah ihn freundlich an. „Nach dem, was du bei unserem Abschied bestimmt hast, ist diese Höflichkeit ganz überflüssig.“

„Wäre es nur Höflichkeit, dann ja. Aber ich möchte wirklich gern wissen, wie es dir in der Fremde ergangen ist.“

„Sehr gut“, sagte er. „Wir haben Stoff genug für ein Buch. Professor Geringer kommt in einigen Tagen nach. Da uns Herr Orano seine wertvolle Hilfe versprochen hat, werden wir das Werk in Podolin schreiben. Mir wird das angenehm sein, dann werden wir die Herrin von Orlow nicht zu sehr belästigen“, setzte er mit einem Lächeln und einer Verbeugung hinzu. Sie sah ihn an. Er erwartete, dass in ihrem Auge ein Blitz stolzer Gleichgültigkeit aufleuchten würde, aber er irrte sich. „Mir würdet ihr nicht im Wege sein. Ich habe euch zwar alles hergerichtet, dass ihr bei der Arbeit nichts zu entbehren braucht, aber ich hatte nicht vor, jetzt in Orlow zu wohnen."

„Und warum nicht?"

„Du weißt, Nikolaj ist noch krank. Er kommt hierher in das Tal zur Erholung und wird ganz nahe bei Horka wohnen. Ich will dann viel um ihn sein."

Er runzelte die Stirn. Wie ruhig sie über diese Sachen sprach. „Ist der Großvater damit einverstanden, in Orlow allein zu wohnen?"

„Wenn du in Podolin bist, wird er zu mir kommen, und wir können hier alle zusammen sein. Auch wenn du, müde von der Arbeit, dich nach Ruhe und dem Großvater sehnen wirst, hast du es ganz nahe."

„Das schon, aber du wirst meine Besuche kaum wünschen, und ich möchte dich nicht gern belästigen."

Sie stützte den Kopf in die Hand. Sie sah es, er wollte sich nicht versöhnen. Aber sie war ihm eine Erklärung schuldig. Sie sah zu ihm auf, ihre Blicke begegneten sich. „Adam", sagte sie ruhig. „Der Brief, den du mir in das Institut geschrieben hast, hat mich sehr beleidigt. Ich war sehr zornig, und wäre der Großvater nicht gewesen, ich hätte dir niemals die Hand gereicht. Weil ich so erbittert war, benahm ich mich am Hochzeitstag, wie ich dachte, dass es das Beste sei. Doch es war weder christlich noch gehörte es sich so. Es hat mich einen harten Kampf gekostet, bis ich dir vergeben habe, und jetzt bitte ich dich, vergib mir auch mein unziemliches Betragen. Wenn wir auch einander nicht mehr sein können, so wollen wir wenigstens Freunde sein, wir sind ja nahe Verwandte. Sorgen wir dafür, dass der Großvater nicht merkt, dass wir ihm ein Opfer gebracht haben."

Sie stand auf. Auch Adam erhob sich. Aufgeregt legte er die Decke zusammen. Ihre Worte kamen so unerwartet, dass er keine Antwort darauf wusste.

„Bist du böse, Adam?", fragte Margita leise. „Ja, ich bin böse!", sagte er stirnrunzelnd. „Ich war durch dein Benehmen gereizt und zornig, weil du meinen Gruß nicht erwidertest. So erzählte ich den Oranos, dass meine Kusine bei meinem Großvater lebe, aber es wollte nicht über meine Lippen, dass sie meine Frau ist, die mich so schnell fortschickte, damit ich ihr nicht im Wege wäre."

Tränen traten in ihre Augen. Sie fühlte, dass sie die Schlacht verloren hatte. Es war doch so, wie sie es sich gedacht hatte. Sie hatte sich gedemütigt, aber es half nichts.

Jetzt blieb nichts anderes übrig als zu schweigen und durch ihr Verhalten zu zeigen, dass sie ihm gut war. Sie nahm ihm gar nicht übel, dass er verschwiegen hatte, dass sie seine Frau war. Sie begriff nicht einmal, wie sehr er ihr damit Unrecht getan hatte.

Er fühlte, dass er im Recht sei, darum fuhr er fort: „Jetzt weiß ich nicht, wie ich die Sache wiedergutmachen soll. Was werden die Oranos denken?"

„Sorge dich nicht", sagte Margita freundlich. „Wenn ich mit Tamar Orano zusammentreffe, werde ich es ihr erklären, dass du mit Recht über mich böse gewesen bist und wie alles gekommen ist."

Das war zuviel für Adam Orlowsky. „Margita, was ist mit dir geschehen?", fragte er, blieb stehen und fasste sie an der Hand. „Du willst meine Schuld auf dich nehmen?"

„Warum nicht! Der Herr Jesus starb für meine Sünden, soll ich seinem Vorbild nicht folgen? Überlasse es mir, ich werde es gutmachen, Tamar wird mir glauben."

Sie wollte ihm die Hand entziehen, aber er ließ sie nicht los, sondern zog sie an sich. Margita schauderte. Da wieherte das Pferd, Adam ließ sie los, und Margita trat zurück. „Adam, es ist noch sehr früh. Oranos werden nach der Reise lange schlafen. Komm mit mir nach Horka! Du kannst dir dann den Wagen nehmen oder Großvaters Pferd."

„Ich komme gern, wenn du mich rufst."

Adam legte die Decke über das Pferd, nahm die Zügel und führte es. Während sie durch den Wald wanderten, erzählte Adam von der Reise und Ägypten. „Denke dir nur", sagte er, „ich stand auch am Grabe des Onkels Ferdinand. Doch du wirst wahrscheinlich nicht wissen, wer es war."

„Doch, die Kinderfrau deines Vaters erzählte mir von ihm."

„Und sie lebt noch?"

„Sie wohnt jetzt in Podhrad. Sie erzählte mir viel von ihm, auch von dem schrecklichen Abend, als er Orlow verließ. Und du hast sein Grab gesehen? Weißt du auch sicher, dass er dort ruht?"

„Natürlich! Herr Orano schickte seinen Kammerdiener, um es mir zu zeigen. Außerdem steht am Grab ein Denkmal mit seinem Namen. Der Kammerdiener berichtete, dass Onkel Ferdinand auf dem Schiff sehr krank gewesen sei und nur den einen Wunsch hatte, wenigstens den Strand zu erreichen. Sein Tod soll leicht gewesen sein. Orano selbst drückte ihm die Augen zu und weinte lange über ihn. Sie hatten einander sehr lieb. Herr Orano kann auch heute noch nicht ohne Rührung von unserem Onkel sprechen. Doch da ist schon Horka. Wie sich alles verändert hat!"

„Gefällt es dir?"

„O ja! Großvater schrieb mir schon, dass ich das Haus kaum noch erkennen würde."

Frau Borovska und die Dienerschaft wunderten sich nicht wenig, als sie das junge Paar so einmütig am frühen Morgen kommen sahen. Alle Vermutungen über einen Misston in dieser Ehe verstummten augenblicklich. Margita führte Adam im ganzen Hause herum, er war mit allem zufrieden. Dann frühstückten sie bei bester Stimmung. Kurze Zeit darauf begleitete Margita Adam ein Stück auf dem Weg nach Podolin und kam so glücklich nach Hause zurück, wie man sie seit dem Besuch des Apothekers nicht gesehen hatte.

* * *

Nikolaus Orlowsky ging durch die stille Allee im Park von Podolin. Er schritt schon eine Weile hin und her und überdachte die gestrigen Eindrücke. Plötzlich blieb er stehen. Von der oberen Schlossterrasse ertönte ein jauchzender Ausruf. Nikolaus konnte den Blick von dem Bild nicht abwenden. Ein junges Mädchen im weiß seidenen Kleid stand dort, Überraschung lag auf ihrem Gesicht. Sie lief zu den Blumenbeeten hinunter, pflückte einige Narzissen und sog mit Lust den betäubenden Duft ein. Der alte Herr schaute unverwandt auf das Bild. Wie reizend sah das Mädchen aus! Es war kein Wunder, dass der Vater sich um dieses Kind so ängstigte. Da erklang es: „Tamar!", das Mädchen sah auf, und schon lief es in die ausgebreiteten Arme des Vaters. „Vater, Vater, wie wunderschön ist es hier!", rief sie jubelnd aus. „Gefällt es dir, mein Kind?"

„O Vater, ich danke dir, dass du mich hierher gebracht hast! Hier ist alles anders und neu, das milde Klima und die liebliche Gegend. Ich bin so glücklich!"

Tamar sah sich um und erblickte plötzlich Herrn Nikolaus Orlowsky. Der Marquis nahm die Tochter bei der Hand, ging mit ihr hinunter und stellte sie noch einmal dem Gast vor. „Es freut mich sehr, liebes Kind, dass ich Sie so glücklich sehe", sagte der alte Herr gerührt. „Gott wird es geben, dass Sie hier unter uns ganz gesund werden, zur Freude Ihres Vaters und auch zu unserer."

„Jetzt wünsche ich mir nur noch, Ihre Enkelin kennen zu lernen", erwiderte Tamar. „Dieser Wunsch kann leicht erfüllt werden", meinte Herr Orlowsky.

„Ich möchte sie am liebsten heute oder morgen besuchen, wird es möglich sein?"

„Gewiss, liebes Kind. Margita wird Sie zu jeder Zeit gern sehen, und Adam wird sich sehr freuen, wenn Sie seine Frau gleich nach Ihrer Ankunft mit Ihrem Besuch beehren."

Es war nichts Besonderes in diesen Worten, aber die Oranos schienen ihn nicht zu verstehen. Eine Weile schwiegen alle und sahen sich verwundert an.

„Margita ist die Frau von Adam Orlowsky?", fragte endlich Tamar. „Warum hat er uns das nicht gesagt?"

„Er hat Ihnen das nicht gesagt?" Herr Nikolaus runzelte die Stirn. „Nein, er erwähnte sie nur als seine Kusine. Als ich ihn fragte, ob Sie allein leben, sagte er, Sie hätten eine Enkelin bei sich."

Es ist schwer zu sagen, wie schmerzlich diese Worte das Herz des alten Mannes berührten. Der Marquis bemerkte es. „Tamar, du vergisst, Herr Adam Orlowsky war nicht verpflichtet, uns zu erzählen, dass er verheiratet ist, und wir haben ihn nicht danach gefragt“, sagte er ernst. „Aber ich glaube, deine Gesellschafterinnen suchen dich.“

Tamar blickte auf. „Entschuldigen Sie bitte, ich gehe zu ihnen.“ Die Herren blickten dem Mädchen nach, bis sie unter den Tannen verschwand. Herr Nikolaus brach als erster das Schweigen. „Bitte, Herr Orano, denken Sie nichts Schlimmes über meinen Enkel! Er hat nicht recht gehandelt, das ist wahr. Er handelte in Übereilung. An der ganzen Sache bin ich eigentlich schuld. Ich wünschte, dass die beiden jungen Leute heiraten sollten, ich hatte dazu wichtige Gründe. Sie taten es zwar mir zuliebe, aber sie kannten sich nicht, und Adam verreiste gleich nach der Hochzeit, so hatten sie noch keine Zeit, sich aneinander zu gewöhnen.“

„Ich danke für die Erklärung“, sagte Orano und strich sich über das dunkle Haar. „Ich hätte nicht gern etwas Unehrenhaftes über Adam Orlowsky gedacht, den ich in der Zeit unserer Bekanntschaft lieb gewonnen habe. Jetzt aber kann ich mir ganz gut seine Lage erklären und richte ihn durchaus nicht. Aber mit Tamar muss er selbst sprechen.“

„Es soll ihm eine Strafe sein“, erwiderte Herr Nikolaus. „Denn wenn Sie meine Margita kennen lernen, werden Sie selbst sehen, dass er kein Recht hatte, sie vor Ihnen zu verleugnen. Und nun, da ich Ihr

Glück gesehen habe und meine Befürchtungen, die ich gestern um Ihren Liebling hegte, umsonst waren, werden Sie mich jetzt schon zu meiner Enkelin gehen lassen müssen, die auch sehnsüchtig auf eine Nachricht wartet."

„Ihr Besuch ist mir viel wert, aber ich habe kein Recht, Sie noch länger aufzuhalten", meinte der Marquis höflich, seine Stimme zitterte ein wenig. „Ich will nur noch für das Frühstück Anordnungen treffen und dann den Wagen bestellen. Doch ich hoffe, Sie ein andermal wieder bei mir in Podolin zu sehen."

„Und ich bitte um Ihren Besuch in Orlow", erwiderte Herr Nikolaus. Nach dem Frühstück, bei dem man Adam vermisste, saßen die Herren noch im Gespräch mit Direktor Zarkany. Tamar trat auf den Balkon hinaus und dachte nach. Warum hatte Adam Orlowsky verschwiegen, dass Margita seine Frau war? Er hätte es nicht verheimlichen sollen. Sie konnte sich nicht weiter damit beschäftigen, denn die Tür öffnete sich, und Adam stand vor ihr, „Guten Morgen, gnädiges Fräulein. Ich hörte, dass Sie sich wohlfühlen, und komme, um mich mit Ihnen zu freuen. Außerdem bringe ich Grüße von Margita."

Tamar fuhr zusammen. „Sie sind dort gewesen, um Ihre Kusine zu besuchen?" Sie sah ihn offen an.

Er wurde verlegen. „Ja, ich besuchte meine Kusine. Dass sie mir mehr ist als nur Kusine, hat Ihnen vielleicht mein Großvater schon gesagt."

„Warum haben Sie es mir nicht erzählt?" Sie sah ihn kühl an. „Erlauben Sie, dass ich mich rechtfertige?"

„Ja, ich möchte, dass Sie es mir erklären."

„Ich bin mit Margita im Zorn auseinandergegangen, und als Sie, gnädiges Fräulein, zum ersten Male nach meiner Kusine fragten, sagte ich Ihnen die Wahrheit, aber der Zorn schloss mir die Lippen, um zu sagen, was mir diese Kusine ist."

„Und jetzt sind Sie nicht mehr böse aufeinander?" Die Kälte verschwand aus ihrem Gesicht. „Nein. Ich bitte auch Sie um Verzeihung und möchte Sie gern nach Horka begleiten."

Als eine halbe Stunde später die Herren Orlowsky Podolin verließen, nahmen sie einen Gruß nach Horka mit und die Nachricht, dass Margita morgen den Besuch der Damen von Podolin bekommen werde.

* * *

An demselben Abend, den Herr Nikolaus mit Vorbereitungen und Erwartungen in Podolin zubrachte, fuhr eine Droschke vom Bahnhof in Podhrad nach Orlow. Eine elegant gekleidete Dame lehnte sich in die Ecke des Wagens, beugte sich hin und wieder vor und bedeckte dann die Augen mit beiden Händen.

Als endlich die Droschke vor dem Parktor von

Orlow hielt, stieg die Dame aus und bezahlte den Kutscher. Als der Wagen verschwunden war, stand sie noch an das Gitter gelehnt, als müsste sie alle Kraft zusammennehmen, um zum Haus gehen zu können. Kein Wunder, hier stand die Tochter an der Schwelle der einst so geliebten Heimat, die sie zweimal freiwillig verlassen hatte, einmal als eine überglückliche Braut, von dem Segen des Vaters begleitet, das andere Mal als eine unglückliche geschiedene Frau.

Jetzt kam sie zurück. Was wollte sie hier? Suchte sie noch einmal Schutz? Hoffte sie, dass der erzürnte Vater sie wieder in Gnaden aufnehmen werde wie eine verlorene Tochter?

Der Ingenieur wähnte seine Frau in dem Kurort, wohin er sie zur Erholung gebracht hatte, und als ihn die Pflichten abriefen, ließ er sie in guter Gesellschaft zurück. Natalie kam hierher als unglückliche Mutter, die sich nach einer Nachricht über ihren armen Sohn sehnte. Als endlich Angst und Sehnsucht dem Herzen zuviel wurden, vergaß Natalie ihren Stolz und begab sich auf die Reise. Jetzt konnte sie nicht weiter und musste alle Kraft zusammennehmen. Zwar wusste sie, wenn der gekränkte Vater sie auch fortschicken sollte, würde er doch so viel Barmherzigkeit haben, ihr die Wahrheit zu sagen. Sie zögerte aber doch, über die Schwelle zu treten, weil die Erinnerung sie zu mächtig überkam.

Endlich hatte sie sich gefasst und ging zu dem Eingang. Bald befand sie sich in dem nur schwach erleuchteten Korridor und wollte gleich über die Treppe hinauf zur Wohnung des Vaters, aber der Gruß eines Dieners hielt sie auf.

„Wo sind die Herrschaften?“, fragte sie mit zitternder Stimme. Der Diener, in der Meinung, dass sie nicht gehört habe, sagte noch einmal, dass der gnädige Herr in Podolin sei und die junge Frau Orlowsky in Horka. Beide würden kaum in dieser Woche zurückkehren. Er fragte noch, ob er die Wirtschafterin rufen solle. Aber die Dame nickte nur mit dem Kopfe, schaute mit sonderbarem Blick über den Gang, wandte sich um und ging fort. Was wusste der Diener, der bald darauf ein lustiges Lied pfiff, wer der Besuch gewesen war? Die Baronin erreichte langsam das Tor und sank auf der Stufe kraftlos nieder. Mit der plötzlich erstorbenen Hoffnung starb auch ihre Kraft. Sie weinte nicht, ihre Augen starrten ins Leere. Sie hatte alles aufs Spiel gesetzt, das Familienglück, den häuslichen Frieden, ihre schwache Gesundheit. Und jetzt war alles umsonst. Der Vater war nicht daheim und die Tochter auch nicht. Natalie fühlte erst jetzt, dass nicht nur die Sehnsucht, etwas über Nikuschka zu erfahren, sie so mächtig hierher gezogen hatte, sondern dass sie die Hoffnung gehegt hatte, den Vater und die Tochter wiederzusehen. Eine andere Tochter und Mutter hätte sich die Gastzimmer aufschließen lassen, im Hause übernachtet und dann die Lieben aufgesucht.

Sie konnte das nicht tun, sie musste weiter. Es durfte sie niemand hier auf der Schwelle wie eine Bettlerin sitzend finden. Sie musste fort, aber wohin? Orlow war zu weit vom Bahnhof und der Stadt entfernt. Hätte sie nur die Droschke behalten! Doch wer hätte daran gedacht, dass sie in der Heimat nicht einmal ausruhen könnte?

Sie musste in den Ort gehen, denn es wurde bald Nacht. Am Ende bekam sie auch dort kein Nachtquartier mehr.

Sie erhob sich, warf noch einen Blick auf das Schloss, und während Tränen über die blassen Wangen rannen, machte sie sich auf den Rückweg nach Podhrad. Die Sonne war schon untergegangen. Der Weg, den sie viele Male im Wagen oder zu Pferd zurückgelegt hatte, kam der Baronin sehr lang vor. Als sie sich dem Ort näherte, konnte sie nicht mehr weiter. Wie es für sie bis jetzt eine wahre Wohltat war, dass ihr niemand begegnete, so sehnsüchtig schaute sie sich nun nach einem Menschen um, der sie stützen könnte. Da fiel ihr Blick auf die erleuchteten Fenster eines einsam stehenden Häuschens. In dem Vorgarten stand eine Bank. Dorthin lenkte sie ihre Schritte und setzte sich nieder, um auszuruhen. Eine Weile saß sie schweigend da. Plötzlich fuhr sie zusammen, denn aus dem Innern des Hauses klang durch die geöffnete Tür Gesang jugendlicher Stimmen:

„Wo findet die Seele die Heimat, die Ruh?
Wer deckt sie mit schützenden Fittichen zu?
Ach, bietet die Welt keine Freistatt mir an,
wo Sünde nicht herrschen, nicht anfechten kann?“

Natalie lehnte sich an die Mauer, Träne um Träne floss über ihre Wangen. Von drinnen erklang es:

„Nein, nein, nein, nein, hier ist sie nicht!
Die Heimat der Seele ist droben im Licht!“

Der Gesang verstummte. Sie stand auf, trat in das Vorzimmer und setzte sich auf denselben Stuhl, auf dem vor einigen Wochen ihre Tochter gesessen und erkannt hatte, dass Christus ihr noch nicht geoffenbart sei.

Ja, war er denn der Baronin Rainer geoffenbart? Die Arme, wer hätte sie je gefragt, ob sie an ihn glaube? Als oberflächliche Katholikin erzogen, hatte sie in eine evangelische Familie geheiratet, wo der Name Jesus nie ausgesprochen wurde. Dann, um wieder heiraten zu können, wurde sie evangelisch, nahm die Religion ihres Mannes an, von der Ingenieur Rainer nur soviel wusste, dass man nichts zu glauben brauche und nichts halten müsse. Das sei die evangelische Freiheit. Als damals die junge Frau sich selbst überzeugt hatte, dass es töricht sei, an die Heiligen und an Maria zu glauben und zu ihnen zu beten, blieb ihr nichts, woran sie hätte glauben können, außer einer Vorstellung von einem fernen, schrecklichen Gott, der sie einmal bestrafen werde, und zu dem sie nicht zu beten wagte. Christus kannte sie nur vom Bilde her. Niemals war ihr ein Mensch begegnet, der von Herzen an ihn geglaubt hätte. Jetzt saß sie bei der Tür, sah die Versammlung und hörte zu:

„Wie selig die Ruhe bei Jesus im Licht!
Tod, Sünde und Schmerzen kennt man dort nicht.
Das Rauschen der Harfen, der liebliche Klang
bewillkommnt die Seele mit süßem Gesang.
Ruh, Ruh, Ruh, Ruh, himmlische Ruh
im Schoße des Mittlers, ich eile dir zu!“

„Ach, ja, Ruhe! Für mich gibt es keine Ruhe!“, dachte die unglückliche Frau und weinte. Dann betete jemand um Hilfe und Licht für die armen, ohne Frieden, ohne Jesus dahinirrenden Seelen. Natalie sah auf und erblickte den Sprecher, der jetzt die Geschichte von Zachäus las, der auf nichts achtete, um nur den Herrn sehen zu können. Soviel erkannte sie doch, dass das ein Text aus der Bibel war. Sie schaute sich um, denn es war ja keine Kirche. Aber dann vergaß sie alles um sich. Der junge Mann beschrieb, wie reich und mächtig Zachäus gewesen sei, und wie ihm doch immer etwas gefehlt habe. Wenn ein Leid kam, so konnte ihn nichts trösten. Gab es Freude, so dauerte sie gewöhnlich nicht lange und verging.

Obwohl ihm nichts fehlte, lag auf ihm die Last der Sünden, und er glaubte, dass Gott ihn dafür zeitlich und ewig strafen werde.

Der unbekannte junge Mann schilderte alles so deutlich, als hätte er über ihr Schicksal gesprochen. Dann erzählte er vom Herrn Jesus, wer er war, und warum er in die Welt gekommen war. Er erklärte alles deutlich und einfach und versuchte mit ein paar Worten zu sagen, was der Mensch wissen muss, wenn er an den Herrn Jesus glauben und gerettet werden will.

Der Redner beschrieb, wie Zachäus mit Jesus zusammenkam und ihn in sein Haus aufnahm, welch dauerndes Glück und welchen Frieden das seinem Herzen brachte. Endlich sprach er über den Vers, den Natalie nicht vergaß: *„Des Menschen Sohn ist gekommen, zu suchen und selig zu machen, was verloren ist.“* – „Auch dich, lieber Bruder, liebe Schwester! Komme zu ihm, lasse dich retten wie Zachäus es tat!“

Ein kurzes Gebet und ein Lied folgten. Natalie ging hinaus, setzte sich wieder auf die Bank und sah, wie die Leute still auseinander gingen. Sie hatte aber weder Kraft noch Mut, zu rufen, dass einer von ihnen sie zu dem Hotel führen möge. Hier war ihr leichter. Dort oben im Himmel war Gott, von dem sie heute zum ersten Male hatte sagen hören, dass er solche Liebe zu den Menschen habe, dass er ihnen seinen Sohn gegeben habe, um den Tod zu erleiden.

Er zeigte sich Zachäus, machte ihn glücklich, und dann ging er, um für ihn und auch für uns zu sterben.

Die Baronin fuhr zurück, als sich plötzlich jemand zu ihr neigte. Sie erkannte das Gesicht des jungen Mannes, der die Versammlung gehalten hatte.

„Entschuldigen Sie bitte, dass ich störe. Es scheint, Sie sind hier fremd, kann ich Ihnen irgendwie helfen?“

„Sie sind sehr freundlich, ich muss über Nacht in Podhrad bleiben und bin schon lange nicht mehr hier gewesen. Ich weiß nicht, wo ein ordentliches Gasthaus ist.“

„Das gibt es hier nicht. Aber wenn ich raten dürfte, die Familie, die in diesem Hause wohnt, hat ein nett möbliertes Zimmer frei. Sie würden Sie gewiss gern aufnehmen.“

„O wie danke ich Ihnen!“ Die Baronin erhob sich und musste sich an der Mauer festhalten.

„Ist Ihnen nicht wohl, gnädige Frau?“

„Ja, ich glaube, ich kann gar nicht weitergehen. Ich habe erst kürzlich eine schwere Krankheit überstanden, und nun hat mich ein neues Unglück getroffen.“

Sie neigte den Kopf, nahm den Arm des jungen Mannes und ließ sich von ihm in das kleine freundliche Zimmer bringen. Frau Rainer setzte sich auf das Sofa und lehnte den Kopf an das Kissen. „Darf ich Ihnen einen Arzt holen?“

„Einen Arzt?“, fragte sie erschrocken und lächelte dann bitter. „Für mich gibt es keine Arznei.“

„Sie erzählten, gnädige Frau, dass Ihnen ein Unglück zugestoßen sei. In solchen Augenblicken vergisst man oft, etwas zu sich zu nehmen, vielleicht rührt die Schwäche daher.“

„Sie haben Recht, ich habe seit heute früh fast nichts genossen, ich habe gar nicht daran gedacht. Wenn Sie mir eine Tasse Kaffee oder Tee besorgen könnten, wäre ich Ihnen sehr dankbar.“

„Ich werde es gleich bestellen.“

Als der junge Mann hinausgegangen war, versuchte die Baronin allein aufzustehen, aber es gelang ihr nicht. In ihrem Kopfe summte es, und vor den Augen tanzten schwarze Kreise, das verging erst, als sie sich wieder niederlegte. Dazu kamen noch die Herzschmerzen. Ein freundliches Mädchen brachte den Tee, der der Baronin gut tat.

Dann legte sie sich zu Bett. Dabei half ihr das Mädchen, das die Augen von der Dame nicht abwenden konnte, weil sie ihr so bekannt erschien. Als die Baronin aber eine Weile wie besinnungslos gelegen hatte, hörte sie, wie das Mädchen ängstlich rief: „Herr Ursiny, bitte, kommen Sie her! Vielleicht sollten wir doch einen Arzt holen.“

„Ich will keinen Arzt aus Podhrad!“, stieß sie mit Anstrengung hervor, „man würde mich erkennen, und das will ich nicht!“

Voll Angst sah sie auf den jungen Mann.

„Ich habe einen Arzt zum Freunde, der hier fremd ist. Er kam gerade heute an, ich will ihn rufen."

„Sie sind so gut." Frau Rainer fasste die Hand des sich zu ihr neigenden jungen Mannes.

Seine freundliche Art tat ihr wohl. Als Ursiny sie dann fragte, ob sie ihm nicht die Ursache ihres Unglücks sagen wolle, vielleicht könne er ihr helfen, begann sie zu erzählen.

„Ich habe einen Sohn, den ich lange nicht gesehen habe. Ich erfuhr, er sei sehr krank, darum bin ich gekommen, mich davon zu überzeugen. Doch die Menschen, die es mir hätten sagen können, sind nicht daheim."

Das Gesicht des Mannes wurde blass, er sah die feinen, regelmäßigen Züge, es gab noch zwei solche Gesichter, wenn auch etwas jünger. Das eine blasse, durchsichtige war ihr zum Verwechseln ähnlich.

„Gnädige Frau", flüsterte er nach einem kurzen Kampf und neigte sich tief herab, „Nikolaj Korimsky ist gerade heute zurückgekehrt. Gesund ist er noch nicht, aber ich glaube bestimmt, dass ihn der Herr Jesus gesund machen wird, um ihn brauchen Sie sich nicht zu sorgen."

Die Baronin sah ihn erstaunt an. „Sie kennen ihn? Sie haben ihn gesehen? Täuschen Sie sich auch nicht?", rief sie aus. „Nein, gnädige Frau. Ich bin so glücklich, Ihren Nikuschka meinen Freund nennen zu dürfen. Vor etwa einer Stunde habe ich mit ihm gesprochen."

„Mein lieber, guter Nikuschka!“, seufzte Natalie Rainer. Tränen traten ihr in die Augen, dann schlief sie vor Mattigkeit ein.

„Werden Sie den Arzt rufen, Herr Ursiny?“, forschte das Mädchen besorgt. „Nein, Aneschka, der Herr Jesus kann auch ohne Arzt heilen, und wir wollen ihn jetzt darum bitten, nicht wahr?“

„Ja, Herr Ursiny.“ Dann falteten beide die Hände.

„Aneschka, beten Sie auch für mich!“, bat der Provisor. „Für Sie, Herr Ursiny, warum?“ Sie blickte ihn verwundert an. „Weil ich Fürbitte brauche, dass ich nicht die Kraft verliere, besonders heute. Doch nun gute Nacht.“

Ursiny war schon lange fort, aber das Mädchen dachte noch immer an seine Worte. Wie blass er war, als er sich noch einmal über das Bett beugte und die Frau mit einem langen, sonderbaren Blick betrachtete, als wollte er ihr etwas abbitten, aber warum? „Was für törichte Gedanken?“, dachte sie dann. „Was hätte Herr Ursiny der Baronin Rainer abzubitten?“

* * *

An den Burgwällen von Podhrad stand, die Arme über die Brust gekreuzt, der junge Russe. Doch war er es wirklich? Auf seinem Gesicht lag der Ausdruck großen Schmerzes. Endlich unterbrach dann eine

Stimme die Stille der Nacht. „Da bin ich, Herr Lermontoff!" Der Angeredete fuhr zusammen, wandte sich hastig um und streckte Ursiny die Hand entgegen. „Ich dachte schon, Sie kämen nicht mehr", sprach er leise. „Es war überhaupt egoistisch von mir zu verlangen, dass Sie hierher kommen. Es ist schon Nacht, und Sie brauchen Ruhe, entschuldigen Sie."

„Wir werden uns beide ausruhen, wenn Ihre Seele Licht haben wird."

„Was bilden Sie sich ein, Ursiny?" Die Frage klang kalt. Der Russe musste seine Erregung überwinden. „Ich denke, Ihre Seele ist traurig und braucht Trost und Frieden."

„Sie denken, dass ich Sie um meinetwillen bemüht habe?"

„Sie urteilen nach meinem törichten Brief", sagte der junge Arzt. „Ich denke nichts, was Sie beleidigen könnte. Sie ließen mir sagen, dass ich zu Ihnen kommen solle. Gern wäre ich schon eher gekommen, aber Nikuschka wollte mit mir sprechen, und er ist erst jetzt eingeschlafen."

„Erst jetzt?", fragte Aurel erschrocken. „War ihm vielleicht nicht wohl?"

„Gottlob, das nicht, er schläft ruhig. Ich hoffe, er wird morgen von der Reise ganz ausgeruht sein. Sie können dann ruhig weiterreisen."

Lermontoff schritt auf die Burgmauer zu, dann kehrte er zu dem Felsen zurück, wo sich Ursiny niedergesetzt hatte.

„Ursiny, ich kann nicht weiter mit ihm gehen, glauben Sie es mir“, seine Augen glänzten sonderbar. „Wenn wir noch hier blieben! Aber dorthin, nein! Raten Sie mir, was ich tun soll, wie kann ich mich entfernen? Dazu habe ich Sie hierher bitten lassen. Ich bin zu aufgeregt und unfähig, klar zu denken. Sie sind immer so ruhig. Vielleicht kennen Sie nicht solche Kämpfe, wie sie in meiner Seele auch jetzt toben. Sie haben nichts, worüber Sie sich aufregen müssen. Nun, so raten Sie mir!“ Nach einem Augenblick sonderbaren Schweigens schaute der Provisor auf, die Blicke der beiden jungen Männer begegneten sich. „Herr Lermontoff, unser Herr sagt: ‚*Das ist mein Gebot, dass ihr einander liebet, gleichwie ich euch geliebt habe. Niemand hat größere Liebe als die, dass er sein Leben lässt für seine Freunde. Ihr seid meine Freunde, so ihr tut, was ich euch gebiete.*‘ Herr Lermontoff, Nikolaj Korimsky braucht Sie. Er ist jetzt noch zu schwach, als dass er diesen Schmerz ertragen könnte. Sie gaben ihm das Versprechen, sich hier in diesem Tal niederzulassen, das machte ihm so große Freude. Das Versprechen wurde allerdings gegeben, als das Herz noch voll von Hoffnung war. Heute stehen die Sachen anders. Der Aufenthalt hier verursacht Ihnen Schmerz. Die Furcht vor Kampf und Leiden treibt Sie in die Welt. Aber glauben Sie mir, wenn Leid in Ihnen ist, so können Umgebung und Verhältnisse es zwar lindern, aber trotzdem geht es mit Ihnen, und überall, wo

Sie sich hinwenden, muss es auch getragen und überwunden werden. Wer auf dem Kampfplatz bis zum Ende ausharrt und treu kämpft, der allein kann Sieger werden."

„Nein, Ursiny, Sie dürfen mich nicht für einen Feigling halten", erwiderte Aurel, sich aufrichtend. „Ich möchte von Ihnen nicht falsch verstanden werden. Wenn Sie die Wahrheit erfahren haben, dann mögen Sie entscheiden, ob ich hier bleiben kann oder nicht. Da ich Ihnen aber Dinge mitteilen muss, die ich niemals einem Fremden erzählen könnte, und da Sie mit Nikuschka brieflich das vertrauliche du angenommen haben, so lassen Sie uns auch du sagen. Dem Freunde fällt es leichter, alles mitzuteilen. Bist du einverstanden?"

„Gern, wenn du mich deiner Freundschaft wert achtest, und wenn dich meine Stellung nicht hindert."

„Sprechen wir nicht mehr davon." Die jungen Leute umarmten sich einen Augenblick. Dann wies Lermontoff mit der Hand nach Orlow und sagte mit erregter Stimme: „Siehst du da jenes Gebäude?"

„Ja."

„Sind dir die Schicksale der Familie Orlowsky bekannt? Weißt du, wie viele Kinder der jetzige Besitzer von Orlow gehabt hat?"

„Ja, drei! Zwei Söhne und eine Tochter."

„Du hast also auch erfahren, dass Herr Nikolaus

das Unglück hatte, seinen jüngeren Sohn aus dem Hause zu weisen?“

„Das habe ich nicht gehört. Ferdinand Orlowsky soll freiwillig fortgegangen sein und ist nicht mehr zurückgekehrt.“

„Freiwillig?“ Ein bitteres Lachen klang durch die nächtliche Stille. „Wenn dir dein eigener Vater die Tür weist, wirst du auch freiwillig gehen. Wenn er dir verbietet, je wieder unter seine Augen zu kommen, so wirst auch du freiwillig nicht wiederkommen! Nun, ob du es glaubst oder nicht: Der Mann mit dem milden, gutmütigen Gesicht hat seinen Sohn fortgejagt und ihn dem Verderben in die Arme getrieben. Doch du sollst auch wissen, warum er ihn fortgejagt hat, was sein großes Verbrechen war: Er sympathisierte mit uns Russen und hatte einen Russen zum Freund und nahm sich eine Russin zur Frau.

Dazu kam noch, dass die Russin evangelisch war und ihn auch nur so heiraten wollte. Er war ihr zuliebe evangelisch geworden. Das alles konnte der Vater nicht ertragen, darum jagte er ihn fort. Aber, damit du mich besser verstehst, der Freund Ferdinand Orlowskys hieß Lermontoff. Es war eine reiche, angesehene Familie. Einer von ihnen aus der Nebenlinie wurde als großer Dichter in der Welt bekannt. Der Urgroßvater Lermontoff war längere Zeit im Dienst eines regierenden Fürsten in Deutschland und wurde dort evangelisch. Da sein Sohn auch einen der Fürsten in Deutschland zum Paten hatte, machten die Regierung und die Kirche, als er nach Russland zurückkehrte, keine Schwierigkeiten. So wurde die Familie evangelisch und hielt viel darauf. Doch es waren Evangelische, wie ich solche auch an anderen Orten oft gesehen habe, sie hatten Erkenntnis und Gewissensfreiheit, aber Jesus Christus kannten sie nicht. Die Schwester Lermontoffs hing mit ganzem Herzen an ihrer Kirche. Sie war zart, gut und schön, liebte aber Gesellschaften, Tanz, Musik, Theater usw. Auf einem Ball verliebte sich Ferdinand Orlowsky derart in sie, dass er ihr zuliebe auch evangelisch wurde, da sie ihn sonst nicht hätte heiraten wollen. Fedor Lermontoff arbeitete dann zusammen mit Ferdinand Orlowsky an der Ausbreitung der russisch-polnischen Aktion, die die Vereinigung der beiden verfeindeten slawischen Stämme zum Ziele hatte. Zu diesem Zweck sandten sie Ferdinand Orlowsky ein Vierteljahr nach seiner Heirat nach Polen. Von dort ging er in die Heimat, um seinen Vater für die Sache zu gewinnen und von seiner Heirat zu unterrichten. Wie es ihm ergangen ist, weißt du. In Polen musste er sich ungefähr sechs Wochen aufhalten, im ganzen vergingen elf Wochen, bis er zu seiner geliebten Frau zurückkehren konnte. Dass er nicht glücklich wiederkam, lässt sich denken. Doch er hoffte, in seinem Familienglück alles zu vergessen. Unterdessen war aber in seinem Heim eine für ihn schreckliche Veränderung eingetreten. Ich denke, du hast schon von den Stundisten gehört. Eine kleine Gemeinschaft von Anhängern dieser ‚Sekte', wie die Welt sie nennt, und die bei uns so schrecklich verfolgt wird, hielt sich schon lange in dem Dorf auf, bei dem das Familiengut der Lermontoffs lag.

Fenitschka Lermontoff verachtete sie geradeso, wie auch alle übrigen es taten. Da geschah es, dass in der ersten Woche nach Ferdinands Weggang ein junger Stundist starb. Er hinterließ eine junge Frau. Als sie ihn begruben, wurde Fenitschka, als sie gerade von einem Spaziergang zurückkehrte, Zeugin des Begräbnisses. Die Ergebung der jungen Frau in den Willen Gottes, die Gewissheit und der Glaube an das ewige Leben, die aus jedem Wort des Predigers, der die Grabrede hielt, hervorleuchteten, ergriffen sie so mächtig, dass sie große Sehnsucht bekam, diese Verachteten näher kennen zu lernen. Der nächste Tag war ein Sonntag, abends ging sie in die Versammlung der Stundisten. Aber ich werde mit ihren eigenen Worten schließen: ‚Sie lehrten mich den Herrn Jesus kennen und lieben, sie brachten mich zu der Erkenntnis, dass ich mich auf einem falschen Weg befand. Ich tat Buße, nahm meinen Heiland an und bekehrte mich von ganzem Herzen zu Gott.'

Kurz darauf fand auch Fedor Lermontoff seinen Herrn und Heiland. Als Ferdinand zurückkehrte, stand er plötzlich allein. Fenitschka wollte nichts mehr mit der Welt zu tun haben. Weder Bitten noch

Drohungen der Familie waren imstande, sie zum Besuch einer Gesellschaft zu bewegen, aber auch nicht vom Lesen des Wortes Gottes, vom Besuch der Versammlungen und von der Verbreitung christlicher Schriften und Traktate unter das Volk abzuhalten. Der Bruder half ihr dabei.

Nachdem sich Fedors Grundsätze geändert hatten, versuchte er, etwas davon auch in den geheimen russisch-polnischen Verein zu übertragen, aber die Folge war, dass sie ihn aus dem Verein ausschlossen. Man kann sich leicht vorstellen, wie sich Ferdinand jetzt in der Nähe seiner Frau und seines Schwagers fühlte. Er sah, obwohl sie verändert waren, dass ihre Liebe zu ihm durch diese Veränderung nur gewachsen war. Da er aber fühlte und sah, dass sie ihn für verloren hielten, wenn er sich nicht bekehrte, fing er an, sie zu hassen. Wer wollte ihn richten? Ich nicht. Er liebte die Welt und wollte mit der Welt leben. Sie hatten der Welt entsagt und lebten für Christus. Endlich kam es soweit, dass beide an eine Scheidung denken mussten. Zuerst ging Fedor fort, in der Meinung, wenn die Schwester mit dem Manne allein sei, würden sie wieder versöhnt. Aber es ging auch so nicht. Eines Morgens fand Fenitschka einen Brief, voll von schrecklichen Vorwürfen. Es war ein Abschiedsbrief. Ferdinand hatte beschlossen, nach Polen zu gehen, um an der Aktion weiterzuarbeiten. Kurz darauf brach die Verfolgung der Stundisten aus. Die kleine Gemeinschaft wurde auseinandergetrieben, einige wanderten ins Gefängnis, andere nach Sibirien, manche in den Kaukasus. Auch Ferdinands Frau, die einen Ältesten der Gemeinschaft retten wollte, wurde angeklagt, und da sich ihrer niemand von der ganzen Verwandtschaft annahm, wurde sie in Untersuchungshaft gebracht. Später wurde sie zwar entlassen, aber wegen Verbreitung antiorthodoxer Schriften aus der Heimat verbannt. Der Bruder kam, um sie zu holen. Er verkaufte seinen Besitz um den halben Preis. Fenitschka verlor alles. Dann brachte er sie mit dem Sohn nach Wien. Aber sie lebte nicht mehr lange, sie starb an einer Erkältung, die sie sich im Gefängnis zugezogen hatte. Ihr Sohn war damals fünf Jahre alt."

Der junge Arzt schwieg. Ein tiefer Seufzer entrang sich seiner Brust. „Obgleich dieser Sohn damals noch so klein war, kann er gar nicht sagen, was ihm diese Mutter gewesen ist! Sie lehrte ihn Jesus lieben, er versprach ihr, nur ihm zu leben. Aber er hat nicht Wort gehalten. Das Kind blieb nach dem Tod der Mutter bei dem Onkel, der ihn erziehen und studieren ließ. Dieser lebte aber auch nicht lange. Er starb vor zwölf Jahren an einem Herzschlag, gerade als er den Verbannten einen Brief nach dem Kaukasus schrieb, den ein Freund mitnehmen sollte. Der Junge blieb allein. Das Schicksal seines Vaters war ihm unbekannt, denn die Briefe und Papiere des Onkels kamen in die Hände des Vetters seiner Mutter. Erst als dieser vor kurzem starb und dem

Jungen einen beträchtlichen Teil seines Vermögens vermachte, bekam er auch die Papiere der Mutter und des Onkels in die Hände. Da erfuhr er, dass der Vater drei Jahre nach der Scheidung in die Hände der Polizei gefallen und nach Sibirien verbannt worden sei. Aber die Freunde aus dem Verein hätten ihm zur Flucht nach England verholfen. Dort war jede Spur von ihm verschwunden. ‚Der arme Ferdinand!' schrieb Fedor Lermontoff. Wenn der Vater Orlowsky ihm nicht die Tür verschlossen hätte, wäre er zu ihm geflüchtet und wäre gerettet gewesen. So aber ist er wahrscheinlich in Not und Elend umgekommen, weil er zu stolz war, Hilfe von den Freunden anzunehmen. So, nun habe ich alles erzählt. Wirst du auch jetzt noch sagen, dass es von mir, dem Sohne Ferdinands, Feigheit sei, wenn ich jetzt, da ich die Wahrheit weiß, für immer die Nähe jenes Mannes meiden will? Oder denkst du, dass ein anderer an meiner Stelle dazu imstande wäre, täglich mit ihm und seinem Enkel Adam zu verkehren, der heute oder morgen den Besitz übernimmt, während mein Vater im Elend umgekommen ist? Wie sehr es mich auch beglückt, dass Nikuschka mein Vetter und Margita meine Kusine und auch Korimsky mein Verwandter ist, so sehr fühle ich auch einen Hass gegen beide Orlowskys. Ich soll freundlich und höflich mit dem Manne verkehren, der meine Mutter beschimpft und wegen der Verbindung mit ihr meinen Vater aus dem Hause gewiesen und ihn ins Verderben gestürzt hat? Denn wäre er nicht so erbittert von Orlow zurückgekehrt, ich bin überzeugt, es wäre alles anders gekommen!

Ich muss fort. Ich könnte nur dann bleiben, wenn ich vor den alten Mann hintreten und ihm die Wahrheit ins Gesicht sagen könnte. Doch das kann ich wegen Nikuschka und Margita nicht tun, und auch darum nicht, weil er denken würde, ich wünschte, dass er mir seinen guten Namen gebe, um den mein Vater mich durch seine Flucht gebracht hat. O nein! Ich heiße zwar nur durch die Adoptierung meines Onkels Lermontoff, aber nie könnte ich diesen Namen meiner Mutter ablegen.

So wie er alles Russische hasst, hasse ich das Polentum. Niemals würde ich mich dazu bekennen. Miroslav, hilf mir, mich von Nikuschka zu lösen, ehe wir nach Horka kommen, ehe ich mit den Orlowskys zusammentreffe. Ich habe keine Kraft, ihnen gegenüberzustehen und nicht zu verraten, welche Gefühle meine erbitterte Seele gegen sie hegt."

Ursinys Hand strich über des jungen Doktors Haar.

„Aurel, mein Bruder", sagte endlich der Provisor, „weißt du, welcher Wunsch das Herz deiner Mutter erfüllte, als du mit deinen Schmerzen noch zu ihr eilen konntest?"

Lermontoff fuhr zusammen. „Sie hatte nur einen Wunsch, dass ich den Herrn Jesus kennen und lieben möchte, um dessentwillen sie alles verlassen hatte.“

„Erlaube, dass ich dir sage, hätte meine Mutter einen solchen Wunsch gehegt, und wäre sie eine Märtyrerin um Jesu willen gewesen, ich würde dann alles tun, nur um ihr diesen Wunsch zu erfüllen und mit der Tat beweisen zu können, dass ihr Herr mein Herr sei, und dass ich ihn liebe und ihm gehorche.“

„Miroslav, was hat das damit zu tun?“ Der junge Mann hob beinahe erschreckt den Kopf.

„Sehr viel! Wenn deine Mutter so viel Liebe zum Herrn bewies, so glaube ich, dass sie auch die Vergebung gekannt hat. Oder denkst du, sie hätte Herrn Orlowsky nicht verziehen?“

„O, sie wäre imstande gewesen, wie Stephanus zu beten:

‚Behalte ihnen diese Sünde nicht.‘“

„Und ihr Sohn hasst jetzt da, wo sie geliebt hätte?“

„Miroslav!“

„Nun, ich bin fest überzeugt, wenn deine Mutter unter uns wäre, so würde sie zu dir sagen: Geh, mein Sohn, und vergelte mit Liebe alles Unrecht. Wenn du das tust, wirst du mir damit beweisen, dass du meiner Liebe und meines Opfers wert bist. Und vergiss nicht, mein Sohn, dass immer derjenige besser daran ist, der vergeben kann, als der, dem vergeben werden muss.“

„Höre auf, Miroslav, höre auf!“, rief der junge Russe leidenschaftlich. „Wer gab dir die Macht, so mit mir zu reden, wie sie es getan haben würde? Du kanntest sie ja nicht, aber du kennst ihn, den Herrn Jesus, der ihr ganzes Leben war."

„Ja, ich kenne ihn. Aber dir ist er auch nicht unbekannt, unser Herr, der deine Mutter trotz aller Verluste glücklich machen konnte. Der auch dir dieses alles nur darum widerfahren lässt, damit du dich endlich nach ihm sehnst. Komm zu ihm! Willst du dich auch so verhärten wie dein Vater? Glaube, Herr Orlowsky ist nicht schuld, wenn dein Vater umgekommen ist. Hätte er sich bekehrt, wäre er vielleicht mit dir und deiner Mutter in die Gefangenschaft oder in die Verbannung nach Sibirien gekommen und wäre doch glücklich dabei gewesen. Denke nicht, dass ich deinen Vater richte. Von ganzer Seele bedaure ich ihn, und doch muss ich sagen, dass er deine Mutter und dich um des Herrn Jesu willen verlassen hat, aus Hass gegen ihn. So hat ihn nicht die Härte seines irdischen Vaters, sondern seine eigene Härte gegen den himmlischen Vater umgebracht. Aber was wollen wir überhaupt fragen, wer kann die unermessliche Barmherzigkeit Gottes begreifen? Er hat tausend Wege, wer kann wissen, ob er nicht einen davon gebraucht hat, um deinen Vater doch zur Buße und Erkenntnis des Herrn Jesus zu führen? Vielleicht schaut er dich schon von jenen Höhen an und steht selig an der Seite deiner Mutter?"

„O wie gern möchte ich glauben, dass sie beide

dort versöhnt und glücklich sind. Könnte ich das glauben, dann würde ich ihm auch verzeihen."

„Und warum könntest du es nicht glauben? Ist Gott nicht die Liebe? Ist er nicht wunderbar und allmächtig?"

„Das ja, übrigens, warum könnte ich mich nicht an diesem Gedanken erfreuen? Wer will mich, solange ich lebe, von dem Gegenteil überzeugen? Ich danke dir, Miroslav, für dieses Licht. Aber ich will dir noch mehr sagen. Meine Seele hat sich weit verirrt bis zum Unglauben. Als ich die Wahrheit über meine Eltern hörte, war ich gerade durch dein Zeugnis aus dem festen Schlaf dieses Unglaubens und der Gleichgültigkeit aufgerüttelt. Die Nachricht von der Bekehrung meiner Mutter traf mich wie ein Schlag, ich beschuldigte Christus, dass durch ihn das Glück meiner Eltern verlorengegangen sei. Unter den Schriften wurde mir auch ein Neues Testament meiner Mutter zugeschickt. So las ich alle von ihr unterstrichenen und mit Bemerkungen versehenen Stellen. Und ich bekenne, ich erkannte den Herrn Jesus, ich bat ihn um Vergebung, bekannte ihm meine Sünden und bat ihn, er möge es verhüten, dass ich meinem Vater ähnlich werde. Mich ihm aber ganz übergeben und seine Vergebung annehmen konnte ich nicht, denn ich wusste, ich müsste zuerst vergeben. Dieser harte Kampf machte mich sehr unglücklich, und das um so mehr, als ich ihn allein kämpfte. Jetzt will und muss ich diesen Kampf aufgeben, denn ich werde Orlowsky verzeihen und hoffe, der Herr Jesus wird auch mich dann annehmen und mir den Frieden schenken."

„Gewiss, Aurel, doch tue es gleich jetzt. Wozu verschieben? Komm, wir wollen miteinander darum beten!"

„Aber ich fühle nicht, dass ich verziehen hätte, ich habe es noch nicht getan."

„Aus eigener Kraft wirst du es niemals tun. Komm, sage dem Herrn, du wolltest gern, könntest aber nicht vergeben, er möge dir dazu helfen, und du wirst sehen, es wird geschehen." Die jungen Männer falteten die Hände und beteten.

Dann gingen sie nach Hause mit der Gewissheit, dass der Herr helfen würde.

Auch der Apotheker Korimsky konnte nicht schlafen. Darum suchte er ein Mittel, um die schmerzlichen Gedanken zu verscheuchen. Doch manchmal sucht man etwas, was nicht mehr zu finden ist, und findet dabei etwas, was man nicht gesucht hat. Aus dem untersten Fach seines Schreibtisches zog er plötzlich ein Bündel alter Briefe. Das Bändchen, mit dem sie zusammengebunden waren, lockerte sich. Die Briefe fielen auf den Boden, nur einen fing er auf und betrachtete ihn genauer.

Mit Widerwillen begann Herr Korimsky zu lesen:

„Herr Korimsky! ‚Geehrt' kann ich nicht schreiben, denn wo ist meine Achtung geblieben? Sie haben mein Vertrauen missbraucht. Denken Sie nicht, ich wolle Ihnen Vorwürfe machen. Ich weiß, Sie sind jetzt sehr glücklich und werden die Vorwürfe des armen Vaters, dessen Kind Sie vernichtet haben, wenig beachten. Die Schuld ist nicht nur auf Ihrer Seite, auch der Vater hätte seinen einzigen Schatz besser hüten und nicht so leichtgläubig sein sollen. Freilich hielt ich Sie nicht einer solchen Sünde fähig. Ich sage nicht, dass Sie meiner Tochter das Herz gebrochen haben, dass Sie sich von ihr haben losreißen lassen, das war zu erwarten. Ludmilla Borinsky, die Tochter des armen Dorflehrers, war gewiss keine passende Partie für den reichen Edelmann Korimsky. Das ist der natürliche Lauf der Welt. Doch warum haben Sie ihr Ehre und Unschuld geraubt, die einzigen Schätze, die auch das arme Mädchen reich machten? Warum haben Sie mein Kind zur Sünde verführt? Während ich dies schreibe, schwebt meine Ludmilla zwischen Leben und Tod. Ich habe nur das eine Kind, und doch bin ich genötigt zu wünschen, dass sich die Augen, die durch Ihre Schuld voll Scham zu Boden blicken müssen, für immer schließen möchten. Vor mir aber in der Wiege liegt ein kleines, armes, unschuldiges Wesen, dem sie das Leben geschenkt hat. Was kann es dafür, dass es niemals die väterliche Liebe spüren soll? Denken Sie nicht, ich schreibe Ihnen das, damit Sie an Ihr Kind denken sollen, o nein, ich würde nie erlauben, dass Ihr Kind von Ihnen ein Almosen annähme, wenn es überhaupt am Leben bleibt. Es ist zu früh geboren und sehr schwach. Doch wenn Ihr Sohn am Leben bleibt, würde ich lieber von früh bis spät arbeiten, als dass ich erlaubte, dass dieses Kind auch nur ein Stück Brot von Ihnen annimmt.

Ich schreibe Ihnen alles nur darum, weil sie sonst im Glück an der Seite der Frau, die keine Ahnung davon hat, dass Sie ein gefallener Mann sind, leicht Ihre Sünde vergessen und sich für rein halten könnten und niemals Gott um Vergebung bitten würden. Ich rate Ihnen, dass Sie das tun, sonst werden Strafen kommen, die Ihrem Glück ein Ende machen.

Obwohl ich das Recht hätte, Ihnen zu fluchen, tue ich es nicht. Aber ich weiß, dass Sie weder in der Ehe glücklich sein werden, noch wenn Ihnen Gott Kinder schenkt. Sie werden keine Freude an ihnen erleben, und wenn Sie auch Freude haben, so wird Gott sie Ihnen dann nehmen, wenn es Sie am meisten schmerzen wird, und wird so den verstoßenen Sohn rächen!"

Der Brief mit kaum leserlicher Unterschrift trug das Datum vor mehr als zwanzig Jahren. Der Schreiber war längst gestorben. Was aber war mit dem armen Opfer geschehen, von dem er schrieb? Als vor langen Jahren der Brief an seinem Bestimmungsort ankam, hatte ihn der verblendete junge Mann gelesen. Es war richtig, ganz ohne Wirkung blieb er nicht. Korimsky bemühte sich, die betrogene Braut ausfindig zu machen, da er aber vergebens suchte, kam er zu der Überzeugung, dass sie damals, als sie zwischen Tod und Leben schwebte, gestorben sei, und das schwache Kind auch. Er hörte auf zu suchen. Im Glück vergessen wir gern, und auch er vergaß. Dann kam der Streit zwischen die bis dahin glücklichen Eheleute. Die junge Frau hörte, ihr Mann hätte vor der Hochzeit eine Braut gehabt, und die Leute setzten hinzu, er unterhalte noch jetzt ein sündiges Verhältnis mit ihr. Sie glaubte es, ging fort und kehrte nie wieder zurück. Jahre waren vergangen, und der Mann, der heute den Brief las, war nicht mehr von der Leidenschaft verblendet. Er sah endlich aus dem Brief das, was er bis dahin nicht gemerkt hatte, nämlich die Erfüllung der prophetischen Worte: „In der Ehe werden Sie nicht glücklich sein, an den Kindern erleben Sie keine Freude, und wenn doch, so nimmt sie Ihnen Gott, wenn es Sie am meisten schmerzen wird." War nicht alles so gekommen? Das eheliche Glück entschwand wie ein Traum. Jahrelang musste die ersehnte Tochter fern vom Vater leben, und auch jetzt, da sie mit einem Orlowsky verheiratet war, war eine Begegnung mit ihr schwierig. Und der Sohn?

Korimsky stützte den Kopf in beide Hände. „Nikuschka, mein Nikuschka!", stöhnte er. All die Jahre hatte Korimsky sich nicht schuldig gefühlt. Im Gegenteil, er hielt sich für einen Märtyrer, dem man Unrecht getan hat, und der das Recht habe, sich mit stolzer Kälte von den Leuten abzuwenden, die es wagten, seine Ehre anzutasten. Er hatte in der Welt ein vorbildliches Leben geführt und damit allen bewiesen, dass er ein Mann von tadellosem Charakter war; er selbst hatte es geglaubt, und jetzt zeigte ihm ein alter, vergilbter Brief, von dem er nicht einmal wusste, dass er ihn nicht vernichtet hatte, dass er das war, was ihn der Schreiber nannte: der Verführer eines jungen Mädchens, ein grausamer Vater, der sich nie um seinen erstgeborenen Sohn gesorgt hatte. Damals wusste der junge Manfred Korimsky, dass er Ludmillas Sohn niemals der Natalie Orlowsky bringen durfte, auch wenn Ludmilla tot wäre. Und das Kind war doch sein Kind! Aber er hätte es auch wegen der Leute nicht tun können, denn sonst hätte seine Ehre gelitten. Sündigen kann man, wenn es nur verborgen bleibt, dann ist alles gut, so hatte er einmal auch gedacht.

Korimsky fühlte plötzlich ein heißes Verlangen zu erfahren, was aus dem verstoßenen Kinde geworden sein mochte. Wenn es doch noch lebte! Würde die Drohung des alten Vaters in Erfüllung gehen? Korimsky sprang auf. „Ich muss noch einmal suchen“, rief er aus. „Ich muss mich überzeugen!“

Er legte den Brief zusammen, steckte ihn in die Tasche und hob die Papiere auf. Darunter fand er noch einen Abschnitt von einer Geldanweisung, auf deren Rückseite derselbe Schreiber den Dank an den Herrn Apotheker für das lange Warten schrieb und seine Freude ausdrückte, dass er Herrn Korimsky nichts mehr schulde. Der arme Mann! Er hatte den Betrag ehrlich zurückerstattet, den er einmal von Korimsky geborgt hatte. Das war der Weg gewesen, durch den er damals in sein Haus gekommen war. Doch wann würde Korimsky ihm das zurückerstatten können, was er ihm geraubt hatte? Ach, niemals! Als er den Schreibtisch geschlossen hatte, warf er sich auf das Sofa und verbarg das Gesicht in den Kissen.

Er stellte sich vor, er stünde seinem unbekannten Sohn gegenüber. Scham erfüllte ihn. Dieser Sohn trug vor den Leuten den Stempel der Schande. Aber war es nicht seine Schande? Was kann der Sohn für die Sünde des Vaters?

Es gibt in dieser Welt oft eine sonderbare Gerechtigkeit. Vor dem sündigen Vater ziehen die Menschen die Hüte, nach dem unschuldigen Sohn aber werfen sie einen Stein.

Aber Gott, der Vater der Waisen und Verlassenen, sieht und hört und vergilt es.

* * *

Als es dämmerte, erwachte Nikolaj, vom Schlaf gestärkt. Da es hier niemanden gab, der es ihm gewehrt hätte, stand er schon kurz darauf draußen im Flur. Alles war noch still, nur als er über den Hof schritt, hörte er den Knecht bei den Pferden. Der junge Mann genoss die Ruhe, sah sich im Garten um und atmete den Duft der Frühlingsblumen tief ein. Wie schön war es hier! Er liebte diesen Garten, doch so schön wie heute war er dem jungen Korimsky noch nie erschienen. Als er zum letzten Male hier war, lagen die Herbstnebel darüber, und dazwischen lag der schreckliche Winter. Und jetzt das neue Leben und Wachsen in der Natur. Auch in ihm selbst war vieles anders geworden. „Wenn Sie die Natur in ihrer Schönheit sehen werden", schrieb Ursiny in seinem letzten Brief, „dann stellen Sie sich vor, dass so frisch und voll Licht und Farben unser neues Leben hinter den Pforten des Todes sein wird. Dann aber wird ein ewiger Frühling sein." Wie heilsam wirkten diese Worte auf sein müdes, ängstliches Herz. Noch einmal leben, ewig leben, nicht in Staub zerfallen! *„Denn ich lebe, und ihr sollt auch leben*", wiederholte Nikolaj leise. Wie hatte Miroslav gestern gesagt? Christus starb für dich und mich, darum hat er ein Recht, dir und mir das Leben zu schenken. Bitte ihn, er wird es dir geben. Das ewige Leben beginnt schon hier auf Erden, so wie in der scheinbar toten Natur im Winter eine unserem Auge unsichtbare Macht zu neuem Leben verborgen liegt, die dann im Frühjahr offenbar wird. Nikolaj neigte den Kopf und betete: „Jesus Christus, erbarme dich meiner und gib mir das neue, ewige Leben! Amen!"

Dann lief er zu der nächsten Bank, setzte sich, zog das Neue Testament hervor und las. Er hatte die Stelle aufgeschlagen, wo Maria den toten Jesus suchte, am leeren Grab weinte und dann jauchzte, als sie ihn lebend hinter sich sah. Er fühlte auch diese Freude.

Da sprang er auf und eilte weiter. Der Weg führte höher hinauf. Auf einem Felsvorsprung blieb er stehen und blickte auf die Stadt hinab. Plötzlich erkannte er, dass er sein bisheriges Leben ohne Gott und Christus zugebracht hatte. Diese Erkenntnis bedrückte ihn. Da kam ihm das Wort in den Sinn: *„So viele ihn aber aufnahmen, denen gab er Macht, Gottes Kinder zu heißen.* " „So ist es", dachte er. „Gott gab mir den Heiland, aber ich nahm ihn nicht an. Ich könnte ein Kind Gottes sein wie Miroslav." Da störten ihn Schritte. Er sah auf und erkannte Ursiny. Freudig überrascht begrüßten sie sich. „Ich machte einen Spaziergang", erzählte er Nikolaj.

„Ich genoss die Frühlingsluft und begriff plötzlich und glaubte an das Leben nach dem Tode und betete um das ewige Leben. Aber dann kamen wieder die finsteren Gedanken."

„Willst du mir nicht sagen, wieso?" Die Freunde setzten sich, und Nikolaj berichtete von seinem Leben ohne Gott, von seinen ehrgeizigen Plänen, er sprach von der Liebe Gottes und seiner Undankbarkeit und endete: „So sehe ich, dass alles verloren ist. Ich habe die Wahrheit erkannt, und die Wahrheit hat mich gerichtet, alles ist verloren!"

„Ja, Nikuschka, alles, aber nur der Herr Jesus nicht!"

„Wieso?“ Nikolaj sah den Freund fragend an.

„Alles ist verloren, deine Gerechtigkeit, dein makelloser Charakter, deine Pläne für die Zukunft, das alles ist verloren in dem Augenblick, wo dich mein Herr erhört und dir das neue, ewige Leben geschenkt hat. Gott gab dir den Heiland, aber du hast ihn nicht angenommen. Nimm ihn heute an und danke dem gütigen Vater für ihn.“

Die beiden jungen Männer knieten nieder und beteten. „Großer heiliger Gott, ich nehme die teure Gabe aus deiner Hand und danke dir dafür! Ich glaube, dass du auch mich Unwürdigen liebst. Gib mir die Macht, dein Kind zu werden. Amen!“

Die Freunde umarmten sich und gingen gemeinsam weiter. Da fragte Nikolaj: „Miroslav, wo hältst du deine Versammlungen? Margita schrieb mir davon. Doch nicht nur das, sie berichtete auch, dass sie entschlossen sei, in die evangelische Kirche überzutreten, weil sie die Wahrheit von dem Irrtum zu unterscheiden gelernt habe. Meine teure Schwester hat den Heiland früher angenommen als ich. Damals verstand ich sie nicht. Jetzt freue ich mich, dass wir gemeinsam den einen Weg gehen werden. Doch, Miroslav, denkst du nicht, dass Margita ein schwerer Kampf bevorsteht? Orlowskys sind strenge Katholiken, was werden sie sagen?“

„Jeden Christen erwartet ein Kampf, aber Gott gibt uns den Sieg durch seinen Sohn.“

„Aber Margita ist so schwach und unerfahren.“

„Das schon, aber sie hat zwei Brüder."

„Zwei? Wie meinst du das?"

„Einen im Himmel und den anderen hier. Jesus wird ihr Kraft geben, und du wirst ihr hilfreich zur Seite stehen."

„O ja, und ich will mich nicht eher sorgen, als bis ich die Bekanntschaft Adam Orlowskys gemacht habe. Aber wir sind abgekommen, wo ist denn das Haus?"

„Dort, gerade gegenüber."

„Wie schön, dass dort so viele zusammenkommen, das Wort Gottes zu hören! Sind es lauter Evangelische?"

„Nein, auch einige Katholiken."

„Wie wunderbar das ist! Du musstest kommen, um die wenigen Evangelischen zu sammeln, sonst lebten wir ganz ohne das Wort Gottes. Mich hat der Vater wenigstens zum Konfirmandenunterricht geschickt. Aber die anderen Kinder? Sie gingen in die katholische Schule und hatten keinen Religionsunterricht. Was ist daran schuld? Die große Armut der evangelischen Kirche?"

„Einesteils ja. Wäre die evangelische Kirche nicht so arm, könnte sie einen Evangelisten halten, wie es viele in Deutschland gibt. Er hielte am Sonntag Kindergottesdienst, würde die Jugend der ganzen Umgebung um sich sammeln und am Sonntag auch predigen. Das ist die materielle Armut. Aber es gibt auch die geistliche Armut, die Liebe zum Herrn Jesus fehlt. Wenn sie da wäre, glaube ich, würde doch mancher etwas tun."

„Wenn ich bedenke, wie viel ich für mich in den Schulen verbraucht habe", erwiderte Nikolaj. „Dann für meine Liebhabereien. Wenn sich nur drei von uns zusammengetan hätten, hätte dafür ein Evangelist ein ganzes Jahr leben können. Bei uns hätte er gewohnt."

Der Provisor sah den Freund erfreut an. „Bei euch wohnen? Ja, wenn ihr ihm Wohnung und teilweise auch die Kost geben würdet, dürfte er nicht soviel brauchen, und die kleine Schar bliebe nicht verlassen."

„Was sagst du?" Nikolaj legte seinen Arm um den Freund. „Du willst uns doch nicht verlassen, wo wir dich so sehr brauchen, besonders Margita und ich?"

„O nein, aber erlaube mir, dass ich dir die Sache erkläre. Einen rechtmäßigen Vikar muss die katholische Kirche in Podhrad in Ruhe lassen, denn ihn würde auch das Gesetz schützen. Mir aber wird es heute oder morgen unmöglich gemacht werden, Jesus zu verkündigen, denn ich tue es als Laie, ohne Berufung und ohne Erlaubnis. Ich habe hinter mir einzig das Gebot Gottes, und danach fragt die Welt nicht. Wenn der Herr weiter segnen und die Schar größer werden wird, werden sie uns der Sektiererei und der Schwärmerei beschuldigen, und das nicht nur von katholischer Seite. Dann kommt ein Verbot, und ich werde mich der Obrigkeit nicht widersetzen dürfen noch können. Ich habe schon viel darüber nachgedacht und glaube, der Herr wird mich erhören. Er selbst wird das angefangene Werk weiterführen."

„Miroslav, kennst du einen Mann, der die Stelle eines Evangelisten übernehmen könnte?"

„Nein, Nikuschka. Überhaupt sind die Evangelischen in Ungarn noch nicht soweit wie die in Deutschland, dass sie einsehen würden, dass außer den Pfarrern auch noch andere Leute nötig sind, innere Mission zu treiben. Sie könnten einen Diakon hierher senden als Lehrer und Prediger, wenn er nur den Herrn Jesus lieb hat, so wäre es gut."

„Miroslav, sorge für diesen Diakon. Das Übrige überlasse uns, dem Vater und mir."

„Und mir!"

„Aurel!", riefen die beiden jungen Männer und liefen dem dritten entgegen, der mit vor Freude strahlendem Gesicht daherkam. „Nehmt mich als euren Verbündeten an", sagte Aurel. „Ich bin auch evangelisch."

„Natürlich nehmen wir dich an. Hast du gehört, was Miroslav gesagt hat?"

„Teilweise. Die Sache kann leicht verwirklicht werden. Ich hatte vor, eine Reise zu machen, die mich ein paar hundert Gulden gekostet hätte. Wenn ich aber daheim bleibe, kann ich das Geld gut entbehren. Und wenn ihr mittut, so sichern wir für ein oder zwei Jahre den Unterhalt des Diakons."

„Das ja. Für seine Zukunft wäre leicht zu sorgen, aber wo ihn hernehmen?“

„Miroslav wird schon einen passenden Mann finden“, erwiderte Nikolaj lebhaft. „Er wird ihn sich erbitten.“

„Warum sagst du nichts, Miroslav?“

„Ich dachte über eine Sache nach, um die ich euch bitten möchte. Ich glaube, dass euch euer Vorhaben ernst ist, erlaubt mir darum, möglichst schnell zu handeln und euch einen jungen Mann zu empfehlen, der den Herrn Jesus lieb hat. Ihr ermöglicht ihm, vier Jahre in der Missionsanstalt zuzubringen, und er kann dann der erste slowakische Evangelist werden. Darf ich auf euch rechnen? Oder verlange ich zuviel? Wenn ja, so verzeiht. Ich kenne eure Verhältnisse nicht.“

„Du darfst ganz mit uns rechnen, Miroslav“, erwiderten die beiden Freunde. Unter lebhaftem Gespräch verließen sie den Garten. Sie waren schon nahe bei dem Gittertor, das zur Stadt führte, als dieses plötzlich geöffnet wurde und mit dem Ausruf: „Sie sind hier, Herr Ursiny?“ ein Junge hereinlief, die beiden Herren nur flüchtig grüßte und dem jungen Provisor einen Zettel reichte. Er war dicht beschrieben, und dem forschenden Blick des jungen Arztes entging es nicht, dass Ursiny erblasste.

„Sage, dass ich auf jeden Fall kommen werde“, sagte er zu dem Jungen und begleitete ihn aus dem Garten hinaus, dort flüsterte er ihm noch etwas zu und schloss dann hinter ihm das Tor. „Wer ruft dich?“, fragte Nikolaj gespannt.

„Meine Mitarbeiterin, Fräulein Aneschka.“

„In das Versammlungshaus? So nimm mich mit.“

„Wenn ihr beide mitgehen wollt, so kommt bitte.“

Aurel hatte mit Gewissheit eine verneinende Antwort erwartet, die Einwilligung überraschte ihn.

Schweigend verließen sie den Garten und gingen durch das Städtchen. Als dann der Provisor seine Freunde in das Versammlungshaus geführt hatte, entschuldigte er sich und ließ sie allein. Nikolaj und Aurel sahen sich um, und Nikolaj dachte, wie ärmlich hier alles sei, und wie anders es aussehen würde, wenn sie, die Korimskys, das übernehmen würden. Aurel wiederum dachte, dass ungefähr so oder noch ärmlicher die Stube ausgesehen haben mochte, in der seine Mutter zur Erkenntnis der Wahrheit gekommen war.

Plötzlich begegneten sich ihre Blicke, und wie es so oft vorkommt, ergriff sie ein und derselbe Gedanke.

„Aurel, erinnerst du dich“, fragte Nikolaj, „dass wir in meiner Krankheit versprochen haben, das Licht zu suchen?“

„Ja, und weiter?“ Der Doktor nahm die Hand des Freundes. „Ich habe es jetzt gefunden, Aurel. Ich muss es dir sagen, denn ich will von nun an das neue Leben leben, und dir könnte es sonderbar sein.“

„Du hast Recht“, erwiderte Aurel. „Mir würde es sonderbar sein, wenn ich mich selbst nicht auch für das neue Leben entschieden hätte.“

„Aurel, auch du? Da wird also keine Uneinigkeit zwischen uns sein. So wie wir damals auf unserem Weg weiter von Gott abgewichen sind, so wollen wir jetzt immer näher zu ihm kommen. Margita, du und ich, das ist wirklich schön.“

„Auch Margita? Du hast Recht, Nikolaj, das ist wunderbar. Aber du fragst gar nicht, wunderst du dich nicht über mich?“

„Du glaubtest ja an Gott und an die Ewigkeit. Wie leicht war es dir, die ganze Wahrheit zu erkennen. Dass du in den letzten Wochen darum kämpftest, habe ich gemerkt.“ Die ins Gespräch vertieften Freunde merkten nicht, dass die Zeit verstrich. Endlich trat Ursiny ein. „Gut, dass du kommst!“, rief der junge Doktor und ging dem Freund entgegen. „Entschuldigt, dass ich euch solange allein gelassen habe, ich komme mit einer großen Bitte.“

„Sage nur alles und verlange, was immer du willst“, erwiderte Nikolaj. „Wir wollen tun, was in unserer Macht steht.“

„Gestern nach der Abendstunde fand ich draußen auf der Bank bei unserem Häuschen eine fremde Dame, die eine weite Reise gemacht hatte, um Näheres über ihren kranken Sohn zu erfahren. Aber die Verwandten, zu denen sie wollte, fand sie nicht daheim. So musste sie ein Nachtquartier im Hotel suchen. Sie wurde vom Schmerz überwältigt. Sie hatte eben erst eine schwere Krankheit überstanden und keine Kraft mehr, um weiterzugehen. Hier im Haus ist ein Fremdenzimmer, das bot ich ihr an. Nun liegt sie dort und ist aufs neue erkrankt. Es bleibt nur eine Hoffnung, dass sie ihren Sohn sehen könnte, das, glaube ich, würde sie soweit stärken, dass sie die Heimreise antreten könnte." Ursiny schwieg. Nikolaj blickte ihn verwundert an und merkte nicht, wie schwer ihm jedes Wort fiel.

„Du sagtest, Miroslav, ich solle dir in dieser Angelegenheit helfen, aber wie?"

„Sie braucht nichts weiter als nur ihren Sohn zu sehen und die Gewissheit zu erlangen, dass er lebt und ihr verziehen hat." Beide Freunde sahen den Sprecher erstaunt an. „Nikolaj, dir ist heute große Barmherzigkeit widerfahren, nicht wahr? Aber dort liegt deine arme Mutter, die dich liebt und die Reise gemacht hat, um etwas von dir zu erfahren. Nikuschka, bitte, komme zu ihr und beweise, dass du gut bist."

„Meine Mutter ist zu mir gekommen?", rief Nikolaj unwillig. „Nach Jahren hat sie sich erinnert, dass sie einen Sohn hat? Wozu? Sie hat ihn ja nicht, geradeso wie dieser Sohn schon lange keine Mutter hat! Nein, Nikolaj Korimsky kann niemals zur Frau Baronin Rainer gehen!"

Bitterkeit klang aus der Stimme des jungen Mannes.

„Richtet nicht, so werdet ihr nicht gerichtet. Vergebet, so wird euch vergeben werden!", sagte der Provisor leise.

„Miroslav, verlange alles von mir, aber nur dies nicht. Wenn du willst, so will ich ihr vergeben und nie mehr daran denken, du kannst auch meinetwegen zu ihr gehen und es ihr sagen, aber sehen kann ich sie nicht, nein, niemals!"

Nikolaj zitterte vor Aufregung. „Miroslav, ich begreife wirklich nicht, wie du so etwas von ihm verlangen kannst!", rief da der junge Arzt. „Siehst du nicht, wie er sich aufregt, das wird ihm sehr schaden."

„Christus ist, da wir noch Sünder waren, für die Gottlosen gestorben", sagte der Provisor leise und sah die Freunde traurig an. Dann öffnete er die Tür und schloss sie hinter sich. Im Vorzimmer setzte er sich und stützte den Kopf in beide Hände. Plötzlich ging hinter ihm die Tür auf. „Miroslav, da bist du!", rief Nikolaj. „Ich habe dich betrübt, verzeih! Komm, bringe mich zu ihr, ich will es beweisen, dass ich des neuen Lebens würdig bin."

„Ich danke euch für die Liebe, die ihr mir jetzt erweist, besonders du, Nikuschka. Glaube es, du wirst nie bereuen, dass du deiner Mutter mit Liebe begegnest. Sie ist nicht so schuldig, wie ihr meint. Mehr schuld sind die, die sie ohne Gott aufwachsen ließen. Als das Unglück kam, wusste sie nicht, wohin sie flüchten sollte, hatte keinen Halt. Aber wer von uns ohne Sünde ist, der werfe zuerst einen Stein auf sie. Kommt, wir wollen zu ihr gehen!"

Als sie das Zimmer betraten, erhob sich das beim Bett sitzende Mädchen und verließ den Raum. Vor sechzehn Jahren hatte Nikolaj seine Mutter zum letzten Male gesehen. Damals kam der Vater vom Gericht zurück und antwortete dem Jungen auf seine Frage nach der Mutter und der Schwester: „Sie werden nie mehr zurückkehren, wir sind für immer geschieden!"

Das Kind lief fort und eilte nach Orlow zum Großvater und rief weinend: „Gib mir meine Mama und Margita!" Die Antwort war: „Du hast keine Mama, wenigstens bei mir darfst du sie nicht suchen, ich will niemanden von euch mehr sehen. Unterstehe dich nicht mehr, hierher zu kommen. Ich will deinen Vater und dich nicht sehen."

Dann nahm Herr Nikolaus das Kind, das den Großvater verwundert ansah, bei der Hand, führte es vor das Tor und schloss hinter ihm zu.

Jetzt schaute dieser Nikolaj Korimsky nach sechzehn Jahren zum ersten Mal wieder in das teure Gesicht der Mutter. Die Liebe des Kindes erwachte, und die Jahre der schrecklichen Trennung kamen ihm vor wie ein böser Traum. Nikolaj beugte sich über die Mutter und sagte leise: „Mütterchen, mein Mütterchen!" Die Baronin sah ihn an. „Nikuschka!", rief sie, richtete sich auf und zog den Sohn an sich. „Nikuschka, du bist hier, gesund, und ich darf dich an mich drücken! Du bist zu mir gekommen! Vergib mir!“

„Ich habe alles vergeben, Mutter. Sprechen wir nicht davon. Lieber werde ich dir sagen, dass auch mir große Gnade zuteil geworden ist, ich habe den Herrn Jesus erkannt, er hat mir neues, ewiges Leben geschenkt.“ Der Sohn streichelte die Stirn der Mutter. Sie drückte seine Hand und sah glücklich in sein strahlendes Gesicht.

Nicht weit von ihnen standen die beiden Freunde, die wussten, dass dieser Augenblick bald enden musste und dass dann die Trennung für immer sein würde. „Wie werden Mutter und Sohn sie überstehen?“, dachte der junge Doktor.

„Was fehlt dir eigentlich, liebe Mutter?“, fragte Nikolaj liebevoll. „Ach, mir fehlt nichts, wenn ich dich habe, mein Nikuschka! Jahrelang sehnte ich mich nach dir, dann bekam ich die schreckliche Nachricht von deiner Erkrankung, das war zuviel. Ich wurde krank, sie brachten mich ins Bad und pflegten mich. Ich hatte nicht die Hoffnung, dass ich dich finden und sehen könnte. Ich dachte, du wärest noch im Süden. Aber ich wollte genaue Nachricht haben. Jetzt fehlt mir nichts mehr. Du hältst mich in deinen Armen, hast wenigstens ein bisschen Liebe zu mir, das genügt mir. Ich habe nur noch ein Verlangen, so in deinen Armen sterben zu können, um so das verfehlte Leben zu beenden.“

Die Baronin schloss die Augen. „Sprich nicht so,

Mutter!“, entgegnete der junge Mann erschrocken und küsste die Mutter. „Oder willst du nicht mehr leben? Du bist noch jung!“

„Leben? Wozu, Nikuschka, wenn du mich verlässt?“

Nikolaj schauderte und erkannte die Wahrheit. In Gedanken sah er zwei Männer an seiner Seite, den Vater und Baron Rainer. Als die Mutter aufschluchzte, kniete er neben ihrem Bett nieder und weinte auch, aber nur einen Augenblick. „Weine nicht, Mutter“, sagte er mit warmer Stimme. „Suche die göttliche Wahrheit, nimm den Herrn Jesus auf in dein Herz, er wird dich trösten. Es gibt ja noch ein Leben, dort in der Ewigkeit und ein Wiedersehen, vielleicht sehr bald! Gott sei mit dir!“ Noch einmal strich er ihr über die Stirn und küsste sie. Dann wandte er sich um und verließ mit unsicherem Schritt das Zimmer. Aurel stützte ihn.

„Nikuschka, nimm es dir nicht so sehr zu Herzen! Du hast alles getan, was du konntest. Jetzt aber musst du an den Vater denken und musst dich überwinden, dass er nichts merkt.“

„Ich weiß es, Aurel. Darum ging ich auch fort, denn ich fühlte, dass es über unsere Kräfte ging. Doch habe Geduld mit mir. Meine arme Mutter! Und ich wollte nicht einmal zu ihr gehen! Mir hat sie ja nichts getan, man hat mich ihr mit Gewalt genommen. Sie ist krank, und wenn Miroslav sich ihrer nicht angenommen hätte, wäre sie ganz verlassen. Er ist fremd und darf für sie sorgen, und wir, Margita und ich! Ach, wenn Margita es wüsste! Aurel, bitte, gehe hinein und sieh, was meiner Mutter fehlt. Du bist Arzt, du kannst es, hilf ihr!“

„Ich gehe, Nikuschka, beruhige dich! Du weißt, wo du Hilfe zu suchen hast, für sie und für dich, nicht wahr?“

* * *

Es schlug zehn Uhr. Im Hof unter der Ruine reinigten sie den Wagen und putzten das Pferdegeschirr. Der Apotheker selber erteilte vor der Abreise den Leuten seine Befehle. Doktor Lermontoff ordnete seine und des Freundes Papiere und nahm eine Menge davon mit in die Dorfverbannung. Dabei ordnete er seine Hausapotheke und ersetzte manche Arznei durch eine neue aus Korimskys Apotheke. Frau Pribovsky packte verschiedene Delikatessen in den Koffer, als Vorrat für die Herren. Jeder in der Apotheke hatte alle Hände voll zu tun, nur der Sohn des Hauses hatte keine Arbeit. Man sah es dem durchsichtigen, traurigen Gesicht an, dass in der müden jungen Gestalt auch keine Kraft zur Arbeit war.

Er hatte die Augen geschlossen, den Kopf ein wenig zur Seite geneigt, aber er schlief nicht. Trotzdem fuhr er wie aus dem Schlaf aufgeschreckt zusammen, als neben ihm eine Stimme leise fragte:

„Nikuschka, was fehlt dir?“ Er öffnete die Augen. „Miroslav, bist du es? Und allein?“

„Ja, mein Lieber, die Tür ist geschlossen, und alle sind beschäftigt.“

„Das ist gut, denn wir müssen noch miteinander sprechen.“ Der junge Provisor nahm die Hand des Kranken in die seine und sagte: „Verzeih bitte, dass ich dich gedrängt habe, zu deiner Mutter zu gehen, es hat dir geschadet. Aurel hatte recht, aber ich konnte nicht anders.“

„Rede nicht, Miroslav, ich wollte dir gerade danken. Ja, von ganzem Herzen danke ich dir, dass du mich gezwungen hast, meinen Egoismus zu überwinden. Und wenn ich gleich sterben müsste, so werde ich doch niemals den Augenblick bereuen, da ich wieder in den Armen meiner teuren Mutter ruhen konnte. Sie hat mich nicht vergessen, sondern die langen Jahre geliebt. Ich war so gefühllos. Sie ist krank zu mir gekommen, und ich wollte sie nicht einmal sehen! Sie ist krank und so verlassen! Für mich sorgen so viele. Aber ich kann nicht für sie sorgen, denn zu uns darf sie ja nicht kommen. Der Großvater und Margita würden sie vielleicht nehmen, Margita gewiss. Aber sie sind nicht in Orlow, und nach Horka kann sie unsertwegen nicht gehen. Ach, Miroslav, wer wird für meine Mutter sorgen?“

„Ich, Nikolaj, und der Herr Jesus. Sei unbesorgt!“

„Du willst sorgen? Das glaube ich. Du hast ja schon

für sie gesorgt. Wenn du nicht gewesen wärest, so läge meine Mutter jetzt in dem schmutzigen Hotel von Podhrad, meine Mutter, die von Kind auf Bedienung gewohnt ist."

„Gräme dich nicht, Nikolaj, und glaube mir, alles, was ich an deiner Statt tun kann, will ich tun. Ich werde dir Nachricht geben."

„Habe Dank! Aber wie nur, dass es der Vater nicht merkt?", sorgte sich Nikolaj.

„Nicht weit von Borovce ist das Dubravatal. Dort habe ich einen Freund, er heißt Stefan und ist der Neffe von Frau Pribovsky. Ich werde an ihn schreiben. Er wird dir den Brief überbringen, ohne dass es jemand zu merken braucht. Er kann es um so leichter, als seine Großmutter die Bedienung bei euch hat."

„Wie danke ich dir! Aber wenn die Mutter schwer krank wird?"

„Der Herr wird geben, dass es nicht geschieht. Wenn ja, so werde ich den Herrn von Orlowsky telegrafisch benachrichtigen. Doch Aurel meint, es sei nur eine große Überanstrengung der Nerven, und das wird in der Stille und Einsamkeit am ehesten vergehen, besonders, da nun ihre Sehnsucht erfüllt ist. Als ich fortging, schlief deine Mutter ganz ruhig."

„Glaube mir, Miroslav, ich gäbe viel darum, wenn ich jetzt nicht von Podhrad fort müsste."

„Ich glaube es dir, Nikolaj, aber es ist besser so.

Dein wiederholter Besuch könnte deiner Mutter schaden und dir auch."

„Das kann sein, mir war vorhin so elend."

„Und jetzt?"

„Jetzt ist mir viel leichter, nur die Sorge drückt mich."

„Alle eure Sorge werfet auf ihn, denn er sorgt für euch!"

„O Miroslav, bete mit mir für meine Mutter und für mich!" Die beiden Freunde beteten, dann las Ursiny noch aus dem Wort Gottes. Da klopfte es an der Tür. Korimsky kam selber, um den Sohn zu holen und zu melden, dass schon alles bereit zur Reise sei.

Kurz darauf war das Haus unter der Ruine leer. Im Wagen lehnte sich Nikolaj in die Kissen zurück und schloss die Augen, damit er besser nachdenken konnte. Der Vater und der Freund störten ihn nicht. Jeder hatte für sich selbst genug zum Denken. Korimsky standen die Worte des gestern gelesenen Briefes vor Augen und dann das baldige Wiedersehen mit Adam Orlowsky. Und Aurel? Der junge Russe bereitete sich auf einen Kampf vor, aus dem er als Sieger hervorgehen wollte. Er wusste, dass in ihm keine Kraft war, er wusste, dass es keine Kleinigkeit war, den Orlowskys mit Liebe zu vergelten, was sie an seinem Vater, seiner Mutter und an ihm selbst verschuldet hatten. Aber er wollte eines Christen würdig handeln und glaubte an den Sieg und an die Hilfe Gottes. Die Reise an dem herrlichen Maientag war wunderschön. Schade, dass die Reisenden nichts davon merkten. Erst abends konnten sie in Horka eintreffen, denn unterwegs rasteten sie eine Stunde, damit die Pferde etwas ausruhen konnten. Korimsky trat in das Gasthaus. Nikolaj bat, man möge den Wagen schließen, er hatte keine Lust zum Aussteigen. Der junge Russe zog sein Notizbuch hervor und zeichnete zum Zeitvertreib die Ruine einer alten Kirche, die auf dem gegenüberliegenden Hügel lag. Plötzlich hörte er Rädergerassel. Vor dem Gasthaus hielt eine Droschke, die vom Bahnhof kam. Ein Herr im eleganten Reiseanzug stieg aus. Doktor Lermontoff musterte den Reisenden. Er war mittelgroß, von stolzer Haltung, dem Gesicht nach ein Vierziger oder etwas darüber. Als er so mit dem Kutscher redete, merkte man ihm an, dass er mit wenigen Worten viel anordnen konnte. Er sprach ein tadelloses Deutsch. Aurel sah ihm nach, als er das Gasthaus betrat. Kurz darauf saß der interessante Mann im Speisezimmer. Er ließ sich etwas zum Essen bringen, so wie auch der am anderen Tisch sitzende Herr Korimsky. Dieser hatte die Zeitung vor sich liegen, aber er las nicht, sondern rechnete etwas am Rande. Der neu angekommene Gast nahm sein Notizbuch und schrieb ebenfalls. Sie grüßten sich flüchtig, wie es Leute im Gasthaus zu tun pflegen, weiter störte einer den anderen nicht. Als ihnen das Essen gebracht wurde, schmeckte es keinem. Plötzlich stand der Unbekannte auf: „Erlauben Sie eine Frage?", wandte er sich höflich an Korimsky.

„Bitte, gern?", erwiderte der Apotheker.

„Sind das Dorf Borovce und das Schloss Horka noch weit von hier entfernt?"

„Horka?", fragte Korimsky verwundert. „Ungefähr zwei oder drei Stunden."

„Danke!" Der Unbekannte verbeugte sich. „Verzeihen Sie die Frage", hielt ihn Korimsky auf: „Ist Horka oder Borovce das Ziel Ihrer Reise?"

„Horka."

„Darf ich fragen, was Sie in diese Einsamkeit führt?", fragte Korimsky weiter. „Ich habe dort eine Tochter", erwiderte der Fremde mit feinem Lächeln und sah interessiert und verwundert, dass der andere blass wurde.

„Wen haben Sie dort?", fragte Korimsky kalt.

„Ich habe gesagt, eine Tochter. Erscheint Ihnen das so sonderbar?", erwiderte der Fremde und richtete sich stolz auf.

„Weil es nicht sein kann. Wie ich weiß, ist die Besitzerin von Horka Margita Orlowsky, und eine andere Dame, die Ihre Tochter sein könnte, ist nicht bei ihr."

„Ich sagte nicht, dass es meine eigene Tochter ist, aber ich hoffe, Sie können mir das Recht eines Vaters an die Dame nicht absprechen, deren Mutter meine Frau ist, und die ich erzogen habe. Aber was ist Ihnen?“ Baron Rainer trat zu dem erblassten Korimsky. „Nichts!“, rief Korimsky und streckte abwehrend die Hand aus. „Wie immer auch die Dinge sein mögen“, sprach er mit Anstrengung, „ich erlaube niemandem, auch Ihnen, Herr Baron, nicht, Ansprüche an meine Tochter zu stellen!“

„Korimsky? Unmöglich!“ Baron Rainer trat einen Schritt zurück. Dann überwand er sich:

„Es wäre jedenfalls gut gewesen, wenn wir beide uns im Leben niemals begegnet wären. Es wäre sicher nicht geschehen, wenn ich nicht falsch benachrichtigt worden wäre. Nun es aber einmal geschehen ist, kann ich mir die Reise nach Horka sparen. Zwei Väter können unmöglich die Tochter besuchen, das ist klar. Was ich von Margita Orlowsky erfahren wollte, können Sie mir auch sagen, dann werden wir einander für immer aus dem Wege gehen.“ Unter dem Einfluss von Baron Rainers kalter Geistesgegenwart fand auch Korimsky sein Gleichgewicht wieder, obwohl seine Lage äußerst peinlich war. Wofür musste ihn dieser Mann halten? Was für eine Vorstellung kann der Mann einer geschiedenen Frau von ihrem ersten Mann haben, wenn er diese Frau liebt und ihr glaubt? „Was wünschen Sie von meiner Tochter zu erfahren?“, sagte er endlich mit unnatürlicher Ruhe.

„Ich wollte wissen, ob die Nachricht von dem Unglück, das ihrem Bruder zugestoßen, wahr ist, und ob sie ihn wirklich verloren hat oder bald verlieren wird. Zwischen uns beiden ist zwar kein Gespräch möglich. Trotzdem kann Margita Orlowsky bezeugen, dass ich ihr alles geboten habe, was in meiner Macht stand, damit sie sich in meinem Haus wohl fühlen möge. Bis zu ihrem siebenten Jahre fühlte sie sich wie zu Hause. Dann erfuhr sie ohne meine Schuld die Wahrheit, dass sie eine geborene Korimsky sei, und entfremdete sich mir. Aber auch dann kann sie nicht sagen, dass ich ihr auch nur mit einem Blick weh getan hätte. Darum habe ich wohl ein gewisses Recht, wenigstens als ihr Erzieher, an ihrem Geschick teilzunehmen, und bitte Sie, die Wahrheit zu sagen."

In Korimskys Brust tobte ein Kampf. Seit Jahren hasste er Ingenieur Rainer und meinte, er hätte ein Recht, ihn zu verachten, aber jetzt sah er, wie viel er diesem Mann schuldete.

Sein Kind war im Wohlstand aufgewachsen und hatte eine ausgezeichnete Ausbildung bekommen. Er müsste ihm eigentlich dankbar sein. Rainer danken? Wie schrecklich. Wenn er es nicht tat, würde Rainer ihm überlegen sein, besonders da er gekommen war, um sich zu überzeugen und Margita zu trösten.

„Nikolaj ging es sehr schlecht", sagte er nach einem Augenblick drückenden Schweigens. „Er erholt sich aber und ist dort draußen im Wagen. Wir gehen nach Borovce. Margita geht es gut. Gestern soll auch Adam Orlowsky zurückgekehrt sein, ich hoffe, ihn und auch Nikolaus Orlowsky dort zu finden. Mehr habe ich nicht zu sagen."

„Das genügt mir auch vollkommen. Ich gratuliere zur Heilung Ihres Sohnes und danke für die Auskunft."

Baron Rainer verneigte sich und ging zur Tür. Da klang es hinter ihm: „Ich danke Ihnen auch für die Erziehung meiner Tochter!" Er wandte sich um und maß mit einem geringschätzigen Blick Korimskys Erscheinung. „Ich nehme das nicht an, denn ich habe nicht Herrn Korimskys Tochter erzogen, sondern das Kind meiner geliebten Frau, ein Kind, das keinen Vater hatte." Korimsky musste diese Worte hören und annehmen. Er hatte keine Antwort darauf. Aber sonderbar, er atmete auf. Der Edelmut des Barons hatte ihn beinahe erdrückt. Diese Worte aber zeigten, dass er die gleichen Gefühle Korimsky gegenüber hegte wie Korimsky Rainer gegenüber. Sie standen sich also gleich. Er hatte für Margita nicht um ihretwillen, sondern aus rein selbstsüchtigen Beweggründen gesorgt, weil sie die Tochter der Frau war, die er liebte. Bei dem Gedanken aber, dass Rainer seine Natalie so kühn seine Frau nannte und das in seiner Gegenwart, wurde er so zornig, dass er am liebsten zur Tür gelaufen und ihm nachgegangen wäre. Aber er warf sich auf einen Stuhl, legte den Kopf auf den Tisch und bemerkte nicht, dass der Gastwirt nach einer Weile ins Zimmer getreten war. Er hatte eben mit vielen Verbeugungen den vornehmen Gast zum Wagen begleitet und betrachtete jetzt neugierig Korimsky. Als der Baron aus dem Gasthaus hinaustrat, war Aurel gerade mit seiner Zeichnung fertig. Er öffnete den Wagen und fragte: „Wünschst du etwas, Nikuschka?"

„Ach ja, bitte öffne den Wagen ein wenig", sagte eine Stimme von innen. Der Baron sah in das blasse Gesicht eines jungen Mannes, das so sehr an ein anderes geliebtes Gesicht erinnerte. „Wenn sie ihn so sehen würde!", dachte er. Er runzelte die Stirn, setzte sich in die Droschke und fuhr davon.

* * *

In einem bequem eingerichteten Salon ging Nikolaus Orlowsky auf und ab. Er war allein. Kurz vorher hatte er auf der Veranda gestanden und seinen Kindern nachgeschaut, die den Gästen entgegengegangen waren. Der alte Herr war gespannt gewesen, wie Margita Adam begrüßen würde. Doch sie war ihnen strahlend entgegengekommen und lächelte Adam so freundlich an, dass der Großvater ganz gerührt war. Noch fürchtete er, ob es auch anhalten werde, aber es hielt an. Adam brachte Zeichnungen und botanische Sammlungen mit, sie widmete sich allem mit großer Aufmerksamkeit. Sie bediente und unterhielt ihre Lieben, und als Adam sie nach dem Essen zum Spielen aufforderte, tat sie es ihnen zuliebe.

Später gingen beide zum Borovskyhof. Als sie von dort zurückgekehrt waren, sagte Margita, sie wolle dem Vater entgegengehen. Adam bot sich an, mitzugehen, und sie erlaubte es. Der alte Herr musste noch immer daran denken, wie sie ihm noch von weitem winkten, Adam mit dem Hut, Margita mit dem Tüchlein, bis sie verschwunden waren.

„Sie werden noch glücklich werden!“, sagte Nikolaus Orlowsky vergnügt. Da ihm allein einsam zumute war, ging er in Margitas Zimmer. Sein Blick fiel auf den Tisch und die Bücher. Endlich griff er nach einem, blätterte darin und sah, dass es in polnischer Sprache geschrieben war. Es war ein religiöses Buch, wahrscheinlich eins von denen, die Dechant Jurecky bestellt hatte. „Richtig“, dachte er, „ich muss den Kaplan Lang fragen, was er von seiner Schülerin denkt. Ich sollte auch mit Margita darüber sprechen. Aber es hat ja noch Zeit. Wozu soll ich sie jetzt damit quälen?“ Der alte Herr wollte schon das Buch schließen, als sein Blick auf die Worte fiel: *„Kann auch ein Weib ihres Kindleins vergessen, dass sie sich nicht erbarme über den Sohn ihres Leibes? Und ob sie desselbigen vergäße, so will ich doch dein nicht vergessen.“* Auf dem Rand daneben stand von Margitas Hand geschrieben: „Den Vater haben sie mich genommen, die Mutter liebte mich nicht, aber du, mein Herr und Gott, hast meiner nicht vergessen. Du hast mich geliebt, obgleich ich dich nicht kannte.“ Orlowsky traten die Tränen in die Augen.

Diese Worte klangen, als wollten sie ihn beschuldigen. Was für eine Bemerkung würde bloß Ferdinand unter diese Stelle geschrieben haben oder Natalie?

Er neigte den Kopf. Es war ihm, als ständen beide Kinder neben ihm und fragten: „Vater, warum hast du uns in das Verderben gestoßen?“ Wäre seine Härte nicht gewesen, Ferdinand lebte noch heute, aber er hatte ihn ausgestoßen. Wäre er damals mit der Tochter anders umgegangen, als sie so verzweifelt und entrüstet zu ihm kam, hätte er ihr den Willen gelassen, wäre sie in Orlow geblieben. Vielleicht hätte sie sich mit Korimsky wieder versöhnt, schon den Kindern zuliebe. Aber er hatte sich nicht erbarmt. War es dann ein Wunder, dass sie den Mann, der sie liebte, heiratete? Dass Ingenieur Rainer ein Mann von Charakter war, wusste Herr Orlowsky gut. Denn, obgleich es schien, als sorge er für die Tochter gar nicht, verfolgte er doch sorgsam ihr Geschick. Einmal hatte er die Rainers in einem Bad gesehen, ohne dass sie es wussten. Er sah, wie gut sie zusammenlebten, und was er sonst über Rainer erfahren hatte, war alles ehrenhaft und bewies, dass dieser ein Mann von Charakter war. Margita hatte auch betont, dass der Stiefvater nicht besser für sie hätte sorgen können, wenn sie seine eigene Tochter gewesen wäre. Das versöhnte ihn mit dem Baron. Er zürnte ihm nicht mehr. Wenn Korimsky nicht noch am Leben wäre, würde er ihn dankbar als Schwiegersohn annehmen. Aber so, diese unglücklichen Verhältnisse!

Um die traurigen Gedanken zu verscheuchen, blätterte er in dem Buch weiter, bis sein Blick auf eine unterstrichene Stelle fiel: *„Wenn ihr aber den Menschen ihre Fehler nicht vergebt, so wird euch euer Vater im Himmel eure Fehler auch nicht vergeben.“* Und darunter hatte Margita geschrieben:

„Ich kann nicht vergeben, so kann auch mir nicht vergeben werden!“ Sonderbar, Herr Nikolaus fragte nicht, wie seine Enkelin dazu kam, so zu schreiben, er vergaß sie ganz. Er fühlte plötzlich, dass er ein sündiger Mensch war, der sich mit Gott versöhnen sollte, denn es war höchste Zeit. Das Alter nahm zu, der Tod kam näher. Damit er nicht zur Beichte zu gehen brauchte, hatte er sich Ablasszettel von Rom und Lourdes gekauft. Doch er wusste und fühlte es, dass das nichts half. Die Sünden waren nicht vergeben, sie blieben und drückten. Aber niemals hatte er ihre Last so gefühlt wie in diesem Augenblick. Und plötzlich, als hätte ihm jemand die Augen geöffnet, wusste er: Er hatte Ferdinand nicht vergeben und konnte ihm nicht mehr vergeben, er war gestorben.

Er hatte auch Natalie nicht vergeben, und wenn er stürbe, würde ihm auch nicht vergeben werden! Und jenseits des Grabes war die Ewigkeit! Wenn die Lehre vom Fegefeuer wahr ist, was dann? Man muss etwas tun, vielleicht eine Stiftung machen oder eine Wallfahrt. Orlowsky blätterte weiter und fand die Worte unterstrichen: *„Kommet her zu mir alle, die ihr mühselig und beladen seid, ich will euch erquicken, und so werdet ihr Ruhe finden für eure Seelen.“*

„Ich bin dir gefolgt, Herr Jesus“, hatte Margita dazugeschrieben, „und bin zu dir gekommen, du hast mir Ruhe gegeben, du hast mich begnadigt.“

Welche sonderbaren Worte! Was meinte Margita damit, dass sie zu ihm gegangen sei, zu Christus? Wie ist sie gegangen? „Ich muss sie fragen“, überlegte er. Dann las er weiter und vergaß dabei die Ankunft der Gäste.

* * *

Unterdessen schritten seine Kinder durch den Wald. Margita pflückte hier und da Blumen und machte daraus ein Sträußchen für ihren Bruder. Anfangs sprachen sie über Ägypten. Margita ließ sich erzählen. Plötzlich verstummten sie. Adam sah seine Frau von der Seite an. „Was mag sie wohl denken?“, fragte er sich. Und Margita dachte, wie fremd die Begrüßung ihrer Lieben mit Adam sein würde, weil sie sich nicht kannten. Wer weiß, was Adam über ihren Vater dachte. Sie fühlte, dass sie die Ehre ihres geliebten Vaters verteidigen musste. Sie sah zu ihrem Mann auf, und ihre Blicke begegneten sich. „Was wünschst du, Margita?“, fragte er unwillkürlich. „Ich möchte gern wissen, was du über meinen Vater denkst?"

„Über Onkel Korimsky?", erwiderte er aufrichtig erstaunt. „Es ist wahr, er ist dein Onkel. Vielleicht hast du ihn auch früher gekannt", wandte sie beinahe schüchtern ein. „Natürlich, Nikuschka und ich waren gute Freunde."

„O bitte, erzähle davon!"

Adam Orlowsky erzählte also, wie sehr er Tante Natalie und den Vetter, der etwas jünger als er war, geliebt hatte. Er war oft wochenlang in der Apotheke gewesen, und Nikuschkas Vater war ein Vorbild für ihn. Er ließ Margita einen Blick tun in seine und Nikolajs glückliche Kindheit und in das Familienleben ihrer Eltern, bis zu dem Jahr, da er zum ersten Mal ins Gymnasium ging, und schloss mit den Worten: „Als ich zurückkehrte, war das Glück wie ein Traum zerronnen. Du hast mich gefragt, was ich von deinem Vater halte? Jetzt freue ich mich, weil ihn der Großvater mit Freuden auf Horka erwartet, denn wie immer auch die Sachen stehen, ich konnte mir ihn nicht anders vorstellen, wie er mir im Herzen geblieben ist, ehe wir uns trennten. An seine Schuld konnte ich nicht glauben."

Da fasste Margita die Hand ihres Mannes: „Glaube mir, er ist unschuldig. Den Brief, den er mir jetzt geschrieben hat, trage ich immer bei mir. Bitte, lies ihn und glaube ihm, Adam!" In ihren Augen standen Tränen, als sie ihm den Brief gab. Als Adam gelesen hatte, sah er finster vor sich hin. Er zürnte Natalie Orlowsky, die er einst geliebt hatte. Aber er zürnte auch Korimsky, dass er eine solche Beschimpfung ertragen konnte. Er hätte das nicht gekonnt! Doch als der erste Zorn vorüber war, sah er ein, dass Korimsky nichts anderes übrig geblieben war, da er keine Beweise seiner Unschuld hatte, als das Urteil der öffentlichen Meinung zu ertragen und durch sein weiteres Leben die Leute davon zu überzeugen, dass sie ihm Unrecht getan hatten.

„Ich danke dir für das Vertrauen, ich glaube deinem Vater", sagte Adam und gab Margita den Brief zurück. Sie freute sich, dass Adam ihrem Vater vertraute, und doch tat es ihr weh, dass er das Recht hatte, zu glauben oder nicht.

Er merkte es und sagte höflich: „Lassen wir das Gespräch, es ist uns beiden peinlich!"

Sie atmete auf. Wieder gingen sie schweigend, bis sie auf einem Hügel anlangten. „Hier wollen wir warten", sagte Margita, „von dort her müssen die anderen kommen. Wir werden sie von weitem sehen. Gut, dass du mir gesagt hast, welch enge Freundschaft dich einst mit Nikuschka verband, so brauche ich wenigstens nicht für meinen armen Bruder um etwas Liebe zu bitten."

„O nein", erwiderte Adam, „die Kinderfreundschaften lassen sich sehr leicht erneuern. Nur eines denke ich, es war schade, den Borovskyhof zu kaufen, wir hätten alle auf Horka Platz genug."

„Der Vater wollte nicht“, meinte Margita, „aber wir werden dafür sorgen, dass der Hof öfter leerstehen wird als Horka.“ Da hörten sie aus der Ferne Glockenläuten.

Margita fühlte einen Schmerz im Herzen. Ehe sie diesen Spaziergang angetreten hatte, hatte sie einen kurzen Abschnitt aus dem Wort Gottes gelesen. Dort stand das Wort:

„So du mit dem Munde den Herrn Jesus Christus bekennst, wirst du selig.“ Zu Hause hatte sie sich vorgenommen, diesen Weg dazu zu benützen, Adam gleich bei seiner Ankunft ihren Entschluss mitzuteilen, niemals katholisch zu werden. Sie fühlte, wenn sie das nicht heute täte, würde ihr dieser Schritt mit jedem Tag schwerer fallen, und dann könnte man ihren Vater und den Bruder beschuldigen, sie hätten sie dazu gebracht, dass sie sich dem Großvater widersetze. Die Zeit verstrich, bald könnte es zu spät werden. Vorher hatte sie gedacht, Adam ginge es nichts an. Jetzt, da sie sich versöhnt hatten, spürte sie, dass Adam das Recht hatte, ihre Glaubensüberzeugung zu kennen. Sie setzten sich, und Margita begann, von den Stunden, die Kaplan Lang ihr erteilt hatte, zu erzählen. Sie sah nicht den Unmut auf Adams Stirn. Sie wusste nicht, dass Adam Orlowsky von jedem Priester seiner Kirche alles Schlechte dachte. So hätte sie auch seinen Zorn nicht verstanden, dass der Großvater dem Kaplan Lang erlaubt hatte, allein mit seiner Enkelin zu sein.

Margita beschrieb ihrem Mann, da er sie nicht unterbrach, auch ihr Gespräch mit Dechant Jurecky, auch dass die katholische Kirche sich bis jetzt nicht um sie gesorgt habe, und dass sie nun unrechtmäßig von ihr Besitz nehmen wolle. Aber niemals könne sie der Kirche angehören, deren Lehre nicht mit ihrer Überzeugung übereinstimme.

„Ich musste es dir sagen", schloss sie, „denn es gehört sich, dass du es eher weißt als der Großvater. Ich will euch in den irdischen Sachen gehorsam sein, aber die Gewissensfreiheit lasse ich mir nicht nehmen. Ich habe den Herrn Jesus erkannt. Erlaube mir, ohne Hindernisse nach dem Evangelium in eurer Mitte zu leben, lasst mich eine evangelische Christin werden. Schau nur die Bäume, die Blumen, das Gras, alles hat Freiheit und lebt und entfaltet sich nach dem Willen Gottes. Versetze die Natur in ein enges Glashaus, so verkümmert sie. So würde auch ich umkommen, wenn ihr mich knechten wolltet. Adam, zwinge mich nicht, mich dir zu widersetzen; denn eher könnte ich sterben als von der erkannten Wahrheit lassen. Wenn du mir kein Hindernis in den Weg legst, so wird mir der Herr Jesus helfen, ich werde meine Überzeugung dem Großvater gegenüber schon verteidigen, und zwar so, dass ich ihn nicht betrübe. Er liebt mich zu sehr, als dass er mein Unglück wollte. Adam, was für eine Antwort wirst du mir geben?"

Er hatte die Arme über die Brust gekreuzt und

schaute sie an. Sie hatte mit Überzeugung gesprochen. Er fühlte etwas Neues, eine Macht, vor der er sich unwillkürlich beugen musste. „Was für eine Antwort gibst du mir?“, fragte sie nochmals. „Und wenn ich dir nun sagen würde, die Orlowskys waren und sind katholisch, sie dulden in ihrer Mitte keine Protestantin, die unsere Überzeugung mit Füßen tritt?“, entgegnete er stirnrunzelnd und sah Margita prüfend an. Sie wurde blass. „Was würdest du dann tun?“, prüfte er weiter. Sie streckte die Hand aus und wies auf den Weg, der durch den Wald führte. Er trat ganz nahe zu ihr. „Willst du damit sagen, dass du uns verlassen würdest? Und deine Liebe zum Großvater?“

„Meine Liebe zum Großvater wäre dann jedenfalls größer als seine Liebe zu mir, denn ich würde mit Segen und Gebet für ihn scheiden. Er behielte euch anderen noch alle, aber mir bliebe auf Erden keiner. Doch ist das deine Antwort?“

Röte und Blässe wechselten auf seinem Gesicht. Er glaubte zwar schon lange nichts mehr und wusste wenig von der Lehre der Kirche. Doch als er sich jetzt entschließen sollte, ob er seiner Frau die Freiheit schenken solle oder nicht, war er doch nicht solch ein gleichgültiger Ungläubiger, dass er es ohne Kampf hätte tun können. Da faltete Margita die Hände wie zum Gebet. Sie rief zu Gott um Hilfe. Dann sagte sie leise: „Ich glaube an deinen Edelmut, Adam.“

„Und du sollst nicht enttäuscht werden, du törichtes Kind." Er zog sie an sich. „Glaube, was du willst und wie du willst, ich werde dich nicht hindern, will dir auch keine Überzeugung, die ich selbst nicht teile, aufdrängen. Ich werde es verbieten, dass die Priester meine Frau belästigen und mit ihrer Weisheit füttern. Nur eines wünsche ich: Bekenne dich nicht öffentlich zu einer anderen Kirche. Wenn du hier in Horka in die Kirche gehen willst, kannst du es tun. Nur lenke jetzt nicht die Aufmerksamkeit durch einen öffentlichen Übertritt auf uns. Lass den Großvater erst in Frieden sterben."

Margita konnte keine Antwort geben, denn unten auf der Landstraße hörten sie den Wagen kommen.

„Das sind sie!", rief Adam, ließ sie aus seinen Armen, und beide eilten den Gästen entgegen. Margita hatte nicht alles erreicht, was sie wollte, denn sie sehnte sich nach einem öffentlichen Bekenntnis zur evangelischen Kirche. Aber sie hatte nun das Versprechen, dass man sie nicht zwingen würde, katholisch zu werden. So entschloss sie sich, zu warten und glaubte, dass sie mit der Zeit alles erreichen würde. Bald darauf ruhte sie in den Armen des Vaters und des Bruders und sah, wie Adam den Onkel und den Vetter willkommen hieß. Ein Stück des Weges fuhren alle zusammen, bis alle Fragen beantwortet waren. Dann forderte Adam Korimsky und Lermontoff zum Spaziergang auf. So war Margita, die ihrem Mann einen dankbaren Blick zugeworfen hatte, bald darauf allein mit ihrem Bruder. Sie schlang beide Arme um seinen Hals.

„Mein lieber Nikuschka, du wirst dich gewiss unter uns erholen. Der Herr Jesus, der meine Gebete erhört hat, wird mir auch das geben. Du wirst ganz gesund werden."

„Ich habe mich auch schon erholt, mein liebes Schwesterchen! Wer sollte sich nicht erholen, der dich sieht?", erwiderte er liebevoll. „Aber darf ich dem Glück, das auf deinem Gesicht liegt, trauen?" Er schaute sie prüfend an. „Ich muss sagen, ich hätte nicht erwartet, dass ihr beide uns so entgegenkommen würdet. Bist du wirklich glücklich, Margita?"

„Ja, Nikuschka, wirklich und ganz, denn ich muss einfach glücklich sein. Erstens hat mich der Herr Jesus angenommen, das ist das Größte. Dann habe ich mich mit Adam versöhnt. Er hat mir gerade jetzt versprochen, dass er mich nicht zwingen wird, katholisch zu werden. Außerdem bringe ich euch jetzt nach Horka. Kannst du noch an meinem Glück zweifeln?"

Er schloss ihr den Mund mit einem Kuss. Zum ersten Male während des ganzen Weges vergaß er seine verlassene Mutter und freute sich der Gnade, die auch ihm zuteil geworden war.

Doch nicht nur Nikuschka lebte auf, auch Korimskys Gesicht verlor während des erquickenden Spazierganges viel von seiner stolzen Kälte. Er freute sich, dass ihnen Margita mit ihrem Mann so friedlich entgegengekommen war. Dann tat die warme, herzliche Begrüßung, die er von Adam nicht erwartet hatte, seinem Herzen wohl. Das ungezwungene Gespräch nahm die letzte Scheu hinweg. Doch es war noch jemand hier, von dessen Brust ein Stein fiel. Aurel Lermontoff erlebte die gefürchtete Zusammenkunft mit dem Vetter Adam Orlowsky, ohne dass auch nur die geringste Bitterkeit in sein Herz gezogen wäre. Während der Onkel mit Adam sprach, dachte er an den fernen Freund. „Du hast Recht gehabt, Miroslav“, sprach er zu sich selbst. „Wenn der Mensch vergibt, dann kann er alles. Warum eigentlich sollte ich Adam zürnen? Er ist unschuldig. Gott, hilf mir, auch vor Nikolaus Orlowsky ohne Groll zu stehen!“

Weiter kam er nicht mit seinen Gedanken, denn Adam wandte sich zu ihm mit der Frage, wie ihm diese Gegend und das Klima für Nikolaj gefalle. Er musste antworten, und es fiel ihm nicht schwer. So näherten sie sich Horka. Kurz vorher holten sie den Wagen ein, und auch Nikolaj verlangte, zu Fuß zu gehen. So erreichten sie gemeinsam in fröhlichster Stimmung das Gutshaus.

Der alte Herr kam ihnen entgegen, und in der Freude umarmte er alle, auch Doktor Lermontoff. Wie sonderbar ist doch das menschliche Herz! Wo waren Aurels Zorn, Hass und Bitterkeit, als ihn der glückliche Nikolaus Orlowsky umarmte und mit warmen Worten für seine Sorge um Nikuschka dankte? In seinem Herzen fühlte er, obwohl er sich dagegen sträubte, kindliche Zuneigung. Nach dem Essen genossen sie noch lange den schönen Abend im Garten. Dabei unterhielten besonders Adam und Aurel die kleine Gesellschaft mit ihren Reisebeschreibungen.

„Müssen Sie in der Nacht bei Nikuschka bleiben, Herr Doktor?“, fragte Adam beim Verabschieden.

„O nein, er braucht mich nicht!“

„Nun, so kommen Sie mit mir und teilen Sie mein Schlafzimmer, wenn Sie nicht allein sein wollen und wenn Sie nicht zu müde sind. Wir hätten einander noch viel zu sagen.“

Das herzliche Angebot konnte er schwer ablehnen. So lernte Aurel gleich bei der Ankunft Adam Orlowsky, der sich vor ihm so zeigte, wie er war, besser kennen. Dann hatte er die Möglichkeit, den Vetter über seinen Glauben aufzuklären.

„Sie sind also nicht griechisch-katholisch, Herr Lermontoff?“

„Nein, ich bin evangelisch.“

„Glauben Sie an Gott, obwohl Sie Arzt sind?“

„Ich glaube, dass mir Gott dazu das Leben geschenkt hat, damit ich einmal zu ihm zurückkehre.“

„So, Sie glauben an die Ewigkeit?“, lächelte Adam etwas spöttisch. „Und Sie glauben nicht, Herr Orlowsky?“

„Geben Sie mir Beweise, dann werde ich glauben. Aus dem Grab ist noch keiner gekommen, um zu bezeugen, dass noch ein Leben nach dem Tode existiert."

„Einer doch: Jesus von Nazareth. Wenn Sie ihn kennen werden, werden Sie auch glauben, dass er lebt. Und wenn er lebt, so werden auch wir ewig leben." Aurel erzählte von seinen Kämpfen, den Zweifeln und dem Sieg des Lichtes über die Finsternis. „Entschuldigen Sie, bitte", sagte Adam, nachdem er ihm aufmerksam zugehört hatte, „Sie sind ein klar denkender Mensch, und jetzt sind Sie ein Schwärmer geworden? Sie glauben Dinge, die niemand beweisen kann. Warum hielten Sie sich nicht an Ihren nüchternen Verstand?"

„Weil es mir nicht genügt, wie überhaupt keinem Menschen."

„Sagen Sie das nicht. Einer steht vor Ihnen, der ohne Glauben an das ewige Leben existieren kann, dem das, was er mit dem Verstand begreifen kann, genügt."

Aurel sah in das stolze Gesicht des jungen Gelehrten.

„Bemühe dich nicht", dachte er bei sich. „Überlasse ihn Gott." Er wandte daher das Gespräch auf etwas anderes. Bald sagten sie sich freundschaftlich gute Nacht.

Im Schlafzimmer des Herrn Nikolaus brannte noch immer Licht. Hier saß Herr Orlowsky mit seinem Schwiegersohn Korimsky zusammen. Es gibt Augenblicke, in denen der Mensch ersticken würde, wenn er nicht jemandem sagen kann, was ihn drückt. So erzählte Korimsky seinem Schwiegervater von der Begegnung mit Baron Rainer. Endlich stand der alte Herr auf und legte die Hand auf den Arm des Apothekers. „Manfred, wir nähern uns dem Grabe, besonders ich. Wir müssen einmal vor Gott treten, und dort wird alles ans Licht kommen. Ich habe dich bis jetzt niemals gefragt, wie die Sachen standen. War die Anklage Natalies richtig oder nicht? Wenn du gesündigt hast, so ist es gewesen und vorbei. Ich will dich nicht richten und vergebe dir schon im Voraus. Aber sage mir nur die Wahrheit. Denn ganz ohne Ursache hätte sie dich wohl nicht verlassen, dazu hat sie dich zu sehr geliebt." Der Schein einer Erleichterung flog über das erstarrte Gesicht des Schwiegersohnes.

„An ihrem Weggang bin ich unschuldig, Vater", sagte er. „Das wird auch vor dem Gericht Gottes offenbar werden. Sie ist weggegangen, weil sie mich für einen untreuen Mann hielt. Sie hatte Recht, ich war es, ein Mann, der eine gute, liebende Frau verlassen hat. Aber es war nicht Natalie."

„Manfred, was sagst du?", rief Herr Nikolaus und legte die andere Hand erschreckt auf die heiße Stirn des Apothekers. „Die Seelenpein verwirrt dich!"

„Nein, Vater, ich rede noch mit gesundem Verstand. Obwohl es ein Wunder ist, dass ich bis heute nicht verrückt geworden bin. Du weißt, bevor ich mich um die Hand deiner Tochter bewarb, hatte ich eine Braut, die Tochter des Lehrers Borinsky. Ludmilla war ein Mädchen, das weder durch Schönheit noch durch Bildung deiner Natalie gleichen konnte. Sie war lieb und gut, und ich habe sie zu Fall gebracht. Im Augenblick des leidenschaftlichen Glückes unterlag sie meiner Verführung. Dann trennte uns mein Vater. Aber auch ohne sein Einschreiten trennte uns schon die Sünde. Sie litt darunter und sah in mir nur den Verführer, und ich fühlte in ihrer Nähe, dass ich schlecht war. Mir kam das Verbot meines Vaters gerade recht. So trennten wir uns. Aber sie war nicht nur meine Braut, der ich die Treue gelobt hatte, sie war auch die Mutter meines Kindes, das ich nie gesehen habe. Kurz nach der Geburt starb sie. Lies diesen Brief, ich fand ihn gestern zwischen meinen Papieren. Daraus wirst du sehen, warum mich meine Frau, der ich nie etwas zuleide getan hatte, verlassen musste, und warum mein Sohn jetzt dahinsiechen muss." Mit zitternder Hand setzte Herr Nikolaus die Brille auf und nahm das vergilbte Papier. Als er den Brief gelesen hatte, fiel seine Hand kraftlos nieder. Ohne ein Wort zu sagen, schritt er im Zimmer auf und ab. Plötzlich blieb er vor dem Schwiegersohn stehen: „Manfred, was wirst du tun? Hast du schon deinen Sohn gesucht?"

„Ja, einmal vor Jahren, aber ich fand keine Spur!"

„Suche noch einmal“, sagte Orlowsky mit abergläubischer Furcht. „Denn wenn dein Sohn irgendwo im Elend lebt, hier in dem Brief ist ein Fluch. Er wird in Erfüllung gehen. Du hast nicht nur Nikuschka, den der Fluch schon erreicht hat, du hast auch Margita. Es muss etwas getan werden, um Gott irgendwie zu versöhnen, damit er nicht auch noch sie treffe. Welche Opfer schreibt eure Kirche vor, um Gott zu versöhnen?“

„Bei uns ist das nicht Sitte, ich weiß von keinen Opfern.“

„Ach was, das kann nicht sein. Du hast nur bis heute nicht danach gefragt und verstehst es nicht. Erkundige dich bei dem Pfarrer!“

„Vater, ich weiß, dass man Gott in seinem Zorn mit nichts versöhnen kann. So viel weiß ich, dass alles, was so ein elender Mensch wie ich tut, vor ihm böse ist.“

„Nun, so bete zu den Heiligen, aber richtig, ihr habt ja keine Heiligen. Sieh, wohin euch euer Protestantismus führt! Wenn es schlimm um euch steht, dann habt ihr niemanden und nichts, wohin ihr euch flüchten könnt. Wenn du nichts tun kannst, werde ich für meine Margita beten.“

„Vater, nicht nur für Margita!“, rief Korimsky. „Wenn du beten kannst und willst, so bete auch für Nikuschka und auch für mich, damit ich den Sohn finden möge. Dann wird vielleicht das Böse von mir abgewendet werden.“

In dieser Nacht brannte ein schwaches Licht in dem einfachen Stübchen in Podhrad. Dort lag Natalie Rainer in Fieberphantasien. Ein junger Mann wachte über sie mit der Geduld der selbstaufopfernden Liebe. Er reichte die Arznei, wechselte die Umschläge und öffnete ab und zu das Fenster, um die frische Luft hereinzulassen. Erst als sich die Kranke beruhigt hatte, legte er sich aufs Sofa und schloss die Augen. Tiefer Schmerz lag auf seinem Gesicht.

Nach einer Weile öffnete sich die Tür, es kam die Ablösung. Das junge Mädchen warf einen prüfenden Blick ringsumher, und als sie den schlafenden Pfleger bemerkte, seufzte sie erleichtert auf. Wie gut war es, dass sie eher gekommen war, als sie sollte! Der Provisor war müde, und sie musste ihn wecken. Er hatte vielleicht einen bösen Traum, denn er stöhnte so schmerzlich. Schüchtern und ehrerbietig legte sie ihre Hand auf die Stirn des jungen Mannes. Er öffnete die Augen.

„Aneschka, Sie sind schon hier?"

„Entschuldigen Sie, Herr Ursiny, aber Sie träumten wohl, Sie haben so gestöhnt", sagte sie leise. „Es ist möglich, Aneschka, vielleicht lag mein Kopf schlecht. Ich danke für die Freundlichkeit." Er stand auf und trat zu dem Bett. „Ich hoffe, unsere Kranke wird jetzt ruhig sein. Das Fieber hat nachgelassen. Ich kann Sie ruhig bis morgen früh bei ihr allein lassen. Unser Heiland wird sie behüten."

„Ich werde auch alles tun, was nötig ist. Aber ist noch keine Antwort vom Herrn Baron gekommen?"

„Nein, sein Sekretär telegrafierte, der Herr Baron sei nicht daheim, und er wisse nicht, wohin er ihm die Nachricht senden solle."

„Was sollen wir jetzt tun? Der armen Frau geht es ja immer schlechter."

„Sorgen Sie sich nicht, Aneschka, ich habe die ganze Sache dem Herrn übergeben. Er wird gewiss aus der Not helfen. Tun wir nur treu, was wir können, das Übrige überlassen wir ihm. Nun Gott befohlen und auf Wiedersehen!" Der junge Mann ging durch die stille Nacht bis zur Apotheke und blieb eine Weile auf den Stufen vor der Tür sitzen. Mitternacht war längst vorüber. Die nächtliche Ruhe war so wohltuend. Dann aber, wie ein Mensch, der an seine Pflicht erinnert wird, stand er auf und trat in das Haus.

* * *

„Ich möchte doch gern wissen, Herr Provisor, wo Sie die Nächte zubringen. Gestern war Ihr Bett unberührt und heute wieder. Wenn Sie es nicht wären, würde ich mich nicht wundern, aber so?"

„Glauben Sie nicht, liebe Frau Pribovsky, dass man im Dienste an seinem Nächsten auch einige Nächte opfern kann?" Mit diesen Worten nahm der junge Provisor die Hand der Frau herzlich in seine Hände. Sie saßen noch beim Frühstück. „Ich dachte mir, dass es so etwas sein wird. Aber das kann der Herr Jesus von Ihnen nicht verlangen, Nacht für Nacht."

„Ich war ja nur bis Mitternacht fort, dann hatte ich keine Lust mehr, ins Bett zu gehen."

„Sie pflegen gewiss einen Kranken?"

„Sie haben es erraten."

„Könnte ich Ihnen nicht helfen? Ich weiß auch mit Kranken umzugehen."

„Ich glaube, dass Sie mir gut helfen könnten. Aber Sie haben den ganzen Tag so viel zu tun, dass Ihnen die Ruhe überaus nötig ist."

„Ach, wenn Sie das wenigstens nicht sagen würden! Wer arbeitet und bedient die Leute den ganzen Tag mehr als Sie?"

„Das ist etwas anderes, liebe Frau Pribovsky!"

„So wollen Sie mich nicht zur Hilfe?" Das Gesicht der Frau wurde traurig. Einen Augenblick überlegte der Provisor, dann hob er den Kopf. „Ich nehme gern Ihr Anerbieten an. Aber Sie müssen mir versprechen, niemandem zu verraten, wen wir pflegen."

„Das verspreche ich gern."

„Es wird nicht so leicht sein, das Versprechen zu halten! Die Kranke ist Frau Rainer, Nikuschkas Mutter."

„Frau Korimsky? Wie ist sie hergekommen?", entsetzte sich Frau Pribovsky und hörte dann gespannt den Bericht des Provisors. Eine Stunde später sahen sie die Leute nach der Friedhofsgasse eilen, aber keiner beachtete sie. Dafür bekam Aneschka eine unerwartete, ausgezeichnete Hilfe. Sie fragte nicht danach, was die Welt, ja selbst Herr Korimsky sagen würde, wenn er wüsste, dass von jetzt an aus seiner Küche geschickt wurde, was Frau Rainer brauchte. Frau Pribovsky bereitete ja das Essen für Nikuschkas und Margitas Mutter. Eine Frau, die mit einem liebevollen Herzen einen praktischen Sinn verbindet, ist immer eine gute Hilfe. Am Abend kam eine Nachricht von Baron Rainers Sekretär, dass er das Telegramm dem Baron in das Bad nachgeschickt habe, aber entweder war er noch nicht da, oder er war schon abgereist. So blieb kein anderer Weg übrig, als für den Fall, dass der Zustand der Baronin sich sehr verschlimmerte, das Versprechen Nikuschkas einzulösen und Herrn Nikolaus zu rufen.

* * *

An einem wunderschönen Morgen ritt aus dem Tor von Podolin auf einem Schimmel ein junges Mädchen, bei dessen Erscheinen die Kinder und die Alten mit offenem Munde stehen blieben. Die Reiterin trug ein weißes Kleid und sah so hübsch aus, wie die Kinder sich eine Prinzessin vorstellten.

„Das Fräulein vom Schloss!“, flüsterten die Leute sich zu. Tamar Orano lenkte das Pferd dem Walde zu. Sie ritt denselben Weg, auf dem gestern Adam in Gedanken herumgeirrt war. Noch gestern Nachmittag hatte sie sich vorgenommen, da hinaufzureiten, damit sie schauen könnte, wo Margita wohnte.

Sie hatte aber niemandem etwas davon gesagt, denn sie wusste genau, der Vater würde es ihr sicher aus Fürsorge so früh nicht erlauben. „Wenn ich zu dem Kreuz komme, lasse ich dort das Pferd und werde zu Fuß gehen", dachte sie.

Aber sie war noch nicht am Kreuz, und schon sprang sie herunter. Erst jetzt bemerkte sie, dass sie niemanden hatte, dem sie die Zügel reichen konnte, da sie den Diener daheim gelassen hatte. Zum ersten Male in ihrem Leben band sie das Pferd selbst an einen Baum und schritt mutig dem Kreuz zu. Als sie darauf schaute, dachte sie plötzlich: „Warum sind in Europa überall diese Kreuze, und warum ist darauf immer die Gestalt eines an Händen und Füßen angeschlagenen Menschen?" Sie wusste, dass das Kreuz das Symbol des Christentums war, aber was hatte damit jener Mensch zu tun?

Wer war er? Was hatte er für eine Bedeutung für die Menschheit, dass er überall in Ehren gehalten wurde? Sie hatte einmal ihren Vater danach gefragt, er hatte erwidert, sie wäre noch zu jung, um darüber nachzudenken. „Ich will es wissen", dachte sie jetzt mit dem Eigensinn des verwöhnten Kindes, das gewohnt ist, zu herrschen. „Ich will es wissen, und jemand muss es mir sagen!" Sie näherte sich dem Kreuz und blieb plötzlich stehen, sie erkannte, dass auf der unteren Stufe, den Kopf an die obere gelehnt, ein junger Mann halb sitzend lag. Neugierig schaute das Mädchen auf ihn. Was tat er hier? Schlief er auf dem harten Stein?

Sie trat einen Schritt vor und blieb wieder stehen. Da hatte der junge Mann sie gesehen. Er sprang auf und verbeugte sich vor ihr. „Guten Morgen!“, sagte er in deutscher Sprache. Sie atmete auf, dass sie ihn verstand. „Guten Morgen!“

Aber weiter war ein Wort schwer zu finden, wenn nicht Tamar der Handschuh entfallen wäre, den der junge Mann schnell aufhob, und wenn nicht plötzlich mit leisem Trab der schlecht angebundene Schimmel zu seiner Herrin gekommen wäre.

„Ich habe ihn doch angebunden“, wunderte sich Tamar. „Erlauben Sie bitte, ich werde ihn fester anbinden“, erwiderte der junge Mann, und schnell befestigte er das zahme Tier.

„Danke schön!“, sagte Tamar und fragte dann weiter:

„Sieht man von diesen Stufen aus nicht Horka?“

„Von hier aus nicht“, entgegnete er verwundert. „Wenn Sie aber erlauben, will ich Sie etwas weiter führen.“

„Noch weiter? Ich dachte, wenn ich hierher reite, würde ich gleich sehen, wo Margita wohnt?“

„Kennen Sie meine Schwester?“, fragte der junge Mann erstaunt. „Ihre Schwester? Ich wusste nicht, dass sie auch einen Bruder hat“, sagte Tamar. „Herr Orlowsky erwähnte bei uns nur, dass Margita bei ihrem Großvater ist.“

„Das ist sie, doch jetzt bin ich mit unserem Vater bei ihr zu Gast. Mein Name ist Nikolaj Korimsky.“

„Ich bin Tamar Orano.“

„Es freut mich sehr. Erlauben Sie also, dass ich Sie auf meinem heimatlichen Boden begrüße.“ Sie errötete und reichte ihm die Hand. „Einen so weiten Weg haben Sie schon hinter sich, Fräulein Orano? Adam sagte gestern, dass er müde sei, und Sie haben die Müdigkeit so schnell überwunden? Oder hat Sie die Schönheit meines Vaterlandes so bald herausgelockt?“

„Ja, Herr Korimsky, es ist hier sehr schön. Diese Wälder, die blühenden Bäume, das milde Klima! Hier habe ich keine Kopfschmerzen, mir ist so wohl!“ Nikolaj sah das junge Mädchen erfreut an. Wer wollte sich nicht mit ihr freuen, dass sie den Schmerz los war! Ihr Augenlicht sollte für immer erlöschen? Unmöglich! „Mit Hilfe unseres großen Arztes, des Herrn Jesus, werden Sie gesund werden“, sagte er teilnehmend. „Was für einen Arzt meinen Sie“, fragte Tamar verwundert. „Ihn“, er deutete auf das Kreuz. Sie trat zurück.

„Ich verstehe Sie nicht“, sagte sie kopfschüttelnd. „Wen meinen Sie?“

„Den Herrn Jesus, den einzigen Arzt des Leibes und der Seele, auch Ihren Arzt“, entgegnete er etwas verwirrt, aber mit Überzeugung. „Den Herrn Jesus? Was ist das für ein Mann? Ich habe noch nie seinen Namen gehört“, erkundigte sie sich interessiert. „Und warum zeigten Sie dabei auf die Figur? Ist das irgendein Heiliger, vor dem sich die Christen in Europa beugen wie in Afrika die Heiden vor ihren Götzen?“ Der Ausdruck einer schwer zu beschreibenden Überraschung spiegelte sich in dem Gesicht des jungen Mannes. Bis vor kurzem hatte er auch nicht an Christus geglaubt und stand fern von allem Göttlichen. Er hatte Gelegenheit gehabt, mit vielen Ungläubigen zu sprechen, er kannte Lästerer, aber noch nie hatte er solche Unwissenheit erlebt wie in diesem Augenblick. Der Herr Jesus liebte sie, dass er auch für sie gestorben war, und sie kannte ihn nicht, hatte keine Ahnung von ihm. Wo war sie erzogen, und wer hatte sie so unverzeihlich vernachlässigt? Wenn Ursiny sie hören würde! Wäre Miroslav jetzt hier und könnte ihr alles sagen, was sie wissen musste, damit sie nicht verloren ginge! Doch er selbst konnte ihr sagen, was er wusste.

„Diese Frage kann nicht so leicht beantwortet werden. Aber wenn Sie es wünschen, nehmen Sie bitte Platz, und ich will Ihnen antworten.“

„Ich möchte, dass Sie es mir erklären“, bat sie und sah ihn fragend an. „Gern, aber zuerst sagen Sie mir, Fräulein Orano, glauben Sie an Gott?“

„Ich glaube an die Gottheit, die die ganze Welt beherrscht, und Sie?“

„Ich glaube an einen Gott, der Himmel und Erde geschaffen und bis heute erhalten hat. Sein Sohn heißt Jesus Christus. Nun hat Gott die Welt so geliebt, dass er seinen Sohn gab, auf dass alle, die an ihn glauben, nicht verloren werden, sondern das ewige Leben haben."

Wahrscheinlich hat kein Professor eine so aufmerksame Schülerin wie die, welche nun vor Nikolaj Korimsky saß und seinen Worten begierig lauschte. Aber es wurden auch kaum die göttlichen Wahrheiten kindlicher vorgetragen, wie es jetzt geschah. „Wie können Sie aber glauben, dass er lebt, da sie ihn ans Kreuz geschlagen haben?", unterbrach Tamar ihren Lehrer. „Ist es bewiesen, dass er lebt?"

„O Fräulein Orano, ich kann es glauben. Vor einem halben Jahr habe ich mich unbeabsichtigt mit einem starken Gift vergiftet, und obwohl mich Gott am Leben erhalten hat, bin ich noch immer krank. Gerade jetzt kehrte ich aus dem Süden zurück und bin auch hierher zur Erholung gekommen. Bitte, erschrecken Sie nicht, aber ich musste es Ihnen sagen. Wie Sie sehen, bin ich jung. Das ganze Leben lag vor dem Unglück vor mir, und plötzlich hatte alles ein Ende! Anstatt Leben Siechtum, ein Ende auch aller Ideale und Zukunftspläne. Glauben Sie mir, dass ich unglücklich war?"

„Ganz gewiss!", erwiderte Tamar.

„Da kam in unser Haus ein Mensch, der an den Herrn Jesus glaubt und ihn liebt. Er lehrte auch mich ihn kennen zu lernen und betete für mich so lange, bis ich an ihn glaubte. Seitdem ist mein Herz von der Angst des Todes geheilt, ich habe Glück und Frieden. Darum weiß ich, dass er lebt, denn ich fühle, dass er mich liebt, und dass er mir große Wohltat erwiesen hat. Möchten Sie nicht auch den Herrn Jesus kennen lernen?"

„Das möchte ich schon, aber glauben, dass er lebt, werde ich erst dann, wenn er Sie heilen wird."

Der junge Mann fuhr zusammen. „Wenn er will, kann er es tun."

„Glauben Sie?" Ihre Augen leuchteten auf.

„Ich möchte gern noch leben, denn ich habe einen Vater, dem mein Tod sehr weh tun würde. Und ich habe auch Margita. Wie gern möchte ich hier leben, um für den Herrn zu arbeiten. Aber ich werde auch sehr gern zu ihm gehen, wenn er mich in ein neues, herrlicheres Leben abrufen wird."

„Reden Sie doch nicht so! Der Tod ist schrecklich, ganz schrecklich!"

„Für mich nicht mehr. Jesus wird mit mir gehen. *‚Ob ich schon wanderte im finstern Tal, fürchte ich kein Unglück, denn du bist bei mir!'*"

„Und wird er in jener Stunde ganz gewiss zu Ihnen kommen? Wissen Sie das so sicher?"

„Ich glaube es, denn er hat mir gesagt: *‚Ich bin der Herr, dein Gott, der deine rechte Hand stärkt und zu dir spricht: Fürchte dich nicht, ich helfe dir!'* Nun und wann würde ich seiner Hilfe mehr bedürfen als in der letzten Stunde auf Erden? Er wird gewiss mit mir sein, so wie er jetzt mit mir ist. Ich glaube an seine Nähe und fühle sie." Der junge Mann schwieg. Tamar war tief bewegt. So jung sein und sterben müssen! Aber wie herrlich musste Jesus, der Sohn Gottes sein, dass sich dieser junge Mann vor dem Tode nicht fürchtet, nur weil er zu ihm gehen sollte! Plötzlich fuhr Nikolaj auf. „Margita erwartet Sie, Fräulein Orano. Erwähnen Sie dann bitte nicht, was ich Ihnen jetzt gesagt habe, denn meine Lieben glauben an meine Genesung."

„Auch ich werde an Ihre Genesung glauben. Sie dürfen noch nicht sterben, das wäre zu traurig! Sprechen wir nicht mehr davon, denn ich muss sonst weinen, und das ist mir verboten." Der junge Mann wusste nicht, warum ihn diese mit Gefühl ausgesprochenen Worte so sonderbar berührten, und Tamar wusste nicht, warum sie das gesagt hatte. Er zog ihre Hand an seine Lippen. Vor einer Stunde sahen sie sich zum ersten Mal, aber es war ihnen, als hätten sie sich längst gekannt. „Gehen wir schauen, wo Horka liegt", sagte Nikolaj lächelnd und stand auf. „Das wird jedenfalls besser sein, als noch länger auf dem kalten Stein zu sitzen", rief plötzlich eine Stimme. Beide fuhren zusammen. Tamar wurde unmutig, und Nikolaj errötete. „Aurel, du hier? Erlauben Sie bitte, Fräulein Orano, dass ich Ihnen meinen Freund und Arzt in einer Person vorstelle: Aurel Lermontoff!"

„Zürnen Sie nicht dem Ruhestörer, gnädiges Fräulein", sagte der junge Mann freundlich und verbeugte sich höflich. „Der Arzt muss manchmal auch rücksichtslos sein, wenn er ungehorsame Patienten hat. Nikolaj ist sehr ungehorsam. Anstatt sich nach der Reise auszuruhen, läuft er uns davon, wer weiß wohin in den Wald."

„Kann ihm das wohl schaden?", fragte Tamar. „Es ist hier ja so schön."

„Wenn er schon lange hier ist ja; früher war noch mehr Tau als jetzt."

„Tun Sie es nicht mehr, Herr Korimsky", sagte sie bittend zu dem jungen Mann. „Ich werde Acht geben, Fräulein Orano." Dann wanderten alle zusammen weiter durch den Wald. „Wenn Frau Margita wüsste, wer in ihrer Nähe ist, würde sie hierher kommen", meinte der Doktor, als sie oberhalb von Horka standen. „Erlauben Sie, dass ich sie hole."

„Aber nein!", rief Tamar, doch es war schon zu spät. Nikolaj war schon fort.

„Herr Doktor, Sie haben unser Gespräch angehört?", fragte Tamar. „Nur den Schluss hörte ich."

„Ist es wahr, dass er sterben muss?" Tamar sah den Arzt ängstlich an. Lermontoff war blass geworden. „Wenn der Herr Jesus nicht hilft, ja. Denn wir Ärzte bemühen uns umsonst, für ihn eine Arznei zu finden."

„Und was könnte man tun, dass er hilft?"

„Glauben, beten und wieder glauben."

„Nun, so bitten Sie ihn, wenn Sie wissen, dass er helfen kann."

„Ich bete für meinen Freund, gnädiges Fräulein, und bete nicht allein. Aber lassen wir das Gespräch, damit man uns nicht dabei überrascht. Sehen Sie dort links das kleine Haus?"

„Nein, so weit sehe ich nicht", seufzte sie. „Was ist dort?"

„Ein kleines Haus, dort werden wir jetzt wohnen."

„Dort? Und warum nicht in Horka?"

„Das Haus liegt direkt am Wald, und wir sind genötigt, nach Horka zu gehen."

„Werden Sie nicht reiten?"

„Später ja. Jetzt könnte sich Nikuschka wegen Schwindel noch nicht auf dem Pferde aufrecht halten."

„Auch mir erlaubt Papa das Reiten nicht, und ich mag es doch so gern. Sie haben gelächelt, Sie denken wohl, dass ich ungehorsam bin?"

„Verzeihen Sie, aber ich denke, dass Sie Ihren Willen nicht gern unterordnen und bezweifle, dass Sie sich viel verbieten lassen."

Tamar neigte ihren Kopf wie zustimmend, dann schaute sie ihn wieder groß an. „Bitte, sagen Sie meinem Vater, wenn Sie mit ihm zusammenkommen, dass mir das Reiten nicht schadet, damit er es mir nicht verwehrt."

„O, das kann ich mit gutem Gewissen sagen. Überhaupt, gnädiges Fräulein, wenn ich Ihre Augen betrachte und Ihren ganzen Organismus, fällt mir eine Patientin ein, die ich kürzlich behandelte. Zeitweise sah sie gar nichts, dann wieder nur wenig, dann wieder ganz gut. Ich riet ihr zur Luftveränderung. Sie hörte auf, sich einzuschließen, gehorchte meinem Rat und härtete sich gründlich ab. Ihre feinen Hände und ihre zarte Haut litten zwar darunter, aber die Gesundheit kehrte zurück, und die Augen erstarkten. Halten Sie mich bitte nicht für zudringlich, wenn ich Ihnen rate: Legen Sie alle Medikamente beiseite, aber auch alle ausgesuchten Speisen. Greifen Sie zur gesunden, einfachen Kost, trinken Sie unsere gute Milch, und essen Sie unser Roggenbrot! Arbeiten Sie jeden Tag wenigstens eine Stunde mit Unterbrechung im Garten! Stehen Sie so früh auf wie heute, und reiten Sie oder gehen Sie spazieren! Für einige Zeit lassen Sie auch alle Bücher beiseite, als existierten sie gar nicht, und binnen kurzer Zeit werden Sie nicht nur unser Häuschen, sondern auch die entferntesten Bäume dahinter sehen."

Der junge Russe sprach mit Vertrauen erweckender Herzlichkeit. Das junge Mädchen jubelte innerlich. Nicht in die schreckliche Finsternis versinken müssen! Wie herrlich!

„Herr Doktor, ich will alles gern und dankbar tun, denn ich fürchte mich sehr vor dem Erblinden; aber der Vater wird mich durch seine Ängstlichkeit hindern. Ich muss mir dann alles ertrotzen, das regt mich auf, und Aufregung schadet mir. Aber ich weiß einen Rat. Mein Vater erwähnte gestern, dass er einen Arzt nach Podolin nehmen wolle, damit dieser mich jeden Tag sehen könne. Wollen Sie nicht mein Arzt werden?"

„Sehr gern, ich danke für Ihr Vertrauen", sagte der junge Doktor errötend. „Nur weiß ich nicht, ob Ihr Herr Vater einverstanden ist, dass ich zwar jeden Tag nach Podolin komme, aber nicht ständig dort bleibe. Nikuschka kann mich nicht entbehren, und ich habe mich ihm ganz gewidmet, solange er mich braucht."

„Aber gewiss, ihn sollen Sie um meinetwillen nicht verlassen. Das wäre auch nicht nötig und wird auch so gehen. Geben Sie die Hand darauf, dass Sie mein Arzt werden. Der Vater wird schon darauf eingehen, wenn ich es will. Bisher habe ich mich immer gegen ärztliche Behandlung gesträubt. Das wird das erste Mal sein, dass ich es nicht tue. Darum wird er auch mir zuliebe gern nachgeben. Aber nicht wahr, Sie werden mich nicht quälen wie die anderen?"

„Ich weiß nicht, was Sie unter Quälen verstehen. Ich verlange von meinen Patienten nur Gehorsam, sonst höre ich sogleich mit der Behandlung auf. Das eine aber kann ich versprechen, dass ich Sie weder mit Untersuchungen noch mit Medikamenten quälen werde, dafür mit etwas ganz anderem, wie ich schon sagte."

„So geben Sie mir die Hand, Herr Doktor."

Sie streckte ihm die Rechte hin, er legte seine

Hand hinein. Es kam ihm wie ein Traum vor, dass er so plötzlich der Arzt dieses vornehmen jungen Mädchens werden sollte.

Unterdessen kam Nikolaj in den Garten und fand Margita zwischen den Blumen. Sie band gerade einen Strauß für ihn und staunte, dass er schon einen Spaziergang hinter sich hatte. Schnell berichtete er, weshalb er kam und wem sie die Blumen schenken könne. „Sie wollte sehen, wo du wohnst. Aber denke doch, Fräulein Orano kennt Christus nicht und hat noch nie von ihm gehört."

„Aber, Nikuschka, das ist fast unmöglich!", sagte Margita erschrocken. Unterwegs erzählte Nikolaj der Schwester von seinem Gespräch mit Tamar. Als Margita kurz darauf dem jungen Mädchen gegenüberstand, dachte sie betrübt: „Sie kennt den Heiland nicht, niemand hat für ihre Seele gesorgt! Aber du sollst nicht in der Finsternis bleiben!"

Margita umarmte die reizende Nachbarin herzlich und bot ihr den Narzissenstrauß zum Willkommen. Den Standesunterschied vergaßen sie gänzlich. Sie hatten sich ihre erste Begegnung anders vorgestellt, aber schöner hätte sie nicht werden können. „Ich wollte nur sehen, wo Sie wohnen", erzählte Tamar, „statt dessen sehe ich Sie selbst schon und gleich in aller Frühe."

„Auch ich bin überrascht, Fräulein Orano, nur kann ich nicht begreifen, dass man Sie schon fortgelassen hat", erwiderte Margita verwundert.

„O, ich bin ganz allein fortgegangen. Bei uns schlafen noch alle. Aber gut, dass Sie mich daran erinnern", besann sich Tamar. „Ich muss nach Hause, denn meine Gesellschafterinnen werden erschrecken, und mein Vater auch, wenn sie mich nicht finden. Auch mein Schimmel könnte ungeduldig werden. Begleiten Sie mich doch bitte bis zu ihm, damit wir nicht gleich wieder scheiden müssen."

„Selbstverständlich kommen wir mit. Wenn ich nicht fürchten müsste, dass Ihre Lieben daheim wirklich Angst um Sie haben, würde ich Sie sehr bitten, mit uns hinunterzukommen."

„Wir werden gern zu Ihnen kommen! Orfa und Asja, meine Gesellschafterinnen, freuten sich gestern schon darauf, ich am meisten. Als ich hörte, dass Sie hinter dem Berg wohnen, hatte ich gleich Lust, nach Podolin zu gehen, wenn ich es mir auch nach dem Bild ganz anders vorstellte. Man hat mir auch erzählt, dass Sie beim Einrichten meiner Zimmer geholfen haben, ich danke Ihnen."

„Das hat mir nur Freude bereitet, liebe Tamar, denn auch ich habe mich sehr auf Sie gefreut. Doch entschuldigen Sie die vertrauliche Anrede."

„Ich bitte, dass Sie mich so nennen. Ich möchte Sie gern Margita nennen, der Name gefällt mir sehr." So kamen sie alle, ins Gespräch vertieft, bis zu dem ungeduldig stampfenden Schimmel. Aurel hob Tamar in den Sattel, Nikolaj hielt die Zügel und die Blumen, dann reichte er ihr beides. Als sie mit fröhlichem „Auf Wiedersehen“ davon ritt, schauten sie ihr noch lange nach. Auf dem Rückweg erzählte Aurel, mit welcher Bitte Tamar an ihn herangetreten sei und dass er zugestimmt habe, weil er hoffe, dass sie bald geheilt würde.

Während die Freunde sich mit Aurel freuten, tönte es der im Nachdenken versunkenen Tamar entgegen: „Tamar, Liebling, wo bist du gewesen?“ Der Marquis hielt vor ihr an und zog voll Angst die Tochter an sich. „Guten Morgen, Vater!“

„Aber mein Liebling, wie konntest du es allein wagen?“ Sie runzelte die Stirn. „Ich wusste, dass du mir meine Freude wieder verderben wirst. Warum hast du nicht noch eine Weile gewartet? Ich wäre schon gekommen. Mir geht es so gut, ich bin so glücklich, und du freust dich nicht mit mir!“, warf sie ihm vor. „Doch, ich freue mich. Ich hatte nur Angst. Ich wusste ja nicht, wo du bist und ob dir nicht etwas zugestoßen ist.“

„Nichts ist passiert, Vater, ich erzähle dir unterwegs.“

„Vor allem, Vater“, begann Tamar und lächelte schelmisch, während sie weiterritten, „ich habe für mich einen Arzt gefunden.“

„Was?“

„Du hast doch gestern gesagt, dass ich einen Arzt haben müsse. Wenn es schon sein muss, dann will ich ihn auch selbst wählen, oder darf ich nicht?“

„Natürlich, Tamar, nur weiß ich nicht, wo du mit

ihm zusammengekommen bist. Hast du vielleicht jetzt auf dem Spazierritt den Arzt von Podolin getroffen?"

„Ja, Vater, ich bin ihm begegnet, aber nicht dem Arzt von Podolin. Er ist eigentlich der Arzt und Freund von Margitas Bruder. Aber du kannst mich nicht verstehen, Vater. Dort bei dem Kreuz traf ich den Schwager von Herrn Orlowsky, Nikolaj Korimsky. Er ist krank, und zwar unheilbar krank, und er ist noch so jung. Er hat einen Freund, der Aurel heißt, den anderen Namen vergaß ich, der ist Arzt. Als ich mit ihm sprach, sagte er mir, was ich tun solle, damit ich bald wieder gesund würde. Sobald ich körperlich kräftiger würde, würden auch meine Augen gesund."

„Das hat er dir gesagt, Tamar, Liebling? Wo ist er?", fragte Orano ganz aufgeregt.

„Jetzt ist er in Horka. Ich habe gleich Vertrauen zu ihm gefasst und bat ihn, wenn er im Borovskytal wohnen wird, so heißt das andere Tal dort, solle er mein Arzt werden. Aber er sprach seine Befürchtung aus, ob du ihm vertrauen wirst."

„Warum denn nicht? Wenn du ihm vertraust und dich seinen Anordnungen unterziehst, bin ich nur glücklich. Aber daraus wird nichts, wenn er irgendwo anders wohnt, mein Hausarzt muss bei mir wohnen."

„Das kann er nicht. Ich sagte dir schon, dass er der Arzt seines Freundes ist."

„Das kann er ja deswegen bleiben, mein Kind, ihn auch täglich besuchen."

„Nein, Vater!" Die Tochter warf energisch den Kopf zurück. „Ich erlaube es nicht, dass mir zuliebe Nikolaj Korimsky zu kurz kommen soll. Es kann alles ruhig so bleiben, Vater, und es wird auch so gehen, nicht wahr?"

„Nun ja, ich will noch mit dem Doktor darüber sprechen, nur schade, dass du dir seinen Namen nicht gemerkt hast. Ich hätte ihn gern noch für heute eingeladen."

„Das macht nichts, Vater. Wie du weißt, gehen wir heute Nachmittag nach Horka und bringen ihn dann mit. Aber jetzt habe ich dir noch etwas anderes zu erzählen, ich habe Margita gesehen!" Es ist schwer zu sagen, welche Beschreibung wärmer war, ob die, die Tamar ihrem Vater von ihrer Nachbarin gab, oder jene, die Margita beim Frühstückskaffee ihrem Vater von Tamar Orano machte. Das eine ist sicher, jede erweckte in dem Herzen ihres Vaters großes Interesse. Alle freuten sich auf ein baldiges Wiedersehen.

Am Abend stand Margita Orlowsky auf der Veranda von Horka. Sie war so glücklich. In Gedanken durchlebte sie noch einmal den ganzen Tag. Gleich nach dem Frühstück brachten sie Nikolaj zu dem Borovskyhof. Ihm und Aurel gefiel es sehr gut dort. Nikuschka wusste kaum, wie er ihr und besonders dem Großvater seine Dankbarkeit ausdrücken sollte, auch der Vater war sehr gerührt. Später traf Margita Vorbereitungen für den Nachmittag, denn sie hatte vor, allen fremden Sitten zum Trotz, ihre Nachbarin nach slowakischer Art zu unterhalten und dann zu bewirten. „Ich weiß nicht, was der Marquis dazu sagen wird. Er ist ein stolzer Mensch", sagte Adam, den es zeitweise bei dem Onkel und Großvater nicht litt und noch weniger bei seinen Papieren. Immer fand er einen Vorwand, um Margita zu besuchen. „Sei unbesorgt, Tamar wird meine Gastfreundschaft nicht verschmähen", antwortete Margita. Und sie täuschte sich nicht. Nachmittags kamen die Damen, von dem Sekretär und dem Verwalter begleitet. Der Marquis ließ sich entschuldigen, er musste dringende Post aus Ägypten beantworten. Herr Villier brachte dem Doktor Lermontoff einen Brief mit. Orano bat ihn, die Damen nach Podolin zurückzubegleiten. Die Gäste fühlten sich in Horka sichtlich wohl. Die Gesellschaft plauderte, musizierte und ging in dem kleinen Park spazieren. Auf den Wiesen pflückten sie Vergissmeinnicht. Dann veranstaltete Aurel Gesellschaftsspiele. Tamar und die Begleiterinnen lernten eifrig und begeistert. Als sie nach Horka zurückkehrten, war unterdessen im Park der Kaffee bereitet. „Bei uns ist es so Sitte, liebes Kind", erklärte Herr Nikolaus seinem Gast.

Umsonst hatte Adam gefürchtet, dass diese Tafel von jener gestern früh in Podolin sehr abstechen würde. Freilich waren hier nicht teures Geschirr und seidene Decken, aber auf dem Tisch standen zwei wunderschöne Blumensträuße, und anstelle eines Dieners bediente die Hausfrau selbst. Tamar Orano schmeckte es so gut wie noch nie. Ihre Gesellschafterinnen hatten sie selten bei so guter Laune gesehen.

Nach dem Kaffee sagte Nikolaj seinem Freund etwas ins Ohr. Dieser zuckte erst die Schultern. Aber zur großen Überraschung aller holte er eine Zither und spielte und sang einige russische Lieder. Allen gefielen sie sehr. Nur Herr Orlowsky sah den Arzt beinahe erschrocken an und war von diesem Moment an schweigsam, doch das merkte in der allgemeinen fröhlichen Stimmung keiner.

Am Abend begleiteten Margita und Adam die Gäste bis zum Park von Podolin. Aurel ging mit zum Schloss.

* * *

Während Margita an die Erlebnisse des Tages dachte, fiel ihr das Gespräch mit Tamar ein. Als sie vorhin Horka gemeinsam besichtigten, kam sie mit Tamar allein in ihr Arbeitszimmer. Da ergriff die junge Marquise die auf dem Tisch liegende deutsche Bibel, in der Margita nach dem Mittagessen noch gelesen hatte. „Handelt dieses Buch von Jesus, Margita?“, wandte sich Tamar ihr hastig zu. „Ja,

Tamar, das ganze Buch. Es ist das Buch, aus dem ich Licht geschöpft habe, und jetzt bin ich in diesem Licht sehr glücklich."

„Früher waren Sie nicht glücklich?", wunderte sich Tamar. „Sie haben ja alles, eine große, liebe Familie."

Es zuckte schmerzlich um Margitas Lippen, dem jungen Mädchen entging es nicht. „Was ist Ihnen?", fragte sie freundlich. „Es ist noch nicht lange her, dass ich niemanden und nichts hatte, und was das Allertraurigste war, auch nicht den Herrn Jesus."

„Nicht wahr, Sie werden mir sagen, wie es kam, dass Sie nichts hatten und jetzt alles haben?"

„Ich würde es Ihnen erzählen, aber wir könnten gestört werden, hier nicht."

„Also später. Nur soviel sagen Sie mir, waren Sie Adam sehr böse?"

„Sehr, Tamar. Aber jetzt ist alles gut."

„Herr Orlowsky war gewiss schuld?" Sie zog die Stirn in Falten. „Schuld waren wir beide."

„Und wo kann man dieses Buch bekommen? Wundern Sie sich nicht, ich weiß noch nichts vom Herrn Jesus. Aber Sie lieben ihn, Herr Korimsky auch, und ich will ihn auch kennen lernen."

Margita errötete vor Freude. „Wenn Sie es wünschen, Tamar, werde ich Ihnen das Buch besorgen. Doch welche Sprache lesen Sie am leichtesten?"

„Am liebsten lese ich Englisch, aber auch Deutsch fällt mir nicht schwer."

„Nun, so besorge ich es Ihnen in beiden Sprachen. Auch mir hat es viel genützt, dass ich Polnisch mit Deutsch vergleichen konnte. Bis dahin erlauben Sie, dass ich Ihnen mein Buch borge?“ Als die anderen kamen, war das Buch schon eingepackt.

Auf dem Spaziergang im Park ging Margita neben Tamar. Auf Tamars Drängen und aus Besorgnis, dass sie von anderen Leuten falsch unterrichtet werden könnte, erzählte Margita ihr von der Scheidung ihrer Eltern. Der Großvater habe sie aus dem Haus des Stiefvaters geholt. Damit sie nun aber für immer bei ihm bleiben könne, habe er sie beide, Adam und sie, verbunden. Weiter berichtete sie von der Aussöhnung mit dem Vater und dem Bruder. Nur von der Mutter sei sie getrennt, doch das ließe sich nicht mehr in Ordnung bringen.

Tamar war ganz gerührt, so bewegte sie alles. Margita fühlte, dass sie in ihrem Vater einen Märtyrer sah, und das beglückte sie. „Wir werden uns jeden Tag besuchen“, versprach Tamar beim Abschied, „ich kann so viel von Ihnen lernen. Bis jetzt tat ich nur, was mir gefiel, und das ist nicht gut, ich sehe das ein. Sie sind noch jung und mussten schon so viel leiden. Ich hätte es nicht ertragen.“

An diese Worte dachte Margita jetzt. Wenn nicht plötzlich im Flur die besorgte Stimme des Großvaters nach ihr gefragt hätte, wäre sie noch lange draußen geblieben und hätte geträumt. So aber wurde sie an ihre Pflicht erinnert und eilte hinein.

* * *

Nach dem Schluss einer gut besuchten Versammlung der Evangelischen in Podhrad saß der junge Provisor allein in dem verlassenen Raum und las mehrere Briefe, darunter auch einen Brief des Freundes Aurel:

„Lieber Miroslav! Du wirst dich wundern, auf einmal zwei Briefe von mir zu bekommen. Diesen schreibe ich in der Nacht und trage ihn morgen früh selbst auf die Post, damit du ihn recht bald hast. Lieber wäre es mir, wenn ich mit dir sprechen könnte. Nikuschka geht es, gottlob, besser. Es ist kein Wunder, denn es ist eine Freude, hier zu sein. Ich danke dir, mein Freund! Wärst du nicht gewesen, so wäre ich fortgeeilt und würde mich irgendwo in der Einsamkeit quälen und mit dem verlassenen Nikuschka leiden. Es war so, wie du gesagt hast. Der Herr half mir vom ersten Augenblick an. Da sie nicht erfahren werden, wer unter ihnen wohnt, wird alles gut werden. Weil Nikuschka bat, spielte ich einige russische Lieder auf der Zither. Herrn Nikolaus berührte es schmerzlich. Daraus sah ich, dass mein Vater nicht vergessen ist. Adam Orlowsky ist sehr liebenswürdig zu mir. Er ist ein gebildeter junger Mann, nur leider auch ein sehr kluger Ungläubiger, der an dem, was sein Verstand sagt, genug hat. Ich will für ihn beten. Aber jetzt zur Hauptsache: Denke dir nur, ich bin Hausarzt in Podolin geworden. Durch göttliche Fügung muss ich sagen, denn sonst kann ich mir nicht erklären, wie es geschehen ist. Ich werde dort natürlich nicht wohnen. Ich habe auch eigentlich niemanden zu behandeln, denn die Kranke, die hübsche Marquise Orano, braucht eine Kur, die du ihr besser bieten könntest als ich. Sie ist in gänzlicher Finsternis aufgewachsen. Von heute an bin ich ihr Arzt.

Vielleicht hast du gehört, dass sie eine Augenkrankheit hat und die Möglichkeit des Erblindens besteht. Doch spürte ich gleich bei der ersten Begegnung heute früh solche Gewissheit, dass dies nicht geschehen wird, was ich auch dem Marquis versicherte. Bitte, bete für mich, dass mich meine Hoffnungen nicht trügen! Die junge Dame war mit ihren Gesellschafterinnen auf Horka zu Besuch. Ich begleitete sie dann nach Podolin. Dort stellte sie mich ihrem Vater, ich weiß nicht, ob aus Laune oder weshalb, als ‚Doktor Aurel' vor. Als wir dann allein waren, beantwortete ich seine Fragen nach seiner Tochter und meinen Plänen. Er bot mir ein hohes Honorar an. Als es dann zum Vertrag kam, fragte er plötzlich nach meinem Namen und meinte: ‚Tamar hat mir Ihren Familiennamen nicht gesagt, Herr Doktor.'

‚Aurel Lermontoff', sagte ich deutlich.

Als hätte er einen Stoß bekommen, fuhr er zusammen und wurde blass. ‚Lermontoff', wiederholte er etwas befangen.

‚Sie sind Russe?'

‚Ja', antwortete ich unangenehm berührt. ‚Ist das vielleicht ein Hindernis?'

‚O, warum?'

‚Ich bin Kosmopolit.' Er klingelte und gab dem Herrn Villier Anweisung, den Vertrag aufzusetzen. Nachdem der Verwalter gegangen war, fragte er mich, wie es komme, dass ich nicht in Russland lebe. Ich teilte ihm mit, ich sei mit den Eltern nach Wien gekommen und dort auch erzogen worden. ‚Leben Ihre Eltern noch?' fragte er mit Interesse. Ich sagte ihm, dass sie schon gestorben wären. Dann fragte er nach Nikolaj und seiner Krankheit und berichtete von den verschiedenen Diagnosen, die bedeutende Ärzte bei seiner Tochter gestellt hätten.

Inzwischen kam Villier und brachte den Vertrag. Auch Direktor Zarkany von Podolin kam dazu. Wir unterschrieben, und die Sache war abgemacht. Ich bekenne dir, ich hätte diese Aufgabe kaum übernommen, wenn mir Tamar nicht Leid täte. Der Marquis Orano machte keinen guten Eindruck auf mich. Mir scheint, wenn er nicht so stolz und kalt wäre, würde seine eigentliche Natur einen ziemlich zerfahrenen Menschen offenbaren. Wer weiß, welche stürmische Vergangenheit er hat! Er sprach mit mir sehr korrekt deutsch.

Nun, was sagst du dazu, lieber Miroslav? Bete für mich, dass ich für alle ein Licht sein kann. Das beigelegte Geld gebrauche, wie du es für gut hältst.

Mein ganzes ärztliches Honorar versprach ich dem Herrn. Aber das hier ist noch aus meinem Privateigentum. Der Herr Jesus sei mir dir!

Margita sagte mir, ich solle dir schreiben, dass sie schon vergeben habe und glücklich sei, weil ihr Jesus geoffenbart sei. Auch das sagte sie: ‚Wo wären wir und wohin würden wir kommen, wenn uns nicht Herr Ursiny den Weg des Heils gezeigt und uns darauf gebracht hätte?'

Sie hat Recht. Und wüsste sie erst, wen du für sie pflegst! Fahre nur so weiter fort. Ich hoffe, es wird nicht nötig sein, die Arznei zu wiederholen, aber wenn sie gut ist, kannst du sie noch einmal machen lassen. Ich hoffe, dass du uns schon geschrieben hast; sehnsüchtig erwarten wir eine Nachricht, besonders dein Aurel."

Nachdem Ursiny den Brief gelesen hatte, legte er ihn auf den Tisch und betete und dankte. Dann erhob er sich und ging zu dem kleinen Schlafzimmer. An der Tür traf er Aneschka. „Herr Ursiny", sagte sie erfreut. „Frau Rainer ist auf und fragt nach Ihnen."

„Lassen Sie uns allein, Aneschka."

Das Mädchen nickte. „Guten Abend, gnädige Frau! Schlafen Sie nicht?" Ursiny beugte sich zu der Kranken.

Sie öffnete die Augen. „Guten Abend. Ich schlafe nicht."

„Und wie geht es Ihnen?"

„Ich bin sehr schwach."

„Das Fieber hat Sie so mitgenommen. Der Herr Jesus wird helfen, dass es besser wird."

„Wie soll ich es Ihnen danken? Sie sorgen so für mich." Sie drückte seine Hand.

Ursiny setzte sich zu ihr. „Der Herr Jesus ist für die Gottlosen gestorben, auch für mich, so hat er mich geliebt. Er verdient es, dass ich eins von den verlorenen Schäflein, das er sehr liebt, pflegen helfe."

Die Baronin sah ihn gespannt an. „Wie schön haben Sie das gesagt, verlorenes Schaf. Ja, das Schaf ist wirklich verloren und muss umkommen."

„Denken Sie, dass ich Sie umkommen lassen würde, wenn es in meiner Macht stünde, Sie zu retten?"

„Nein, Sie würden mich retten", erwiderte sie.

„In meinem Herzen ist nur ein wenig jener Liebe, von der er die Fülle hat."

„Aber wie könnte er mich lieben", schüttelte sie den Kopf. „Bedenken Sie, so viele Jahre lebe ich schon und habe ihn nicht gekannt, ich habe ihn nie geliebt, ihm nie gedient. Ich bin eine schlechte Tochter der katholischen Kirche gewesen. Die Lehre der evangelischen Kirche kenne ich nicht. Während der Fieberphantasien schreckte mich mein sündiges Leben. Ich war dem Vater ungehorsam, verließ den Sohn, liebte die Tochter nicht, betrog den zweiten Mann, indem ich ihm Liebe vorspiegelte, die mein Herz niemals empfinden konnte. Dass ich jetzt ganz verlassen bin, beklage ich nicht. Es ist eine verdiente Strafe. Ich wünsche nicht einmal, dass jemand kommt. Kann mir Gott wohl vergeben, wenn die Menschen nicht vergeben?“ Der junge Mann hielt ihren erschrockenen Blick aus. „Er kann es, denn er ist die ewige Liebe.“

„Könnte ich das glauben? Sie wissen ja, Nikuschka sagte zu mir, ich solle mich zu Christus bekehren. Es gäbe ein anderes Leben, dort würden wir zusammenkommen und vereinigt sein. Aber ich weiß auch, dass es eine Hölle gibt und dass ich sie verdient habe.“

Bittend streckte sie ihm die Hände entgegen. „Wer wird mich erlösen? Wer gibt mir die Gewissheit, dass Gott mir vergibt, wenn ich zu ihm gehen werde?“

„Er ruft Sie jetzt schon, Frau Rainer: *‚Kommet her zu mir alle, die ihr mühselig und beladen seid, ich will euch erquicken!‘*“

„Welch ein gutes Wort! Doch wie soll ich zu ihm gehen?“, seufzte die Baronin. „Zeigen Sie mir den Weg! Sie kennen ihn. Bringen Sie mich darauf, ich möchte nicht verloren gehen!“

„Es gibt nur einen Weg!“ Ursiny zog das Neue Testament heraus und las. Sie hörte ihm aufmerksam zu. Als er aber die Geschichte jener Frau las, die in das Haus Simons des Pharisäers gekommen war und sich zu Jesu Füßen warf, unterbrach sie ihn unwillig: „Das kann doch nicht auf mich bezogen werden! Ich war keine gefallene Frau. Ich war unschuldig, unerfahren und liebte meinen Mann mehr als mich selbst. Als ich aber erfuhr, dass er nicht der war, für den ich ihn gehalten hatte, da konnte ich nicht mehr unter einem Dach mit ihm leben. Warum lesen Sie mir diese Geschichte vor? All mein Unglück rührt ja daher, dass ich nicht an der Seite eines untreuen Mannes leben wollte. Eine Zeitlang quälte ich mich, verscheuchte die schrecklichen Vorstellungen, dann kamen Beweise. Was hätte ich tun sollen? Sie werden mir vielleicht sagen, ich hätte ausharren sollen und verzeihen. Mein Herz hat es mir oft gesagt, aber erst, als es zu spät war! Aber bedenken Sie, ich habe meinem ersten Mann so vertraut, und er hat mich schrecklich betrogen!", schluchzte sie bitterlich.

„Oft quält mich die Vorstellung, dass er doch unschuldig ist. Wo aber finde ich einen Menschen, der mir die Wahrheit sagt und mich von dieser Qual befreien kann?"

„Setzen wir den Fall, gnädige Frau", sagte der junge Mann leise, „dass ein Mensch da wäre, der Ihnen die Wahrheit sagen würde. Was hilft es Ihnen jetzt, da Sie die Frau eines anderen sind?" Erschrocken sah sie den Sprecher an. „Dass ich Rainers Frau bin, würde mich nicht hindern, ihn um Verzeihung zu bitten, glauben Sie mir.

Wie gern täte ich es, könnte ich mich nur überzeugen, dass er unschuldig ist, dass er mich nicht so schändlich betrogen hat, dass er mich geliebt hat. Ja, lieber möchte ich die ganze Schuld auf mich nehmen. Doch das sind nur Täuschungen, es gibt keinen Menschen, der mir Beweise geben könnte, dass ich im Unrecht war, so zu handeln, wie ich gehandelt habe, dass die Schuld auf meiner Seite ist. Ich möchte gern vergeben, hätte ich nur die Gewissheit, dass ich im Recht bin. Nach dem, was mir Aneschka heute vorgelesen hat, kann nur dem, der vergeben hat, wiederum vergeben werden." Die Frau schwieg vor Erschöpfung. Auch Ursiny war blass geworden. Eine Weile war Stille, dann sagte er leise: „Dein Wille geschehe, Herr, sei mir gnädig." Frau Rainer sah ihn verwundert an.

Dann fuhr er fort: „Ich muss Ihnen die Wahrheit sagen, gnädige Frau. Für mich ist das der schwerste Schritt meines Lebens. Sie müssen mir glauben."

Er stand auf und verschloss die Tür. Dann sprach er längere Zeit mit Frau Rainer. Als er geendet hatte, blieben beide still. Schmerz lag auf ihren Gesichtern. Schließlich richtete sich die Baronin auf und legte eine Hand auf den Kopf des jungen Mannes. „Herr Ursiny, ich danke Ihnen. Gott, von dessen Liebe Sie mich überzeugt haben, vergelte Ihnen dieses Opfer. Ich sehe, es übersteigt Ihre Kräfte und es tut mir Leid, dass ich Sie unwillkürlich dazu gezwungen habe."

„Der Herr Jesus hat geholfen, Frau Rainer. Doch glauben Sie mir?"

„Wozu diese Frage?"

„Haben Sie sich überzeugt, dass Sie vergeben müssen und auch Ihnen vergeben werden muss?"

„Herr Ursiny! Und haben Sie alles verziehen?"

„Vollkommen und für immer, so wie Christus mir vergeben hat. Der Herr gab mir die Gnade, dass ich dennoch lieben und segnen kann. Auch Sie werden segnen und vergeben, so wie ich, nicht wahr?"

„Ach, Herr Ursiny, es ist hier ein anderer, der einzig das Recht hat, ihm und mir zu vergeben, und dem ich so oft unwissend in Gedanken Unrecht getan habe. Wenn ich daran denke, sehe ich, dass ich nichts zu vergeben habe, aber auch nichts abzubitten, denn dass ich aus dem Haus unter der Burg gegangen bin, war keine so große Sünde wie die, dass ich seine Schwelle überschritten habe."

„Beten wir zusammen, Frau Rainer, und dann hören wir auf, es ist uns beiden zuviel." Sie falteten die Hände und beteten. Dann streckte die Frau ihre beiden Hände aus. Als sich der junge Mann niederbeugte, strich sie ihm die Haare aus der Stirn und streichelte ihn mitleidig. Tränen standen in ihren Augen. Sie wollte etwas sagen, aber sie konnte nicht. Er zog ihre Hand an seine Lippen und ging fort. Aneschka fand die Baronin still weinend. Dann kam die Erschöpfung und brachte den Schlaf.

Am anderen Morgen überraschte die Kranke ihre Pflegerin mit der Bitte um Papier und Bleistift. Obwohl ihre Hand zitterte, schrieb sie einen langen

Brief. Auch die Adresse wollte sie noch schreiben, aber es ging nicht mehr. Sie diktierte daher dem jungen Mädchen die Anschrift von Herrn Nikolaus Orlowsky und hatte keine Ruhe, bis der Brief abgeschickt war. Doch das hatte sie dermaßen erschöpft, dass sich ihr Befinden verschlimmerte. Der Provisor kam nicht. Aneschka wusste, er hielt jetzt die Versammlung. Von dort konnte sie ihn nicht herausrufen. Zur Bibelstunde war er spät gekommen und war deshalb nicht vorher zu der Kranken gegangen. Vom Baron war noch immer keine Nachricht gekommen. Mit Tränen in den Augen wagte Aneschka, die Kranke zu fragen, ob sie an den Herrn Jesus glaube.

„Ja, ich glaube", sagte diese leise. „Lesen Sie mir bitte von ihm vor. Aber es scheint mir, als hörte ich Gesang?"

„Ja, gerade ist Bibelstunde."

„Können Sie nicht die Tür öffnen, damit ich es besser hören kann?"

Das junge Mädchen erfüllte mit Freuden die Bitte.

Unter Lilien jener Freuden sollst du weiden,
Seele, schwinge dich empor!
Wie ein Adler flieh, behende,
Jesu Hände öffnen schon das Perlentor.

Das junge Mädchen hielt die heiße Hand der Baronin. Warum hatte Ursiny gerade dieses traurige Lied gewählt? Wie berührte es das Herz der verlassenen Frau!

Lass mich gehen, lass mich laufen zu dem Haufen
derer, die des Lammes Thron nebst dem Chor der Seraphinen
schon bedienen mit dem reinsten Jubelton!
Löse, erstgeborener Bruder, doch die Ruder
meines Schiffleins, lass mich ein in den sichern Friedenshafen
zu den Schafen, die der Furcht entrücket sein!
O *wie bald kannst du es machen, dass mit Lachen*
unser Mund erfüllet sei!
Du kannst durch die Todestüren träumend führen
und machst uns auf einmal frei.
Du hast Sünd und Straf getragen,
Furcht und Zagen muss nun ferne von mir gehn.
Tod, dein Stachel liegt danieder.
Meine Glieder werden fröhlich auferstehn.

So deutlich und einfach hatte der Provisor noch nie gesprochen, obwohl er immer predigte wie einer, der gänzlich unwissende Leute vor sich sitzen hat, denen er alles sagen muss, damit sie an den Herrn Jesus gläubig und gerettet werden. Aber dort im

Versammlungsraum hatte er nicht so aufmerksame Zuhörer, wie die beiden Frauen in dem kleinen Zimmer es waren.

Das junge Mädchen vergaß die kranke Baronin, und diese erkannte, dass der Ruf: „*Wen da dürstet, der komme zu mir und trinke!*“ ihr galt. Nichts brachte sie mit, denn das ganze Leben hatte sie in Eitelkeit zugebracht, mit nichts entschuldigte sie sich. Sie dürstete schon jahrelang und glaubte, dass der, der sie rief, ihren Durst stillen könne in Ewigkeit. So kam sie und legte ihr Herz dem Herrn zu Füßen, der auch für sie am Kreuz gestorben war.

Als sich das junge Mädchen nach dem Schluss daran erinnerte, dass sie nicht allein war, entfuhr ihren Lippen der erschrockene Ruf: „Frau Baronin!“ Frau Pribovsky und Herr Ursiny hörten den Ausruf und eilten herbei. Erst nach langer Zeit gelang es ihnen, die Kranke wieder zu Bewusstsein zu bringen. Aneschka teilte dem Provisor mit, was geschehen war, und schrieb sich die Schuld zu.

„Es ist höchste Zeit“, sagte Frau Pribovsky, „dass der Herr Baron sich meldet. Wenn das noch lange dauert, wird der Herr Provisor auch noch krank. Er nimmt sich die Sache sehr zu Herzen. Es ist kein Wunder, diese Verantwortung! Ach, wenn Frau Margita es wüsste! Wäre Nikuschka nicht dort, so hätte ich sie schon benachrichtigt, aber er darf es nicht erfahren!“

* * *

„Sie bei mir, Herr Ursiny, und das am Sonntag? Das ist sonderbar!“ Doktor Rauscher, der, als es geklopft hatte, nicht gerade freundlich vom Sofa aufgestanden war, reichte dem „frommen Apotheker“, wie er Ursiny zu nennen pflegte, etwas ironisch die Hand. „Bitte, Herr Doktor, seien Sie so freundlich und kommen Sie mit mir zu einer Kranken“, bat der junge Mann ohne Entschuldigung. „Bis jetzt wurde sie nach dem Rat des Doktor Lermontoff behandelt, doch die Krankheit nahm eine Wendung.“

„So? Ist es eine alte oder junge Frau?“, fragte der Arzt interessiert. Kollege Lermontoff war ihm eine zu sympathische Persönlichkeit, als dass er nicht gleich zu seiner Patientin ginge, da dieser selbst nicht kommen konnte. „Im mittleren Alter. Doch Sie kennen die Dame!“ Der Provisor berichtete dem Doktor unterwegs das Nötigste. „Verhängnisvolle Geschichte!“, brummte er. „Wer hätte so etwas gedacht! Die Baronin Rainer, die einst verehrte Frau Korimsky, die Tochter des Herrn Nikolaus Orlowsky und Mutter der Frau Margita Orlowsky, in diesem Loch, gepflegt von der Enkelin ihrer früheren Kinderfrau und dem Provisor Korimskys“, dachte der Arzt, als er neben dem Lager stand. Aber er merkte sofort, in welch gefährlichem Zustand sie sich befand. Merkwürdig, sie sah so verändert aus. „Was denken Sie, Herr Doktor“, fragte später der

Provisor. „Dass der Tod jeden Augenblick eintreten kann. Doch was sollen wir tun, Ursiny? Wir können es doch nicht zulassen, dass die Tochter des Herrn Nikolaus Orlowsky hier stirbt.“

„Ich habe noch gestern Herrn Orlowsky benachrichtigt und bat ihn, zu kommen und die Frau Baronin nach Orlow zu holen.“

„Das war richtig. Der Schnellzug kommt jetzt um ein Uhr an. Gehen Sie Herrn Orlowsky entgegen, lieber Ursiny.“

Dann wartete der Doktor ungeduldig, ob Ursiny allein oder mit dem alten Herrn zurückkommen würde.

* * *

Als Margita von dem ersten Besuch der Kirche in Borovsky zurückkehrte, fand sie statt des Großvaters nur eine in Eile geschriebene Karte vor. Er teilte mit, dass er mit der Frühpost einen Brief bekommen habe, und dass ihn gewisse Angelegenheiten nach Orlow riefen. „Warum hat er mich nicht geschickt?“, ärgerte sich Adam, der eben von Podolin zurückgekehrt war. „Ich war ja noch zu Hause, als die Post kam.“

So vergaß Margita ihre große Enttäuschung in der Kirche. Mit welcher Freude war sie in die Kirche gegangen, und wie glücklich war sie, dass der Großvater nichts dagegen hatte! Den ersten schlechten Eindruck machte auf sie der unschöne Gesang, bei dem man hätte gut einschlafen können. Sie wunderte sich, dass der Lehrer Gal so gefühllos spielen konnte. Dann bestieg der Pfarrer die Kanzel, ein Mann von kränklichem Aussehen. Sie hörte, dass er erst vorige Woche von einer Kur zurückgekehrt sei. Daher kam es auch, dass sie bis heute weder ihn noch seine Frau kennen gelernt hatte. Sie bemitleidete ihn. Man sah es ihm so sehr an, auch vor dem Altar, als er die Liturgie sang, dass er es ohne Lust tat, und dass er nur, weil er eben musste, auf der Kanzel stand. Margita verstand ihn kaum. Er sprach nicht slowakisch, aber auch nicht böhmisch. Sie hatte ja öfters Ingenieur Rainer böhmisch sprechen hören. Dann sah sie sich in der Kirche nach den Zuhörern um, die nickten in den Bänken ein. Nur wenn der Pfarrer plötzlich sehr laut sprach, fuhren sie zusammen.

In der Seele der jungen Frau breitete sich eine große Leere aus, besonders bei den langen Gebeten. Mit Freuden war sie gekommen, aber nicht weniger freudig verließ sie die Kirche. „Aber wenn der Pfarrer gesund ist, wird es besser sein", dachte sie. „Es ist unmöglich, dass der evangelische Gottesdienst so aussehen sollte." Zu Hause erwartete sie die erwähnte Überraschung und zugleich auch die Pflicht. Der Vater mit dem Bruder und Freund wollten nicht zum Mittagessen kommen. Obwohl sie es angeordnet hatte, war das Essen noch nicht abgeschickt worden. So musste sie selbst Hand anlegen und es in die Körbe packen. „Sage, dass ich gleich nach dem Essen kommen werde“, sagte sie zu dem Diener.

Beim Mittagessen war sie mit Adam allein. Dieser war verstimmt. Gestern war in Podolin die Kiste mit den ägyptischen Altertümern eingetroffen, leider aber beschädigt, so dass einige wertvolle Stücke fehlten. „Was wird Doktor Geringer sagen? Der wird nicht einmal schlafen können vor lauter Kummer darüber. Gerade an diesen Stücken lag ihm so viel“, sagte er. „Und weißt du es gewiss, dass alles darin gewesen ist? Vielleicht habt ihr etwas vergessen?“

„Ich glaube kaum. Der Doktor hat es selber gepackt. Aber du hast Recht, vielleicht befindet sich das in der Kiste, die er mitgenommen hat“, tröstete er sich. „Wäre es nur so! Ich werde keine Ruhe haben, bis ich mich überzeugt habe. Ich muss heute noch nach Podolin gehen und das Verzeichnis der Sachen, die sich in der Kiste befinden, gut durchsehen. Ich habe nur flüchtig hineingeschaut. Nikuschka muss mich für heute entschuldigen.“

„Er wird das gern einsehen. Kommst du erst morgen früh zurück?“

„Nein, ich komme noch heute Abend, aber wartet nicht auf mich mit dem Abendessen, wenn ich länger ausbleiben sollte. Den Marquis sah ich heute morgen gar nicht, er war beschäftigt. Ich ging gleich in unser Zimmer, das für Doktor Geringer und mich bestimmt ist, um meine Sachen durchzusehen.“

„Tamar hast du auch nicht gesehen?“

„Erst beim Fortgehen. Sie schickt dir Grüße. Morgen erwartet sie dich ganz bestimmt. Ich fand sie bei etwas Verbotenem. Sie las in einem Buch, das du ihr geliehen hast.“

Margita errötete. „Es ist wahr, gut war es nicht für ihre Augen, dass sie las. Aber der Herr Jesus wird geben, dass es ihr nicht schadet.“

„Ich habe dich noch gar nicht gefragt, wie du dich in der Kirche unterhalten hast“, sagte Adam plötzlich, um das Gespräch auf etwas anderes zu lenken. Er wollte nicht über Tamar Orano sprechen, denn er sah noch immer ihren vorwurfsvollen Blick und hörte die Worte: „Margita ist so gut, es ist eine Freude, mit ihr zusammenzusein, und Sie haben sie vor uns verleugnet.“ Er fühlte, dass Tamar Recht hatte, darum wollte er nicht daran denken. „Nun, wie hast du dich unterhalten?“, wiederholte er die Frage, da er keine Antwort bekam. „Ich bin nicht in die Kirche gegangen, um mich zu amüsieren“, entgegnete Margita traurig.

„Verzeih, ich habe mich nicht gut ausgedrückt. Ich wollte sagen, ob du auch gefunden hast, was du suchst? Ich bin einmal in einer evangelischen Kirche gewesen, aber der trockene, langweilige Gottesdienst befriedigte mich gar nicht. Sie sangen vier lange Lieder, es nahm kein Ende. Dann kam die Predigt. Ich dachte, ich könnte es nicht mehr aushalten. Es ist wahr, ich gebe nichts auf das Klingeln und den Firlefanz unserer Gottesdienste, doch bei uns wird wenigstens schön gesungen, und man kann etwas sehen. Der Mensch unterhält sich eher."

„Ja, unterhalten kann man sich in eurer Kirche, das ist aber auch alles!", brauste Margita auf. Adams Worte beleidigten sie. Zwar musste sie ihm Recht geben, wenn sie an ihr heutiges Erlebnis dachte. „Wer das alles glaubt und fromm sein will", sagte er ernst, „der kann bei uns eher zur Frömmigkeit kommen. Sage mir nur, womit beweist es ein Evangelischer, dass er ein frommer, guter Christ ist? Der Katholik opfert, wallfahrtet, tut gute Werke, fastet, lässt die Messe lesen für die Armen und die Verstorbenen. Womit zeigst du aber, Margita, dass du eine gute evangelische Christin bist?" Die Wangen der jungen Frau glühten. „Dadurch, dass ich so zu leben mich bemühe, wie es Christus befiehlt; dass ich liebe und vergebe."

Er schaute sie eine Weile an. Das war es also, was sie so besonders verschönte, sie wollte lieben und vergeben. „Und denkst du, dass man immer lieben und vergeben kann?"

„Als Christ, der nach den Worten des Herrn lebt, ja, denn er sagt: Meine Worte sind Geist und Leben."

„Nun, wenn deine Überzeugung aus nichts anderem besteht als aus diesen zwei Worten, so kannst du sie auch als Katholikin behalten."

„Vielleicht ja, aber eure Kirche hat durch ihre vielen Gewalttaten gezeigt, dass ihr die Liebe Christi fehlt."

„Beweise deine Behauptung!", sagte er, und die Röte stieg ihm in das Gesicht.

„O leicht! War es nicht Rom, das seine besten Söhne verbrannte, z.B. Hus, Wishardt und tausend andere Märtyrer?"

„Es verbrannten nicht Märtyrer, sondern Ketzer. Wenn ich auch zugebe, dass jene barbarische Zeit leider solche aus der Finsternis stammende Gewalttaten zuließ, darum lasse ich unserer Kirche die Liebe nicht absprechen. Ich möchte gern wissen: Womit hat die evangelische Kirche bewiesen, dass in ihr jener Geist lebt, der die Märtyrer, wie du sagtest, stärkte, damit sie in ihrer Verhärtung oder ihrem Glauben beharrten? Ich kenne viele Evangelische, Egoisten, Lumpen, Ungläubige und will nicht sagen, was noch alles; aber niemals hatte ich Gelegenheit, in eurer Kirche Liebe und Eintracht zu bemerken, im Gegenteil, lauter Zank und Streit. In unserer Regierung sind auch Evangelische vertreten, aber sage mir nur etwas Gutes, was sie geleistet haben! Ich denke, es tut weder Lehre noch Überzeugung noch Kirche, sondern der Mensch bestimmt selbst, wie er leben will und wie er sich danach hält."

Sie schüttelte den Kopf. „Nein, Adam, wenn der Mensch glücklich und zum Wohl seiner Nächsten leben will, so muss das Glück in ihm sein. Aber es kommt nicht aus ihm selbst, das Glück, das Licht ist in Christus. Christus muss in den Menschen leben. Er war es, der in den Märtyrern lebte, er will auch in uns, in mir leben. Wie die Blume ihren Kelch öffnet, um den Sonnenstrahl hineinzulassen, so öffnete auch ich mein Herz dem Lichte, und es scheint nun hinein. Darum kann ich nicht katholisch bleiben, weil ich gehindert wäre, direkt zu Jesus zu gehen. Da sind die Heiligen, vor allem die Mutter Gottes, dann die Patrone, der Papst, die Bischöfe, immer ein Herr über dem anderen, und Jesus ist, als wäre er nichts. Und doch gibt es ohne ihn kein Heil. Ich kann und will nur ihm dienen, ihm, der mich so geliebt hat, dass er sein Leben für mich gab; ihm, der über mich wachte, als mich Vater und Mutter verlassen hatten, obwohl ich ihn nicht kannte, und der sich mir jetzt in seiner ganzen Schönheit und Heiligkeit offenbart hat. Ich gebe zu, dass die Evangelischen nicht so leben, wie sie sollten, und dass es nicht mehr die Kirche ist wie einst. Aber die evangelische Kirche verwehrt nicht, das Wort Gottes zu lesen. Wer das Wort Gottes hat, dem kann das Licht aufgehen und ihn ewig glücklich machen."

„Aus dir spricht schon ein ganzer Theologe, Margita", verbeugte sich spöttisch der junge Gelehrte. „Es wird besser sein, wenn wir dieses Gespräch lassen, denn ich könnte mich zu lange dabei aufhalten. Aber wir werden uns noch darüber unterhalten. Da du Mut genug hast, meine Religion zu unterschätzen, so werde auch ich dir die deine beleuchten und dir Tatsachen bringen, die etwas anderes sagen als das, was du bis jetzt weißt. Und jetzt, was lässt du Tamar Orano sagen?“ Margitas Wangen glühten. Sie fühlte etwas wie Beschämung. Auch nachdem Adam schon fortgegangen war und sie allein nach Borovskyhof ging, dachte sie darüber nach, ob sie recht gehandelt habe, als sie ihm so ohne Umschweife die Wahrheit über Rom sagte. Beinahe niedergedrückt erreichte sie das Häuschen. Dort aber blieb sie stehen. Das Fenster war offen, man hörte Stimmen, eine davon war Stefan Hradskys. Vielleicht war er gekommen, die Großmutter zu besuchen? Wie freute sie sich darüber! Sie lehnte draußen an dem Fenster und blickte hinein. Auf dem Sofa lag ihr Vater und sah zu Aurel, der neben dem Fenster stand. Am Tisch aber beugten sich Nikuschka und Stefan über die offene Bibel. So war er wirklich da, er, der zu lieben und zu vergeben wusste. „Er ist ein echter Evangelischer, der nach dem Evangelium sein Leben richtet!“, dachte Margita. Dann eilte sie in das Haus und wurde freudig begrüßt. „Der Großvater kommt nicht?“, war die erste Frage des Vaters. Sie sagte, wohin er gegangen sei, dass er den Grund nicht angegeben habe und entschuldigte auch Adam. Als sie aber Stefan willkommen hieß, entging ihr die plötzliche Blässe Nikuschkas, auch die Bewegung der an sein Herz gepressten Hände.

Wenn Margita wüsste, welche Nachricht sie damit ihrem Bruder gebracht hatte! Eine halbe Stunde früher stand Nikolaj Korimsky draußen im Wald und sah, in tiefes Nachdenken versunken, vor sich hin. Die Sehnsucht nach der Mutter oder wenigstens nach einer Nachricht von ihr trieb ihn aus der Nähe des Vaters. Aurel war von seinem Besuch in Podolin zurück, hatte aber keinen Brief von der Post mitgebracht. Nikolaj sehnte sich nach jemandem, mit dem er von seiner Mutter sprechen und den er bitten könnte: „Bete mit mir für sie und für mich!" Plötzlich hörte er Schritte. Er wandte sich um und sah einen jungen Mann auf sich zukommen. Fragend sah er ihn an. „Verzeihung, sind Sie nicht Herr Nikolaj Korimsky?", fragte der Fremde, „Ja", antwortete Nikolaj. „Ich bin Stefan Hradsky."

„Bringen Sie mir einen Brief von Ursiny?"

„Ja, Herr Korimsky!" Der junge Mann zog den Brief heraus und überreichte ihn. „Setzen Sie sich bitte. Der Brief ist gewiss lang, und Sie könnten müde werden", sagte er herzlich.

Während Nikolaj erregt den Brief las, lehnte sich Stefan an einen Baum und wartete. Eine Weile sah er mit sichtlicher Teilnahme auf das traurige Gesicht des jungen Mannes. Dann beugte er sich zu ihm: „Herr Korimsky, Miroslav schrieb mir, ich solle Sie bitten, dass wir zusammen beten. Bitte, tun wir es, das Gebet hilft immer. Wenn der Schmerz auch nicht weicht, so kommt doch Kraft zum Tragen." Nikolaj atmete auf und sah in das mitleidige Gesicht. Es war ihm, als spräche ein Bruder zu ihm, ein Bruder, dem man alles anvertrauen konnte. Sein Wunsch war erfüllt, er hatte jemanden, mit dem er beten konnte. Stefan hatte Recht, als er sagte, das Gebet hilft immer. Aus Stefans Gebet merkte er, dass der junge Mann in die Verhältnisse etwas eingeweiht war, es drängte ihn, ihm alles zu sagen. Dann las er ihm etwas aus dem Brief vor. „Stefan, meine Mutter ist ohnehin für mich tot, ich darf nicht mit ihr zusammenkommen. Aber es ist schrecklich, dass sie vom Vater und den Kindern verlassen sterben soll. Denken Sie nicht, dass das eine schreckliche Strafe von Gott ist?"

„Nein, Herr Korimsky", erwiderte Stefan. „Sie können ihr nicht helfen. Was Frau Rainer jetzt braucht, ist der Herr Jesus. Glauben Sie, manchmal sind die Nächsten, wenn das Herz an ihnen hängt, hinderlich, Jesus zu sehen. Wer weiß, ob Gott sie nicht darum in eine so traurige Lage gebracht hat, damit sie alles aus den Augen verliere und nur Jesus allein sehe. Wenn sie ihn sieht, wird ihr das genügen, denn er wird sie heilen und trösten, und zwar so, wie sie keiner von Ihnen trösten könnte." Die ruhigen, mit Überzeugung gesprochenen Worte des jungen Mannes wirkten wie Balsam. „Ich glaube, dass wir unsere Mutter nicht trösten können, weder Margita noch ich, denn unser Anblick erinnert an die Vergangenheit, und das tut weh. Doch drückt es mich sehr, dass sie, die von Kindheit an gewohnt ist, alles zu haben, jetzt auf das kleine Zimmer und auf die Bedienung eines gewiss guten, aber fremden Mädchens angewiesen ist. Gewiss fehlt ihr sehr viel, was sie bei uns hätte, wenn wir sie pflegen könnten."

„Dem Herrn Jesus fehlte am Kreuz alles, Herr Korimsky, aber weil es Gott so wollte, musste es ihm und uns zum Guten dienen", meinte Stefan ernst. „Außerdem wird Herr Ursiny alles tun, was er nur kann."

„Das weiß ich, Stefan, das tröstet mich. Aber er kann nicht immer dort sein, alle Pflichten in der Apotheke liegen jetzt auf ihm. Ich kann es mir gar nicht vorstellen, wie er überhaupt soviel Zeit erübrigen kann. Obgleich es für mich sehr schmerzlich ist, möchte ich doch, dass Ingenieur Rainer bald käme, da nun einmal nur er das Recht auf meine Mutter hat."

„Ingenieur Rainer? Ist der Herr Baron Ingenieur?", fragte Stefan etwas verwundert.

„Baron ist er erst seit kurzem. Als wir im Bad waren, las ich dort von seiner Ernennung in der Zeitung."

„Und ist er nicht zu Hause?"

„Nein, Miroslav schreibt, dass die Nachricht, die er ihm schickte, ihn nicht angetroffen habe. Vielleicht wollte er meine Mutter besuchen. Sie war im Bad und war hierher gekommen, um von meinem Ergehen zu hören. Jetzt wird er sie dort vergeblich suchen, und was wird er denken?“ Die letzten Worte hörte Stefan nicht mehr, denn er fragte sich, ob der freundliche Herr, der gestern Abend und heute früh mit Peter ihre Versammlung besucht und so ernst und aufmerksam an dem Gottesdienst teilgenommen hatte, der gesuchte Ingenieur Rainer sei. Der war ja auch ein Ingenieur und ging mit Peter den ganzen Tag im Wald umher. „Wenn ich heimkomme, muss ich mich sofort überzeugen“, dachte Stefan. „Ist er es, so schicke ich ihn zu der armen, kranken Frau.“

Damit er den jungen Mann ablenkte, erwähnte er nun, dass er die Großmutter besuchen möchte. Nikolaj stand sofort auf. Unterwegs erzählte Stefan von der Liebe Gottes und wie schön es sei, dass der himmlische Vater seinen Kindern den Sonntag zum Ausruhen geschenkt habe. Ehe sie sich's versahen, langten sie am Borovskyhof an. Stefan sah die Großmutter im Hof und ging zu ihr, aber er musste versprechen, dass er nachher auch zu den Herren kommen würde.

So fand ihn Margita dort und freute sich darüber. „Nicht wahr, Stefan“, sagte sie, „du wirst uns eine Stunde halten? Wir sind eine kleine Versammlung. Ich rufe die Großmutter, wir setzen uns um den Tisch, es wird dann gerade so sein wie dort bei euch.“

Margita fragte nicht danach, was der Vater dazu sagen würde. Sie bemerkte nicht seinen verwunderten Blick auf Stefan, von dem Margita eine Auslegung des Wortes Gottes verlangte. Sie meinte, jeder müsse sich nach der göttlichen Wahrheit sehnen wie sie. Aber sie taten ihr alle den Willen. Bis sie mit Stefans Großmutter erschien, stellte Aurel die Stühle um den Tisch. Stefan vertiefte sich in seinen Text. Nachdem sie sich gesetzt hatten, betete er um den Heiligen Geist und fing an zu lesen: *„In meines Vaters Hause sind viele Wohnungen. Wenn es nicht so wäre, so wollte ich zu euch sagen: Ich gehe hin, euch die Stätte zu bereiten. Und wenn ich hingehe, euch die Stätte zu bereiten, so will ich doch wiederkommen und euch zu mir nehmen, auf dass ihr seid, wo ich bin. Und wo ich hingehe, das wisset ihr, und den Weg wisset ihr auch. Spricht zu ihm Thomas. ‚Herr, wir wissen nicht, wo du hingehst, und wie können wir den Weg wissen?' Jesus spricht zu ihm: Ich bin der Weg und die Wahrheit und das Leben; niemand kommt zum Vater denn durch mich!"* (Joh. 14,2-6).

„Meine Herren, ich kenne Sie nicht", begann Stefan und sah seine Zuhörer an.

„Ich weiß auch nicht, auf was für Wegen Sie gehen und gehen wollen. Aber hier haben wir einen Weg beschrieben, den Sie gehen müssen, wenn Sie heimkommen wollen, und wenn Ihr ganzes irdisches Leben nicht umsonst und das ewige Leben nicht verloren sein soll. Bedenken Sie, was es heißt:

Der Herr Jesus sagt, dass in dem Hause seines Vaters viele und sehr schöne Wohnungen sind, wie wir in der Offenbarung des Johannes lesen. Er selber ist gegangen, Ihnen und mir die Stätte zu bereiten, denn er liebt uns. Die Stätte dort, wo es keine Tränen, keinen Schmerz und kein Leid mehr gibt. Es ist keine Sünde mehr dort, nur lauter Freude und Frieden. Dahin ging er, uns die Stätte zu bereiten. Und wenn sie für einen jeden bereit ist, kommt er selber und nimmt den, der bereit ist, mit sich. Ja, er liebt uns so, dass er selber kommt, uns abzuholen. Doch, wenn er kommen wird, wird er Sie, meine Zuhörer, auf dem Wege finden, auf dem auch der Einfältigste nicht irren kann? Wer dann nicht vorbereitet sein wird, ist verloren. Verloren, welch ein schreckliches Wort!

Ich weiß, was es heißt, verloren zu sein, denn ich war einmal weit von Gott entfernt und in Sünden. Gott liebt mich so sehr, dass er seinen Sohn gab, aber ich dankte ihm nicht. Ich lebte so, als wäre er gar nicht da. Ich tat vor seinen Augen hässliche Sünden. Der Herr Jesus wusste, dass ich verloren gehen würde. Ich weiß nicht, was Sie von der Sünde denken. Als ich beim Militär war, erschoss sich dort ein Offizier. Er war ein edler Mensch. Mit den Soldaten ging er gut um. Alle wunderten sich, warum er das getan habe, er wurde ja von allen Menschen geachtet. Verschuldet war er auch nicht. Er kam oft zu meinen Vorgesetzten. Einmal hörte ich ihn sagen: ‚Wenn einen etwas drückt, nur eine Kugel ins Herz.‘ Ihn drückte die Sünde, welche, das wussten wir nicht. Aber Gott wusste es. Und wir, wenn wir auch Gott nicht kennen, wissen, dass er unsere Sünden kennt. Das ist es, was uns drückt, wenn auch kein Mensch davon weiß.

Als der Herr Jesus seinen Jüngern so herrliche Dinge versprach, fühlten auch sie ihre Sünden, und dass sie des Guten nicht wert waren. So spricht Thomas: ‚Herr, wie sollen wir den Weg dahin wissen, wo die vielen Wohnungen sind?‘ Und der Herr Jesus lehrte ihn: ‚Ich bin der Weg‘; aber nicht nur der Weg, auch die Wahrheit und das Leben, niemand kommt zum Vater, denn durch ihn! Ich habe viel über diese Verse nachgedacht und bin zum Herrn Jesus gegangen mit meiner ganzen Sündenschuld und habe ihn gebeten, dass er mich rein wasche mit seinem teuren Blut. Ich habe es dann erlebt, dass er dem alle Sünden vergibt, der ihn darum bittet. Er vergab auch mir. Ich weiß, dass der Herr Jesus die Seinen liebt und hingegangen ist, ihnen die Stätte zu bereiten, dass er sie auch mir bereitet hat. Und wenn er wiederkommen wird, wird er diejenigen, die sich hier auf Erden haben von ihren Sünden reinigen und in die Wahrheit führen lassen, zu sich nehmen in jene herrliche, selige Heimat. Das weiß ich, dass der, den er errettet hat und der ihm mit Leib und Seele angehört, ihm dann Tag und Nacht dienen wird. Dies alles muss ich nun Ihnen und einem jeden bezeugen, denn der Herr Jesus sagt: ‚Ihr seid meine Zeugen!‘ Auch Sie, meine Zuhörer, müssen das, was Sie wissen, weitersagen, denn es gibt nur einen Weg in das ewige Leben: den Herrn Jesus. Und wer diesen

Weg nicht kennt, muss früher oder später verloren gehen! Amen."

Aurels Augen strahlten, und er dachte bei sich: „Das heißt für den Herrn zeugen. Ich danke dir, Stefan! Diese Lektion werde ich mir bestimmt merken!"

„Ich soll nicht mit Adam über die Kirche reden", sagte Margita zu sich selbst, „auch nicht streiten, sondern mit dem ganzen Leben zeugen. Ja, Herr Jesus, dir will ich dienen Tag und Nacht und werde nicht schweigen, besonders vor Tamar nicht. Ich will nicht bis morgen warten, sondern sie noch heute besuchen."

„Wenn ich noch einmal gesund werde", dachte Nikolaj, „werde ich mein ganzes Leben als ein Opfer des Dankes dir, meinem Herrn, widmen, damit dir noch treue Zeugen gewonnen werden können. Werde ich aber nicht mehr gesund, so nimm uns, meine Mutter und mich, ohne Verdienst aus Gnaden heim!" Und was dachte Korimsky, der, als die anderen zum Gebet niederknieten, zu Margitas Erstaunen auf dem Sofa sitzen blieb? Er dachte, dass ihm das gerade noch gefehlt hätte, dass dieser fanatische Bauer käme und seine Qual aufdeckte. Stefan wollte sich dann nicht länger aufhalten. Margita und Aurel begleiteten ihn. Nikolaj wollte mit dem Vater über die vergangene Stunde sprechen. Er störte den Vater sonst nicht gern. Dieser vertiefte sich gerade jetzt so eifrig in seine Zeitung. Aber er setzte sich zu ihm aufs Sofa und unterbrach ihn. „Vater, ich möchte dir etwas sagen."

„Was willst du, Nikuschka?" Korimsky zog seinen Sohn an sich. „Da wir gerade allein sind, möchte ich dir, lieber Vater, von der Veränderung, die mit mir während der Krankheit und besonders in den letzten Tagen vorgegangen ist, erzählen und von meinen Plänen. Willst du mir ohne Unterbrechung zuhören?"

„Ja, natürlich!"

„Alles, was Stefan erzählte, habe ich auch durchgemacht, wenn auch nicht in derselben Weise. Ich war geistlich tot, aber der Herr Jesus gab sich mir zu erkennen. Ich betrat den Kreuzesweg, die Last der Sünde, die mir den Tod erschwerte, ist weggenommen. Jetzt kann ich auch mit Hiob sprechen: ‚Ich weiß, dass mein Erlöser lebt!'"

„Nikolaj!", rief Korimsky schmerzlich berührt.

„Bitte, unterbrich mich nicht, Vater. Was Gott tut, ist alles gut, auch wenn wir es nicht verstehen, sagte Miroslav einmal zu mir. Und er hat Recht. Wäre meine Krankheit nicht gewesen, ich hätte mich selbst nicht erkannt, denn Miroslav wäre nie in unser Haus gekommen. Was würde es nützen, das ganze Leben in Bequemlichkeit, Fülle und Glück zuzubringen und dann alles ewig entbehren zu müssen? Nun, wie lange immer auch mein Leben währen mag, lieber Vater, ermögliche es mir, hier auf Erden Gutes zu tun." Dann erzählte Nikolaj seinem Vater von Miroslavs Vorschlag wegen eines Evangelisten. Die katholischen Priester würden Ursiny selbst kaum lange ungehindert arbeiten lassen, da er es in einem dazu gemieteten Hause tat. Es wäre gut, wenn man dafür sorgen könnte, ein solches Verbot unmöglich zu machen. „Ich habe darüber nachgedacht“, setzte Nikolaj fort, obwohl ihn das Schweigen des Vaters bedrückte, „und meine, dass unser Haus doch eigentlich zu groß für uns ist. Du liebst Gesellschaften nicht, und ich werde auch nie welche geben. Wie schön wäre es, wenn wir unseren großen, unbenutzten Salon ausräumen und ihn zu einem Ort für Versammlungen einrichten würden. Wenn wir dann sagen, es sind unsere Hausandachten, hätte niemand das Recht, sich einzumischen, und Miroslav könnte ungehindert arbeiten. Ich würde ihm helfen, soviel ich kann.

Vater, erfülle mir diesen Wunsch! Vater, du wirst es mir doch nicht abschlagen? Scheint es dir ein zu großes Opfer?“

„Materielles Opfer? Verlange mein ganzes Hab und Gut, alles steht dir zur Verfügung“, brauste Korimsky auf. „Was den Evangelisten betrifft, meinetwegen kannst du auch zwei studieren lassen. Nur verlange nicht von mir, dass unser Name zum Gespött der Leute wird! Was würde die Welt von dir und mir sagen?“

„Die Welt, Vater? Die Welt hat den Herrn Jesus gekreuzigt, nach der können wir uns nicht richten.

Von dir würde sie sagen, du wärest zu schwach mir gegenüber, und von mir, daran liegt nichts. Vater, bitte, erlaube es!“

„Nein, Nikolaj, das kann ich dir nicht erlauben! Du verlangst etwas, was ganz gegen meine Grundsätze ist. Den Namen Korimsky stelle ich nicht an den Pranger. Es ist genug, dass es schon einmal geschehen ist. Sprechen wir nicht weiter davon.“ Korimsky stand auf und ließ den Sohn mit seinen gescheiterten Plänen und enttäuschten Hoffnungen allein. Er wollte sein Haus nicht dazu hergeben, dass dort die Herrlichkeit Gottes verkündigt werde, des Gottes, vor dem er zitterte, sich aber nicht beugen wollte.

* * *

Im Park von Podolin las Tamar in dem Buch, das Margita ihr geschenkt hatte. Sie hatte von der Schöpfung der Welt und von der Geburt des Herrn Jesus gelesen. Wenn sie nur bald die englische Bibel bekäme, damit ihr die Gesellschafterinnen daraus vorlesen könnten, denn deutsch konnte keine gut lesen. „Das muss wunderbar gewesen sein“, dachte sie bei sich, „als der Engel vom Himmel kam und mit ihm die himmlischen Heerscharen und rief: *‚Siehe, ich verkündige euch große Freude, die allem Volk widerfahren ist; denn euch ist heute der Heiland geboren.‘* Wenn er allen Menschen geboren ist, wenn die Freude alle Menschen angeht, so gilt das auch mir", grübelte Tamar. „Es war ein Weltereignis, und ich, die ich in Geschichte so bewandert bin, wusste nichts davon. Warum erfuhr ich im Unterricht nichts darüber? Oder ging es nur die damalige Welt an? Unmöglich. Nikolaj Korimsky sagte, dass Jesus lebt und auch ihm das Leben geschenkt und ihm anstatt Leid die Freude gegeben habe, welche die Engel verkündigten. Nun, wenn jene Begebenheit Nikolaj anging, warum nicht auch mich? Wenn Gott durch sein Wort in sechs Tagen Himmel und Erde, die ganze Natur, auch den Menschen selbst erschaffen hat, warum lehrten sie mich, dass das alles von selbst entstanden und sich durch Millionen von Jahren gebildet habe? Ist es nicht um vieles leichter zu begreifen und zu glauben, dass ein Gewaltiger von Ewigkeit her existiert, der alles erschuf, und dass dieser Herr auch den Menschen zu seinem Bilde erschaffen und ihm über alles Macht gegeben hat? Ja, ich glaube es.

Wie freut es mich, dass ich nicht mehr daran denken muss, dass das menschliche Geschlecht einmal auf einer so niederen Stufe gestanden hat." Das Mädchen blickte zum Himmel auf, wo jener Gott wohnte. „Aber wenn er dort ist, der Schöpfer, sieht und hört er dann alles? Sorgt er noch für sein Geschöpf? Er ist ja nicht tot wie die heidnischen Götzen! Wenn er Nikolaj die Freude, Margita das Licht schenken konnte, wenn er die Gebete, die Lermontoff für

Nikolaj empor sandte, hören konnte, so sorgt er doch. Aber sorgt er auch für mich?“ Ach, was gäbe das Mädchen darum, wenn ihr jemand auf diese Frage die Antwort gäbe! Da störte sie aus ihren Gedanken plötzlich ein freudiges: „Tamar, Sie hier?“ Augenblicklich schaute sie in die Richtung, aus der der Ruf kam, und schon sprang sie mit einem jubelnden „Margita!“ auf und lief der Reiterin entgegen. Bald darauf lagen sie sich in den Armen. „Entschuldigen Sie, Tamar, meinen unerwarteten Besuch. Aber ich musste heute zu Ihnen, ich konnte nicht bis morgen warten.“

„O Margita, ich habe nichts zu entschuldigen! Sie sehen, ich bin ganz allein.“

„Sie sind allein?“, fragte Margita. „Warum? Wo sind Ihre Gesellschafterinnen? Und Ihr Herr Vater?“

„Der Vater hat Arbeit“, erwiderte das junge Mädchen. „Jetzt ist gerade Herr Orlowsky bei ihm, sie ordnen gemeinsam die Altertümer. Asja und Orfa sind auch beschäftigt. Da ich nichts tun darf, bin ich hinausgegangen. Aber was mache ich? Sie halten noch immer Ihr Pferd.“

Tamar rief einen Diener herbei, der das Tier wegführte. Nach einer Weile meinte Tamar: „Eigentlich sollte ich Sie hineinführen. Entschuldigen Sie, dass ich es nicht gleich getan habe.“ Aber Margita hielt sie zurück. „Nein, bitte, bleiben wir hier in der herrlichen Natur. Bei Ihnen dort oben ist es zwar sehr schön, aber das alles ist nur künstliche Schönheit.

Hier aber ist Leben, von unserem guten, himmlischen Vater geschaffen."

„Sie haben Recht." Tamars Wangen glühten vor Erregung. „Wissen Sie, was ich gedacht habe, ehe Sie kamen? Ob Gott auch für mich sorgt?"

„Für Sie?", fragte Margita erstaunt. „Ist Ihnen das sonderbar und glauben Sie, dass ich kindisch bin, dass ich so frage?", sagte Tamar beschämt. „Aber denken Sie, wäre es nicht natürlich, wenn er sich um mich nicht sorgte, da ich ihn gar nicht kenne und niemals an ihn gedacht habe?"

„Möglich wäre es für einen Menschen", antwortete Margita ernst und mit Wärme, „aber er spricht: ‚*Wenn dich dein Vater und deine Mutter verlassen, so will ich dich nicht verlassen.*' Tamar, schauen Sie Podolin an! Welch wunderschönes Schloss, dieser Park dazu, wie ein Paradies. Dort drin ist Ihr Vater. Sie haben alles, und unterdessen leben Tausende von Menschen verwaist und obdachlos. Sie haben alles und fragen, ob Gott für Sie sorgt?"

„Margita, das alles wäre von Gott? Meinen Sie, Podolin wäre uns von Gott geschenkt?", fragte Tamar kopfschüttelnd. „Das hat doch mein Vater für mich gekauft mit dem von meiner Mutter geerbten Vermögen."

„Ich glaube es, doch wer schenkte Ihren Vorfahren das Vermögen? Früher dachte ich auch so wie sie und glaubte, Horka habe mir der Großvater geschenkt; heute aber weiß ich, dass Horka durch

Großvaters Vermittlung eine Gabe des himmlischen Vaters ist."

„Dann hätten wir aber doch gar nichts als unser Eigenes", erwiderte Tamar. „Ich habe nichts auf die Welt mitgebracht", lächelte Margita fröhlich, „so habe ich auch nichts, und hätte ich sehr viel, ich würde alles dem Herrn Jesus zu Füßen legen, denn er hat mich erkauft. Ich bin nicht mein, sondern sein. Da er mich erkauft hat, hat er ein volles Recht über mich. Welch eine Ehre! Bedenken Sie nur, Tamar, der Herr Jesus achtet mich und Sie so hoch, dass er uns mit dem Teuersten, mit seinem Blut, erkauft hat. Und ich sollte noch von etwas sagen, dass es mein sei, dass ich es nicht von ihm bekommen hätte, oder dass ich es ihm nicht gebe? Nein!"

„Ach, Margita", Tamar legte ihre Arme um die Freundin, „lehre mich auch so glauben, wie du glaubst! Und du sagtest, dass er auch mich erkauft hat mit seinem Blut? Wann? Wo?"

„Weißt du es wirklich nicht? Dort am Kreuz. Jesus gab sein Leben und sein Blut und starb mit den Worten *‚Es ist vollbracht!' So* hat er dich geliebt, Tamar!"

„Aber warum ist er für mich gestorben? Nikolaj sagt, dass er für unsere Sünden gestorben ist, aber ich lebte ja damals noch gar nicht und sündigte nicht." Tamar sah Margita fragend an. „Auch ich lebte und sündigte damals noch nicht, Tamar", erwiderte die junge Frau ernst, „aber auch die vielen

Menschen lebten nicht mehr, die von Adam an gesündigt hatten! Sie waren schon tot, und Millionen sündiger Menschen leben heute mit uns. Für diese alle starb der Herr Jesus. Gott sandte seinen Sohn, damit durch ihn die Welt erlöst würde. Unser Gott hatte nur einen Sohn, und dieser Sohn konnte nur einmal sterben. So starb er für alle, auch für die, die schon gestorben waren, auch für die, die noch nicht lebten, also auch für dich und mich. Wäre er nicht für uns gestorben, so könnte uns niemand mehr retten, denn es steht in der Bibel, dass Christus nicht mehr stirbt. Der Tod herrscht nicht mehr über ihn. Glaubst du das?" Tamar schüttelte den Kopf. „Es geht mir wie einem Seemann, der ein Licht in der Ferne sieht, aber noch kein festes Land sehen kann und nicht weiß, wo er ankern soll. Du hast gesagt, dass du in der Bibel das Licht gefunden hast, das du vorher nicht kanntest. Ich glaube auch, dass ich es finden werde."

„Sie kann mich nicht verstehen, denn sie weiß noch nichts von dir, Herr Jesus!", dachte Margita bei sich. „Ich muss Geduld mit ihr haben." Sie bat dann, den Park besichtigen zu dürfen. Unterwegs erzählte Tamar, dass sie vorhin über die Schöpfung nachgedacht habe. Margita versuchte sie ihr zu erklären und verglich den Park von Podolin mit dem Paradies. Sie schilderte, wie glücklich Adam und Eva dort waren, wo ihr Herr und Schöpfer sie besuchte, wie sie aber dann unglücklich wurden, als sie gesündigt hatten. Sie mussten nicht nur aus dem Paradies, sondern auch aus der Nähe Gottes.

Margita wusste selbst nicht, woher sie die Worte nahm; es war, als hätte jemand ein Licht in ihrem Herzen angezündet, damit es auch in dem Herzen der lieben Nachbarin hell werde. Sie erzählte ihr von dem Herrn Jesus, der der Schlange den Kopf zertreten hat. „Weißt du, Tamar, zwischen dem gefallenen Menschen und dem heiligen Gott lag die Sünde. So konnte der Mensch nicht mehr zu Gott zurückkehren. Aber der Herr Jesus ist gekommen, hat die Schlange überwunden und uns mit seinem Blut von den Sünden gewaschen. Wer an ihn glaubt, kann wieder zu Gott zurückkehren an das Herz des Vaters. Der Herr Jesus sagt: ‚*In meines Vaters Hause sind viele Wohnungen; wenn es nicht so wäre, so wollte ich es euch sagen, ich gehe hin, euch die Stätte zu bereiten. Und wenn ich hingehe, euch die Stätte zu bereiten, so will ich wiederkommen und euch zu mir nehmen, auf dass ihr seid, wo ich bin.*'" So und ähnlich erklärte Margita der Freundin, was sie aus der Bibel gelernt hatte. Jetzt, da sie der Heilige Geist an alles erinnerte, kam es ihr zunutze. Je länger sie sprach, desto lichter wurde es in ihr, aber nicht nur in ihr. Anfangs hörte Tamar ihr nur zu, aber dann stellte sie viele Fragen. In solchem Gespräch durchwanderten sie den Park und gingen dann zum Schloss hinauf. An der Tür begegnete ihnen der Marquis. Margita entschuldigte sich etwas verlegen wegen ihres Besuches. „Warum entschuldigen Sie sich, Frau Orlowsky?“ Der Marquis beeilte sich höflich, sie zu überzeugen, dass sie seiner Tochter und ihm ein zu jeder Zeit willkommener Gast sei. „Aber ich war überrascht, denn Adam Orlowsky hatte nichts erwähnt.“

„Adam weiß auch nicht von meinem Hiersein“, sagte Margita errötend. „Wir wollten eigentlich erst morgen zusammen kommen, aber mich ergriff eine solche Sehnsucht nach meiner lieben Nachbarin, dass ich alles vergaß und zu ihr eilte.“ Der Marquis freute sich über diese Worte und küsste Margitas Hand. Er begleitete die Damen hinein. Bald kamen auch die beiden Gesellschafterinnen, nicht wenig erfreut über den unerwarteten Besuch. Sie gingen dann gemeinsam zu Adam, um dessen verstaubte Schätze zu besichtigen. Es fehlte nicht viel und Adam hätte ein wertvolles Stück zerbrochen, als plötzlich seine Margita erschien.

Abends kehrte dann das junge Paar nach Horka zurück. Bis zum Kreuz begleiteten sie die drei jungen Damen und der Marquis. Auch dort trennten sie sich nicht sogleich, denn auf den Stufen saßen, in lebhaftes Gespräch vertieft, Nikolaj Korimsky und Doktor Lermontoff, an das Gitter gelehnt stand Herr Korimsky. Margita war glücklich, dass sie hier so ungezwungen ihren Vater und den Bruder mit Tamars Vater bekannt machen konnte. „Hätten wir gewusst, dass du mit solchem Ehrengeleit kommst“, sagte Korimsky, „so hätten wir uns nicht um dich gesorgt."

„Dachten Sie, Herr Korimsky, wir würden Margita allein gehen lassen?", fragte Tamar lächelnd. Dann schlug sie vor: „Wir könnten hier noch ein wenig spazieren gehen." Als man ihr zustimmte, reichte sie Nikolaj ihren Arm und ging mit ihm, ohne dass es die anderen im Gespräch merkten, einige Schritte abseits. Dort blieben sie stehen, und Tamar schaute mit unverhohlenem Mitleid auf ihn. Sie merkte sofort, dass er blasser aussah, und fühlte einen bis dahin nicht gekannten Schmerz. „Sie fühlen sich doch nicht schlechter, Herr Korimsky?" Er errötete vor Glück. „Dem Herrn sei Dank, nein!" Er zog ihre Hand an seine Lippen. „Aber Sie sehen so traurig aus."

„Warum meinen Sie, Marquise?"

„Ich merke es Ihnen an, und es tut mir weh. Wir waren so glücklich, Margita und ich, und Sie sind es nicht. Kann Sie der Herr Jesus, an den Sie glauben, nicht trösten?"

„Er kann es. Er hat mich auch schon getröstet und wird es noch weiter tun, wenn seine Zeit kommen wird. Ich muss nur glauben, dass das, was er tut, gut ist, wenn wir ihn auch nicht verstehen."

Die Resignation in seiner Stimme überzeugte sie noch mehr, dass ihn etwas schmerzen müsse. Sie fühlte den Schmerz mit ihm. „Können Sie mir nicht erzählen, was Sie drückt? Ich werde es ja Margita nicht erzählen“, bat sie. „Ich danke Ihnen für das Mitleid, Fräulein Orano, aber ich kann es nicht. Es gibt Dinge, die wir für uns behalten müssen.“

Die anderen kamen hinzu, das Gespräch wurde unterbrochen, aber in Tamars Herzen blieben die Worte des jungen Mannes unauslöschlich eingeprägt. Dieser wiederum bewahrte die Erinnerung an das Mitleid des Mädchens.

Beglückt ging die kleine Gesellschaft dann auseinander. In solcher Stimmung kamen sie auch nach Horka. Dort aber erwartete sie ein Bote mit einem Telegramm. Es war an Korimsky adressiert und lautete: „Wenn möglich, kommt alle nach Orlow, wenn nicht, soll Margita auf jeden Fall noch mit dem Nachtzug kommen. Nikolaus.“

„Was bedeutet das?“, rief Adam. „Es wird doch nicht dem Großvater etwas zugestoßen sein?“, meinte Margita. Korimsky las noch einmal verwundert das Telegramm.

Keiner achtete auf Nikolaj, der seine Hand auf das klopfende Herz drückte. Still verließ er das Zimmer. In Margitas Schlafzimmer warf er sich auf die Knie, vergrub das Gesicht in die Kissen und schluchzte leise.

„Sie ist schon dort, mein Mütterchen! Wenn sie uns alle rufen, ist sie dem Tode nahe. Ich habe es heute den ganzen Tag gefühlt! Wir sollen alle kommen, der Vater, Margita und ich. Was sich im Leben nicht mehr vereinigen konnte, wird jetzt noch der Tod verbinden. Doch wird es auch für ewig verbunden sein? Besteht schon eine Verbindung unter uns? Ich muss mich überzeugen, ob sie im Herrn sterben wird. Sie dürfen mich nicht hier lassen!“

„Nikuschka, was machst du?“, fragte Margita ängstlich. „Du weinst? Warum? Was ist geschehen?“ Der junge Mann sprang auf und schloss die Schwester in seine Arme. Tränen glänzten in seinen Augen. „Margita, man ruft uns zur Mutter, sie ist todkrank!“

„Aber Nikuschka, was macht sie in Orlow?“

„Margita, hat sie dort nicht einen Vater, ist dort kein Raum mehr für sie? Der Großvater ist gut, er nahm sie zu sich. Du kennst ja das Haus in der Orlowskygasse, wo die Versammlung gehalten wird. In diesem Haus fand unsere Mutter in den letzten Tagen einen Zufluchtsort. Sie liegt dort schwer krank, von Fräulein Aneschka und Miroslav gepflegt.“

„Nikuschka! Du hast es gewusst! Warum hat man mir es nicht gesagt? Das kann ja nicht wahr sein! Ingenieur Rainer liebt sie, er würde es niemals zugeben. Nein, du musst dich irren!“

„Ich irre mich nicht. Ich sah sie selbst dort, Miroslav hat mich zu ihr gebracht. Sie verließ mir zuliebe das Bad, wo sie als Kranke weilte. Sie wollte sich überzeugen, ob es wahr sei, was sie gehört hatte. Da sie niemanden hatte, an den sie sich wenden konnte, ging sie selbst. Sie kam nach Orlow, fand das Haus aber leer. Dort konnte sie nicht bleiben. Auf der Bank neben dem Häuschen fand sie Miroslav. Wäre er nicht gewesen, ich weiß nicht, was mit ihr geschehen wäre! Er brachte mich zu ihr, wir haben uns ausgesöhnt. Kannst du dir vorstellen, wie mir war, als ich sie dort verlassen musste, nein, du kannst es dir gar nicht vorstellen! Miroslav versprach mir, wenn Baron Rainer nicht kommt, von dem er aber noch nicht wusste, wo er sich aufhielt, so würde er den Großvater rufen, aber nur, wenn unsere Mutter schwer krank wäre. Nun hat er ihn gerufen, und jetzt ruft der Großvater uns!"

„Ach, Nikuschka!" Margita schmiegte sich an den Bruder. „Aber warum rufen sie unseren Vater hin?"

„*Wenn ihr den Menschen ihre Fehler nicht vergebt, so wird euch euer himmlischer Vater eure Fehler auch nicht vergeben!* Wie jeder Mensch, so ist auch unser Vater nicht ohne Sünde, und das ist die letzte Gelegenheit für ihn, zu vergeben, damit auch ihm vergeben werden kann."

Verwundert sah Margita in das ernste Gesicht des Bruders. Es war also alles wahr, was er sagte, doch wer sollte es dem geliebten Vater mitteilen? Und würde er dann gehen? Doch es war nicht nötig, ihm etwas zu erklären. Als sie kurz darauf in das Zimmer zurückkehrten, sagte der Vater mühsam beherrscht: „Margita muss gehen, wenn die Sachen so stehen; aber ich sehe nicht ein, wozu man Nikolaj dieser Aufregung aussetzen soll. Frau Rainer konnte bis jetzt ohne ihn fertig werden, so muss es auch jetzt gehen. Aurel, Sie als Arzt können mir doch am wenigsten raten, dass ich ihn schicke."

„Es ist wahr", sagte auch Adam. „Wir beide werden gehen, das ist genug. Ich werde entsprechend Anweisung geben."

„Warte, Adam!", rief Nikolaj plötzlich. „Ich glaube, wir werden alle fahren!"

„Nikuschka!", rief Korimsky. „Du weißt es?"

„Ich weiß, Vater, dass der Herr Jesus sagt: ‚*Sei willfährig deinem Widersacher bald, dieweil du noch auf dem Wege bist, auf dass dich der Widersacher nicht dermaleinst überantworte dem Richter.*' Meine Mutter tritt jetzt hin vor den Richter, sie soll uns dort nicht verklagen, dass wir uns nicht mit ihr versöhnt hätten. Wir gehen alle. Bitte, Adam, ordne alles an, aber schnell, denn die Zeit eilt!" Adam sah den Vetter erstaunt an und blickte dann zum Onkel. Korimsky nickte nur.

Ehe sich die Dienerschaft von ihrem Erstaunen erholt hatte, war Horka schon leer. „Was ist nur geschehen", fragte ein Diener den anderen, „dass die Herrschaft so verstört und in solcher Eile nach Orlow fährt?"

* * *

Vielleicht war noch nie einem Menschen ein Weg so lang geworden wie Nikolaus Orlowsky diese paar

Stationen nach Podhrad. Vielleicht hatte auch noch nie ein Arzt so gespannt und ungeduldig auf das Kommen der Verwandten des ihm anvertrauten Patienten gewartet wie Doktor Rauscher an jenem Sonntagnachmittag in dem kleinen Haus.

Endlich hörte er Schritte, die Tür ging auf. Höflich und ehrerbietig ließ der Provisor den alten Herrn eintreten. „Welch unerwartetes, trauriges Wiedersehen!“, begann der Doktor und trat ihm entgegen.

Doch Herr Nikolaus hörte ihn nicht. Als er endlich bei dem Bett stand und auf sein krankes Kind blickte, rang er die Hände, sein graues Haupt sank auf die Brust, Tränen rollten über seine Wangen. „Bitte, setzen Sie sich“, klang neben ihm die sanfte Stimme, die ihm unterwegs auf schonende Art alles Nötige mitgeteilt hatte. Der alte Mann gehorchte. Er fragte nicht, ob ihn jemand sah.

Er wusste nicht, dass er nicht allein war mit seiner geliebten Tochter, die er einst durch seine Härte in die weite Welt hinausgetrieben, der er die Tür verschlossen hatte, und die jetzt zu ihm gekommen war, um zu sterben. Er sah sie an. Sie war es. Es waren dieselben feinen, stolzen Züge, die weiße gewölbte Stirn, der edle Mund. Sie schlief so still, wie sie einst zu schlafen pflegte, als er noch abends zu ihr nachschauen ging, dort zu Hause. Er hob den Kopf, schaute sich in dem niedrigen, ärmlichen Zimmer um; das Herz krampfte sich ihm zusammen. Neben dem Fenster stand der Doktor. In die Tür trat eben mit einem Waschbecken und Tüchern ein junges Mädchen. Zu Füßen des Bettes stand der Provisor. Und unter diesen Leuten lag ohne ein Lebenszeichen seine stolze, den Luxus gewohnte Tochter. Als er zu ihr wollte, musste er sie in dieser Hütte, unter diesen Leuten, die ihm und ihr Barmherzigkeit erwiesen hatten, suchen. Doch er war gekommen, sie zu holen. „Herr Doktor!“, sagte er leise. Der Arzt hörte ihn und trat näher. „Ist es möglich, meine Tochter zu transportieren?“

„Es wäre möglich, Herr Orlowsky, nur weiß ich nicht, wie?“ Der alte Mann sah ihn erschrocken an. „Es tut mir Leid, dass ich es sagen muss, aber Frau Rainer ist sehr schwach. Man kann sie nicht in den Wagen setzen. Vielleicht ginge es leichter, wenn Sie den Leiterwagen mit Kissen holen ließen. Wäre die Stadt näher, so könnten wir eine Tragbahre besorgen, doch die käme erst morgen an, und da wäre der Transport vielleicht nicht mehr möglich.“

„Erlauben Sie, Herr Doktor“, mischte sich Ursiny ein, „Doktor Lermontoff hatte eine Trage bestellt, da er meinte, dass man Nikuschka so zur Bahn transportieren müsste. Dann wurde sie aber nicht gebraucht. Ich ließ sie holen, sie ist sehr gut gepolstert. Vielleicht wäre es am besten, die gnädige Frau nur zu tragen.“

Der Doktor warf dem jungen Provisor einen zufriedenen Blick zu. Herr Nikolaus, dieser großen Sorge entledigt, neigte sich wieder zu seiner Tochter, streichelte ihre durchsichtigen Hände und, indem ihm von neuem die Tränen kamen, wiederholte er: „Er hat sie nicht gebraucht, und jetzt wird man dich darauf tragen, mein geliebtes Kind."

„Die Trage wäre also da", sagte Doktor Rauscher, „wer aber wird die Baronin tragen? Es ist zu spät, die Diener von Orlow holen zu lassen."

„Einige meiner Freunde sind nebenan versammelt", antwortete der Provisor. „Ich werde sie darum bitten, und sie werden es nicht nur bereitwillig tun, sondern auch darüber schweigen."

Der Doktor drückte dem jungen Mann die Hand.

Die Nachmittagsbibelstunde war heute nur kurz. Es wurde gar nicht gesungen, sondern nur ein kurzes Wort erklärt und gebetet. Die Leute wussten, dass nebenan eine kranke Frau lag, die später abtransportiert werden sollte. Wohin, das wussten nur die Männer, die Herr Ursiny aufgefordert hatte, der armen Frau diesen Dienst aus Liebe zum Herrn zu erweisen. Sie versprachen es auch mit Freuden.

Unterdessen erfuhr Herr Nikolaus, bei wem seine Tochter ihre Zuflucht gefunden hatte, nämlich bei ihrer alten Kinderfrau. Es war ihm lieb, dass die Enkelin dieser Frau sie gepflegt hatte. Aber er erfuhr auch, wie unermüdlich der Provisor Tag und Nacht für die Kranke gesorgt hatte. Nicht nur der Doktor, auch Herr Nikolaus wünschte, dass die Baronin erst in Orlow erwache. Dieser Wunsch wurde ihnen erfüllt. Erst nach Stunden öffnete sie die Augen. Sie blickte sich erstaunt in dem wohl bekannten Zimmer um und erkannte dann den Vater. „Also doch daheim“, flüsterte sie. „Es war kein Traum, du hast mich heimgeholt, lieber Vater, und wirst deine Tochter unter dem heimatlichen Dach sterben lassen. Sie ist lange genug in der Fremde umhergeirrt, ich danke dir!“

„Natalie, mein Kind, was sagst du? Nicht sterben, sondern leben wirst du bei deinem Vater!“, sagte Herr Nikolaus mit Tränen in den Augen. Der Blick der Tochter tat ihm weh. „Leben? Für mich gibt es kein Leben mehr auf dieser Erde! Vater, gib mir die Hand!“ Sie zog sie mit Anstrengung an ihre Lippen. „Und jetzt vergib deiner verirrten Tochter.“

„Kind, bitte nicht! Ich muss dich um Verzeihung bitten! Du wärest nicht so weit gekommen, wäre meine Härte nicht gewesen.“

„Beschuldige dich nicht, Vater. Wir waren beide auf dem falschen Wege, beide verloren. Ach, mein Vater!“ Sie streichelte seine Hand. „Alles ist verloren: das Leben, die Zeit, die Kräfte, Unschuld und Reinheit, das Familienglück, das Glück der Kinder, alles! Ich stand vor Gott mit leeren Händen, und er nahm mich an. Am Kreuz starb mein Heiland und deckte mich mit seinem Blute, seinem vollkommenen Verdienst, zu. Vater, denke nicht, dass ich fantasiere. Mir ist nicht mehr heiß. Glaube mir, es gibt keinen anderen Mittler, weder im Himmel noch auf Erden, zwischen uns und dem heiligen Gott, als nur den dort am Kreuz, nur ihn, meinen Jesus. Ich habe ihn angenommen am Ende meines Lebens. Ich hätte ihn mein ganzes Leben haben können, dann wäre ich glücklich gewesen. Vater, nimm den Herrn Jesus an, ohne ihn gibt es kein Heil. Ich kann es dir nicht besser sagen. Vierzig Jahre habe ich gelebt, zwei Kirchen angehört, doch niemand hat mir die Wahrheit gesagt. So habe ich jetzt nichts weiter gelernt als das: *Also hat Gott die Welt geliebt, dass er seinen eingeborenen Sohn gab, auf dass alle, auch ich, die an ihn glauben, nicht verloren gehen, sondern das ewige Leben haben.* Ich kann es dir nicht erklären, Vater, doch das weiß ich, dass ich Barmherzigkeit erlangt habe, und dass die Last meiner Sünden abgenommen ist. Gott hat mir vergeben, der Herr Jesus mich angenommen, ich weiß, dass ich erlöst bin. Nun gehe ich heim, so gewiss, wie ich hierher nach Hause gekommen bin. Ach, Vater, denke an die Worte deiner verirrten, aber begnadigten Tochter, deines sterbenden Kindes!" Ein sonderbarer Druck lastete auf Herrn Nikolaus. Es war ihm, als spräche die Stimme Gottes durch den Mund der geliebten Tochter. „Sage mir, wie soll ich mich finden lassen? Was soll ich tun?" Doch Natalie Rainer hatte die Augen schon wieder geschlossen, sie sammelte sichtlich ihre Kräfte. Erst nach einer Weile antwortete sie: „Ich bin sehr schwach und unwissend. Bitte, frage die, die schon länger mit Christus leben. Und, Vater, ich habe eine große Bitte:

Rufe meine Kinder und auch ihn."

„Wen, liebes Kind?"

„Manfred Korimsky."

„Vielleicht Rainer", wagte der alte Mann mit zitternder Stimme einzuwenden. „Der wird auch so kommen, das glaube ich, er wird kommen, um von mir Abschied zu nehmen. Vater, er war immer gut zu mir, ich habe es von ihm nicht verdient. Aber es war eine Sünde." Schmerzlich zuckte es um ihren Mund.

„Was war Sünde, Kind?"

„Ihn zu heiraten, aber auch Manfred Korimsky zu heiraten, war eine Sünde. Für mich wäre es besser gewesen, wenn ich niemals geboren wäre. Doch nein, ich will nicht mehr verzweifeln, jetzt nicht. Der Herr Jesus hat auch diese große Sünde vergeben."

Im Zimmer wurde es still. „Vater", flüsterte sie nach einer Weile, „wirst du meine Bitte nicht erhören?"

„Ja, mein Kind, ich will die anderen gleich rufen", sagte der alte Herr, sich aufrichtend. „Doch wünschst du wirklich, dass auch er kommen soll?"

„Ja, ich will es, wir müssen miteinander reden. Wir müssen uns zur Versöhnung die Hände reichen."

Herr Nikolaus schrieb die Depesche und schickte sie ab. Aber er glaubte nicht, dass außer Margita jemand kommen würde. Die Kranke war durch das viele Reden erschöpft. Als Doktor Rauscher mit dem

Dechanten Jurecky kam, fanden sie sie schlafend. „Mir scheint, es geht etwas besser“, sagte der Arzt. „Doch wird Frau Margita nicht benachrichtigt?“

„Ich habe schon telegrafiert.“

„Schon? Schade, ich dachte, es wäre gut gewesen, auch Doktor Lermontoff zu rufen.“

„Ich habe auch ihn gerufen.“ „So, dann ist es gut.“

„Was habe ich gehört?“, wandte sich Dechant Jurecky mitleidig an Herrn Nikolaus. „Ihre und unsere arme, verirrte Tochter kehrte unter das väterliche Dach zurück! O, möchte sie auch noch in den Schoß der heiligen Kirche zurückkehren. Wir müssen mit ihr über ihr Seelenheil sprechen.“ Dechant Jurecky wunderte sich, denn seine Worte riefen bei dem Vater ein bitteres Lächeln hervor. „Meine Tochter ist sehr schwach, Hochwürden, es wird kaum möglich sein, mit ihr zu reden.“

„Das wäre schade! Bedenken Sie, wenn wir das Schlimmste befürchten müssen, was dann? Wenn die gnädige Frau nicht in den Schoß der Kirche zurückkehrt, wenn es nicht möglich ist, ihr das heilige Sakrament und die letzte Ölung zu erteilen, so müssen Sie die Tochter vom evangelischen Pfarrer in ungeweihter Erde begraben lassen. Sie hat sich öffentlich von uns losgesagt und keine Buße getan und kann von uns kein Entgegenkommen erwarten.“ Als der Dechant sah, dass Herr Nikolaus erblasste, fuhr er fort: „Wie sehr bedaure ich, dass ich das aussprechen und die Wunden Ihres Herzens aufreißen muss. Aber nur die wahre Liebe und Sorge um das Seelenheil Ihrer Tochter und auch um Ihnen die schmerzlichen Verlegenheiten zu ersparen, nötigen mich dazu. Dann müssen wir bedenken, wenn sie zu uns zurückkehrt, kann noch alles gut werden. Durch die heiligen Messen und Fürbitten werden wir sie aus dem Fegefeuer herausbeten, wohin sie wegen ihrer von der Kirche nicht anerkannten zweiten Ehe kommen muss. Wenn die Mutter zu uns zurückkehrt, gibt sie der Tochter ein schönes Beispiel, und so wird sie dadurch alles gutmachen, was sie bei der Tochter verschuldet hat."

Was ging in dem alten Mann bei diesen Worten vor? In seinen Ohren klangen noch die unvergesslichen Worte: „Ich weiß, dass ich heimgehe."

Sie glaubte so fest, zu dem himmlischen Vater zu gehen, also nicht ins Fegefeuer. Aber wenn sie sich irrte, wäre es dann nicht schrecklich, wenn sie ins Fegefeuer käme, aus dem sie niemand mehr herausbeten würde? Denn die Katholiken werden für sie nicht beten, da sie der Kirche untreu geworden ist, und die Evangelischen glauben nicht an das Fegefeuer. „Mir ist alles vergeben", hatte sie gesagt. Kann das möglich sein? Ja, es muss gewiss so sein, denn Sterbende täuschen sich nicht. Aber ins Jenseits zu gehen ohne das heilige Sakrament und die letzte Ölung? In sein Haus konnte er als strenger Katholik doch keinen evangelischen Pfarrer holen lassen, wenn auch gleich einer hier in der Nähe gewesen wäre. Es wäre doch gut, wenn sie noch in die katholische Kirche zurückkehrte, schon um Margitas willen. Dechant Jurecky merkte den Kampf in dem Gesicht des alten Herrn und täuschte sich nicht in seinen Erwartungen. „Meine Tochter ist eben eingeschlafen. Wenn sie aufwacht, werde ich Hochwürden holen. Doch ich muss sie zuerst vorbereiten."

„Natürlich, Herr Orlowsky!"

Im Schlafzimmer fand Herr Nikolaus nur Aneschka. Sie reichte der Kranken die Medizin. Der Doktor hatte sich im anderen Zimmer aufs Sofa gelegt, der Kopf schmerzte ihm. Er wollte Orlow bis zum Morgen nicht verlassen, ein sicheres Zeichen, wie gering seine Hoffnungen waren. So hinderte also Herrn Orlowsky niemand, mit der Tochter zu reden. Aber als er an ihrem Lager stand, verließ ihn die Kraft. „Was wünschst du, Vater?", fragte da plötzlich die Kranke und ermöglichte ihm so den Anfang. Wenn es ihm auch sehr schwer fiel, so sagte Herr Nikolaus doch, Dechant Jurecky wäre da, ob er kommen und ein paar Worte mit ihr reden dürfe. „Dechant Jurecky?", wiederholte sie. Sichtlich war der Freund des Vaters ihrer Erinnerung entschwunden. Der alte Herr erklärte ihr, wer es war. Als er ihr noch einmal schüchtern die Frage vorlegte, ob er kommen dürfe, nickte sie und schloss die Augen.

Dechant Jurecky hatte nicht gehofft, dass er so bald vorgelassen würde. Auch ihm fehlten die ersten Worte, denn die überraschende Veränderung in den Zügen der Natalie Orlowsky verwirrte ihn. Als er aber den Anfang gefunden hatte, floss ein ganzer Strom von Erklärungen von seinen Lippen. Er suchte die Kranke zu überzeugen, dass man einzig in der heiligen römischen Kirche das Heil erlangen könne, weil diese Kirche auch nach dem Tode die Möglichkeit besäße, mit Hilfe ihrer Heiligen der Seele die Erlösung aus dem Fegefeuer zu erwirken, auch die Aufnahme in den Himmel durch die Fürbitte der Heiligen und der Jungfrau Maria. Die Mutter Gottes würde auch noch in der letzten Stunde die verirrte Tochter in Gnaden aufnehmen und für sie bei ihrem Sohn bitten. Auch die Kirche, die sichtbare Mutter der Seelen auf Erden, wolle die reuige Tochter noch bereitwillig aufnehmen und ihr durch die Erteilung des Sakraments und der letzten Ölung die Versöhnung mit Gott erwirken.

Als die Kranke keine Antwort gab und nur mit einem sonderbaren Blick bald den Priester, bald den Vater anschaute, fühlte er sich gezwungen, fortzufahren: „Wie schrecklich würde es sonst für die Seele selbst und die Hinterbliebenen aussehen! Keine Möglichkeit, das Requiem und die Messen zu halten, ja nicht einmal ein christliches Begräbnis in geweihter Erde." Da lächelte die Kranke sonderbar und glücklich. Als er aber die verfehlte Erziehung der Tochter Margita erwähnte, zitterte sie. Der Dechant betonte, dass die Tochter bald wieder in die Kirche, der sie eigentlich angehöre, eintreten müsse, und es sei deshalb wünschenswert, dass ihr die Mutter mit einem guten Beispiel vorangehe. Schmerz bedeckte Natalies Gesicht. Bittend streckte sie die Hand zu dem Vater aus, als wollte sie sagen: Lass mich nicht länger quälen! Dann schloss sie die Augen für einen Augenblick, aber auf die dringende Frage des Dechanten: „Welche Antwort werden Sie mir geben?", sah sie den Priester ernst an. „Wenn ich gesund würde, so würde ich doch niemals mit meiner jetzigen Überzeugung zur katholischen Kirche zurückkehren, um so weniger tue ich es jetzt im Tode. Die Vermittlung der Heiligen brauche ich nicht. Mein Heiland ist mein einziger Mittler, einen anderen kenne ich nicht. Die Vergebung der Sünden, die mir keine Kirche erwirken oder schenken konnte, ist mir heute zuteil geworden. Gott hat mich Arme um des Verdienstes seines Sohnes willen in Gnaden angenommen. Ich bin versöhnt. Ein Fegefeuer gibt es nicht, und wenn es eins gäbe, fürchte ich mich nicht davor. Der Herr Jesus wird für mich sorgen, ich vertraue ihm. Was ich bei meiner Margita versäumt habe, kann ich nicht mehr gutmachen, er aber wird es wohlmachen. Wenn der Herr Jesus mich gefunden hat, so wird er auch sie finden. Und wenn ich nicht mehr bin, dann, Vater, ich gehöre Rainer an, so übergib mich ihm. Er wird schon dafür sorgen, dass sich für Natalie Orlowsky ein Stückchen Erde in der Fremde findet, wenn es auch in der

Heimat für sie keins gibt. Wenn ihr im Leben nicht für mich gesorgt habt, wenn ihr mir statt Christus Irrtümer und nicht den rechten Weg des Heils gezeigt habt, so lasst mich jetzt in Frieden. Dankt Gott, dass er noch in der letzten Stunde sich meiner erbarmt hat, denn wäre ich verloren gegangen, so wäret auch ihr vor dem Richterstuhl Christi für mich verantwortlich, und ..."

Weiter kam sie nicht, sie fiel in eine schwere Ohnmacht. „Ich weiß wirklich nicht, Herr Orlowsky", sagte der Arzt entrüstet, „wie Sie und der Dechant nur so gewissenlos sein können, die letzten Augenblicke der armen Baronin zu verbittern und zu verkürzen! Da wäre sie besser bei Aneschka geblieben, dort hatte sie wenigstens Ruhe." Aber Herr Nikolaus hörte kaum, was der Doktor sagte, das Bekenntnis der Tochter wirkte niederschmetternd auf ihn. „Sie ist ganz vom Irrtum eingenommen", äußerte der Dechant und verabschiedete sich, „da lässt sich nichts mehr machen." Der alte Herr fühlte, dass der Dechant Recht hatte. Man konnte nichts weiter tun, denn seine Tochter war nicht nur, wie er bis jetzt glaubte, darum evangelisch geworden, um Rainer heiraten zu können. Nein! Sie verwarf mit ihrem Herzen die heilige römische Kirche, ihre Lehre und ihre Gnadenmittel. Sie war eine grundsätzliche Protestantin. Sie irrte, das sah er, doch wie konnte sie ein Irrtum in der Todesstunde so glücklich und mutig machen? Wie konnte sie sich mit solch kindlichem Vertrauen Gott nahen und auf ihn allein ihre ganze Hoffnung setzen? Wie konnte sie alle Gnadenmittel verwerfen und sich bis zu Christus wagen? Armes Kind! Auf Aneschkas Frage: „Kommt die Kranke noch einmal zu sich?“, zuckte der Arzt nur die Schultern. Das junge Mädchen wünschte beinahe, dass die Worte des guten Bekenntnisses die letzten wären, die jene Lippen ausgesprochen hatten. Sie zweifelte nun nicht mehr, dass sie bereit sei. Sie wusste ja, dass geschrieben steht: „Wenn du mit deinem Munde Jesus als Herrn bekennst und in deinem Herzen glaubst, dass Gott ihn von den Toten auferweckt hat, so wirst du gerettet.“ Die Kranke hatte ein herrliches Bekenntnis der Wahrheit abgelegt. Auf Jesus allein setzte sie ihre Hoffnung. Er hat gesagt: „Wer mich bekennt vor den Menschen, den will ich auch bekennen vor meinem himmlischen Vater!“ Sie war bereit, dort einzugehen, wo ihr der Sohn Gottes selbst durch seine Schmerzen und seinen Tod den Eintritt erworben hat. Sie war bereit, aber der Mann, der sich plötzlich zur Überraschung der beiden Herren über sie beugte, war nicht bereit, sie gehen zu lassen. „Natalie, meine Natalie!“, rief er schmerzlich. „Endlich habe ich dich gefunden! Sieh mich an! Ich bin es zwar nicht wert, ich eilte nicht so, wie ich hätte sollen, das ist wahr! Sie hört und sieht mich nicht.“

Der Mann küsste die Stirn und die Hände der Kranken.

Keiner der Anwesenden brauchte eine Vorstellung, sie wussten, wer es war, der sich den Eintritt verschafft hatte. Sein Schmerz zwang sie, ihn nicht zu stören. Endlich wagte der Doktor näher zu treten und dem in wilder Verzweiflung am Bett Knienden die Hand auf den Arm zu legen. „Bitte, Herr Baron, geben Sie sich nicht so dem Schmerz hin, dadurch wird nichts besser. Bitte, stehen Sie auf!" Der Angeredete fuhr zusammen, hob den Kopf, sah den Arzt an und stand auf. „Sind Sie der Arzt?"

„Ja." Der Baron reichte ihm die Hand. „Sagen Sie mir die Wahrheit, aber die ganze Wahrheit. Was denken Sie über den Zustand meiner Frau?"

„Es tut mir Leid, aber ich muss sagen, die Frau Baronin ist sehr gefährlich krank."

„Warum sagen Sie mir nicht gleich die volle Wahrheit, dass sie verloren ist?", antwortete der Baron mit einer sonderbaren Ruhe.

„Der Arzt muss bis zuletzt Hoffnung haben", verteidigte sich der Doktor.

Der Baron hörte ihn nicht. Mit verzweifelter Resignation sah er auf seine Frau. „Guten Abend, Baron Rainer!", erklang jetzt etwas unsicher die Stimme des Herrn Nikolaus. Der Baron zuckte zusammen und wandte sich um. Auch er brauchte keine Vorstellung. Er wusste, dass er zum ersten Mal dem Vater der geliebten Frau, der nicht unter einem Dach mit der geschiedenen Tochter leben wollte, gegenüberstand. „Entschuldigen Sie", sagte er zurückhaltend, „dass ich, durch unerwartete Umstände genötigt, nach Orlow gekommen bin, doch ich bin nur gekommen, um meine Frau zu holen."

„Was denken Sie, Baron?", entgegnete der Vater erschrocken. „Sie wollen mir doch nicht Natalie nehmen, und das jetzt, da sie so schwach ist?"

„Ja, denken Sie, Herr Orlowsky, dass ich sie hier sterben lassen kann, wo es einst keinen Platz für sie gegeben hat? O nein! Ich weiß, dass ich alles riskiere, aber lieber soll sie in meinen Armen unterwegs sterben als in Orlow!"

„O Baron, seien Sie barmherzig! Warum erinnern Sie mich daran?", stöhnte der alte Mann. „Nehmen Sie mir mein Kind nicht!"

„Herr Baron, der Transport ist wirklich unmöglich", sagte der Arzt. „Warten Sie wenigstens bis morgen früh."

„Ich lasse sie mir auch morgen früh nicht nehmen", verteidigte sich der Vater. „Vergessen Sie nicht, sie ist zwar Ihre Frau, aber ich habe ältere Rechte an sie, sie ist meine Tochter."

„Oh, als ich Natalie heiratete, hatte sie niemanden. Ich hörte nicht, dass der Vater je nach ihr gefragt hätte, nur einmal erinnere ich mich, als er die Enkelin verlangte. Im Brief an diese Enkelin schrieb er, dass er eine Tochter habe, die bei einem gewissen Rainer lebe, dessen Haus aber kein passender Ort für die jetzige Margita Orlowsky sei. Nun, dieser Rainer kann keine Stunde in Orlow bleiben, aber ohne seine Frau geht er nicht, lebendig oder tot gehört sie ihm."

„Verzeihen Sie, Baron Rainer, ich habe Sie damals ungewollt beleidigt", sagte Herr Nikolaus errötend. „Vergeben Sie es um Natalies willen, und bleiben Sie mit ihr in Orlow. Bringen Sie ihr dieses Opfer!" Der bittende Herr Nikolaus vergaß, wen er noch nach Orlow gerufen hatte und wen er jetzt aufhielt. Da sagte der Doktor plötzlich: „Frau Baronin wacht auf!" Im nächsten Augenblick war alles vergessen. Der Baron kniete schon am Lager seiner Frau. Sie öffnete die Augen, ihr Blick blieb auf dem Gesicht des Mannes haften. „Natalie, Teure!"

„Bist du endlich gekommen?", fragte sie lächelnd. „Endlich bin ich da, aber wie finde ich dich! Warum hast du mir das angetan?"

„Verzeih! Ich dachte, ich hätte genug Kraft und wollte dir den Schmerz ersparen", sagte sie so leise, dass nur er sie hören konnte. Der Doktor und Aneschka waren hinausgegangen, nur Herr Nikolaus saß im Lehnstuhl zusammengesunken und sah unendlich traurig auf das Paar.

„Ich wollte es heimlich tun, aber ich hatte keine Kraft mehr, ins Bad zurückzukehren. Sei mir nicht böse, er ist mein Sohn, ich liebte ihn mehr, als man sagen kann. Vergib mir!"

„Ich habe nichts zu vergeben, eher du mir, meine Teure!", schluchzte er.

„Bitte, lass mich die ganze Wahrheit sagen. Ich

habe dich und mich getäuscht, als ich dir eine Liebe vortäuschte, die mein Herz nicht fühlen konnte. Ich liebte dich wie einen Bruder, Freund und Wohltäter in einer Person. Lieben konnte mein Herz nur einmal. Vergib mir! Ich habe mich bemüht, ihn zu vergessen und dich glücklich zu machen, und litt sehr darunter, dass es mir nicht gelingen wollte. Wenn du bei mir warst, fand ich Vergessen, aber du musstest oft fort, und ich war mit meiner Vergangenheit allein. Ich bin so schwach, ich sollte dich besser um Entschuldigung bitten, aber ich habe keine Kraft mehr. Wenn du vergeben kannst, so nimm meinen Kopf an deine Brust."

Sie schloss die Augen. Er tat, wie sie wünschte. Das, was sie ihm jetzt gesagt hatte, hatte er längst gefühlt, aber die Bestätigung von ihren Lippen tat ihm sehr weh. Er wusste, dass sie sich redlich bemüht hatte, sich zu verleugnen und ihn glücklich zu machen. Nachtragen konnte er ihr nichts, nein, er hatte nicht einmal etwas zu verzeihen. Das Herz kann man nicht zwingen. Er zog sie an sich und drückte einen Kuss auf ihre kalte Stirn. Sie sah dankbar zu ihm auf. „Hast du mir vergeben? Ich danke dir! Glaube mir, es tat mir jetzt, da ich zum Bewusstsein meiner Sünden gekommen bin, sehr weh, dass du so edel und gut gewesen bist und dass durch die Verbindung mit mir, der geschiedenen Frau, ein Schatten auf dich fiel. Jetzt musste ich noch überzeugt werden, dass mir Korimsky die Treue nicht gebrochen hat. Ich hatte kein Recht, ihn und den Sohn zu verlassen, ich habe gesündigt. Ich reichte dir die Hand, während er noch lebte, und brach ihm dadurch die eheliche Treue. Es tut mir so Leid, dass du durch mich in ein sündiges Verhältnis gekommen bist."

Er verbarg sein Gesicht in ihrem Haar. Er hatte vergessen, dass sie nicht allein waren. Als er aber nach einer Weile aufschaute und sah, dass auch der Platz neben dem Bett leer war, atmete er auf. „Trauere nicht, Natalie, und glaube nicht, du hättest mich zur Sünde verleitet. Als ich dich nahm, war mein Gewissen nicht mehr rein." Er legte sie in die Kissen nieder und barg sein Gesicht in den Händen. „Nicht du hast mich, sondern ich habe dich bis heute getäuscht. Du sehntest dich jahrelang nach deinem rechtmäßigen Sohn, ich sehnte mich auch nach einem Sohn, aber nach einem unrechtmäßigen."

„Auch du hast einen unehelichen Sohn?", stöhnte die Baronin. „Natalie, vergib mir. Ich will dir nie mehr durch meine Nähe weh tun, aber vergib mir!" Sie bewegte die Lippen, war aber zu schwach zum Sprechen. Sie hob die Hand und legte sie auf seinen Kopf. Tränen liefen über ihre Wangen. Herr Nikolaus fand seine Tochter schon wieder wie im Todeskampf und den Baron ganz vernichtet neben ihr knien. Es war eine schreckliche Nacht!

Der Morgen begann zu dämmern, als plötzlich die Tür zum Schlafzimmer aufging und an der

Schwelle Margita Orlowsky stehen blieb. Ihr heftiger Atem verriet, dass sie die Treppe hinaufgeeilt war. Mit einem Aufschrei: „Meine Mutter!“, lief sie zum Bett und warf sich auf die Knie. Es war die Mutter, aber wie verändert! Unten im Hof hatte Margita den Großvater nur noch sagen hören: „Sie liegt im Sterben und wünscht euch alle zu sehen. Aber ich weiß nicht, ob sie noch einmal zu sich kommen wird, seit zwei Stunden liegt sie ohne Besinnung.“

„So treffen wir uns wieder“, dachte Margita traurig. Hätte sie ihr einmal geschrieben, so hätte sich die Mutter an sie wenden können, hätte nicht selbst kommen müssen, um nach Nikuschka zu sehen und wäre nicht krank geworden. Doch das war nun zu spät. Ängstlich sah sie in das Gesicht der Kranken. Ob sie vor der Mutter noch ein Zeugnis von Jesus ablegen konnte? Wenn sie nicht mehr zu sich käme, so wäre alles verloren, und sie wäre für immer verdammt. „Ach, Herr Jesus, lass es nicht zu!“, seufzte die junge Frau. Margita wusste durch Nikolaj, dass er die Mutter darauf hingewiesen hatte, den Herrn Jesus zu suchen, und dass sie sich dort bei ihm wiedersehen könnten. Doch hatte sie ihn gesucht? Welche Gedanken hatten Margita unterwegs gequält, und welchen Kampf musste sie durchstehen! Tränen liefen über ihre Wangen. „Weinen Sie nicht, gnädige Frau“, klang plötzlich eine bekannte Stimme hinter ihr. Margita wandte sich um und erkannte Aneschka. „Weinen Sie nicht“, wiederholte das

Mädchen mitleidig. „Es ist wahr, Frau Baronin wird nicht mehr lange bei uns sein, aber sie geht heim zum Herrn Jesus."

„Ach, Aneschka, hätte ich die Gewissheit, dass mein Mütterchen heimgeht, dass wir uns dort wiedersehen werden!"

„Glauben Sie mir, gnädige Frau, sie hat geglaubt und hat Frieden gefunden. Hätten Sie gehört, welches Zeugnis sie vor Herrn Orlowsky und dem Dechanten Jurecky abgelegt hat!"

„Vor wem?" Margita stand auf, setzte sich auf den Lehnstuhl, behielt aber die Hand der Mutter in ihren Händen. „Was machte der Dechant hier? Meine Mutter ist doch nicht mehr katholisch."

„Er wollte sie in den Schoß der katholischen Kirche zurückbringen. Wenn man uns nicht stören würde, möchte ich Ihnen gern alles erzählen."

„Sie müssen es mir sagen!"

„Auch mir!", klang es hinter ihnen. Nikuschka war mit Aurel ins Zimmer gekommen. „Niemand wird uns stören, Fräulein Aneschka, bitte, sprechen Sie!"

Aneschka sah seinen bittenden Blick auf sich gerichtet, er schien sie um Trost anzuflehen. Sie zögerte nicht länger und berichtete von dem Gespräch und dem Zeugnis der Kranken. Natalies Worte, die der Dechant und Herr Nikolaus nie vergaßen, prägten sich auch dem Sohn und der Tochter unauslöschlich ein. „O Nikuschka!" Margita umarmte den Bruder. „Man hat unsere liebe Mutter das ganze

Leben hindurch ohne Christus irren lassen, welch ein leeres, trauriges Leben!“

In diesem Augenblick seufzte die Kranke tief und öffnete die Augen, die leuchtend an der Tochter haften blieben. „Margita, bist du endlich da?“

„Mütterchen, mein Mütterchen!“ Die Sterbende wollte die Hände nach der Tochter ausstrecken, doch sie sanken kraftlos herab. Margita streichelte sie. „Mütterchen, ich bin ja gleich gekommen, als du uns gerufen hast.“

„Auch ich, liebe Mutter!“ Nikolaj neigte sich zu ihr und küsste sie.

Frau Natalie schaute von einem zum anderen. „Ihr seid beide gekommen und wollt mir verzeihen? Du, mein Nikuschka, hast schon verziehen, aber du, Margita? Ich kann nun nicht mehr gutmachen, was ich versäumt habe. Vergib, mein liebes Kind, deiner armen Mutter, so wie auch Christus ihr vergeben hat! Unterbrich mich nicht und wehre mir nicht“, bat die Kranke, als Margita ihr weinend den Mund mit Küssen schloss. „Noch etwas muss ich dir sagen. Die Ursache allen Unglückes war die, dass ich den Herrn Jesus nicht gekannt habe. Du kennst ihn, mein teurer Sohn, wie es dir auch gehen mag, du wirst glücklich sein. Und du, Margita?“

„O Mütterchen, mir ist Christus auch schon geoffenbart, habe keine Sorge um mich. Ich werde nie der Kirche, die dich ohne Licht hat irren lassen, angehören, niemals!“

Die Kranke schloss die Augen, ein glücklicher Ausdruck lag auf ihrem Gesicht. Die Tochter legte sie in die Kissen zurück, es schien, als wollte sie ruhen. Doch öffnete sie die Augen wieder und sah sich suchend um. „Seid ihr allein?“

„Nein, gnädige Frau!“, sagte Aurel. „Adam Orlowsky ist mit uns gekommen und auch Herr Apotheker Korimsky.“

„Auch er? O Dank, Herr Jesus! Margita, bitte, bringe Adam her, und wenn dein Vater kommt, dann bitte, lasst uns eine Weile allein.“ Draußen im Korridor zuckte Adam zusammen, als es plötzlich neben ihm erklang: „Adam, bitte, komm, meine Mutter ruft dich!“

Er wandte sich um und schloss seine weinende Frau in die Arme. Sie schmiegte sich an ihn, und in ihrem Schmerz schlang sie ihre Arme um seinen Hals. Adam empfand ein sonderbares Gefühl des Glückes. „Margita, weine nicht!“, beschwichtigte er sie. „Ach lass mich, denn dort darf ich wegen Mütterchen und Nikuschka nicht weinen.“

„Dann weine dich aus, wenn es dir Erleichterung bringt, mein Liebes, aber komm an die frische Luft.“ Der kühle Wind beruhigte Margita. „Nun gehe zu ihr und denke nichts Schlechtes von meiner Mutter. Sie hat so wenig Glück auf dieser Erde erlebt.“ Als etwas später Frau Natalie leise zu ihm sagte: „Mach Margita glücklich, soweit es in deiner Macht steht, enttäusche sie nicht. Du bist ein Orlowsky, und die waren immer treu“, gab er eine Antwort, die ihm von Herzen kam: „Fürchte dich nicht, liebe Tante, ich werde dein Vertrauen nicht missbrauchen. Sie soll niemals unglücklich werden!“

Unterdessen ging im Bibliothekszimmer Manfred Korimsky mit hastigen Schritten auf und ab. Er wusste, wozu er hierher gerufen wurde, seine einst so leidenschaftlich geliebte Frau wollte mit ihm reden. In diesem Augenblick war es ihm, als sollte ihm das Herz zerspringen von der niemals erloschenen Liebe und der Sehnsucht, zu ihr zu eilen und sie nach so langen Jahren der Trennung in die Arme zu schließen. Sie hatte ihn sehr beleidigt, doch da sie jetzt um Versöhnung bat, war es für ihn eine Genugtuung. Er glaubte, dass sie nun seine Unschuld und ihre Schuld erkannt hätte.

Er hörte, dass sie jetzt wieder zu sich gekommen war und mit den Kindern sprach. Auch Adam war schon hineingegangen, und jetzt auch Herr Nikolaus. Aber er zögerte noch immer. Schließlich raffte er sich auf: „Sie hat nach mir verlangt und will Versöhnung. Ich kann auf niemanden und nichts Rücksicht nehmen, jeder Augenblick ist kostbar.“ Er öffnete die Tür und eilte durch den Flur. Er schaute sich nicht um, und das war gut. Denn sonst wäre ihm nicht die Gestalt entgangen, die am Fenster lehnte, mit dem Ausdruck größten Schmerzes. Aber auch dieser Mann achtete nicht auf das, was um ihn geschah.

Die Kinder taten, wie die Kranke gebeten hatte. Sie küssten sie und ließen sie dann mit ihrem ersten Mann allein. Über solche Augenblicke ist es gut, den Schleier fallen zu lassen. Die gemeinsame Vergangenheit zog an ihnen vorüber. Beide schwiegen. Natalie lag mit geschlossenen Augen, Fieberröte brannte auf ihren Wangen. Manfred Korimsky stand neben dem Bett und sah auf sie hinab. Sie war es, seine Natalie, und jetzt die Frau eines anderen.

Da öffnete sie die Augen, und ihre Blicke trafen sich. Er hielt es nicht aus, setzte sich und barg das Gesicht in den Händen. „Wozu hast du mich rufen lassen?", stöhnte er. Mit trauriger Stimme antwortete sie: „Ich wollte dir sagen, dass ich jetzt weiß, dass du mir die Treue nicht gebrochen hast. Meine Vermutung war falsch. Ich sündigte gegen dich geradeso wie du gegen Ludmilla Borinsky."

Er richtete sich auf und sah sie verblüfft an: „Du weißt das?"

„Ich weiß es erst jetzt, da alles verloren ist. Du hast eine Braut gehabt, und ich habe diesem Mädchen das Herz gebrochen, als ich mich zwischen dich und sie stellte. Sie ist längst bei Gott. Auch ich werde ihr jetzt nachgehen und ihr danken, dass sie uns nicht fluchte, sondern mit einem Gebet für uns und unser Glück auf den Lippen gestorben ist. Doch das Gebet konnte nicht erhört werden, denn Gott ist gut und gerecht. Er konnte unser Glück nicht segnen."

„Natalie, sei barmherzig!“, stöhnte Korimsky.
„Ach, denke nicht, dass ich nur dich beschuldige“, seufzte sie mit Anstrengung. „Wäre ich nicht gewesen, du hättest Ludmilla niemals verlassen. So muss ich dir zweierlei abbitten: erstens, dass ich dich zur Untreue verleitet habe, und dann, dass ich deinen Namen an den Pranger gestellt habe. Dass du mich betrogen hast, als du sagtest, ich wäre deine einzige Liebe, das vergebe ich dir, so wie Christus mir vergeben hat. Vergib, Manfred!“ Sie reichte ihm ihre Hand. Doch er griff nicht nach ihr. Er fiel auf die Knie an derselben Stelle, wo vor einigen Stunden Baron Rainer gekniet hatte.

„Ich habe nichts zu vergeben, wir sind gleicherweise schuldig. Ich habe Ludmilla betrogen, du hast mich verlassen und betrogen, als du Rainer die Hand reichtest. Doch stehen wir nicht gleich, denn hätte ich dir damals die Wahrheit gesagt, hätte das alles nicht zu geschehen brauchen. Doch mir war es unmöglich. Jetzt bitte ich dich, sage mir nur das eine: Von wem hast du die Wahrheit erfahren? Bist du gewiss, dass du dich nicht täuschst?“

„Das kann ich nicht sagen“, seufzte Natalie. „Ich würde damit einen Menschen zutiefst verletzen.“

„Ach, bedenke, er könnte mich auf die Spur bringen, und ich möchte es doch gern wiedergutmachen.“

„Gutmachen? Armer Manfred, da ist schon alles vorbei. Bitte Gott um Gnade, bekehre dich zum

Herrn Jesus, er allein kann dir helfen, denn er ist bereit, alles zu vergeben. Mir vergab er, er vergibt auch dir; einen anderen Weg gibt es nicht. Manfred, reiche mir die Hand, versöhne dich mit mir, denn ich sterbe." Sie richtete sich im Bett auf und presste ihre Hand aufs Herz. Er sah, dass sie umsank, und fing sie in seinen Armen auf. Die letzte Kraft der Selbstbeherrschung verließ ihn. Ein furchtbarer Schmerz ergriff ihn bei der Erkenntnis, dass sein einziges Glück zu ihm zurückgekehrt war, um in seinen Armen zu sterben.

„Stirb nicht!", rief er verzweifelt, liebkoste sie, rief zärtliche Namen und versuchte sie wieder zu sich zu bringen. „Sei wieder mein! Wir wollen ein neues Leben anfangen, wir werden dich auf Händen tragen, die Kinder und ich, verlass uns nicht!" Sie antwortete nicht, obwohl er merkte, dass sie ihn hörte und verstand. Da erklang ein Geräusch von der Tür. Korimsky sah hin. Ein Mann lehnte am Türpfosten, ihre Blicke trafen sich. Es war ein furchtbarer Augenblick. „Wie unterstehst du dich, sie anzurühren?", schien der drohende Blick des Barons zu sagen. „Was suchst du hier? Sie ist mein, sie ist zu mir zurückgekehrt!", antwortete trotzig der Blick Korimskys.

Da öffnete die Frau die Augen, sah zu dem Mann auf und wollte ihm antworten. Als sie aber seinem Blick folgte, entrang sich ihrer Brust ein herzzerreißender Schrei. Erst dieser Augenblick zeigte ihr die ganze Größe der Sünde, die die drei begangen hatten, aus der es jetzt keine Befreiung hier auf Erden gab. Denn was geschehen war, konnte nie wieder ungeschehen gemacht werden, was die Sünde getrennt hatte, konnte nie wieder vereint werden. Auf den Schrei der Mutter lief Margita herein und sah den Vater verzweifelt an der einen Seite des Bettes stehen, auf der anderen Seite aber, über sie gebeugt, kniete Baron Rainer, und im Bett ruhte ihre Mutter mit einem sonderbaren Ausdruck im Gesicht. „O Gott“, klang es hinter Margita, „sie ist tot!“ Als sich nach kurzer Zeit alle versammelt hatten, wusste jeder, was Natalie getötet hatte. Nikolaj wurde vom Vater und den beiden Ärzten ohnmächtig hinausgetragen. Adam und Margita führten den alten Herrn, der sich nicht trösten lassen wollte, weg. Neben seiner verstorbenen Frau, von niemandem eines mitleidigen Wortes gewürdigt, kniete Baron Rainer. Vorwürfe quälten ihn, wer ihn sah, hätte fühlen müssen, dass er vor allem jemanden brauchte, der sich seiner annähme. So wenigstens dachte Aneschka, aber sie hatte nicht den Mut, den starren Schmerz des Mannes zu stören. Ängstlich sah sie sich um, wer es wohl tun könnte. Sie trat zur Tür und erblickte draußen Ursiny, der beinahe kraftlos am Fenster lehnte.

„Sie hier, Herr Ursiny? Sehen Sie, die Baronin starb plötzlich, ganz unerwartet. Ach, es ist für alle ein großer Schmerz! Herr Nikolaj fiel in Ohnmacht, sie mussten ihn forttragen.“

„Und sie sind hier?", fragte verwundert der Provisor. „Ja, alle, auch der Herr Apotheker."

„Und wer ist dort?"

„Herr Baron Rainer, um den Armen kümmert sich niemand. Er kam in der Nacht an, dann ging er fort, vielleicht um etwas anzuordnen. Er kehrte gerade zurück, als seine Frau starb. Ach, er tut mir so Leid, und ich habe nicht den Mut, ihn anzureden."

„Ich will es tun, gehen Sie nur, Aneschka." Der Provisor ging zum Bett und beugte sich zu dem zusammengebrochenen Mann. „Ihre Seele gefiel dem Herrn, darum nahm er sie zu sich", sagte er leise. Der Mann fuhr auf. „Wer sind Sie?"

„Miroslav Ursiny."

„Ursiny?" Er richtete sich auf. „Der Freund von Stefan Hradsky?"

„Ja, Herr Baron." Der Baron reichte ihm die Hand. „Ach, Sie haben mir soviel Barmherzigkeit erwiesen, aber warum haben Sie nicht noch eine Weile gewartet, bis Sie meine Frau denen hier gaben?"

„Herr Baron, glauben Sie mir, ich konnte nicht anders. Sie kamen nicht, nicht einmal eine Nachricht von Ihnen. Die Frau Baronin aber wurde immer kränker. Ich wartete lange genug. Endlich musste ich Herrn Orlowsky rufen, denn ich dachte, wenn Gott sie abrufen will, wird es besser sein, dass sie bei ihrem Vater stirbt, als dass man sagen müsste, der Provisor von Korimsky habe sie zu Tode gepflegt. Sehen Sie, Herr Baron, sie hat nun für immer Ruhe, Frieden und ein Glück, wie Sie es ihr auf dieser Erde niemals bieten konnten." Der Baron fühlte die Wahrheit der Worte. Ja, er hätte ihr nie mehr etwas bieten können, sobald sie sich mit Korimsky versöhnt hatte. „Dort wird es keinen Schmerz mehr geben, denn all das ist vergangen!", fuhr Ursiny fort. „Sie ist Ihnen dorthin vorangegangen, wo man nicht mehr freit noch sich freien lässt, sondern sein wird wie die Engel Gottes."

Der Baron lehnte sich plötzlich an den jungen Mann, der ihm wie ein guter Engel vorkam. „Wissen Sie es sicher, dass sie dorthin gegangen ist? Wir lebten ohne Christus. Stefan Hradsky sagt, und er hat Recht, dass Gott den verwerfen wird, der den Sohn Gottes nicht annimmt."

„Frau Baronin hat ihn aber angenommen, das glaube ich sicher."

„Aber wer hätte ihr den Weg gezeigt?"

„Ich, Herr Baron, ich war so glücklich. Ja, sie hat ihn angenommen, und jetzt nimmt der Herr Jesus sie an. Kommen Sie, wir wollen beten!"

Ursiny dankte dem Heiland, dass er das verlorene Schaf gefunden und zu sich genommen habe. Dann bat er um Kraft für alle, die ihr Tod als ein schwerer Schlag getroffen hatte, und um Gnade, dass sie alle den Weg des Heils erkennen und einmal in der Ewigkeit ein Wiedersehen erleben könnten. „Ich danke Ihnen", sagte leise der Baron. „Ich bin nun ruhig geworden. Gott vergelte Ihnen alles, auch das, was Sie an ihr getan haben. Raten Sie mir doch bitte jetzt, was zu tun ist? Ich kann nicht erlauben, dass Herr Orlowsky das Begräbnis besorgt. Ich lasse sie nicht hier. Ich will ihr Grab in meiner Heimat haben. Hier war für sie kein Platz, solange sie lebte; auch nach dem Tode wird keiner für sie sein."

„Nein, Herr Baron, denn die katholische Kirche wird es nicht zulassen, sie auf ihrem Friedhof zu begraben, und die Evangelischen haben ihren Friedhof in Rakovian. Aber ich werde alles besorgen. Geben Sie die Adressen und alles, was nötig ist."

„Ich danke Ihnen", erwiderte der Baron, „aber sagen Sie mir, wo ich für diese Zeit ein Zimmer bekommen kann."

Ursiny nannte ihm das Hotel. „Die Droschke, mit der ich gekommen bin, steht noch draußen am Parktor."

„Desto besser! Bitte, melden Sie den Orlowskys, dass ich meine Frau abholen werde. Und dann, wenn Sie hier fertig sind, suchen Sie mich bitte auf. Sie sind doch jetzt mein einziger Freund hier."

„O Herr Baron, es ist noch ein Freund da, der Sie liebt und trösten kann und Ihnen auch helfen wird, der Herr Jesus."

Rainer senkte den Kopf. Noch einmal nahm er Abschied von seiner Frau.

* * *

Kaum war Baron Rainer durch die eine Tür hinausgegangen, als Margita durch die andere den Großvater hereinführte. Beim Anblick Ursinys erhellte sich ihr verweintes Gesicht. „Sehen Sie, Miroslav", rief sie und streckte die Hand nach ihm aus, „mein Mütterchen ist gestorben, und das jetzt, da wir uns alle mit ihr ausgesöhnt haben. Wir hätten sie auf Händen getragen und um sie gesorgt, damit sie glücklich wird."

„Trauern Sie nicht, Frau Margita", sagte der junge Mann und nahm ihre Hand, „sie ist nicht gestorben. Kennen Sie nicht das Wort: ‚*Wer an mich glaubt, wird den Tod nicht schmecken ewiglich?*' *Es heißt weiter: ‚Sie wird nicht mehr hungern und dürsten, es wird auch nicht auf sie fallen die Sonne oder irgendeine Hitze.*' Uns ließ Ihre liebe Mutter in Schmerz und Leid zurück, doch ich danke dem Herrn, und auch Sie sollten ihm danken, dass sie nun im Frieden ruht und bei Jesus ist."

Margita neigte sich zur Mutter. Welche wunderbare Gewissheit! Der Herr Jesus hat sie getröstet, sie ist im Frieden! In den folgenden Tagen, ja, durch ihr ganzes Leben, so oft Margita an ihre Mutter dachte, hatte sie im Herzen wieder das Gefühl des Glükkes und Friedens, das sie empfunden hatte, als sie den Worten Ursinys Glauben schenkte.

Unterdessen trat Ursiny zu dem wie erstarrt dasitzenden Herrn Nikolaus, für den es jetzt nichts mehr auf dieser Welt gab.

„Herr Orlowsky!“ Der alte Mann blickte auf und zeigte auf die Tochter: „Sie ist gestorben. Hätte ich sie dort bei Ihnen gelassen, so lebte sie noch, aber wir quälten sie und regten sie so auf. Wir haben ihre letzten Augenblicke verkürzt und verbittert, man kann sie nun nicht mehr um Verzeihung bitten.“

Herr Nikolaus wusste kaum, zu wem und was er sprach. Er musste nur seine bedrückte Seele erleichtern.

„Sie hat alles verziehen“, erwiderte Ursiny. „In das Reich Gottes trägt man keinen Groll hinüber. Die Seelen, die hinübergegangen sind, können nur segnen, denn sie sind bei Gott, der die Liebe ist.“

„Meinen Sie das?“ Herr Nikolaus fasste die Hand des jungen Mannes und hielt sie fest. Er fühlte, dass dieser etwas besaß, was ihm fehlte. „Denken Sie, dass sie nicht ins Fegefeuer gekommen ist, dass sie heimgegangen ist, wie sie geglaubt hat?“

„Gottes Sohn sagt: ‚*Wenn du glauben würdest, so würdest du die Herrlichkeit Gottes sehen.*‘ Ihre Tochter hat an ihn geglaubt. Wenn der Hirte ein verlorenes Schaf findet, wo trägt er es anders hin als heim? Auch sie war eins von den verlorenen Schäflein Christi, doch der Herr Jesus hat sie gefunden. Er nahm sie an und sagt: ‚*Freuet euch mit mir, denn ich habe mein Schaf gefunden, das verloren war.*‘ Sie ist daheim, Herr Orlowsky, aber ihre leibliche Hülle haben wir noch und wollen ihr die letzte Ehre erweisen.“

„Sie haben Recht."

Der alte Herr war ruhig geworden und erkannte jetzt seine bis dahin vergessene Pflicht.

Nach einigen Stunden trat Nikuschka, auf den Arm des Freundes gestützt, in das mit Blumen geschmückte Sterbezimmer. Er setzte sich und sah die Mutter wie im Traume an. „Herr Kollege, vielleicht hätten wir ihn doch nicht hierher bringen sollen", sorgte sich Doktor Rauscher. „Wenn er noch einmal den Herzkrampf bekommt, ist alles vorbei. Armer Nikuschka!"

„Ich hoffe, dass er hier weinen wird, und das wird ihm Erleichterung schaffen."

„Vielleicht, wenn wir ihn allein ließen?"

„Ja, gehen wir hinaus!" Kaum waren die Schritte der beiden Ärzte verklungen, bedeckte der junge Mann sein Gesicht mit den Händen. Dann stand er auf und legte seinen Kopf neben den der so still daliegenden Mutter.

Wie war wohl dem an der Tür stehenden Korimsky zumute, als er dieses Bild sah? Wehe dem Herzen, das diese Qual durchkosten muss und für das es keinen Trost gibt, weil der Fürst des Friedens, Christus, keinen Raum darin hat! „Lasst mich mit meiner Mutter sterben!", hatte Nikolaj gerufen, als er aus der Ohnmacht zu sich kam. „Da alle meine Hoffnungen zunichte sind und ich auch mein Leben nicht für Christus opfern kann, so lasst mich zu ihm gehen, denn zu einem zwecklosen Leben habe ich keine Kraft." Nur sein Vater verstand diese Worte. Er hatte die Bitte des Sohnes verweigert aus Rücksicht auf die Welt, um seinen Namen nicht zum Gespött der Leute zu machen. Aber war er das nicht schon heute? Wurde durch den Tod von Natalie die Geschichte nicht von neuem wachgerufen? Vor allem, weil Baron Rainer seine verstorbene Frau von Orlow fortnehmen wird? Korimsky stöhnte und flehte: „Ich will alles tun, aber lasse mir den Sohn."

„Wollen Sie uns bitte etwas allein lassen, Herr Korimsky", sagte plötzlich eine bekannte Stimme neben ihm. Korimsky wandte sich um. „Ach Sie, Ursiny. Bitte, bringen Sie Nikuschka von hier fort, denn er wird auch noch sterben. Sagen Sie ihm, dass ich mir das, was er im Borovskyhof von mir verlangte, überlegt habe und auf alles eingehe." Dann ging er schnell hinaus.

Ursiny neigte sich dann über den krampfhaft schluchzenden jungen Mann. „Nikuschka, weine nicht, deinem Mütterchen ist wohl!"

„Ja, ihr ist wohl! Das fühle und glaube ich und freue mich darüber. Ihr ist jetzt wohl, aber wie weh musste ihr im letzten Augenblick sein! Sie versöhnte sich mit dem Vater, dazu kam Rainer, und das hat sie getötet. Ach, ich werde den entsetzlichen Schrei immer hören!"

„Wenn er in dir nachklingt, lieber Nikuschka, so bedenke immer, dass er der letzte war. Diesen teuren Lippen entflieht kein Schmerzensschrei mehr.

Da du die ganze Größe des Entsetzens, das deine Mutter durchkosten musste, erkannt hast, so kannst du daran auch leicht die ganze Größe der göttlichen Barmherzigkeit, die sie erlöst hat, ermessen. Warum ließ sie der Herr die ganze Bitterkeit der Erkenntnis der Sünde und ihrer Folgen durchkosten? O, es war nur ein Augenblick. Desto seliger war das Frohlocken der Seele, die, von der Qual erlöst, sich am Ufer des Friedens und Heils befand." Im Zimmer wurde es still. Plötzlich umarmte Nikuschka seinen Freund. „Ich danke dir, Miroslav, für alles, aber besonders für diese Erklärung. Wenn sie auch schmerzt, so heilt sie doch zugleich. Ja, Gott ist gut, dass er sie zu sich genommen hat. Ich danke ihm von ganzem Herzen. Er wird auch mich zu seiner Zeit erlösen."

„Verlange noch nicht nach deiner Erlösung, Nikuschka", sagte Ursiny und streichelte die heiße Stirn des Kranken. „Oder fühlst du dich sehr elend?" Er sah ihn besorgt an. „Es ist, dem Herrn sei Dank, schon nicht mehr so schlimm, seitdem ich weinen konnte und mir dieser Stein von der Seele genommen wurde. Aber du weißt, ich bin sehr schwach."

„Der Herr Jesus wird dir wieder Kraft schenken, du wirst ihm dann um so besser dienen können."

Nikolaj wurde traurig. „Ich habe ja keine Möglichkeit, ihm zu dienen. Wenn du alles wüsstest!" Die Freunde gingen darauf in das Nebenzimmer und nahmen auf dem Sofa Platz. Nikolaj klagte dem

Freund, wie seine schönen Zukunftspläne für die Evangelisation in Podhrad geendet wären. „Wo batest du den Vater um die Überlassung des Hauses für die Arbeit?", fragte Miroslav nachdenklich. „Im Borovskyhof."

„So lass den Mut nicht sinken, Nikuschka!" Ein Leuchten ging über Ursinys Gesicht. „Dein Vater lässt dir durch mich sagen, dass er sich das überlegt habe, was du von ihm im Borovskyhof erbatest, und dass er auf alles eingehe."

„Das hat er mir sagen lassen?" Nikolaj stand erfreut auf. „Aber wo und wann?"

„Hier, als er vorhin hereinkam. Willst du jetzt zu ihm gehen? Ich muss zurück nach Podhrad, ich bin nur mit einem Auftrag gekommen. Aber ich habe noch eine Bitte an dich, Nikuschka."

„Sprich nur, ich will gern alles tun, was ich kann, das weißt du ja."

„Sei freundlich zu Baron Rainer. Der Mann hat niemanden auf der Welt, er steht jetzt ganz allein und ist nicht fern vom Reich Gottes. Dein Großvater erlaubt, dass er deine Mutter auf sein Gut überführt, denn sie selbst hatte gebeten:

‚Übergeht mich Rainer!' Du kannst dir wohl vorstellen, wie schrecklich jetzt seine Lage ist, da er nicht nach Orlow kommen kann, um seine verstorbene Frau wenigstens noch einmal zu sehen. Es wäre christlich, ihm diesen Schritt zu erleichtern. Dein Vater wird, denke ich, gleich nach Hause gehen, sobald er sich überzeugt hat, wie es dir geht. Ich gehe jetzt zu Frau Margita und dann zum Baron. Bitte, komm mit mir! Die Fahrt wird dir gut tun, und dadurch, dass du deinem unglücklichen Nächsten Liebe erweist, wird dein Schmerz gelinder. Wirst du mitkommen?"

„Ich möchte ja gern, aber was wird der Vater sagen? Bedenke, wer der Baron ist?"

„Ich habe es schon bedacht. Er ist ein Mensch, für den der Herr Jesus gestorben ist, und den er uns zu lieben gebietet. Betrachte ihn, wenn du willst, als deinen Feind, aber komm und beweise ihm, dass du imstande bist, ihn zu lieben, weil Jesus dein Herr ist."

Ohne ein Wort zu sagen, drückte Nikolaj dem Freund die Hand. „Geh jetzt zu Margita", sagte er dann draußen im Flur „Ich will den Vater aufsuchen, dann komme ich zu dir, und wir gehen gemeinsam."

Ursiny fand Margita zwischen einem Haufen schwarzen Flors. „Warum schauen Sie es so sonderbar an, Herr Ursiny?", fragte die junge Frau. „Gefällt es Ihnen nicht?"

„Nein, Frau Margita. Nach mir wird zwar einmal niemand Leid tragen, aber ich möchte auch nicht, wenn ich einst sterbe, dass die, die mich geliebt haben, sich mit schwarzem Flor behängen. Sie glauben dann nicht an meine Seligkeit oder gönnen sie mir nicht."

„Sie würden es also auch nicht mögen, dass man bei Ihrem Begräbnis die Kerzen mit schwarzem Flor umwindet?"

„Wenn die Kerzen das ewige Licht veranschaulichen sollen, wozu dann das Licht verdunkeln?"

„Da werde ich auch jetzt keinen Flor um die Kerzen binden. Aber ist es wirklich wahr, dass uns der Baron die Mutter wegnehmen wird, so dass wir nicht einmal ihr Grab haben werden? Warum hat der Großvater das zugelassen?"

„Sie haben aber noch Ihre anderen Lieben, Frau Margita. Haben Sie mit dem Baron Mitleid!" Sie errötete. „Herr Ursiny, waren Sie bei ihm? Wo ist er jetzt?", fragte sie. „Im Hotel, er trifft Vorbereitungen zur Heimreise und Anordnungen wegen des Begräbnisses."

„Das Begräbnis wird ja nicht hier sein. Wie schrecklich! Wir können unser Mütterchen nicht einmal hinbegleiten!"

„Herr Orlowsky sagte, dass er mitfahren werde."

„Dann wird auch Adam fahren. Wenn sie beide gehen, müssen sie mich auch mitnehmen. Aber diese tiefe Kluft zwischen dem Baron und mir!"

„Könnte nicht die vergebende Liebe eine Brücke darüber schlagen? Frau Margita, Nikolaj versprach mir, mich zu dem Herrn Baron zu begleiten, um ihm den Weg hierher zu erleichtern. Darf ich Sie um etwas Mitleid und Liebe bitten, wenn er kommt?" Da trat Nikolaj ein. Margita freute sich, dass er sich schon so weit erholt hatte. Er erzählte, dass der Vater mit Adam fortgegangen sei und er am Nachmittag zurückkommen werde. So plauderten sie noch ein wenig, aber keiner erwähnte den beabsichtigten Besuch. Margita begleitete die Freunde dann zur Droschke und sah ihnen noch lange nach.

* * *

Baron Rainer war sehr überrascht, als Nikolaj Korimsky in sein Zimmer trat. „Was verschafft mir die Ehre Ihres Besuches, Herr Korimsky?", fragte er verwirrt und führte den Gast zum Sofa. „Unser gemeinsamer Verlust, Herr Baron", antwortete der junge Mann freundlich. „Ich komme von der Bahre meiner teuren Mutter und möchte Sie bitten, Herr Baron, dass Sie Ihr Leid mit dem unseren vereinen und nach Orlow kommen. Mein Vater wird Sie nicht hindern, er ist nach Hause gegangen. Ich hoffe, auch Ihnen wird es dort leichter sein als hier in der Einsamkeit." Der Baron erhob sich. „Nikolaj Korimsky, soll das bedeuten, dass Sie mir die Hand zur Versöhnung reichen?" Eine tiefe Rührung lag auf dem Gesicht des Barons. „Ja, Herr Baron."

„Und das jetzt, da Sie meinen könnten, dass mein plötzliches Erscheinen in der Nacht das Leben Ihrer Mutter verkürzt habe?"

„Ich denke das nicht mehr. In Gottes Hand steht

Leben und Tod. Der Herr Jesus war es, der sie so bald zu sich nahm. Nehmen Sie die Hand an, die ich Ihnen zur Versöhnung reiche, und kommen Sie mit mir! Glauben Sie, Herr Baron, ich bedaure Sie herzlich und möchte Ihnen gern helfen."

„Sie haben es schon getan. Ich danke Ihnen, dass ich nach Orlow kommen und die teure Tote noch einmal sehen kann."

„Sie ist uns nicht für ewig genommen, Herr Baron", sagte Nikolaj liebevoll. „Wir haben ein Leben vor uns, das vielleicht nur noch kurz ist. Aber dort werden wir uns wiedersehen. Aber da wir dort vor Gott einmal gemeinsam leben sollen, gibt es keinen Grund, warum wir uns hier nicht die Hand reichen könnten. Kommen Sie mit nach Orlow!"

„Ich werde mitkommen, Herr Korimsky, aber ich muss noch einen Brief schreiben und zwei Depeschen abschicken."

„Ich werde auf Sie warten. Sie erlauben doch", setzte der junge Mann fragend hinzu, so dass der Baron, der schon zum Tisch getreten war, sich umwandte und sah, dass dieser seinen Kopf an die Seitenlehne legte. „Sie sind müde", erwiderte er. „Legen Sie sich doch bitte ganz hin. Es tut mir Leid, dass ich Ihnen in diesem Stübchen gar nichts zur Bequemlichkeit bieten kann. Wenn ich daran denke, dass meine Natalie nur eine Nacht hier hätte schlafen müssen, so fühle ich, dass es mir nie möglich sein wird, Ursiny zu vergelten, dass er es verhinderte und sich ihrer angenommen hat. Sie wurde in einer Familie, zwar in einem einfachen Zimmer, aber doch mit Liebe gepflegt."

„Und mit welcher Liebe! Herr Baron, wir können es Miroslav nie vergelten, das kann nur Gott allein. Aber, bitte, halten Sie sich nicht mit mir auf, lassen Sie sich in Ihrer Arbeit nicht stören." Der Brief wurde schnell geschrieben und die Depeschen aufgesetzt. Der Baron bemerkte den Blick des jungen Mannes nach dem gefüllten Wasserglas und brachte es ihm. „Wünschen Sie es?"

„Herzlichen Dank!"

„Wie heiß Ihre Hand ist! Haben Sie Fieber?", fragte der Baron besorgt. „Das kommt von der großen Aufregung und Müdigkeit. Sie haben in der Nacht gewiss nicht geschlafen."

„Ja, es wirkt alles zusammen." Der Baron merkte, dass es Nikolaj übel wurde und zog ihn an sich. „Womit kann ich Ihnen helfen?"

„Miroslav wird gleich kommen, er holt die Arznei, die bringt mir immer Erleichterung. Der Herr wird schenken, dass sie mir auch jetzt hilft." Nach einer Weile richtete sich der Kranke auf. „Sie müssen bitte erlauben, dass ich hier bei Ihnen warte, bis es vorüber ist."

„Wäre es nicht gut, wenn ich Ihnen etwas Wein oder schwarzen Kaffee bestelle?"

„Nein, danke, der Schmerz wird vorübergehen. Bitte, sagen Sie mir, wann erfuhr meine Mutter von meiner Krankheit?" Der Baron setzte sich und seufzte, denn die Erinnerung an sein vergangenes Glück übermannte ihn. Nach einer Weile erzählte er ausführlich, dass Natalie an ihrem Geburtstag den Brief bekam. Sie erkrankte und musste ins Bad. Er selber wollte dann Genaueres erfahren.

„Nun, ich bekam Gewissheit", sagte er. „Aber sie war nicht so erfreulich, dass ich damit hätte zu ihr eilen mögen. Ich war von der Arbeit und der Reise ermüdet, wollte mich im Dubravatal ein paar Tage ausruhen und dabei abwarten, ob ihr der Aufenthalt auf dem Lande bekommen würde, um dann erst zurückzukehren. So kam es, dass der Sekretär nicht wusste, wo er mich suchen sollte. Wenn Stefan Hradsky nicht ein Freund von Herrn Ursiny wäre, wüsste ich heute noch nichts. Doch vielleicht wäre es besser gewesen, ich hätte nichts erfahren, dann lebte Natalie vielleicht noch."

„Denken Sie das nicht, Herr Baron", tröstete Nikolaj. „Der Herr Jesus hätte meine Mutter auch so zu sich genommen. Seine Führung ist wunderbar. Er hat es so eingerichtet, dass Sie es erfahren und noch rechtzeitig kommen konnten. Denn was hätten wir tun sollen? Es wäre auf Sie ein Schatten gefallen, als hätte sie sich auch von Ihnen getrennt, so aber, da Sie hier sind, kann niemand etwas Derartiges denken."

„Ach, wissen Sie, heute ist mir alles gleich, was die Welt denkt. Ich jagte nach Ehre und Vorwärtskommen, nach dem Adelstitel, nur um ihr alles zu Füßen legen zu können.

Jetzt, da es erreicht ist, ist sie gestorben, und mir bleibt nichts. Stefan hat recht, ohne Jesus ist alles Eitelkeit."

Der Baron vergaß ganz, wem er das alles erzählte. Ihm tat die Nähe eines Menschen wohl und die Möglichkeit, von dem reden zu können, was sein Herz so schmerzlich bedrückte. Das Klopfen an der Tür unterbrach die entstandene Stille. Ursiny trat ein. Beide begrüßten ihn freudig. „Bringen Sie die Arznei, Herr Ursiny?"

„Ja, Herr Baron." Der Provisor beugte sich zu seinem Freund und gab ihm die Medizin. „Du bist ja ganz atemlos und erhitzt, Miroslav, bist du so geeilt?"

„Ich wusste, dass du Schmerzen hast, das trieb mich zur Eile. Der Herr wird geben, dass alles gut wird."

Dann packte Ursiny ein Paket aus und gab dem Baron ein Kissen und eine Decke. „Bitte, verzeihen Sie meine Freiheit", entschuldigte er sich bescheiden. „Sie sagten, dass Sie sich nicht ins Bett legen wollten, auf dem Sofa aber wäre es nicht zugedeckt zu kalt."

„Sie sind so gut, ich danke Ihnen." Der Baron reichte ihm die Hand. „Sie erinnern mich daran, dass ich meine Sachen am Bahnhof gelassen habe, dort habe ich auch meine Decke und Kissen, die ich immer auf Reisen mitnehme. Aber jetzt werde ich die benützen, die Sie mir gebracht haben."

„Ist dir etwas besser, Nikuschka?", wandte sich der Provisor an den Freund.

„O Miroslav, das Mittel ist gut, es erleichtert sehr."

„Fühlen Sie sich wirklich besser?", fragte auch der Baron besorgt. „Ja, Herr Baron, in einer Weile können wir bestimmt gehen."

Aber Baron Rainer erhielt noch einige telegraphische Anfragen und musste sie beantworten. Dann endlich stiegen sie in die Droschke, die sie nach Orlow brachte. Ursiny verabschiedete sich. „Du kommst nicht mit uns?", fragte Nikolaj verwundert. „Ich kann nicht, mich ruft die Pflicht zurück. Ich werde in der Apotheke erwartet. Wenn es erlaubt ist, werde ich aber nachher kommen."

„Wie kannst du noch fragen? Komm und lass uns nicht allein in unserem Schmerz!"

Margita kehrte gerade von dem unteren Korridor zurück. Sie hatte Doktor Lermontoff hinausbegleitet, der nach Podolin abreiste. Er musste seinen Dienst als Hausarzt des Marquis beginnen. Da sich Doktor Rauscher in Orlow aufhielt, konnte man ihn hier gut entbehren. Sie wollte eben das Sterbezimmer betreten, als sie nahende Schritte hörte und sich umwandte. Sie erkannte den Baron Rainer. Dieser sah überrascht auf. Niemals hatte Margita ihrer Mutter so geglichen wie in diesem Augenblick. Kein Wunder, dass bei ihrem Anblick ein schmerzlicher Zug über das Gesicht des Mannes flog. Ohne ein Wort, aber mit Tränen in den Augen, führte ihn Margita in das Zimmer.

Als sie neben ihm herging, lebten Erinnerungen der Kindheit in ihr auf. Margita fühlte, dass sie an der Seite ihres Pflegevaters ging, der für sie immer treu und väterlich gesorgt hatte. Sie hatte sich noch nie dafür bei ihm bedankt. Als er jetzt neben der Toten, seiner geliebten Frau, stehenblieb und auf sie sah, tat er Margita unaussprechlich Leid. Sie wusste, dass er außer ihr niemanden auf der Welt hatte, wie einsam und verlassen war er! Wie viele andere hatte sie noch, und wie Leid tat es ihr, dass ihre Mutter jetzt gestorben war, da sie sich versöhnt hatten! Was mochte er empfinden? Da schlang sie plötzlich ihre Arme um seinen Hals, wie sie es in der Kindheit zu tun pflegte, wenn er von einer Reise zurückkehrte, und schmiegte sich an ihn. Es war ihr, als müsse sie ihm beweisen, dass er nicht ganz allein war. Er zog sie überwältigt an sich. Sie fühlte, wie laut sein Herz schlug. „Was machst du, Margita? Du hast Mitleid mit mir?“, sagte er und sah sie forschend an. „Ja, mein Pflegevater“, erwiderte sie. „Vater“ konnte sie ihn nicht mehr nennen. „Mir tut es leid, dass du so einsam geworden bist. Aber der Herr Jesus wird bei dir sein und dir wieder jemanden geben, für den du leben kannst. Er wird dir so alle Liebe vergelten, die du mir von Kindheit an erwiesen hast.“

„Margita, ich danke dir für alles.“ Der Baron küsste

ihre Stirn und ließ sie los. „Ich weiß, du hast in meinem Haus viele traurige Stunden verbracht, obwohl meine Absichten mit dir immer gut waren. Ich nehme es dir nicht mehr übel, dass du aus meinem Hause zu deinen Verwandten geflohen bist. Das, was du hier gefunden hast, konnten wir dir niemals bieten, besonders nicht solch einen Bruder, wie du ihn hier hast. Du hast mir soeben Barmherzigkeit erwiesen, kröne sie damit, dass du mich jetzt mit deiner Mutter allein lässt."

Sie nickte zustimmend und ging fort. Den Baron überfiel eine große Traurigkeit. Erst in diesem Augenblick begriff er, dass er auf Erden allein geblieben war, unerwartet und für immer.

* * *

Es war schon Abend, als Doktor Lermontoff durch den Park von Podolin ging. Der Gang fiel ihm schwer, denn mit seinem Herzen war er bei der trauernden Familie Orlowsky. Er merkte nicht, dass ihm der Marquis Orano entgegenkam.

Er sah auch nicht den forschenden Blick. Erst als der Schlossherr grüßte, sah er schnell auf. „Entschuldigen Sie, Herr Marquis, dass ich heute so spät komme", sagte der junge Arzt. „Ein trauriger Umstand rief uns gestern nach Orlow, ich komme gerade von dort."

„Nach Orlow? Herr Orlowsky ist doch nicht erkrankt?“ Der Marquis trat näher. „Gestern sagte Frau Margita, dass er dorthin gereist sei.“

„Ja, er wurde gestern nach Orlow gerufen, denn wie wir nachher erfuhren, ist seine einzige Tochter zu ihm zurückgekehrt, um bei ihm zu sterben.“

„Frau Korimsky?“, rief der Marquis, als wollte er seinen Ohren nicht trauen. „Ja, die frühere Frau Korimsky, Nikuschkas Mutter, dann geschieden und jetzt mit Baron Rainer verheiratet“, erklärte der junge Mann, obwohl es ihm schwer fiel. „Was, die Tochter von Herrn Orlowsky war geschieden?“

„Ja, Euer Gnaden.“

„Und sie ist zurückgekehrt? Vielleicht konnte sie mit dem Baron nicht länger zusammenleben?“

„O nein, der Baron ist ein edler Mensch. Sie kam, um etwas über Nikuschkas Befinden zu erfahren, aber weil sie krank war, haben ihr die Reise und die Aufregung geschadet, heute früh ist sie gestorben.“

„Schon gestorben?“

„Warum bewegt ihn das so sehr?“, dachte der Arzt, als er das Entsetzen und die Blässe des vornehmen Mannes bemerkte. „Und wie trägt Herr Orlowsky diesen Schlag?“ Der Marquis sah fast ängstlich auf den jungen Arzt. „Er ist sehr niedergeschlagen, doch er wird es noch leichter ertragen als Nikuschka, der von neuem erkrankt ist.“

„Wieder erkrankt?“, rief plötzlich eine Stimme hinter ihnen. Der Marquis sah sich erschrocken um und streckte die Arme nach der Tochter aus, die mit zusammengepressten Händen dastand. Doch sie sah ihn kaum. „Er ist wieder krank?“, wiederholte sie. „Er wird ja wieder gesund werden“, beschwichtigte sie der Vater, „nicht wahr, Herr Doktor?“

„Ich hoffe, ja.“

„Warum gingen Sie von dort weg, wenn er krank ist?“, fragte Tamar. „Durch den Vertrag bin ich verpflichtet zu kommen, Fräulein Orano, auch bringe ich Ihnen einen Brief von Frau Margita.“

„O, geben Sie her!“

„Wenn Sie erlauben, lese ich ihn auch vor, denn es ist schon dunkel“, bot sich der junge Arzt an und reichte ihr den Brief. Sie schüttelte den Kopf. „Ich werde ihn selber lesen, ich gehe hinein ans Licht. Aber in einer Viertelstunde kommen Sie und sagen mir dann alles.“ Dann lief sie fort.

„Tamar will, dass Sie ihr alles mitteilen“, sagte der Marquis. „Herr Nikolaus hat mir so große Dienste erwiesen, ehe ich hierher kam. Sie werden verstehen, dass auch ich die Ereignisse, die unsere Nachbarn betroffen haben, wissen möchte, damit ich nicht etwa gelegentlich eine schmerzende Stelle berühre.“

Der junge Arzt verbeugte sich nur. Dass es ihm nicht gerade leicht gefallen war, dem fremden Mann die Schatten der geliebten Familie mitzuteilen, lässt sich denken. Aber er sah auch ein, dass der Marquis ein Recht zu dieser Bitte hatte und klärte ihn, soweit er konnte, über alles auf. Auch berichtete er, dass die verstorbene Frau Rainer mit ihrem Vater, ihren Kindern und auch mit ihrem ersten Mann versöhnt von der Welt geschieden sei.

„Der plötzliche Tod der Mutter hat Nikolaj Korimsky so aufgeregt und erschüttert, dass er wieder erkrankt ist?“

„Ja, er fiel in Ohnmacht, dann bekam er Herzkrämpfe. Euer Gnaden werden mir gewiss erlauben, noch heute wieder zurückzukehren, denn ich fürchte eine Wiederholung.“

„Sie befürchten doch nicht, dass auch er sterben wird?“

„Als sein Freund glaube ich, dass es nicht geschieht“, erwiderte der junge Arzt, „als Arzt habe ich keine Hoffnung. Doch es wird so werden, wie der Herr Jesus es will.“ Bei diesen Worten trat der Marquis einen Schritt zurück. „Sie glauben auch an Jesus?“ In Aurels Wangen schoss eine Röte. „Du glaubst nicht an ihn“, dachte er, „bist du darum so unglücklich?“

„Ob ich an den Herrn Jesus glaube?“, entgegnete er fragend, „ja, und es ist mein Glück, dass ich an ihn glaube!“

„Glück?“, stieß der Marquis heftig hervor. „Das ist ein Glück, sich vor einem Irrtum zu beugen und vor einem Phantom niederzuknien? Wer lehrte Sie solches zu glauben? Sie sind Arzt, und Ärzte sind meistens aufgeklärte Leute. Woher kommt bei Ihnen diese Rückständigkeit?“

„Ja, ich bin Arzt, Herr Orano. Obwohl meine Praxis noch sehr jung ist, habe ich doch schon Gelegenheit genug gehabt zu sehen, dass es ohne Glauben an den Herrn Jesus keinen Trost für die Menschen gibt, wenn die Not kommt. Auch jetzt dort in Orlow leuchtet das Licht des Trostes nur denen, die an ihn glauben. Die Übrigen stehen am Rande der Verzweiflung. Ich weiß aus eigener Erfahrung, dass nur der Herr Jesus uns alles schenken und alles ersetzen kann."

„Sie haben also nicht immer so gesprochen wie jetzt?" Im Gespräch waren die Herren die Allee auf und ab gegangen, jetzt blieb der Marquis stehen.

„Nicht immer. Ich war ein Zweifler, der sein dem Herrn Jesus in der Kindheit gegebenes Versprechen nicht gehalten hat. Doch die Gnade Gottes brachte mich zurück. Sie fragten, wer mich glauben gelehrt habe? In der Kindheit lehrte es mich meine Mutter, das habe ich dann aber vergessen, als sie nicht mehr lebte. Jetzt hat mein himmlischer Vater das Licht des Glaubens in meinem Herzen angezündet, und das wird bleiben, denn es ist ewig. Aber erlauben Sie, ich muss zu dem gnädigen Fräulein gehen."

„Wir gehen zusammen." Der Marquis fuhr sich mit der Hand über die Stirn. Sie gingen eine Weile schweigend nebeneinander. „Sind Sie griechisch-katholisch?", fragte Orano plötzlich. „Nein, Herr Marquis, ich bin evangelisch."

„Ein Russe und evangelisch? Ich glaubte, dort dürfe man nur griechisch-katholisch sein."

„Es gibt in meiner Heimat auch andere Bekenntnisse. Viele Menschen werden verachtet und verfolgt." Die Augen des jungen Mannes strahlten. „Um Christi und um der Gewissensfreiheit willen lohnt es sich, auch die Verbannung zu ertragen."

Der Marquis erblasste und sah ihn fragend an. „Ich bin der Sohn einer Mutter, die um des Herrn Jesu willen alles verlassen und verloren hat", fügte Aurel hinzu. Mit sonderbarer Stimme fragte Orano: „Warum erwähnen Sie immer nur die Mutter?"

„Den Vater kannte ich nicht, Herr Marquis, den habe ich verloren, als ich noch ganz klein war."

„Warum täuschten Sie mich dann, als Sie sagten, dass Sie mit den Eltern nach Wien gekommen wären?" Dem Marquis schwindelte, er musste sich an die Wand neben der Treppe lehnen. „Ich täuschte Sie nicht." Der junge Arzt richtete sich auf. „Der Bruder meiner Mutter hat mich adoptiert, er wurde mein Vater. Doch was ist mit Ihnen?", fragte Aurel erschrocken. Das Licht einer großen Lampe beleuchtete eben das Gesicht des Marquis Orano, das bleich und wie von einem wilden Schmerz zerfurcht aussah, so dass der Arzt erschrak. „Nichts, sorgen Sie sich nicht um mich! Gehen Sie zu Tamar, sie wartet gewiss schon auf Sie."

„Ich bin Ihr Hausarzt und soll Sie so verlassen?"

„Ja, ich befehle es Ihnen, ich bitte Sie darum!" Die letzten Worte klangen gebieterisch und zugleich so bittend, dass Aurel ging.

Unterdessen las Tamar Margitas Brief. Die Freundin berichtete, dass die Mutter nicht nur zu dem Vater und den Kindern zurückgekehrt sei, sondern auch den Herrn Jesus gefunden habe und nun zu ihm gegangen sei. Sie schrieb unter der Macht der ersten tiefen Eindrücke mit inniger Liebe von der verstorbenen Mutter und wollte dadurch das ungünstige Bild, das sie bei Tamar durch ihre frühere Erzählung hervorgerufen hatte, verwischen, was ihr auch gelang. Tamar erfasste eine große Sehnsucht, zu Margita und Nikolaj zu gehen. „Wir dachten", schrieb Margita, „dass er gar nicht mehr erwachen würde und dass wir ihn zu der Mutter würden legen müssen. Doch dem Herrn sei Dank, er kam zu sich, und es geht ihm etwas besser."

„Ich muss Margitas Mutter sehen und vor allem ihn", dachte Tamar bewegt. „Er hat solchen Kummer und Schmerz. Er soll wissen, dass ich mit ihm leide. Ich muss zu ihnen fahren!" Mit diesem Entschluss empfing Tamar den jungen Arzt. Sie ließ sich alles ausführlich erzählen. Als sie erfuhr, dass Frau Rainer morgen von Orlow fortgebracht würde, versprach sie, mit dem Vater ganz bestimmt zu kommen. Sie hielt den Arzt nicht lange auf. „Gehen Sie, bald, damit Sie den Zug nicht versäumen!" Als Lermontoff gegangen war, lief sie in das Zimmer ihres Vaters. Er saß am Schreibtisch über einem Buch. Sie ging zu ihm und umarmte ihn. Er fuhr zusammen. „Tamar, mein liebes Kind, was willst du?"

„Vater, nicht wahr, wir gehen morgen nach Orlow?“

„Nach Orlow? Wozu?“ Der Marquis erblasste. „Unser Beileid ausdrücken! Weißt du nicht, was dort geschehen ist?“

„Ich weiß es, aber sein Beileid kann man auch schriftlich ausdrücken.“

Tamar runzelte die Stirn. „Vater, wenn ich stürbe, wäre es dir nicht lieber, wenn Herr Nikolaus persönlich käme, als wenn er nur schreiben würde?“

„Tamar, quäle mich nicht! Welch ein Gedanke! Wenn du stürbest, könnte und brauchte mich niemand zu trösten, denn ich würde dem Elend dann ein für allemal ein Ende machen.“ Sie sah ihn verwundert an, und er versuchte, eine ruhige Haltung zu zeigen. Da sie nicht nachgab, brachte sie den Vater schließlich dahin, morgen nach Orlow zu fahren. Sie verabschiedete sich dann und wünschte ihm eine gute Nacht. Sie wusste nicht, dass ihr Vater in dieser Nacht nicht schlief, sondern lange über ein kleines Bild gebeugt saß, das einen jungen Mann zeigte.

„Ich soll hingehen zum Begräbnis deiner Tochter, soll deinen Schmerz ansehen? Ach, weißt du, mein Kind, was du von mir verlangst! Doch gehen muss ich, denn Verdacht und Gefahr sind von allen Seiten, wenn auch das, was das Grab bedeckt, niemals ans Licht kommen wird, denn es gibt keinen Zeugen. Wenn mich meine Sinne nicht trügen, wenn er es ist! Er, mein Hausarzt, der Sohn Ferdinand Orlowskys, o Ironie des Schicksals!

Doch wie soll ich Gewissheit erhalten, ohne dass er es merkt?“ Am anderen Tage redete Tamar Orano nichts anderes mit ihrem Vater als nur über Orlow. Als sie endlich reisefertig waren, bildeten sie eine ganze Gesellschaft, denn auch Zarkanys gesellten sich hinzu.

Herrn Nikolaus und Adam war die Ankunft der Oranos ein großer Trost. Sie saßen bei der Feier auch neben der Familie. Es war ein sonderbares Bild, das die Podhrader noch lange im Gedächtnis behielten. Um den kostbaren Sarg herum saßen auf der einen Seite Herr Nikolaus mit Marquis Orano, Margita, der Doktor und Tamar. Hinter ihnen standen Adam und Doktor Lermontoff. Dann saß neben Nikolaj Manfred Korimsky, und auf der anderen Seite standen allein Baron Rainer und neben ihm, da sie zusammen gekommen waren, Ursiny. Wie dieser in seinem einfachen schwarzen Anzug unter die Herrschaften geraten war, das erschien manchem sonderbar. Seine bescheidene Haltung zeigte, dass er nicht gewohnt war, in den Vordergrund zu treten. Was sollte er also hier? Sie wussten freilich nicht, dass, wenn sie alle einmal vor Gott stehen würden, die Verstorbene an allen, auch an ihren Nächsten vorübergehen und ihm die Hand reichen und sie zusammen vor Gott treten würden. Sie würde bekennen: „Er hat mich gerettet, vergelt es ihm, Herr!“

Das wusste die Welt nicht und wird es erst dort erfahren, wo es kein Leid mehr gibt.

* * *

Durch die schattige Allee der Friedhofsstraße wandelten an einem schönen Abend Dechant Jurecky und Kaplan Lang, in ein ernstes Gespräch vertieft. „Wer hätte das gedacht", sagte der Kaplan, „aufmerksam und interessiert hat sie immer zugehört, so herzlich dankte sie mir für den Unterricht, und jetzt dieser Erfolg!"

„Sie ist eine wahre Tochter ihrer Mutter", bestätigte der Dechant, „die zeigte noch auf dem Sterbebett solchen Starrsinn. Gleich als ich das erste Mal mit Margita Orlowsky sprach, kam sie mir sehr freisinnig vor, für so hätte ich sie aber doch nicht gehalten."

„Adam Orlowsky ist viel schuld daran", sagte der Kaplan stirnrunzelnd. „Wenn er doch einschreiten möchte! Aber da er selber nichts glaubt, ist es ihm gleichgültig, was seine Frau denkt. Und Herr Nikolaus!" Der Dechant machte eine abwehrende Handbewegung. „Mit dem machen sie seit dem Tode seiner Tochter, was sie wollen."

„Wissen Sie schon, Hochwürden, dass Frau Margita große Ausgaben für die Renovierung der evangelischen Schule in Borovce gemacht hat?"

„Ja, das weiß ich, aber das ärgert mich nicht so

wie die Bewegung unter den Evangelischen hier, und dass Korimsky darauf eingegangen ist, sein Haus für die Versammlungen herzugeben."

„Er denkt gewiss, dass ihr Gebet den Sohn gesund macht."

„Hören Sie, Herr Kaplan, dieser Ursiny ist für uns ein gefährlicher Mensch. Wo man nur hinkommt, hört man seinen Namen nennen. Der Mensch hat in der Apotheke soviel Gelegenheit, mit den Leuten zu sprechen. Die Armen achten ihn sehr. Es ist sogar zu befürchten, dass er Irrlehren unter unseren Leuten verbreitet."

„Ich habe Euer Hochwürden schon auf ihn aufmerksam gemacht. Neulich hörte ich, dass auch einige der Unseren zu den Versammlungen gegangen sind. Wenn das noch irgendeine lutherische Bewegung wäre, hätte ich keine Angst. Aber da selbst der Pfarrer von Rakovian sich dagegen geäußert hat, denke ich, dass Ursiny ein Sektierer ist. Die Sekte wird sich ausbreiten, und wir haben keine Möglichkeit, das zu verhindern, solange sie sich auf ein Privathaus beschränkt."

Wohl selten waren Menschen so überrascht worden, wie diese beiden Herren durch Margitas Manuskripte. Der Dechant hatte zuerst einen Brief an Herrn Nikolaus geschrieben, dann einen anderen Adam und der Kaplan unterdessen an Frau Margita. Dann gingen beide spazieren und unterhielten sich über dieses Problem.

„Wissen Sie was?“, sagte Jurecky plötzlich. „Morgen fahre ich nach Rakovian zu dem Pfarrer und mache ihn darauf aufmerksam, dass er sich in Acht nehmen soll. Podhrad gehört zu seinem Bezirk. Wie viel würde er von seinem Gehalt verlieren, wenn sich alle Ursinys Sekte anschlössen! Korimsky denkt vielleicht gar nicht daran, was für Folgen das Treiben seines Provisors haben kann. Er ist in Glaubenssachen gerade so eine Null wie Adam Orlowsky. Aber ich möchte meinen Kopf wetten, dass dieser Ursiny auch auf die Gesinnung Nikolaj Korimskys und Margita Orlowskys einen großen Einfluss ausübt. Wenn er beseitigt sein wird, wird die ganze Bewegung im Sande verlaufen, und es wird sich alles beruhigen.“

„Aber den Provisor kann man jetzt nicht so leicht beseitigen, das hätte früher geschehen sollen, Hochwürden. Orlowskys und Korimskys sind ihm sehr verpflichtet. Man erzählt, dass er sich der Frau Rainer angenommen und sie gepflegt habe. Seit er da ist, ist auch die Apotheke in guter Ordnung. Doktor Rauscher meinte, Korimsky werde nie wieder einen solchen Provisor finden, man könne sich durchaus auf ihn verlassen. Doch eins fällt mir ein. Heute Abend gehe ich auch in die Versammlung. Ich will mich überzeugen, ob auch jemand von unseren Katholischen anwesend ist. Wenn nicht, so lassen wir die Sache ruhen, dann mögen die Evangelischen für sich sorgen.“

„Gut, Herr Kaplan, gehen Sie, überzeugen Sie sich und kommen Sie dann zu mir, wenn ich mich auch schon niedergelegt haben sollte, denn ich bin neugierig."

Nun, die Neugierde des Dechanten wurde befriedigt. Kaplan Lang kam nach neun Uhr ganz erhitzt und rot vom schnellen Laufen zurück „Lassen Sie mich alles sagen, Hochwürden", sagte er auf die Fragen des Vorgesetzten. „Ich trete in die Apotheke ein. Gesang tönt mir entgegen. Ich öffne die Tür eines großen Raumes, der mit schönen Lampen beleuchtet ist. An den Wänden hängen verschiedene Bibelsprüche in goldenen Buchstaben. Vorn steht ein kleiner Tisch, darauf liegt ein Buch, davor ein Stuhl. An den Wänden entlang stehen in drei Reihen Stühle, beinahe alle besetzt. In der Ecke ein Harmonium, davor sitzt ein Mädchen. Doch was denken Hochwürden, wie viele unserer Leute ich erkannt habe?"

„Von unseren Leuten waren auch welche dort?"

„Ja, dreizehn habe ich gezählt. Wer weiß, wie viele noch dort gewesen sind, die ich nicht kenne!"

„Und was taten Sie?"

„Ich setzte mich an die Tür und hörte zu. Sie sangen das Lied zu Ende, dann trat Ursiny zum Tisch, betete und las aus dem Evangelium. Dann sangen sie wieder, er las einige Verse und erklärte. Hochwürden, diesen Menschen dürfen wir nicht länger hier dulden! Sie hätten ihn hören sollen! Ohne dass er unsere Lehre nur mit einem Wort angetastet hätte, untergrub er sie doch von allen Seiten. Er leugnete, dass nach dem Tode noch irgendwelche Gnade existiere und verkündigte, dass der Mensch schon hier auf Erden selig werden müsste. Alles sagte er ganz einfach und mit solch überzeugender Macht, dass ich es ihm beinahe auch geglaubt hätte. Die Übrigen wandten kein Auge von ihm. Dann forderte er einige zum Gebet auf. Ich konnte es nicht mehr länger aushalten und eilte so schnell wie möglich zu Ihnen. Es wird wirklich gut sein, gleich morgen nach Rakovian zu fahren. Einen Satz habe ich mir gut gemerkt. Er sagte: ‚Freunde, betrüget eure Seelen nicht! Keine Werke, keine Zeremonie, keine Kirche oder Bekenntnis, kein Priester kann euch selig machen, aber in diesem Augenblick kann und will es Jesus Christus, der Sohn Gottes. Kommt zu ihm!'

Bis tief in die Nacht hinein sprachen die beiden Herren noch miteinander und berieten, wie sie am besten ihre Herde vor diesem Wolf in Schafskleidern, vor dem „Schwärmer" und seinen Irrlehren schützen könnten.

Zu derselben Zeit saß jener „Schwärmer" am Bett des Apothekergehilfen Heinrich. Der junge Mann hatte starke Kopfschmerzen, und Ursiny machte ihm Umschläge auf die Stirn. „Lieber Herr Ursiny", sagte Heinrich, „ich kann es gar nicht sagen, wie glücklich ich bin, dass mich der Herr Jesus angenommen und zur Erkenntnis der Wahrheit gebracht hat. Heute sprach ich mit meiner Mutter darüber. Anfangs erschrak sie, aber dann gab sie doch zu, dass ich aus der katholischen Kirche austreten soll. Wie ich dem Herrn danke, kann ich Ihnen gar nicht sagen. Raten Sie mir, wann und wie ich das tun soll!"

„Warte noch, Heinrich", sagte Ursiny und strich dem jungen Mann über das Haar. „Meinen Sie, dass ich es bereuen könnte? O nein! Ich sehne mich nach Freiheit, ich sehne mich, ein öffentliches Bekenntnis der Wahrheit abzulegen."

„Das glaube ich, und doch bitte ich dich, warte noch. Dein Austritt würde mir viele Unannehmlichkeiten zuziehen, die ich zwar gern ertragen würde, aber es sind hier noch viele Schwache. Wir müssen auf sie Rücksicht nehmen. Arbeite nur treu weiter mit mir, zeuge von dem Herrn, lade die jungen Männer ein wie bisher. Sobald du dich öffentlich von der katholischen Kirche lossagst, kommt Verfolgung und Feindschaft über dich. Sie wird dir zwar nicht schaden, sondern wird dich fester machen, denn du bist schon gefestigt. Aber die anderen wird sie hindern."

„Ich will mich allem fügen, was Sie bestimmen", versprach Heinrich. Der Provisor wechselte noch einmal den Umschlag, betete mit ihm und ging fort. In seinem Zimmer öffnete er das Fenster, und während er zum Himmel aufsah, sagte er leise: „Herr, dein Werk wächst und entfaltet sich unerwartet, dir sei dafür Lob und Dank. Aber bewahre nun bitte diese kleine Schar und gib ihr einen tüchtigen Diener. Du weißt ja, dass ich nicht mehr lange hier bleiben kann."

Auf einem Ruhebett am Waldrand lag Nikolaj Korimsky. In der Hand hielt er einen zerknitterten Brief, den er immer wieder an seine Brust drückte, weil er ihm so große Freude bereitet hatte. Der Brief war von seinem Vater, er schrieb unter anderem:

„Wenn du zurückkommst, wirst du, hoffe ich, zufrieden sein. Der Saal ist eingerichtet und die Versammlung zu uns verlegt. Sie soll noch besser besucht sein als vorher. In diesen Tagen kommt das Harmonium. Am Sonntagabend soll auch Kaplan Lang in der Versammlung gewesen sein, sagt Frau Pribovsky, wer weiß, was er da wollte! Gestern erhielt ich einen Brief von dem Pfarrer in Rakovian. Er will, dass ich Ursiny entlasse. Doch müsste er mir zuerst Ersatz für ihn bieten, was ihm aber kaum gelingen dürfte. Ja, im Gegenteil, da ich nicht mehr ohne ihn sein kann, will ich dafür sorgen, dass ich ihn mir dauernd sichere. Wir sind ihm alle zu großem Dank verpflichtet. Das, was er uns erwiesen hat, kann man zwar nicht vergelten, aber unsere Pflicht ist es, dafür zu sorgen, dass er nicht umsonst unter uns arbeitet. Ursiny bat mich, Heinrich zum Gehilfen zu ernennen. Der junge Mann macht unter seiner Leitung auch so gute Fortschritte, dass man ihm bald die ganze Apotheke anvertrauen kann. Ich denke nun alles so einzurichten, dass ich Ursiny recht bald den Antrag stellen kann, die Apotheke zu übernehmen und werde, wie ich gelobt habe, nie mehr in der Apotheke arbeiten. Dich kann und will ich dort auch nicht sehen, nun, so überlassen wir sie ihm. Er kann sie ratenweise abzahlen. Selbstverständlich geben wir sie ihm billig und vergelten ihm auf diese Weise etwas für seine Liebe. Jetzt lasse ich dort neben dem Saal eine größere Wohnung für ihn herrichten, damit, wenn er heiraten will, er es tun kann. Ich glaube, dass mein Sohn mit diesem allen zufrieden sein kann."

Ob er zufrieden war? Nikolaj wünschte, er könnte zum Vater eilen. Wie gut und edel er war! Miroslav wird für immer versorgt sein. Man braucht um den Evangelisten in Podhrad nicht mehr zu sorgen, bis einer im Seminar mit seiner Ausbildung fertig sein wird. „Wäre ich nur bald gesund", dachte Nikolaj, „damit ich dir helfen kann, geliebter Freund! Ich habe kein Gelübde abgelegt, dass ich nicht mehr in der Apotheke arbeiten will. Ich werde dir helfen, damit du für den Dienst des Herrn mehr Zeit hast. Ich möchte dich für einige Tage hierher rufen, solange Vater daheim ist, Heinrich wird es allein schaffen können."

Da näherte sich Margita. Als sie auf ihn zukam, die Augen gesenkt, im schwarzen Kleid, erinnerte sie ihn so sehr an die Mutter, dass er sich die Hand an die Brust pressen musste, um den Schmerz zu unterdrücken.

„Willkommen, Margita!", rief er ihr zu. Sie lief

zu ihm und setzte sich auf einen Baumstumpf neben ihn.

„Guten Tag, Nikuschka! Ich war heute noch gar nicht bei dir, verzeih! Wir hatten Arbeit, ich konnte nicht“, entschuldigte sie sich. „Doch, wie geht es dir?“

„Sehr gut, Margita!“ Sie schaute halb zweifelnd, halb freudig zu ihm auf. „Ich werde dir die Ursache meiner Freude nennen, aber zuerst musst du mir sagen, warum du so sehr in Gedanken vertieft gewesen bist.“

Sie barg ihr Gesicht an seiner Schulter. „Ach, Nikuschka, ich habe einen ernsten Schritt vor mir.“

Er schloss sie in seine Arme. „Welchen, Margita?“

„Ich habe mich endlich heute entschlossen, dem Großvater und Adam die Briefe von Dechant Jurecky zu übergeben. Ich weiß nicht, was sie enthalten, aber ich kann es mir denken. Ich erhielt nämlich vorige Woche einen Brief vom Dechanten, worin er mich an die Firmung erinnerte, die jetzt im Juli stattfinden soll. Daraufhin schickte ich ihm mein Heft ‚Die Gründe, um derentwillen ich kein Glied der katholischen Kirche sein kann.‘ Da bekam ich diesen Brief vom Kaplan Lang, du kannst ihn lesen. Der Großvater war gestern in Podolin. Adam kommt erst heute zurück. Darum komme ich zu dir, damit wir erst noch zusammen beten, ehe ich die Briefe abgebe.“

„Fürchte dich nicht, Margita, weißt du, der Herr

Jesus wird alles gut machen. Ja, lass uns erst beten, dann werde ich dir sagen, was mich so beglückte und auch dich freuen wird." Er schloss ihre gefalteten Hände in die seinen. Als sie gebetet hatten, las er ihr den Brief vor. In ihre Wangen kehrte die Farbe zurück. „Nikuschka, wenn ich die Briefe abgegeben habe, werde ich zugleich auch um Erlaubnis bitten, mich öffentlich zur evangelischen Kirche zu bekennen. Dann werden wir zusammen arbeiten. Ich werde auf dem Harmonium spielen und helfen, den Gesang zu leiten. Die Leute sollen nicht einmal klagen können, wir hätten Christus gekannt und sie doch ohne ihn leben lassen."

„Ja, so soll es wohl sein. Ich denke immer an die Worte unserer Mutter: ‚Der Grund meines Unglücks und Irrens war der, dass ich Christus nicht gekannt habe.'"

„Auch ich kann sie niemals vergessen. Es drängt mich, jedem vom Heiland zu erzählen. Aber ich muss dir noch etwas sagen. Gestern ist Tamar bei mir gewesen. Denke dir, sie hat schon das ganze Neue Testament durchgelesen. Dann liest Aurel ihr und den Gesellschafterinnen jeden Tag vor und erklärt. Doch das ist nicht die Hauptsache. Sie ist ganz erschüttert darüber, dass sie bis heute in solcher Finsternis gelebt hat und sagte mir, dass sie fürchte, der Herr Jesus werde sie nicht mehr annehmen, da sie ihn bis jetzt nicht angebetet habe. Aurel meinte, sie kämpfe den Kampf, den wir schon hinter uns haben. Wie gut wäre es, wenn Miroslav mit ihr reden könnte! Auch wir alle brauchten eine Stärkung."

„Margita, bitte", sagte Nikolaj erregt, „schreibe noch heute dem Vater, dass er ihn uns für einige Tage schickt. Er wird gewiss das rechte Wort für Tamar finden. Ich habe sie schon lange nicht gesehen!"

„Wenn du es wünschst, bringe ich sie morgen mit."

„Denkst du, dass sie kommen möchte?"

„Gewiss, sie fragte immer nach dir."

„Ach, nein", der junge Mann schüttelte den Kopf, „es schickt sich nicht, dass ich sie so empfange."

„Warum nicht, sie weiß ja, dass du krank bist. Aber ich gehe nachsehen, ob euch nicht etwas im Hause fehlt. Dann gehe ich gleich zum Großvater. Später schreibe ich dem Vater und Herrn Ursiny. Nikuschka, bete für mich und eine gute Nacht! Grüße Stefan und Peter, falls sie kommen."

Sie eilte fort, und Nikolaj blieb allein. „Sie kämpft jetzt den Kampf, den wir schon hinter uns haben", wiederholte er, „und Aurel hat es mir nicht gesagt. Er kann sie jeden Tag sehen und sprechen, alle anderen auch, nur ich nicht." Der junge Mann verbarg das Gesicht in den Kissen und dachte wieder an die Begegnung am Sarg der Mutter. Tamar hatte ihn mitleidig angesehen. Als er fragte: „Tamar, Sie sind auch gekommen?", hatte sie geantwortet: „Wie hätte ich fernbleiben können? Sie haben so großes Leid, und ich sollte nicht kommen?"

„Warum muss ich immer an sie denken? Ich kenne sie ja noch gar nicht richtig", dachte er auch jetzt wieder. „Alle hatten schon Gelegenheit, besser mit ihr bekannt zu werden als ich."

Nicht weit von ihm, auf der anderen Seite des Weges, auf dem Margita verschwunden war, ritt Tamar durch den Wald. Sie ritt mit niedergeschlagenen Augen. Dann aber sah sie auf, und eine leichte Röte bedeckte ihr Gesicht. Ihre Augen leuchteten vom unerwarteten Glück. Es schien, als hätte sie Lust, dem Schimmel die Sporen zu geben, doch sie besann sich noch rechtzeitig, zog das Tier zurück, sprang leise ab, band den Schimmel an einen Baum und näherte sich mit unsicherem Schritt dem Platz, auf dem Nikolaj ruhte. Vier Wochen waren seit dem Tage vergangen, als sie zum ersten Mal mit Nikolaj Korimsky gesprochen hatte. Vieles hatte das Mädchen in dieser Zeit erlebt, große Dinge, von denen ihre Seele nie geträumt hatte, wurden ihr aufgedeckt. Obwohl die erkannte Wahrheit sie noch nicht frei gemacht hatte, stand sie jetzt dicht davor. Sie befolgte Doktor Lermontoffs Vorschriften und half jeden Tag, der Vater ahnte es nicht, dem Gärtner bei der Arbeit. So erstarkte sie körperlich. Sie hielt schon einen langen Spaziergang ohne Ermüdung aus, und der Blutandrang zum Kopf hörte auf. Während dieser vier Wochen war niemals wieder gänzliche Nacht über ihre Augen gekommen. Dabei hatte sie in den letzten Tagen oft geweint über das Leid der Freunde und über ihr bisheriges Leben ohne den Herrn Jesus. Warum hatte sie der Vater, dessen einziges Kind sie war, ohne Gott aufwachsen lassen? Auch jetzt, wenn sie mit ihm über diese Dinge sprechen wollte, ließ er sie nicht zu Wort kommen, ja, es war, als zürnte er.

Sonst kam sie mit allem, was sie bedrückte, zu ihm, aber in diesem schweren Kampf, wo es ihr schien, als sei sie eine der törichten Jungfrauen, die man nicht zur Hochzeit einlassen werde, konnte sie nicht zum Vater gehen. Dazu plagte sie täglich die Sehnsucht, Nikolaj Korimsky wenigstens einmal einen Augenblick sehen zu können. Jeden zweiten Tag kam sie nach Horka mit der Absicht, Margita zu bitten, mit ihr zu ihm zu gehen, aber wenn sie dort war, fand sie nie den Mut, diese Bitte auszusprechen. Es war ihr, als müsste sie sich der Bitte schämen. Heute war aber ihre Sehnsucht zu stark geworden. Sie wollte wenigstens dort vorbeireiten, wo er wohnte. Sie wusste, dass sein Vater jetzt nicht bei ihm war. Vielleicht würde aber Doktor Aurel draußen sein, und im Stillen hoffte sie, dass er sie dann hineinrufen würde. Nun fand sie ihn hier allein im Wald!

Das junge Mädchen hatte nur noch einige Schritte zu gehen, da raschelten die Blätter unter ihren Füßen. Er wandte den Kopf und rief erfreut: „Fräulein Tamar!“ Sie eilte zu ihm und legte ihre beiden Hände in die ausgestreckten Hände des jungen

Mannes, unfähig, ein Wort zu sagen. „Wie sind Sie hierher gekommen, Fräulein Tamar?“, fragte Nikolaj verwundert. „So unerwartet wie eine Fee, die gekommen ist, den armen Pilger, der sie nicht einmal ordentlich empfangen kann, zu beglücken.“

„O, reden Sie nicht so, ich will ja nichts weiter, als Sie endlich einmal wiedersehen.“ Sie setzte sich auf den Baumstumpf neben ihn. Er nahm ihre Hand und drückte sie an seine Lippen. Sie saßen schweigend nebeneinander. Sie hätten nicht sagen können, woher ihr Glück kam, auch hätten sie es nicht zu nennen gewusst, sie wussten nur, dass es da war und sie beglückte. „Sie gaben mir noch keine Antwort, Fräulein Tamar, warum Sie eigentlich hergekommen sind“, sagte Nikolaj. „Ich bin zu Ihnen gekommen.“

„Zu mir?“ Er sah sie zweifelnd aber strahlend an. „Ja, ich wollte, ich musste Sie endlich sehen.“

„Warum sind Sie nicht schon längst gekommen? Ich hoffte es so. Ich sehnte mich danach, aber Sie kamen nicht!“

Der junge Mann wusste nicht, was alles in seiner Stimme lag. Er ließ ihre Hand los. „Ich weiß nicht“, erwiderte sie aufrichtig, „ich dachte immer an Sie, aber da mich niemand zu Ihnen einlud, wusste ich nicht, ob Sie auch an mich denken.“

„Hätten Sie gewusst, wie ich mich nach Ihnen sehne, wären Sie dann gekommen?“

„Fragen Sie mich nicht!“ Sie stützte den Kopf in die Hand. Dann war es wieder still.

„Ich danke Ihnen, Fräulein Tamar“, unterbrach Nikolaj das Schweigen. „Sie sehen, wie es mir ergangen ist. Es geht mir langsam besser. Dem Herrn Jesus sei Dank dafür! Doch ich möchte gern wissen, was Sie inzwischen erlebt haben. Darf ich Sie bitten, mir ein wenig Zeit zu widmen und so ein wenig von dem Glück zu gönnen, das meinen Angehörigen in Ihrer Nähe zuteil wird? Werden Sie meinen Wunsch erfüllen?“

„Ich werde nicht gleich wieder gehen, wenn es Ihnen recht ist“, sagte sie entschlossen, „und werde Ihnen alles erzählen, was Sie wollen.“ Sie erzählte und merkte dabei nicht, wie rasch die Zeit verging, besonders als sie von ihren Zweifeln und Kämpfen sprach. Nikolaj sagte ihr, dass der Herr Jesus seine Mutter in der letzten Stunde noch angenommen habe, er werde auch sie annehmen, vor der doch noch das ganze Leben liege. Aber er ermahnte sie auch, nicht zu zögern und ihre Hand im Glauben in des Heilandes Hand zu legen. Als sie so im eifrigsten Gespräch waren, erklang hinter ihnen ein Gruß.

„Stefan, du bist es?“, rief Nikolaj erfreut.

Die Marquise sah verwundert zu, wie freundlich er dem jungen Bauern die Hand reichte. Was sie miteinander sprachen, verstand sie nicht. Aber dann redete sie der Fremde in gutem Deutsch an, ob sie auch gekommen sei, sich zu freuen, dass der Heiland den Herrn Korimsky soweit geheilt habe. Sie nickte zustimmend.

„Das gnädige Fräulein ist so gütig und freut sich mit mir, dabei habe ich ihr doch nie etwas Gutes erwiesen“, sagte Nikolaj lächelnd, aber ernst, „und doch will sie nicht glauben, dass der Herr Jesus sie liebt, weil sie ihm bis jetzt keine Liebe erwiesen hat.“

Beinahe erschrocken sah Tamar den Freund an, warum sagte er es dem jungen Bauern?

„O, das kann man leicht begreifen“, erwiderte dieser ernst, „auch mir ging es einmal ähnlich, auch ich dachte, es sei nicht möglich, dass mich der Herr Jesus lieben könnte.“

„Nun“, wandte sich Tamar an Stefan, „wie konnten Sie es nachher glauben und begreifen, dass er Sie liebt?“

„Begriffen habe ich es bis jetzt noch nicht“, erwiderte der junge Mann und schüttelte den Kopf. „Je länger ich den Heiland kenne, desto weniger kann ich es begreifen, dass er mich liebt. Ich habe es einfach geglaubt und mich davon überzeugt.“

„Wie haben Sie sich überzeugt?“, rief Tamar. „Ich brachte ihm meine Sünden, und er hat sie mir vergeben. Tun Sie das auch, gnädiges Fräulein, dann wird er auch Ihnen vergeben.

Wer es weiß, dass ihm vergeben wurde, der zweifelt nicht mehr daran, dass er geliebt wird.“

Die Marquise machte große Augen. Margita, Aurel, Nikolaj, alle sagten, dass ihnen der Herr Jesus vergeben hätte, aber keiner sagte, dass auch ihr vergeben werden müsse. Sie dachte, dass sie sich zuerst die Liebe verdienen müsse, und erst dann würde alles gut werden. Doch wie sollte Jesus sie lieben, da sie ihn noch nicht um Verzeihung gebeten hatte?

Plötzlich reichte sie Stefan die Hand: „Ich danke Ihnen, aber nun muss ich heimgehen." Sie wandte sich zu Nikolaj. „Morgen komme ich wieder her", sagte sie leise und errötete, „werden Sie hier sein?" Nikolaj strahlte vor Glück. „Ganz sicher werde ich hier sein, wenn das Wetter gut ist. Werden Sie mir sagen kommen, dass Ihnen das helle Licht schon leuchtet?"

„Ich weiß nicht, vielleicht. Gute Nacht!" Stefan brachte ihr den Schimmel und streichelte mit Entzücken das Tier. „Fräulein Tamar, der Herr hat mich zwar schon gelehrt, dass alles, was er mit uns tut, wohlgetan ist, wenn wir ihn auch nicht verstehen, aber doch würde ich viel darum geben, wenn ich schon so stark wäre, dass ich Sie begleiten könnte."

„O, das wird schon kommen, Nikolaj", tröstete sie ihn liebevoll, „und dann werden wir miteinander spazieren gehen." Er lächelte ihr zu. Sie wollte ihm ihre Hand entziehen, aber er hielt sie noch fest und zog sie an seine Lippen. Die Trennung fiel ihm schwer. Als sie dann davon ritt, blickte er ihr nach, bis sie im Walde verschwand. Auf der Höhe sah sie sich um, winkte noch einmal und lächelte. Mit diesem Lächeln aber verriet sie alles, was der Mund nicht gesagt hatte.

Nikolaj erzählte nun dem Freund, in welch großer Finsternis der Vater seine Tochter hatte aufwachsen lassen und nahm damit das Herz Stefans ganz für die Marquise ein.

„Warum haben Sie es mir nicht schon lange gesagt, Herr Korimsky?“, sagte er dann fast vorwurfsvoll. „Wir hätten immer, sooft ich hier war, für Fräulein Orano und auch für ihren unglücklichen Vater beten können. Tun wir es jetzt gleich und bitten wir den Herrn, dass er sich ihr noch heute offenbaren möge und ihr die Kraft gebe, ihn vor ihrem Vater treu zu bekennen.“

Stefan dachte dabei, dass Tamar es als Zeugin Jesu gewiss schwer haben würde. Aber er behielt solche Gedanken für sich, um den kranken Freund nicht zu beunruhigen.

Zur großen Freude der Gesellschafterinnen kehrte Tamar ohne Unfall zurück. Sie hatten sich schon Sorgen gemacht, weil sie sich nicht erklären konnten, wo die Marquise sich so lange aufgehalten haben mochte.

Als nach dem Abendessen alle noch in den Park gehen wollten, sagte Tamar, man möge sie entschuldigen, sie wolle sich ausruhen. Am nächsten Morgen wollte sie wieder früh aufstehen. „Du bist doch nicht etwa krank, mein Liebling?“, fragte der Vater ängstlich. „Nein, Vater, glaube es mir. Doch es ist wahr, dass mir etwas fehlt, aber es ist nicht körperlich, ich kann es gar nicht erklären.“ Sie lehnte den

Kopf an seine Brust. Der Vater bat sie dringend, es ihm mitzuteilen. „Heute nicht, Vater, erst morgen. Morgen werde ich dir alles sagen“, versicherte sie ihm. „Jetzt lass mich, bitte, allein.“ Er ging schweren Herzens und fürchtete, sie wäre übermüdet, und sorgte sich die ganze Nacht, dass sie nach der sichtlichen Besserung in die frühere Schwäche zurückfallen könnte. Unterdessen kniete Tamar lange in ihrem Schlafzimmer am Fenster und bekannte dem Herrn Jesus alles, was sie bedrückte. „Ich weiß, dass ich sehr böse, sehr ungehorsam und trotzig bin“, sagte sie schluchzend. „Nikuschka trägt sein Leiden so geduldig, damit er nur niemanden betrübt, und was habe ich getan, wie habe ich alle geplagt? Du hast dich deswegen ans Kreuz schlagen lassen, bist gestorben, teurer Herr Jesus, und ich habe dich nicht gekannt und nicht angerufen. Millionen Menschen neigen sich vor dir, Preis und Lobgesänge steigen zu dir empor, und ich kannte und bewunderte die griechischen Götter und pries den menschlichen Verstand, die Aufklärung und alles Mögliche, nur dich nicht. O, wie schäme ich mich, dass ich wie eine Heidin aufgewachsen bin! Vergib mir das und alle meine Schuld und nimm mich in Gnaden an! Ich möchte dich so gern lieben, möchte glauben, dass du mich liebst, aber ich kann nicht, solange du mir nicht verzeihst. O verzeih, bitte!“, rief Tamar weinend, denn es schien ihr, als wäre alles Bitten vergebens. Sie stand auf. Mit tränenden Augen schaute sie zum Himmel empor. Er war so hoch, so weit, wie konnte sie der Herr Jesus da hören? „Herr Jesus“, rief sie nicht mehr mit dem Mund, sondern mit dem Herzen, „vergib!“ Und sie glaubte, dass er sie jetzt erhörte. Er hatte ja gesagt: *„Die mich frühe suchen, finden mich“* und *„Wer zu mir kommt, den werde ich nicht hinausstoßen“* und *„Er neigte sich aus der Höhe und zog sie aus der grausamen Grube und aus dem Schlamm und stellte ihre Füße auf einen Fels.“* Tamar fühlte plötzlich, dass sie nicht mehr allein war. Um sie her war nicht mehr die Nacht voll Angst und Entsetzen. Es war etwas mit ihr und in ihr geschehen, was sie nicht beschreiben konnte.

Am anderen Morgen, als sie von tiefem Schlaf erwachte, jubelte es in ihr: „Herr Jesus, du liebst mich! Du hast mir vergeben!“ Ihrem übervollen Herzen war das Schlafzimmer zu eng. Tamar lief hinaus auf den Balkon unter den klaren Himmel. Fast wünschte das junge Mädchen, dass dieser Morgen niemals vergehen möchte, damit sie mit dem teuren, geliebten Herrn allein bleiben könnte, andererseits aber begehrte sie auch, ihr Glück so bald als möglich mit den anderen zu teilen. Nach langem Suchen fand sie der Vater schließlich dort. „Mein Vater!“ Sie schlang beide Hände um seinen Hals. „Ich hatte eine herrliche Nacht“, erzählte sie. „Zuerst die Finsternis und der schreckliche Kampf, dann Friede und Licht. Vater, freue dich mit mir, der Herr Jesus hat mir alles vergeben! Er liebt mich. Er vergab mir, dass ich bis jetzt in Finsternis gelebt habe ohne ihn, dass ich ihn nicht angebetet und nicht geliebt habe. Seine Liebe ist nicht zu begreifen.“ Das junge Mädchen sah nicht, welche entsetzlichen Wirkungen ihre Worte hervorriefen. Solche Gefühle, wie sie jetzt in der Brust des Mannes tobten, musste etwa ein Baumeister haben, dem vor seinen Augen das Gebäude, an dem er jahrelang gebaut hat, und das nun vollendet in seiner ganzen Schönheit vor ihm steht, plötzlich zusammenstürzt. Mit welcher Sorgfalt hatte Marquis Orano darüber gewacht, dass seine Tochter von der frühesten Kindheit an nur solche Menschen umgaben, die ohne Gott und Christus waren. Wie war er deshalb darauf bedacht gewesen, dass der Name Jesus vor ihr niemals genannt wurde! Die Gesellschafterinnen und die Dienerschaft waren verpflichtet, mit ihr niemals über ihn zu reden. Kein religiöses Buch war je in ihre Hände gelangt. Der Vater ließ sein Kind in der Atmosphäre der Aufklärung des neunzehnten Jahrhunderts aufwachsen. Er wollte der Welt beweisen, dass er und sein Kind auch ohne Christus fertig würden. Und jetzt ruft dieses Kind mit solch innerer Freude: „Jesus liebt mich!“ Ja, das Gebäude war zusammengestürzt, das fühlte und sah er. Dazu kannte er seine Tochter zu gut. Er wusste auch, dass dieser Jesus das Herz, das er einmal in Besitz nimmt, niemals wieder loslässt. *„Niemand wird sie aus meiner Hand reißen!“*, tönte es in seiner Seele. Es gibt Worte Jesu, die wir nie wieder vergessen können, wenn wir sie einmal gehört haben., „Vater, was ist dir?“ rief Tamar plötzlich, erschreckt durch die Veränderung in seinem Gesicht. Sie wollte ihn umarmen, er aber streckte abwehrend beide Hände aus. Sein Blick zwang sie, zurückzutreten. Noch nie hatte er sie so angesehen. Da ging die Tür auf, und Professor Geringer trat auf den Balkon. Marquis Orano bemerkte ihn. Er bezwang sich und trat diesem mit gewohnter Höflichkeit des Hausherrn entgegen. Auch Tamar begrüßte den Professor und ging dann still ins Haus. Überwältigt von dem eben erlebten Auftritt zitterte sie am ganzen Körper. In ihrem Zimmer lag das Neue Testament auf dem Tisch. Sie ergriff es und öffnete es mit dem Verlangen, ein Wort zur Stärkung zu finden. Da fiel ihr Blick auf die Worte, die sie tief ergriffen: *„Es wird aber ein Bruder den anderen zum Tode überantworten, der Vater den Sohn, und ihr müsset gehasst werden von jedermann um meines Namens willen. Wer aber bis ans Ende beharrt, der wird selig.* “Niemand erklärte Tamar diesen Vers, aber sie verstand ihn und wusste plötzlich, dass sie um des Herrn Jesu und seines Namens willen alles das verlieren würde, was für sie bis dahin in das Wort „väterliche Liebe“ eingeschlossen war.

Wer wollte sich wundern, dass sie solche Erkenntnis ganz überwältigte? Sie hatte ja auf Erden niemanden außer ihn. Wieder kniete sie nieder, aber sie betete nicht, weinte auch nicht. So lag sie in ihrer ganzen Schwäche vor dem Herrn, dort wo sie allein Trost und Kraft finden konnte. Da wurde es heil in ihr, von neuem fühlte sie die Liebe Gottes geradeso wie in der vergangenen Nacht und am Morgen. Sie wusste, dass sie einen guten himmlischen Vater hatte, wenn sich auch der irdische Vater von ihr abwenden sollte, ja, dass sie einen Vater hatte, der ihr seinen Sohn gab, und dass sie Jesus hatte.

Beim Frühstück erschien Tamar zwar etwas blass, aber strahlend. Sie grüßte alle, auch den Vater, als hätten sie sich noch nicht gesehen. Er erwiderte den Gruß, als ob nichts geschehen wäre und fragte, ob sie gut geschlafen habe. Aber aus seinen Augen schaute sie etwas Fremdes an. Zum ersten Mal in ihrem Leben erfuhr sie, wie es ist, wenn der Vater seinem Kind zürnt.

Nach dem Frühstück ließ sich Aurel Lermontoff bei dem Marquis melden. Als er eintrat, wandte sich Orano vom Fenster und nickte dem Doktor zu. „Ich möchte gern wissen, wozu Sie sich eigentlich in unserem Vertrag verpflichtet haben, ob zum Hausarzt oder zum Hofprediger?“, sagte der Marquis mit scharfer Betonung. Röte stieg in die Wangen des jungen Mannes. Er richtete sich auf, seine schlanke und elastische Gestalt kam der des Marquis Orano gleich. „Weder zu dem einen noch zu dem anderen, Exzellenz. Ich wurde der Arzt von Marquise Tamar, und ich hoffe, Sie können nicht klagen, dass ich meine Pflicht versäumt habe.“

„Das nicht!" Der Marquis strich sich mit der Hand über die Stirn. Mit Gewalt riss er seinen Blick von der stattlichen Erscheinung des jungen Mannes los. „Eigentlich ist die Schuld auf meiner Seite", fuhr er dann weniger scharf fort, „ich pflege alle meine Beamten, besonders aus der Umgebung meiner Tochter, zu verpflichten, mit ihr nicht über religiöse Dinge zu sprechen. Bei Ihnen hielt ich es nicht für nötig, weil Sie Arzt sind, dafür muss jetzt der Fehler wieder gutgemacht werden."

„Von meiner Seite ist in dieser Hinsicht kein Fehler begangen worden, denn ich habe mit der Marquise nie über Religion gesprochen, was übrigens bei ihrer gänzlich gottlosen Erziehung unmöglich gewesen wäre."

„Was unterstehen Sie sich, mir ins Gesicht zu schleudern?" Die Augen des Marquis sprühten Funken.

„Die Wahrheit, Hoheit." Mit frohem Mut schaute der junge Mann in das Gesicht des Mannes, dem man es in diesem Augenblick gut anmerken konnte, dass er von Sklaven umgeben war, die ihm blind gehorchten. „Ich habe mit Ihrer Tochter über die göttlichen Wahrheiten gesprochen, die ihr noch unbekannt waren, und die sie erkennen musste, weil Gott will, dass ihre Seele nicht verloren gehe. Darum habe ich ihr den Herrn Jesus gezeigt, der sie retten kann, das war meine Pflicht. Wenn Sie von mir verlangt hätten, ich sollte im Vertrag unterschreiben, den Namen meines Herrn vor ihr nicht zu erwähnen, so hätte ich Ihnen den Vertrag vor die Füße geworfen."

„Lermontoff!" Der Marquis trat zurück.

„Ja, man sieht, von was für Leuten Sie umgeben waren, und für was man Sie gehalten hat!"

„Wofür man mich gehalten hat? Sicherlich für einen Mann, der Sie besser bezahlte als Ihr Jesus."

„Ich müsste den Mann verachten, der von mir verlangt, dass ich ein elender Verräter werde, der sich um des Brotes willen verkauft!", entgegnete der Arzt. Im Zimmer wurde es still, das Schweigen war drückend. Lermontoff fühlte, dass er dem Marquis gegenüber viel gewagt hatte, aber er war über das systematische Heidentum, in dem dieser seine Tochter erzogen hatte, so erbittert, dass er um keinen Preis seine Worte hätte zurücknehmen mögen.

Es gibt Naturen, denen nichts mehr imponiert als ein rücksichtsloser Mut. Marquis Orano lief einige Male hin und her und blieb dann vor Lermontoff stehen. „Und was haben Sie jetzt davon, dass Sie zwischen mich und meine Tochter jenes Ideal gestellt haben, vor dem, dazu kenne ich sie zu gut, sie sich beugen wird, welches ich aber hasse? Wird es ihr meine Liebe ersetzen?"

„Ja, Euer Gnaden. Es gibt keinen Verlust in der Welt, den der Herr Jesus nicht ersetzen könnte." Schmerzlich zuckte es um den Mund des jungen Arztes. „Wie ist das menschliche Herz doch so hart!

Als ich Sie kennen lernte, meinte ich, Sie würden das Leben für Ihr Kind geben, und jetzt sind Sie zu ihrem Feind geworden nur darum, weil in ihrem Herzen das Licht aufgegangen ist, das Sie hassen, vor dem Sie sich aber nirgends verbergen können. Ja, unser Herr hat Recht:

‚Des Menschen Feinde werden seine eigenen Hausgenossen sein.'"

„Wer sagt Ihnen, dass ich der Feind meines Kindes sein werde?", fragte der Marquis ernst. „Sie selbst fragten mich doch eben, ob Jesus ihr werde Ihre Liebe ersetzen können. Das bedeutet doch so viel, dass Sie ihr diese Liebe entziehen wollen. Aber tun Sie es lieber nicht, denn Ihre Tochter wird der Herr Jesus trösten, aber wer ersetzt Ihnen das geliebte, verstoßene Kind? Ich darf wohl für die arme Marquise Tamar sprechen, denn ich bin auch einer von den Verstoßenen. Auch mich verließ der eigene Vater des Heilandes wegen, er hat mich von sich gestoßen, mein armer, verirrter, unglücklicher Vater!" Der junge Mann bedeckte sein Gesicht mit beiden Händen. Plötzlich legte sich eine schwere Hand auf seinen Arm. „Und Sie hassen diesen Vater und fluchen ihm, nicht wahr?" Der junge Arzt schüttelte die Hand des Mannes ab. „Nein, die Christen fluchen nicht. Er hat meine Mutter unglücklich gemacht, sie musste ins Gefängnis, wurde dort krank und starb. Trotzdem ist in meinem Herzen gegen ihn nichts anderes als Liebe. Ich segne ihn, wie auch

Tamar Sie segnen würde, wenn Sie ähnlich mit ihr verfahren würden. Wir beide haben für Sie nichts anderes als das Wort des Heilandes: ‚*Vater, vergib ihnen, denn sie wissen nicht, was sie tun.*' Wenn Sie nicht mehr mit mir zufrieden sind, die Marquise auch einen Arzt nicht mehr nötig hat, kann ich den Vertrag sofort zurückgeben. Unsere Wege brauchen sich nicht mehr zu kreuzen." Der junge Mann wollte das Papier hervorziehen, aber der Marquis hielt krampfhaft seine Hand fest.

„Nein, ich will den Vertrag nicht lösen: Meine Tochter kann nicht ohne Arzt sein. Nachdem Sie Tamar, meiner Ansicht nach, auf Abwege geführt haben, so lassen Sie sie jetzt nicht allein. Ich werde mich vielleicht doch mit der Zeit an diesen mir schrecklichen Zustand gewöhnen, aber es wird nicht so schnell gehen. Sie können gehen!" Draußen im Korridor atmete Aurel auf. „Herr Jesus, ich danke dir, dass ich nicht für immer fortgehen muss, dass ich Tamar zur Seite stehen kann. Du kannst auch mit diesem Saulus fertig werden! Erbarme dich über ihn!"

Der Marquis aber schloss sich ein, warf sich auf das Sofa und brach in ein verzweifeltes Weinen aus. Es ist immer schrecklich, wenn Männer weinen, aber zu solcher Verzweiflung muss der Mensch einen Grund haben.

* * *

Während Margita von dem Besuch bei ihrem Bruder nach Horka zurückkehrte, traf Adam Orlowsky dort ein. Er fragte zuerst, wie gewöhnlich, nach seiner Frau. Als er hörte, wohin sie gegangen sei, ging er nicht erst ins Haus, sondern über den Hof durch den Park ihr entgegen. Unterwegs hielt ihn etwas auf. Unter dem großen Ahornbaum hatte Margita bequeme hölzerne Bänke herrichten lassen. Auf einer lag, mit einer Decke zugedeckt, Herr Nikolaus. Der junge Mann wunderte sich, dass der Großvater dort schlief. Er blieb stehen. „Wie blass und verfallen er aussieht! Seit zwei Tagen schon klagt er über Kopfschmerzen. Hoffentlich wird er nicht krank!", dachte er. „Doktor Lermontoff meinte zwar, dass es nichts Besonderes sei, es käme von seinem seelischen Zustand. Aber die Ärzte können sich täuschen. Warum aber stelle ich mir die Dinge ärger vor, als sie wirklich sind?" Da bewegte sich der alte Herr. „Ferdinand!", entfuhr es seinen Lippen.

„Was träumt er?", dachte Adam erschrocken.

„Ferdinand?" Sehnsüchtig wiederholte Herr Nikolaus diesen Namen. „Bist du hier, auch du, Natalie? Meine teuren, verirrten Kinder!"

„Ach, dass ich es ihm geschrieben habe!", ärgerte sich Adam über sich selbst. „Er hätte den Onkel vielleicht längst vergessen, und jetzt, da die Tante gestorben ist, denkt er so viel an sie und auch an ihn, dass er sogar davon träumt. Wenn man doch nur etwas Näheres von Marquis Orano erfahren könnte, aber der weicht ja absichtlich solchem Gespräch aus. Wenn der Großvater ihn nur selber fragen möchte!“

Noch eine Weile stand Adam neben dem Großvater, aber dieser sprach nicht mehr. Da wandte sich der junge Mann um und ging weiter. Als er unterwegs an einem blühenden Rosenbusch vorbeiging, brach er einen Zweig ab. „Sie sind gerade wie du, Margita“, dachte er. Vergeblich versuchte er die Gefühle seines Herzens zu zerstreuen.

„Ich habe der Tante versprochen, Margita glücklich zu machen. Ich habe so wenig Gelegenheit, freundlich zu ihr zu sein. Das Begräbnis und die Reise haben uns beinahe eine Woche in Anspruch genommen. Dann war sie viel mit Nikuschka beschäftigt, und jetzt habe ich soviel Arbeit in Podolin, weil der Professor da ist. Wir haben in der letzten Zeit wenig miteinander gesprochen, allein fast gar nicht, seit damals auf dem Balkon.“ Der junge Mann stellte sich noch einmal den Augenblick vor, als Margita in ihrem Schmerz bei ihm Schutz suchte und sich an ihn schmiegte. Sehnsuchtsvoll dachte er daran. Da hörte er Schritte und sah auf. Sein Herz schlug heftiger, Margita kam. Sie hatte den Hut abgenommen und über den Arm gehängt. Er war weiß mit einem schwarzen Band, mit frischen Feldrosen besteckt. Sie schritt leicht und schnell einher, aber in tiefes Nachdenken versunken. Er trat zur Seite und schloss sie, als sie bis zu ihm herankam, unerwartet in seine Arme. „Keine von den Rosen kann sich mit ihr vergleichen", dachte er dabei.

„Adam, du bist es?" Sie errötete vor Schreck, aber versuchte nicht, sich zu befreien, sondern strahlte ihn an. Der junge Mann hielt sie fest, als sie sich schließlich zu befreien versuchte. „Ich komme von Nikuschka. Aber lass mich jetzt los, Adam! Da du schon hier bist, muss ich das Abendessen richten. Ich habe mich ohnehin schon länger aufgehalten, als ich wollte. Aber ich musste dem Vater einen Brief schreiben. So lass mich, bitte!"

Er sah sie mit einem Blick voll leidenschaftlichen Mutwillens an. „Gewiss lasse ich dich los, aber du solltest bedenken, dass wir uns näher kennen und daher nicht nur so flüchtig begrüßen dürfen." Sie wurde verlegen und zögerte. Dann trat sie bewusst nahe zu ihm. „Vielleicht", dachte Margita, immer noch verlegen und ein wenig aus dem Gleichgewicht gebracht, „wenn ich ihm den Brief gebe, wird er mich nicht mehr so festhalten. Ich kann aber den Herrn Jesus und seine Wahrheit auch um dieses Glückes willen nicht verlassen."

„Margita", sagte Adam jetzt etwas verwirrt, „willst du meine Liebe nicht erwidern? Es ist wahr, ich verdiene sie nicht, denn du denkst noch immer an meine unsinnigen Worte in meinem Brief."

„Nein", erwiderte sie, und so wie damals auf dem Balkon in Orlow legte sie jetzt liebevoll ihre Arme um seinen Hals. Es war der große Augenblick, da sich ihre Liebe zu dem jungen Mann bewusst kundtat. Doch löste sie sich rasch und eilte davon.

„Sie ist mein", jubelte er plötzlich. „Ich Narr, welch armseliges Leben habe ich bis jetzt geführt! Es muss alles anders werden, ich muss ihre Liebe besitzen." In solche Gedanken versunken betrat er sein Zimmer. Er sah sich um. Jeder Winkel des hübsch eingerichteten Zimmers sagte ihm, wessen Hand hier gewaltet hatte. Auf dem Tisch standen in einer Vase Feldrosen. Sie hatte sie ihm gebracht. Er betrachtete sie lange, es schien ihm, als hätte er niemals schönere gesehen.

„Sie ist sehr gut", dachte er, „und ich habe sie so beleidigt und noch nicht um Verzeihung gebeten. Ich weiß eigentlich gar nicht mehr, was ich alles in meiner Erbitterung geschrieben habe. Heute, da ich weder die arme Tante Natalie noch den Onkel richte, sehe ich, dass in meinem Brief eine Beleidigung beider lag, und so natürlich auch für sie. Doch ich werde um Verzeihung bitten und alles gutmachen."

Die Tür öffnete sich, und Margita trat ein. Mit freudigem Erstaunen ging er ihr entgegen. Sie errötete, als er ihr für die Rosen dankte. „Da dich in Podolin soviel Schönheit umgibt, so dass Horka daneben sehr armselig aussieht, wollte ich wenigstens durch die Blumen und den süßen Duft etwas ersetzen, was du vermissen magst", sagte sie aufrichtig. „Das ganze Podolin", entgegnete er und nahm ihre Hand, „ja, das ganze Podolin kann mir die Schönheit und den Reiz nicht ersetzen, den Horka in sich birgt." Sie verstand ihn, aber sie zog ihre Hand zurück. Sie war nicht darum hierher gekommen, um das trügerische Glück, das sie dort draußen im Park ganz überwältigt hatte, weiterzuspinnen. Sie kam, um sich das Urteil zu holen.

„Adam, bitte, bis ich dich zum Abendbrot rufen lasse, lies diesen Brief und auch diesen. Dann möchte ich gern mit dir reden."

„Briefe? Von wem sind sie?", fragte er stockend. „Der an dich von Dechant Jurecky, und der an mich von Kaplan Lang."

„Was untersteht sich der, dir zu schreiben?", erwiderte Adam heftig. „Ich bekam einen Brief von Dechant Jurecky, in dem er mir mitteilte, dass bald Firmung sei. Darauf habe ich ihm diese Antwort geschickt." Margita legte vor ihren Mann ein mit sauberer kleiner Schrift beschriebenes Heft. „Heute Abend möchte ich gern mit dir reden." Sie nickte ihm zu und ließ ihn allein.

Er setzte sich an den Tisch, las zuerst das Heft, dann den Brief vom Dechanten und zuletzt den Brief des Kaplans. „Ich kann es nicht glauben", schrieb der Kaplan, „dass Ihre Seele dauernd im Widerstand gegen unsere heilige Kirche verharren könnte. Ich kann nicht glauben, dass die Enkelin dem Großvater solche Sorgen bereiten will, der den letzten großen Schmerz noch nicht überwunden hat. Ich hoffe, dass mir die gnädige Frau erlauben wird, noch einmal gründlicher anhand der Vulgata die Lehre unserer Kirche durchzunehmen und die Irrtümer der lutherischen Kirche zu beleuchten. Hätten Sie mir nur mit einem Wort einen Blick in Ihr Inneres gewährt! Aber Sie saßen immer vor mir mit solcher Ruhe, dass ich wirklich nicht ahnen konnte, welche Zweifel ...“

Weiter kam Adam nicht, er zerriss den Brief.

Dechant Jurecky klagte in seinem Brief über die Freisinnigkeit der Baronin Rainer, die sie auch der Tochter beigebracht hätte, und über Margitas Unaufrichtigkeit. Er ermahnte Adam väterlich, was er der heiligen Kirche schuldig sei, und verlangte entschieden, dass Margita der Firmung zustimme. Er würde den Kaplan Lang schicken, damit er sie vorbereitete. Es sei für das Seelenheil der ganzen Familie Orlowsky wichtig.

Auf der Stirn des jungen Mannes sah man tiefe Falten, ein Zeichen des Sturmes, der in seinem Innern tobte. Er schritt im Zimmer auf und ab. „Noch nach Horka will er ihn schicken, damit er hier bei ihr sitzt und in ihr Gesicht schaut!“, brauste er auf. „Ja, euch ärgert es, dass ihr die Gebühr bei dem Begräbnis der Tante nicht bekommen habt. Nicht um Margitas Seele und um uns andere ist es euch zu tun, denn ich wüsste nicht, dass ihr bis heute irgendwie um meine Seele gesorgt hättet, aber um euer Geld. Und ich soll euch als ein gehorsames Werkzeug dienen und Margita zwingen, ihre Überzeugung aufzugeben, die ihr nicht untergraben könnt? Nein, Margita, fürchte dich nicht! Mir gefällt dein unerschrockener Mut, du hast ihnen die Wahrheit gesagt! Ich werde nicht erlauben, dass sie dich belästigen."

Der Ton der Glocke rief Adam zum Abendessen. Als er das Speisezimmer betrat, sah ihn Margita, die gerade dem Großvater die Suppe reichte, fragend an. Fast hätte sie die Suppe verschüttet, als ihr Mann sie strahlend ansah. Sie fühlte, er war auf ihrer Seite. Beim Essen war Adam so guter Laune, dass es ihm sogar gelang, auch den Großvater zu erheitern, was seit dem Begräbnis der Tochter selten war.

Herr Nikolaus trauerte sehr um die Tochter, die zu ihm gekommen war, um bei ihm zu sterben. Am liebsten war er jetzt immer allein oder bei Nikuschka. Der Enkel musste ihm immer wieder erzählen, wie er mit der Mutter zusammengekommen war. Und der Großvater erzählte ihm wohl schon zum vierten Mal, welch schönes Begräbnis der Baron Rainer seiner Frau bereitet und wie er nichts unterlassen habe, ihr auch nach dem Tode alle Ehre zu erweisen, ja, wie er dadurch bekundet habe, wie teuer und wert sie ihm gewesen sei.

Auch das erzählte Herr Nikolaus dem Enkel, wie sehr die Gesellschaft dort um seine Tochter trauere, mit welcher Achtung sie über sie und den Baron und über ihre Ehe sprächen. Dass er dem Enkel dadurch Schmerz bereitete, wusste Herr Nikolaus nicht, da ihm dieser so liebevoll und still zuhörte. Ihm tat es wohl, über die Tochter zu sprechen.

„Ich gehe zu Nikuschka", sagte Herr Nikolaus beim Essen zu den Kindern. Als sie ihm anboten, ihn zu begleiten, nahm er es nicht an. „Du bist erst jetzt gekommen, Adam, und Margita war schon so lange dort."

„So werden wir dich abholen, Großvater", entschied Adam und befahl, das Pferd des Herrn Nikolaus zu satteln. Beide schauten ihm besorgt nach, als er davon ritt.

„Er ist ganz verändert", seufzte Margita. „Wie wir uns auch Mühe geben, wir können ihn doch nicht trösten. Aber ich glaube, wenn der Herr Jesus ihn trösten wird, dann wird auch diese schwere, schmerzliche Wunde heilen."

Unterdessen ritt der alte Herr ziemlich schnell um das Dorf herum den Berg hinan. Da begann das Abendläuten. Das erinnerte ihn an den Begräbnisgottesdienst für seine Tochter. Der Gottesdienst war evangelisch und deutsch. Ein Lied hatte so beruhigend auf sein Herz gewirkt:

„Jesus lebt, mit ihm auch ich!
Tod, wo sind nun deine Schrecken?
Jesus lebt und wird auch mich von den Toten auferwecken.
Er verklärt mich in sein Licht: dies ist meine Zuversicht!"

Herr Nikolaus kannte das Lied auswendig, denn er hatte sich ein Gesangbuch gekauft und es sich von Doktor Lermontoff vorspielen lassen, als er zurückgekommen war.

„Die Evangelischen haben schöne Lieder“, dachte er auch jetzt, „wie viel Gewissheit des ewigen Lebens enthalten sie, und zwar jene Gewissheit, die auch sie, meine Natalie, hatte!“ Wenn er manchmal mit dem Doktor allein war, ließ er sich einige Lieder vorspielen und singen. Auch jetzt hatte er vor, wenn er da sein würde, ihn wieder um ein Lied zu bitten, Nikuschka hörte auch gern zu.

Vor dem Haus sprang Herr Nikolaus vom Pferde ab und band es fest. Dabei schaute er hinüber zum Wasserfall, denn dort pflegte Nikuschka mit seinem Freund oft zu weilen. Die Bank war nicht leer, doch saß der junge Arzt allein dort und las. „Guten Abend, Lermontoff!“, grüßte der alte Herr. „Wo haben Sie Nikuschka?“

„Guten Abend!“ Der junge Mann richtete sich auf. „Nikuschka ist heute so viel draußen gewesen, dass er schon schläft. Es tut mir Leid, hätte ich gewusst, dass noch Besuch kommt, hätte ich ihn nicht so bald ins Bett transportiert.“

„Nun, es schadet nichts, er soll sich nur ausschlafen. Ich mache Ihnen einen Besuch.“

„Mir? Wie komme ich zu dieser Ehre?“

„Reden Sie nicht so, Lermontoff“, sagte Herr Nikolaus. „Sie sind kein Fremder, ich mag Sie gern, und wir alle sind Ihnen sehr zu Dank verpflichtet. Es ist wahr, dieser Besuch gilt eigentlich Ihnen, denn ich möchte gern, dass Sie mir etwas vorspielen und singen. Werden Sie es tun?“

„Mit größter Freude! Gleich hole ich meine Zither und mein Buch.“ Der junge Mann lief ins Haus und kam gleich mit seinem Instrument zurück. „Hier habe ich ein neues Lied gelernt, Herr Orlowsky“, sagte er und blätterte in dem Buch.

„Lasst mich gehen, dass ich Jesum möge sehn!
Meine Seel' ist voll Verlangen, ihn auf ewig zu empfangen
und vor seinem Thron zu stehn.“

Der alte Herr nickte zustimmend.

„Süßes Licht, Sonne, die durch Wolken bricht,
o wann werd' ich dahin kommen,
dass ich dort mit allen Frommen
schau dein holdes Angesicht?
Ach, wie schön, ist der Engel Lobgetön!
Hätt' ich Flügel, hätt' ich Flügel, flog' ich über Tal und Hügel
heute noch nach Zions Höhn.
Wie wird's sein, wenn ich zieh' in Salem ein,
in die Stadt der goldnen Gassen?
Herr, mein Gott, ich kann 's nicht fassen.
Was wird das für Wonne sein!

Paradies, wie ist deine Frucht so süß!
Unter deinen Lebensbäumen wird uns sein,
als ob wir träumen, bring uns, Herr, ins Paradies!"

„Nicht wahr, es ist ein herrliches Lied, Herr Orlowsky?"

„Herrlich! Ich danke Ihnen", entgegnete der alte Herr.

„Es passt auch gut zu dem, was ich gerade gelesen habe, als Sie kamen."

„Und was haben Sie gelesen?"

Lermontoff zog das Neue Testament hervor. „Erlauben Sie?"

„Natürlich!" Der junge Arzt las das ganze 21. Kapitel der Offenbarung des Johannes. Dann sagte er: „Es ist mir ein großer Trost, wenn ich daran denke, dass in der herrlichen Stadt, wo die seligen Nationen sich bewegen werden, wo man weder der Sonne noch des Mondes bedarf, um Licht zu haben, wo es kein Geschrei und keine Schmerzen mehr gibt, dass dort jetzt auch unsere teure Frau Natalie Orlowsky ist."

Herr Nikolaus hatte aufmerksam zugehört und richtete sich auf. „Sie glauben, dass sie dort ist?"

„‚*Wer an mich glaubt, kommt nicht ins Gericht, sondern ist aus dem Tode in das Leben hindurchgedrungen*', sagt der Herr Jesus. So bin ich fest überzeugt, dass ich ihr einmal dort begegne und wir uns die Hände reichen werden."

Herr Nikolaus fühlte eine fast schmerzliche Eifersucht. Nikolaj, Margita und auch dieser junge Mann glaubten und freuten sich, dass sie seine Tochter sehen und mit ihr in der Herrlichkeit leben würden. Könnte er es doch auch so glauben! „Sie hatten gewiss eine fromme Mutter“, sagte er nach einer Weile. Aurel fuhr zusammen. „Ja, Herr Orlowsky!“

„Ist sie schon lange tot?“

„Sie starb, als ich sechs Jahre alt war.“

„Das ist ein Wunder, dass Ihnen die Welt die Eindrücke der Kindheit nicht verwischt hat“, meinte Herr Nikolaus gedankenvoll. „O, sie hat sie mir wohl verwischt! Wäre nicht die Gnade Gottes, die mich bekehrt und zu einem neuen Leben wiedergeboren hat, so würde ich mein teures Mütterchen wohl nie mehr wiedersehen, Sie wäre für mich nicht nur in dieser Welt, sondern für ewig verloren.“ Den alten Herrn erschütterten diese Worte. Er bat: „Erzählen Sie mir von Ihrer Mutter und aus Ihrer Kindheit, es wird mich sehr interessieren.“

Er sah nicht den Blick des jungen Mannes. Er wusste nicht, welchen Sturm von Gefühlen und welchen Kampf er in der Brust des jungen Arztes hervorgerufen hatte, auch nicht, dass Aurel Lermontoff zu sich selbst sagte: ‚Ja, ich will von dir erzählen vor ihm, der dich verachtet hat, und werde so dein Andenken reinigen. Er weiß ja von nichts, mein teures Mütterchen!“ Glücklich der Sohn, der mit solcher Liebe von seiner Mutter erzählen kann!

Herr Nikolaus konnte den Blick nicht von ihm wenden. Als er mit dem seligen Heimgang seiner Mutter schloss, drückte der alte Herr seine Hand. „Und von Ihrem Vater erfuhren Sie nichts mehr? Ist er nicht zurückgekehrt!"

„Nein, Herr Orlowsky, wir haben ihn um des Glaubens willen verloren, aber erlauben Sie, dass ich nicht weiter davon spreche."

In Gedanken versunken kehrte Herr Nikolaus nach Horka zurück. Das Schicksal von Aurels Mutter berührte sein Herz sehr. „Auch über Natalie ist das so plötzlich gekommen, dieses neue geistliche Leben, die Liebe zu Christus, die Gewissheit des ewigen Lebens. Wäre sie am Leben geblieben, hätte sie sich von niemand hindern lassen, da sie beinahe mit dem letzten Atemzuge dem widerstand, was nicht mit ihrer Überzeugung übereinstimmte. Warum sendet Gott nicht so eine Veränderung auch über mich? Sind denn meine Sünden so groß, dass sie mir nicht vergeben werden können?" Herr Nikolaus ahnte nicht, dass auch in Horka gerade eine Entscheidung fiel, und bemerkte nicht, dass seine Kinder ihm nicht entgegenkamen.

„Margita, ich habe alles gelesen", sagte Adam und nahm Margitas Hand. Sie sah ihn an. „Und welche Antwort wirst du dem Dechanten geben?"

„Aber du weißt doch gar nicht, was er geschrieben hat?"

„Nein, ich weiß es nicht, aber ich denke, dass er

verlangt, du sollst mich zwingen. Oder irre ich mich?"

„Du irrst dich nicht und kennst die Herren, wie mir scheint, gut", lächelte er befriedigt. „Ja, ich werde aufgefordert, dich zu zwingen, nur weiß ich nicht, wo der Zwang beginnen soll und auf welche Weise."

„O, frage sie", erwiderte Margita, und ihre Augen blitzten, „sie werden es dir schon sagen, wie man die Leute quälen soll. Ich bin ja ganz in deiner Macht. Als Rom die Ketzer marterte, tat man es, um ihre Leiber dem Verderben preiszugeben, damit die Seelen gerettet würden. Nun, und du hast ja gelesen, was Lang schreibt, dass er mich lieber auf der Totenbahre sehen möchte als in dem Schoß des Ketzertums."

„Das habe ich nicht gelesen!", erwiderte der junge Mann entsetzt.

„Nicht? Es stand doch am Schluss!"

„Ich habe den Wisch zerrissen! Doch was sagst du mir da für schreckliche Sachen, Margita." Er wollte sie an sich ziehen, aber sie ließ es nicht zu.

„Nein", sagte sie, „wer weiß, ob du es nicht im nächsten Augenblick bereust! Adam, ich bin nicht katholisch und werde niemals katholisch werden! Ich kann kein falsches Spiel treiben. Ich will mich nicht länger furchtsam verstecken. Der entscheidende Schritt ist getan. Ich habe meine Gründe angegeben, weswegen ich nicht zu Rom gehören kann. Jetzt werde ich meinen Austritt melden und dann zur evangelischen Kirche übertreten."

„Margita, wenn ich es dir aber nicht erlaube?"

„Du musst es erlauben! Morgen ist mein Geburtstag, da werde ich achtzehn Jahre alt. Von meiner Absicht kann mich nichts und niemand mehr abbringen."

„Und der Großvater?", wandte sich nach einer Weile der junge Mann wieder an seine Frau.

„Willst du ihm jetzt, da ihn der Verlust der Tochter beinahe ins Grab gebracht hat, diesen Schmerz zufügen?" Sie zitterte. „Der Herr Jesus weiß, dass ich nicht anders kann. Er wird es nicht zugeben, dass das den Großvater so sehr verwundet. Glaube mir, er wird es jetzt leichter tragen als früher. Adam, bitte, mache mit mir, was du willst, aber gib mir nur die Freiheit des Glaubens!"

Sie bat so herzlich und ahnte gar nicht, dass er nicht einmal die Absicht hatte, ihr zu wehren und dass, wenn es nicht aus Rücksicht auf den Großvater geschehen wäre, er ihr mit keinem Wort widersprochen hätte, da ihm der gewaltsame Druck, den man auf sie ausüben wollte, von tiefster Seele zuwider war. Margita aber ergriff eine furchtbare Angst, dass er sie zwingen würde. Sie streckte die Hände flehend nach ihm aus. „Gib mir die Freiheit!", bat sie noch einmal.

In diesem Augenblick zog Adam sie leidenschaftlich an sich. „Ich gebe dir die Glaubensfreiheit, ja, ich werde sie dir selber verschaffen, damit du siehst, dass die katholische Kirche nicht nur Tyrannen erzieht. Wenn du übertreten willst, so tue es jetzt gleich. Morgen wirst du achtzehn Jahre alt. Es soll mein erstes Geburtstagsgeschenk für dich sein, ich wüsste nicht, was ich dir sonst Köstlicheres geben könnte. Doch, was wirst du mir geben, Margita?"

„Was ich dir geben werde?", erwiderte sie. „Ich habe nichts, Adam. Aber wenn dich lebenslängliche Liebe belohnen kann, so werde ich meine Schuld abzahlen."

„Ja, Margita, die Liebe kann belohnen," Adam neigte sich zu seiner Frau. „Aber nicht die allgemeine Liebe, die du jedem zuteil werden lässt, die genügt mir nicht. Einmal habe ich dir geschrieben, dass ich keine Liebe begehre, da ich keine besitze. Heute, da mein ganzes Herz zu deinen Füßen liegt, widerrufe ich es und bitte, verzeihe, vergiss und liebe mich! Sei meine Frau, nicht eine Freundin, denn mir genügt die Freundschaft nicht!"

Als Herr Nikolaus nach Hause zurückgekehrt war, kam ihm der Enkel mit einem Gesicht entgegen, in dem auch Herr Nikolaus eine Veränderung erkennen musste.

„Großvater, ich möchte gern vor dem Schlafengehen noch mit dir sprechen", sagte er, während er den alten Herrn in sein Schlafzimmer begleitete. Margita hatte sich schon zurückgezogen. „Nun, ich bin bereit, zu hören und würde mich freuen, wenn du mir etwas Gutes mitzuteilen hättest“, lächelte der Großvater gütig.

„Großvater, nimm meinen Dank für das lebenslängliche Glück und freue dich mit mir, heute haben Margita und ich uns verlobt!“ Freudig überrascht sah Herr Nikolaus seinen Enkel an und nahm dessen Kopf in seine beiden Hände. Er meinte fast, vor Glück zu ersticken. Eine Weile war es still im Zimmer. Dann fuhr Adam fort: „Doch nicht nur das wollte ich dir sagen, ich wollte dich auch fragen, ob ich als Mann das Recht habe, über Margita in allen Angelegenheiten zu entscheiden?“

„Natürlich!“, sagte der alte Herr verwundert.

„So teile ich dir mit, Großvater, dass ich Margita auf ihre Bitte, und weil ich gegen ihre Überzeugung nicht handeln kann, die Erlaubnis gegeben habe, zu der Kirche überzutreten, zu der ihr Vater und ihre Mutter gehören. Sie ist ja ohnedies schon in der Lehre dieser Kirche erzogen worden.“

Adam Orlowsky erwartete eine große Wirkung seiner Worte, Verwunderung und vielleicht Entsetzen oder Groll. Darum war er sehr überrascht, als der Großvater auf seine Bitte, Margita nicht zu zürnen, ernst antwortete: „Ich zürne nicht, mein Sohn, Wenn du einverstanden bist, werde ich ihr kein Hindernis in den Weg legen. Meine Tochter starb in seliger Gewissheit, obwohl unsere Kirche sie zur Ketzerin stempelt. Wenn Margita meint, glücklich zu werden, so soll sie nach dem Verlangen ihres Herzens handeln. Sie könnte sonst ebenso wie meine Natalie sagen, dass wir nicht für sie gesorgt haben. Die Pflicht der Priester war es, sie zu überzeugen, wenn es ihnen nicht gelungen ist, ich kann es nicht."

„Großvater, hab Dank!", jubelte Adam. Margita kannte also doch ihren Großvater besser als er.

Der Enkel gab ihm dann die beiden Briefe des Dechanten, aber der alte Herr wollte sie nicht lesen.

„Ich weiß, was darin steht, aber wenn sie nicht will, ist doch alles umsonst. Schreibe ihm morgen auch in meinem Namen, dass Margita in der Religion bleiben soll, in der sie erzogen worden ist, und dass wir beide damit einverstanden sind."

* * *

Wieder war es Abend. Der Apotheker Korimsky war gekommen, um das Versammlungslokal für die Evangelischen anzusehen, für das er seinem Provisor ausreichende Mittel zur vollständigen Einrichtung übergeben hatte. Er suchte Ursiny. Man hatte ihm gesagt, dass dieser hier sei. So benutzte er die Gelegenheit, sich den Saal anzusehen. Gegenüber der Tür glänzten in einem Bogen goldene Buchstaben: *„Jesus Christus ist in die Welt gekommen, Sünder selig zu machen.*" Darunter leuchtete das Wort: *„Wendet euch zu mir,* so *werdet ihr selig, aller Welt Enden!*" Daneben: *„Das Blut Jesu Christi macht uns rein von aller Sünde.*" In der Mitte aber war zu lesen: „*Und wird nicht hineingehen irgendein Gemeines, und das da Gräuel tut und Lüge.*“ Korimsky sah eine Weile auf die sonderbare Zusammenstellung der Bibelsprüche. Dann wandte er sich bedrückt ab. Er musterte die übrige Einrichtung. Vom Harmonium erklang eine Melodie, die durch ihre Einfachheit mehr einen Dilettanten als einen geübten Musiker verriet. Neben dem Harmonium stand ein Lehnstuhl, der einzige, den man von den vielen, die einst das Gesellschaftszimmer füllten, hier gelassen hatte. Er war für Nikuschka bestimmt. Jetzt setzte sich Korimsky hinein, stützte seinen Kopf in die Hand und wartete, bis der Provisor zu spielen aufhörte. Er wollte ihn nicht stören. Der junge Mann spielte noch einige Lieder, dann schloss er das Buch und präludierte noch ein wenig ohne Noten, still und sanft, so dass diese Töne seinen Charakter widerspiegelten.

Korimsky betrachtete ihn, er saß ihm mit dem Profil zugewandt. Was war nur auf diesem blassen Gesicht so fesselnd? Korimsky wunderte sich nicht über seine Kinder, die ihn baten, er möge ihnen Ursiny schicken. Sie sehnten sich nach ihm. Er selber fühlte für diesen unscheinbaren jungen Mann mehr als Sympathie. Es war ihm in seiner stillen Nähe immer wohl. Unwillkürlich dachte er an die Nacht nach Natalies Tod. Damals konnte er Nikuschkas Qual nicht mehr mit ansehen und ging ganz verzweifelt in sein Schlafzimmer, da er niemanden hatte, mit dem er sein Leid teilen konnte. Vor den Kindern durfte er es nicht zeigen. Es schien ihm, dass er in der Nacht des Jammers versinken würde.

Da öffnete sich leise die Tür, Korimsky sah noch heute den halb schüchternen, halb mitleidigen Ausdruck des jungen Mannes, nach dem er wie ein Ertrinkender dann die Hand ausstreckte. Und dieser junge Mann brachte die schreckliche Nacht mit ihm zu. Obwohl Korimsky seinen wohlgemeinten, mit Überzeugung gesprochenen Worten, mit denen er ihm die selige Ewigkeit beschrieb, wenig Gewicht beilegte, tat es ihm doch wohl, der sanften Stimme zuzuhören und hin und wieder in das friedliche Gesicht zu sehen. Ihm verdankte er es, dass er nicht ernstlich erkrankt war, denn als ihm plötzlich übel wurde, brachte Ursiny Medizin und machte ihm bis zum Morgen kalte Umschläge. Dann sorgte er noch, dass die Kinder von dem nächtlichen Erlebnis nichts erfuhren. Alles das tat der fremde junge Mann, als sei es selbstverständlich, dass er sich aufopfere. Seine Religion war wirklich eine Religion der Liebe. Wenn diese Liebe einen Dienst getan hatte, war es, als fragte sie gleich weiter, wo noch jemand sei, dem sie Gutes tun könne. Korimsky hatte sich zuerst gar nicht um die Grundsätze seines Provisors gekümmert. Dass er ein religiöser Mensch war, sah er gleich in den ersten Tagen, da er immer bei Tisch betete. Dann hatte er gebeten, am Sonntag die Apotheke schließen zu dürfen. Die Leute in Podhrad hatten sich so daran gewohnt, dass es jetzt niemandem mehr einfiel, sich darüber zu wundern. Dass Ursiny ein Menschenfreund war, bewies er dadurch, dass er für die Armen die Arzneien unentgeltlich erbat. Das alles hatte Korimsky bemerkt. Jetzt kannte er die Grundsätze seines Provisors schon besser. Obwohl sie mit seiner Gesinnung gar nicht übereinstimmten, konnte er doch nicht umhin, ihn zu achten.

„Der junge Mann lehrt uns alle", dachte er, „wie wir in dieser Welt nützlich leben sollen. Neben ihm erscheint mein bisheriges Leben sehr selbstsüchtig. Was würde er erst alles tun, wenn er meine Mittel hätte?"

Korimsky senkte den Kopf. Da spielte Ursiny plötzlich ein Lied, das auf den in Gedanken versunkenen Sänger und auch den Zuhörer eine wunderbare Wirkung hatte.

„Ich bin durch die Welt gegangen, und die Welt ist schön und groß,
und doch ziehet mein Verlangen mich weit von der Erde los.
Ich habe die Menschen gesehen, und sie suchen spät und früh,
sie schaffen, sie kommen und gehen, und ihr Leben ist Arbeit und Müh'.
Sie suchen, was *sie nicht finden, in Liebe und Ehre und Glück,*

und sie kommen belastet mit Sünden und unbefriedigt zurück.“

Korimsky richtete sich im Lehnstuhl auf. In stummer Verwunderung sah er auf den jungen Mann, dem man es ansehen konnte, dass er das, was er sang, auch wirklich fühlte.

„Es ist eine Ruh' vorhanden für das arme, müde Herz.
Sagt es laut in allen Landen: Hier ist gestillet der Schmerz.
Es ist eine Ruh' gefunden für alle, fern und nah:
in des Gotteslammes Wunden, am Kreuze auf Golgatha.“

Der Sänger verstummte. Ursiny saß mit gesenktem Kopf und geschlossenen Augen. Da ertönte eine besorgte Stimme: „Ursiny, was fehlt Ihnen?“ Ach, hätte Korimsky geahnt, wie sehr er seinen Provisor durch sein plötzliches Erscheinen erschrecken würde, er hätte es nicht getan. Der junge Mann sah ihn ganz erschrocken an. Tränen standen in seinen Augen.

„Was wünschen Sie, Herr Korimsky?“, fragte er mit zitternder Stimme. „Nichts. Ich bin ein wenig zu Ihnen gekommen und hörte Ihren Gesang. Das brachte mich zu der Frage, was Ihnen fehlt. Ich hätte nicht gedacht, dass Sie so etwas singen könnten. Sie sorgen dafür, Herr Ursiny, dass Sie unseren

Schmerz verscheuchen und hegen selbst einen im Herzen?“

„Jetzt nicht mehr, Herr Korimsky.“ Der junge Mann stand auf. „Aber Sie geben zu, dass Sie traurig gewesen sind.“

„Sie haben es gesehen, Herr Korimsky. Aber, bitte, was kann ich für Sie tun?“ Korimsky runzelte die Stirn, es verletzte ihn, dass der Provisor einem vertraulichen Gespräch auswich. „Ich brauche Ihren Dienst jetzt nicht“, antwortete er kalt. Das Gesicht des jungen Mannes wurde blass. Sie schwiegen. Dann sagte Korimsky etwas milder: „Ich habe Ihnen eine Nachricht gebracht.“ Ursiny sah auf. Sein Gesicht strahlte. „Von Nikuschka?“

„Von allen.“ Korimsky war wieder entwaffnet. Gegenüber diesem liebevollen Blick hielt kein Groll stand. „Margita schreibt im Namen der Übrigen und bittet mich, Sie wenigstens für eine Woche zu ihnen hinauszuschicken. Doch ich weiß nicht, ob Sie gehen wollen. Wegen der Apotheke können Sie schon, aber ob es Ihnen sonst recht ist?“

„O Herr Korimsky, wenn Sie erlauben, ich gehe sehr gern!“

„Wenn Sie dann sonst nichts hindert, so bereiten Sie sich noch heute vor, und fahren Sie gleich morgen.“

„Danke, Herr Korimsky! In der heutigen Versammlung kann ich dann auch noch meine Abwesenheit bekannt geben. Was die Apotheke betrifft, so sorge ich immer, dass ich sie zu jeder Stunde verlassen kann. Nur zwei Medikamente muss ich noch anfertigen, erlauben Sie, dass ich gleich gehe?"

„Ich gehe auch mit."

Beide Herren traten aus dem Saal in einen schmalen Gang. „Ich denke eben daran", wandte sich plötzlich Korimsky an seinen Provisor, „dass das Vierteljahr längst vorbei ist. Wann werden Sie sich Ihr Gehalt holen?"

Der junge Mann antwortete nicht. „Wenn Sie mit dem Medikament fertig sind, kommen Sie zu mir."

Der Provisor verneigte sich.

„Er ist sonderbar", dachte Korimsky und sah ihm nach, als er schnell davoneilte. „Meine Worte haben ihm scheinbar weh getan! Aber warum? Umsonst kann er doch bei mir nicht arbeiten. Es ist jetzt wirklich Zeit, dass er unter uns nicht mehr so schäbig einhergeht. Seine Armut fällt auf."

Es war eine Woche später. Wieder war ein wunderschöner Morgen voll Licht und süßen Duftes. Dieser Duft drang durch die weit geöffneten Fenster in das Arbeitszimmer Adam Orlowskys in Horka. Der Raum war recht gemütlich. Es standen hier jetzt zwei Schreibtische und ein Pult. Heute wurde Professor Geringer erwartet. Auf Horka wollten er und Adam die Arbeit beenden. Wie froh war Margita, dass Adam endlich heimkam! Denn bisher war er immer nur zum Besuch von Podolin nach Hause gekommen. „Du kannst es dir gar nicht vorstellen“, sagte er am Samstag zu ihr, „welche Anstrengung es mich kostet, meine Gedanken auf die Arbeit zu konzentrieren. Immer fliegen sie nach Horka. Und wenn ich mich vor dem Professor nicht schämen würde, möchte ich oft alles hinwerfen und zu dir eilen.“

„Könntet ihr nicht in Horka weiterschreiben?“, schlug sie vor. „Ihr habt schon lange genug die Gastfreundschaft des Herrn Marquis in Anspruch genommen. Ich möchte so gern deinen Freund bei uns sehen.“ Dankbar nahm Adam das Angebot an, und so wurde der Umzug für die nächste Woche festgesetzt. Nun war die Zeit gekommen. Darum war auch Margita heute so früh aufgestanden, um noch alles zu ordnen. Jetzt war sie gerade fertig. Als sie am Fenster stehen blieb, schaute sie hinaus in den Park. Dort, wo sich die Allee teilte, konnte man Nikuschkas Hof sehen. Was machten die Brüder wohl dort? Waren sie schon auf? Die Brüder! Welch schönes Wort! Der gute Vater hatte ihre Bitte erfüllt und ihnen Ursiny geschickt, nicht für eine Woche, wie sie dachten, sondern gleich für zwei. Von dieser Zeit waren zwar nur noch einige Tage übrig. Auch sie werden vergehen, und Miroslav wird abreisen. Doch der Segen, den er allen gebracht hatte, besonders Tamar, würde bleiben.

„Die arme, teure Tamar!“ Margitas Stirn bedeckte ein Schatten. „Ich brauche nichts um Jesu willen zu verlieren. Der Großvater sucht selber den Weg des

Heils, und Adam liebt mich. Er erlaubt mir, dass ich ihm vom Herrn Jesus erzähle, soviel ich will. Es ist zwar wahr, er glaubt noch nicht und hört mir zu wie einem Kinde, um ihm die Freude nicht zu verderben, aber er widersetzt sich nicht. Und Tamar hat niemanden, nur den Vater, und auch den hat sie verloren. Wenn auch Orano seinem einzigen Kind noch dieselbe Fürsorge widmete und sie mit allem, was man durch Reichtum erkaufen kann, überschüttete, so war doch zwischen ihm und seiner Tochter ein Riss entstanden. Sie durfte den Namen des Herrn Jesus vor ihm nicht aussprechen. Wenn sie es tat, verließ er sofort das Zimmer. Tamar fiel es schwer, vor dem Vater von dem schweigen zu müssen, wovon ihr Herz voll war. Denn sie hatte den Herrn Jesus von ganzem Herzen lieb gewonnen. „Sie kommt besser vorwärts als ich“, dachte Margita, „obgleich sie den Herrn später erkannt hat. Vielleicht ist es darum, weil sie nur ihn hat. Mir gab der Herr außer sich selbst noch so viele auf Erden. *„Die Ersten werden die Letzten und die Letzten die Ersten sein.* Ach, das darf ich nicht denken“, sie erschrak, „ich will nicht die Letzte sein, nein! Aber mich beschäftigt Adam viel, sehr viel. Ist es Sünde, dass ich ihn liebe? Er ist ja mein Mann und liebt mich. Es ist eine Wonne, so geliebt zu werden! Mein Herz sehnte sich von Kindheit an nach Liebe, und es gab keine für die arme Margita. Dafür genieße ich sie jetzt im vollen Maße. Ach, es ist ein unbeschreibliches Glück, zu wissen, dass sich jemand nach einem sehnt, dass man für ihn alles auf Erden ist, dass ihm jeder Atemzug teuer ist, ja, auch der Ton der Stimme."

Wie freute sich Adam immer, wenn sie ihm morgens entgegen kam, und wie war ihr dann in seinen Armen so unaussprechlich wohl. Jemanden so beglücken zu können, das heißt glücklich sein. Die junge Frau stand in dem Zauberkreis jenes Glückes, aber zufrieden mit sich selbst war sie nicht. Es fiel ihr ein, dass Tamar gestern mit dem Großvater über ihr großes Glück, das sie im Herrn gefunden hatte, sprach und ihn fragte, ob er diese Seligkeit auch schon gekostet habe. Sie brachte ihn in Verlegenheit, aber der Großvater bekannte die Wahrheit. Da bemitleidete sie ihn herzlich und bat ihn innig, nicht zu zögern und zu warten. Der Großvater hatte Tränen in den Augen. Auch Professor Geringer und Herrn Villier, auch die Familie Zarkany ließ sie nicht ohne Zeugnis. „Sie ist ganz ohne Licht hierher gekommen, wie verbreitet sie jetzt das Licht!", dachte Margita. „Und ich tue es nicht, doch ich werde es auch tun, wenn nur erst die Angelegenheit mit meinem Übertritt geordnet ist." Sie dachte daran, wie sie mit Adam nach Podhrad gefahren war. Sie war mit zwei Zeugen ins Pfarrhaus gegangen und hatte ihren Austritt gemeldet. Dort hatte sie ein Zeugnis der Wahrheit ablegen können. Glücklich kehrte sie zu ihrem Vater zurück, der nicht wenig erstaunt war über ihren Schritt und Adams Einwilligung. Es beglückte sie, dass sie den schönen Saal sehen und auf dem Harmonium spielen konnte.

„Wenn wir erst wieder in Orlow sind, werde ich zu jeder Versammlung spielen kommen", versprach sie.

Sie verdarben ihr die Freude nicht durch einen Widerspruch. Adam bemerkte etwas ausgelassen: „Wenn du hier spielen wirst, werden wir beide auch noch fromm werden und mit dir kommen, nicht wahr, Onkel?"

„Adam, du wirst doch wenigstens einmal mitkommen?", bat sie. „Selbstverständlich", versprach er. „Ich muss doch sehen und hören, weswegen du unserer Kirche den Abschied gegeben und den gutmütigen Herrn Dechanten so erzürnt hast."

Der Vater riet Margita, da sie gerade in Horka war, sich auf der Pfarrei in Borovce anzumelden, damit sie nicht nach Rakovian gehen müsse. Als sie abends heimkehrten und sie am nächsten Morgen Adam bis zum Kreuz begleitet hatte, ging sie ins Dorf hinab und ließ sich den Weg ins Pfarrhaus zeigen. Der Pfarrer sah nicht mehr so leidend aus wie das erste Mal. Er hatte eine schöne Bibliothek, das berührte sie angenehm. Seine Frau war eine stattliche Erscheinung mit lebhaften Augen. Sie sprach sehr gut deutsch. Margita erfuhr, dass sie in einem evangelischen Institut in Deutschland erzogen worden war. Als beide den Zweck des Besuches der jungen Frau erfuhren, tauschten sie einen verwunderten Blick aus. „Und was führt Sie zu diesem Schritt?“, forschte der Pfarrer. „Meine Überzeugung, Herr Pfarrer. Ich habe die Wahrheit des Wortes Gottes und die Irrtümer der römischen Kirche erkannt und kann ihr nicht angehören.“

Nun gab ihr der Pfarrer sehr freundlich allerlei Ratschläge. Wie ganz anders sprachen sie jetzt mit ihr, wie fromm! „Wenn ich den Herrn Jesus aber noch nicht gekannt hätte, die Pfarrersleute hätten ihn wohl nicht erwähnt“, musste Margita denken. Sie sprachen von den Irrtümern der katholischen Kirche und der evangelischen Lehre. Der Pfarrer führte eine Menge Zitate an, aber er sprach mit keinem einzigen Wort von dem Herrn Jesus. „Sie kennen sicher den Heiland nicht“, dachte Margita auch jetzt wieder. „Bald werde ich zu ihnen gehören, aber wird dies meiner Seele irgendwelchen Gewinn bringen? Der Pfarrer im Nachbarort predigt jeden Sonntag gegen die ‚Schwärmer‘ und meint damit Stefan Hradsky und die anderen, die sich um ihn versammeln. Verfolgt etwa die evangelische Kirche auch alles, was aus Gott ist, wie Rom es tut? Wo ist dann der Unterschied? Die Lehre ist wohl gut, aber die Werke sind nicht danach.“

Als Margita das erste Mal von Stefans Großmutter hörte, wie sehr der Pfarrer ihnen zürne, konnte sie es nicht glauben, sie fragte Peter danach, der es ihr aber auch bestätigte. All das bedrückte Margita sehr. Sie legte sich auf das Sofa und wollte lieber an die schönen Tage denken, die leider hinter ihnen lagen.

Als Miroslav angekommen war, versammelten sich alle abends im Freien: Nikolaj, Herr Nikolaus, Margita und später Stefan, Peter und der alte Hradsky. Sie sprachen von den ewigen Wahrheiten Gottes.

„Nein, ich habe diesen Provisor zu gern", hatte der Großvater gestern gesagt. Immer wieder rief er ihn zu sich.

Wovon sie wohl sprachen, wenn sie allein waren? Margita hätte es gern gewusst. Der Großvater fehlte kein einziges Mal. „Wird Ursiny heute Stunde halten?", fragte er jeden Tag. Ob es nun die deutsche Stunde am Nachmittag war, an der Tamar und ihre Gesellschafterinnen, Herr Villier und Ilka Zarkany teilnahmen, oder die Abendstunde, zu der die Freunde aus dem Dubravatal kamen, das war ihm gleichgültig, er musste dabei sein. Und obwohl der junge Provisor überhaupt achtsame Zuhörer hatte, aufmerksamer hörte ihm wohl keiner zu als der alte Herr. Die Freunde aus dem Dubravatal kamen nicht allein. Sie brachten immer größere Scharen neuer Zuhörer mit. Außerdem hatte sich der junge Doktor in den zwei Wochen schon viele dankbare Freunde erworben, die er umsonst behandelte und die nun seiner Einladung Folge leisteten. Oft saß eine große Schar im Freien. Wie viele waren es erst am Sonntagnachmittag! Alle saßen im Halbkreis um Nikolajs Lehnstuhl. Auch Tamar war da und saß neben Nikuschka. Sie verstand zwar nichts, aber sie und ihre Begleiterinnen freuten sich, dass so viele die feinen Worte hören durften. Neben Margita saß Adam. Zu Anfang hielt er die Augen zu Boden gesenkt, dann hob er sie langsam und blickte etwas mitleidig auf Ursiny, der soeben den Reichtum schilderte, der in dem Wort „Gotteskindschaft“ verborgen liegt. Der Provisor stand so schlicht gekleidet in der Menge, dass die jungen Burschen in ihrer schmucken Sonntagstracht ihn an Ansehen weit übertrafen. Adam sah ihn an, als wollte er sagen: „Was kannst du von Reichtum reden, du armer Schlucker!“ Aber dann verschwand das Lächeln. Ursiny beschrieb so lebendig den Auszug Israels aus Ägypten, aus dem Lande der Knechtschaft in das Land Kanaan, durch das Rote Meer und durch die Wüste.

Dann verglich er Ägypten mit der Welt und all ihren Freuden, die Kinder Israel mit dem Volke Gottes, das durch Not und Qual zur ewigen Heimat zieht. Danach beschrieb er die neue Erde, diese herrliche Heimat, so fesselnd, dass keiner seiner Zuhörer sich zu rühren wagte aus Furcht, ihn zu stören. Auch Adam fühlte sich angezogen. „Wenn eure Pfarrer so predigen würden, Margita“, flüsterte er ihr zu, „dann lohnte es sich, sie anzuhören. Ich bin neugierig, was euer Stefan, den ihr alle rühmt, uns zu sagen hat.“

Er schwieg und hörte aufmerksam zu, als der Gesang zu Ende war und Stefan den Text las.

„Ich bin traurig“, begann der junge Mann in seiner ernsten, liebevollen Art, „wenn ich daran denke, dass ihr nicht alle, die ihr die Beschreibung dieser schönen Stadt jetzt gehört habt, einst auch darinnen sein werdet. Ja, von manchem unter euch wird es heißen: ‚*Draußen aber* ...‘ Der Herr spricht hier im Text davon, dass sie nicht ins gelobte Land haben kommen können um ihres Unglaubens willen, und dass Gott über sie entrüstet war vierzig Jahre lang. Wie viele Jahre ist Gott schon über dich entrüstet, mein armer Bruder, der du um deines Unglaubens willen nicht in jene Stadt eingehen kannst? Manche unter euch sind noch in der Wüste. Es geht euch schlecht in der Welt. Krankheit, Armut oder große Verluste drücken euch zu Boden. Ihr müsst in dieser Wüste umkommen, denn ihr wollt Gott nicht gehorchen.

Aber ich denke, es sind auch solche hier, die jenen Israeliten gleichen. Als sie auf ihrer Wanderung nach Elim kamen, dachten sie: ‚O, hier ist der Himmel!‘

Auch ich kenne eine solche Zeit, da es dem Menschen scheint, als hätte sich der Himmel zu ihm herabgesenkt. Da möchte er sich in diesem Elim für immer festsetzen. Täusche dich nicht, mein Freund! Elim war nicht Kanaan. Elim ist nicht der Himmel, auch dein Glück ist es nicht. Du musst heraus, zurück in die Wüste. Und wenn du dein ganzes Leben hindurch in Elim bleiben könntest, glaubtest aber nicht an Jesus, so würdest du nimmer die Pforten des neuen Jerusalems erblicken.

In Elim waren nur siebzig Palmbäume und zwölf Wasserbrunnen, aber droben ist ein mächtiger Strom und viele Palmen. Was hilft es euch, dass ihr hier zusammengekommen seid und das alles gehört habt, wenn ihr nicht alle umkehrt? Einst werdet ihr euch an diesen Nachmittag erinnern, und es wird euch ewig leid sein.

‚*Führe uns, wir wollen hinaufziehen*', sprach das Volk Israel zu Mose, aber Mose konnte sie nicht hinaufführen, denn es war zu spät. Der Herr hatte schon gesagt: ‚*Sie werden nicht in das Land kommen.*' Und sie kamen nicht hinein, sie mussten in der Wüste sterben. Auch wir werden in dieser Wüste sterben, wenn wir nicht dem Heiland gehorchen, der uns zuruft: ‚*Folget mir nach!*' Bedenke dies, liebe Seele, die du noch nicht gläubig bist, und denke daran, dass Gott sich nicht spotten lässt."

Das war ungefähr der Inhalt von Stefans Ansprache. Diesmal machte Adam keine Bemerkung. Beide von Aurel stenografierten und übersetzten Reden wurden dann auch denen mitgeteilt, die sie nicht verstanden hatten, so dass auch sie nicht ungesegnet blieben und die Worte hören konnten, die alle Herzen so mächtig gefesselt hatten. Jener schöne Sonntagnachmittag! Nur schade, dass Miroslav am nächsten Sonntag nicht mehr hier sein würde. „Sie können es sich gar nicht vorstellen", hatte Aurel gesagt, „wie viel er uns in vertraulichen Gesprächen bietet, wie er uns lehrt, auf Erden ein nutzbringendes Leben zu führen. Ich habe mir schon ein ganzes Programm für den Herbst und den Winter zusammengestellt, an dessen Ausführung Sie sich auch beteiligen können. Wir wollen auch Tamar zur Mitarbeit heranziehen. Ursiny redet zwar mitunter so, als ob er im Sinn hätte, uns zu verlassen. Ich wundere mich nicht darüber, denn er kann doch nicht dauernd den Posten eines Provisors bekleiden, auch weiß er nicht, welch eine Überraschung Ihr Vater ihm bereiten will."

„Wann wird es ihm der Vater mitteilen?", dachte Margita. „Was er wohl sagen wird?"

In diesen Grübeleien übermannte sie der Schlaf. Sie träumte, dass sie zum neuen Jerusalem pilgerte. Voll freudiger Sehnsucht blickte sie zu den Höhen der goldenen Stadt empor, die vor ihr lag. Sie sah sich um, ob auch die anderen diese Herrlichkeit erblickten, und sah, dass weder ihr Vater noch Adam da waren. Sie erschrak.

„Siehst du, Margita" sprach eine Stimme, „sie sind in der Wüste gestorben. Ihnen half es nichts, dass sie alles von Ursiny hörten. Sie glaubten nicht und gingen verloren."

„„Unmöglich!", schrie Margita auf. Sie erwachte und richtete sich auf, die Hände gefaltet, die Augen angstvoll zum Himmel gerichtet. „Es war nur ein

Traum“, murmelte sie, „wir sind noch alle in der Wüste, wir sind in Elim, aber Elim ist nicht der Himmel, ist nicht das ersehnte Kanaan.“ In dieser Stille erkannte sie, dass die beiden Menschen, die ihr die nächsten und teuersten waren, ihr Vater und ihr Mann, noch fern vom Reiche Gottes waren und, wenn sie sich nicht bekehrten, in der Wüste umkommen mussten. Dieser Gedanke bereitete ihr einen beinahe körperlichen Schmerz. Aber sie erkannte auch zugleich die Aufgabe ihres Lebens, nämlich alles daranzusetzen und zu opfern, dass beide gerettet würden. Sie warf sich vor dem Sofa auf die Knie, und das erste heiße Gebet um die Rettung ihrer Lieben stieg aus ihrem Herzen empor. Als sie sich erhob, hatte sie zwar noch Tränen in ihren Augen, aber ihr Gesicht strahlte. Sie wollte das Zimmer verlassen, da wurde die Tür hastig geöffnet und ein jubelndes „Margita!“, tönte ihr entgegen. Im nächsten Augenblick befand sie sich in einer stürmischen Umarmung:

„Du bist schon da, mein Liebes? Aber was fehlt dir? Deine Augen sind ja voll Tränen. Warum hast du geweint?“, forschte ihr Mann.

„Ich habe nicht geweint, Adam“, entgegnete sie und schmiegte sich an ihn, „aber ich habe um dein Glück gebetet, und das hat mich so ergriffen.“

Er errötete vor Freude. „Um mein Glück hast du gebetet, Margita? O, das ist eine ganz überflüssige Bitte. Gott hat kein Glück, das sich nur im entferntesten mit dem vergleichen ließe, was ich in meinen Armen halte. Ich bin vollkommen glücklich." Sie duldete seine Liebkosungen, aber in ihrem Herzen tönte es nicht mehr, wie schön es sei, so geliebt zu werden. „Adam, dein Glück ist nicht vollkommen, weil es keinen Bestand hat", entgegnete sie und löste sich aus seiner Umarmung. „Wie meinst du das, Margita?" Eine Falte erschien auf seiner Stirn. „Bist du nicht mein für immer?"

„Ja, Adam, aber nicht für ewig, denn wir sind noch in der Wüste, und Elim ist noch nicht der Himmel."

„Oh", rief er aufatmend in jugendlichem Übermut, „was frage ich nach jenem Himmel? Mir genügt der gegenwärtige. Jener Himmel ist gewiss gut und wünschenswert für einen armen Schlucker wie Ursiny, der, wie es scheint, auf Erden nicht viel Gutes gehabt hat, und für *den* solch eine Hoffnung ein wahrer Schatz sein mag. Er ist auch gut für einen Propheten wie Stefan, aber wir, Margita, werden an dem unsrigen genug haben. Wir wollen ihn uns auf Erden so schön gestalten, dass man uns beneiden wird. Sobald das Buch geschrieben ist, will ich den Großvater bitten, sich uns anzuschließen. Dann wollen wir gemeinsam große Forschungsreisen unternehmen. Dein Geist soll nicht in den Alltäglichkeiten hier verkümmern, ich könnte es auch ohne dich nicht aushalten, und dem Großvater wird eine Veränderung des Klimas und der Lebensverhältnisse gut tun. Ich will dir die Welt in ihrer ganzen Schönheit zeigen und dich in die höchsten Kreise der Gesellschaft einführen. In der Gelehrtenwelt will ich mir einen berühmten Namen erwerben, um ihn dir zu Füßen zu legen. Wer möchte noch nach einem schöneren Himmel trachten? Ist das nicht schon der Himmel auf Erden, Margita?" Aufs Neue schloss er sie in seine Arme und sah ihr tief in die Augen mit einem Blick voll Liebe. „Ist dieser Himmel nicht schön?", fragte er abermals und drückte einen innigen Kuss auf ihre Lippen. Sie fühlte, wie stürmisch sein Herz klopfte. Draußen strahlte die warme Frühlingssonne, die ganze Natur atmete Leben. Es war vielleicht auch ein so köstlicher Morgen, als der Satan den Herrn Jesus auf einen hohen Berg führte und ihm alle Reiche der Welt und ihre Herrlichkeit zeigte: *„Das alles will ich dir geben, so du niederfällst und mich anbetest.* "Der Gedanke, mit Adam zu reisen, die Schönheit der Welt zu sehen, sich zu bilden und dabei Adam vollständig zu genügen, zu jeder Zeit ihren Kopf an Adams Brust lehnen zu dürfen und die Wärme seiner Liebe zu fühlen, das alles war wie die Erfüllung aller Wünsche des jungen Herzens. Einen Augenblick war es Margita, als müsse sie ausrufen: ‚Ja, es ist vollkommenes Glück, es genügt!" Da war es ihr, als riefe ihr eine Stimme zu: „‚Margita, dies ist kein Himmel!" Mit einer raschen Bewegung löste sie sich aus der Umarmung ihres Mannes.

„Nein, Adam“, rief sie, „das ist kein Himmel, der einer unsterblichen Seele genügen könnte.“ Er trat voll zorniger Überraschung zurück. „Dir genügt meine Liebe nicht?“

„Meinem Herzen wohl, aber meiner Seele ebenso wenig wie der deinigen. Das ist kein vollkommenes Glück, das auf sterbliche Menschen gegründet ist. Der Himmel ist der Wohnsitz des Bleibenden, Ewigen, er beginnt und endet am Herzen Jesu.“

„Ich habe dir schon gesagt, Margita, dass mir dieses Leben genügt, dass ich Seligkeit genug habe“, stieß er trotzig hervor. Sie lehnte den Kopf an seine Schulter, dann sah sie ihn fest an.

„Und du fragst gar nicht danach, wo dieser Himmel für mich wäre, wenn du mir entrissen würdest? Du fragst nicht danach“, fuhr sie mit weicher, zu Herzen gehender Stimme fort, „wo der Himmel für dich sein würde, wenn ich plötzlich stürbe?“

„Margita!“, fuhr er entsetzt zurück, „was sprichst du da! Du solltest mir genommen werden? Ja, mit dir wäre freilich mein Himmel begraben, aber wie kannst du nur an so etwas denken? Wir sind beide jung. Der Tod darf es nicht wagen, dich aus meinen Armen reißen zu wollen!“

„Ach, Adam, du hast diese Macht nicht, und darum bitte ich dich, lass uns in diesem Elim an die verheißene Herrlichkeit denken, wo die Liebe ewig währt, wo uns kein Tod mehr scheiden kann, wo vollkommene, ungetrübte Seligkeit ohne Ende sein wird. Aber nun komm, Adam, sieh, wie nett ich euch alles vorbereitet habe, ich denke, auch der Professor wird sich bei uns wohlfühlen."

Margita fühlte, dass sie dem Gespräch eine andere Richtung geben musste. Adam atmete auf, freundlich ging er auf ihr Verlangen ein. Er dankte ihr für jede Kleinigkeit.

„Ich will jetzt das Frühstück bestellen. Komm bitte in den Garten! Ich will dich dann nach Podolin begleiten, um den Professor abzuholen."

Er blickte ihr nach, als sie davoneilte. In der Tür sandte sie ihm noch einen liebevollen Blick zu. Dann schlug er sich beinahe erschrocken mit der Hand vor die Stirn. „Wo wäre der Himmel, wenn ich plötzlich ..." Er wollte nicht weiterdenken. Aber er wusste, es gab keinen Himmel auf der ganzen weiten, kalten Welt. Und er wusste auch in diesem Augenblick, dass ein Glück, das Flügel hat, kein vollkommenes Glück sein konnte.

Unterdessen ging Aurel Lermontoff am Waldrand auf und ab. Er war früh aufgestanden, denn er wollte mit seinen Gedanken allein sein. Es hatte sich gestern zwischen ihm und dem Marquis etwas zugetragen, was ihn sogar im Traum noch beunruhigt hatte. Er trug dies jetzt im Gebet dem Herrn vor. Wie er so dahinschritt, fiel ihm plötzlich ein kleiner schwarzer Gegenstand in die Augen. Er bückte sich danach, es war ein Notizbuch. „Wem mag das gehören?", dachte er verwundert. Es war nicht neu, sondern ziemlich abgenützt, in Leder gebunden. Er blickte hinein und sah, dass etwa zwanzig Seiten mit Miroslavs Handschrift gefüllt waren. Es waren Gedichte und Lieder und einige Schriftauslegungen. Dazwischen stand immer das Datum des Sonntags und offenbar die Ereignisse der ganzen Woche verzeichnet. Sein Zartgefühl erlaubte dem jungen Doktor nicht, zu lesen, obwohl es ihn mächtig dazu trieb. Doch er las einige der herrlichen Lieder, unter anderem auch jenes Lied, das der erste Anstoß zu seiner Bekehrung geworden war. Wie er herumblätterte, fiel ihm das Datum des letzten Sonntags in die Augen. „Miroslav hat ja sicherlich keine Geheimnisse hineingeschrieben," dachte Aurel, „und wird nicht zürnen, wenn ich ihm sage, dass ich es gelesen habe." Aber Schamröte bedeckte seine Wangen, als sein Blick auf folgende Worte fiel: „Mein teurer Aurel beweist es, dass er überwunden hat.

Er wächst im geistlichen Leben und hat schon begriffen, dass es die Aufgabe des Arztes ist, nicht nur den Leib, sondern auch die Seele zu heilen. Dort, wo der Seelsorger keinen Zutritt hat, findet ihn der Arzt noch immer. Herr, ich danke dir, dass du ihn zum Ziele führst!" Dann folgten Bemerkungen über Nikolaj und Margita. Besonders dies ergriff Aurel tief: „O Nikolaj, mein geliebter Bruder, wenn du nur ahnen könntest, wie sehr dein unglücklicher Miroslav dich liebt und wie schwer ihm der Gedanke an die nahe Trennung fällt! Still, mein Herz, du weißt ja selbst, dass es dir beinahe zuviel werden will! Habe ich denn nicht viel Ursache zu danken? Ich bin ja nur hierher gekommen, weil ich Liebe beweisen wollte, als es sehr Not tat. Ich bin gekommen, weil ich wusste, dass niemand da war, der beten konnte, obwohl sie beinahe in den Wogen der Trübsal versanken, und was hat der Herr getan! Das Licht ist aufgegangen, es leuchtet, und der Quell fließt. Beten können nun beinahe alle. Das mir anvertraute Werk ist vollendet, ich kann weiterziehen. Ja, ich muss es, denn der Herr fordert es."

„Wie klug Korimsky handelt", dachte der junge Doktor, „anstatt Miroslav zu sagen, was er mit ihm vorhat, lässt er sich Zeit. Freilich, wenn er wüsste, dass Miroslav ans Fortgehen denkt, würde er wohl nicht länger warten. Was würde er wohl ohne ihn anfangen? O mein Teurer, du denkst, dein Werk sei vollendet, es ist erst begonnen. Aber was schreibt er hier? Danach wäre er nicht zufällig, wie Korimsky denkt, sondern absichtlich in sein Haus gekommen, um ihm Liebe zu erweisen, wie merkwürdig! Warum kam er gerade, um den Korimskys Liebe zu erweisen? Warum muss er fort? Und was ist ihm zuviel?" Aurel fand keine Antwort. Die Eintragungen behandelten weiterhin ganz andere Dinge. Aber wenn man erst die Neugierde durch ein Pförtchen einlässt und dazu die Möglichkeit hat, sie zu befriedigen, dann fällt es schwer, sie zu besiegen. Aurel entschuldigte sich nicht weiter, dass er las, was ihm nicht erlaubt war. Waren doch die Eintragungen des Freundes so fein und gewährten ihm einen Einblick in dessen Inneres. Aber was war das? „Ich habe heute meine Mittel gezählt“, stand auf der einen Seite, „und habe nur noch wenig, so dass ich schon deshalb fort muss!“ Welche seltsamen Worte! Der junge Doktor stutzte. Miroslav litt bei Korimsky Not! Aber dass auch Korimsky nicht für ihn sorgte und ihm sein Gehalt nicht vorausbezahlte!

Der Doktor blätterte weiter und atmete auf, da stand:

> *„Heute hat mir Herr Korimsky gezahlt. O meine Seele, du bist noch immer nicht demütig genug, da dich das so schmerzt. Doch was soll ich nun mit dem Gelde? Ich könnte es wohl annehmen, denn ‚ein Arbeiter ist seines Lohnes wert‘. Ich habe es ehrlich verdient, aber es ist dennoch von ihm. Ich habe versprochen, und das einem Sterbenden gegebene Versprechen ist heilig, dass ich niemals etwas von ihm annehmen will, und dies muss ich halten.“*

Aurel schloss in höchster Überraschung das Buch. Er wusste nicht, was er denken sollte. Plötzlich sah er, wie ein geheimnisvoller Schleier, den er bisher nie bemerkt hatte, den Freund umgab. Miroslav hatte einst gelobt, niemals etwas von Korimsky anzunehmen. Derjenige, der ihn im Sterben zu diesem Versprechen verpflichtet hatte, hatte jedenfalls Grund gehabt, dem Apotheker als seinem Feinde zu zürnen, und Miroslav war gekommen, um diesem Feinde Liebe zu erweisen. Die Worte „Geh und vergilt mit Liebe“ hatte er selbst zuerst wahr gemacht, bevor er sie Aurel zurief. Das Rascheln des trockenen Laubes und nahende Schritte störten den jungen Arzt in seinen Gedanken. Er blickte auf und fuhr unwillkürlich ein wenig zusammen. Aus dem Dickicht trat Miroslav, den Hut mit frischen Pilzen gefüllt. Sein Gesicht war von der raschen Bewegung gerötet. Seine Augen glänzten. Er hatte den Freund nicht bemerkt, erst jetzt erkannte er ihn. „Aurel, du hier?“, rief er. „Sieh, welchen Vorrat ich für die Küche mitbringe. Nikolaj dürfen wir zwar nichts davon geben, aber für uns wird ein gutes Mittagessen daraus bereitet werden.“ Aurel verbarg hastig das Notizbuch und eilte dem Freund entgegen. „Du bist aber früh aufgestanden, Miroslav.“

„Frühmorgens ist es am schönsten, außerdem habe ich im Freien geschlafen.“

„Im Freien?“, rief Aurel verwundert. „Warum?“

„Ich wollte wieder einmal probieren, was ich in meiner Kindheit gern tat. Die Nacht war so schön.“ Der Provisor legte den Hut beiseite und strich sich das Haar aus der Stirn. „Der Heiland war mir ganz nahe. In seiner Nähe vergaß ich alles, auch dass ich in diesem Elim, wie Stefan sagte, nicht bleiben kann, dass ich wieder hinaus muss in die Wüste. Aber der

Herr Jesus vergisst nie, dass wir in der Wüste sind, am Tage behütet er uns vor der Hitze, des Nachts ist er unsere Leuchte und unser Schutz. Glaube mir, als ich heute in den Bergen ruhte, da war es mir, als fühlte ich, wie er mich deckte, heißt es doch so schön in dem Liede:

‚Sicher in Jesu Armen, sicher an seiner Brust,
ruhend in seiner Liebe, da find' ich Himmelslust.'

Mir fielen heute Nacht die Worte ein: *‚Er wird sitzen und schmelzen und die Kinder Levi reinigen und läutern.'* Da habe ich begriffen, warum seine Kinder still leiden können, obwohl der Herr sie in den Schmelzofen der Trübsal legt. Er sitzt ja bei ihnen, seine durchgrabene Rechte hält ihre Hand. Seine Nähe gibt Kraft zu jedem Opfer."

„Miroslav, ist das Opfer, das Gott von dir fordert, sehr groß?" Der junge Arzt umarmte den Freund, aber beinahe bereute er seine Übereilung. Ursiny erblasste und schloss die Augen. „Es ist nicht groß", sagte er nach einer Weile leise, „denn der Herr trägt es mit mir, aber bitte, reden wir nicht davon!"

„Miroslav, bin ich noch immer nicht deines Vertrauens wert?", fragte Aurel betrübt. „Wann werde ich es endlich so weit gewonnen haben, dass du mir alles sagst, so wie ich dir alles sagte?"

„O Aurel", erwiderte Ursiny leise, „es gibt Schicksale, an die man lieber weder im Leben noch im

Tode rühren soll. Dazu gehört meins. Ich kann dir nur das eine sagen, dass es mein einziges Verlangen ist, alles mit mir ins Grab zu nehmen, was mich im Leben bedrückt, was es mir zu einer Wüste gemacht hat.

Doch hat mir alles auch zum Guten gedient, weil es mein stolzes Ich gekreuzigt und mich in der Demut erhalten hat und erhalten wird bis ans Ende. Mehr frage mich nicht, ich bitte dich!"

Der junge Provisor setzte sich auf einen Baumstumpf und bedeckte sein Gesicht mit beiden Händen. Einen Augenblick sah der Doktor auf ihn, dann kniete er nieder und umarmte den Freund. „Verzeih mir, Miroslav, ich frage ja nichts mehr!"

„Ich habe dir nichts zu verzeihen. Das Vertrauen, womit du mich erfreut hast, fordert Gegenvertrauen. Nur sieh, dir brachte es Gewinn, dass du dich mir anvertrautest, aber wollte ich dir meine Angelegenheiten anvertrauen, so würde es mir nichts helfen und mich höchstens dem Grabe um einen Schritt näher bringen, und dich würde es nur betrüben. Aber um dir dennoch einen Beweis meines Vertrauens zu geben, will ich dir, wenn du willst, erzählen, wie ich zur Bekehrung gekommen bin!"

„Ach, bitte, tue es, es wird mich sehr interessieren!"

„Also gehen wir noch ein Stückchen."

„Du hast so heiße Hände." Der junge Doktor sah den Freund aufmerksam an. „Ich habe ein wenig

Kopfschmerzen, die werden am schnellsten durch die Bewegung in der frischen Luft vergehen, komm! Ich weiß nicht, wo ich eigentlich mit dem Erzählen anfangen soll", sagte der Provisor nach einer Weile stillen Sinnens. „Solange ich denken kann, habe ich mich nach etwas gesehnt, was mein ganzes Herz ausfüllen könnte. Ich lebte bei meinem Großvater. Dieser hatte ein kleines Haus in den Bergen gemietet und lebte von Bienenzucht. Außerdem bewirtschaftete er den kleinen Acker und den Obstgarten, die zu dem Grundstück gehörten. Ich konnte ihm keine Hilfe sein, da ich sehr schwächlich war. Bis zu meinem vierten Lebensjahr konnte ich nicht einmal gehen. Ich erinnere mich an keinen einzigen Tag aus meiner Kindheit, an dem ich ganz ohne Schmerzen gewesen wäre. Mein Großvater hatte mich lieb, davon war ich fest überzeugt, aber er war ein Mann, der ein schweres Unrecht, das ihm widerfahren war, nicht vergeben konnte und darum unglücklich und mit der ganzen Welt zerfallen war. Obwohl er mir nicht viel freundliche Worte gab, pflegte er mich, so gut er konnte. Zum Zeitvertreib lehrte er mich lesen. Als ich noch nicht fünf Jahre alt war, und obwohl seine Mittel kaum ausreichten, kaufte er mir Bücher, um mich zu erfreuen. Am meisten aber interessierte mich die große, alte Bibel, und ich las darin die Geschichten, die mir am besten gefielen.

Wenn ich in den Wald ging, um Pilze, Erdbeeren, Himbeeren oder auch Reisig zu sammeln, das ich auf ein Häufchen zu tragen pflegte und das Großvater dann mit seinem Wägelchen abholte, dann schien es mir immer, als wären die biblischen Gestalten wie Joseph, Mose oder David mit mir.

Ich war körperlich so schwach, aber träumte davon, auch ein David oder Joseph zu werden. Mein Herz verzehrte sich nach Ehre, Ruhm und Auszeichnung. Es war ein sehr hochmütiges Herz! Nachts lag ich oft draußen, denn Großvater hielt mich, um mich abzuhärten, viel an der frischen Luft. Er selbst hatte mir eine Strohmatte geflochten und mit starken Stricken an einem alten Birnbaum befestigt.

Dort schlief ich vom beginnenden Frühling bis zum späten Herbst. Das hat viel mit dazu beigetragen, dass ich kräftiger wurde. Wenn ich so im Freien lag, dachte ich oft an den Herrn Jesus und an seine Leiden. Dabei beschuldigte ich seine Jünger, dass sie ihn nicht besser verteidigt hätten. Wenn ich dort gewesen wäre, überlegte ich mir, und ein Schwert gehabt hätte, hätte ich dem Malchus nicht nur das Ohr, sondern gleich den ganzen Kopf abgeschlagen und dem Judas vor allem. Ich dachte, wenn David mit seinen drei Helden dabei gewesen wäre, die hätten die ganze Schar besiegt und den Herrn befreit.

Als der Großvater sah, was mich interessierte, las er mir oft biblische Geschichten vor. Ihm verdanke ich es auch, dass ich so viele Psalmen und Abschnitte aus Gottes Wort auswendig weiß. Dann besorgte er mir Schulbücher, darunter auch eine gute Kirchengeschichte, und fing an, mich für das Gymnasium vorzubereiten. Das tat er in so vorzüglicher Weise, dass ich, kaum zwölf Jahre alt, nach bestandener Prüfung im Gymnasium in S. aufgenommen wurde. Wie viel der Großvater aber arbeiten und entbehren musste, um mich so erziehen zu können, das weiß der Herr allein. Später wurde es besser, da gab ich schon Nachhilfestunden und konnte mir selbst ein wenig helfen. Die Ferien verbrachte ich immer bei ihm, obwohl mich die Eltern meiner Kameraden oft einluden, den Sommer bei ihnen zu verbringen. Aber mich zog es immer mächtig in meine Heimat und die Berge. Im dritten Jahr, nachdem ich gerade meine Prüfung für die vierte Klasse bestanden hatte, bot mir ein Professor an, mit seinem Sohn in die Tatra zu reisen. Ich schwankte lange, aber endlich siegte doch die Liebe zur Heimat und zum Großvater. Wie gut war es, denn es waren die letzten Ferien daheim. Mit ihnen schloss meine Kindheit. Im August wurde mein Großvater krank, er hatte sich bei einem heftigen Gewitter erkältet, bekam eine Lungenentzündung und starb nach zwei Wochen. Er beschäftigte sich in den letzten Tagen viel mit dem Gedanken, ob er einem *gewissen* Menschen, den er von ganzer Seele hasste, vergeben sollte. Aber seine letzten Worte waren dann: ‚*Und vergib uns unsere Schuld, wie auch wir vergeben unseren Schuldigern,* auch ich, Herr, vergebe ihm.‘ So hoffe ich, dass wir uns dort wiedersehen werden, und das beglückt mich.

Bevor er starb, verriet er mir, aber erst in seinen Fieberfantasien und dann, nachdem er daraus erwacht war, auf mein angstvolles Drängen all das, was bis dahin wie ein geheimnisvoller Schatten zwischen uns gestanden hatte. Nun aber war ich so niedergeschmettert, dass mich der Tod des Großvaters ganz gleichgültig ließ. Ich weiß, dass ich bei seinem Begräbnis keine Träne vergoss, obwohl man mein Alles begrub: meinen Großvater und Ernährer, den einzigen Menschen auf Erden, der mich liebte und mit ihm mein ganzes Glück, alles.

Nach der Beerdigung blieb ich im Häuschen allein. Ich musste es noch mit ansehen, wie sie vom Gericht kamen und die ganze Einrichtung, sogar die Kleidungsstücke und Bücher meines Großvaters verkauften, um die Miete zu bezahlen, den Honig und die Bienen, um die Schulden zu decken, die mein Studium verursacht hatte. Der geringe Mehrbetrag deckte gerade die Kosten, die mit diesem Verkauf verbunden waren.

Gutherzige Leute nahmen mich auf, ließen mich übernachten und rüsteten mich sogar für die Reise zu meinem Stiefvater aus, den ich wenig kannte, zu dem ich mich aber auf Anraten meines Großvaters begeben sollte. Ich kam dort ganz erschöpft und krank an. Mein Stiefvater war arm. Er brachte mich ins Krankenhaus, wo ich zwischen Leben und Tod schwebte und neun Wochen verbrachte. An Weiterstudieren war gar nicht zu denken. Mein Stiefvater gab mich zu dem dortigen Apotheker in die Lehre. Nun begann die harte Schule des Lebens, für die es mir an körperlicher und seelischer Kraft fehlte. Was seit dem Tode meines Großvaters und den letzten Ereignissen noch an Stolz in meinem Herzen zurückgeblieben war, das tötete mein Stiefvater durch sein Verhalten zu mir Tag für Tag. Ich würde darüber schweigen, wenn ich nicht damit bezeugen wollte, wie wunderbar der Herr seine Kinder führt, und wie seine Liebe größer ist als alle menschliche Ungerechtigkeit. Mein Stiefvater war Schreiber. Er hatte ein ganz auskömmliches Gehalt, aber er trank leider seit einigen Jahren. In seinem Haus war oft große Not, manchmal fehlte sogar das tägliche Brot. Ich bekam in der Apotheke nur das Mittagessen. Das musste mir genügen, denn mein Vater gab mir nie ein Frühstück, und mein Abendessen war nur trockenes Brot. Es kostete meinen schwachen Körper nicht wenig Qualen, bis er sich daran gewöhnt hatte, aber endlich schickte er sich darein. Mein Vater kam sehr oft spät abends betrunken heim. War er ganz betrunken, dann konnte ich ihn in Frieden zu Bett bringen, war er jedoch nur halb betrunken, dann schlug er mich für jede Kleinigkeit. Oft, wenn ich ihm die Schuhe auszog, stieß er mich vor die Brust, dass ich hinfiel, oder er schlug mir ins Gesicht, dass ich blutete. Aber das hätte ich noch ertragen, hundertmal größere Qualen bereiteten meiner Seele die Schimpfnamen, die er mir gab und auf die ich nichts antworten durfte. Ich weiß, dass ich zu jener Zeit betete, dass ich sterben dürfte. Doch das war vergeblich. Mit den Jahren wuchs die Roheit des Unglückseligen und mit ihr meine Not.

Ich hatte gar keine Kleider noch Wäsche mehr. Der Apotheker sagte, so abgerissen dürfe ich nicht mehr zu ihm kommen, sonst würde er mich wegschicken. Ich stand damals bald am Ende meiner Lehrzeit. Da reifte in mir der verzweifelte Entschluss, dieser Not ein Ende zu machen. Es war in einer Juninacht.

Der Vater kam wieder betrunken heim. Ich hatte ihm auf dem Tisch ein Messer liegen lassen und ging nicht, ihn zu entkleiden, als er mich rief. Ich wartete, bis er das Messer sehen und auf mich losstürzen würde. Regungslos blieb ich auf meinem Bett liegen. Als er wirklich das Messer ergriff und sich in besinnungsloser Wut über mich warf, blickte ich ihn ganz furchtlos an, ja, ich erwartete voll Befriedigung den Tod, die Befreiung. Freilich wusste ich in meiner Verzweiflung nicht, was ich tat, dass ich dem armen Menschen Gelegenheit bot, ein Mörder zu werden. Und doch war dieser Mann, bevor er ein Trinker wurde, ein edler Mensch gewesen und hatte einst meiner Mutter eine große Wohltat erwiesen, sie treu geliebt und ihren Tod beweint. Plötzlich fühlte ich einen seltsamen Schmerz in der Brust und wusste, dass das, was geschehen sollte, geschehen war. Warmes Blut rieselte über meine Hand herab, dann verlor ich das Bewusstsein. Als ich nach zwei Wochen im Hause des Apothekers erwachte, erfuhr ich, dass der arme Mensch nach seiner Tat davongelaufen war, um Hilfe herbeizuholen.

Die Wunde war tief, nur ein Stückchen weiter, und das Messer hätte das Herz getroffen, und wir beide wären in ewiger Finsternis versunken. Aber Gott, der da reich ist an Erbarmen durch seine große Liebe, hat auch uns, da wir tot waren in Sünden und Übertretungen, lebendig gemacht.

Der Apotheker und seine Familie erwiesen mir damals sehr viel Gutes. Sie hatten durch dieses Unglück erfahren, wie meine Verhältnisse lagen und nahmen mich ganz bei sich auf. Nachdem ich genesen war, wurde ich, obwohl mir noch ein halbes Jahr fehlte, von meinem Lehrherrn freigesprochen und erhielt nun volle Verpflegung und Gehalt.

Mein Vater hatte sich selbst dem Gericht gestellt. Nach meiner Genesung wurde er auf meine Bitte aus der Untersuchungshaft entlassen und verlor so seine Stellung nicht. Für eine Zeit ließ er das Trinken gänzlich. Nicht weit vom Ort floss ein großer Bach. Dort saß ich an einem Sonntagmorgen, noch ganz schwach von der überstandenen Krankheit und dem Blutverlust, und dachte darüber nach, warum ich wohl leben müsse, warum mich Gott am Leben erhalten habe. Ich hatte doch gar nicht die Kraft, solch ein schweres Los zu ertragen. ‚Warum bin ich nicht gestorben?' sagte ich leise vor mich hin. *‚So läge ich nun und wäre still, schliefe und hätte Ruhe. Warum ist das Licht den Mühseligen gegeben und das Leben den betrübten Herzen, die des Todes warten, und er kommt nicht?'* Ich weiß, dass ich diese verzweifelten Fragen Hiobs, in denen alles ausgedrückt war, was mein Herz empfand, halblaut wie im Traum sprach. Plötzlich ruhte eine Hand auf meiner Schulter. Als ich erschrocken aufsah, blickten mich aus einem bärtigen Gesicht zwei gütige Augen an.

‚Bist du denn bereit, vor den heiligen Gott zu treten, da du so lagst, dass der Tod an dir vorbeigegangen, der dir sicherlich sehr nahe war, wie ich an deinem Gesicht sehe? Hast du schon das hochzeitliche Kleid an, das Kleid der Gerechtigkeit Christi? Bist du gewaschen im Blute des Lammes, bist du gesalbt mit dem Freudenöl des Heiligen Geistes? Hast du Christus auf Erden gedient? Hast du schon eine Seele für ihn gewonnen? Nicht wahr, mein lieber Sohn, auf all das musst du antworten, dass du gar nichts von diesen Stücken hast! Nun denn, was willst du? Du bist darüber verzweifelt, dass Gott dich noch nicht verdammt hat. Du bist nicht gewaschen im Blute des Herrn Jesu, und in den Himmel kann niemand ungewaschen eingehen. Wer das hochzeitliche Kleid nicht hat, muss hinaus. Du hast Christus nicht gedient, keine Krone wartet dort auf dich.

Darum hat dich Gott am Leben erhalten, weil er dir das alles noch schenken will. Er hat dich erhalten, weil er dich liebt und dich gebrauchen will.' Ich kannte diese Worte alle. Aber ich kann nicht beschreiben, welche Gefühle sie in mir hervorriefen. Der unbekannte Mann gewann eine solche Macht über mich, dass ich bat, ihm alles erzählen zu dürfen. Er sollte mich nicht richten, sondern mir glauben, dass ich Grund hatte, den Tod herbeizusehnen. Er erlaubte es gern und nahm mich mit in das kleine Haus am Bach, wo er den Sommer verbrachte. Ich sehe ihn noch vor mir, wie er mir Tee kochte und mir mit väterlicher Liebe zwei Tassen des duftenden Getränkes und Butterbrot aufnötigte.

Er erinnerte mich so mächtig an meinen Großvater und die schöne Kinderzeit, dass ich in Tränen ausbrach. Er setzte sich zu mir, zog mich an sich und ließ mich an seinem Herzen weinen. Es waren die ersten Tränen seit jenem letzten Gespräch mit dem Großvater. Ich sagte ihm alles und fühlte, dass er Teilnahme für mich hatte, denn er stellte ab und zu dazwischen Fragen und streichelte mein Haar. Dann fing auch er an zu reden. Was er sagte, kann ich nicht mehr wiedergeben. Ich weiß nur, dass ich dann in Gemeinschaft mit ihm zum ersten Mal im Glauben betete und hernach mit dürstendem Herzen die Botschaft des Heils vernahm, die wie belebender Tau in meine Seele fiel und mein trauriges

Herz erquickte. Er überzeugte mich auch, welch großer Sünder ich war, dass ich meinem Stiefvater das Messer hingelegt hatte und dass ich Vergebung und Rettung suchen müsse. Dann schickte er mich in die Apotheke, damit ich mir die Erlaubnis erbäte, den Tag mit ihm zu verbringen. So geschah es. Das war ein gesegneter Sonntag in meinem Leben, da ich zum neuen, ewigen Leben wiedergeboren wurde, da die Nacht verging und das Licht in die Finsternis leuchtete. Damit habe ich dir, mein lieber Aurel, alles gesagt."

Ursiny seufzte tief auf. Lermontoff hob den Kopf und zeigte dem Freunde sein blasses, verstörtes Gesicht.

„O Miroslav, das ist furchtbar!"

„Furchtbar, Aurel. Aber es ist ja vorbei und wird nie wiederkehren!"

„Erlaube mir noch eine Frage, mein teurer Miroslav", bat der junge Doktor, die Hand des Freundes fest in der seinigen haltend und seine tiefe Bewegung bekämpfend, „wo ist jetzt dein unglücklicher Stiefvater?"

„Dort!" Ursiny wies zum Himmel.

„Dort? Unmöglich!"

„Und doch möglich. Der Heiland hat sich auch über ihn erbarmt. Jahrelang dauerte zwar der Kampf der Liebe mit dem Widerstreben, aber endlich gab es mir der Herr, dass meine Arbeit nicht vergeblich war. Ich, der ihn beinahe ins Verderben gestürzt hätte, durfte ihm in der Stunde der Buße den Weg des Heils zeigen und seine Versöhnung mit Gott sehen. Dies geschah im letzten Herbst."

„Sprich nicht so, Miroslav, beschuldige dich nicht! Wer könnte dir irgendwelche Schuld geben? Die Verzweiflung macht so unzurechnungsfähig wie die Trunksucht."

„Ja, mein Bruder, aber sie ist ebenso Sünde wie die Trunksucht. Man kann weder die Tat eines Betrunkenen noch die eines Verzweifelten rechtfertigen, beide haben Gott beleidigt, und er hat beiden vergeben."

„Ich möchte noch gern wissen, wer der Mann war, den der Herr zu deiner Errettung gebraucht hat?"

„Es war der Prediger der Gemeinschaft N., der in unserem Städtchen zur Erholung weilte. Durch seine Vermittlung kam ich in die große Apotheke in N. und war dort sehr glücklich, zu seinen Füßen sitzen zu dürfen, wie Saulus zu Gamaliels Füßen saß."

„Auch deine materielle Lage wurde nun besser, nicht wahr?"

„O ja, ich hatte ein sehr gutes Gehalt. Es wurde noch beträchtlich erhöht, als ich den Sohn und den Neffen des Apothekers fürs Gymnasium vorbereitete. So konnte ich meinen Stiefvater zu mir nehmen und für ihn sorgen. Er war mit der Zeit fast erblindet und konnte seinen Posten nicht mehr ausfüllen. Man gab ihm wohl eine kleine Pension, aber davon konnte er nicht leben. Daraus kannst du schließen, dass ich gute Einnahmen hatte. Als mein Vater gestorben war, blieb mir nach Abzug der Behandlung und der Begräbniskosten noch eine ersparte Summe, so dass ich, als ich hierher kam, noch beinahe achtzig Gulden hatte."

„Und nun?" Aurel blickte zu Boden. „Auch jetzt habe ich noch allerlei, und das Übrige", sagte Ursiny lächelnd, „ist sehr gut angelegt für künftige Zeiten. Aber es ist schon spät, kehren wir um. Nikolaj könnte uns vermissen."

Sie kehrten um, denn sie waren ziemlich weit vom Hause entfernt.

„Miroslav, sind dir nicht irgendwelche bösen Folgen von jener Wunde und dem Blutverlust zurückgeblieben?", fragte der junge Arzt besorgt. „Jetzt erkläre ich mir erst dein blasses Aussehen, auch deine Kopfschmerzen rühren gewiss davon her."

„Ich leide jetzt nicht mehr so häufig daran wie früher, und blass war ich von Kindheit an. Aber bitte, reden wir nicht weiter davon. Lieber will ich dir sagen, wie mir zumute war, als ich am Montag in die Apotheke zurückkehrte. Das Herz voll Licht, die Brust voll Hoffnung des ewigen Lebens, voll seligen Bewusstseins, dass ich nicht mehr allein sei, sondern einen Vater, einen Bruder im Himmel und hier auf Erden die große Familie der Kinder Gottes habe, dass ich auf Erden nicht mehr überflüssig sei, sondern einen Lebenszweck gefunden habe. Alle meine Verhältnisse blieben so, wie sie waren. Der Herr führte mich nicht aus denselben heraus, konnte mich nicht herausführen. Aber er versüßte mir jede Bitterkeit, stillte jedes Weh. Nachdem meine Seele durch die Strahlen der Liebe Gottes genesen war, erholte sich auch der Leib. Der Herr gab mir für jeden Tag Kraft genug und gibt sie bis heute. Es ist das erste und das letzte Mal, dass ich dies alles jemandem erzählt habe. Aber nun bitte ich dich wirklich, sprechen wir von etwas anderem."

Es dauerte jedoch eine Weile, bis Aurel sich beruhigt hatte. „Ich wollte dir mitteilen, was mir gestern begegnet ist", sagte er schließlich. „Wie du weißt, besuchte ich die Marquise. Sie war nicht daheim, doch sagte man mir, sie würde bald kommen. Ich setzte mich also in ihr Arbeitszimmer und wartete. Um mir die Zeit zu vertreiben, zog ich mein Taschenbuch hervor und machte einige Eintragungen. Beim Öffnen des Büchleins fielen mir wahrscheinlich aus Unachtsamkeit die Fotografien meiner Mutter und meines Vaters heraus, die ich darin aufbewahrte. Inzwischen kam der Marquis. Er begrüßte mich höflich in seiner kühlen Art, die er mir gegenüber jetzt angenommen hat. Wir sprachen von der Marquise. Ich sagte, dass man nichts mehr zu befürchten habe, wenn Tamar noch ein Jahr hier in dem milden Klima bliebe. Da bückte sich der Marquis und hob meine Bilder auf. Du hättest nur den Ausdruck seines Gesichtes sehen sollen!

‚Wer ist das?‘ stieß er mühsam hervor.

‚Meine Eltern‘, entgegnete ich ruhig.

‚Ihr rechter Vater?‘

‚Nein, mein Adoptivvater.‘ Er setzte sich in einen Lehnstuhl und blickte eine Weile auf die Bilder. Plötzlich reichte er sie mir. Als ich danach griff, hielt er meine Hand fest und zog mich zu sich. Ich befand mich plötzlich in seiner festen Umarmung. Ich wollte etwas ausrufen, da stieß er mich beinahe rau von sich und sagte kurz und abgerissen: ‚Da Tamar sich soweit erholt hat, brauchen Sie nicht mehr täglich zu kommen, zwei- bis dreimal in der Woche, das wird vollkommen genügen.‘ Dann ging er hinaus, und es schien mir, als fliehe er vor mir oder vor sich selbst. Was denkst du, Miroslav, was soll ich tun? Tamar hat uns für heute alle eingeladen. Nikuschka wird zum ersten Male hingehen. Ich könnte ihn zwar mit dir gehen lassen, aber das wäre doch auffallend. Und andererseits, wenn der Marquis so wunderlich ist, als wäre er nicht recht bei Verstand, was soll ich dann Tamar sagen?“

„Nichts, Aurel, der Marquis hat sich seine Worte gewiss schon überlegt. Wenn er dir auch kalt begegnete, Tamar ist es wert, dass du ihr zuliebe eine kleine Demütigung erträgst.

Glaube mir, derjenige, der vergibt, ist immer besser daran, als der, der sich vergeben lassen muss. Was erwartest du von einem armen Ungläubigen, der sich gegen den Herrn Jesus auflehnt?“

„Du hast Recht, habe Dank für deinen Rat. Wenn mich der Marquis beleidigt, so will ich es um des Herrn und um Tamars willen ertragen."

„Was willst du um Tamars willen ertragen?"

„Nikuschka, du bist hier?"

„Ich bin euch suchen gegangen, meine Brüder." Gemeinsam kehrten sie unter lebhaften Gesprächen nach Hause zurück, wo das Frühstück auf sie wartete.

* * *

Auf Podolin ging es ungewöhnlich lebhaft zu. Sollten doch, wie es verabredet war, den ganzen Tag über liebe Gäste da sein. Aus Horka kamen Herr Nikolaus, Margita und Adam, und Tamars Wagen brachte die drei jungen Männer aus Borovskyhof. Am Nachmittag wollten sie einen Spaziergang in die nahen Berge auf einen malerisch gelegenen Felsen unternehmen, von wo aus man, wie Ilka Zarkany behauptete, Orlow sehen konnte.

Das Mittagessen war beendet. Im Bibliothekszimmer saßen Her Nikolaus, der Marquis, Adam und Direktor Zarkany beim Schachspiel. Professor Geringer sah ihnen zu. Margita machte, von Asja und Herrn Villier begleitet, einen Besuch bei Zarkanys. Aurel Lermontoff war ins Dorf zu einem Kranken gegangen, und Tamar hatte Orfa die kostbare Gelegenheit geboten, ungestört mit Herrn

Ursiny zu sprechen; sie selbst ging an Nikolaj Korimskys Seite im Park auf und ab. Das junge Mädchen war unbeschreiblich glücklich, dass ihr bisher kranker Freund endlich bei ihr zu Gast war und sie an seiner Seite schreiten durfte. Sie konnte ihm nicht genug zuhören, nicht die Augen von ihm wenden. Es freute sie, dass sie inmitten dieser Pracht dahinwandeln durften. Die Linden- und Akazienbäume blühten und dufteten um sie her. Der Herr Jesus hatte ihre Gebete wunderbar erhört. Aurel hatte heute gesagt, er glaube fest, dass Nikolaj gesund sei, er müsse nur noch kräftiger werden, aber es sei nichts mehr zu befürchten. Wie gut war der Herr Jesus! Und ihr Vater? Ach, ihr Vater wollte an diesen Jesus nicht glauben! Tamar erinnerte sich plötzlich an den heutigen Morgen. Gerade als sie vom Gebet aufstand, sah sie, dass ihr Vater eingetreten war. Als er bemerkte, was sie tat, wollte er das Zimmer wieder verlassen. Aber da sie ihm entgegenlief, blieb er dennoch. Sie setzten sich auf das Sofa und machten Pläne für den heutigen Tag und den Ausflug. Er versprach, nachzusehen, ob der Felsen auch mit dem Wagen zu erreichen wäre, da Nikolaj Korimsky sonst nicht gut an dem Ausflug teilnehmen konnte. Sie sprachen soviel miteinander wie seit Wochen nicht.

„O Vater“, vergaß sich Tamar, „wie mächtig ist der Herr Jesus! Er hat mir mein Augenlicht so weit wiedergeschenkt, dass ich an solch einen Spaziergang denken kann!“

In diesem Augenblick ließ sie der Vater aus seinen Armen, jäh erblasst stieß er hervor: „Ich möchte gern wissen, Tamar, wann du aufhören wirst, mich mit diesem Namen zu quälen? Wie oft soll ich dir sagen, dass ich ihn nicht hören will?"

„Ja, Vater", bezeugte sie traurig, „du trägst deinen Widerwillen gegen diesen teuersten Namen sichtbar genug zur Schau, aber glaube mir, ich kann nicht schweigen. Wann würde sich ein reich Beschenkter seines Wohltäters schämen, wann würde ein Geretteter von demjenigen schweigen, der ihn mit dem Opfer seines eigenen Lebens gerettet hat? Wenn ich einen Bruder hätte, würdest du mir verbieten, seinen Namen zu nennen? Oder würdest du mir nicht erlauben, von meinem Bräutigam zu reden? Nun sieh, der Herr Jesus ist mir mehr als ein Wohltäter oder Retter, mehr als ein Bruder oder Bräutigam. Er vereinigt all das in sich, er ist mein Gott, er ist mein Licht, mein Alles. Wovon sollte ich mit dir und allen anderen Menschen sprechen, wenn ich ihn nicht erwähnen darf? Vater, lieber Vater, und du widerstrebst ihm wie einst Saulus auf dem Wege nach Damaskus? Wohin soll das führen?"

Was war denn so Schreckliches an diesen Worten, dass der Vater mit einer Hand sein Ohr zuhielt, mit der anderen ihre flehentlich ausgestreckten Arme zurückstieß und mit einem dumpfen: „Das ist ja zum Wahnsinnigwerden!" das Zimmer verließ? Die schmerzliche Erinnerung an jenen in der ersten Freude vergessenen Auftritt kehrte so lebhaft wieder, dass sie dem Freund, der solch innigen Anteil an ihrem Geschick nahm, davon erzählen musste.

„,Ich weiß, dass der Herr Jesus mich liebt“, sagte sie, und Tränen traten in ihre Augen, „aber es tut mir dennoch so Leid, dass ich das Vertrauen und die Liebe meines Vaters verloren habe, und dass ich nun, da er sich von mir abgewendet hat, niemand mehr auf Erden habe, der mich liebt.“

„Tamar und ich!“, entfuhr es den Lippen des jungen Mannes, beide überraschend. Das junge Mädchen erhob für einen Augenblick die in seliger Verwirrung zu Boden gesenkten Augen. Zwei Augenpaare versenkten sich tief ineinander. Dann breitete Nikolaj voll sehnsüchtiger Bitte die Arme aus, und sie blieben nicht leer. Nun wussten diese beiden jungen Menschen, was sie an jenem Maientage unter dem Kreuz so mächtig zueinander gezogen, dass es die Liebe gewesen, die in ihre Herzen kam, um sie für Zeit und Ewigkeit miteinander zu verbinden, „Nikuschka, du bist wirklich mein?“

„Dein, und du bist mein?!“

„Ja, und wir beide gehören dem Herrn Jesus.“

„Ja, meine süße Braut, und ich weiß und glaube fest, dass ich vollständig genesen werde, da ich dich, meinen kostbaren Schatz, in den Armen halten darf, den mir mein guter, treuer Herr anvertraut hat, damit ich ihn durchs Leben beschütze und behüte.“

Im Schloss hatten die Herren die Partie zu Ende

gespielt. Dem Marquis war es im Laufe des Spiels aufgefallen, dass Herr Nikolaus große Unruhe zeigte und öfters den Kopf in die Hand stützte. Er bot darum seinem Gast an, sich durch ein Nachmittagsschläfchen zu stärken. Herr Nikolaus willigte ein. Aber als sich hinter ihm und dem Marquis die Tür des kleinen Salons geschlossen und der Hausherr ihn zu dem bequemen Sofa geführt hatte, sagte er plötzlich: „Ich will nicht schlafen. Lieber wäre mir ein Weilchen ungestörten Gesprächs mit Ihnen, Herr Marquis, aber als Hausherr sind Sie wohl zu sehr in Anspruch genommen?"

„Durchaus nicht!" Ein Ausdruck der Freude überflog das Gesicht des Marquis. „Die übrigen Gäste gehören mehr oder weniger zu meiner Tochter, und niemand wird uns dieses Plauderstündchen verübeln."

„O bleiben Sie bei mir!", rief der alte Herr und nahm die Hand des Gastgebers, „und erzeigen Sie einem unglücklichen Mann Barmherzigkeit!"

„Herr Orlowsky" ,entgegnete der Marquis erregt und setzte sich zu dem alten Herrn, „was sind das für Worte? Was fehlt Ihnen?"

„Was mir fehlt? Viel, Herr Orano! Wenn Sie wollen, können Sie meine Last erleichtern."

Der alte Mann seufzte tief auf. „Sie kannten einst einen Sohn, der mit Recht seinen Vater anklagte, und nun sitzen Sie an der Seite dieses Vaters, der seine Härte tief bereut und sie dennoch nicht mehr gutmachen kann. Er hat nur den einzigen Wunsch, etwas über das Leben seines teuren, schmerzlich beklagten Kindes zu erfahren, Diese Sehnsucht kann niemand auf Erden stillen als Sie, Herr Marquis! Bitte, erfüllen Sie ihm seine Bitte, und er wird Ihnen dafür ewig dankbar sein!"

Im Zimmer wurde es ganz still. „Was werden Sie davon haben?", fragte der Marquis, und sein Kopf, den er in die Hand gestützt hatte, sank schwer herab. „Was kann es Ihnen für Gewinn bringen, das Schicksal des Sohnes zu erfahren, der seit langen Jahren tot ist? Lassen Sie den Toten im Grabe ruhen. Soviel kann ich Ihnen zur Beruhigung sagen:

Ferdinand hat Sie gesegnet. Sie haben Recht gehabt. Er hat den Schritt, den er getan, sein Leben lang bereut. Für den Sohn des Emigranten gab es kein Glück in dem Volk und Land, das einst seinen Vater aus der Heimat vertrieben hatte."

„O, Marquis Orano, für Sie ist es leichter, dies zu erzählen als für mich, es anzuhören", schluchzte der alte Herr. „„Mein Sohn hat Sie sicher nicht um Schweigen gebeten, da er ja nicht ahnen konnte, dass wir uns je begegnen würden. Und wenn er mir verziehen hat, würde er Ihnen deswegen nicht zürnen. Bitte, sagen Sie mir alles, was Sie wissen."

Der Marquis richtete sich auf, schritt durch den Salon und leerte ein Glas Wasser, das auf einem Tischchen stand. Er kämpfte mit einer heftigen Bewegung. Nach einer Weile kehrte er zurück. Dabei ließ er die Vorhänge herab, so dass die Sonne nicht eindringen konnte, und setzte sich selbst so, dass sein Gesicht im Schatten war.

„So hören Sie denn, Herr Orlowsky“, begann er, und seine Stimme verriet, dass der Sturm, der in ihm tobte, sich noch nicht gelegt hatte. „Sie wissen, dass Ferdinand Orlowsky an der polnisch-russischen Vereinigung arbeitete. Sie wissen auch, dass er, als er zu Ihnen kam, in Russland seine Frau zurückgelassen hatte, die er mehr liebte als sein Leben, der zuliebe er Sie, Ihre väterliche Liebe, seine polnische Gesinnung und seinen Glauben geopfert hatte. Denn er hat Ihnen damals nicht alles gesagt. Ja, er hatte nicht nur eine Protestantin geheiratet, sondern war auch selbst übergetreten, nicht aus Überzeugung, denn das forderte man nicht von ihm. Und diese Frau hat ihn betrogen.“

„Unmöglich, Marquis!“, stöhnte Herr Nikolaus. „War sie ihm untreu?“

„Nicht im landläufigen Sinne des Wortes. Aber bevor er aus Ungarn zurückkehrte, hatte sie sich der Sekte der Stundisten angeschlossen. Von jener Stunde an hing ihr ganzes Herz nur an Jesus. Man hörte den ganzen Tag nichts anderes von ihr als diesen Namen, er war ihr alles. An ihn dachte sie bei Tage, für ihn lebte sie, von ihm träumte sie des Nachts. Kurz, Ferdinand hatte eine Frau, die nicht mehr sein war. Wenn er sie in die Arme schloss, so stand dieser Jesus zwischen ihnen. Im Vergleich dazu war Ferdinand ihr nichts. Für den Heiland wollte sie auch ihre Kinder erziehen, für seinen Dienst. Jener Wahn umnebelte auch Ferdinands Schwager den Verstand. Er träumte nur noch von einem Königreich des Friedens und der Liebe, in dem dieser Gott König sein sollte. Nach einem erbitterten Streit mit Ferdinand ging er überhaupt fort und entsagte der Arbeit im Verein, dessen Seele er gewesen war. Da kam eine Nacht. Ferdinand kehrte aus einer geheimen Versammlung heim. Man hatte dort beschlossen, die Agitation nach Polen zu verlegen. Er fand seine Frau an der Wiege ihres herzigen Kindes, eines Jungen, auf den Knien und hörte, wie sie in lautem Gebet ihren König bat, es zu seinem Untertan, zu seinem Streiter heranzuziehen. ‚Es soll nicht unser sein, sondern dein!' Es war, als ob ein Schwert Ferdinands Herz durchbohrte! Ihm war es ein furchtbarer Gedanke, dass er der Vater eines Sohnes sein sollte, der diesem Wahngebilde geopfert ward. In jenem Augenblick war er entschlossen, nicht länger der Mann seiner Frau und der Vater jenes Kindes zu sein, das sie ihm soeben entrissen hatte. Er schrieb ihr die ganze Wahrheit und verließ sie für immer, aber nicht, ohne zuvor denjenigen heimgezahlt zu haben, die sie verführt und ihm abwendig gemacht hatten. Die Gemeinde der Stundisten wurde auseinandergejagt. Dass auch seine Frau ins Gefängnis kam, wusste Ferdinand nicht, und das war gut, denn er liebte sie trotz allem noch sehr und hätte nicht gezögert, sie zu befreien. Erst nach Jahren erfuhr er davon, als sie bereits mit ihrem Bruder nach Wien übergesiedelt war. Mit sich selbst zerfallen, konnte er in der Vereinigung nicht mehr mit der nötigen Vorsicht arbeiten. Die Sehnsucht nach dem Vater quälte ihn. Hätte er sich nicht geschämt, er wäre zu ihm zurückgekehrt, aber er wagte es nicht, da er wusste, dass er dann nach Wien gefahren wäre, um den geliebten Sohn zu sehen. Seine Frau aber wollte er nicht sehen, denn er hasste und liebte sie, beides zugleich. So fiel er der Polizei in die Hände und wurde nach Sibirien verbannt. Nach einjähriger Untersuchungshaft befand er sich schon auf dem Transport dahin. Aber ohne seinen Willen waren ihm Freunde zur Flucht nach England behilflich. Dort ging es ihm nicht besonders gut. Zeitweise litt er große Not. Aber dann kamen bessere Zeiten, und er konnte daran denken, nach Amerika auszuwandern. Auf dem Wege dahin erfuhr er, dass seine Frau gestorben sei. Seine Lage war fürchterlich. Gern hätte er seinen Sohn zu sich genommen, um ihn nach seinen Grundsätzen zu erziehen. Aber daran war nicht zu denken. Wollte er nicht aufs Neue in die Hände der russischen Polizei fallen, so durfte er kein Lebenszeichen von sich geben. So sah er ein, dass sein Sohn ihm für immer verloren war. In England hatte ihm ein gewisser Leschzinsky auf dem Totenbett seine Papiere geschenkt, und er lebte unter diesem Namen in Amerika. Dort kam er in mein Haus und wurde mein Freund. Etwa ein Jahr verbrachten wir zusammen auf Reisen. Wir hatten ausgemacht, dass wir uns nie wieder trennen wollten. Da bekam ich einen Ruf nach Kairo, wo nicht nur meine Familie, sondern auch meine Braut mich erwartete. Wir machten uns auf den Weg. Auf dem Schiff ereilte uns beide eine gefährliche Krankheit, ich genas, er aber unterlag und liegt in Ägypten begraben. Damit habe ich alles gesagt und habe nichts mehr hinzuzufügen. Sein Wunsch, dass sein Vater ihm vergeben möge, ist erfüllt."

Im Salon herrschte tiefe Stille. Die seltsam klingende Stimme des Marquis war verstummt. Herr Nikolaus, der mit gesenktem Kopf da saß, fand keine Worte. So furchtbar hatte er sich das Schicksal seines Sohnes nicht vorgestellt. Der alte Mann fühlte, dass sein Sohn Gott widerstrebt, Christus gehasst hatte. Vor einigen Wochen hätte er ihm vielleicht noch Recht gegeben, so wie der Marquis. Heute konnte er es nicht mehr. Nein, Ferdinands gläubige Frau hatte nicht anders handeln können. Der arme, unglückliche, verirrte Ferdinand! Wie er über diese Dinge nachdachte, fiel ihm plötzlich ein, dass er vor kurzem etwas ähnlich Trauriges gehört hatte. Ach, Aurel! Herr Nikolaus hob den Kopf und blickte verstört vor sich hin. Aurels Mutter war im Gefängnis gewesen, sie war mit ihrem Bruder von Russland nach Wien übergesiedelt. Sie war Stundistin gewesen und hatte ihren Sohn Christus geweiht und für ihn erziehen wollen. Ihr Mann hatte sie deswegen verlassen. Man hatte nichts mehr von ihm gehört! Herrn Orlowsky stockte der Atem.

„Herr Marquis", sagte er leise, „ und wie hieß die Familie, aus der Ferdinands Frau stammte?" Der Marquis hörte ihn wohl nicht, er musste die Frage wiederholen.

„Lermontoff", kam es endlich über seine Lippen.

„Lermontoff?", wiederholte Herr Nikolaus jubelnd.

„O, Marquis Orano, wie danke ich Ihnen? Sie haben mir nicht nur meine Sehnsucht erfüllt, indem Sie mir das Schicksal meines unglücklichen, verirrten Sohnes mitteilten, sondern Sie haben mich auch auf eine Spur gebracht."

„Auf eine Spur? Wieso?" Der Marquis stand auf.

„In diesem Augenblick habe ich meinen Enkel gefunden, den mein Herz von der ersten Stunde an geliebt hat. Sie sagen, dass der Vater meiner Schwiegertochter Lermontoff hieß. Auch ich habe einen Lermontoff in meinem Hause. Er ist der Sohn einer Stundistin, der Sohn eines Vaters, der sie wegen Christus verlassen hat. O Gott, du treuer, heiliger Gott, wie danke ich dir, dass du mir solche Gnade erweist und mir erlaubst, dass ich, wenngleich mein Sohn elend und unglücklich zugrunde gegangen ist, wenigstens meinen Enkel ans Herz drücken und alle meine Liebe auf ihn übertragen darf."

„Herr Orlowsky, sind Sie sicher, dass Sie sich nicht

täuschen?“ Der Marquis stand finster vor Herrn Nikolaus. Aber plötzlich schienen ihn seine Füße nicht länger zu tragen, er sank in die Knie und stöhnte laut. „Herr Marquis, was ist Ihnen?“ Erschrocken beugte sich der alte Herr zu dem Mann herab.

„Übertragen Sie nicht alle Liebe auf ihn, wohl ist er Ihr Enkel, ich weiß es. Aber lassen Sie einen Platz in Ihrem Herzen auch für den armen Ferdinand, es wird ihn im Grabe noch erfreuen.“

„Ich liebe Ferdinand und werde niemals aufhören, ihn zu lieben“, sagte Herr Nikolaus und streichelte das Haar des Mannes. „Ein Vater bleibt, solange er lebt, der Vater seiner lebenden und toten Kinder. Aber soeben sagten Sie, Sie wissen, dass Aurel mein Enkel ist. Wieso wissen Sie es?“

„Ich sah die Fotografien seiner Mutter und seines Onkels, die gleichen besaß Ferdinand.“ Der Marquis hatte sich erhoben, „Was werden Sie nun tun?“

„Was ich tun werde? Ich werde meinen Enkel um Verzeihung bitten, da ich es bei seinem Vater nicht mehr tun kann. Wenn er es annehmen wird, werde ich ihm den Namen Orlowsky und das ihm zukommende Erbteil zurückgeben, um welches ich seinen Vater gebracht habe. Ich will ihn bitten, bei mir zu bleiben und mich nicht zu verlassen. Ja, ich will dafür sorgen, dass er nicht länger nur unser lieber Freund bleibt, sondern dass alle ihn als Sohn und Bruder des Hauses anerkennen und lieben.

O Marquis, Gott vergelte Ihnen, was Sie an mir

armem Mann getan haben! Und Sie, mein lieber Sohn, als Ferdinands guter Freund, erlauben Sie wohl, dass ich Sie so nenne, richten Sie die Lermontoffs nicht, denn sie konnten nicht anders. Christus ist es wert, dass man sogar für ihn stirbt. Wenn wir beide, mein Sohn und ich, den Heiland gekannt hätten, wir wären nicht so voneinander geschieden. Wenn ich meine Kinder für ihn erzogen hätte, hätten sie alle glücklich werden können. Wir wären nicht in solche Kämpfe und solche Verirrungen hineingeraten. Meine Tochter hätte nicht auf ihrem Sterbebett anklagend ausrufen müssen: ‚Vierzig Jahre habe ich gelebt, zwei Kirchen habe ich angehört, und niemand von euch hat mir die Wahrheit gezeigt!' Danken Sie Gott, Marquis Orano, dass Ihre Tochter diese Wahrheit schon erkannt hat, sie wird glücklich werden. Wie viele Verirrungen, wie viele Kämpfe werden ihr erspart bleiben! Ich weiß, ich fühle es, dass Sie Christus nicht lieben; o, so lassen Sie sich von Ihrer Tamar zu ihm führen, so wie meine sterbende Tochter mich zu ihm führte, als sie mir zeigte, was der Mensch tun muss, um selig zu werden. Verzeihen Sie bitte, dass ich so zu Ihnen rede, und nun lassen Sie mich bitte ein wenig allein, damit ich in der Einsamkeit meinen Ferdinand beweinen kann, an dessen Unglück ich durch meine verfehlte Erziehung selbst schuld bin. Hätte er Christus im Herzen gehabt, nichts hätte ihn von Frau und Kind getrennt." Der Marquis verbeugte sich schweigend und verließ das Zimmer. Hätte Herr Nikolaus den Ausdruck seines Gesichtes gesehen, er hätte sich wohl entsetzt. „Auch er, auch er?“, murmelte er vor sich hin, schleppte sich zum Sofa und sank nieder. „Das geht über meine Kräfte, ich ertrage es nicht! Aber was soll ich tun? Tamar kann ich nicht mitnehmen, und sie allein hier lassen? Aber sie wird ja nicht allein sein. Ich will ein wenig fort, in eine andere Luft.“ Dann verbarg er sein Gesicht in den Kissen und schwieg, nur mitunter verrieten halblaute Seufzer, dass der Sturm in seinem Innern noch nicht vorüber war. Und nebenan weinte ein Vater über das verlorene, zerstörte Leben seines Sohnes und bekannte Gott seine Schuld, dass er seine Kinder ohne Christus hatte aufwachsen und ohne Licht in die Welt hinausziehen lassen. Herr Nikolaus erinnerte sich an die Worte seiner sterbenden Tochter: „Mit leeren Händen bin ich zu Gott gekommen, und er hat mich angenommen.“ Und auch er entschloss sich, zu kommen. Er wusste, dass er kein Lösegeld hatte, um seine verlorene Seele loszukaufen. Er konnte nichts bringen, um Gott wegen seines verfehlten Lebens zu versöhnen. Alle die teuren Gnadenverheißungen, die er in diesen Tagen von Ursiny gehört hatte, standen um ihn her wie eine Mauer und wie Waffen zu seiner Rechten in dem Kampf. Betend fiel er auf die Knie wie Jakob und stand als ein Israel wieder auf. Auch an ihm erfüllte sich das Wort: *„Um den Abend wird es licht sein!“*

Beim Hinausgehen fiel sein Blick im Nebenzimmer auf das Sofa, wo der Marquis lag, den Kopf in den Kissen verborgen. Aber er trat nicht zu ihm, aus Furcht, ihn zu wecken, sondern verließ auf den Zehenspitzen das Zimmer.

„Ist der Herr Doktor schon zurückgekehrt?", fragte er den ersten Diener, der ihm begegnete. „Er ist soeben gekommen und in das Musikzimmer gegangen."

Am offenen Flügel saß, leise ein Lied spielend, Aurel Lermontoff. Der alte Herr lehnte sich an den Türpfosten und betrachtete ihn. „Er ist mein Enkel, und ich habe ihn bis heute für einen lieben, fremden Freund gehalten. Er ist Ferdinands Sohn." Das Licht fiel gerade durch die hohen Fenster und beleuchtete den Kopf des jungen Arztes. Zwar konnte Herr Nikolaus nicht mehr gut sehen, aber dieses Gesicht sah er jetzt deutlich. Es ähnelte wohl dem der Mutter, aber es war Ferdinands Mund. Da begann Aurel, ein Lied zu singen, das Ursiny die Freunde gelehrt hatte:

„Fürchte dich nicht länger, sieh' ich bin mit dir!
Das ist meine Leuchte auf dem Wege hier.
Durch die Wolken funkelt der Verheißung Licht:
‚Siehe, ich bin bei dir, und ich verlasse dich nicht!'
Nein, niemals allein! Nein, niemals allein, so hat der Herr mir verheißen, niemals lasst er mich allein!"

„Ja, Aurel, mein teurer Enkel, du bist nicht allein, du hast nicht nur einen Vater im Himmel, sondern auch hier unten sehnt sich jemand danach, dich voll väterlicher Liebe ans Herz zu drücken."

„Herr Orlowsky!" Erschrocken sprang der junge Doktor auf und entwand sich voll Überraschung der Umarmung. „Was sagen Sie mir da?"

„Die Wahrheit, Aurel. Aber bevor der Vater Ferdinands, der an dem Unglück seines Sohnes selbst schuld ist", sagte der alte Herr mit zitternder Stimme, „bevor er verlangen kann, dass der Sohn Ferdinands an sein Herz eilt, muss er hinzufügen, dass sein sündiger, aber von Gott begnadigter Großvater vor ihm steht. Aurel, mein geliebter Enkel, der Herr Jesus hat mich in Gnaden angenommen, so wie dich, und um seiner Liebe willen bitte ich dich, vergib mir und bekenne dich zu mir!"

Blässe und Röte, Überraschung und Freude wechselten auf dem Gesicht des jungen Mannes. Er konnte nicht daran zweifeln, dass Herr Nikolaus die Wahrheit sprach, heller Glanz lag auf dem Gesicht des alten Herrn. Aber woher wusste er, zu wem er sprach? Wer hatte ans Licht gebracht, was für immer begraben sein sollte?

„Aurel, willst du mich nicht zum Großvater haben? Komme ich wirklich zu spät? Ach, ich habe es verdient und will es demütig tragen." Herr Nikolaus senkte den Kopf. In diesem Augenblick schlangen sich zwei Arme um seinen Hals und ein jubelndes „Großvater, Großvater!", klang wie Musik in seinen Ohren.

Aurel Lermontoff fragte nicht, wer das Geheimnis verraten hatte, dazu war er viel zu glücklich am Herzen seines Großvaters. Wer könnte seine Freude beschreiben! Als sie dann in trauter Umarmung auf dem Sofa saßen, erzählte Herr Nikolaus: „Ihr habt mir den Weg des Heils gezeigt, meine Natalie hat den Grund gelegt, dann kamst du, Nikuschka, Margita, Tamar Orano, Stefan Hradsky."

„Und Miroslav?", fragte Aurel.

„Miroslav? Er ist ein Bote Gottes", entgegnete der alte Herr mit leuchtenden Augen. „Durch ihn hat der Herr uns alle gesucht und errettet, oder nicht?"

‚Ja, Großvater, er ist wirklich ein Bote Gottes", erwiderte der Arzt. Vor seinem Geiste stand wieder das Geschick des geliebten Freundes in seiner ergreifenden Tragik. „Aurel, erlaubst du mir, da du mir vergeben hast und mich liebst, dass ich dich allen als meinen Enkel vorstelle?", fragte dann der alte Herr. „Gewiss, wenn du wirklich willst. Nikuschka kann es nicht mehr schaden, aber ich bitte dich, Großvater, nicht hier in Podolin, sondern lieber bei uns daheim."

Aurel legte den Nachdruck auf die letzten Worte. Herr Nikolaus küsste ihn innig dafür. „Ich bin sehr glücklich, dass du willst, dass dies bei uns geschehe, aber es dauert mir zu lange, den ganzen Nachmittag zu warten."

„So tue es auf neutralem Boden, auf dem Ausflug. Miroslav wird belohnt sein."

„Ursiny?"

„Ja, denn ohne ihn stünden die Sachen nicht so."

Und der junge Doktor teilte in schonenden Worten, die den alten Herrn weder beleidigen noch betrüben durften, das Gespräch auf der Terrasse und seine Folgen mit.

„Und nun bitte ich dich, Großvater, vergib mir das alles!"

„Ich habe dir nichts zu vergeben", entgegnete Herr Nikolaus. „Du warst ganz im Recht, so zu denken. Ich wundere mich nicht darüber. Unser Gott ist gut, dass er dir seinen treuen Boten in den Weg stellte, so dass du uns nicht im Groll verlassen durftest. Denn obwohl ich nichts gutmachen kann, hoffe ich, dass du bei uns glücklich sein wirst, glücklicher als zuvor, da wir nun alle wissen, dass du zu uns gehörst und wir zu dir."

„Ja, Großvater, das ist ein Glück, wie es nur der Herr Jesus schenken kann. Und ich Tor dachte, dass ich auf den Kampfplatz ging, wo ich Sieger bleiben wollte."

„Bist du es etwa nicht? Bist du nicht gekommen, um mit Liebe zu vergelten? Hast du nicht durch deine Vergebung über uns gesiegt?"

„Genug mit diesen Lobreden, Großvater, ich verdiene sie wirklich nicht", wehrte der junge Doktor weiteren Worten. Er lief ans Klavier und begann fröhlich den 103. Psalm zu spielen: „Lobe den Herrn, meine Seele!“ Herr Nikolaus zog sein Neues Testament hervor, und als er den Psalm gefunden hatte, sangen sie ihn beide aus der Tiefe ihrer dankerfüllten Herzen.

Sie wussten nicht, dass der Herr des Hauses bereits eine Weile zwischen den Türvorhängen stand mit einem nicht zu beschreibenden Ausdruck. Er streckte die Hände aus, als wollte er sie bitten, aufzuhören, dann wandte er sich ab und ging fort. Plötzlich fielen mehrere Stimmen nacheinander in den Gesang ein. Beim fünften Vers war Margita mit Fräulein Zarkany und Asja eingetreten. Auf der anderen Seite öffnete sich die Tür, und Orfa zog die Vorhänge zurück, um ihre geliebte Herrin mit Nikolaj Korimsky eintreten zu lassen.

Nach und nach kamen auch die Übrigen. Die Herren waren alle anwesend, außer dem Marquis und Ursiny, der, wie Orfa sagte, ein wenig in den Park gegangen war.

Auf Tamars Bitte wurde der Psalm noch einmal in verschiedenen Sprachen gesungen, und alle, selbst Adam Orlowsky nicht ausgenommen, sangen begeistert mit. Als sie geendet hatten, flüsterte Herr Nikolaus dem Doktor etwas zu, dieser warf einen Blick ringsumher und zuckte dann mit den Achseln. Dann begann der alte Herr mit zitternder Stimme: „Sie alle wissen, dass ich einst an meinem Sohn Ferdinand ein schweres Unrecht begangen und ihn verstoßen habe. Ich tat es, weil ich nicht mit seiner Ehe einverstanden war, die er in Russland geschlossen hatte. Nun, mein Sohn ist tot, und mit Hilfe des Herrn Marquis, der ihn gekannt und in Ägypten begraben hat, habe ich erfahren, dass mein Enkel, sein Sohn, unter dem Namen seiner Mutter in meiner Nähe lebt. Da dieser Enkel mir vergeben und mich als Großvater anerkannt und mir erlaubt hat, dies öffentlich bekannt zu geben, so stelle ich Ihnen denselben hiermit vor." Und Aurel bei der Hand fassend, fuhr er zum Erstaunen aller fort:

„Adam, Margita, Nikuschka, ihr habt mit mir den Psalm gesungen, mit dem ich den Herrn für die Gnade pries, dass er mir meinen Aurel geschenkt hat."

„Aurel, du?" Adam war der erste, der auf seinen Vetter zueilte, dann folgte eins nach dem anderen. Sie alle gaben ihrer freudigen Überraschung Ausdruck, nur Nikolaj blieb wie verzaubert stehen.

„Nikolaj", Tamar nahm seine Hand, „Sie wollen Aurel nicht willkommen heißen?"

„Mein teurer Nikuschka!", rief der junge Doktor und umarmte ihn. „Aurel, warum hast du mir das nicht gesagt?"

„Und wäre deine Liebe zu mir größer gewesen?"

„Das nicht, aber dennoch...."

„Weißt du, mein Lieber, als ich selbst die Sache erfuhr, warst du viel zu schwach, als dass ich sie dir hätte mitteilen können."

„Also das war der Kampf? Jetzt verstehe ich es."

„Dass ich nun zu euch gehöre, ist nicht so wichtig", sagte Aurel mit leuchtenden Augen, „wie das, dass der Großvater nun zu uns gehört. Margita, Nikuschka, Tamar, der Großvater gehört jetzt zu uns, er hat den Herrn Jesus angenommen, und wir gehören nun alle zusammen!" Dann umarmte der junge Mann den Großvater. Nikolaj, Margita und Tamar küssten ihm jubelnd die Hände. Es war ein schöner Augenblick hier unten und sicher auch droben, wo die Engel Gottes sich freuen über jeden Sünder, der Buße tut.

Unterdessen war der junge Provisor tiefer in den Wald hineingegangen. Unterwegs blieb er bei den Arbeitern stehen und sprach mit ihnen. Als der Förster sie dann zu sich rief, suchte er ein schattiges Plätzchen auf. Da stand ein bequemer Korbstuhl wie an anderen Stellen im Park, damit Tamar überall Bequemlichkeit finden konnte. Er setzte sich, zog seine Bibel hervor und las. Er las unter Gebet und mit sichtlicher Freude. Dann lehnte er sich zurück und schloss die Augen. Nach einer Weile war er eingeschlafen, ein glücklicher und friedlicher Ausdruck lag auf seinem Gesicht. Ursiny ahnte nicht, dass er nicht mehr allein war. Vor ihm stand, ihn fast neidvoll betrachtend, der Schlossherr. Welch ein Gegensatz zwischen diesen beiden Männern! Der Marquis war elegant gekleidet, war der Besitzer dieses Schlosses, und man durfte mit Recht annehmen, dass er außerdem noch viel auf Erden besaß.

Der junge Mann trug einen einfachen schwarzen Anzug. Und doch blickte nicht er den Marquis, sondern dieser ihn mit neidischen Augen an.

„Er hat nichts", grübelte Orano, „und ist doch so reich." Aber was war das? Ein seltsamer Zug überflog das Gesicht des Schlafenden. Krampfhaft schlossen sich seine Lippen. Tiefer Schmerz prägte sich auf dem jungen Gesicht aus. Der Marquis beobachtete es mit einer gewissen Genugtuung. „Sie sollen ja immer glücklich sein, seine Nachfolger!" Ein bitteres Lächeln zuckte um die stolzen Lippen. Diesem jungen Mann merkte man es an, dass er nicht für diese Erde, sondern nur für den Himmel lebte. Er zeichnete sich durch alle Eigenschaften aus, die man von einem wahren Christen fordert. Er war sanftmütig und demütig. Er liebte Gott und seine Mitmenschen. Da aber der Schatten von der Stirn des Provisors nicht verschwand, sondern immer tiefer wurde und ein Seufzer den Lippen entschlüpfte, neigte sich der Marquis zu dem Schlafenden und legte seine kalte Hand leicht auf dessen Stirn. „Herr Ursiny!"

Der junge Mann zitterte, öffnete die Augen und atmete auf wie ein Mensch, der plötzlich von einer schweren Last befreit wird. „Sie hatten einen bösen Traum", erklärte der Marquis, als er sah, wie Ursiny sich rasch aufrichtete und sein Gesicht mit der Hand bedeckte.

„Ach ja, einen sehr bösen Traum, ich danke Ihnen

vielmals, dass Sie mich geweckt haben, Herr Marquis!"
„Gern geschehen."
„Sie entschuldigen, bitte."
Der junge Mann lief zum nahen Brunnen, trank aus dem bereitstehenden Glas und kehrte zurück.
Der Marquis saß auf dem Korbstuhl und wies auf den Platz neben sich. „Ich möchte Sie etwas fragen."
Der Provisor setzte sich. „Wie viel Jahre dienen Sie schon Ihrem Herrn, wie Tamar sich ausdrückt?"
Ein Ausdruck der Überraschung überflog Ursinys blasses Gesicht. „Seit meinem achtzehnten Jahr."
„Und wie alt sind Sie jetzt?"
„Siebenundzwanzig Jahre."
„Also länger als neun Jahre dienen Sie ihm, und obwohl dem Herrn Jesus alle Macht gegeben sein soll im Himmel und auf Erden, hat er Ihnen noch keinen besseren Rock gegeben." Die Stimme des Marquis klang hart und scharf. Eine schwache Röte stieg in die Wangen des jungen Mannes, Er blickte etwas verlegen von seinem Anzug auf den des Marquis, dann lächelte er. „Am Rock liegt nicht viel, Herr Orano. Es kommt darauf an, was dieser Rock bedeckt, Glück oder Unglück." Nun verstand der Marquis, er nahm die Hand des Provisors in seine Hände. „Wollen Sie damit sagen, dass Ihre Brust eine Quelle des Glückes birgt, dass Sie immer glücklich sind?"
„Ja, Herr Orano."

„Und jener Schmerz, der vorhin im Traum auf Ihrem Gesicht lag, war das Glück?"

„Schmerz ist noch kein Unglück, Herr Marquis."

„Was? Schmerz, körperlicher oder seelischer Schmerz ist kein Unglück? Was ist er denn?"

„Ein Feuer, das erlischt, wenn es verbrannt hat, was nicht leben konnte und durfte."

„Sagen Sie mir die Wahrheit, aber die volle Wahrheit, Ursiny. Haben Sie oft solche Augenblicke, wo Sie etwas quält, so wie vorhin im Traum?"

„Tag für Tag, Herr Marquis."

„Tag für Tag, und Sie reden von Glück?"

„Ja, denn ich blicke auf das Ende und warte."

„Warten Sie auf Befreiung? Und wenn sie nicht kommt?"

Ursiny lächelte wieder. „Wenn das, was Sie glauben, ein Trugbild ist, wenn dieser Ihr Herr überhaupt nicht existiert und Sie ihm vergeblich gedient haben, was dann?"

„Wenn es keine Ewigkeit gibt", der junge Provisor richtete sich auf, „nun, dann wird, wenn mein Lebensfunke erlischt, für immer Friede sein, und die Enttäuschung wird mich nicht mehr schmerzen, ich habe nichts zu verlieren."

Der Marquis sah ihn verwirrt an.

„ Sehen Sie", fuhr er nach einer Weile fort „ ich diene diesem Herrn Himmels und der Erde nicht. Und wenn es wahr ist, dass er alles hat und alles verteilt, wie kommt es dann, dass er mir Podolin und all das Übrige gegeben hat, dass ich mich mit diesem Ring schmücken kann, der einen Wert hat, dass Sie selbst mit einer größeren Familie bequem etliche Jahre von dieser Summe leben könnten, während er Ihnen nichts, kaum das Allernotwendigste gegeben hat? Wenn Sie bei mir irgendeinen Dienst angenommen hätten, ich würde Sie anders bezahlen, anders für Ihre Zukunft sorgen. Sie dürfen nicht denken, dass ich mich über Sie erhebe und dass ich Sie verachten oder erniedrigen wollte. Nein, ich fühle Achtung vor Ihnen. Ich sage das nur, weil ich schon so oft die Macht, den Reichtum, die Liebe und Fürsorge Ihres Herrn rühmen hörte. Wo bleibt da seine Gerechtigkeit?"

Ursiny hob den Kopf. „Nehmen wir ein Beispiel, Herr Marquis. Angenommen, Ihnen käme eine großmütige Regung. Sie zögen diesen Ring vom Finger und schenkten ihn mir. Aber neben mir stände ein anderer Mensch, Ihnen geradeso fremd und so unwürdig wie ich, der ich diese Gabe ebenso wenig verdient hätte wie er, wo wäre da eine Gerechtigkeit?"

„Wollen Sie damit sagen, ich hätte mir Podolin nicht verdient?"

„Ja, Herr Marquis, weder Sie noch ich. Der Herr hat es Ihnen gegeben und nicht mir, wo ist da eine Ungerechtigkeit? Oder hat er nicht Macht, zu tun, was er will mit dem Seinen? Gott ist allwissend, und er weiß, was er einem Menschen anvertrauen kann. Er weiß auch, dass ich die Bürde des Reichtums und die Verantwortung nicht tragen könnte, darum gibt er ihn nicht mir, und ich bin ihm dafür dankbar."

„Ist denn die Bürde der Armut leichter?"

„Sie ist schmerzlicher und demütigender, aber sie macht das Kind um so abhängiger vom Vater. Ich weiß, dass ich nichts habe, dann muss er mir alles geben, denn er ist ja mein Vater. Erlauben Sie mir, Herr Marquis, noch eine Bemerkung. Wenn jener Ring meine Hand schmückte, würde ich wohl sehr unglücklich sein."

„Warum?" Der Marquis sah den jungen Mann sehr überrascht an. „Weil er mich brennen würde. Ich müsste immer berechnen, wie viel Wert er hat. Wie viel hungrige Familien davon gesättigt, wie vielen Kranken ärztliche Hilfe geboten werden könnte. Wie vielen erholungsbedürftigen Menschen ein Aufenthalt in reiner Landluft man damit ermöglichen könnte. Und wenn ich fühlte, dass all das, solange ich diesen Ring trage, nicht geschieht, wie könnte ich da glücklich sein? Tag und Nacht würde mir das vor Augen stehen."

Man fühlte, dass Ursiny aus tiefster Überzeugung sprach. „Natürlich", lachte der Marquis gezwungen, „mit solchen Ansichten könnte Sie der Reichtum nicht glücklich machen. Also verdammen Sie das Tragen von Edelsteinen?"

„Ich verdamme es nicht, Herr Marquis, ich habe

nur von mir gesprochen. Ich denke immer, am schönsten geschmückt sind jene Hände, die von Tränen des Dankes für erwiesene Wohltaten benetzt wurden."

„Nun gut, gesetzt den Fall, Podolin würde Ihnen gehören, was würden Sie tun?"

„ Ich würde den Herrn bitten, mich zu einem treuen Haushalter zu machen, mich niemals vergessen zu lassen, dass er mir alles nur für eine Zeitlang anvertraut hat, und dass ich darüber einmal Rechenschaft ablegen muss. Dann würde ich ausrechnen, wie viel ich für mich und meine Familie verbrauchen kann und darf, und dann würde ich dafür eine bestimmte Summe festsetzen, die nicht überschritten werden dürfte. Mit meinen übrigen Mitteln aber würde ich bestrebt sein, Bildung und Wohlfahrt in meiner Umgebung zu verbreiten."

„So?", fragte der Marquis voll Interesse, „Sie würden Ihr Geld also mit vollen Händen unter die Bettler ausstreuen, die Sie zuletzt dann noch des Übrigen berauben würden?"

„Nein! Almosengeben ist nicht immer Liebe, sondern in vielen Fällen eine Unterstützung des Müßiggangs und des Lasters. Auch die Wohltätigkeit muss ihr System, ihre Regeln und Gesetze haben, ebenso wie die Arbeit."

„Ich habe von Ihnen gar nicht so gesunde Ansichten erwartet. Ich muss gestehen, dass es mir lieb ist, mit Ihnen zu plaudern. Gehen wir ein Stückchen, wenn Sie wollen. Oder möchten Sie lieber zu den anderen zurückkehren?“

„Nein, Herr Marquis, ich bin absichtlich ein wenig hinausgegangen.“

„Ich weiß, warum Sie hinausgegangen sind“, entgegnete der Marquis im Weitergehen, „die Pracht in meinem Haus beleidigt Sie.“ Ursiny errötete. „Sie beleidigt mich nicht, Herr Marquis, sie bedrückt mich nur. Ich fühle lebhaft, wie wenig ich in meinem Anzug hineingehöre.“

„Meine Worte haben Sie doch nicht etwa gekränkt?“, fragte Orano erschrocken. „O nein! Sie haben mir nur gesagt, was ich längst weiß.“

„Ich hätte nicht so sprechen sollen, verzeihen Sie bitte und vergessen Sie meine Worte! Ihr Besuch ist Tamar sehr wert und mir lieb. Sprechen wir nicht mehr darüber. Übrigens sagten Sie soeben, und damit haben Sie Recht, auch die Wohltätigkeit muss ihr System haben, sonst ist sie nur ein Almosen. Denken Sie nicht, dass ich ein Geizhals bin. Glauben Sie mir, für mich hat der Reichtum keinen Wert. Ich bin auch kein solcher Weichling, dass ich diesen Luxus unbedingt um mich haben müsste. Ich habe aber gar kein Talent zur Wohltätigkeit. Warum soll ich es Ihnen verhehlen? Ich liebe die Menschen nicht und habe kein Vertrauen zu ihnen. Ich weiß, wenn ich ihnen mein Geld hinwerfen würde, sie würden sich darum zerreißen. In mir ist weder Teilnahme noch Barmherzigkeit. Mein Herz ist wie aus Stein.

Es war nicht immer so, aber mit der Zeit verhärtet es sich immer mehr. Ich weiß nicht, warum ich Ihnen das alles erzählen muss. Es scheint mir, wenn Sie öfter um mich wären, dann würde mein Herz vielleicht noch warm werden. Ja, ich wünsche mir bessere, edlere Gefühle. Einst bin ich in die Welt hinausgezogen voller Ideale, voll Liebe zum Guten, voll hochfliegender Pläne für die Befreiung des Menschengeschlechtes, und heute, nach Jahren, was ist aus mir geworden? Ein Tyrann, wie mich ein gewisser Mensch in seinem Herzen nennt."

Tiefer Schmerz lag auf dem Gesicht des Mannes, aber diese Worte gaben dem Provisor etwas Hoffnung.

„Herr Marquis, dieses Eis wird bald schmelzen", entgegnete er leise, „denn die Sonne scheint zu mächtig. Das gewaltige: ‚*Es werde Licht!*' wird ertönen, und es wird licht werden."

„Ich verstehe Sie nicht!" Der Marquis trat zurück. „Wollen Sie mit mir von Religion reden? Bemühen Sie sich nicht, denn das ist ein Gegenstand, über den ich nicht sprechen werde."

„Ich auch nicht, Herr Marquis."

„Nun also?"

„Ich wollte Ihnen nur sagen, dass Gott vor Ihnen steht und Sie überwinden wird."

„Ursiny!"

„Ja, Herr Marquis!" Still und männlich hielt der Provisor den drohenden Blick des Mannes aus.

„Er muss Sie überwinden, denn seine Liebe zu Ihnen ist größer als Ihr Widerstreben. Schon hat er in Ihrem Herzen die Sehnsucht nach einem neuen Leben erweckt. Sie sind hungrig und durstig. Ihre Seele ist verschmachtet, Ihr Herz ist leer. Sie stehen an einem Abgrund, der Sie zu verschlingen droht. Sie wollen diese Wahrheit vor sich selbst verbergen, aber Sie können es nicht. Tag und Nacht tönt es in Ihnen: ‚Gib mir, mein Sohn, dein Herz!' Sie wissen, dass Sie sich zu Gott bekehren müssen."

„Wer gibt Ihnen das Recht, so mit mir zu reden?", rief der Marquis heftig. Schon wollte er gebieterisch die Hand ausstrecken, Ursiny hinauszuweisen, wie kürzlich Lermontoff. Da begegneten sich ihre Augen, und der Blick voll demütiger, liebender Bitte wirkte sehr auf das tobende Meer, es wurde still. „Sie erlauben sich viel", sagte er ruhiger, „aber Ihnen kann ich nicht zürnen. Doch ich will Ihnen beweisen, dass Sie sich irren. Gott fordert nicht mehr mein Herz von mir. Er hat es einst gefordert, es ist wahr. Ich fühlte es, aber ich wollte es ihm nicht geben. Ich habe ein schweres Unrecht begangen an Leuten, die ihm dienten, ich freute mich darüber, dass sie leiden mussten. So verhärtete ich mein Herz. Meine Tochter erzog ich systematisch ohne Gott, nur damit sie niemals diesen Herrn kennen lernte. Gar oft sind in meinem Leben Stunden über mich gekommen, wo meine Sünden aufstanden und mich verklagten. Ich habe alles getötet, ich bin verdammt und verflucht.

Gott hat seine Rechte erhoben, und ich warte nur, bis sie mich vernichtet."

Der Marquis kreuzte die Arme über der Brust und blickte mit starren Augen vor sich hin. Ringsumher herrschte Stille. Plötzlich wankte der Mann und sank mit einem dumpfen, halberstickten Aufschrei zu Boden, wurde aber noch rechtzeitig von den Armen Ursinys aufgefangen. „Herr Marquis, was ist Ihnen?", rief der Provisor erschrocken. „Wasser! Legen Sie mich hin, ein Schlaganfall!" Ursiny legte den Marquis zu Boden und eilte nach Wasser. Aber der Mund war schon geschlossen, die Zähne schlugen aufeinander, und der Ausdruck der Augen war so furchtbar, als wollten sie sagen:

„Ich versinke ins Verderben!" Ursiny schrie innerlich zu Gott um Hilfe, um Erbarmen. Aus einem Fläschchen tropfte er eine stark duftende Flüssigkeit auf sein Taschentuch und begann damit das Gesicht des Marquis zu befeuchten. Aber je länger er wusch, desto blasser wurde das Gesicht. Endlich atmete der Marquis tief auf und schloss die Augen, ein Stöhnen kam aus seiner Brust.

„Herr Marquis, fürchten Sie sich nicht, der Herr Jesus wird helfen, dass es vorübergeht", sagte Ursiny vertrauensvoll und lehnte den Kopf des Mannes an seine Brust. „Beten Sie, Ursiny", seufzte der Marquis kaum hörbar, „der Tod ist furchtbar, ich kann nicht vor Gott treten, denn ich habe Christus gelästert und die Gemeinde Gottes zerstört. Sie alle klagen mich an. Dass ich doch nur noch einige Jahre leben könnte, bevor ich in den Abgrund versinke und das empfange, was ich verdient habe. Sie gehört Gott, beten Sie zu ihm!“ Nach einer Weile fuhr er fort: „ Dies ist schon der dritte Schlaganfall. Der Arzt hat gesagt, wenn er sich zum vierten Mal wiederholt, dann sei das Ende da. Helfen Sie mir aufstehen, stützen Sie mich. Ich muss sehen, ob nicht eines meiner Glieder gelähmt ist.“ Ursiny richtete den Mann auf und half ihm, ein paar Schritte zu gehen. Aber er war so geschwächt, dass er sich kaum auf den Füßen halten konnte. Zum Glück war ein Lehnstuhl in der Nähe.

„Ich habe eine kleine Pfeife in der Tasche. Bitte, blasen Sie, es werden Diener kommen. Lassen Sie meinen Kammerdiener kommen, damit er mich ins Glashaus tragen kann. Ich habe mir dort ein Zimmer eingerichtet, allein aber könnte ich nicht hingehen. Aber verlassen Sie mich nicht, mich überkommt ein Angstgefühl.“

Nach kaum zehn Minuten lag Marquis Orano in einem schönen, mit blühenden Gewächsen geschmückten Raum auf seinem Ruhebett. Sein schwarzer Kammerdiener rückte ihm die Kissen zurecht und breitete eine Decke über ihn. Dabei blickte er erschrocken bald auf das bleiche Gesicht seines Herrn, bald auf den jungen Provisor, der ihm half. Der Marquis war eingeschlafen. Der Diener eilte fort und kehrte bald darauf wieder zurück. Da sie sich nicht verständigen konnten, bemühte er sich, Ursiny durch wunderliche Zeichen etwas verständlich zu machen. Er trug eine kleine Flasche und begann zur Überraschung des jungen Mannes das schöne, aber bis zur Unkenntlichkeit verwandelte Gesicht des Marquis mit einer Flüssigkeit zu bestreichen. In wenigen Augenblicken hatte das Gesicht des Mannes wieder seine gewohnte, orientalische Färbung erhalten. Das war wieder Orano, wie ihn alle kannten. Der Diener atmete hörbar auf. Es schien ihm sichtlich daran gelegen, dass niemand seinen Herrn in diesem Zustand erblickte. Dann blieb er vor dem jungen Provisor stehen, kreuzte die Hände über die Brust, blickte ihn flehend an, legte den Finger an die Lippen und wies dann auf seinen Herrn, als wolle er um Verschwiegenheit bitten, und diese wurde ihm gleichfalls durch Zeichen zugesagt.

* * *

„Endlich habe ich Sie gefunden, Herr Ursiny!“, klang es dem in tiefem Nachsinnen dahinschreitenden Provisor fröhlich entgegen. Aus einer Seitenallee kam Tamar auf ihn zugeeilt. „O, wenn Sie wüssten, welch ein unvergesslicher Augenblick sich bei uns oben abgespielt hat“, rief sie in freudiger Begeisterung, Tränen traten in ihre Augen. Sie drückte Ursinys Hand.

„Denken Sie, Herr Nikolaus hat uns Aurel, Doktor Aurel, als seinen Enkel vorgestellt! Nicht wahr, das überrascht Sie? Als Sohn seines Ferdinand! Und mein Vater hat ihm geholfen, dieser Tatsache auf die Spur zu kommen, wie schade, dass er jetzt nicht dabei war! Wir sind alle so glücklich, denn Aurel hat uns gesagt, dass auch Herr Orlowsky jetzt zu uns gehört, dass er dem Herrn Jesus angehört. Ach, kommen Sie, bitte, um unsere Freude zu teilen! Haben Sie nicht meinen Vater gesehen?" Ein Ausdruck freudiger Überraschung überflog das Gesicht des Provisors, doch wich dieser bald einem leichten Schatten. „Ich habe den Herrn Marquis gesehen und auch gesprochen. Er liegt jetzt in seinem Gartenzimmer und schläft, denn er hatte Kopfschmerzen."

„Kopfschmerzen?", fragte das junge Mädchen besorgt.

„Bitte, seien Sie unbesorgt, Marquise Tamar, der Herr Jesus wird alles zum Besten wenden", beruhigte sie der Provisor. „Aber gehen Sie jetzt lieber nicht hin, damit er nicht aufwacht. Ich bin überzeugt, wenn er ausgeschlafen hat, wird ihm wohler sein. Er ist nicht allein, sein Kammerdiener ist bei ihm."

„Ach, Ben ist dort?", rief das Mädchen erleichtert. „Aber dass das gerade jetzt kommen musste! Freilich, Vater hat öfters Kopfschmerzen, besonders seit wir hier sind. Ihm scheint das Klima nicht so gut zu bekommen wie mir, meinen Sie nicht?"

„Nein, Marquise."

„Ach, schon wieder reden Sie mich so an, Herr Ursiny! Nennen Sie mich doch einfach Tamar wie die Übrigen, oder bin ich nicht Ihre Schwester im Herrn?“

„Sie sind es, Tamar, und ich werde nie aufhören, mich darüber zu freuen.“

„Aber Sie haben mir noch gar nicht gesagt, was Sie davon halten, dass Aurel Nikuschkas Vetter ist. Kommt Ihnen das nicht wunderlich vor?“ Sie blickte ihn gespannt an.

„Nein“, lächelte er freundlich, „denn ich wusste durch Aurel schon lange darum, aber ich hatte nicht erwartet, dass es so schnell bekannt werden würde, obwohl ich wusste, es ist nichts so heimlich, dass es nicht an den Tag käme.“

„Sie wussten es? Und wenn es nicht bekannt geworden wäre, hätten Sie es Nikolaj nicht gesagt? Er war beinahe betrübt, dass er nichts gewusst hatte.“

„Ich hätte Aurels Geheimnis nicht verraten dürfen. Aber da der Herr es aufgedeckt hat, bin ich ihm sehr, sehr dankbar. Herr Nikolaus ist sicher sehr glücklich und Aurel auch.“

„Ach, alle sind es, glauben Sie mir, auch ich, obwohl ich nur eine Fremde bin. Aber ich bin gar nicht mehr eine Fremde.“ Sie schüttelte den Kopf und sagte mehr zu sich selbst, mit geheimnisvollem Lächeln: „Was Nikuschka beglückt, das beglückt auch mich.“

Ursiny blickte in das schöne, von der Liebe verklärte Gesicht. Näheres zu fragen, hatte er kein Recht, aber auch keine Möglichkeit, denn Adam Orlowsky kam heran. „Kommen Sie endlich, Sie heimlicher Hehler", rief er fröhlich, „der Aurel geholfen hat, uns zu betrügen! Wie verträgt sich das mit Ihren Grundsätzen?"

„Ganz gut, Herr Orlowsky", lächelte Ursiny. „In der Bibel steht: *‚Wer getreuen Herzens ist, verbirgt, was er weiß.'"*

„Nun, das Verbergen hat nichts geholfen, es musste an den Tag kommen. Aber Großvater ist so glücklich, dass ich beinahe eifersüchtig bin. Margita, Nikuschka und ich, wir sind ihm gar nichts mehr neben Aurel."

„Adam, was reden Sie da?" Tamar zog die Stirn kraus. „Das ist nicht wahr. Herr Orlowsky hat Sie alle lieb, aber den Doktor Aurel natürlich am liebsten."

„Das ist es ja eben", scherzte Adam in seiner guten Laune, „wir haben uns so lange bemüht, Großvaters Liebe zu gewinnen, und nun kommt Aurel daher und erobert ohne alle Mühe Großvaters ganzes Herz."

„Sie sind schlimm", schüttelte sie den Kopf, „ich will Sie nicht länger anhören." Sie lief nach der Richtung, wo in der Ferne Margita mit den anderen auftauchte, offenbar waren schon alle im Park versammelt. „Haben Sie nicht den Marquis gesehen? Der Diener sagte mir, er sei ebenfalls im Park", wandte sich Adam an Ursiny. „Ich wollte ihn fragen, was aus unserem Ausflug werden soll. Der Felsen ist ziemlich weit entfernt."

„Der Herr Marquis wird nicht mitgehen", entgegnete der junge Provisor ruhig, „aber es wäre gut, wenn die Übrigen gingen." Er erzählte in Kürze, was sich zugetragen hatte, ohne die Unterredung mit dem Marquis zu erwähnen.

„ Sie haben Recht, bleiben Sie hier, ich schicke Ihnen Aurel." Wenige Minuten später schloss der junge Doktor den Freund in seine Arme. „Miroslav, mein teurer Miroslav, denke nur, das, was ich auf ewig begraben wähnte, ist offenbar geworden und hat uns alle sehr glücklich gemacht, begreifst du das?"

„Ganz gut, Aurel. *Des Herrn Rat ist wunderbar, und er führt alles herrlich hinaus.*"

„Du hast Recht. Aber du hast mich rufen lassen?"

„Ja, denn ich habe eine Botschaft, die nicht so freudevoll ist wie die deine. Der Marquis ist infolge seelischer Aufregung erkrankt."

„Was?"

Die beiden jungen Männer eilten davon und standen bald am Lager des Schlossherrn. Der Marquis lag in tiefem Schlaf. Aurel konnte ihn ungestört untersuchen.

„Der Puls geht schwach", meinte er, „aber der Herzschlag ist regelmäßig, sonst ist alles in Ordnung. Es ist sehr gut, dass du eine kleine Handapotheke bei dir hast, da kann ich ihm sogleich eine Arznei verschreiben."

Lermontoff gab dem Kammerdiener auf Französisch einige Anweisungen, wie er zu verfahren habe. Er selbst teilte der Gesellschaft mit, der Marquis habe starke Kopfschmerzen und bedürfe dringend der Ruhe. Doch würde es ihm sehr unlieb sein, wenn der geplante Ausflug deshalb unterbliebe. Nun, einem Doktor glaubt man leicht.

Als Tamar sah, dass ihr Vater unter der Obhut des Kammerdieners friedlich schlummerte, betete sie an seinem Lager, befahl ihn ihrem treuen Herrn und gab beruhigt ihre Anordnungen für den Ausflug.

Zur allgemeinen Überraschung sagte plötzlich Ursiny, als man schon zum Aufbruch rüstete, dass er auf den Herrn Marquis warten wolle, um mit ihm nachzukommen oder ihm daheim Gesellschaft zu leisten. Er trug dies so bittend und bescheiden vor, dass ihm niemand widerstehen konnte, obgleich es allen schwerfiel, gerade ihn dazulassen.

„Weshalb wollen Sie bei meinem Vater bleiben, Herr Ursiny? Denken Sie, dass es schlimmer wird?", forschte Tamar ängstlich. „Ich hoffe, dass der Herr mir Gelegenheit gibt, mit dem Marquis von den Dingen zu reden, die ihm zur Arznei seiner Seele dienen können, Tamar."

„O, Herr Ursiny, dann bleiben Sie, bitte, und der Herr Jesus vergelte Ihnen Ihre Liebe!"

Während die kleine Gesellschaft durch diesen unerwarteten Zwischenfall ein wenig verspätet aufbrach, blieb Ursiny mit dem schlafenden Marquis allein. Er zog seine Bibel hervor und las. Plötzlich bewegte Orano die Hände, als wollte er etwas verscheuchen, und sprach im Traum:

„Wie könnte ich auf so etwas eingehen?"

Die Worte überraschten den Zuhörer nicht, wohl aber die Sprache, in der er sie vernahm. Was war das? Der Marquis sprach polnisch! „Was würde deine Braut dazu sagen? Sie kennt dich zwar nicht, aber du bist jünger. Sterben wir lieber zusammen. Was soll mir das Leben? Und das, was du in Ägypten geleistet hättest, werde ich ja doch nicht leisten. Ich bin nicht gestorben. Wie schön sie ist! Einmal begonnen, muss die Komödie weitergespielt werden, was wird daraus werden, ein Lustspiel oder ein Trauerspiel? Wenn das an den Tag käme, wer dort begraben liegt und wer gekommen ist, es wäre ein fertiges Drama. Das Leben ist doch schön auf solchen Höhen. Macht in den Händen, mit Reichtum überschüttet ... Wer hätte mir das an den Grenzen von Sibirien gesagt, welch ein Leben ich noch führen würde als Marquis Helmar Werning Orano!" Haha!", lachte der Schlafende leise. „Sie liebt mich, ich bin ihr Götze, wenn sie es wüsste! Stille! Wer spricht? Niemand darf und wird es erfahren! Er wird nicht von den Toten auferstehen, um seine Rechte zu fordern.

Und wenn er selbst aufstünde, ich würde ihm das,

was er mir freiwillig geschenkt, ja aufgenötigt hat, nicht mehr zurückgeben. Aber er kommt nicht.

Endlich habe ich ein Kind, es ist mein, und ich will es für mich erziehen. Du dort oben bekommst es nicht. Sie ist gestorben, ach! – Wieder eine neue Erhöhung, wann werde ich genug haben? Wann werde ich befriedigt sein? Wann werde ich aufhören zu wünschen? Wo ist etwas, was diese Leere ausfüllen könnte? Die Ehe erfreut mich nicht, der Reichtum beglückt mich nicht. Vater, Vater, nur noch einmal an dein Herz, ach!"

Die letzten Worte verklangen in einem dumpfen Seufzer. Der Marquis schwieg und schlief ruhig weiter, und der junge Mann blickte in stummer Überraschung auf ihn nieder.

* * *

Etwa eine halbe Stunde war vergangen. Plötzlich öffnete der Marquis die Augen. Verwirrt irrten diese umher, bis sie dem ruhigen Blick des Provisors begegneten.

„Herr Ursiny, Sie sind noch bei mir? Warum sind Sie nicht fortgegangen?"

„Weil mich verlangte, zu erfahren, wie es Ihnen, Herr Marquis, geht."

„Es fehlt mir nichts." Der Marquis richtete sich auf und bewegte seine Glieder, um sich zu überzeugen, dass er nicht gelähmt war. „Nur mein Kopf ist ein wenig schwer, aber das wird vergehen. Wo ist Ben? Ich möchte mich gern ankleiden."

„Ich will ihn rufen, er ist vor einem Weilchen hinausgegangen. Aber es wäre vielleicht besser, wenn Sie noch nicht aufstehen würden."

„Und die Gäste, der Ausflug? Wissen Sie denn nicht, dass ich der Hausherr bin?"

„Das wohl, aber verzeihen Sie mir, dass ich bekannt gegeben habe, dass Sie, Herr Marquis, Kopfschmerzen hätten und schliefen. Das ist nun schon länger als eine Stunde her. Aurel hat die Marquise und alle anderen beruhigt und erreicht, dass sie fortgingen. Ich habe mir erlaubt zu warten, um Sie entweder zu begleiten oder eine Botschaft von Ihnen zu überbringen. Also bitte, bleiben Sie noch." Der Marquis drückte dem jungen Provisor wortlos die Hand, legte sich zurück und schloss die Augen. Als er sie wieder öffnete, blieben sie an dem jungen Mann haften.

„Sie haben mir das Leben gerettet", sagte er tonlos. „Aber können Sie mir nach dem, was sich jetzt ereignet hat, noch von der Liebe Gottes erzählen?"

„O, Herr Marquis, mehr denn je." Ein schmerzlicher Zug lag um Ursinys Mund. „Der Herr Jesus hat Sie am Rande des Abgrundes errettet. Er konnte Sie hineinstürzen lassen, es war in seiner Macht, aber er tat es nicht, denn er liebt Sie und will Ihnen vergeben. Nun wartet er darauf, dass Sie ihn um Vergebung bitten. Erlauben Sie mir, Ihnen etwas von meinem Herrn vorzulesen. Sie sagten eben, ich hätte Ihnen das Leben gerettet. Wenn das so ist, dann habe ich ein gewisses Recht darauf, etwas von Ihnen zu fordern. Nun, ich verlange nichts anderes von Ihnen, als das, was ich vorhin gesagt habe."

„Ursiny, Sie wollen mich aufregen, erschüttern, in neue Lebensgefahr bringen. Sind Sie dazu zurückgeblieben?"

„Nein, Herr Marquis, wenn Sie wollen, können Sie mich ganz still anhören."

Der Marquis zuckte die Achseln und schloss die Augen. An Stelle des jungen Provisors hätte ein anderer das Buch vielleicht wieder geschlossen und es nicht gewagt, von einer auf solche Weise erteilten Erlaubnis Gebrauch zu machen. Aber Ursiny faltete die Hände, seine Lippen bewegten sich in stillem Gebet, und dann drang an das Ohr des reglos daliegenden Mannes die Leidensgeschichte des Herrn Jesus nach langen, langen Jahren so lebendig vorgelesen, dass es ihm war, als durchlebte er jene furchtbare Stunde in Gethsemane und im Hause des Kaiphas, den denkwürdigen Augenblick vor Pilatus, die schmerzliche Erniedrigung vor Herodes, das Todesurteil und den schweren Weg nach Golgatha.

Ursiny war so bewegt, dass seine Stimme zitterte. Als das Wort: *„Und er neigte sein Haupt und verschied"*, verklungen war, wurde es ganz still. Der junge Mann sah seinen Zuhörer nicht an, sondern verbarg sein Gesicht in den Händen und weinte. „Was ist mit Ihnen?“, fragte der Marquis schließlich verwundert. „Worüber weinen Sie?“

„Über diese mit Füßen getretene Liebe, Herr Marquis, darüber, dass der Herr Jesus für Sie so leiden und sterben musste, ja, wollte, weil er Sie so sehr geliebt hat und noch liebt. So viele Liebesbeweise hat er Ihnen gegeben, niemals hat er Ihnen das Geringste zuleide getan, und Sie wollen ihn nicht lieben! Womit hat er das um Sie verdient? Warum treten Sie ihn mit Füßen? Sie stehen am Abgrund. Und diesem Abgrund nähert sich Ihr bester Freund, er, der Sie liebt, dem der Weg vom Himmel nicht zu weit war, um Ihnen zu Hilfe zu eilen. Er breitet Ihnen seine Arme entgegen, Sie aber stoßen ihn gefühllos zurück. Wenn Sie könnten, Sie würden ihn noch heute mit Fäusten schlagen. Und dieser jahrelang verschmähte Herr wartet auch jetzt traurig an Ihrem Lager und ruft Ihnen, vielleicht zum letzten Mal, zu: ‚*Komm* zu mir!‘“

Ursiny fiel neben dem Lager auf seine Knie. Noch nie war in diesem Raum ein solches Gebet gesprochen worden. Voll tiefen Mitleids flehte er um Erbarmen für den, der seinen König so sehr betrübt hatte. Dass der Herr ihm Licht schenke, war seine Bitte.

Plötzlich stieß der Marquis einen Schrei aus. „Mein Gott, o mein Gott!“ Mit gerungenen Händen saß er auf seinem Lager. Bei diesem Schrei fuhr der junge Mann zusammen und richtete sich rasch auf.

Wortlos streckte ihm der Mann voll furchtbarer Angst die Hände entgegen.

„Die Binde ist gefallen“, sagte er stockend. „Jetzt sehe ich alles. Jetzt glaube ich, da ich vor dem Gericht stehe. Die Hölle, der ich solange gedient habe, hat sich auf mich gestürzt. Die ganze Last meiner Sünden liegt auf mir, ich bin verloren, verloren! Ich habe ihn gelästert und mit Steinen nach ihm geworfen, seine Kinder habe ich verfolgt, meine Tochter habe ich im Heidentum erzogen, das sind Verbrechen, die nicht mehr vergeben werden können. Ich kann nicht kommen. Gott ist heilig. Er wird nicht vergeben. O meine Sünden!“

„Versuchen Sie es. Herr Marquis, wenn Sie sich nicht geschämt haben, den Herrn vor mir zu erzürnen, dann schämen Sie sich auch nicht, ihn um Vergebung all Ihrer Sünden zu bitten, kommen Sie!“

„Geben Sie mir meine Kleider!“

In wenigen Augenblicken war der Marquis angekleidet. Dabei wurde kein Wort gesprochen. Dann ging er im Zimmer auf und ab. Seine Angst und Seelenqual erreichten den höchsten Grad. Es war ein furchtbarer Kampf. Alle Mächte der Finsternis stürzten sich auf ihr Opfer, das ihnen entrissen werden sollte.

„Ursiny“, rief Orano, plötzlich stehen bleibend, aus, „jetzt weiß ich, dass es eine Hölle gibt! Das sind furchtbare Qualen! Ich bin ein elender Sünder. Mein ganzes verfehltes Leben mit all seiner Erbärmlichkeit und seinem Betrug steht vor mir. Ich verdiene nichts anderes als die Verdammnis, ich fühle, dass ich schon gerichtet bin."

„Hören Sie, Herr Marquis, was der Heiland Ihnen jetzt sagt: *‚Wer an mich glaubt, der kommt nicht ins Gericht,* d. h. wer ihn im Glauben annimmt. Kennen Sie die Geschichte der ehernen Schlange in der Wüste?"

„Ja."

„So wie Mose in der Wüste eine Schlange erhöht hat, also muss des Menschen Sohn erhöht werden, auf dass alle, die an ihn glauben, nicht verloren werden, sondern das ewige Leben haben. Jene Israeliten waren um ihrer Sünde willen gebissen, dem Tode verfallen, gerichtet, aber sobald sie gehorchten und die Schlange ansahen, widerfuhr ihnen Gnade. Auch Ihnen wird Gnade widerfahren, wenn Sie gehorchen.

O, blicken Sie endlich zum ersten Mal hin auf Jesus, sehen Sie ihn jetzt an, und lassen Sie uns dies im Glauben fassen und zusammen danken, Herr Marquis, dass unsere ganze Sündenschuld auf dem Lamme Gottes liegt, dass er die Strafe für uns getragen hat und uns seinen Frieden gibt."

Noch einen Augenblick stand der Marquis mit gesenktem Kopf da, dann sank er auf die Knie und schrie aus der Tiefe seines Herzens: „Herr, sei mir Sünder gnädig, erbarme dich meiner!" Dann wurde es ganz still im Raum. *„Die Strafe liegt auf ihm, auf dass wir Frieden hätten, und durch seine Wunden* *sind wir geheilt. Das Blut Jesu Christi, des Sohnes Gottes, macht uns rein von aller Sünde.“*

Leise sprach Ursiny diese Worte, dann fuhr er fort: „Wer Jesum am Kreuze im Glauben erblickt, wird heil zu derselbigen Stund!“

Als dieser Kampf beendet war, war die Dämmerung gekommen. Durch den Park kehrte unter Gesang eines Liedes, das sie heute beim Ausflug gelernt hatte, die fröhliche Gesellschaft zurück:

„Welch Glück ist's erlöst zu sein, Herr, durch dein Blut!
Ich tauche mich tief hinein in diese Flut!“

klang es durch den Park und durch das offene Fenster, an dem der Marquis stand.

„Von Sünd und Unreinigkeit bin ich hier frei
und jauchze voll sel'ger Freud': Jesus ist treu!
O *preist seiner Liebe Macht! Preist seiner Liebe Macht!*
Preist seiner Liebe Macht, die uns erlöst!“

Ein Ausdruck tiefen Glückes und Verstehens überflog das wunderbar verwandelte Gesicht des Mannes.

„Welch Glück ist's erlöst zu sein, Herr, durch dein Blut!

Das heilt die Gebrechen fein, macht alles gut!
Hier wandelt der Sorgen Heer schnell sich in Lust,
man weinet und klagt nicht mehr an Jesu Brust."

Dann verhallten die Stimmen, denn der Weg der Sänger machte eine Biegung, plötzlich ertönten sie von neuem ganz nahe.

„O, *Jesu, Gekreuzigter, dir jauchz' ich zu!*
Mein Heiland, mein Gott und Herr, in dir ist Ruh.
Mit dir überwind' ich weit des Todes Macht!
O *Wort voller Seligkeit: Es ist vollbracht!*
O preist seiner Liebe Macht! Preist seiner Liebe Macht!
Preist seiner Liebe Macht, die uns erlöst!"

In dem Augenblick, da die Sänger sich dem Gartenhaus näherten, stand der Marquis vor ihnen.

„Vater!", jubelte Tamar und warf sich in seine geöffneten Arme. Man merkte ihr an, dass sie sich trotz der herrlichen in den Bergen verlebten Stunden, und obwohl sie Ursiny bei dem Vater wusste, Sorgen um ihn gemacht hatte.

„Wie geht es dir, Vater?"

„So gut wie noch nie, mein geliebtes Kind, und wie es dein Vater niemals verdient hätte." Sie blickte ihn überrascht an. Da eilte Aurel herbei. „Herr Marquis, sind die Kopfschmerzen verschwunden?"

„Es ist noch mehr verschwunden als die Kopfschmerzen, Herr Doktor“, sagte der Marquis mit bewegter Stimme. „Aber erlauben Sie mir, die übrigen Gäste zu begrüßen.“

„Was ist das, Aurel?“ Das Mädchen griff nach der Hand des Freundes. „Ich weiß nicht, Tamar“, entgegnete er, ihre Hand festhaltend.

„Ich wage es nicht auszudenken.“

„Willkommen, meine Herrschaften, entschuldigen Sie, dass ich nicht nachgekommen bin“, sagte unterdessen der Marquis. „Es war wirklich schade, dass Sie fehlten, Herr Marquis; wir hatten ein so schönes Beisammensein “, erzählte Herr Nikolaus fröhlich. „Ihnen verdanken wir es, dass wir den Eintritt meines Enkels Aurel in unsere Familie feiern durften. Sie, der Sie nächst Gott der Urheber unseres Glückes sind, hätten eigentlich nicht fehlen dürfen.“

„Empfangen Sie also jetzt meinen Glückwunsch, Herr Orlowsky“, erwiderte der Marquis, seine Bewegung niederkämpfend, und fuhr sich mit der Hand über die Stirn.

„Es war so besser, denn ich hatte unterdessen zu Hause gesegnete Stunden!“ Seine Stimme zitterte. „Der verlorene Sohn ist in die Arme des himmlischen Vaters heimgekehrt.“

Ein Freudenausruf kam über Tamars Lippen. Auf allen Gesichtern malte sich unbeschreibliche Überraschung.

„Erlaube, Tamar“, wandte sich der Marquis an seine Tochter, „dass ich dich vor allem um Vergebung bitte für die Sünde, die ich an dir begangen habe, dass ich dich ohne Gott, ohne Christus aufwachsen ließ. Verzeihen auch Sie, Doktor Lermontoff, meine beleidigenden Worte. Und Ihnen allen, die Sie meiner Tochter das Licht gebracht haben, danke ich für die Wohltat, die Sie ihr und mir erwiesen haben. Das Einzige, was ich tun kann, ist, dass ich bekenne: Ich habe in meinem Unglauben lange Jahre gegen den heiligen Gott gesündigt, ich habe Christus gelästert und gehasst, ich habe den Heiligen Geist betrübt. Gerade heute hatte die Zerrissenheit meiner Seele ihren höchsten Grad erreicht, und da war die Liebe Gottes größer als alle meine Sünde. Er schickte mir abermals einen seiner Zeugen auf meinen Weg, und die ausdauernde Liebe dieses gesegneten Dieners des Herrn ist das Werkzeug zu meiner Rettung geworden. Ich habe geglaubt, bereut, bekannt. Es ist unbegreiflich, aber wahr, Christus hat mir Unwürdigem vergeben."

Nie war der Marquis der Familie Zarkany so erhaben, so imponierend erschienen wie in diesem Moment. Und den Übrigen? Auf Adam machten seine Wort einen unauslöschlich tiefen Eindruck. Herr Nikolaus schloss den Marquis in seine Arme, und beide Männer weinten. Tamar lehnte sich an Margita, während Nikolaj ihre Hände hielt. Aurel kämpfte mit unbeschreiblichen Gefühlen, es schien ihm, als habe er vor allen das Recht, Gott zu loben und zu preisen. Aber das war ja Unsinn, warum gerade er? Sie alle hatten ein gleiches Recht.

„Und wo ist Miroslav?“, ging es von Mund zu Mund, nachdem der feierliche Augenblick vorüber war und der Marquis seine Gäste dem Schlosse zuführte.

„Lieber Vater, wo ist er?“, forschte besonders Tamar.

„Er ist in den Park gegangen“, berichtete der Marquis, „und hat mir von dort aus einen Zettel gesandt, auf dem er sich entschuldigt, dass er schon heim müsse. Das edle Herz ist, als er sah, dass sein Werk getan, vor meinem und deinem Dank geflohen, Tamar.“

„O, dem entgeht er nicht!“, rief das Mädchen mit strahlenden Augen. „Nein, der wird ihn durchs ganze Leben begleiten.“

* * *

Im Musikzimmer brannten viele Kerzen. Es war nach dem Abendessen. Am Klavier saßen Asja und Doktor Lermontoff und trugen der kleinen Gesellschaft ein vierhändiges Stück vor. An einem der Fenster stand hinter den Vorhängen Nikolaj Korimsky in tiefem Sinnen. Herrliche, unerwartete Augenblicke hatte er heute auf Podolin erlebt. Aber immer wieder kehrten seine Gedanken zu jenem glückseligen Moment dort unter den Rosenbüschen zurück.

Seine Blicke richteten sich auf Tamar, die an Margitas Seite im Salon auf und ab ging. Ihr weißes Kleid hob sich von dem schwarzen seiner Schwester ab. Auf beiden jungen Gesichtern lag Ernst.

„Sie ist mein“, dachte der junge Mann beglückt, und als sie nicht weit von ihm vorüberging, hätte er am liebsten die Arme nach ihr ausgestreckt. Er sah sich im Zimmer um. Dort auf dem Sofa saß der glückliche Großvater mit Professor Geringer. Nicht weit davon saß Orfa in einem Lehnstuhl, ein Buch im Schoß. Hinter ihr lehnte Adam an einer Säule und sandte Margita einen Blick nach, in dem deutlich zu lesen war: „Du bist mein!“ Die übrige kleine Gesellschaft bildete einen Halbkreis, nur Marquis Orano war nicht zugegen.

„Wie glänzend es hier ist!“, dachte der junge Mann. Der Prunk begann ihn zu bedrücken. „Tamar ist zwar mein“, dachte er weiter, „aber ich bin nur ein einfacher Apothekersohn, und sie ist die Tochter eines so glänzenden Hauses, der Unterschied ist doch sehr groß. Wozu daran denken?“, wehrte das Herz, „wozu den holden Traum der Liebe trüben?“

„Und wozu sich an glänzenden, unerreichbaren Luftschlössern ergötzen?“, riet der Verstand. „Kannst du Tamar bieten, woran sie gewöhnt ist?“ Er fühlte, dass er das nicht konnte, es schmerzte ihn.

„Ich bin nicht mehr mein, ich gehöre dem Herrn. Wenn ich gleich wollte und meine Mittel es mir erlaubten, ich dürfte meinen Reichtum nicht zu ihren Füßen niederlegen. Ich dürfte sie nicht mit solchem Luxus umgeben! Der Herr hatte nichts, wo er sein Haupt hinlegen konnte. Freilich, sie war daran gewöhnt."

Der junge Mann erinnerte sich jenes seligen Augenblicks, da er mit Tamar auf einem niedrigen Felsen allein war. Die anderen waren schon höher emporgestiegen. Tamar war bei ihm geblieben. Er fühlte auch jetzt noch den Kuss auf seinen Lippen und ihre Umarmung.

„Warum gehst du nicht mit den Übrigen, Tamar, um die schöne Aussicht zu bewundern?", hatte er gefragt. „Für mich gibt es keine Schönheit, die du nicht sehen kannst. Ich will da sein, wo du bist", hatte sie leise geantwortet.

„Sie würde auch wohl bei uns glücklich sein", dachte er erfreut. „Aber was würde der Marquis dazu sagen?"

Dort im Park, als sie sich verlobten, war es Nikolaj, als müsse er Tamar schützen, wenn sie um Jesu willen ihren Vater verlieren sollte. Es schien ihm, als müsse er ihr vor dem Sturm der Verfolgung eine Zuflucht bieten, nun fiel das fort. Tamar hatte wieder einen guten Vater, ja, dieser Vater gehörte nun selbst dem Herrn an und würde sein Kind nicht mehr betrüben. Aber er war ein vornehmer Mann, ein hoher Würdenträger und hatte nur dieses einzige Kind. „Wird er sie mir geben?", dachte der junge Mann. Es schien ihm unmöglich. Ein seltsamer Schmerz bemächtigte sich seiner, dass er beide Arme fest auf die Brust presste, um ihn zu unterdrücken.

„Was fehlt Ihnen, Herr Korimsky?", ertönte es plötzlich neben ihm und trieb ihm heiße Röte ins Gesicht. Vor ihm stand der Marquis und blickte ihn besorgt an. „Quält Sie etwas?"

„Ja, mich quält etwas, Herr Marquis", sagte Nikolaj und richtete sich auf, fest entschlossen, sich um jeden Preis Gewissheit zu verschaffen. Zwar sagte ihm sein Herz, dass er sein süßes Geheimnis noch lange für sich behalten könne, dass der Marquis davon noch nichts erfahren müsse, aber nein, das war eines Christen unwürdig.

„Es quält mich sehr, dass es auf Erden Standesunterschiede gibt, die Herzen, die innig miteinander verbunden und füreinander geschaffen sind, zu trennen vermögen."

Der Marquis trat zurück, er sah den Ausdruck des Schmerzes auf dem Gesicht des jungen Mannes und den Blick voll Liebe und Trauer, den er Tamar nachsandte.

„Es ist eines Christen nicht würdig", fuhr Nikolaj fort, „so etwas zu verschweigen, Herr Marquis. Ich liebe Tamar, und sie liebt mich. Aber ich bin nur ein schlichter Apothekersohn, und sie ist Ihre Tochter. Zwischen uns ist ein großer Abstand. Sie, Herr Marquis, sind ein hoch gestellter Würdenträger, und Tamar ist Ihr einziges Kind. Darum erfüllt mich schmerzliche Sorge, welch eine Antwort Sie mir geben werden, wenn ich Sie nach meiner völligen Genesung um die Hand Ihrer Tochter bitten werde. Ach, Herr Marquis, was für eine Antwort werden Sie mir geben?“ Ängstlich flehend sah Nikolaj den Marquis an. In diesem Augenblick fühlte er sich von dessen Armen umschlungen. „Herr Marquis, Sie zürnen mir nicht wegen meiner Kühnheit?“, jubelte er. „Nein, Nikuschka, hundertmal lieber sehe ich mein Kind in deinen Armen geborgen, wenn du es nur in eine kleine Hütte führtest, als all den Stürmen der großen Welt preisgegeben. Ich werde eurem Glück nicht im Wege stehen, sei unbesorgt. Aber ich habe nur dies einzige Kind, und du willst es mir schon nehmen?“

„Nehmen? O nein! Wir wollen gern und willig warten, aber wenn Sie mir Tamar geben wollen, dann erlauben Sie wohl, dass wir uns verloben, damit ich, ohne üble Nachrede befürchten zu müssen, meine Braut in Podolin besuchen kann. Denn die Welt würde wohl heute oder morgen unsere Liebe merken, da wir sie nicht verbergen können. O bitte, geben Sie mir Tamar, wenn ich Ihnen nicht zu gering bin, und erlauben Sie mir, meinem Vater diese beglückende Botschaft mitzuteilen.“

„Du darfst es bekannt geben, aber zuvor wollen wir Tamar fragen, rufe sie her.“

„Tamar!“, rief der junge Mann dem Mädchen zu, das sich soeben dem anderen Fenster näherte, und eilte ihr entgegen. Sie sah sich um. An ihrem Lächeln und am Glanze ihrer Augen bemerkte man, dass sie ihn gesucht hatte. „Wo steckst du, Nikuschka? Was machst du?“, forschte sie, ihren Kopf an seinen Arm lehnend. Er beugte sich zu ihr herab. Der Marquis beobachtete beide mit seltsamen Blicken. „Ich habe mit dem Vater gesprochen.“

„Mit meinem Vater? Er ist da? Wovon hast du mit ihm gesprochen?“

„Von unserer Liebe.“

„Nikuschka!“ Sie runzelte die Stirn.

„Soll er es nicht wissen? Er hat das Recht, dich mir zu geben oder nicht.“ Sie sah rasch auf. Offenbar dachte sie nach. Dabei bemerkte sie ihren Vater, lief auf ihn zu und verbarg ihr Gesicht an seiner Brust. „Tamar, ist es wahr?“ Sie antwortete nicht. „Ist es wahr, dass du Nikolaj angehören willst? Er fürchtet, die Apotheke und seine Verhältnisse genügen dir nicht. Wirst du imstande sein, dich diesen Verhältnissen anzupassen?“ Die Stimme des Marquis bebte. „Was Nikuschka kann, kann ich auch. Was ihm genügt, genügt mir auch. Überall werde ich glücklich sein, wo er ist, und nirgends, wo er nicht ist“, erwiderte Tamar mit fester Stimme.

„Aber bedenke, in dem Moment, da du mit ihm vor dem Altar stehst, hörst du auf, Marquise Orano zu sein.“

„Den Titel verschmerze ich leicht, Vater, du hörst ja darum nicht auf, mein Vater zu sein“, lachte sie glücklich. Der Marquis schien aufzuatmen. „Du hast selbst gewählt, mein Liebling. Heute über ein Jahr, an diesem für mich so denkwürdigen Tage, soll eure Hochzeit sein, so der Herr uns Leben und Gesundheit schenkt. Vorher gebe ich dich nicht her, mein Schatz."

Wer hätte das wohl am Morgen Margita Orlowsky gesagt, dass dieser für sie alle so bedeutungsvolle Tag mit Nikolajs und Tamars Verlobung enden würde? Nein, es war fast zuviel der Ereignisse für einen kurzen Tag!

* * *

Es war etwa um die Stunde, da in Podolin die Gesellschaft beim Abendessen saß, als an der Tür der Stube, die in diesen Tagen von Miroslav Ursiny bewohnt war, ein mehrmaliges Klopfen ertönte, da nicht sogleich Antwort kam. Endlich wurde drin ein Riegel zurückgeschoben. Auf der Türschwelle stand der junge Provisor, und ein überraschtes „Sie sind es, Herr Baron, o willkommen!", entfuhr seinen Lippen. Vor ihm stand wirklich Baron Rainer.

„Guten Abend, Herr Ursiny! Ich überraschte Sie, nicht wahr! Aber da ich erfahren habe, dass Sie allein sind, konnte ich nicht vorbeigehen." Der junge Provisor führte den Gast herein. Im Nu war das hübsche Zimmer erleuchtet und die Vorhänge herabgelassen. „Kommen Sie zu Peter, Herr Baron?" Rainer nickte. Er fuhr mit der Hand über die Stirn, dann ergriff er die Rechte des jungen Mannes, und sie setzten sich auf das Sofa. „Ich komme, um ihn zu beruhigen und zu überzeugen, dass ich ihn nicht vergessen habe. Aber es ist mir sehr lieb, dass ich zuvor mit Ihnen sprechen kann. Sie kennen Peter besser als ich und können mir daher in einer Angelegenheit raten. Als ich in Podhrad erfuhr, wo ich Sie finden könnte, war ich sehr erfreut."

„Sie waren in Podhrad, Herr Baron?", forschte Ursiny teilnehmend.

„Sie bedauern mich? Nun ja, es war ein sehr schwerer Gang für mich, aber die Pflicht erforderte es."

„Ich hätte es gern für Sie getan, wenn Sie es mir übertragen hätten."

„Ich glaube es, aber Sie haben schon so viel für mich getan, dass ich gar nicht weiß, wie ich es Ihnen vergelten soll. Auch wollte ich Frau H. und Fräulein Agnes persönlich danken. Ich wollte materiell für sie sorgen, aber die Familie Orlowsky ist mir zuvorgekommen. Frau H. ist nach Orlow übergesiedelt, zum Glück fand ich wenigstens Agnes in dem Häuschen, in dem meine teure Frau gelitten hat, und ließ mir noch einmal alles erzählen. Dabei erfuhr ich erst, wie viel meine arme Natalie Ihnen verdankt, und begriff die Worte Nikolaj Korimskys: ‚Das, was er getan hat, können wir ihm nimmer vergelten.' So bitte ich Sie, nehmen Sie wenigstens meinen innigen, aus der Tiefe meines Herzens kommenden Dank entgegen."

„Ich nehme ihn gern, Herr Baron, wenn Sie das erfreut. Aber, bitte, sprechen wir nicht länger von mir. Ich sehne mich so sehr danach, zu erfahren, wie es Ihrer Seele geht."

„Meiner Seele?" Der Baron lehnte sich zurück. „Darauf kann ich Ihnen keine bestimmte Antwort geben, Ursiny, jedenfalls nicht so, wie es ihr gehen sollte. Ich bin noch ganz von meinem Schmerz durchdrungen. Stellen Sie sich vor, welch eine Leere, welch eine Wüste mich daheim umgibt! Vergebens strengte ich mein Gehör an, um den Ton der leichten Schritte, den Klang der geliebten Stimme zu vernehmen. In den Augen der Dienerschaft sehe ich wohl Teilnahme, ich bemerke wohl, dass sie mich lieben, und ich bin für diese Liebesbeweise nicht unempfänglich, aber sie sind mir alle fremd. Und der Gedanke, dass das für immer so bleiben soll, liegt wie ein Alpdruck auf meiner Brust. Aber eins fühle ich, dass mich die Einsamkeit näher zu Gott gebracht hat, zu dem meine Frau gegangen, und wo sie wohl geborgen ist. Oft schon habe ich die Verzweiflung, die sich meiner bemächtigen wollte, durchs Gebet vertrieben. Ich weiß, wenn ich mich so an den Herrn klammern könnte wie Sie, dann würde meine Seele Erleichterung finden. Als ich jetzt in Deutschland war, besuchte ich mehrere Versammlungen und brachte mir von da manche Anregungen mit, aber eines fehlt mir noch: Frieden mit Gott! Ursiny, beten Sie mit mir."

„Es ist schon spät“, sagte der Baron, als sie vom Gebet aufstanden, „ich muss fort.“

„Bitte, gehen Sie jetzt nicht, Herr Baron, teilen Sie heute mein Schlafzimmer. Nikuschka wird sich sehr freuen, und morgen begleite ich Sie ins Dubravatal, wenn Sie wollen.“

„Sie würden also mit mir gehen?“

‚Ja, so Gott will. Ich muss dorthin mich verabschieden gehen.“

„Verabschieden? Kehren Sie schon nach Podhrad zurück!“

„Ich hätte zwar noch einen längeren Urlaub“, lächelte der junge Mann. „Aber dann könnte Herr Korimsky nicht fort, und da sich in der Familie Orlowsky etwas sehr Freudiges ereignet hat, wird er sicherlich gern kommen, um die Freude seiner Familie zu teilen.“

„So? Was hat sich denn ereignet?“ Ursiny teilte in Kürze mit, dass Herr Nikolaus in Doktor Lermontoff seinen Enkel gefunden habe. Den Baron interessierte das sehr. An der Teilnahme, mit der er zuhörte, merkte man, dass er sich aufrichtig mit dem alten Herrn und Margita, hauptsächlich aber mit Nikolaj Korimsky freute. „Diese Freude“, sagte er endlich, „hat Gott Nikolaj als Vergeltung geschenkt, weil er sich mir gegenüber so edel benommen hat.“ Nachdem Rainer eingewilligt hatte, über Nacht zu bleiben, suchte der junge Provisor Stefans Großmutter auf und besorgte mit ihrer Hilfe ein

Abendbrot für den Gast. Er nötigte ihn so freundlich, dass es dem Baron schien, als wäre er in der Tat sein Gast. Das Abendbrot mundete ihm gut, wie noch nie seit dem Tode Natalies. „Wann werde ich Ihre Bewirtung erwidern können?“, fragte er. „Würden Sie wirklich meinen Besuch wünschen, Herr Baron?“ Der junge Provisor legte den Löffel aus der Hand. „Ob ich Ihren Besuch wünsche? Wie können Sie nur so fragen, Herr Ursiny? Ich gäbe viel darum, wenn Sie nicht nur besuchsweise, sondern dauernd zu mir kommen und mir helfen wollten, ein christliches, meinen Mitmenschen nützliches Leben zu beginnen.“ Der junge Provisor stützte in tiefem Sinnen den Kopf in die Hand. Der Baron blickte ihn voll Liebe und Teilnahme an.

„Werden Sie kommen, Herr Ursiny?“

„Nur so auf Besuch zu Ihnen kommen, das erlauben mir meine Mittel nicht, auch würde ich in diesem Anzug nicht als Gast in Ihr Haus passen. Aber wenn Sie mir irgendeine Anstellung in Ihrem Haus geben könnten, Herr Baron, so würden Sie mir eine Wohltat erweisen.“

„Eine Anstellung in meinem Hause, Herr Ursiny? Sie scherzen?“ Peinliche Verlegenheit spiegelte sich in dem Gesicht des jungen Mannes. „Ich scherze nicht, Herr Baron. Umstände nötigen mich, die Apotheke Korimskys zu verlassen. Aber da dies meine persönlichen Angelegenheiten sind, die ich Nikuschka nicht erklären kann, und weil ich auch sonst keinen Grund für mein Fortgehen angeben kann, ist es mir unmöglich, in eine andere Apotheke einzutreten, ohne Herrn Korimsky zu beleidigen und Nikolaj zu betrüben. Ich muss mir daher eine andere Beschäftigung suchen, um sagen zu können, was ja auch wahr ist, dass mir ein längerer Aufenthalt in der Apotheke schade. Wenn Sie, Herr Baron, mir daher irgendeine Stelle in Ihrem Hause geben könnten, würden Sie mich aus einer augenblicklichen Verlegenheit befreien, und ich wäre Ihnen sehr dankbar."

Bittend und traurig zugleich sah Ursiny den Baron an, der gerührt die Hand des jungen Mannes ergriff.

„Es bliebe mir nichts anderes übrig, lieber Ursiny, als Sie zu meinem Sekretär zu machen. Mein jetziger verlässt mich im nächsten Monat. Aber ich könnte Sie mir nicht in solch untergeordneter Stellung denken."

„Warum nicht, Herr Baron? Des Menschen Sohn ist nicht gekommen, dass er sich dienen lasse, sondern dass er diene, und ich bin sein allergeringster Knecht. Sie würden sicherlich gütig zu mir sein und mir soviel bezahlen, dass ich mich anständig kleiden könnte. Wenn wir aber Nahrung und Kleidung haben, so lasset uns daran genug haben."

„Aber wer könnte Ihnen das ersetzen, was Sie in Podhrad zurücklassen müssten?", rief der Baron schmerzlich bewegt aus. „Niemand, Herr Baron, aber ich kann hier nicht bleiben, wohin ich auch komme, überall werde ich in der Fremde, überall werde ich einsam sein."

„Sie wollen also wirklich fortgehen?"

„Ich muss!" Der Kopf des jungen Mannes sank herab. „Sie werden mich im Glück leicht entbehren."

„Und Ihre begonnene Arbeit in Podhrad?"

Ursiny stand auf. „Mein Herr verlangt nichts Unmögliches von mir. Er wird dafür sorgen, ich weiß nicht wie, aber er weiß es. Wir dürfen die Leute ja nicht von uns abhängig machen, denn heute sind wir da und morgen vielleicht nicht mehr."

„Demnach müssen Sie wirklich Podhrad verlassen?"

„Wirklich."

„Geben Sie also die Hand, dass Sie nirgends anders hingehen als zu mir."

„Als Ihr Sekretär." Ursiny streckte ihm seine Hand entgegen. „Als mein Freund." Die Hand sank herab.

„Das kann ich nicht, Herr Baron", sagte er kopfschüttelnd. „Ich bin nicht stolz, aber Nikuschka würde sagen, dass ich als Freund auch bei ihm leben könnte, und das kann ich nicht. Aber lassen wir dieses Gespräch, bitte."

Ein Ausdruck von Ermüdung legte sich auf das Gesicht des jungen Mannes. Er begann, den Tisch abzuräumen.

„Ich habe Sie hoffentlich nicht beleidigt, Herr Ursiny“, meinte der Baron. „Sei es als Sekretär, wenn Sie nicht anders wollen, nur kommen Sie zu mir.“

„Ich danke Ihnen, Herr Baron. Wenn es des Herrn Wille ist, werde ich kommen. Aber entschuldigen Sie, ich bin sogleich wieder da.“ Der junge Mann nahm das Geschirr und trug es hinaus. Der Baron blieb am Fenster stehen. „Aus welchem Grunde er wohl fort muss? Dass er muss, sehe ich. In seiner Bescheidenheit nimmt er die Sache leicht. Erst hat er unter ihnen die Dienste eines barmherzigen Samariters getan, und dann denkt er, dass sie ihn leicht verschmerzen werden. Und ich soll ihn zu meinem Sekretär machen? Es ist mir, als sollte ich einen Engel in meinen Dienst nehmen. Am Ende wird Korimsky noch denken, ich hätte ihn ihm abspenstig gemacht.“ Der Mann runzelte die Stirn, aber nur für einige Augenblicke. „Das kann nicht sein, denn da er nicht in der Apotheke sein will, hat er keine andere Stellung für ihn. Aber warte, Ursiny! Wenn du erst bei mir bist, werde ich dich von der Stellung eines Sekretärs allmählich höher bringen. Du bist viel zu gut und zu begabt für einen Provisor Korimskys.“

* * *

Ein schöner, neuer Tag brach an. Auf dem Balkon in Podolin stand Aurel in tiefem Sinnen. Die gestrigen Begebenheiten bewegten aufs neue mächtig das junge Herz.

„Der erste Morgen", dachte er, „der erste Morgen im neuen Leben. Den ersten Morgen erlebst du als Sohn Ferdinand Orlowskys, der in dir zum zweiten Mal aufgelebt ist. Du lebst, und er ist tot, ihn deckt der Sand der Wüste. Vieles hat der Marquis dem Großvater gesagt, nur eins nicht, ob er in Christus verschieden ist. Gestern hätte er das noch nicht fragen können, heute schon eher. Heute, welch ein Heute! Welch ein Tag ist heute für Großvater und für ihn angebrochen! Heute der erste Morgen nach langen Jahren des Umherirrens in der Finsternis, an schauerlichen Abgründen vorbei, ohne Licht, ohne Christus! Dank sei dir, Herr Jesus, dass du mich in jungen Jahren bekehrt hast, dass ich in der Jugendzeit den Weg der Wahrheit betreten durfte! Mein ganzes Leben sei dein. Aufs Neue übergebe ich es dir! O, habe Dank, dass ich nun Orlow als Sohn dieses Hauses betrete, und dass ich dies als ein Zeuge deiner Gnade und Wahrheit tun darf!" Ein freudiges Lächeln überflog Aurels Gesicht. „Und Nikuschka erwacht heute zum ersten Mal als Verlobter. Welche Gefühle ihn wohl beseelen werden, wenn er die Augen aufschlägt? Und Tamar! Sie kam hierher, um das Licht ihrer Augen zu finden. Sie fand es und überdies das Licht ihrer Seele und den Schatz ihres Herzens.

Und jetzt noch dies große Glück, dass ihr Vater

sich als verlorener Sohn zu Gott bekehrte. Nikuschka noch vor wenigen Wochen zwischen Leben und Tod und heute schon Bräutigam! Im Winter war lauter Finsternis und Leid um uns her, jetzt lauter Licht! Wenn ich bedenke, wie es damals war, als Miroslav kam – Miroslav! Was tust du wohl jetzt, mein geliebter Freund? Wir sind hier geblieben, denn nach jenem reizenden Augenblick, da Nikuschka uns seine Braut vorstellte, wollten wir nicht auseinandergehen. So bist du allein geblieben. Was hast du wohl gemacht, und was tust du jetzt? Ich muss zu dir, solange noch alles schläft, ich komme ja bald genug zurück."

Der junge Arzt wandte den Blick von der Landstraße ab, die im hellen Morgenlicht vor ihm lag. Aber er ging nicht, denn erst jetzt bemerkte er, dass er nicht allein war. Der Marquis stand an eine Säule gelehnt da.

„Guten Morgen, Herr Marquis! Sie sind schon auf?", rief Aurel überrascht. „Guten Morgen, Herr Doktor! Dieselbe Frage kann ich auch meinem Gast vorlegen."

„Ihrem Gast? Der Hausarzt darf auf alle Fälle früher aufstehen als der Hausherr", lachte Aurel.

Das ernste Gesicht des Marquis hellte sich auf.

„Der Enkel des Herrn Orlowsky kann nicht länger mein Hausarzt sein."

„O, warum nicht?", wehrte der junge Doktor. „Ich habe nicht studiert, um nun die Wissenschaft an den

Nagel zu hängen. Der Arzt meiner künftigen Schwägerin zu sein, lasse ich mir nicht nehmen. Das um so mehr, als ich nun frei mit Tamar von dem einen sprechen kann, was nicht nur ihr und mir, sondern auch Ihnen teuer ist.“ Ein Schatten überflog das Gesicht des Marquis. „Sie ließen sich das ja auch damals nicht verwehren, Dank sei Ihnen dafür. Denn ohne Ihr unerschrockenes Auftreten damals stünde ich vielleicht heute noch am Abgrund, ja, ich hätte mich wohl schon hineingestürzt.“

„Dem Herrn sei Dank, dass nun kein Abgrund mehr da ist! Aber, Herr Marquis“, sagte der junge Mann nähertretend, „an diesem für Sie und für mich so schönen Morgen, ist nur ein einziger Schatten in meinem Herzen, den ich so gern schwinden sehen möchte.“

„Ein Schatten in Ihrem Herzen?“ Der Marquis betrachtete verwundert den jungen Arzt.

„Ja, ich habe von meinem Großvater alles gehört, was Sie von meinem armen, unglücklichen Vater erzählt haben, nur eines fehlt mir. Wenn ich das erfahren könnte, dann hätte mein Glück seinen Höhepunkt erreicht.“

„Was wollen Sie noch wissen?“ Der Marquis trat zurück, qualvolle, schmerzliche Unruhe sprach aus seinen Zügen. „Ich habe weiter nichts hinzuzufügen.“

Aurel wurde traurig. „Es ist schmerzlich, dass ich als Sohn so fragen muss, aber ich muss es tun: Hat mein Vater je bereut, was er meiner Mutter und der Gemeinde Gottes angetan hat?"

Ein dumpfes „Ja", entrang sich den Lippen des Marquis.

‚Ja? Hat er also Buße getan?"

„Ja."

„Und hat er Vergebung und Frieden gefunden?"

„Christus hat ihn in Gnaden angenommen, glauben Sie mir, Doktor Aurel. Aber fragen Sie mich nicht weiter."

„O Herr Marquis, weiter begehre ich nichts zu wissen!", jubelte der junge Mann. Eine Sehnsucht überkam ihn, in seiner Freude die ganze Welt zu umarmen. So umarmte er wenigstens den Mann, der ihm diese Freude bereitet hatte. Und er wurde nicht zurückgewiesen, nein, der Marquis drückte ihn innig ans Herz. „Also, so sehr freuen Sie sich darüber?"

„O Herr Marquis, wie können Sie so fragen? Bürgt mir nicht diese Botschaft dafür, dass ich so, wie ich Sie jetzt umarme, auch ihn einst dort umarmen darf, wo wir ewig zusammen leben werden?"

„Aber bedenken Sie doch", sagte der Marquis bewegt, „was dieser Vater Ihnen und Ihrer Mutter angetan hat! Wie groß seine Schuld ist!"

„Gott hat ihm vergeben, Herr Marquis, das genügt. Es ist also doch so, wie Miroslav sagte: Meine Eltern sind dort oben, für immer versöhnt und glücklich."

„Das hat er gesagt? Wann denn?“ Der Marquis gab den jungen Mann frei.

„Damals, als ich den Orlowskys nicht vergeben wollte, als ich Großvater der Härte beschuldigte. Da brachte er mich auf den Gedanken, dass Gott tausend Wege habe, und dass er auf einem dieser Wege gewiss auch meinen Vater zu sich gezogen und mit meinem Mütterchen vereint habe. Gerade wollte ich zu Miroslav gehen. Erlauben Sie also, dass ich jetzt gehe, Herr Marquis, um ihm mein großes Glück mitzuteilen?“

„Wenn Sie nichts dagegen haben, komme ich mit Ihnen, auch ich bin ihm noch Dank schuldig.“

Kurze Zeit später ritten die beiden Herren durch das Tal von Podolin den Berg hinan. „Aber vielleicht finden wir ihn noch schlafend?“, meinte der Marquis. „O, Miroslav ist ein Frühaufsteher!“ Aurel stellte sich den Freund vor, wie er gestern voll von Licht und Glück aus den Bergen kam. Zugleich stand ihm wieder die seltsame, tragische Lebensgeschichte vor der Seele. Unwillkürlich blickte er nach den Bäumen, ob er nirgends die Strohmatte hängen sah mit dem schwachen Knaben darauf, der von großen Heldentaten träumte.

Plötzlich kam Aurel ein Gedanke. Sein Freund war dennoch jener David geworden, durch den der Herr siegreich den Goliath überwunden, der nun an seiner Seite ritt. Er war der Joseph, den Gott zur Errettung seiner Brüder gesandt hatte. Er war ein

Held, ein Sieger. Alle seine Knabenträume hatten sich erfüllt, aber auf welche Weise. Ja, so sind die Wege Gottes, wie er selbst zu sagen pflegte. „Ich muss ihn daran erinnern“, nahm sich der junge Mann vor. „Herr Doktor!“, ließ sich plötzlich der Marquis vernehmen. „Was wünschen Sie?“

„Wissen Sie nicht, wie die Verhältnisse des Herrn Ursiny sind, ich meine, in materieller Beziehung?“

„Durchaus keine glänzenden“, entgegnete der junge Mann. „Korimsky hat die Absicht, ihm die Apotheke auf Abzahlung zu überlassen. Es ist eine gute Absicht, aber ich weiß nicht“, der junge Arzt blickte umher, „ob er es annehmen wird. Ihnen, Herr Marquis, kann ich es wohl sagen, Sie werden mich nicht verraten. Ich fand gestern sein Tagebuch und las darin, dass er einst, wem, das stand nicht darin, versprechen musste, niemals etwas von dem anzunehmen, was Korimsky gehört. Bis jetzt hat er bei Korimsky verbraucht, was er in der vorigen Stellung erspart hatte, und jetzt müsse er darum fort, weil er von seinem jetzigen Gehalt, obwohl dasselbe ehrlich verdient sei, nichts anrühren wolle noch dürfe.“

„Wie seltsam!“, rief der Marquis aufgeregt. „Wenn er auch Korimskys Angebot nicht annimmt, dann geht er fort.“

„Fort? Meinen Sie?“, rief der junge Mann bestürzt.

Ja, der Marquis mochte Recht haben. „Ich möchte ihm so gern helfen“, sagte Orano, „schon deshalb, weil ich ihn gestern beleidigt habe.“

„Miroslav?"

„Scheint Ihnen das so seltsam? Habe ich Sie denn nicht auch beleidigt?"

Ein schmerzlicher Zug glitt um die Lippen des Mannes. „Das ist etwas anderes", sagte Aurel errötend, „in mir ist noch so viel Zündstoff, aber Miroslav ist so sanft, so demütig, ein wahrer Jünger des Herrn."

„Trotzdem habe ich ihm gesagt, dass ihm sein Herr für alle seine treuen Dienste nicht einmal einen guten Rock gegeben habe, jetzt quält mich das sehr. Ich weiß, dass er viel reicher ist als ich, denn ich bin nur ein armseliger Mensch, aus dem Feuer gerissen, und er ist ein treuer Diener Gottes, auf den die Krone wartet, aber er ist noch jung. Im Gespräch gestand er mir, dass die Armut drücke und erniedrige, er trägt ihre Last geduldig, aber er fühlt sie. Bitte, erkundigen Sie sich doch, wie man ihm helfen könnte."

„Ich werde mich bemühen, Herr Marquis, doch wir sind gleich am Ziel. Lassen Sie uns abbrechen, er könnte sonst merken, dass wir von ihm gesprochen haben."

Als die Herren in Borovskyhof angelangt waren, fand Aurel in Miroslavs Schlafzimmer ein Kärtchen mit folgenden Worten: „Guten Morgen, Brüder! Ich war so glücklich, gestern Abend den Besuch des Herrn Baron Rainer zu erhalten. Ich behielt ihn über Nacht hier, denn es war schon spät. Jetzt gehen wir gemeinsam ins Dubravatal. Der Herr mit euch, auf Wiedersehen! Euer Miroslav."

Versunken in eifriges Studium saßen auf Horka die beiden Gelehrten an ihren Schreibtischen. Adam hörte nicht das Geräusch der Tür. Plötzlich fühlte er sich von zwei Armen umschlungen, ein blonder Kopf beugte sich über ihn, auf seiner Stirn brannte ein langer, inniger Kuss, während die kleine Hand eine schöne Rose auf den Tisch legte. In diesem Augenblick war auch die Geberin gefangen.

„Willkommen, meine Margita! Gleich am ersten Tag erfüllst du dein Versprechen und kommst, um unsere verstaubten, alten Welten mit dem Glanz deiner Gegenwart zu beleben?"

„Ich komme, euch zu rufen."

„Was für eine wichtige Angelegenheit ruft uns?"

„Das Mittagessen steht auf dem Tisch, ihr dürft nicht vergessen, dass ihr noch keine Mumien seid, die dergleichen nicht mehr brauchen", scherzte sie und lief zum Tisch des Professors. „Na warte, Margita, danke schön für das Kompliment!"

„Gnädige Frau, verzeihen Sie", der Professor wand sich auf seinem Stuhl, „aber ich habe keinen Hunger, und der Gedankenfaden könnte mir reißen."

„O, den werden Sie schon wiederfinden, doch nun kommen Sie, bitte!" Der bezaubernden Bitte dieser Augen konnte niemand widerstehen. Der Professor stand auf, Margita legte seine Hand auf ihren Arm, und wie sie so neben dem alten Gelehrten einher schritt, erschien sie noch jünger und reizender als sonst. „Sie wird mit jedem Tag hübscher", dachte Adam. Unter heiterem Gespräch gelangten sie ins Esszimmer.

Dort saß in einem Lehnstuhl Herr Nikolaus, und neben ihm stand, den Arm um seinen Hals geschlungen, Aurel. „Sieh nur, Margita", sagte Adam, „er wird uns beide noch ganz aus dem Herzen des Großvaters verdrängen."

„Das fürchte ich nicht", entgegnete sie strahlend, „du sitzt schon seit langem tief drinnen, und auch ich habe mir, denke ich, schon ein Plätzchen gesichert. Aurel füllt nur die Leere aus, die seit dem Tod meiner Mutter darin entstanden ist und die keines von uns ausfüllen konnte. Dafür müssen wir dem Herrn danken."

„Ja, du hast Recht, daran habe ich nicht gedacht, Großvater wird jetzt neu aufleben."

Wie tief in Gedanken umarmte Adam in diesem Moment seinen Schwager, der am Fenster stand. „Nikuschka denkt an zwei schöne blaue Augen."

„Ich denke nicht daran", erwiderte der junge Mann errötend, „jetzt nicht."

„Nicht? Und an was denn?"

„Ich dachte, wann wohl Miroslav zurückkommen wird."

„So, ist er denn nicht mit euch gekommen?"

„Nein, er ist im Dubravatal."

„Dir scheint es schon sehr lange, weil du ihm nicht

dein Glück mitteilen kannst, geh?", neckte Adam, der übrigens über Nikolajs Verlobung hocherfreut war, hauptsächlich deshalb, weil er dadurch mit Oranos verwandt würde. „Du hast Recht, es ist noch nicht lange her, da teilte er mein Unglück und meinen Schmerz. Darum will ich ihn natürlich an meiner Freude teilnehmen lassen."

„Natürlich. Aber dass Baron Rainer gestern bei uns gewesen ist! Schade, dass wir nicht da waren!"

„Wirklich schade! Nun, vielleicht besucht er uns auf dem Rückweg, ich möchte gern mit ihm sprechen."

„Ich auch. Er ist ein angenehmer Mensch, genau das Gegenteil der meisten neugebackenen Adligen und Emporkömmlinge. Aber Margita ruft uns."

Die Herren setzten sich zu Tisch und begannen gerade zu essen, als ein Klopfen an der Tür ertönte.

„Miroslav kommt!", riefen alle. Er trat wirklich ein, von allen freudig begrüßt. „Wie sind Sie uns gestern Abend entschlüpft?", fragte Herr Nikolaus. „Der Marquis denkt, Sie hätten das absichtlich getan, aber Tamar sagte, ihrem Dank würden Sie nicht entrinnen."

Ursiny lächelte. „Heute bei Tagesanbruch", sagte Aurel, ihn herzlich umarmend, „war der Marquis mit mir zusammen bei dir. Aber wir fanden nur deine Karte, der Vogel war schon ausgeflogen."

„Der Herr Marquis! Schade, dass er sich umsonst bemüht hat."

„Das macht nichts, am Nachmittag kommen sie alle zu uns“, beruhigte ihn Margita. „Aber vorher muss Ihnen Nikuschka noch etwas sagen, damit Sie nicht gar zu sehr erstaunt sind.“ Unter lebhaftem Gespräch verging das Mittagsmahl. „Also was hast du mir zu sagen, Bruder?“, fragte Ursiny, als sie sich allein im Garten befanden. „Dass ich unaussprechlich glücklich bin, so glücklich, dass ich es selbst kaum fassen kann. Doch du verstehst mich auch ohne viele Worte, Tamar ist mein. Der Marquis hat sie mir gegeben, wir sind verlobt!“

„Aber Nikuschka!“

„Glaubst du es nicht?“

„Fast könnte ich es nicht glauben, aber da du es mir selbst sagst, muss ich es wohl.“

„Du siehst, dass ich glücklich bin.“

„Ich sehe das du glücklich bist und auch noch etwas anderes.“

„Und das wäre?“

„Die Notwendigkeit meines Entschlusses.“

„Welches Entschlusses?“

„Ich habe mich entschlossen, den Termin meines Aufenthaltes hier abzukürzen, damit der Herr Apotheker kommen kann, um sich mit Herrn Orlowsky zu freuen. Jetzt steht es fest. Der Vater muss kommen, um sich nicht nur mit seinem Schwiegervater und Neffen, sondern vor allem mit seinem Sohne zu freuen. Welch eine frohe Nachricht darf ich ihm bringen!“, rief er erfreut aus. „Aber Miroslav, warum solltest du sie ihm bringen? Ich habe den Brief ja schon geschrieben."

„So gib ihn mir, Nikuschka. Nicht wahr, du gönnst mir das Glück, ihm diese Freudenbotschaft überbringen zu dürfen? Bitte!"

„Ach, bitte doch nicht, Miroslav! Wenn dir so viel daran gelegen ist, so gehe, aber komme mit ihm zurück!"

„Das wird nicht möglich sein, aber ihr kommt ja bald nach Orlow."

„Du hast Recht, Miroslav. Großvater will Aurel möglichst bald hinführen und auch die Oranos einladen, um nochmals Aurels Heimkehr zu feiern. So kommen wir dann und nehmen dich mit."

„Ich will den Herrn Apotheker bitten, dass er mir erlaubt, in eurem Hause einige Vorbereitungen zu treffen, damit es Tamar recht gut gefalle, wenn sie kommt."

„Wie gut du bist, Miroslav!" Die jungen Männer gingen im Garten hin und her und machten miteinander schöne Pläne. Ursiny notierte sich einiges in seinem Büchlein. „Du brauchst Vater gar nichts zu sagen, die Zimmer sind ja nicht verschlossen. In meinem Tischchen findest du Geld. Du kannst meinetwegen alles ausgeben." Dann teilte Ursiny ihm mit, wen er als künftigen Evangelisten für Podhrad gefunden, und dass die Angelegenheit sowohl im Dubravatal als auch mit dem Seminar bereits geordnet sei. Dies bereitete dem Freunde große Freude. „Miroslav, an Stefan hätte ich jetzt gar nicht gedacht."

„Er wird auch dort allen zum Segen sein, Nikuschka, und wenn zu seiner Erkenntnis noch die entsprechende Ausbildung kommt, stelle dir vor, welch ein Werkzeug Gottes er werden wird."

„Das wohl, und wir mit Aurel können es als eine Ehre ansehen, dass wir dem Herrn als Werkzeuge in dieser Sache dienen dürfen."

So unterhielten sich die Freunde noch eine Weile.

Dann erfuhren alle auf Horka von dem Entschluss des Provisors. „Ich selbst möchte dem Onkel gern diese Botschaft überbringen, um zu hören, was er dazu sagen wird", meinte Adam.

„Es ist sehr schön von Ihnen, lieber Ursiny, dass Sie Ihrem Chef diesen Dienst erweisen wollen", bestätigte Herr Nikolaus, „nur schade, dass wir Sie dadurch aus unserer Mitte verlieren. Sagen Sie also Manfred, dass ich vom Herrn eine kostbare Gnadengabe, einen teuren Enkel erhalten habe, aber dass auch ihm eine Tochter geschenkt worden sei, von der er sich nicht habe träumen lassen."

„Sie sind sehr gut, Miroslav", bezeugte auch Margita. „Nun, wir werden sobald als möglich nach Orlow und nach Podhrad kommen. Tamar hat mir einen längeren Besuch versprochen. Nikuschka kann sich auch auf Orlow erholen, das ist auch auf dem Land, und Sie können jeden Tag zu uns kommen, das wird schön sein!"

Adam befahl, den Wagen anzuspannen. Bevor der aber kam, kniete die kleine Gesellschaft vor dem Herrn. Wunderbar berührten den jungen Gelehrten die Worte, mit welchen Ursiny sie alle in den Schutz Gottes befahl.

„Er ist seiner Sache völlig gewiss“, dachte er, „es ist doch etwas Schönes um diesen felsenfesten Glauben, um dieses demütige Vertrauen.“

Aurel wollte den Freund zum Bahnhof begleiten, aber dieser ließ es nicht zu. „Nikuschka würde dann auch mitwollen, und ihm könnte die Hin- und Herfahrt in dieser Hitze schaden.“

„Also Gott befohlen, mein Bruder!“ Miroslav beugte sich noch einmal aus dem Wagen und umarmte Nikolaj.

„Gott befohlen, Margita!“ Er küsste der jungen Frau die Hand. „Der Herr Jesus sei mit euch allen!“ Noch einmal schwenkte er den Hut. Alle blickten dem Wagen nach, bis er verschwunden war. „Er kam zu Fuß zu uns“, sagte Nikuschka, „er kam arm, wie wir dachten, und brachte uns Bettlern doch so großen Reichtum.“

„Und jetzt“, dachte Aurel, „geht er hin, um jenem Manne mit Liebe zu vergelten, von dem er nach seinem Versprechen niemals im Leben etwas annehmen will. Er kommt mit einer Freudenbotschaft zu ihm. Ich bin überzeugt, dass Korimsky in seiner Freude sich gar nicht daran erinnern wird, was für Absichten er mit ihm hat. Aber wenn er kommt, muss ich mit ihm darüber sprechen, diese Sache darf nicht mehr aufgeschoben werden."

Inzwischen trugen die Pferde den jungen Mann weiter, der den ganzen Weg mit geschlossenen Augen und einem seltsamen Ausdruck auf dem Gesicht im Wagen lehnte,

Sie kamen zur Bahnstation, als der Zug schon hielt. Er musste ohne Karte in den Wagen springen. Aber er bekam ein leeres Abteil. Niemand störte ihn in seinen Gedanken und bei den Eintragungen, die er in sein wieder gefundenes Tagebuch machte. Am Bahnhof nahm er eine Droschke, um früher daheim zu sein. Ein jubelndes „der Herr Provisor ist zurückgekehrt!", tönte durch die Apotheke, alle eilten herbei, um ihn willkommen zu heißen. Heinrich weinte beinahe, Ferko dagegen hüpfte vor Freude. Frau Pribovsky beeilte sich, ihm ein Abendbrot zu besorgen. Jeder wollte ihm irgendeinen Dienst erweisen. Man merkte, dass er ihnen überall gefehlt hatte. In diesen Tagen hatten sie erkannt, was sie an ihm besaßen.

In seinem Arbeitszimmer saß, in emsiges Rechnen vertieft, Herr Korimsky. Als ein Klopfen ertönte, öffnete er etwas unwillig die Tür. Aber sein Unmut verschwand plötzlich, und Überraschung prägte sich in den harten Zügen aus.

„Ursiny, Sie sind es? Wie kommen Sie hierher? Ich dachte, Sie würden Ihre Ferien noch ausdehnen, statt dessen kommen Sie früher."

„Guten Abend, Herr Korimsky! Ich komme früher, weil man mit guten Nachrichten nicht zögern soll."

„Sie bringen gute Nachricht? Ich kann nicht glauben, dass man Sie damit geschickt hat." Korimsky reichte Ursiny die Hand. „Man hat mich nicht geschickt. Ich ging von selbst, weil ich wusste, dass Sie, Herr Korimsky, gleich morgen nach Horka fahren werden."

„Wegen dieser Nachrichten?", fragte Korimsky verwundert. „Ja, Herr Korimsky, erlauben Sie, dass ich sie Ihnen mitteile."

„Setzen wir uns." Der Apotheker zeigte auf den Platz neben sich. „Nun, ich warte."

„Einst wollten Sie wissen, Herr Korimsky, was Doktor Lermontoff bedrückt. Das Geheimnis ist gelüftet, die Last gesunken. Aus Papieren, die ihm sein Anwalt übergeben hat, hatte er erfahren, dass er der Sohn Ferdinand Orlowskys sei. Mit Hilfe des Marquis Orano kam die Sache, die Aurel vor seiner Familie verbarg, ans Tageslicht, und der glückliche Herr Orlowsky lässt Ihnen sagen, dass er einen teuren Enkel gefunden hat."

„Lermontoff, Orlowskys Enkel?", rief Korimsky, überrascht. „Ja, und Margitas und Nikuschkas Vetter. Sie sind alle sehr glücklich darüber."

„Da haben Sie Recht, ich muss zu ihnen."

„Sie müssen, Herr Korimsky, aber ich bin noch nicht fertig." Ein fröhliches Lächeln umspielte die feinen Lippen des jungen Provisors. Er sah den Mann beglückt an.

„Noch nicht fertig?“, fragte Korimsky erstaunt.

„Herr Korimsky, Nikuschka ist bereits gesund und wird mit jedem Tag kräftiger. Gestern war er in Podolin und nahm sogar an einem Ausflug teil. Heute morgen ist er als glücklicher, liebender und geliebter Bräutigam der Marquise Tamar Orano zurückgekehrt. In diesem Brief finden Sie die ausführliche Beschreibung des Glückes, das der Herr Jesus für Nikuschka bereitgehalten und zu welchem er ihn auf wunderbaren Wegen geführt hat.“

Es dauerte eine geraume Weile, ehe sich Korimsky von seiner Bestürzung erholt hatte, aber dann zitterten ihm die Hände. „Lesen Sie ihn mir vor“, sagte er, „ich bin viel zu aufgeregt, die Buchstaben tanzen mir vor den Augen.“ Nachdem Korimsky ihn zu Ende gehört hatte, begann er hastigen Schrittes in der Stube auf und ab zu gehen. Die Bestürzung war vorbei. Er konnte kaum das Gefühl leidenschaftlichen Glückes und Siegesbewusstseins meistern. Endlich ließ er den Provisor allein und ging in den Salon. Hier war mehr Raum zum Auf- und Abgehen. Die Last seiner Befürchtung war von seinem Herzen gefallen.

„Ich war kindisch“, sagte er zu sich selbst, „an Flüche zu glauben. Das ist ein Wahn, mein Sohn wird nicht sterben, nein! Er lebt und ist gesund und wird heiraten. Ich werde ihm eine Hochzeit ausrichten, hundertmal glänzender als die meinige war. Meine Braut war zwar auch von Adel, aber er heiratet die Marquise Orano, das einzige Kind jenes reichen Mannes. Wozu alle diese unnützen Befürchtungen? Was ist aus deinen Prophezeiungen geworden, Borinsky? Ich sehe meine Kinder beide glücklich."

Stolze Genugtuung leuchtete aus den sonst so finsteren Augen. „Meine Nachforschungen waren vergeblich. Wie gut das ist, das sehe ich erst jetzt. An dem Namen Korimsky, den eine Marquise Orano anzunehmen bereit ist, darf kein Makel kleben. Möge also das, was das Grab bedeckt hat, für immer begraben bleiben. Ich kann ja auch nichts dafür. Hätte mir Borinsky ihn nicht verborgen. Ich glaube, dass er gestorben ist, und wenn er lebt, würde er nicht mehr in meine Verhältnisse passen."

„Erlauben Sie, Herr Korimsky", erklang es in diesem Augenblick von der Tür her.

Der Apotheker blickte seinen Provisor an, ein Lächeln unverhohlener Zuneigung spielte um seine Lippen.

„Was wollen Sie, mein Glücksbringer?" Ursiny errötete. „Ich bitte um Aufträge."

„Was für Aufträge?"

„Erlauben Sie, dass ich Ihre Sachen einpacke?"

„Sehr gern, ich werde Ihnen dankbar sein." Korimsky übergab ihm die Schlüssel seiner Schränke, die der Provisor mit einer Verbeugung annahm. Der Apotheker begann seine Wanderung von neuem. „Es ist Zeit", sagte er zu sich selbst, „dass diese Wirtschaft in der Apotheke aufhört. Nikolaj kann bequem, ja glänzend als Privatmann leben, die Marquise Orano kann weder die Gattin noch die Schwiegertochter eines Apothekers sein. Gut, dass ich die Absicht habe, mein Geschäft an Ursiny abzutreten. Es wird gut sein, die Sache sogleich ins Reine zu bringen." Aber dazu kam es nicht, denn als sein Provisor zurückkehrte, teilte dieser ihm mit, welch liebe Pflicht Nikolaj ihm aufgetragen, nämlich das Haus zum Willkommen seiner Braut herzurichten. Dies gab den Gedanken Korimskys eine andere Richtung.

Die Aufträge, die der junge Provisor jetzt erhielt, waren allerdings viel zahlreicher. Sie betrafen nicht nur das Innere des Hauses, sondern auch Garten und Hof. Korimsky hatte die Absicht, den Oranós Nikolajs Reichtum zu zeigen.

„Ich habe eine Bitte, Herr Korimsky", sagte der junge Provisor, nachdem alles besprochen war. „Es gibt keine Bitte, die ich Ihnen heute nicht erfüllte", entgegnete Korimsky, der wie umgewandelt war. „Nehmen Sie auch Frau Pribovsky mit. Man hat ihr versprochen, dass sie ihre Familie im Dubravatal besuchen dürfe, solange die Herrschaften im Borovskyhause sind. Wenn sie jetzt nicht hinkommt, später wird es wohl nicht so leicht gehen."

„Meinetwegen, aber was werdet Ihr ohne sie anfangen?"

„Mit Gottes Hilfe wird es schon gehen. Wenn Sie erlauben, werde ich Agnes bitten, für uns bis zu ihrer Rückkehr zu kochen."

„Gut, wenn Sie das besorgen wollen, dann teilen Sie ihr mit, dass sie sich bereit mache."

„Danke, Herr Korimsky, gute Nacht!"

„Was denken Sie, Herr Provisor, ich wollte jetzt von Ihnen weggehen, wo Sie so viel Arbeit haben?" Die alte Frau Pribovsky schlug die Hände zusammen, als Ursiny ihr den Auftrag ihres Herrn bestellte.

„Tantchen, ich habe es schon bei Hradskys versprochen. Sie wollen doch nicht, dass ich mein Wort breche?"

„Aber das ganze Haus soll gereinigt werden?"

„Das tut nichts. Sie werden es nicht reinigen. Der Herr wird uns und Agnes Weisheit geben, alles gut herzurichten. Sie werden sehen, dass Sie zufrieden sein können. Und Ihre Küche wollen wir nicht berühren, die werden Sie sich, wenn Sie zurückkommen, selbst in Ordnung bringen."

„Ach, ich gehe ja sehr gern", gab die Frau endlich überwunden zu, „wenigstens sehe ich eher meinen lieben Nikuschka. Wer hätte das gedacht, als Sie zu uns kamen, Herr Ursiny, dass wir noch eine Braut bei uns willkommen heißen würden? Und eine schöne Braut! Ich habe sie noch immer vor Augen, wie sie damals zum Begräbnis kam. Aber wird sie nicht eine verwöhnte Dame sein?"

„Sie ist eine einfache Jüngerin Jesu.“

Endlich waren alle Vorbereitungen getroffen. Als der neue Tag anbrach, waren aus dem Hause unter der Burg nicht nur der Hausherr, sondern auch die Wirtschafterin verschwunden. „Und nun an die Arbeit!“, sagte der Provisor. Er versammelte die Dienerschaft zur Morgenandacht, gab dann die Aufträge, schrieb eine Karte und schickte Ferko damit zu Fräulein Agnes nach Orlow. Diese kam gern zur Hilfe.

Es war eine große Arbeit, besonders wenn man bedenkt, dass Korimsky dem Provisor aufgetragen hatte, auch die Apotheke in Ordnung zu bringen. Damit begannen sie. Da gab es am meisten für den jungen Provisor und seine beiden Gehilfen zu tun. Das Ordnen all der Gegenstände in einer Apotheke kann man nicht jedem anvertrauen. Mehr als hundertmal liefen sie die Treppen hinauf und hinunter. Aber Ursiny war so eifrig, und Fräulein Agnes half ihnen so tüchtig, dass die jungen Burschen gar keine Ermüdung fühlten. Zwei Tage dauerte das Reinigen und Herrichten der Apotheke. Sie wurde mit Blumen und Gewächsen aller Art geschmückt und sah wunderschön aus. Ursiny beaufsichtigte auch das Herrichten des Gartens. Im Auftrag des Apothekers wurden auch hier bedeutende Veränderungen vorgenommen. Vor allem wurde dafür gesorgt, dass der Park bis zur Terrasse prächtig beleuchtet werden konnte. Ursiny ging bei aller Arbeit mit gutem Beispiel voran. Im Innern des Hauses glänzten die frisch gestrichenen Fußböden in allen Zimmern. Nur noch Ursinys Stübchen und der Saal mussten in Ordnung gebracht werden. Es fanden jetzt an jedem Abend Versammlungen statt, denn die Podhrader wollten nachholen, was ihnen durch die Abwesenheit ihres Provisors entgangen war.

So kam der Sonntag. Ursiny hatte den ganzen Tag Gelegenheit, das Heil zu verkündigen. Sein Gesicht strahlte, als wollte er der ganzen Welt zurufen:

„Ein Tagwerk für den Heiland, die Arbeit ist so süß!
Das Heil von Sünden laut zu verkünden,
das bringet Lohn gewiss."

Am Morgen hielt er zuerst eine Stunde mit den Hausgenossen, dann begann der gut besuchte Gottesdienst. Am Nachmittag unternahm er mit einigen durch Heinrich eingeladenen jungen Männern einen Spaziergang zur alten Ruine. Hier teilte er ein einfaches Vesperbrot aus. Dann erzählte er ihnen von seinen reichen Erfahrungen in den Führungen Gottes. Er lehrte sie das Lied „Nur mit Jesu will ich Pilger wandern, nur mit ihm geh' froh ich ein und aus", unter dessen Klängen sie in gehobener Stimmung heimwärts marschierten.

Am Abend war die Versammlung trotz der großen Hitze so gut besucht wie noch nie. Alle hörten aufmerksam zu, und in mehr als einem Herzen wurde in diesen Augenblicken die Entscheidung getroffen. Als alle fortgegangen waren und der Provisor die letzten hinausbegleitet hatte, sah Heinrich, wie er sich an die Tür lehnte und die Augen schloss.

Er war blass. Als Heinrich mit einer besorgten Frage an ihn herantrat, lächelte er.

„Weißt du, lieber Freund:

‚Ein Tagwerk für den Heiland! Oft wird man freilich matt,
doch gibt er Stärke zu seinem Werke,
steht bei mit Rat und Tat.'"

Dann sagte er ihm gute Nacht und bat ihn, alles abzuschließen und das Licht zu löschen. Ursiny ging fort. Wohin er ging, konnte sich Heinrich nicht erklären. Er kam spät zurück und schloss sogleich die Tür seiner Schlafstube hinter sich ab.

* * *

Unterdessen verlebte Frau Pribovsky glückliche Tage im Kreise der Ihrigen und einen besonders schönen Sonntag. Sie sah nicht nur Nikuschka gesund, sie sah ihn auch Hand in Hand mit seiner lieblichen Braut. Sie war so glücklich, dass ihr guter junger Herr sie seiner Braut als sein treues Tantchen vorstellte, das immer, besonders aber in seiner Krankheit, gut für ihn gesorgt habe. Da die Marquise sich nicht gut mit ihr verständigen konnte, streichelte sie ihr liebkosend die Stirn und küsste sie auf die Wangen. Aus ihren Augen strahlte inniger Dank. Die alte Frau schloss Tamar sofort in ihr Herz. „Der Herr Provisor hat Recht", dachte sie. „Sie ist nicht stolz und liebt Nikuschka sehr. Mit ihm wird sie überall glücklich sein und sich mit allem zufrieden geben." Endlich sah sie ihre Herrschaft glücklich. Ja, es ging ihr sehr gut in diesen Tagen, da alle, ihre Familie und ihre Herrschaft, sie mit Liebe umgaben. Dennoch hatte sie keine Ruhe. Es zog sie nach Hause, denn immer dachte sie an die große Arbeit, die dort getan werden musste.

„Weißt du, Stefan", sagte sie zu ihrem Neffen, „wir haben dem Herrn Provisor viel Arbeit zurückgelassen. Wie viel, das können die Herrschaften nicht wissen, das weiß nur ich allein. Ich muss ihm helfen. Die Herrschaften rüsten sich für den nächsten Sonntag nach Orlow, da werden sie gewiss am Sonnabend kommen." Montagnachmittag machte sie sich auf den Weg. Als sie am Abend heimkehrte, schlug sie die Hände zusammen, als sie sah, was alles geschehen war, es blieb ihr aber noch genug zu tun übrig.

* * *

Im Park zu Podolin gingen am Dienstag gegen Abend Korimsky, Aurel und der Marquis spazieren.

„Lieber Onkel“, sagte Aurel plötzlich, „der Herr Marquis weiß von deinem Plan mit Miroslav. Hast du mit ihm darüber gesprochen?“

„Nein.“ Der Apotheker schüttelte den Kopf. „Ich wollte es eigentlich tun, aber es war keine Zeit. Nun, die Sache kann wohl noch einige Tage warten. Ich habe ihm befohlen, die Apotheke in Ordnung zu bringen, er wird es also für sich tun. Wenn wir zurückkommen, will ich sie ihm übergeben.“ Ein Schatten überflog Aurels Stirn. Der stolze Ton, in dem Korimsky sprach, berührte ihn schmerzlich und reizte ihn. „Ich denke, es wäre besser gewesen, es nicht aufzuschieben“, meinte er nachdenklich. „Es sind ja nur noch einige Tage bis dahin“, mischte sich der Marquis ins Gespräch, „und die Überraschung wird um so angenehmer sein, wenn Herr Ursiny die für seinen Chef hergerichtete Apotheke selbst erhält.“

„Ich denke auch.“

„Herr Korimsky, bitte, kommen Sie ein wenig zu uns, aber nur Sie allein“, ertönte in diesem Augenblick Tamars Stimme.

„Und wir dürfen nicht kommen“, rief Aurel. „Nein, nur mein Vater“, erwiderte Margita.

„Sie erlauben also“, sagte Korimsky lächelnd und entfernte sich mit einer Verbeugung. Die beiden Herren blieben allein. „Er verzögert es“, sagte Aurel stirnrunzelnd, „und Sie, Herr Marquis, haben ihn in seinem Zögern noch bestärkt."

„Ärgern Sie sich nicht darüber, Aurel." Der Marquis hielt die Hand des Doktors fest. „Auch ich habe einen Plan und denke, dass die Sache sich so am leichtesten machen wird."

„Was für einen? Darf ich ihn wissen?"

Der Marquis nickte. „Ursiny hat mir gezeigt, dass auch die Wohltätigkeit ihre Gesetze und Regeln haben müsse. Ich habe nicht die Möglichkeit, danach zu handeln. Da ich aber das Bedürfnis habe, ein Dankopfer für die Genesung und das Glück meines Kindes sowie für die mir widerfahrene Gnade zu bringen, habe ich daran gedacht, die Apotheke für Ursiny zu dem Preise ihres Wertes zu kaufen. Machen Sie nicht so ein ernstes Gesicht, ich weiß, dass er es von mir nicht annehmen würde. Aber wenn er Abzahlungen leisten soll, dann mag er sie der leidenden Menschheit machen, deren Tränen zu trocknen er bereit ist. Ich würde Ihnen das nicht sagen, wenn ich Sie nicht bitten wollte, diese Sache zu vermitteln. Ich glaube nicht, dass ein so demütiger Christ wie er mir nicht als Werkzeug dienen wollte, um mir die Ausübung meiner Pflicht zu ermöglichen. Mit seinen Grundsätzen wird er als Besitzer der Apotheke zum Wohltäter der ganzen Umgebung werden." Dann fügte der Marquis leise hinzu: „Auf diese Weise braucht er von Korimsky nichts anzunehmen und auch nichts abzulehnen."

„O Herr Marqius, welch schöner Gedanke!“, rief der junge Doktor begeistert aus. „ Nirgends könnten Sie Ihr Kapital besser anlegen, als indem Sie es ihm anvertrauen. Da will ich gern der Vermittler sein. Jetzt wünsche ich nur, dass wir recht bald nach Orlow gehen möchten.“

Am Mittwoch brach am Nachmittag in den Bergen ein wirklich heftiges, aber trockenes Gewitter los.

Blitze zuckten kreuz und quer, und mancher hohe Baum sank getroffen zu Boden. Margita betrachtete das großartige Schauspiel der entfesselten Elemente und musste dabei an die große allgemeine Schreckenszeit denken, die dem Kommen des Herrn vorangehen würde. Die junge Frau stand auf dem Balkon zu Horka. Der Wind, der über die großen und kleinen Bäume dahinfegte, zerstauste ihr Haar. Plötzlich zuckte sie zusammen. Wenn Adam jetzt auf dem Heimweg von Podolin wäre! Er war dorthin gegangen, um eines jener Fundstücke abzuzeichnen. Er hatte sicher keinen Regenschirm, und die Wolken waren so finster und drohend. Soeben hatte es wieder eingeschlagen! Angstvoll riss die junge Frau die Augen auf und presste die Hände auf die Brust. Adam war nicht bereit, vor den Herrn zu treten, wenn solch ein Blitz ihn träfe! Unmöglich! „O Herr Jesus, beschütze ihn! Ich muss zu ihm, ich muss!“

Die Angst vor den entfesselten Elementen wich

der fruchtbaren Angst um den Geliebten. Margita raffte sich auf, nahm einen Regenschirm aus der Garderobe und eilte, vom Wind halb getragen, durch die zu ihrem Füßen herabfallenden Äste gehemmt, den Berg in die Richtung des Kreuzes hinan. Kreuz und quer zuckten die Blitze und erleuchteten die Berge, um die es immer dunkler wurde. Es schlug mehrmals ein. Da sprengte ihr Adams Pferd entgegen, aber ohne seinen Herrn!

„Adam!", rief Margita voll Entsetzen. „Sein Pferd ist scheu geworden und hat ihn abgeworfen!", dachte sie und meinte schon den geliebten Mann am Boden liegen zu sehen. Aber sie eilte mit Anspannung all ihrer Kräfte weiter, dem Sturm entgegen, der ihr längst das Tuch vom Kopf gerissen hatte, so dass ihr Haar sie umwehte.

„Herr Jesus, lass mich ihn finden!" Sie streckte die Arme flehend gen Himmel und lief bis zum Kreuz. Dort blieb sie von den Blitzen geblendet stehen. Sie lehnte sich an das Kreuz. Sie musste neue Kräfte sammeln, denn ihre Füße wollten sie nicht länger tragen. Ihr ganzer Körper zitterte von der furchtbaren Aufregung und Angst.

„So jemand nicht lieb hat den Herrn Jesus Christus, der sei verflucht", tönte es ihr aus dem Donner entgegen. Adam liebte ihn nicht. Auf ihm lag noch immer der Fluch. „Wer nicht glaubt, der ist schon gerichtet". Er war gerichtet, wenn heute dieses Gericht an ihm vollzogen würde!

Margita verstand plötzlich, was den Sohn Gottes getrieben hatte, für die Menschen zu leiden und zu sterben. Sie waren gerichtet, und der Herr liebte sie wie der Bräutigam seine Braut, so wie sie Adam liebte. Auch sie wäre gern gestorben, damit nur er nicht verloren gehe. „Mein Gott, lass ihn nicht verloren gehen!" Dann rief sie, so laut sie konnte:

„Adam, Adam!" Aber nur das Echo der Berge antwortete ihr.

Adam schritt in Gedanken versunken durch den Wald, aber durch alle elektrischen Entladungen hörte er dieses Rufen. Träumte oder wachte er? Das war ja Margitas Stimme! Was tat sie hier in diesem Unwetter? Adams Rappe war scheu geworden, aber er war abgesprungen, ehe das Tier ihn abwerfen konnte. Gewitter fürchtete er nicht, er hatte schon so manches Unwetter auf dem Meer erlebt. Aber nun erfasste ihn plötzlich die Angst. „Adam!", erklang es nochmals ganz in der Nähe. Es war wirklich Margitas Stimme. Unaussprechliche Angst schnürte sein Herz zusammen. Nun sah er auch, wie die Blitze einschlugen und der Sturm die Zweige von den Bäumen brach. Er begann zu laufen, und mit einem Aufschrei sank er bei dem Kreuz auf die Knie. Da lag Margita am Boden, von einem herabfallenden Ast halb bedeckt. „Margita, meine Margita!", rief er entsetzt. Er hob die junge Frau auf, sie war bewusstlos. Von der Stirn rieselte warmes Blut auf ihr Kleid und seine Hand. Da dachte Adam an

Margitas Worte: „Was würdest du tun, wenn ich nicht mehr wäre?" Nun hielt er sein Glück in den Armen, von dem er einst gesagt hatte, dass es ihm genüge.

„Gott, mein Gott, nimm sie mir nicht!", rief der junge Mann verzweifelt, der jetzt die unmittelbare Nähe dieses lebendigen Gottes fühlte, an den sie glaubte, vor dem der Großvater und der Marquis sich gebeugt hatten, für den Ursiny lebte, und dem er ausweichen wollte. Er hatte gedacht, ohne ihn fertig zu werden. Aber jetzt sehnte er sich nach seiner Hilfe, denn er konnte weder das Blut stillen noch Margita ins Leben zurückrufen. Vom Kreuz war es noch weit nach Horka. Er verband zwar rasch die Wunde mit seinem Taschentuch, aber das Blut sickerte durch. Dann nahm er sie in seine Arme und lief trotz Sturm und Wetter so schnell er konnte über die den Weg versperrenden Äste hinweg. „Gott, hilf mir!", tönte es beständig in seinem Herzen. So brachte er sie endlich bis in den Park, legte sie nahe der Wasserleitung auf eine Bank und begann, das Blut zu stillen. Es gelang ihm wohl, sie zu Bewusstsein zu bringen. Für einen Moment öffneten sich die Augen, aber sie schlossen sich gleich wieder, so schwer war sie verletzt. „Herr Jesus, erbarme dich meiner!", stöhnte er verzweifelt. Er nahm sie wieder wie ein Kind auf seine Arme, drückte sie fest an sich und lief ins Haus.

„Adam, was ist geschehen?", klang es ihm erschrocken entgegen. „Aurel, Margita ist im Wald erschlagen worden!“

„Margita? Unmöglich! Was tat sie dort?“ Der junge Arzt eilte herbei und beugte sich über seine Kusine. „Ich weiß nicht, ich habe sie beim Kreuz gefunden, ein Ast war auf sie gefallen. Ich konnte das Blut erst im Park stillen, jetzt atmet sie, aber sie ist bewusstlos.“

„Schaffen wir sie rasch hinein.“

In wenigen Sekunden ruhte die junge Frau auf dem Sofa. Der junge Arzt untersuchte den Kopf, das Herz klopfte ihm dabei fast hörbar vor Angst.

„Die Wunde ist nicht tief“, sagte er endlich. „Die Blutung hat ganz aufgehört. Lassen wir sie ruhen. Ich will die Stubenmädchen rufen, damit sie ins Bett gebracht wird. Fasse dich, Adam!“ Der junge Mann gehorchte zwar, aber sein Gesicht war leichenblass. Nachdem die erschrockenen Mädchen Margita entkleidet hatten, trug er sie selbst ins Bett. Er wartete, bis sie die Augen öffnen würde. Der Doktor legte ihr kalte Umschläge auf und versuchte, sie zum Bewusstsein zurückzurufen. Aber er erreichte nur, dass sie einen tiefen Seufzer ausstieß und den Kopf liegen ließ, wie er ihn hingelegt hatte.

„Margita, unsere goldige Margita!“, rief Aurel im Salon und presste beide Hände an die Stirn. „Wer hätte nur an so etwas gedacht? Noch vor einer Weile spielte und sang sie dem Großvater und mir vor, und nun? Wie ist sie nur dorthin geraten? Sie lebt zwar, aber wenn das Gehirn verletzt ist, dann ist sie verloren. Armer Adam! Und wer soll es Großvater sagen? Und Nikolaj, und Korimsky?“

* * *

Viele Wasser flossen noch ins Boravatal hinab, ehe die kleine Gesellschaft den Weg nach Orlow antreten konnte. Horka, das noch vor einer Stunde durch den Zauber, der von Margitas Persönlichkeit ausging, ein Mittelpunkt des Glückes gewesen, war zur Stätte des Schmerzes und Herzeleides geworden. Margita kam wohl zu sich und fing an zu reden, ein Zeichen, dass sie weder die Sprache noch die Fähigkeit zu denken verloren hatte, aber es waren Phantasien, denn ein starkes Fieber hatte sie ergriffen. Nun erfuhr Adam, nun erfuhren alle anderen, was sie im Wald gewollt hatte, wie sie dahin gekommen war. Sie erfuhren, wie sehr sie ihren Mann liebte.

„Lass mich lieber sterben“, wiederholte sie immer wieder, „nur begnadige ihn. Lass ihn nicht verloren gehen! Nun weiß ich, Herr Jesus, wie sehr du die Menschheit geliebt hast, dass du sterben musstest, damit wir gerettet werden!“

Wer könnte beschreiben, was in Adams Seele vorging? Es war eine furchtbare Sprache, die der Geist Gottes in diesen Stunden zu seinem Herzen redete, aber er redete nicht vergeblich. Adam erkannte, dass sein Himmel, der mit Margita sterben müsse, nicht genügen konnte. Er sah ein, dass es eine Ewigkeit geben musste, in der dieses liebevolle Herz noch einmal leben und für alle das Licht und Glück, das es auf Erden verbreitet hatte, Vergeltung finden würde.

Ja, der Herr redete zu ihm in einer unerwarteten, unmissverständlichen Sprache. Und Korimsky? Wer beschreibt die Finsternis, die in seinem Herzen herrschte, als er am Lager der Tochter stand? Er sah sie vor sich, wie sie heute zu ihm gekommen war, die Augen voll strahlenden Glücks. Er empfand noch, wie sie sich an ihn geschmiegt hatte und ihm Pläne für Nikolajs Zukunft vorgeplaudert hatte, wie sie mit Adam, Tamar und Nikolaj eine weite Reise, eine Reise in Tamars Heimat machen wollten. „Vater, das Leben ist fast zu schön, als dass es ununterbrochen so weiter gehen könnte. Es müssen auch Kämpfe kommen, denn ein Christ kann ohne Kreuz nicht sein.“ Ja, die Kämpfe waren gekommen, aber sie wusste nichts davon.

Korimsky fühlte, dass dieser Unfall seiner Tochter und das über seine Familie hereingebrochene Leid die Antwort auf seine stolzen Worte war: „Was ist aus deinen Prophezeiungen geworden, Borinsky? Meine Kinder sind beide glücklich“, und auf jene anderen Worte: „Und wenn er lebte, würde er ja doch nicht in meine Verhältnisse passen“, womit er für immer sein armes, um seine Rechte gebrachtes Kind von sich gestoßen hatte. Eine entsetzliche, Tag und

Nacht währende Angst bedrückte den Mann, aber sein Herz schrie dennoch nicht um Gnade. In jenen Tagen, da jeder, auch der letzte Bewohner im Boravatal, innige Teilnahme mit der jungen Frau auf Horka empfand, ging dort ein helles Licht auf. Tamar kam mit ihren Gesellschafterinnen und übernahm die Pflege der geliebten Margita, besonders aber die Aufgabe des Tröstens. Sie, die früher in Zeiten der Krankheit ihre ganze Umgebung unglücklich gemacht hatte, sie leuchtete jetzt als Licht in diesen dunklen Trübsalstagen, obwohl ihr Herz doppelt betroffen war, denn sie litt als Freundin und als Nikolajs Braut. Sie stand Adam treu zur Seite, umgab den Großvater mit ihrer Liebe und unterstützte ihn mit ihren Gebeten. Sie bemühte sich auch, Margitas Vater zu trösten, aber das gelang ihr nicht. Was sie Nikolaj in diesen Tagen war, das wusste nur er allein. Aurel hätte sie am liebsten auf Händen getragen, aus Dankbarkeit für das Licht des Trostes, das sie um sich verbreitete. Ihr selbst brachte Stefan Hradsky stets aufs Neue Stärkung. Er kam täglich zweimal, um sich nach dem Gesundheitszustand der Kranken zu erkundigen, für die im Dubravatal unaufhörlich gebetet wurde.

* * *

Am Samstagabend führte Marquis Orano Herrn Nikolaus nach Podolin. Aurel hoffte, dass er dort eher Ruhe finden würde. Der Marquis bemühte sich, den alten Herrn abzulenken und zu trösten, selbst als dieser schon im Bett lag, aber es gelang ihm nicht. Gerade weil er von seinem Liebling fern war und ihn nicht sehen durfte, traten in der Stille des nun einsamen Schlosses um so lebhafter die Bilder des kurzen Glückes seiner Enkel vor seine Seele. Wie verlassen und einsam würde Adams Leben sein, wenn Margita stürbe!

„Mein ganzes Haus stirbt aus!", rief er klagend, „und ich muss so einsam und verlassen bleiben! Meinem ältesten Sohn Adam ist die Frau gestorben, er ist ihr nachgefolgt. Natalie lebte und starb, von ihren Allernächsten getrennt. Ferdinand, der der glückliche Vater eines Sohnes hätte sein können, wie man nicht bald seinesgleichen findet, ist elend zugrunde gegangen. Und nun soll auch mein Adam allein bleiben. Ach, alles um mich her stirbt, und ich muss allein übrigbleiben", schluchzte der alte Mann. Indem er verriet, was der wundeste Punkt in seinem Herzen war, wiederholte er klagend: „O Ferdinand, mein Sohn, dass ich doch an deiner Statt gestorben wäre! Aber du bist zugrunde gegangen, und ich bin noch da!" Schmerzlich klangen die Worte des Alten. Er sah nicht den harten Kampf in den Zügen des Marquis, der an seinem Bett kniete. Er vernahm nicht dessen halblautes, ängstliches Gebet und bemerkte auch nicht, dass dieser sich mit raschem Entschluss aufrichtete und in sein Zimmer ging.

Dort nahm der Marquis aus einem Geheimfach ein kostbares polnisches Gewand heraus und betrachtete vor dem großen Spiegel schmerzlich forschend seine völlig verwandelte Erscheinung. Herr Nikolaus sah und hörte nichts, bis es über ihm in polnischer Sprache klang: „Vater, vergib deinem unglücklichen Ferdinand!“ Er hielt bestürzt im Weinen inne, und ein Schrei „Ferdinand, mein Sohn!“, entrang sich seinen Lippen. „Ich lebe, Vater!“

Herr Nikolaus war wie erstarrt. Vor ihm stand, allerdings um viele Jahre älter, sein Sohn und redete zu ihm in polnischer Sprache, aber mit der Stimme des Marquis Orano:

„Vater, ich bin es, dein Ferdinand, der dir einst geschworen, entweder als Besitzer von Podolin oder nie dahin zu kommen. Ich lebe wirklich, davon kannst du dich überzeugen, ich habe vor dir meine Verkleidung abgelegt, die ich als Marquis Orano trage. Für diese Stunde bin ich aus dem Grab der Vergessenheit aufgestanden, aber nur für diese Stunde. Großes Unheil droht mir, wenn mich jemand so erblickt. Aber ich wollte dich um jeden Preis beruhigen, ich wollte aus deinem Mund die Vergebung empfangen. Gib sie mir, teurer Vater, und dann sinkt dein Ferdinand wieder in sein Grab!“ Die Gefühle, die in diesem Augenblick die beiden überwältigten, kann keine Feder beschreiben. Als der erste Sturm vorüber war, küsste und streichelte der alte Herr das Gesicht des Sohnes, wie er es einst mit dem Kinde getan. „Mein lieber Ferdinand", beide brachen in Tränen aus, „nicht wahr, nun sagst du mir doch alles?"

„Ja, Vater. Wie du weißt, waren wir auf dem Schiff beide krank, Helmar und ich. Als er dem Tode nahe war, schenkte er mir seine Papiere und bat mich, an seiner Stelle nach Kairo zu gehen. Wir hatten keinen anderen Zeugen als Ben, und der liebte uns beide. Er besorgte die Tinktur, durch die mein Gesicht die dunkle Färbung erhielt. Nur das hatte uns unterschieden, sonst waren wir von gleicher Gestalt. Nach langem Kampf willigte ich endlich ein und gelobte ihm, an seiner Statt nach Ägypten zu gehen. Lange Jahre hatte er in der Fremde geweilt. Er durfte annehmen, dass niemand den Wechsel erkennen würde. Dies bewahrheitete sich. Denn als wir ihn nach seinem Tode als Ferdinand Orlowsky begraben hatten und ich in Kairo eingetroffen war, wunderte sich niemand über mein Aussehen. Er hatte eine Braut, die Eltern hatten sie ihm verlobt, aber sie kannten sich noch nicht persönlich, nicht einmal aus Bildern. Jene Braut wurde meine Frau, und ich nahm alle Würden und Ämter ein, die seiner warteten. Mein ganzes Leben war ein einziger Betrug, ich stand auf einem vulkanischen Boden, aber niemals so wie jetzt, da ich meiner Tochter nachgegeben und mit ihr dahin gekommen bin, wohin mich mein Herz so mächtig gezogen, besonders seit jener Stunde, da ich erfahren habe, dass du lebst.

Hier fand ich meinen verstoßenen Sohn, dem ich mich nicht zu erkennen geben darf, denn Ferdinand Orlowsky darf nicht aus dem Grabe auferstehen, wenn er nicht das Andenken Helmar Oranos mit einem furchtbaren Skandal beflecken will. Ich stand und stehe zu hoch.

Nun, mein Vater, so habe ich denn alles gesagt, und jetzt bitte ich dich, beweine nicht länger deinen Sohn, der zwar lebt, aber jetzt, da er mit Gott und dir versöhnt ist, lieber unter dem Sande der Wüste ruhen wollte, wo an seiner Stätte seit langen Jahren der Marquis Helmar Orano schläft. Du hast dich wohl gewundert, dass ich meine Tochter ohne Bedenken dem einfachen Korimsky gegeben habe! Ach, er ist doch der Sohn unserer geliebten Natalie!

Und wenn Tamar ihn heiratet, wird sie niemals in jene Kreise kommen, in denen ihr Vater ein so betrügerisches Spiel gespielt hat. Mit dem Hochzeitstag legt sie Namen und Titel ab, die ihr nicht gebühren. Ihren Reichtum kann sie behalten, denn die Fürstin Werning war meine Frau und ihre Mutter und hat ihr Vermögen ihr hinterlassen. Den anderen Teil hat mir Helmar geschenkt. Ich habe es nicht durch Betrug an mich gebracht, so dass kein Fluch darauf liegt. Nur mein unrechtmäßig getragener Name wird mit mir in die kalte, prunkvolle Gruft der Oranos gehen. Die heimatliche Erde wird den unglücklichen Auswanderer nicht decken dürfen. Weine nur nicht, Vater, die Strafe ist nicht groß im

Vergleich zu meinen schweren Sünden. Dort oben bei unserem himmlischen Vater aber werden wir einst alle und für immer daheim sein!"

Alle in Horka hätten am anderen Tag, als Herr Nikolaus von Podolin heimkehrte, bemerken müssen, welche Veränderung mit ihm vorgegangen war. Aber dort herrschte gerade, als er kam, unaussprechliche Freude. Margita war zu neuem Leben erwacht. Die gefürchtete Krisis war in der Nacht vorübergegangen, und das junge Leben war gerettet. Als Tamar sich voll Freude an den Großvater schmiegte, drückte er sie ans Herz, wie er es sonst nur mit Margita tat, und küsste sie unter Tränen auf Stirn und Wangen, vor Freude über Margita, wie sie dachte. „Ich habe euch allen viel Sorge bereitet", sagte Margita, „verzeiht es mir!"

Wie gern vergaben sie ihr, wie bemühten sie sich, ihr Liebe zu erweisen! Adam trug seine Frau gleich einem Kind auf seinen Armen aus einem Zimmer ins andere. „Fürchte nicht", sagte er am Montagmorgen zu ihr, „dass ich dich je wieder durch meinen Unglauben betrüben werde. Nun weiß ich, dass der Himmel in uns sein kann, denn ich fühle, dass er mein ist. Aber unser Schatz muss höher sein, am Herzen Jesu. Mein Leben lang kann ich ihm nicht genug danken, dass er dich mir aufs Neue geschenkt hat. Der Herr Jesus hätte mich durch ein einsames, freudloses Leben für meinen Unglauben strafen können. Ich habe wahrhaftig nichts anderes verdient."

Das war Arznei für Margita. In solcher Luft genas sie rasch. Auf ihren Wunsch wurde festgesetzt, dass man, da es am letzten Sonnabend nicht sein konnte, nun am nächsten in Orlow sein wollte. Daher verständigte man die Bewohner der Apotheke und Orlow von diesem Entschluss. Am Mittwoch erhielt Margita mit der Post einen schönen Blumenstrauß in kostbarer Manschette, auf der in goldener Schrift stand: „Willkommen im neuen Leben!" Beigefügt war eine Karte voll aufrichtiger Teilnahme und herzlicher Freude mit der Unterschrift: „Dein Pflegevater Rainer!" Es trieb ihr die Tränen in die Augen.

Aber dieselbe Post brachte ihr noch einen kleinen, unscheinbaren Brief. Miroslav hieß Margita in dem neuen, vom Herrn geschenkten Leben willkommen. Er erbat ihr vom himmlischen Vater die Fülle des Segens zu ihrer neuen Pilgerfahrt. Der Brief war nur mit „Miroslav" unterzeichnet. Margita las ihn immer wieder und drückte ihn an ihre Lippen. Dann schloss sie die Augen und schlummerte ein, von dem glücklichen Gefühl all der Liebe, die sie umgab, eingewiegt.

Am Freitag lud Herr Nikolaus Gäste nach Horka, um Margitas Genesung zu feiern. Im Park ließ er eine geräumige, von innen und außen mit Tannen geschmückte Laube aufschlagen. Gegen Abend, als die Sonne unterging, erschien, von allen unerwartet, Margita vor dieser Laube. Der Kopf war zum ersten Mal vom Verband befreit. Sie trug ein weißes, reich mit Spitzen geschmücktes Kleid. Sie blieb stehen und blickte hinein. Auf einer Leiter standen Adam und Aurel und befestigten eine Girlande mit dem Namen „Margita“.

Nikuschka reichte ihnen mit strahlendem Gesicht das Nötige zu, Großvater hielt Aurel die Stehleiter, denn dieser schwebte mit einem Fuße in der Luft. Der Vater dagegen reichte Adam das noch fehlende Reisig. „Das Leben ist doch schön“, dachte Margita, „besonders jetzt, da Adam auch unser ist.“ In diesem Augenblick wurde sie bemerkt. Ihr Vater eilte als erster auf sie zu und schloss sie leidenschaftlich in die Anne. Adam sprang von seiner Höhe herab, um so schnell wie möglich bei ihr zu sein. Eben wollte er sie ein wenig schelten, dass sie zu früh gekommen sei, da ertönte Pferdegetrappel und das Rollen herannahender Räder. Dem Wagen entstieg Tamar, in duftiges Weiß gekleidet, von ihrem Vater und ihren Gesellschafterinnen begleitet. Ferner kamen Familie Zarkany und der Verwalter. Dann holte der Wagen den Herrn Gal und seine Frau ab. Auch Herrn und Frau Pfarrer hätte Herr Nikolaus gern eingeladen, aber sie waren nicht daheim. Aus dem Dubravatal kamen Stefan, Peter und Marischka in ihren schmucken Trachten.

Es war ein sehr vergnügter Abend, und Margita erschien es nur verwunderlich, dass sie ihre Gäste nicht selbst bedienen durfte. Aber das besorgte Adam heute für sie mit einer außerordentlichen Geschicklichkeit.

„Beinahe hätte ich etwas vergessen, Herr Korimsky, entschuldigen Sie", sagte beim Abendessen Herr Villier. „ Ich war auf der Post und nahm mit, was für Horka und Sie gekommen war, habe es aber bis jetzt nicht abgegeben." Damit zog er eine Zeitschrift und zwei Briefe hervor. Erstere war für Herrn Nikolaus bestimmt, ein Brief für Herrn Korimsky, der andere für Nikolaj.

„Ach, von Miroslav!", rief Nikolaj erfreut.

„Wahrscheinlich meldet er, dass alles zum Empfang bereit ist", bemerkte Korimsky und steckte den Brief zu sich. „Du erlaubst, Tamar?", wandte sich Nikolaj zu seiner Braut. „Natürlich, lies nur, damit auch ich bald etwas von Herrn Ursiny erfahre."

„Findest du nicht", sagte in diesem Augenblick Aurel zu Adam, „dass Großvater eine besondere Zuneigung zu Marquis Orano gefasst hat? Sieh nur, wie er ihn anblickt!"

„Ich sehe es, Aurel, aber ich denke, dass die Neigung erst vom Sonnabend herrührt. Der Marquis hat ihm in jenen Stunden der Angst beigestanden. Er ist ihm dankbar dafür. Dies möchte er ihm und Tamar, die uns so treu zur Seite stand, gern zeigen."

„Du magst Recht haben, aber Margitas Krankheit hat sehr auf den Großvater eingewirkt."

„Nikuschka, was schreibt dir Miroslav?", forschte Tamar, als sie von der Tafel aufgestanden waren und sich zwanglos in Gruppen auflösten. Margita sprach mit den Gästen aus dem Dubravatal. Tamar legte ihre Hand auf seinen Arm, und sie gingen tiefer in den schön erleuchteten Park hinein.

„O, Tamar, er schreibt mir etwas, was mich sehr betrübt hat." Das junge Mädchen sah erschrocken ihren Verlobten an. „Herr Ursiny hätte dich betrübt?"

„Ja, mein Liebes. Denke nur, er schreibt so lieb und gut. Aber am Schluss teilt er mir mit, dass Umstände ihn nötigten, Podhrad und unser Haus zu verlassen. Er dankt mir für alle Liebe, mit der ich ihn, wie er schreibt, beglückt hätte. Der letzte Absatz ist traurig, man merkt, dass es ihm schwer gefallen ist, so zu schreiben. Ich kann gar nicht erwarten, bis mein Vater seinen Brief liest. Vielleicht enthält dieser die Erklärung."

„Dann geh zu ihm, Nikuschka, rufe ihn beiseite, oder nein, ich will ihn zu dir bitten. Das darf doch nicht sein, dass Herr Ursiny von uns fortgeht. Das ist nur, weil er nicht weiß, dass er die Apotheke übernehmen soll." Tamar strich ihm über die Stirn, blickte ihn nochmals an und verschwand. „Was willst du, Nikuschka?", umarmte ihn nach einer Weile sein Vater. „Vater, bitte, hast du Miroslavs Brief gelesen?"

„Nein, warum?"

„Dann bitte, lies ihn."

Korimsky entfaltete verwundert den Brief. Er enthielt noch einen zweiten, der an Aurel gerichtet war.

Dann begann er zu lesen und hielt ihn so, dass auch Nikolaj mitlesen konnte. „Sehr geehrter Herr Korimsky! Alle Vorbereitungen sind getroffen, das Haus ist so hergerichtet, dass dort jederzeit ein Familienfest stattfinden kann. Die Apotheke haben wir nach Ihrem Wunsch gleich in den ersten Tagen in Stand gesetzt. Dabei haben wir alle Medikamente mit neuen Aufschriften versehen. Ich habe in Heinrichs Gegenwart ein neues Buch eingerichtet, alles ist genau eingetragen und jeder Irrtum unmöglich. Jetzt haben wir auch das Laboratorium in Stand gesetzt. Mit dem Arzt habe ich alle Rechnungen geordnet. Somit ist meine Arbeit bei Ihnen, Herr Korimsky, beendet. Nach dem Kontrakt hätte ich eine zweimonatige Kündigung einhalten müssen, aber Umstände zwingen mich, Sie schon jetzt zu verlassen. Verzeihen Sie mir das Pflichtversäumnis, das ich damit begehe. Sie werden dadurch keine weiteren Unannehmlichkeiten haben. Einen Ersatz finden Sie leicht, wenn Heinrich Ihnen nicht genügt, ich kann wirklich nicht länger bleiben. Also, Gott befohlen, Herr Korimsky! Gott segne Sie, leben Sie glücklich, und nehmen Sie für alles herzlichen Dank von Ihrem achtungsvoll ergebenen Miroslav Ursiny."

„Vater, was bedeutet das?" Nikolaj klammerte sich an den Vater. „Dass er Unsinn schreibt", erwiderte Korimsky stirnrunzelnd. „Was hat er dir geschrieben?"

„Auch von mir nimmt er Abschied.“

„Sorge dich nicht, Nikuschka, daraus wird nichts. Er weiß nicht, dass wir morgen kommen. Wenn ich mit ihm gesprochen habe, wird ihm die Lust vergehen, uns zu verlassen und anderwärts Verbindungen anzuknüpfen“, beruhigte Korimsky seinen Sohn. „Morgen früh will ich ihm telegrafieren, er möge auf mich warten. Sollte er seinen Koffer schon gepackt haben, kann er ihn leicht wieder auspacken. Das Ein- und Auspacken wird ihm nicht soviel Arbeit machen wie uns“, scherzte er.

„Sprich nicht so, Vater, das tut mir weh.“

„Wie wunderlich du bist, Nikolaj. Verstehst du nicht, dass sein Koffer voller werden wird, wenn er erst Herr der ‚Goldenen Lilie‘ ist?“ Korimsky hatte seine stolze Gutmütigkeit wiedergefunden. Aber dem Sohn wurde es weh ums Herz, dass er nur mit Mühe ein Lächeln über die Lippen brachte. Korimsky nötigte durch liebevolles Zureden seinen Sohn, mit ihm zur Gesellschaft zurückzukehren. Er übergab Aurel den Brief und gesellte sich selbst zu den älteren Herren und nahm in seiner stolzen, ungezwungenen Art an ihren Gesprächen teil.

Der junge Doktor zog sich mit seinem Brief in eine Sofaecke zurück und las: „Teurer Aurel! Aus deinen Händen habe ich im Winter die Apotheke übernommen, darum will ich sie, wie ich damals sagte, dir jetzt zurückgeben. Bitte, lass dir, wenn du nach Podhrad kommst, alles von Heinrich zeigen und bitte, nimm dich der Evangelisation in Podhrad an. Du hast Energie und Kraft genug, auch vor den Großen in dieser Welt das Evangelium zu bezeugen. Aber wir Geringen brauchen ganz besonders das Evangelium, damit wir etwas haben, was uns in Trübsal, Armut und Verlassenheit tröstet. Ich hoffe, dass auch Nikuschka nicht schweigen wird, aber gehe mit gutem Beispiel voran, dir wird es leichter fallen. Gern, sehr gern hätte ich noch mit dir gesprochen. Es fällt mir schwer, dass ich so fortgehen muss, ohne euch allen wenigstens die Hand zum Abschied gereicht zu haben. Aber was schreibe ich da! Ihr alle habt dem armen Miroslav viel, viel Liebe erwiesen. Der Herr vergelte es euch! Für Gotteskinder gibt es kein Scheiden, *‚und müssen sie auseinandergehen, und trennen auf Erden sie Raum und Zeiten, sie rufen: Bei Gott auf Wiedersehen!*‘“

Aurel zerknitterte den Brief, „ Was für wunderliche Gedanken! Du willst uns fortlaufen. Da du nicht schreibst, wohin, könnte es leicht geschehen, dass wir dich nicht wiederfinden und es dann wirklich gelten würde: Auf Wiedersehen erst in der Herrlichkeit! Aber daraus wird nichts, mein wunderlicher Miroslav. Der Onkel würde es zwar für sein Aufschieben verdienen, dass du verschwandest und er so dein Schuldner bliebe! Aber du bist in Not. ‚Damit wir etwas haben, was uns in Trübsal, Armut und Verlassenheit tröste‘, diese Worte verraten es mir.“ Der junge Mann ließ den Marquis herbeirufen, und das Gespräch fiel zu beider Zufriedenheit aus.

* * *

Die Sonne war untergegangen. Auf dem Bahnhof Podhrad hielt der Schnellzug. Der Schaffner öffnete einen Wagen erster Klasse und blickte voll Interesse der Gesellschaft nach, die dem Abteil entstieg. Die Herren sprangen schnell heraus und geleiteten die Damen zu den bereitstehenden Wagen. „Das sind Orlowskys“, flüsterten die Leute einander zu. Den schwarzen Diener bemerkend, fügten sie hinzu: „Und das sind die Fremden von Podolin.“

Schnell trugen die Wagen die Angekommenen vor den Augen der neugierigen Zuschauer davon. Eine der Droschken bog bei der Stadt ab. Der Apotheker Korimsky fuhr zu seinem Haus. Die Tür der Apotheke war schon geschlossen. Als Korimsky den Hausflur betrat, drang ihm Musik und Gesang entgegen. Der Mann atmete auf, ein Lächeln umspielte seine Lippen. „Der beste Beweis“, dachte er, „dass er mich erwartet hat.“ Er ging den Klängen nach und in den dicht gefüllten Saal eintretend, setzte er sich bei der Tür so, dass der Vorhang ihn vor den Augen aller verbarg.

Niemand sah sich um.

„In der stillen Nächte Stunden, horch, was klopft in dir?
Hörst du's klopfen, immer klopfen, sprich: Was ist es hier?
Sage nicht, es sei dein Pulsschlag, es muss tiefer sein.
Jesus ist's, dein Heiland klopfet, bittet: Lass mich ein!"

Auf Korimsky machte das Lied mit seinem ernsten, warnenden Text einen unangenehmen Eindruck. Mit finsterer Miene saß er da.

„Schnöder Sünder, hast's vergessen, wer einst klopfte, wer?
Er, der einst um dich geworben, kennt dich dann nicht mehr."

Der Gesang verstummte. Ursiny, den er bis dahin nicht gesehen hatte, trat an den Tisch, um zu beten. Korimsky konnte seinen Blick nicht von dem edlen, heute so merkwürdig traurigen Antlitz wenden. Es war ihm, als hätte er einst dieses Gesicht oder wenigstens ein ähnliches gesehen. Auf Ursinys Gebet achtete er nicht, aber den Text, den der Provisor las, musste er hören, denn er war sehr kurz: „*Wendet euch zu mir, so werdet ihr selig, aller Welt Enden!*"

„Meine lieben Freunde!", begann der Redner. „Zu

ungewohnter Stunde haben wir uns versammelt, denn morgen wird es mir nicht mehr möglich sein, zu euch zu reden. Da ich noch heute mit dem Nachtzug Podhrad verlasse, so wollte ich von euch Abschied nehmen und auch noch einmal die mir von Gott aufgetragene Botschaft ausrichten.

Euch, die ich im Laufe der kurzen und doch langen Gnadenzeit, die wir miteinander unter Gottes Wort verbringen durften, so oft gebeten habe: *‚Lasset euch versöhnen mit Gott'*, euch will ich nochmals ermahnen. Aber es sind auch solche hier, zu denen ich zum ersten und zugleich zum letzten Male spreche. Diese bitte ich, mir aufmerksam zuzuhören, denn es sind meine letzten Worte."

In der Versammlung entstand eine Bewegung, aber man beruhigte sich bald wieder. Korimsky sah unangenehm berührt seinen Provisor an. „Er meint es also ernst mit seinem Weggehen!" Dieser Gedanke war dem Apotheker unerträglich. „Ich will nicht, dass er fortgeht, er darf nicht gehen!" Anfangs hörte er gar nicht zu, so sehr war er mit seinen eigenen Gedanken beschäftigt, aber dann wurde er von Ursinys Worten gefesselt.

„Wendet euch zu ihm, zu Jesus! Ich bin gekommen, um euch zu sagen, dass er euch liebt. Es gibt nirgends, weder im Himmel noch auf Erden, ein anderes Heilmittel gegen die Sünde. Denkt nicht, ihr könntet irgend etwas gutmachen. Keine Sünde lässt sich wieder gutmachen! Und wenn sie nicht vergeben wird, dann bringt sie Folgen mit sich, aus denen wieder ganze Berge von neuen Sünden entstehen. Darum wendet euch zu ihm, er will euch heilen."

Ursiny sprach eindringlich und ernst. Er zeigte das Licht und die Finsternis, er zeigte den Weg des Heils und den Weg des Verderbens und das Ziel des einen wie des anderen Weges. „Ich weiß", fuhr Ursiny fort, „dass noch viele von euch nicht mit Gott versöhnt sind, dass ihr auch heute nicht kommen werdet, um euch mit ihm zu versöhnen. Das schmerzt mich sehr, denn euer Verderben wird euch überfallen, obwohl auch für euch Kronen bereit sind. Ich habe euch den Heiland und das Heil, den Verderber und das Verderben gezeigt. Nun wählt, wählt gut. Meine Arbeit unter euch ist beendet. Gott sei mit euch!"

Im Saal hörte man Schluchzen. Korimsky ging hinaus. „Wenn alle fort sind", sagte er zu Ferko an der Tür, „soll der Provisor zu mir auf mein Zimmer kommen." Dann ging er den Flur entlang. Kaum hätte er sein eigenes Haus wieder erkannt, so geschmückt war es. Er öffnete die Wohnräume und die Gastzimmer, alles war licht, freundlich und voller Blumen. Hier hatten liebende Hände gewaltet.

Niemand störte den Hausherrn, denn die Dienerschaft war im Saal. Als er alles angesehen hatte, ging er in die Apotheke. Er stand vor Überraschung still, so schön war alles hergerichtet. „Und jetzt willst du wirklich fortgehen", dachte Korimsky bei sich, „ich bin wirklich neugierig, was für einen Grund du mir für dein törichtes Verhalten angeben wirst." Als er an dem Zimmer des Provisors vorbeischritt, öffnete er die Tür. Aufs Neue wurde er ärgerlich. Dort herrschte vollkommene Ordnung, und doch war es so fremd und kahl. Die Bücher und Wandsprüche waren verschwunden. An der Tür stand ein Koffer, darauf lag eine Reisedecke, daneben ein Schirm, Handschuhe und ein Hut. Korimsky wandte sich unwillig ab, ging in sein Zimmer und schritt erregt auf und ab.

Endlich hörte er die bekannten Schritte im Gang. Die Tür öffnete sich, und Ursiny trat ein.

Nach kurzem Gruß sagte Korimsky: „Ich bat Sie zu kommen, um Sie zu fragen, was für einen Grund Sie haben, mein Haus zu verlassen." Er sprach kühl, denn er wollte sich vor seinem Provisor nichts vergeben. „Ist Ihnen in meinem Haus irgendein Unrecht geschehen?"

„Nein, aber glauben Sie mir, Herr Korimsky, dass ich fort muss", entgegnete Ursiny ruhig. „Nun, Sie mögen meinetwegen einen Grund für Ihre Behauptung haben", begann er abermals mit herablassender Freundlichkeit. „Aber auch ich habe meine Gründe, Sie nicht ziehen zu lassen." Der junge Mann blickte auf. In seinen Augen lag ein seltsamer Ausdruck. „Haben Sie irgendwo Angehörige, zu denen Sie wollen?"

„Ich habe niemanden, Herr Korimsky."

„Oder haben Sie in einer anderen Apotheke eine Stelle in Aussicht, die Ihnen einträglicher erscheint?" Er schüttelte den Kopf.

„Nun, dann gehen Sie nirgends anders hin, schon aus dem Grunde nicht, weil wir Korimskys nicht Ihre Schuldner bleiben wollen. Nikolaj liebt Sie, er könnte Sie nicht so leicht verschmerzen wie Sie ihn, der Sie es gar so eilig haben. Im Einverständnis mit meinem Sohn und meiner Tochter überlasse ich Ihnen meine Apotheke. Treten Sie nicht zurück, werden Sie nicht so blass. Nicht als Almosen noch als Geschenk, was Sie in Ihrem Stolz nicht annehmen würden, keineswegs. Sie werden sie ratenweise abzahlen, denn wir wollen Sie bei uns behalten und als ein Glied unserer Familie ansehen. Somit bleibt alles beim Alten, nur mit dem Unterschied, dass der Apotheker Ursiny die Zimmer neben dem Saal bewohnen wird. Na, Ursiny, werden Sie nur nicht zu Stein", fügte Korimsky in seiner gutmütig stolzen Weise hinzu. Ursiny war sehr blass geworden. Korimsky legte ihm die Hand auf die Schulter. „Miroslav!" Der junge Mann zuckte zusammen. Ein Ausdruck unaussprechlicher Dankbarkeit bedeckte sein Gesicht. Er ergriff die Hand des Mannes und presste sie an seine Lippen. „Dank, o Dank für die Barmherzigkeit, die Sie mir erweisen wollen!", sagte er, und seine Stimme bebte vor innerer Erregung. „Der Herr Jesus vergelte es Ihnen, dass Sie für mich sorgen, dass Sie mich aufnehmen wollen. Ja, mein

Herr vergelte es Ihnen, aber ich kann es nicht mehr annehmen, es ist zu spät!“

„Was?“ Korimsky überwand die tiefe Bewegung, in der es ihm schien, als müsse er Ursiny an sein Herz ziehen. „Sie nehmen unser Anerbieten nicht an? Sie verschmähen es?“

„Ich verschmähe es nicht, glauben Sie mir, aber es ist zu spät.“

„Haben Sie Verpflichtungen, die Sie nötigen, sich an einem anderen Ort einzustellen?“, sagte der in seinem Stolz tief verletzte Mann kalten Tones.

„Ja, Herr Korimsky, ich muss mich an einem anderen Ort einstellen. Erlauben Sie mir, es Ihnen zu erklären. Bitte, zürnen Sie nicht!“, bat Ursiny herzlich.

„Und diese Verbindung sind Sie ohne unser Wissen hinter unserem Rücken eingegangen? Wie schändlich haben Sie uns betrogen, indem Sie Liebe heuchelten, die nicht in Ihrem Herzen war.“

„Erlauben Sie, Herr ...“

„Ich will nicht Ihre Entschuldigungen, ich will Ihre falschen Gründe nicht anhören, wozu all die Worte! Schicken Sie mir von Ihrer neuen Stellung aus Ihre Adresse, damit ich weiß, wohin ich zu senden habe, was ich Ihnen noch schulde. Und nun gehen Sie, gehen Sie sogleich! Ich wünsche nicht, dass mein Sohn mit Ihnen zusammentrifft und sich in meinen Augen etwas vergibt, indem er Sie bittet zu bleiben.“

Eine gebieterische Handbewegung, Ursiny ging. Aber in der Tür wandte er sich um. „Herr Korimsky“, sagte er, „wenn Sie einst Ihre Worte und das, was Sie jetzt getan haben, bereuen werden, dann erinnern Sie sich bitte daran, dass ich Ihnen vergeben habe und mit Gebeten und Segenswünschen fortgegangen bin.“ Korimsky stand, nachdem die Tür sich leise geschlossen hatte, noch eine Weile in stolzem Widerstreben da. Plötzlich ertönte es hinter ihm in erregtem, strafendem Tone: „Herr Korimsky, Sie haben diesem jungen Mann schweres Unrecht getan, das hat er nicht um Sie verdient!“

„Doktor Rauscher“, rief Korimsky betroffen, „Sie hier? Wann sind Sie gekommen?“

„Zu Beginn der Unterredung. Ich eilte her, da ich soeben auf der Straße erfuhr, dass Sie angekommen sind. Ich eilte, um Ihnen zu sagen, dass Sie Ursiny um jeden Preis in Ihrem Haus zurückhalten möchten. Da komme ich gerade dazu, wie Sie ihn hinausjagen, ohne ihm auch nur die Möglichkeit zu geben, Ihnen zu sagen, warum es zu spät ist! Sie haben ihm ins Gesicht gesagt, er hätte Sie betrogen. Er und uns betrügen! Diese edle, aufopfernde Seele! Das, was er Ihnen nicht erklären durfte, muss ich Ihnen jetzt an seiner Statt erklären. Morgen sind es drei Wochen, da kam er zu mir, als ich gerade zu Bett gehen wollte, und bat mich, ihn zu untersuchen und ihm, soweit ich es beurteilen könne, zu sagen, wie lange er noch leben werde. Nach der

Untersuchung war ich sehr überrascht und musste ihm der Wahrheit gemäß sagen, dass es kaum drei Wochen mehr dauern würde." Korimsky presste krampfhaft beide Hände auf die Brust. „Und was fehlte ihm?"

„Ein Herzfehler, scheinbar von Kindheit an. Er sagte, er sei vorzeitig zur Welt gekommen. In seinem fünfzehnten Lebensjahr habe ihn etwas sehr Schmerzliches betroffen, jene Qual habe bis zu seinem achtzehnten Jahr gedauert und seinen Zustand sehr verschlimmert. Der arme junge Mann hat schon viel leiden müssen. Er hat sein Leiden mit bewunderungswürdiger Geduld getragen. Jede Aufregung schadet ihm. Vor etwa einem halben Jahr hat ihm ein Arzt gesagt, dass er höchstens noch ein Jahr zu leben habe. Aber er hat bei Ihnen viel zu viel gearbeitet, viel zu viel! Außerdem litt sein liebevolles Herz mit Ihnen allen. Das schadete ihm sehr. Er hat sich bei Ihnen zu Tode gearbeitet, und zum Dank dafür weisen Sie ihm jetzt die Tür! Es tut mir Leid, dass ich so zu Ihnen sprechen muss, Herr Korimsky, aber eins ist gewiss, wenn Sie das alles erwägen, werden Sie selbst zugeben, dass Sie niemandem größeres Unrecht zugefügt haben als diesem jungen Mann. Aber Sie erlauben, dass ich jetzt nach ihm sehe."

„Doktor Rauscher, ist das alles wahr, was Sie mir jetzt gesagt haben?", stieß Korimsky mühsam hervor.

„Alles."

„Und wenn Sie das wussten, warum ließen Sie ihn arbeiten, warum teilten Sie es mir nicht mit?“

„Ich wollte, aber er bat mich, es nicht zu tun. Dann kam der Unfall der gnädigen Frau. Damals wollte ich es Ihnen nicht schreiben und wartete Ihr Kommen ab. Aber nun lassen Sie mich zu ihm, oder wollen Sie wirklich, dass er so aufgeregt fortgeht, um irgendwo auf der Eisenbahn zu sterben?“ Korimsky stöhnte: „Halten Sie ihn zurück, und bitten Sie ihn in meinem Namen zu bleiben. Ich kann jetzt nicht zu ihm gehen, aber ich komme nach.“

Der Doktor eilte die Treppe hinunter und öffnete Ursinys Zimmertür. Die große Lampe beleuchtete ein Bild, das ihm lebenslang unvergesslich bleiben wird. Neben dem Sofa, den Kopf an die Brust der alten Frau Pribovsky gelehnt, stand ein junges Mädchen. Beide weinten leise. Auf dem Sofa lag, den Kopf ein wenig zur Seite geneigt, die Hände herabhängend, der junge Provisor. „Miroslav!“ Dieser Schrei des Entsetzens durchdrang die Stube. Zwei kräftige Arme schoben Doktor Rauscher beiseite, und in namenlosem Schmerz beugte sich Aurel Lermontoff über den Freund. Er nahm die Hand, drückte sie an die Lippen, fühlte den Puls und legte das Ohr an sein Herz. „Was bedeutet das, was ist mit ihm geschehen?“

„Ach, Herr Doktor Lermontoff, wir wissen es nicht“, schluchzte Frau Pribovsky. „Ferko kam, uns zu rufen, und da fanden wir ihn so. Wir haben zu

Doktor Rauscher geschickt, und der kam nicht. Der Herr Jesus selbst hat Sie hergeführt."

„Ihm hilft nichts mehr, er stirbt, und Nikuschka ist nicht da!" Wie gebrochen sank Lermontoff in die Knie. „Du musst uns verlassen, mein Freund! Heinrich, lassen Sie mich, bitte. Ich kann ihm besser den Kopf stützen. So, mein Bruder, vollende wenigstens an meinem Herzen den rauhen Pilgerlauf, da du uns schon verlassen musst!" Lermontoff küsste die feuchte Stirn.

In diesem Augenblick öffnete Ursiny die Augen, sein Blick heftete sich zuerst auf den Freund und dann auf alle Gesichter ringsumher. Allen stockte der Atem, sie warteten, dass sich die geschlossenen Lippen noch einmal öffnen würden. Aber vergeblich. Es war ein stummes Lebewohl einer erlösten Seele, die nach langem, siegreich gekämpftem Kampfe ins Vaterhaus heimkehrte, um die verheißene Krone zu empfangen. Ein Strahlen lag auf seinem Gesicht. Ein schwaches Aufatmen, ein leiser Seufzer, die Brust regte sich nicht mehr. Auf Erden war alles vorbei. Was die Menschen an Ursiny verschuldet, würden sie nimmer gutmachen, was sie an ihm versäumt, nimmer nachholen können. Aber die Erde war ärmer geworden, denn wo könnte man so bald ein Herz finden, das es verstand, seine Mitmenschen zu lieben, ihre Lasten zu tragen, ihnen das Licht der Wahrheit zu bringen, und das alles, ohne Anerkennung zu erwarten?

Was empfand wohl der Mann, der bei der Tür an der Seite des Arztes stand, bei diesem stummen Lebewohl?

„Ist er tot?", entrang es sich seinen Lippen in dumpfer Verzweiflung. „Ja, Herr Korimsky. Aber es war ein schöner Tod. Er lebte wie ein Heiliger, darum gab ihm Gott einen solchen Tod. Schade um ihn, er war ein guter Mensch." Der Doktor suchte seine Tränen zu verbergen und verließ eilig das Haus. Die Gefühle, die er in diesem Augenblick gegen Korimsky hegte, waren unmöglich freundlich zu nennen. Daheim vergegenwärtigte er sich wieder jenen Augenblick, da Ursiny unerwartet bei ihm erschienen war. „Was führt Sie so spät zu mir? Haben Sie wieder irgendeinen Kranken, den Sie verbergen?"

„Nein, Herr Doktor, ich komme um meinetwillen, bitte, verzeihen Sie die späte Stunde."

„Um Ihretwillen? Blass genug sehen Sie ja aus. Was ist denn mit Ihnen los? Ihre Hände brennen, der Puls schlägt höchst unregelmäßig. Soll ich Sie untersuchen?"

„Ja, darum bin ich gekommen. Ich habe einen Herzfehler. Der Arzt in meinem früheren Wohnort hat mir gesagt, dass ich nur noch ungefähr ein Jahr zu leben hätte, und das ist jetzt ein halbes Jahr her. Aber es geht mit mir sehr rasch dem Ende zu, ich fühle es. Darum bitte, sagen Sie mir, soweit Sie es als Arzt beurteilen können, wie lange kann es mein Körper noch aushalten?"

„Bei Schonung zwei bis drei Monate, sonst kaum noch vier Wochen." Aufs Neue stellte er sich vor, wie Ursiny, den Kopf in die Hand gestützt, kurze Zeit dagesessen, sich dann aufgerichtet und ihm dankbar die Hand gereicht hatte. Er wollte fortgehen, aber da bekam er einen Krampfanfall, der ihn daran hinderte. Nun hatte er ausgelitten, aber ach, dass es so schnell und tragisch gekommen war! Korimsky hatte ihm durch seine Härte und Rücksichtslosigkeit das Leben verkürzt. Unterdessen verbreitete sich in der Apotheke die Kunde: „Der Herr Provisor ist gestorben!"

Im Saal kniete ein junges Mädchen und weinte bitterlich. „Was sollen wir ohne dich anfangen?", klagte es und dachte an die letzten Worte Ursinys: „Wendet euch zu Gott, meine Arbeit unter euch ist beendet."

* * *

Zwei Wagen fuhren einige Minuten später durch das geöffnete Tor von Korimskys Garten. Vier unaussprechlich glückliche junge Menschen saßen darin. Zur Überraschung der Nachbarn erglänzte plötzlich der Garten in märchenhafter Beleuchtung. Noch ehe Aurel das Haus betreten, hatte er einem Diener die entsprechenden Anweisungen gegeben. So waren Miroslav Ursinys Vorbereitungen nicht vergeblich gewesen. Strahlender Glanz hieß Nikolajs Braut willkommen. „Gott erhalte dich, Tamar, und segne deinen Eingang!“, leuchtete es ihr über einer Ehrenpforte in der Mitte des Parks entgegen. Über einer anderen stand zu lesen:

„Willkommen, Margita, im neuen Leben.“ Oberhalb des Felsens aber leuchtete es weithin sichtbar: „Jesus siegt, erleuchtet, heilt und segnet. Halleluja!“

„Wie schön!“, entschlüpfte es unwillkürlich allen Lippen. Tamar lehnte ihren Kopf an Nikolajs Schulter und blickte voll kindlicher Bewunderung auf den erleuchteten Garten.

Es schien ihr, als könnte es im Paradies nicht schöner sein. Nikuschka teilte ihre Gefühle. „Willkommen, meine geliebte Tamar, bei uns, in meinem Vaterhaus! O möchte der Herr Jesus geben, dass du es nie bereust, zu mir herabgestiegen zu sein.“ Sie schlang ihre Arme um seinen Hals und schmiegte sich an ihn. „Sprich nicht so, Nikuschka, oder weißt du nicht, dass wir einander gleich sind? Sind wir denn nicht Kinder eines Vaters? Haben wir nicht einen himmlischen Bruder, dessen Name uns dort entgegenleuchtet? Wo ist da ein Unterschied? Wenn du nur Geduld mit mir haben willst, so will ich mir gern alles abgewöhnen, was nicht mit unseren Verhältnissen übereinstimmt. Der Herr Jesus wird mir helfen. Er ist um unsertwillen so tief herabgestiegen, weil er uns liebte. Aber wozu sagen wir uns das alles? Wir zwei lieben uns, du bist mein, ich bin dein. Mir ist jetzt so wohl, da ich mich an dich lehnen kann. O Nikuschka, ich möchte mit keiner anderen Braut tauschen!“ In diesem Seufzer lag alles, was der Mund nicht aussprechen konnte. Und der Kuss des jungen Mannes drückte all das aus, was Worte nicht sagen können, sondern was das ganze Leben bezeugen muss. Wie Nikolaj so seine Braut in den Armen hielt und sie sich so vertrauensvoll an ihn schmiegte und sein Herz mit seligem Glück erfüllte, da konnte er nicht anders, er musste sie und sich aufs Neue dem Herrn übergeben. Er fühlte, dass das Glück zu groß war, um es in seinen schwachen Händen festzuhalten. Darum legte er es in die mächtige, starke Hand seines Herrn. Tamar sah, dass ihr Geliebter betete. Sie blickte auf ihn und von ihm zum Himmel empor im stillen Gebet:

„O Herr, erhöre ihn!“

„Ist es wahr, Adam, ist es wirklich wahr, was dort die Lichter verkündigen, dass Jesus siegt?“, erklang es in dem anderen Wagen. „Ja, Margita.“

„Du glaubst also wirklich an Christus und willst ihn als deinen Herrn bekennen?“

„Er hat gesiegt, und die Besiegten müssen seine Diener sein.“ Margita sah ihren Mann erschrocken an.

„Adam, nur aus Zwang?“ Er fuhr zusammen und drückte sie fester an sich. „Erschrick nicht, mein Schatz. Was mein dankbares Herz deinem Herrn, der nun auch der meinige ist, gegenüber empfindet, werde ich nie so gut aussprechen können, aber er versteht mich. Sieh, dort grüßt dich die Hand der Liebe im neuen Leben. Eigentlich sollte auch mein Name dabeistehen, denn auch ich trete in ein neues Leben ein und habe aus dem alten nichts herübergenommen als die Liebe zu dir. Aber auch diese ist verwandelt, ist reiner, heiliger geworden. Ich danke dir, meine teure Margita, für deine große Liebe, die du mir bewahrtest, obwohl wir an zwei Ufern standen und ein Abgrund zwischen uns lag. Wie groß er war, sehe ich erst jetzt, wo er nicht mehr vorhanden ist. Wunderbar und unbegreiflich ist diese Veränderung in mir. Ich halte dich in meinen Armen, ich fühle, wie dein Herz klopft, ich fühle deine Lippen, und doch scheint es mir, als sei ich allein, das heißt nicht allein, sondern als bildeten wir beide ein Ganzes, das niemand und nichts mehr scheiden kann."

Sie antwortete nicht sogleich, denn sie fühlte dasselbe. „So soll auch unsere Seele mit Christus verbunden sein, so eng und unzertrennlich, dann werden auch wir sagen können:

Ich lebe, doch nun nicht ich, sondern Christus lebt in mir." Zur gleichen Zeit saßen in Orlow Herr Nikolaus und Marquis Orano allein in der Bibliothek. Plötzlich stand Herr Nikolaus auf, schloss die Tür, kehrte zurück und schlang beide Arme um den Hals seines Gastes: „Ferdinand!"

Der Marquis blickte erschrocken auf: „Vater, was tust du? Warum rufst du deinen Sohn aus dem Grabe? Warum setzt du mich dieser Versuchung aus?", rief er schmerzlich. „Wir sind allein, niemand stört uns", entgegnete der alte Mann wehmütig. „Ach, nur noch einmal, nur auf einen kurzen Augenblick sei mein Sohn!"

„O Vater, wie diese Verstellung drückt und schmerzt! Ich glaube, ich hätte es allein tragen sollen. Verzeih, dass ich so schwach war und mich verraten habe."

„Ach, sprich nicht so! Wenn du es tragen musst, mein Ferdinand, so will ich es auch tragen. Nur ist mir so furchtbar bang, wenn ich daran denke, welche Gefühle dein Herz bewegen mussten, als du nach Orlow kamst. Sicherlich trat dir jene Nacht und meine Härte wieder vor die Seele."

„Weißt du, Vater, welches Gefühl ich hatte? Das Gefühl unaussprechlicher Sehnsucht, jetzt, nachdem ich dir meine Tochter zugeführt und gesehen habe, wie du dich meines Sohnes angenommen und ihm die Hand gegeben hast, jetzt bei dir sterben zu dürfen wie unsere Natalie."

„Ferdinand!"

„Ach, Vater, entsetze dich nicht, und wundere dich nicht! Mir wäre wohl im Grabe, wo es keinen Betrug mehr gibt. Wie froh bin ich, dass unsere Kinder fortgegangen sind und mir noch einmal die Gelegenheit gegeben haben, ein Kind zu sein, obwohl mein Haar schon ergraut ist."

„Mein Ferdinand!" Der alte Herr streichelte die Wangen des Sohnes, wie er es wohl in den Tagen der Kindheit getan hatte. „Groß und schwer ist dein Leid, aber Gott ist gut, er wird dir helfen, es zu tragen."

„Ich glaube es, Vater, wenn er mich nicht verworfen, sondern trotz meiner großen und schweren Sünden angenommen hat, so wird er sich auch erbarmen und mir helfen, geduldig die verdiente Strafe zu tragen.

Aber, mein Vater, meine Kräfte zu überschätzen, das hieße mit dem Feuer spielen. Darum wundere dich bitte nicht, wenn ich dir sage, dass ich im nächsten Monat abreise. Ich habe die Pflicht, dort, wo ich einst mein Heidentum zur Schau trug, als Christ zu leben und dem Herrn Jesus die Ehre zu geben."

„Du willst nach Ägypten zurück? Und so bald?"

„Ja, ich muss, klage nicht, Vater, und halte mich nicht zurück! Wenn ich es Tamar erkläre, wird sie es einsehen. Und wenn in unserer Heimat der Winter hereinbricht, dann bitte, schicke mir Tamar, Nikuschka, Margita und Adam. Du bleibst nicht allein, denn ich lasse dir meinen Aurel an meiner Statt. O, übertrage alle deine väterliche Liebe auf ihn, tue es für mich!"

„Ferdinand, teurer Ferdinand, warte wenigstens auf die Kinder!"

„Ich kann nicht, Vater. Weine nicht und halte mich nicht auf. Ich kann nicht!" Der Marquis umarmte seinen alten Vater. „Ich habe keine Kraft, mich vor meinem Sohn zu verleugnen. Du weißt doch, Aurel

Lermontoff kann niemals der Sohn des Marquis Orano sein, und Ferdinand Orlowsky darf nie aus seinem Grab aufstehen. Wenn ich mich Aurel offenbarte, dann müsste er diese Last der Verstellung mit mir tragen. Es ist genug, dass du sie trägst. Aber du bist alt, wir beide werden bald Natalie nachfolgen. Doch er ist jung, es wäre Sünde, sein Leben zu verdüstern. Er ist glücklich in dem Bewusstsein, dass seine Eltern dort oben vereint sind. Wenn er einst zum Herrn kommt, wird es auch selige Wahrheit sein, denn ich glaube nicht, dass er mir vorangehen sollte. Obwohl mein Herz sich mächtig gegen den Abschied und die Trennung sträubt, gebieten es der Anstand und Pflichtgefühl, und auch meine Seele weiß es: Gehe hin, um dort, wo du gesündigt hast, zu leben wie Christus befiehlt. Wenn du nichts gut machen kannst, so kannst du wenigstens die Wahrheit bezeugen, dass ohne Jesus weder Licht noch Glück noch Frieden zu finden ist, und dass alle diejenigen ‚Schwärmer' sind, die ihn nicht kennen wollen. Das ist das einzige, was mich in meinem Leid aufrecht erhält. Ich erkenne meine Lebensaufgabe ganz klar. Vater, du wirst mich doch nicht hindern, nicht wahr?"

„Nein, mein Sohn. Gehe, wohin der Geist Gottes dich ruft. In der Arbeit liegt Vergessen des Leides. Wir haben beide bisher Gott nicht gedient. Ich kann ihm am Ende meines Lebens nicht mehr so dienen, wie ich sollte und wollte. Du aber bist noch im Vollbesitz deiner Kräfte, vor dir liegt noch das Leben, so weihe es ihm ganz. Hier bleiben, hieße mit dem Feuer spielen und deine Kräfte überschätzen, es würde niemandem Segen bringen. Daher wird es gut sein, wenn wir uns trennen. Es dauert ja auch nicht lange, dann folgt die herrliche, unwandelbare Ewigkeit, wo Gott alle Tränen abwischen wird von unseren Augen."

„Habe Dank, Vater! Da ich nicht weiß, ob uns noch ein ungestörter Augenblick beschieden sein wird, bitte ich dich, gib mir deinen Segen. Einst bin ich mit deinem Fluch von hier gegangen, und der hat all mein erträumtes Glück zerstört, dein Segen aber wird mir reichen Gewinn bringen."

„Es segne dich, mein teurer Sohn, Gott der Vater, der Sohn und der Heilige Geist, auf dass du als ein Gesegneter Gottes leben und sterben kannst. Amen."

„Und nun, Vater, sehen wir uns Orlow an. Ich will noch einmal mein Vaterhaus sehen und mich all der glücklichen Tage erinnern, die ich mit Adam und Natalie hier verlebte, damals als wir noch deine kleinen Kinder waren und noch nichts von den Stürmen des Lebens wussten. Wir wollen durch das ganze Gut gehen, bitte! Unterdessen sind wohl auch unsere Kinder zurück und mit ihnen der liebe junge Mann, dessen Ankunft ich kaum erwarten kann, denn was wäre ich heute ohne ihn!?"

* * *

„Nun, Heinrich, sagen Sie mir, wie alles geschehen ist?“, sagte Aurel Lermontoff zu dem Gehilfen, als der erste stürmische Schmerzensausbruch vorüber war und er ihn aus dem Stübchen führte. „Außer Ihnen kann mir überhaupt niemand Auskunft geben.“

„Ach, Herr Doktor, ich will alles sagen, was ich weiß. Aber es ist nicht viel und wird Ihnen nichts erklären. Der Herr Provisor sagte uns gestern Abend, dass er fortfahren werde. Er setzte auch für heute Abend eine Versammlung an, in der er von allen Abschied nahm. Aber wir dachten, dass Sie und der junge Herr Korimsky ihn nicht fortlassen würden, wenn Sie erst da wären. Den ganzen Vormittag hatte er noch viel Arbeit, denn es wurden die Ehrenpforten im Garten aufgerichtet. Mitunter war er ganz blass, und man merkte ihm an, dass er sehr erschöpft war. Als ich nach dem Mittagessen zu ihm kam, lag er auf dem Sofa. Er musste wohl Schmerzen haben, denn er lächelte nur mit Mühe. Seine Hände waren eiskalt, und seine Wangen brannten wie Feuer. Dann packten wir gemeinsam seine Sachen. Dabei schenkte er mir alle seine besseren Kleider, auch seine Bücher und Bilder verteilte er an Ferko und mich. Etliche legte er für Fräulein Agnes und Stefan Hradsky beiseite, sie sind in meinem Schrank. Als Ferko einwendete, was er dann haben würde, wenn er alles uns gebe, meinte er lächelnd, für die Reise hätte er genug, und dort, wo er jetzt hinkomme, würde man ihm alles geben. Als wir fertig waren, wusch und kämmte er sich und legte reine Wäsche und seinen Sonntagsanzug an. Frau Pribovsky brachte ihm das Vesperbrot. Sie lachte nur dazu, denn sie war überzeugt, dass er sich vergeblich zur Reise rüste. Der gab er gleichfalls ein Buch und bat sie, die Sachen, die er ausgezogen, nachdem sie gewaschen sein würden, irgendeinem Armen zu schenken.

Essen wollte er nicht recht. Dann gab er uns noch allerlei gute Ermahnungen. Als wir von ihm gingen, schrieb er einiges in sein Tagebuch. Inzwischen wurde es Abend. Noch bevor wir die Apotheke schlossen, kam er und bereitete die Medizin für einen Kranken. Dann besah er die Arbeit im Garten, ging nochmals den ganzen Garten entlang und betrat erst den Saal, als wir schon alle auf unseren Plätzen saßen. Nach der Versammlung rief ihn Ferko zum Herrn Korimsky. Wie sehr warteten wir, was er sagen würde, wenn er zurückkäme. Nach kurzer Zeit kam er in seine Stube. Aber er war blass und so traurig, dass wir ordentlich erschraken. Er setzte sich auf einen Stuhl bei der Tür und stützte den Kopf in die Hand. Als wir zu ihm eilten und neben ihm niederknieten, drückte er uns an sich, lehnte seinen Kopf an mich und begann bitterlich zu weinen. Als Ferko ihn fragte, ob er uns wirklich verlasse, hielt er sogleich mit Weinen inne und erwiderte: ‚Ich muss, es ist hier kein Raum mehr für mich.' Dann stand er auf, trat an den Tisch, packte seine Uhr ein und legte sie ins Futteral. Er wollte stehend ein paar Worte dazu schreiben, aber plötzlich erfasste ihn ein Schwindel, und wären wir ihm nicht rasch beigesprungen, er wäre wohl zu Boden gesunken. Er musste große Schmerzen haben, denn er stöhnte sehr, wir konnten ihn kaum zum Sofa bringen. Ich hob ihm den Kopf, Ferko lief nach Frau Pribovsky, aber ehe sie mit Fräulein Agnes herbeigeeilt war, hörte ich ihn unter Seufzen sagen: ‚Vollbracht! Halleluja!‘ Als ich ihn unter Tränen bat, mir etwas zu sagen, bewegte er die Lippen und flüsterte: ‚Jesus!‘ Das hörten auch die anderen. Dann kamen Sie, Herr Doktor, und dann war alles zu Ende.“

„Zuvor bemerkten Sie nie an ihm, dass er krank war?“, forschte der Arzt, mühsam die Tränen unterdrückend. „Doch, es schien mir, seit er von Boravatal zurück war, als verließen ihn mitunter seine Kräfte. Aber er klagte nie. In der Nacht von Mittwoch zum Donnerstag konnte ich nicht schlafen. Mein Herz trieb mich so sehr zu ihm, bis ich es endlich wagte. Die Tür war geschlossen, aber ich konnte sie öffnen. Ich fand ihn halb angekleidet auf seinem Bett liegen. Seine Wangen glühten. Er stöhnte im Traum und war mir sehr dankbar, als ich ihn weckte. Auf meine Frage, ob er krank sei und was ihm fehle, sagte er nur, dass ihn der Herr Jesus bald gesund machen würde. Als ich Donnerstag und gestern seine Tür zu öffnen versuchte, war sie fest verschlossen. Ich denke aber, er muss längere Zeit krank gewesen sein, und zwar an einem Herzleiden."

„Warum denken Sie an ein Herzleiden?", forschte der junge Doktor gespannt. „Wir bereiteten einmal eine Arznei für einen Herzkranken. Ferko hatte keine Lust, diese hinzutragen, und ich meinte auch, die Leute würden schon kommen, sie zu holen. Da sah er uns traurig an und sagte: ‚Wenn ihr wüsstet, was das für ein Schmerz ist, und wie solch ein Kranker sich nach der beruhigenden Arznei sehnt, ihr würdet euch mehr beeilen, ihm Erleichterung zu bringen.'

‚Wird ihm nach dieser Medizin besser sein?' forschte Ferko.

‚O, sicherlich, es ist eine sehr gute Arznei. Sie stillt den Schmerz, und der Kranke wird ein wenig schlafen können.' Darum denke ich das, denn ich sah dieselbe Medizin gestern Abend auf seinem Tisch, ein Stück Zucker lag daneben. Ich erschrak sogleich, dass er sie einnahm. Mehr weiß ich nicht zu sagen."

„Ist auch nicht nötig, das genügt mir." Der junge Doktor senkte traurig den Kopf. „Die Herrschaften kommen schon", meldete in diesem Augenblick atemlos ein verweinter Diener und erinnerte Aurel daran, dass außer dem toten Freund noch jemand auf der Welt existierte, der in den kommenden Minuten seinen Beistand und seine Teilnahme brauchen würde.

„Aurel, Aurel! Das kann nicht wahr sein, was wir

gehört haben! O, sage, dass man uns getäuscht hat, es ist ja nicht möglich, dass Miroslav tot ist, nicht möglich, dass er so von uns gegangen ist! O, Aurel, sage, dass es nicht wahr ist." So riefen drei erregte junge Stimmen, und die vierte fügte hinzu: „ Gib uns eine Erklärung dieses schrecklichen Ereignisses."

„Ich kann es nicht, Geschwister! Ich bin geradeso zu spät gekommen wie ihr und habe nichts weiter von ihm empfangen als einen letzten Blick dieser teuren Augen. Der Herr hat Miroslav sehr rasch durch einen Herzschlag abberufen. Er war es, der ihn abberufen hat, Nikuschka. Kommt, bitte, überzeugt euch selbst, dass ich die Wahrheit rede."

„So hast du uns also verlassen, ohne dass wir dir gedankt, ja nur die Hand zum Abschied gereicht hätten? O Miroslav, Miroslav! Warum hast du uns das angetan?", klang es bald durch das Stübchen.

„Du bist nun schon im neuen Jerusalem", sagte Adam. „Nun ist alles, wovon du sprachst, dein. Nun bist du reich und auf ewig erhöht."

„Aber wir haben es dir nicht einmal vergolten", schluchzte Tamar. Und Nikolaj weinte: „Ich bin gesund geworden, und du musstest sterben."

Als das Weinen verstummt war, meldete Frau Pribovsky, dass im Saal alles zur Aufbahrung bereit sei, und dass es wohl richtig wäre, den Herrn Provisor jetzt hinüberzutragen. Die Diener brachten eine Bahre, aber die Herren erlaubten ihnen nicht, den teuren Toten zu berühren. Der Doktor und Adam trugen ihn in den Saal. Tamar schmückte ihn mit Blumen. Nikolaj hielt seine Hand, als könne er noch immer nicht fassen, dass Miroslav nicht mehr lebe.

Als alles bereit war, erinnerte sich Margita plötzlich, dass ihr Vater nicht da war, es gab ihr ordentlich einen Stich ins Herz. Sie lief, ihn zu suchen, und fand ihn in seinem Arbeitszimmer auf dem Sofa liegen, den Kopf in den Kissen verborgen. Sie wunderte sich nicht, er war sicherlich erschüttert. „Vater, wir sind schon gekommen“, sagte sie und küsste ihn. „Aber was hat uns hier erwartet, wer hätte das gedacht?“ Korimsky wollte sich aufrichten, aber dann verbarg er aufs Neue sein Gesicht in den Kissen. „Vater, traure nicht“, tröstete ihn Margita unter Tränen. „Miroslav ist ja zum Herrn Jesus gegangen.“

„Ja“, kam die dumpfe Antwort, „er ist hingegangen, um mich zu verklagen.“

„Aber warum denn? Denke nur das nicht, teurer Vater! Miroslav, selbst wenn er Grund dazu gehabt hätte, war er viel zu gut, um jemanden zu verklagen.“

„Ja, er war gut. Und ich? O Margita, wenn du wüsstest! Lass mich, ich bitte dich.“

„Aber Tamar ist gekommen, Vater, und niemand hat sie willkommen geheißen.“

„Tamar?“ Korimsky fuhr zusammen, sprang auf und zeigte seiner Tochter ein durch Seelenqualen entstelltes Gesicht, dass sie erschrak und nichts mehr zu fragen wagte.

Ähnlich ging es auch den Übrigen. Sie alle sahen, dass Korimsky tief erschüttert war. Niemand fragte ihn, wie er seinen Provisor vorgefunden hatte. Tamar übernahm die Aufgabe des Tröstens bei ihrem zukünftigen Schwiegervater. Margita suchte Frau Pribovsky auf, um mit ihrer und Aurels Hilfe die nötigen Anordnungen zu treffen, da ihr Vater nicht dazu imstande war. Adam eilte nach Orlow, um zu melden, was geschehen war, und Nikuschka zündete rings um die Bahre Lichter an und blieb mit dem toten Freund allein.

Wie er sich voll Trauer herabneigte, um den Anzug des Freundes ein wenig glatt zu streichen, öffnete sich der Rock ein wenig, und Nikuschka bemerkte erst jetzt, dass die Taschen mit Papieren voll gestopft waren. „Dort braucht er das nicht mehr!", seufzte er und nahm alles heraus. Es waren Traktate, zwei Neue Testamente, eine Geldtasche und ein schwarz gebundenes Buch, wohl ein Tagebuch. Dieses steckte der junge Mann zu sich, das Übrige legte er auf das Harmonium. Dann setzte er sich neben die Bahre.

* * *

Wie Recht Dekan Jurecky neulich mit seinem Ausspruch hatte: „Die armen Leute schätzen ihn hoch", das zeigte sich jetzt. Wie ein Blitz verbreitete sich in Podhrad die Kunde:

„Der Herr Provisor ist gestorben!“ Die Armen eilten herbei, um zu erfahren, was daran wahr sei. Die einen kamen, die anderen gingen. „Mir hat er das getan, mir jenes, mir hat er das geschenkt.“ Das wiederholte sich auch in den folgenden Tagen. Vielen hatte Ursiny ein Zeugnis vom Herrn abgelegt, wenn auch die Zahl derer, die er zu ihm führen durfte, nur klein war. Aber alle, die ihn gekannt hatten, mussten zugeben, dass er gut gewesen, und dass sie ihm für seine Wohltaten Dank schuldeten.

Die Leute baten, wenigstens bis Mitternacht bei ihm die Totenwache halten zu dürfen, was gern erlaubt wurde. Als Herr Nikolaus und der Marquis kamen, waren schon viele Leute beisammen und sangen Sterbelieder. Sie sahen, wie der Herr von Orlow den Toten küsste und wie ihm dabei die Tränen über die Wangen rannen. Orano konnte seinen Blick nicht von dem stillen Antlitz wenden.

Dann fuhren die Herrschaften nach Orlow. Im Hause blieben nur der Apotheker, der sich aber nicht sehen ließ, und Nikolaj Korimsky.

In seiner Stube ging Manfred Korimsky mit großen Schritten auf und ab. Er ahnte ein wenig davon, welche Qualen der stille Schläfer dort hatte ertragen müssen, bevor der so jähe, unerwartete, aber vorausgesagte Tod eintrat.

Wie traurig war ihm zumute, immer wieder musste er sich sagen: „Du bist schuld!“ Dann dachte er wieder: „Ich kann nichts dafür, er ist selbst schuld, er hätte es mir gleich sagen und nicht verschweigen sollen. Ich hätte ihn pflegen lassen. Aber er war eben unaufrichtig von Anfang bis zu Ende. Wenn er mir in seinem Brief geschrieben hätte: ‚Ich bin krank, darum muss ich aus der Apotheke fort', hätte ich ihn in ein Bad geschickt. Aber er verheimlichte es vor uns. Rauscher stand ihm näher. Er ist schuld, dass ich mich vor diesem Mann noch bloßgestellt habe."

So und ähnlich suchte Korimsky die anklagende Stimme zu übertönen, die ständig rief: „Er hat sich bei Ihnen zu Tode gearbeitet, und Sie haben ihn aus dem Hause gejagt."

Nicht weit von ihm sangen sie:

„Lasst mich gehn, lasst mich gehn, dass ich Jesum möge sehn!
Meine Seel ist voll Verlangen, ihn auf ewig zu umfangen
und vor seinem Thron zu stehn!"

Unter den Klängen dieses ernsten Liedes las Nikolaj das Tagebuch seines toten Freundes, das ihm einen vollkommeneren Einblick in dessen Seele gewährte, als er ihn bisher gehabt hatte. Es waren genaue Eintragungen, aus denen ersichtlich war, welche Arbeit Ursiny früher gehabt hatte. Plötzlich kam Nikolaj zu einem Abschnitt, bei dem er unwillkürlich erbebte.

„Heute war ich bei Doktor K. Meine Krankheit hat ihren Höhepunkt erreicht. Der Arzt sagte mir, dass ich es kaum noch ein Jahr aushalten werde. Herr, ich habe noch so wenig getan, und nur noch so kurze Zeit darf ich dir dienen? Bitte, gib mir Kraft, bis ans Ende treu zu sein, und mache dieses mein letztes Jahr zu einem rechten Segensjahr, so dass ich noch vielen den Weg zu dir zeigen darf."

„Dem Datum nach ist seitdem kaum ein halbes Jahr vergangen", dachte der Lesende. „Der Doktor hat sich also getäuscht. Miroslav wusste demnach schon, dass er nicht mehr lange zu leben habe, als er zu uns kam."

Atemlos las der junge Mann weiter, bis er zu einem Abschnitt kam, der ihn mit größter Spannung erfüllte. „Was habe ich heute vernommen, was für eine furchtbar traurige Nachricht! Nikolaj soll sich vergiftet haben. Die Herren, die es einander erzählten, ahnten allerdings nicht, wer ihnen zuhörte, und dass dabei das Herz eines Bruders, seines unglücklichen Bruders blutete. Mein Nikuschka! Ach, mein Nikuschka! Und ich habe keine Möglichkeit, zu dir zu eilen.

Sie sind nun in solcher Trübsal, und ich kann ihnen nicht zu Hilfe kommen. Ich könnte nicht? Sie brauchen einen Provisor, und ich werde hier in den nächsten Tagen frei. Wenn ich mich meldete, würde Herr Korimsky mich vielleicht nehmen. Aber ich sollte zu ihm in den Dienst gehen? Ach, das schmerzt! Still, mein Herz, was sind das für Regungen? Würde ich doch auf diese Weise zu Nikuschka gelangen! Vielleicht dürfte ich vor ihm ein Zeugnis ablegen! Aber diese große Selbstverleugnung, diese tägliche Aufregung, und ich bin krank! Doch wer soll ihnen das Licht bringen, wenn nicht ich?"

Tränen rannen über Nikuschkas Wangen. Er schloss einen Moment die Augen, ehe er weiterlas.

„Dem Herrn sei Dank, mein Anerbieten ist angenommen worden. Ich bin schon unterwegs und schreibe im Zug. Nach heißen Kämpfen leuchtet mir wieder das Licht des Friedens. Ja, ich will alles mit Liebe vergelten. Ich handle nicht gegen mein Versprechen, Großvater. Ich habe wohl gelobt, niemals etwas von Korimsky anzunehmen, aber ich habe nicht gelobt, ihm niemals etwas anzubieten. Da er mir nicht erlaubt hat, ihm durchs ganze Leben als Sohn in Liebe zu dienen, so will ich ihm wenigstens als Untergebener mit meinen letzten Kräften dienen. Er wird ja niemals erfahren, wer unter seinem Dach weilte, meine Schmach werde ich wie bis heute allein weitertragen."

In angstvoller Beklemmung sah Nikolaj auf das Büchlein. Er blätterte umher und suchte zwischen den Schriftbetrachtungen und Liederabschriften Bemerkungen, die den Freund persönlich betrafen. Diese waren schwer zu finden, denn er schrieb sehr wenig von sich.

„Ich habe Nikuschka gesehen. Wie ist mein Bruder schön, obwohl er jetzt so elend ist. Er muss so viel leiden, und dir, mein Herz, erscheint dein Leiden mitunter zu viel? Was ist es im Vergleich zu ihm? Ich leide von Kind an, aber dieses jäh hereingebrochene, unerwartete Leiden ist größer. Könnte ich an Nikolajs Statt sterben, damit der geliebte Sohn dem Vater erhalten bliebe! Wie er ihn liebt! Und Nikuschka ist dieser Liebe würdig. Könnte ich wenigstens ein wenig Zuneigung gewinnen, aber für mich hat er kaum einen Blick. Und dennoch bin ich froh, dass ich ihn sehen und ihm dienen darf!"

„Ich habe Margita gesehen", hieß es dann weiter.

„Mein armes Schwesterchen! Herr, bringe du selbst alles zurecht, gib, dass sie zusammenkommen können. Bei den Menschen ist es nicht möglich, aber alle Dinge sind möglich bei dir."

Bei diesen Worten zogen die letzten Ereignisse aufs Neue an Nikuschkas Seele vorüber. Allerlei stand hier, wovon er bis jetzt nichts gewusst hatte. Mit welcher Sorgfalt und Freude waren all die Fortschritte des Lichtes verzeichnet, das anfing, seine Strahlen in die Herzen all derer zu werfen, denen Miroslav ein Zeugnis ablegte. Verzeichnet war ferner jedes gute, liebevolle Wort, jeder, selbst der unscheinbarste Liebesbeweis, der ihm entgegengebracht wurde. Wie teuer waren sie geachtet, und wie spärlich waren sie zu finden!

Nikuschka las bis zur Krankheit seiner Mutter, dann fiel ihm das Buch aus der Hand. Es blieb aufgeschlagen am Boden liegen, er konnte die Worte lesen: „Das war eine furchtbare Nacht! Preis sei dir, mein teurer Herr, dass sie vorüber ist. Aber ich bitte dich, lass nicht noch viele solcher Nächte über dein armes Kind kommen! Ich habe mich gestern sehr, sehr aufgeregt. Dank dir, Herr, dass mich kein Herzschlag getroffen hat, obgleich mir wohler wäre, denn ich weiß nicht, wie ich heute auf die Straße gehen soll. Doch ich lebe nicht mehr mir selbst. Die unglückliche Frau braucht mich. Nikuschka hat sie mir anvertraut. Aber dass ich ihr gestern die Wahrheit sagen musste, ich! Jetzt ist es mir, als könnte jeder auf meiner Stirn jenes Mal der Schmach sehen. Aber, konnte mir denn nicht dieser Schmerz erspart bleiben? Bin ich denn noch so hochmütig, dass mir diese furchtbare Demütigung nötig war?

O Herr, mein Herr, erbarme dich meiner und tröste mich wieder! Ich soll Stunde halten, aber wie werde ich sie halten mit diesem tief verwundeten todkranken Herzen? Mein gestriges Opfer reut mich nicht, Herr, nein. Die arme, teure Seele musste aus diesem schrecklichen Irrtum herausgeführt werden, und hätte es mich auf der Stelle mein Leben gekostet. Sie durfte nicht länger meine Mutter solch einer furchtbaren Sünde verdächtigen. Nun, wem hätte die arme Frau eher geglaubt als mir, Ludmilla Borinsky und seinem Sohn? Nein, es reut mich nicht. Nur scheint es mir, als könnte mir jeder von meiner Stirn das schreckliche Wort ablesen:

Korimskys unehelicher Sohn!, welches sie nun sieht. Ich sollte nach ihr sehen, aber ich kann nicht. Ach, Herr, ich wünschte, dass ihre Augen niemals wieder auf mir ruhen müssten!

Wozu schreibe ich das alles? Wozu wühle ich in meiner Wunde? Hat nicht der Herr meiner Mutter und mir dadurch große Barmherzigkeit erzeigt, dass Ursiny sich über sie erbarmte und sie nahm, obwohl er wusste, wie die Dinge standen, und mir großmütig seinen unbescholtenen Namen schenkte? Hilf mir, teurer Herr, dass ich deiner Gnade würdig sei und den mir geschenkten Namen mit Ehren trage bis an mein Ende!"

Als Nikolaj diese Worte gelesen hatte, saß er, den Kopf auf die Brust geneigt, wie vom Blitz getroffen da. Der herabfallende Schleier eines Geheimnisses trifft immer. Diese Erkenntnis traf Nikolaj Korimsky wie ein Schlag. Er sank zu Boden und bedeckte sein Gesicht mit beiden Händen, und seine Wangen glühten vor Scham über seinen Vater.

Nun war das ganze Dunkel gelichtet. Seine arme Mutter, der er so oft Unrecht getan hatte, indem er sie der Härte beschuldigte, war im Grabe gerächt. Er bedurfte keiner weiteren Aufklärung. Nikolaj wusste alles.

Nach etwa einer Stunde trat er in den Saal ein. Die Leute sahen, wie Nikolaj Korimsky an das Lager seines toten Freundes trat. Alle sahen seine tiefe Bewegung, aber keiner ahnte, dass der junge Mann in jenem Augenblick erkannte, was ihn für immer mit dem Herzen des stillen Schläfers verband. Ja, erst jetzt, da dasselbe im Tode aufgehört hatte zu schlagen, erkannte er die Liebe, die ihm sein Bruder um den Preis seines eigenen Lebens entgegengebracht hatte, eine Liebe, mit der ihn kein Mensch mehr lieben würde. Er erkannte das erst, nachdem sie dahin enteilt war, wo sie ihren Ursprung hatte, zum Herzen Gottes. Eine Weile verharrte Nikuschka im stummen Gebet. Obwohl sein Herz schmerzte, dankte er dennoch Gott dafür, dass er die Wahrheit erfahren hatte und seinen geliebten Bruder wenigstens im Grabe nicht verkennen würde. Er dankte auch für dessen Befreiung. Er fühlte wohl, dass mit diesem Stachel im Herzen für Miroslav auf Erden nirgends ein dauerndes Glück geblüht hätte. Dann richtete Nikolaj sich auf. Freundlich bat er die Leute, sich nun zu entfernen und ihn mit seinem Bruder allein zu lassen.

Unter ehrerbietigen Verbeugungen verließen alle den Raum. Dann zog Nikolaj wieder das Büchlein, jenes einzige Vermächtnis des teuren Bruders, hervor und las weiter.

„Mein Zustand hat sich verschlimmert“, schrieb Miroslav an jenem für Nikolaj so freudenreichen Abend. „Ich bin aus Podolin fortgeeilt, denn es war mir sehr schlecht. Wenn ich zurückkehre, will ich zu Doktor Rauscher gehen. Es ist zwar kaum ein halbes Jahr her, aber mir ist, als sollte jede Ader in meinem Herzen zerspringen. Ich fühle das Herannahen des Endes. O Herr Jesus, darf ich dich wirklich schon bald sehen? Ich kann es kaum glauben, dass meine Befreiung schon nahe ist und mein Weilen in der Fremde nur noch so kurze Zeit dauern soll!“

Dann folgte einiges über sein Gespräch mit dem Marquis und ein Gebet für die Errettung dieses Mannes.

Ein weiterer Abschnitt handelte von dem ersten Sonntag, den er wieder in Podhrad erlebt hatte.

„Gestern ist mir ein Unfall widerfahren. Als ich die Leiter bestieg, geriet dieselbe mit mir ins Wanken. Der Herr hat mich zwar vor dem Fallen behütet, aber ich habe mir weh getan, und heute fällt mir das Gehen und das Sitzen schwer. Ich bin sehr müde. Gott sei Dank, dass die große Arbeit schon vorüber ist. Heute darf ich wieder den ganzen Tag im Dienst des Herrn verbringen, das ist Freude!

Es ist Nacht. Ich komme vom Doktor. Meine Ahnung hat mich nicht getäuscht, nur noch zwei Wochen. Was soll ich nun tun? Meine Mittel sind fast erschöpft. Zum Baron Rainer, der mich gerufen hat, sterben gehen und ihm so zur Last fallen, das kann ich nicht. Wäre Dubravatal nicht so weit vom Borovskyhof, dann würden mich die Geschwister dort wohl gern für diese Tage aufnehmen. So aber bleibt mir nichts anderes übrig, als ins Krankenhaus zu gehen. Stille, mein Herz, dein Heiland ist am Kreuz gestorben. Es liegt ja nicht soviel daran, wo der Mensch einschläft. Die Hauptsache ist, wo er aufwacht. Und ich, der ich hier keine Heimat hatte, so wie du, mein Herr, ich werde sicher daheim erwachen. Wenig habe ich gearbeitet, aber ich danke dir, mein Herr, dass du mir nach deiner großen Gnade erlaubtest, ein wenig Frucht zu sehen. Bitte, nimm Podhrad in deine Hut, bis Stefan zurückkehrt. Bewege die Brüder, Zeugnis für dich abzulegen. Wenn Nikuschka wollte, könnte er das Werk der Evangelisation mit Aurels Hilfe hier fortsetzen. Lege du es ihm ans Herz, Herr! Ich vertraue dir völlig. Du wirst dich der bereits erretteten Seelen und auch der erweckten annehmen, denn du kennst sie alle mit Namen. Ich sehne mich nach Ruhe. Du weißt, wie lange ich nicht mehr geschlafen habe, denn sobald ich einschlummere, kommt der Schmerz oder ein böser Traum und weckt mich. Ich bin furchtbar müde."

Noch eine Woche war hier verzeichnet. Der erste Teil war voll Gebete für Margita und voll Dank für ihre Genesung. Auch der Brief war abgeschrieben, den sie ihm als Antwort für seinen brüderlichen Gruß gesandt hatte. Dann bekam Nikolaj Einblick in den heißen Kampf, den sein Herz gekämpft, ehe er die drei Briefe geschrieben hatte. „Ich muss fort, ehe sie kommen, denn die Krankheit könnte mich überraschen", schrieb Miroslav. „Sie sind so gut zu mir und würden mich nicht fortlassen. Ich hätte dann keine Kraft mehr, der Liebe zu widerstehen. Auch würde ich das Versprechen, das ich meinem sterbenden Großvater gegeben habe, niemals im Leben etwas von Korimsky anzunehmen, brechen müssen. Bisher habe ich mir jedes Stück Brot verdient, dann aber wäre das nicht mehr der Fall. Oft überfällt mich eine große Sehnsucht, die überwunden werden muss. Erst gestern träumte ich, ich läge zu Bett, Aurel pflegte mich und Nikuschka rückte mir die Kissen zurecht. Sie alle kamen mich besuchen. Margita brachte mir Blumen und küsste mich. Dann kam Korimsky und neigte sich zu mir. ‚Wie geht es dir, mein Sohn?', fragte er mich, so wie er Nikuschka zu fragen pflegte. Doch dieser Traum ist und wird niemals Wirklichkeit werden. Er wird mich niemals seinen Sohn nennen, niemals! Das schmerzt mich am meisten, dass ich ihm noch nie ein Zeugnis abgelegt habe. Vergib, wenn die Schuld bei mir lag! Es schmerzt mich sehr, denn solange er nicht Buße tut, kannst du ihm nicht Gnade zuteil werden lassen. Du hast versucht, ihn zu beugen, aber er hat dir widerstanden. Wenn es sein muss, so zerbrich ihn, aber lass nur nicht zu, dass er ewig verloren gehe! – Ich habe ein Telegramm bekommen. Ich soll bis zum Abend warten, er werde kommen. O meine Seele, warum ist dir so bange vor dieser letzten Begegnung? Wie sollte ich mich aber auch nicht fürchten? Sie alle kommen nach Orlow und von dort aus hierher. Ich habe alles zum Empfang der teuren Tamar vorbereitet. Wer will es mir verdenken, dass ich meinen Bruder und sein Glück gern sehen möchte? Wenn er mir ein freundliches Wort gibt, werde ich ihm nicht widerstehen können, sondern bleiben. Wenn er mir zürnt, dass ich fort will, und mir ein kaltes, hartes Wort sagt, wird es mir sehr weh tun. Warum sorge ich mich? Ich will ihm sagen, dass ich krank bin, und ihn bitten, mich fortzulassen, weil ich Nikuschka nicht in seiner Freude stören will. Er ist edel, er wird das einsehen, er wird mich entlassen, und ich werde gehen. Wann werden all diese Sorgen aufhören? Ach, dass ich so lange harren muss auf meinen Gott.

Es geht mir, wie Gerok sagt:

‚Mit tausend Wünschen bin ich ausgegangen,
heim kehr' ich mit bescheidenem Verlangen.
Noch hegt mein Herz nur einer Hoffnung Keim:
Ich möchte heim, ich möchte heim!'

Margita, Nikuschka, Aurel: Lebt wohl! Auf Wiedersehen dort in der Herrlichkeit! Bei Gott auf Wiedersehen!“

„Nun bist du daheim, mein Bruder, und brauchst dich nicht mehr zu sorgen“, sagte Nikuschka, bitterlich weinend. „Du brauchst nicht mehr mit einem Leben voller Entsagung zu kämpfen. Aber du hast Recht gehabt. Dein Traum ist niemals Wirklichkeit geworden. Der Vater hat dich niemals seinen Sohn genannt. Aber nun, du edles Herz, wo dich nichts mehr schmerzt, soll er erfahren, wer ihm gedient hat und wem er seine Apotheke auf Abzahlung überlassen wollte. Du hättest mir das nie erlaubt, mein Bruder. Aber Gott ist nicht nur Liebe, er ist auch gerecht. Und so soll dir, weil es im Leben nicht geschehen, wenigstens im Tod Gerechtigkeit widerfahren."

Als der junge Mann die Saaltür aufschloss, zuckte er zusammen, denn neben ihm klang es: „Nikolaj, du hier? Was tust du hier? Wohin willst du?"

„Zu dir, Vater", entgegnete der Sohn ernst. Nikolaj öffnete die Tür aufs Neue und ließ Korimsky eintreten. „Wozu verbringst du hier die ganze Nacht, mein Sohn?", meinte der Apotheker besorgt. Seine Augen streiften flüchtig den Toten. „Du könntest dir schaden, und ihm hilft es ohnedies nicht mehr."

„Nein, ich kann damit meinen lieben, guten Bruder nicht mehr ins Leben zurückrufen. Er braucht meine Hilfe nicht mehr. Als er ihrer bedurft hatte, hat sie ihm keiner von uns angeboten."

Korimsky fühlte sich durch die schmerzliche Kälte in der Stimme seines Sohnes verletzt. „Vater, ich möchte gern wissen, ob du Miroslav die Apotheke angeboten hast?"

„Ja", entgegnete Korimsky dumpf. „Und was hat er dir geantwortet?" Korimsky wollte eine hochfahrende, ausweichende Antwort geben, aber es ging nicht. Denn einmal waren die Augen des Sohnes unerbittlich forschend auf ihn gerichtet, zum andern verwehrte ihm dies der tote Zeuge. Außerdem hatte er an Doktor Rauscher auch noch einen lebenden Zeugen. So teilte er denn möglichst mildernd seinem Sohn jenes Gespräch und die letzten Worte des Provisors mit, nach welchen jener gegangen war. Er wollte noch hinzufügen, dass an jener Sache hauptsächlich Miroslavs Unaufrichtigkeit die Schuld trage, aber da streckte sein Sohn so schmerzlich und flehend die Hand aus, dass er ordentlich erschrak.

„Für dich gibt es keine Entschuldigungen, Vater", sagte Nikolaj mit fremd klingender Stimme, „du darfst niemand der Unaufrichtigkeit beschuldigen, du nicht!"

„Nikolaj!"

„Nein", wiederholte der Sohn mit schmerzlicher Erbitterung, „solange wir dich kennen, hast du uns alle getäuscht und keine Reue darüber empfunden. O Vater, sieh auf diese schöne, reine Stirn! Hast du nie bereut, dass du jenes Siegel der Schande darauf gedrückt hast? Hat es dir dein Herz nie gesagt, wer da gekommen war, um dir zu dienen?"

„Was sprichst du da, Nikolaj?", stöhnte Korimsky und verbarg das Gesicht in den Händen.

„Die Wahrheit, Vater! Sieh, hier liegt mein teurer Bruder, den ich niemals vergessen werde, niemals, und dessen zu Tode gequältes Herz für immer zwischen dir und mir stehen wird! Hier liegt dein verstoßener Sohn! Der Sohn der armen Ludmilla

Borinsky. Ich habe bei ihm ein Tagebuch gefunden, dessen Inhalt mir alles erklärt hat. Lies es, und dann erst urteile, ob es für dich auf Erden eine Entschuldigung gibt, ob du ein Recht hast, ihn zu beschuldigen."

Wie vom Blitz getroffen war Korimsky zusammengesunken. Sein Kopf lag schwer in den Kissen des Lehnstuhls, aber keine wohltätige Ohnmacht umfing seine Sinne. Er hörte, wie sein lebender Sohn fortging und ihn mit seinem toten, verstoßenen Kind allein ließ. Kann man sich vorstellen, wie solch einem Vater zumute ist? Das ist das furchtbarste Gericht auf Erden, wenn der eigene Sohn, der zuvor den Vater hoch geehrt, den Vater dann mit Recht verurteilt.

Korimsky war allein. Ringsumher herrschte Stille. Ab und zu knisterte eine Kerze, das war alles. Dabei war es dem Manne, als sängen viele Stimmen ein Lied, das er einst an diesem Ort gehört hatte von jenen nun geschlossenen Lippen.

„Harre, meine Seele, harre des Herrn!
Alles ihm befehle, hilft er doch so gern!
Sei unverzagt, bald der Morgen tagt,
und ein neuer Frühling folgt dem Winter nach!
In allen Stürmen, in aller Not,
wird er dich beschirmen, der treue Gott.
Harre meine Seele, harre des Herrn!
Alles ihm befehle, hilft er doch so gern!

Bald höret auf unser Pilgerlauf
und die Klagen schweigen, Jesus nimmt uns auf.
Nach allen Leiden, nach aller Not,
folgen ewige Freuden, gelobt sei Gott!"

Nun, das Leiden war vorüber. Er ruhte nun für immer getröstet und sah nicht den verzweifelten Schmerz des Mannes hier, er hörte nicht dessen herzzerreißende Klagen. Zu spät! Als am anderen Morgen die Diener ihrem Herrn im Flur begegneten, erschraken sie. Er war völlig ergraut, der Glanz seiner Augen erloschen, die stolze Gestalt gebeugt, der Ausdruck des Gesichtes völlig verändert. Ja, kaum hätten sie ihn erkannt. Ein jäher Schlag hatte den Baum, der sich nicht biegen lassen wollte, zerschmettert.

Wer beschreibt die schmerzliche Überraschung der ganzen Familie beim Anblick dieser Veränderung! Wer könnte jenen furchtbaren Augenblick beschreiben, als der gestern noch so stolze Korimsky jetzt in Gegenwart des Marquis und dessen Tochter sowie der gesamten Familie seiner Tochter Margita bekannte, wer gestern gestorben war. Nein, für solche Augenblicke gibt es keine Worte, sie drücken sich am besten in das Herz desjenigen ein, der sie durchlebt hat.

Am dritten Tage begruben sie den jungen Provisor in Korimskys Garten unter den alten Mauern an einem schönen, vom Pfarrer von Rakovian zu diesem Zweck geweihten Ort, unter großer Teilnahme des ganzen Städtchens und der Dubravataler.

Zum Begräbnis kam auch Baron Rainer. Am Grabe Miroslav Ursinys reichten sich die beiden Männer die Hand. Als man den blumengeschmückten Sarg in das Grab senkte, blieb kein Auge trocken. Um ihn, den in der Welt so Verlassenen, weinte eine große Familie.

Am Begräbnis nahm auch Kaplan Lang teil. Als schon alle auseinandergegangen waren, stand er noch lange an dem Grab dieses „Schwärmers" und dachte über dessen Leben und Sterben nach. Unwillkürlich wiederholte er die Worte, die er einst von ihm vernommen: „Nichts auf der Welt kann euch helfen, nur Jesus allein!"

„Wenn wir diese Gewissheit hätten, die er hatte!", dachte er traurig. „Wie viele ihn aber aufnahmen, denen gab er Macht, Gottes Kinder zu heißen."

Nach dem Begräbnis teilte Nikolaj Korimsky dem Pfarrer in Anwesenheit aller derjenigen, die in Podhrad den Herrn lieb gewonnen, mit, dass er auch weiterhin in seinem Haus Versammlungen halten werde. Der Pfarrer wagte nicht zu widersprechen. Sie gingen friedlich auseinander, obwohl ihm Nikolaj auch Stefan vorgestellt und ihm mitgeteilt hatte, was er mit ihm vorhabe. Margita Orlowsky verkündete bei dieser Gelegenheit vor Zeugen ihren Übertritt zur evangelischen Kirche.

Mit diesem ernsten Akt endete das Begräbnis

Miroslav Ursinys, von dem man noch lange in Podhrad erzählen wird.

* * *

Orlow, den 1. Dezember 19..

Teurer Herr Marquis!

Sie erfreuen sich irgendwo unter Palmen der warmen Sonne Ägyptens, uns aber weht beim Ausgehen ein eisiger Wind entgegen. Es ist gerade wieder solch ein Wetter wie damals, als zum ersten Mal der Sohn unerkannt das väterliche Haus betrat, als das Licht in Gestalt unseres teuren Miroslav zu uns kam.

Wir sind auf Podolin. Alle sind mit Reisevorbereitungen beschäftigt. Mir haben die Geschwister aufgetragen, Ihnen mitzuteilen, wann sie ungefähr ankommen, denn aus meiner Reise zu Ihnen kann leider nichts werden. Großvater ist kränklich, wir dürfen ihn nicht alle verlassen, das ist ein Grund. Zweitens hat sich meine ärztliche Praxis so sehr ausgebreitet, dass ich meine Kranken zur Zeit nicht verlassen darf. Sie wissen ja, dass ich ihnen das schuldig bin, was ich an meinem teuren Miroslav versäumt habe. Und drittens: Wir können doch unsere Versammlung nicht allein lassen. Ich werde zwar Nikuschka nicht ersetzen, so wenig wie er ihn, den Verklärten, ersetzen kann. Aber es ist nötig zu zeugen, und ich freue mich, dass ich etwas zu bezeugen habe.

Wie bin ich froh, dass auch Sie, Herr Marquis, Jesum bezeugen. Ich gestehe, dass ich Sie gern als Christ und als Vertreter der Wahrheit Gottes in Ägypten gesehen hätte. Aber Selbstverleugnung ist auch ein Gebot unseres Herrn. Unsere liebe Tamar freut sich schon darauf, Nikuschka ihre Heimat zeigen zu dürfen. Ihm wird die Luftveränderung sicher gut tun, aber wenn Sie nicht dort wären, dann würden sie wohl lieber daheim bleiben, denn sie haben hier manches Gute angefangen. Nun, es wird auf sie warten. Tamar nimmt auch Ilonka Zarkany, die künftige Frau Villier, mit. Adam freut sich nicht wenig, dass Margita mit ihm geht. Aber ich denke, die beiden werden mehr die Wahrheiten Gottes als die ägyptischen Altertümer durchforschen. Margita interessiert vor allem der Auszug der Kinder Israels aus Ägypten. Sie wollen auch ins Heilige Land. Auch sie haben gemeinsam mit Tamar und Nikolaj allerlei begonnen. Das lassen sie alles unter meiner Aufsicht zurück! Fast zu viele Ehrenämter, nicht wahr?

Gestern war ich im Dubravatal. Dort ist es einsam ohne Stefan und Peter, Marischka hält Sonntagsschule und hat schon ziemlich viele Schüler. Das Wort Gottes legt ihnen jetzt Großvater Hradsky mit wahrhaft patriarchalischem Ernst aus. Obwohl es nicht der mächtige, packende Vortrag Stefans ist, so merkt man, dass der Geist Gottes auch aus den Worten dieses alten Mannes spricht, das berührt die Seelen wohltuend.

Von der Kanzel in M. donnert und blitzt es noch immer gegen die armen „Schwärmer", es hat aber noch keinen getroffen. Da ist unser Pfarrer schon ein vorsichtigerer Mann. Er hat sich mit uns angefreundet. Wenn wir uns treffen, schütteln wir uns freundschaftlich die Hände. Ein paar Pillen, obwohl er nicht krank ist, habe ich ihm aber zu schlucken gegeben für den Brief, den er einst Miroslav geschrieben und den ich unter dessen Papieren fand. Einige Male war er auch in unserer Versammlung. Er ließ Nikolaj sprechen, dann betete er. Warum wir aber jetzt so gute Freunde sind, sage ich erst am Schluss. Von Stefan und Peter haben wir Briefe bekommen, über die wir uns sehr gefreut haben. Peter klagt ein wenig über Heimweh. Stefan hingegen, der sogar eine Braut daheim gelassen hat, ist voll Begeisterung. „Es ist so schön", schreibt er, „dass der Herr Jesus will, dass wir mit jedem Tag vorwärtskommen, und uns darum Tag für Tag Gelegenheit gibt, ihm durch Selbstverleugnung ähnlicher zu werden und der Vollkommenheit nachzujagen." Von ihm schreibt sein Lehrer: „Dieser junge Mann ist allen seinen Mitschülern ein Segen. Er ist ganz frei vom eigenen Ich, demütig, arbeitsam und voll Liebe in Wort und Wandel, ein Charakter." Es freut mich, solches von unserem Schützling zu hören.

Was Onkel Korimsky betrifft, habe ich nicht viel zu berichten. Er ist zwar aus seiner Schwermut wieder heraus, aber ich denke, es wird noch lange dauern, ehe er Frieden findet. Doch glauben und beten wir alle, dass es geschehe. Er verkauft jetzt selbst wieder in der Apotheke. Ich weiß nicht, ob er sich das als Strafe auferlegt, oder ob er es tut, weil ihm unser teurer Miroslav alles so schön hergerichtet hat. Ach, wenn wir bedenken, auch jenes Herrichten hat ihn ein Stück seines Lebens gekostet. Morgens oder gegen Abend steht der Apotheker oft stundenlang an Miroslavs Grab, aber das ist jetzt alles vergeblich. Doch freue ich mich, dass der Riss, der zwischen Nikolaj und ihm entstanden und auch auf Margita übergegangen war, sich durch Tamars Bemühungen langsam ausgleicht.

Nun, ich wundere mich nicht darüber, die Kinder Korimskys haben sich in ihrem Vater sehr getäuscht, und er hat großes Unrecht an demjenigen begangen, der uns allen als Wohltäter teuer war.

Nun noch die letzte Nachricht. Große Aufregung hat es in Podhrad und Umgebung hervorgerufen, dass beide Herren Orlowsky zur evangelischen Kirche übergetreten sind. Orlowskys eröffnen jetzt eine Schule. Korimsky hat jenen Teil des Parks, in dem sich Miroslavs Grab befindet, zu einem Friedhof gespendet. Dieser ist bereits kirchlich geweiht worden. Nun, ich denke, am besten wurde jener Flecken Erde damals geweiht, als wir die sterbliche Hülle eines Gotteskindes hineinbetteten. Ruhe sanft, mein teurer Bruder! Nachdem du uns durch den hohen Preis deines Lebens aus dem Sündenschlaf erweckt hast, sind wir nun entschlossen, in die tote evangelische Kirche, für die du nur ein verachteter „Schwärmer“ warst, neues Leben zu bringen, damit du einst sehen sollst, dass du nicht vergeblich gelebt hast und nicht vergeblich gestorben bist! Wir wissen wohl, dass auch wir, was und wie immer wir auch arbeiten werden, in den Augen der frommen wie der gottlosen Welt stets nur die „Schwärmer“ bleiben werden. Aber das macht nichts. Ehre sei dem Herrn, dass die Nacht des Irrtums auch bei uns vorbei ist und dass das Licht der Wahrheit, der Herr Jesus, in unseren Herzen aufgegangen ist!

Ihm befiehlt auch Sie, Herr Marquis, Ihr in Liebe verbundener

Aurel Lermontoff-Orlowsky.

Weitere Erzählungen von Kristina Roy

Kristina Roy
An fester Hand
ISBN 3-86122-800-9
128 Seiten, kartoniert

Den Vater des jungen Michael plagt auf dem Sterbebett das Gewissen, hat er doch seinen Bruder vor Jahren um viel Geld betrogen. Michael verspricht, die Schuld des Vaters zu begleichen. Während er in der Fremde hart arbeitet, um Geld zu verdienen, kommt seine Frau zum Glauben an den lebendigen Gott. Dieser Glaube verändert sie, ihre Umgebung und auch ihre Ehe.

Kristina Roy
Der Knecht
ISBN 3-86122-730-4
80 Seiten, kartoniert

„Es war an einem Sonntagabend zur Zeit der größten Erntearbeit. Ondrasik saß im Obstgarten vor seinem Hause und stützte den sorgenschweren Kopf in die Hände. Plötzlich bellte im Hof der Hund und vor dem verwunderten Bauer stand ein junger, gesunder, gutgekleideter Mann. Nachdem sie sich begrüßt hatten, sagte er, er wäre hierher gekommen, um Arbeit zu suchen ...“

Mit dem Auftauchen von Method Ru•ansky bricht für die Bewohner des Dorfes Hradova eine ganz besondere Segenszeit an. Gott selbst sendet mit diesem glaubensstarken Mann das Licht seiner Herrlichkeit mitten hinein in das schwere Leben der slowakischen Ackerbauern um 1900. Schlicht und ergreifend erzählt Kristina Roy, wie das Reich Gottes sich ausbreitet und Menschen das Heil finden.

Kristina Roy
Die Schwärmer
ISBN 3-86122-731-2
240 Seiten, kartoniert

Während seines Militärdienstes bekehrt sich der lebenslustige Stephan zum Glauben an den lebendigen Gott. Voller Begeisterung macht er sich daran, in seinem Heimatdorf eine Gemeinde aufzubauen.

Bald aber stößt er auf schier unüberwindliche Widerstände. Dass sein jähzorniger Vater versucht, ihn mit Gewalt in das seichte Leben zurückzuzwingen, das die Gesellschaft vorgibt, wäre noch zu verschmerzen. Dass auch die Amtskirche ihm Knüppel zwischen die Beine wirft, macht ihm das Leben schon schwerer.

Was aber wird es ihn kosten, dass er sich in ein Mädchen aus der Gemeinde verliebt, das auch von seinem besten Freund umworben wird?

Kristina Roy
Ein Sonnenkind
ISBN 3-86122-769-X
224 Seiten, kartoniert

Mit Liebe und Geduld gewinnt der junge Lehrer Stefko die Herzen der völlig verwilderten Dorfjugend. Er baut einen geregelten Unterricht auf und bringt ihnen die frohe Botschaft. Doch seine Erfolge rufen auch Neider auf den Plan ...

Kristina Roy
Glück
ISBN 3-86122-770-3
272 Seiten, kartoniert

Die beiden Zwillingsbrüder Pavel und Andrej sind ein Herz und eine Seele. Doch dann wird ihr gutes Verhältnis zueinander auf eine schwere Probe gestellt, als sie sich beide in das gleiche Mädchen verlieben. Durch einen Nachbarn lernen sie den lebendigen Gott kennen. Kann dadurch ihre Bruderliebe wieder neu erwachen?

Kristina Roy
Ohne Gott in der Welt
ISBN 3-86122-901-3
80 Seiten, kartoniert

Das erfolgreichste Buch der bekannten Volksschriftstellerin: Martinko, der Waisenjunge, findet als einfacher Hirte den Weg zu Jesus. Schlicht und beständig folgt er seinem Herrn nach.

Kristina Roy
Endlich daheim
ISBN 3-86122-909-9
64 Seiten, kartoniert

Bescheiden, aber zufrieden lebt Großmutter Mikula mit ihrer Enkelin in den slowakischen Bergen. Groß ist die Freude, als Enkel Josef aus Amerika zu Besuch kommt. Aber Josef bringt nicht nur Sonnenschein mit sich ... Doch Gottes Arm ist nicht zu kurz, dass er nicht in jeder Krise Heilung bringen könnte.

Kristina Roy
Die Verlorenen
ISBN 3-86122-916-1
208 Seiten, kartoniert

Viel fehlt nicht, und Eva würde ihrem Leben ein Ende machen. Schwer leidet sie unter ihrem hartherzigen Mann und seiner tyrannischen Mutter. Mit dem Tod ihres geliebten Töchterchens wird ihr Schicksal schier unerträglich. Da trifft sie in ihrer finsteren Stunde völlig unerwartet der Lichtstrahl der Liebe Gottes.

Kristina Roy
Im Sonnenland
ISBN 3-86122-910-2
178 Seiten, kartoniert

Die bewegende Geschichte von Palko, dem Findelkind. Auf seiner Suche nach dem „Sonnenland“ findet er zur Bibel und durch sie zur Erfüllung seines Lebenswunsches.

Kristina Roy

Drei Kameraden

ISBN 3-86122-915-3

144 Seiten, kartoniert

Ein freundliches Gemüt hat der kleine Ondreijko. Doch sein Los ist traurig. Man schiebt ihn ab in die Sennhütte. Doch Gott weiß Abhilfe zu schaffen. Er führt Palko in die Hütte, den der Leser aus dem Buch „Im Sonnenland" kennt. Mit seiner fröhlichen Glaubenszuversicht beginnt das Licht eines neuen Morgens zu dämmern. Bald überschlagen sich die segensreichen Ereignisse ...

Kristina Roy

Heimgefunden

ISBN 3-86122-920-X

274 Seiten, kartoniert

„Es war Sonntagabend. Die feierlichen Klänge der Abendglocken hallten über das stille Dörfchen dahin, das inmitten der blühenden Obstgärten wie ein liebliches Märchen dalag. Aus dem Eckhaus, das von einem hohen Zaun umgeben war, traten zwei weibliche Gestalten mit Sicheln und Grastüchern. Sie schienen Eile zu haben, um noch ein wenig Grünfutter für den Sonntag zu schneiden ..."

Weitere Erzählungen aus der Heimatlicht-Reihe

Helene Hübener
Olga und ihre Schwestern
ISBN 3-86122-798-3
320 Seiten, kartoniert

Olga, der Krauskopf, ist ein frisches, gesundes Mädchen, voller Kraft und Arbeitslust. Sie schämt sich keiner Arbeit, sondern greift auf dem elterlichen Gut überall zu, wo es fehlt. Doch dann bietet sich ihr ein großes Abenteuer: Für einige Zeit soll sie bei Tante Susanne in der Stadt wohnen ...
Ein Buch, wie es nur Helene Hübener schreiben konnte: Schlicht und ergreifend ist die Geschichte von der fröhlichen Olga und ihren Schwestern Rika und Elvira.

Lotte Bormuth
Ich staune über Gottes Führung
ISBN 3-86122-771-1
144 Seiten, kartoniert

Lotte Bormuth zählt zu den bekanntesten und erfolgreichsten christlichen Schriftstellerinnen. In ihrer unvergleichlichen Art lässt sie den Leser teilhaben an ihren heiteren und ernsten Erlebnissen: sei es als Mutter von fünf Kindern, als Seelsorgerin für fragende Menschen oder einfach als Kind eines liebenden Gottes. Denn im Schönen wie im Schweren des Lebens ist in ihr das Wissen gereift, dass sie das Beste, was es auf dieser Welt gibt, in Jesus Christus gefunden hat.